U0945596

像阳光一样温暖

清华园里的大学集体

史宗恺◎主编
郭谦　唐杰　黄文辉◎副主编

清华大学出版社
北　京

图书在版编目 (CIP) 数据

像阳光一样温暖：清华园里的大学集体 / 史宗恺主编．—北京：清华大学出版社，2021.6

ISBN 978-7-302-57917-5

Ⅰ．①像…　Ⅱ．①史…　Ⅲ．①回忆录－作品集－中国－当代　Ⅳ．① I251

中国版本图书馆 CIP 数据核字 (2021) 第 061463 号

责任编辑：朱玉霞
封面设计：傅瑞学
版式设计：方加青
责任校对：王凤芝
责任印制：刘海龙

出版发行：清华大学出版社
网　　址：http://www.tup.com.cn，http://www.wqbook.com
地　　址：北京清华大学学研大厦 A 座　　邮　　编：100084
社 总 机：010-62770175　　邮　　购：010-62786544
投稿与读者服务：010-62776969，c-service@tup.tsinghua.edu.cn
质 量 反 馈：010-62772015，zhiliang@tup.tsinghua.edu.cn
印 装 者：三河市吉祥印务有限公司
经　　销：全国新华书店
开　　本：170mm×240mm　　印　　张：30.75　　字　　数：565 千字
版　　次：2021 年 6 月第 1 版　　印　　次：2021 年 6 月第 1 次印刷
定　　价：129.00 元

产品编号：093105-01

序

大学集体与清华传统

史宗恺

清华有许多沿习已久的历史传统，集体教育是其中最重要的传统之一。这个传统深深影响着一代又一代的清华学子们。对大多数的清华学生而言，他们在清华园那些年的大学生活中，各类集体是贯穿始终的陪伴，成为清华记忆中不可缺少的一部分，历久弥新又受益终身。学校充分鼓励各类集体活动，并提供许多条件和支持，极大地促进了大学集体的形成，也促进了大学集体中同学们的成长。

一名新生懵懂中来到清华，遇到一群来自全国各地的优秀学子，他们组成一个班级集体。在这个集体中，大家共同生活、共同学习，共同成长，每一位同学在被关心的同时也学会了关爱他人。从相识到相知相伴，优秀集体一旦成形，它会像阳光一样，照耀着他们的大学生活。

清华鼓励集体意识，也鼓励个性发展。对清华班集体的研究结果表明，在一个优秀的集体里，每个人的个性也可以得到充分的发展，这是大学集体的重要教育特征。

这个集体不只是在清华园时的集体，还是伴随同学们一生的温暖存在。离开清华后，班里的同学虽天各一方，但仍相互守望，那个大学集体一直跟随着他们，温暖他们的一生。

除了班级集体之外，清华还有许多其他类型的集体。例如，文艺代表队和体育代表队，代表队的同学对这类集体有着更强烈的记忆。近些年来，学校里涌现出一大批学生社团，有公益类社团、体育类社团、理论类社团等等，每年的学生社团招新，会被学生称为“百团大战”，这些社团充分培养了同学们的团队意识，也发展了同学们的兴趣个性。还有一些集体，如寒暑期临时组建的社会实践支队，一个假期，足以让实践支队中的同学们结下深厚友谊，建立起强烈的团队意识。

我听过许多关于各种清华集体的故事，这些故事让我感动，让我体会到大学集体教育作为清华重要传统的价值所在，对学生成长的意义。我也经常会把这样的故事讲给正在清华读书的年轻学子们，同学们再把他们的集体故事讲给我听，这些故事启发着我，也教育了我。

传统不是空泛的概念，那些在人们口中流传下来的故事，变成传奇，再转变成传统，变成大家愿意追随的生活方式和生活态度，最终，成为文化的一部分。在清华建校 110 周年的时候，作为校庆的重要工作之一，我们回望过去，从历史中梳理出有着清华特征的光荣传统和光荣文化，我们会意识到，即使再过一百年或更久，我们都要坚守这些传统和文化，它们是清华之所以成为清华的根本。

目前，在教育学、心理学以及社会学的学术角度上，对这类集体的形成和对学生成长各个方面的影响所进行的研究，并不很多也不够充分。我们需要对清华已有的大量教育实践和指导这些实践的教育理念进行系统的研究，能够将集体建设等诸多清华传统，提炼成为有清华特征的教育思想的重要内容。而征文中的案例，以及后续的征文，可以成为重要的研究素材和案例。

本次大学集体主题征文汇集出版，是一件特别有意义的事情。我想，因为有这些珍贵的历史回忆与记录，我们清华的光荣传统和光荣文化会变得更为生动而具体，也给后来的清华学子们留下关于集体建设的典型案例。征文中所叙述的故事既有时代的印迹，也有因时光流转而发生的改变以及与时俱进的影子，影响和启发那些在校的学生以及未来的清华学子们。

这个主题征文会继续进行下去。希望各个院系能够进行更好的动员，有更多的班级写出他们的班史，特别是那些曾在学校获得过各种集体荣誉的班级。希望各类集体的同学们组织起来，用当年在校组织活动时的热情和积极性，组织同学们写下你们在清华的共同经历和美好回忆，写下毕业之后同学们延续下去的友谊。校友总会将设立专项出版基金，支持以各类集体为单位的征文结集单独出版。

2021 年 5 月

目　录

上篇　我的班集体

下篇　多彩的第二课堂

上篇

我的班集体

1951 年冬，我们班结构组和清华建筑系，以及北京大学、天津大学的一批同学被调到鞍山钢铁公司，对原有的钢结构厂房进行实测，以便今后恢复生产。我参加了这次实测任务。东北的冬季比北京冷多了，白天一般在零下 15℃左右。每天要爬到钢桁架和钢柱上去量构件的断面尺寸，数铆钉的数量。这时不但手脚都冻得麻木，若用嘴和牙齿去拉钢尺时，还会把嘴唇拉去一层皮。我们几乎每天要经受这种磨炼，但全队热情高涨，大家同一条心："为了新中国的建设，不完成任务决不收兵！"经过一个多月的战斗，终于完成了国家交给我们的任务。

三年级时要做"大地测量实习"和"水文测量实习"了。时间在暑假里，前者要求测绘圆明园中长春园的地形，后者要求测绘颐和园昆明湖湖底的等高线。大地测量要求全天候进行，中午需在现场用餐，于是就由班里的团支书把午饭送到每一个测量点上，我们则把测量工作做到中午 12 点才休息。休息时找个有冒水眼的树荫下（那时圆明园里有很多地下水的冒水眼），边用餐边喝清凉的地下水，一上午的疲劳一扫而光。水文测量更为有趣：我们先在昆明湖的岸边设置几个基准点，再租用几艘小船在昆明湖面上游弋。测量人用六分仪同时观测岸上两个基准点的相对距离和高度，同时量出这时的水面深度。这样就能够求得一个个观测点的水深，也就可以利用它们画出整个水面下的水底等高线。记得我们只用了一个下午就完成了实测任务，可以回校做"内业"（指水文测量的室内课程作业）了。在这个下午，我们几乎畅游了整个昆明湖。

1951 年，我荣幸地加入中国共产党，成为一名中国共产党党员。介绍人是我

土 2 班在颐和园进行水文测量实习

们班的团支部书记赵思孔和清华大学共青团委的陈望祥同志。

1951 年，教育部决定高等院校进行院系调整：其中北京的清华、北大、燕京三校的相关系合并，清华成为多学科性高等工业学校，燕京大学撤销；清华、北大两校要新建校舍共 9.5 万平方米；并抽调三校师生参加建校工作。清华校领导决定由即将在 1952 年毕业的土 2 班结构组学生脱离学习岗位，参加新建校舍的施工。于是，我、谭家骅、龚思礼负责清华第一、二、三工区的施工；汪达尊、赵思孔、徐中明负责北大第四、五、六工区的施工。其他结构组同学如赵禹民、谢醒悔、孙光祖等也都投入不同工区的技术管理工作。我们都兴奋地走上新的工作岗位，这也是一个新的学习岗位和学习机遇。

1952 年 7 月，土 2 班全体毕业了！每个同学都兴奋地拿到一份珍贵的由清华大学校务委员会主任叶企孙签署的“毕业证书”。毕业后，有十一位同学分配到建筑工业部，七位同学分配到重工业部，七位同学分配到水利部，二位同学分配到交通部；五位同学留校担任助教，他们是张思敬、徐 ·新、谷兆祺、廖松和我。

还记得 1951 年底，当新建校舍开工前，在清华、北大、燕京三校建设委员会的动员会上，主任委员梁思成向我们这批尚未毕业、暂留在新建校岗位上的学生宣布：“你们已经在为国家工作了。”这句话立刻引起了大家的自豪感，会上一片欢呼声。我深情地告诫自己：“从小母亲就盼我尽快自立的愿望，即将实现了！虽然在清华大学优越的环境里学习的生活结束了，但我们将为新清华、新北大创造更好的学习环境。这也就是中华人民共和国成立后，祖国给我们的新的学习和建设任务，也是清华校训要求我们学生毕业后要做到‘自强不息，厚德载物’的第一步，我一定要加倍努力去完成和实现它！”

还记得我在拿到清华大学毕业证书的时刻，深深感到自己在清华五年的求学生活既有丰收的感受，也有深情的怀念，更有把自己的所学真诚地奉献给祖国的期望。

我所感受的是我在清华学到了土木工程的基本知识和技能，这是母亲和我十几年来的梦想；但更为重要的是学到了我的老师们的严谨、求实、创新的学风，和对学生倾注了热爱和殷切期望的教学风格。这些学风和教学风格会指导我今后的人生。

我所怀念的是我那可爱的班集体。同学们个个热情、进步、活泼、可爱、团结，对我这个中华人民共和国成立前休学、中华人民共和国成立后复读的“落后分子”，给予了极为温暖的手足情意：团支部经常和我谈心，寝室里的老大哥更是细致地处处给予照料，大家还选举我为学习干事，并负责班里的黑板报；在我还不是党员的时候，竟然提名我为“党的宣传员”，使我有了开展社会工作的锻炼。

更使我永远铭记在心的是，学校竟把新建校舍的艰巨任务托付给了我们这些刚毕业、没有工作阅历的学生，使我们感受到清华校领导对所培养学生的信任。我们今后要按照校训“自强不息、厚德载物”的要求，永远不辜负祖国交给自己身上的重担!

作者简介

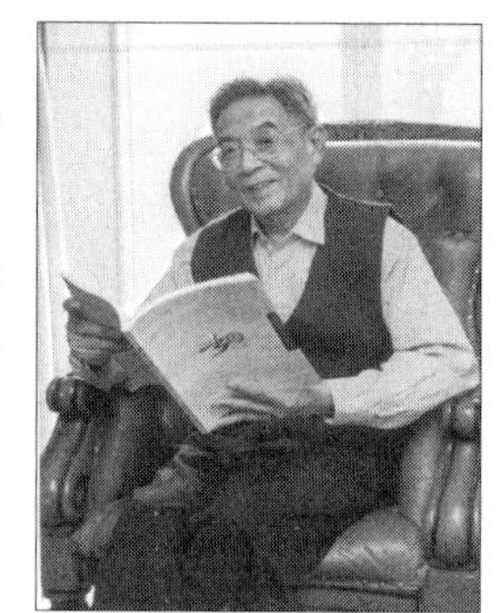

罗福午，1952 年清华大学土木工程系毕业留校，历任清华大学助教、讲师、副教授、教授，清华大学基建委员会设计科长、工区主任，土木工程系教务科长，清华大学教育研究室副主任、兼职研究员。国家一级注册结构工程师，享受国务院政府特殊津贴。

难忘的岁月

——在清华的跑道上竞走

■ 沈正谊（1953级自控系）

明年是母校建校110周年纪念，我情不自禁想起了六十多年前在清华生活的那些日子，一时感到心潮起伏，难以平静。

那是1953年夏，高考即将来临。父亲建议我学医，因为医生可以治病救人，造福社会。但恰逢此时，我们听到了我国即将开始第一个五年计划的消息，国家要重点建设156项重大工程，急需专业人才。重工业部黄敬部长在电台讲话中号召青年们要努力学习专业知识，积极投身国家重点建设。此间，数学老师又介绍了清华、交大、哈工大等学校的概况，使我大受启发，无比激动。

于是，我鼓足勇气，决定弃医学工，并以第一志愿报考了清华大学，第一专业是动力类。8月中旬，喜报传来，我不仅被清华录取，还分到了动力类专业。回想起那一时刻，全家的喜悦之情，真是难以言表！

为迎接新生赴校，清华安排得很周到，除了寄来报到文件，还通知了乘车的日程和车次。在无锡站上车时，我遇见了中学同学陶永如，还有一位叫乐正华的漂亮姑娘，同车厢的大多是北上去清华报到的新生。印象很深的是，一出北京站，就看到了清华大学的横幅和迎接新生的牌子，有人领着大家前往集合。此情此景，让我们顿时感到心里暖洋洋的，好像投入了亲人的怀抱。

这时，人群里有一位青年跑前跑后，在忙着张罗，他穿着一身淡灰色的中山装，瘦瘦的个子，戴着一副近视眼镜，样子十分干练。后来得知，这列火车从上海出发，他就是带队的大队长，叫谭浩强。巧合的是，他和我、陶永如、乐正华，正好都分到了工企，即工业企业电气化专业。

动力类设有热力机械、发电、工企三个专业。工企、发电及电机制造属于电机系。电机系的三个专业各有四个班，每班约30人，谭是企81班的团支部书记，我是组委，我便成了他的同窗和搭档，大二时，谭还当了我的入党介绍人，友谊至今。

我们从车站出发，站在敞篷卡车上，秋风吹来，真觉秋高气爽，心旷神怡，甭说有多么舒畅了。那时的北京人烟稀少，经过西直门大街，马路也很狭窄，特别是学院路，两旁很荒芜，没见到多少人和车。但到了清华西校门，特别是穿过清华园这个标志性院门，看到大礼堂、图书馆时，顿觉眼前一亮。一眼望去，视野开阔，路边尽是绿色草地，环境优雅美丽。这种境况似乎是我生平没有见过的，甚至觉得，清华园比我的老家无锡城还要大呢！

入校前，清华只有 1800 多学员，新生报到后，一下子增加到近 4000 人，翻了一番。从这年开始，清华率先把大学 4 年制改为 5 年制。我们报到后，很快就分了班，我分到企 81 班，开始了大学新生活。

入学后，首先遇到的是语言关。新中国成立初期，普通话还不普及，各地都讲本地话，连中学老师讲课也用本地话，每个字的发音都不同。班上同学大多来自南方，记得班会上做自我介绍，除了胡宗藻、范天民等几位北京同学讲流利的北京话，大多同学讲话都是南腔北调。班里上海同学多，因此上海话很“吃得开”，他们见面就阿拉阿拉说上海话，别的同学插不上话，时间久了，我也学会了上海话；江浙同学不愿说家乡话，但说普通话却又“语不从心”；唯有四川同学讲话都是原汁原味的，乡音很重，但不难听，也容易懂；最困难的是广东同学，特别是有一位叫陈钟焕的广东同学，说了一段话，谁都听不懂，逗得全场大笑，他涨红了脸，再也没说下去，大概经过半年多，才慢慢适应讲普通话。

另一道难关是学习关。清华上课采用多个班合在一起，由老师上大课，分班上辅导课的方式。每次上课，都由班长大声呼叫“起立、坐下”，见到老师都行鞠躬礼，这不仅是尊敬老师，也是尊重知识，是清华校风的传承。记得那天我们刚听完迟宗陶老师讲了一堂高等数学课，第二天上辅导课时，陈水莲老师就给每人发了一份厚厚的试卷，说是要测验一下新生的数学底子，要求当场交卷，大家不免有点紧张。大学紧张生活的序幕，就由此揭开了。

系里的课程很重，每学期有六七门课程，每天上午都有两堂大课。因为地点相隔较远，课间要急急忙忙赶去找个好位子，晚到了只能坐在后面，影响听课效果，特别是近视的同学。大家很羡慕魏洪波、王正中、汤丙午，他们总是骑着自行车赶在前面，有时还带上一位同学。一些主课如数学、物理、理论力学等还常指定课下作业，尤其是高等数学，有时多达 20 多道习题，要按时完成。物理、化学等还要为实验做准备。因此，每天生活都很紧张，除了要消化讲课，修改笔记，阅读书籍，还要完成各种作业。作业是规定时间完成的，由课代表催收，错了必须重新改正，否则不能参加期末考试。因此，每到晚上，特别是星期天，大家都爱去大图书馆占座位，以便在紧张的氛围下集中注意力，提高工作效率，有些同学常常忙到晚上熄灯前才回宿舍。

虽然平时负担很重，但最紧张的还是期末考试。在20多天考期内，要通过5门或4门课程的考试，平均三四天一门，备考很紧张，食堂专门给学生改善伙食。这时，大家都默默想着："向祖国汇报成绩的时刻到了，一定要争取好成绩，决不能辜负党和人民对自己的培养和期望。"因此，在清华的跑道上竞走，既充满动力，也感到了一种深深的压力。

但是，当时同学们都认为，学好本领，建设祖国，这是我们的本分，是唯一的理想和动力。如果谁想着学习是为自己找出路、谋利益，就会感到很自私、很可耻、很自责，那是很见不得人的。

考试采用口试与笔试相结合的方式，先由学生抽取试卷做完笔试，如果答得不全或有小错，那就肯定得不到5分了。口试由大课老师主问，辅导老师也可补充提问，即便笔试全对，提问答得不好也最多给4分，问出概念性错误可能只给3分以至2分了。2分是不及格，主课不及格可以补考一次，再通不过就得留级。

考场外面，不少同学都在等候考完的同学出来，从脸上表情，就大致可看出得分几何。发现有考得不好的，谁都不会有轻蔑、嘲笑的态度，而是围上去安慰和鼓励，微小之处见友情，从中也体现出集体的温暖和素质。

每堂考试，不论你有什么背景，打分是不讲情面的，更没有考试作弊或走后门的事，对谁都一视同仁，公正无邪。因为把关很严，清华毕业的学生不仅业务过硬，也具有较好的品德。清华提倡"又红又专，德才兼备"，我认为"严格"训练，"严格"要求，正是实践清华校训"自强不息，厚德载物"的关键。

当然，清华注重学习，但并不是只重学习。当时毛主席号召青年学生要做到三好，即"身体好、学习好、工作好"；蒋南翔校长还提出要"争取为祖国健康地工作五十年"的口号，因此同学们都十分重视体育锻炼，不仅为了增强体质，也为了锤炼意志。

为了培育学生德、智、体全面发展，清华的业余生活非常丰富。有许多群众性社团，可以自由参加。如歌诵、舞蹈、绘画、器乐等文艺社团；还有田径、游泳、球类、摩托等体育社团。有专长的优秀学员还被选拔到篮球、排球、足球队等学校的代表队，还有文艺社团，如歌咏队、舞蹈队等，他们不仅有严格的训练，还常代表学校或各系参加比赛活动，在几次高校运动会上，清华都胜过体育学院获得冠军。

但多数同学主要是在大操场和体育馆坚持体育锻炼。当年高校有"劳卫制"的考核标准，在田径、体操等门类中都规定了必试项目，我每周坚持两次长跑，天天做单杠、双杠的臂力练习，经过两年努力，不仅改善了体质，还通过了劳卫制二级。

学校还经常有外来文艺演出，周末经常放映电影，文化生活很丰富。有时还有领导人来校做报告，当时的团中央书记胡耀邦、外交部长陈毅及乔冠华等都在大礼堂做过报告，讲国内外形势和国家的发展与政策，使我们受益匪浅，提高了认识，开阔了视野。

企 81 班是一个团结友爱，充满朝气的集体，团支部在不同阶段，积极组织各种集体活动。入学初期，以学习为主题，组织经验交流，讨论学习方法，交谈学习体会，鼓励克服困难。通过集体活动和促膝谈心，加深了热爱集体的同窗友情。班上有位应纯同同学，每逢考试，几乎门门得 5 分，而且十分轻松，大家都很羡慕，他热心给同学介绍了学习方法。应纯同不仅学习好，而且打扮得利落，像个白面书生。谭浩强给他起了个外号，戏称他“小阿飞”，他立即回称谭为“老鸭子”。直到 2014 年同学聚会，两位教授见面时还以此互称，可见旧情之深啊！

另外，我们班围绕理想、人生观、德智体全面发展等主题也开展了不少专题讨论。有一次举办文娱活动，时钟菲、王正中、汤丙午朗诵了自编诗词，葛长华唱了越剧梁祝选段，印象最深的是，胡宗藻专为谭浩强编了段快板，用京调唱道：“打起板，说快板，我来说说那谭浩强，这也强，那也强，就是那骨头往外长……”逗得同学捧腹大笑。

班上有不少同学要求入团，也有一些团员积极申请入党，支部邀请党委副书记何东昌来参加活动。听说他是新中国成立前清华的地下党员。他介绍了当年的一些往事，特别勉励大家要努力争取成为又红又专的人才，为社会主义建设做出贡献。党委书记袁永熙还给团员讲了争取入党的要求，强调党的积极分子首先要

时钟菲同学在文艺活动中朗诵诗作

努力搞好学习，“学习好”是觉悟的具体表现，是争取入党的必要条件。

更高兴的是，支部还请来了当时被誉为“中国的保尔·柯察金”的吴运铎同志参加团日活动，给我们讲了当年的故事和写作《把一切献给党》的经过。这些活动大大提高了同学们的思想觉悟，激发了革命的热情。

由于我们班团结友爱，学习努力，表现突出，在1954年被校务委员会表彰为清华大学八个“先进集体”之一。谭浩强因团支部工作的出色成绩，后来被选为清华校学生会主席。我也于当年末被评为三好学生，获得了优秀学生奖状，并入了党。父亲闻知喜讯，高兴地掉下了眼泪。

人三暑假接到通知，我和企8的李清泉、王亚光，电8的沈祖相、缪道期、张钹、陈同驹，以及发8的游鄂毓、蒋君章、贾耀国9人调往自动学远动学8字班，即自8班，不久谭浩强也调来自8。我们暑假不休息，突击补习了数学和专业基础课。

为了开办新专业，学校从苏联聘请了亚历山大·米哈伊诺维奇·苏启林专家，为我们开设了“自动控制系统”和“模拟理论与解算技术”两门课程，许多外来教师及交大胡道元、杨天行、王尔乾等15人，以及筹备自控系的老师钟士模、章燕申、金兰等都旁听了苏启林专家的讲课。

自8班不仅是自动控制系的首届毕业生，也是为筹建自控系准备师资。自控系的筹备组长是钟士模（当时电机系主任是张名涛，钟士模还兼任电机系副主任），参与者有章燕申、金兰、徐继悌等，徐继悌是秘书，他还负责联系自8班，经常来班上参加活动，还有东北工学院调来两位助教：袁曾任与林尧瑞。那时筹备组教师和学生党员仍归电机系党总支。

在自8班学习期间，除了听取专家讲课，还紧张学习了不少专业课，如钟士模教授讲的“自动调节原理”，中科院王传善讲授的“远动学”等。此间，我们约有多半年时间是参加教研组教师的党组织生活，后来因高教部不同意清华预留毕业生，又返回电机系参加统一分配。

1957年暑假，中国科学院开办了三期计算机培训班，清华、上海交大、哈工大都抽调一批学生参加培训，毕业后直接调入计算所（后有部分分到电子部十五所）。清华企8的四个班级中有时钟菲、朱锡纯、沈家举、顾德敬、夏绍瑟、王行刚等近20名同学以及交大调来的部分学生先后调去学习。缪道期、游鄂毓和贾耀国也离开自8，参加了学习班，结业时都由清华发给毕业证书。这些学员不仅是清华，也是国家培养的首批计算机人才，在我国计算机行业中发挥了很大作用，转眼65年过去，但仍历历在目。

大五那年，我们的主要任务是完成毕业设计，我的指导老师是苏启林，辅导老师是钟士模。我和张钹同学在一个小房间里早去晚归，紧张地工作了一年，但因有保密要求，互不通气，至今也不知对方的论文题目。张钹同学毕业后留校任教，后来成为中国科学院院士、我国著名的人工智能专家。期末，举行了毕业设计的答辩仪式，当我走进现场时，看到场内坐满了老师和旁听人员，苏启林和钟士模教授坐在前排正中主持答辩，场面十分庄严隆重。因为生平从没见过这样的场面，心里不免有点紧张，但开始答辩时，心情就平静下来了。高兴的是，我顺利通过了答辩，并取得了优秀的成绩，终于向母校递交了最后一份考卷。

告别母校，走向社会的时刻，回忆那些难忘的岁月，真好像是在清华园的跑道上竞走，百感交集、思绪万千。我要衷心地感谢清华，是您哺育了我，教给了我建设祖国的本领；是您培育了我革命的理想和品德；是您锻炼了我的体魄和意志。我将永远不忘您的教导，自强不息，为祖国的社会主义事业奋斗终生。

作者简介

沈正谊，1958 年毕业后分配至一机部机械科学研究院从事科研工作，1978 年获得两项全国科学大会奖；1983 年由机械部调往国务院大规模集成电路与计算机领导小组办公室工作，后任国务院电子振兴领导小组办公室组长，负责计算机推广应用管理工作，协调组织各大部委信息系统建设和计算机用于各行业传统产业改造，组织协调计算机软件科技攻关任务等工作。现为工业与信息部退休干部。

汽 1 品格　凝聚一生

■ 诸葛镇（1956 级汽车系）

2021 年是母校 110 周年大庆，也是汽车专业 1961 届同学毕业 60 周年。同学们相约，凡是走得动的，2021 年一定要回清华相聚，欢庆母校 110 大寿，追忆青春年华，畅叙 65 年的友谊。

1991 年我班毕业 30 周年校庆大聚会时，大家就作出了一个约定：以后每五年一次回校相聚，瞻仰母校，看望师长，建立并更新同学通讯录。自那以后，每隔五年都有半数以上的同学遵约“回归”，像候鸟一样准时飞回清华园。2011 年是我们毕业 50 周年，53 位同学携家属，熙熙攘攘 90 人参加聚会。2016 年入学 60 周年时，也有 63 人返校，其中同班同学达 40 多人，超过在校时全班总数的 50%，实属不易。你可能想象不到，在这些互祝健康开怀欢笑的同学中，有的心脏搭过桥，装了支架；有的双腿关节严重变形，扶着助步器；有的中风后遗症还不能顺利谈吐。

到 2021 年，同学中年龄最小的也有 81 岁了。我们仍然会从祖国的四面八方，以及加拿大、美国等地汇聚到母校来。汽 1 班为什么会有这么大的凝聚力，而且

汽 1 入学 60 周年毕业 55 周年返校同学和家属与老师合影

经久不衰，越老越醇呢？

是美丽的清华园培育了我们美丽的心灵。1956 年，我们从天南海北汇聚到清华园，在五年半（因 1961 年贯彻中央“调整、巩固、充实、提高”八字方针而延长学制到 1962 年 1 月毕业）的学业中团结友爱，相互包容，形成了密不可分的温暖集体。是母校清华把我们凝聚在一起，“自强不息，厚德载物”的校训时时刻刻激励着我们艰苦创业，贯穿整个人生。在毕业后的近六十年岁月里，大家身体力行，工作、课题中相互协作，生活中互相帮助，始终有一批热心人无私奉献维系着相互联系的纽带，使汽 1 这个集体无形而不散。

包容关爱，热心集体，竭诚奉献——这就是我们的汽 1 品格。

包容关爱为汽 1 品格奠定基石

在校就读时，班上年纪较大的党员干部、调干生对同学就比较体贴，特别是在那个政治运动较多的年代，他们对初谙世事的年轻同学主要采取启发帮助、教育为主的方法，以实事求是的态度，尽己所能保护同学的政治生命。邓建炎同学说，他们从不以势压人，而是平等相待，不扣帽子，不打棍子。我们感到亲切，而愿敞开心扉，推心置腹。“反右”中，我班没有一个划定为“右派”，对从其他专业转来的同学也很包容，能够一视同仁，毕业时给他们的评语都是“已经改造好了”，期望他们早日放下包袱走上社会。他们至今还念念不忘班上同学的关爱，并一直积极参加班级活动。由工程物理系转来的许兆麟同学曾多次诉说：“我在清华上过几个班，汽 1 这个集体并没有因政治上的原因而嫌弃我。他们的包容给我很深的感受，使我在大学的后期产生了新的希望，汽 1 因此而可爱！ 1989 年我作为访问教授被公派出国，对方研究所所长欢迎我留下来，我婉拒了。我是因公出国，滞留不归等于背叛，违背了我的道德原则，我仍然按时回国了。我感到，有包容、宽容之心，生活会更愉快，更健康！”后来，他多次出国，参与联合国的活动、引进技术的谈判和科技工作，不辱使命，工作出色，获得国务院特殊津贴。

当同学们渐渐步入老年，病痛日多，大家相互间的问候和保健、医疗经验交流也日益增多；一家添孙女，大家为集体升为爷爷奶奶辈而高兴；一人住院，必然会牵动人心，前去问病问痛送汤送果；一人有困难，大家纷纷解囊，集腋成裘以缓燃眉之急，我班俨然已成为一个大家庭了。

有两对“模范夫妻”的事迹早已为我班同学所称颂。王兴华同学在大学快毕业时，在同是摩托车运动员的恋人被大火严重烧伤、美丽容颜严重被毁的时候，他以忠贞的爱情和高尚的道德情操，鼓励和陪伴她度过一生中最艰难的时刻，战胜一次次手术难以忍受的伤痛，使她重新站立起来，毅然参加高考，完成大学学业。他俩八年恋爱坚守呵护，喜结良缘，得到终身幸福。冯国雄同学，当丈夫大脑受重创而重度昏迷，在医院和父母姐妹都已绝望准备放弃治疗时，她不离不弃，坚持日夜守护数十天，终于唤醒了爱人。那时，她既要照顾一双年幼的儿女，又要看护失忆的丈夫，还不能耽误承担的教学工作。在丈夫稍有恢复后，她从教他数数，到锻炼他逐步恢复智力适应工作，随后是数十年相守，直至丈夫去世。

亲情和关爱战胜病痛的事迹在我们班不断延续着。林祖鑫同学，双腿病变行走困难，后又罹患大病。而且祸不单行，他的妻子又中风昏迷不醒。同学们得到消息，纷纷打电话、发邮件及时送去慰藉和鼓励，并介绍治好的病例和药方。这些真诚而善良的话语使他鼓起了顽强面对困难的勇气，陪伴妻子积极治疗，终于使她逐步恢复。班级大聚会时，林祖鑫夫妇在儿子陪护下来到母校和大家团聚。他多次哽咽着说，经历了这么大的磨难，是大家的鼓励使我坚持下来。

杨永和张生正是我班的一对伉俪，他俩曾在三线的山沟沟里奋斗了二十多年。杨永数年前心脏就装了支架，前些年老张也得过大病正逐渐康复。没料到，杨永后又患上了肺癌，且发生了肺栓塞。在同学们的问候和鼓励下，他们两人非常坚强，互相扶持。面对残酷的化疗放疗，杨永以非凡的勇气接受了这一切。在大聚会时杨永说，今天能到清华来参加聚会，是同学们给了我无限的温暖和力量，我绝不悲观，一定会珍惜健康，珍惜友谊和未来。

热心集体使汽 1 品格传承不息

我们汽 1 在毕业时以微型汽车毕业设计小组为代表被清华授予“先进集体”

汽 1 荣获清华大学“先进集体”称号合影

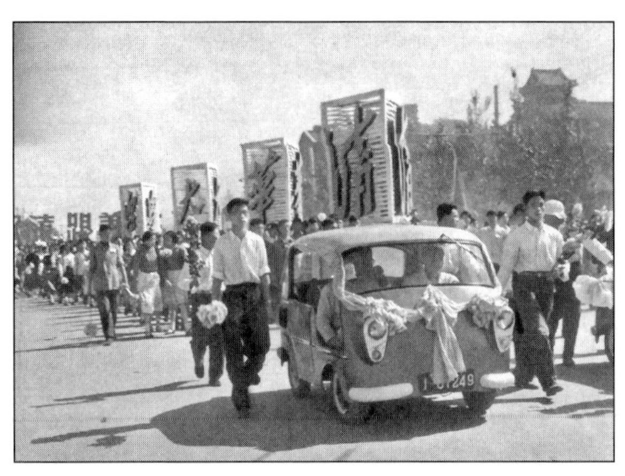

国庆 10 周年游行，汽 1 同学护卫科研成果微型汽车样车在天安门接受检阅

光荣称号。汽 1 虽有汽 11 和汽 12 两个小班，但在五年半时间里，因科研、劳动、毕业设计等任务，分分合合早已成为一家人。年龄大的带领小同学料理生活，年龄小的帮助大同学复习功课，互帮互学，热心集体，蔚然成风。在微型汽车、遥控电犁、联合收割机、发动机节油等设计试验任务和去北京二汽、长春一汽的实习时，在十三陵水库筑坝、清华荒岛建游泳池、北门建土电厂等劳动中，在国庆 10 周年天安门游行和争取“劳卫制”体育达标活动里，在“又红又专”大辩论和“争取先进集体”誓师大会上，大家同心协力，共创集体荣誉。你的图纸我帮助校核，我的伤痛你来抚慰，大家亲密无间，生活在同一个集体中，如同兄弟姐妹，这种情感至今难忘。

曾任志愿军炮兵排长的老班长朱宁武，对我班年龄较小的蔡祥吉一直关怀备至。至今，老班长已去，这位相对年轻的“小蔡”早已成为班集体活动的活跃人物。他领头组建了“清华汽车 61”微信群，拉近了汽 1 大家庭成员的距离。毕业近六十年，汽 1 同学的凝聚力不降反升，班级微信群功不可没。每天清晨 4:30，原校播音员丁川同学就会在微信上发布“一日谈话”，亲切醇厚的男中音响彻汽 1 上空，不少同学都已习惯一早起来聆听这清晨的“广播”。同学或家属生病，群中会有慰问鼓励，以及治疗对策的交流。一些小型聚会也会通过微信群及时发布信息，手机和平板上的视频在同学之间争相传递，再现这美好的时刻。

“聚游”也增强了汽 1 集体的凝聚力。聚游——旅游为形，聚会为实。2011 年毕业 50 周年聚会时，孔宪清的一句“过五年再聚等不及了”，促进了随后几年小规模聚游的开展。2012 年常德的廖云鹏同学首次组织同学们去张家界湘西旅游，并亲自“导游”讲解风土人情，职业导游在旁边也自叹不如。小廖毕业分配到最艰苦的地方——靠近中蒙边境的牙克石林区机械厂，初到时的严寒与孤寂使他更加想念班集体和同学们。因此，他特别珍惜同窗的友情和聚会，调回家乡后即倾注了自己的精力和热情，后来小廖还组织了桃花源游。小蔡组织了好几次班级的旅游，如“赣闽游”，邀请大家去自己的家乡江西上饶缅怀革命先烈；还有“柬埔寨—广州游”，让大家跨出国门，体会异国风光。另外，上海同学陈二君、董其煌邀请大家进行了较大规模的苏州农家乐聚游，悠悠于江南水乡秀美景色之中，晚会上还给四对夫妇祝贺了金婚。此后，“海南游”“开封—登封游”“洛阳赏牡丹游古迹看水库”“宁扬沪游”等也成功举办。在我班校庆聚会的会场上，滚动播放的历次聚游的大屏幕录像，使大家觉得这些年从来不曾分开过。

《汽一毕业 50 周年纪念册》是我们班最全面、最深切的集大成之作，是我们班的“传家宝”。在 2006 年毕业 45 周年的大聚会上，发起了编写纪念册的倡议。纪念册除了征集大家珍藏的老照片、毕业以来的师生团聚照片外，更珍贵的是请每人写一篇文稿来寄托大家对母校和同窗的思念，反映大家毕业后的工作和成就，并附上一张合家欢照片。整整三年，文稿和照片似片片红叶陆续地飞向总编，经过各地同学中的十多位编辑人员同心协力，用集体的心血凝成了《筚路蓝缕清华人——汽一毕业 50 周年纪念册》，献给清华建校 100 周年大庆和我班毕业 50 周年。没有大家对班集体的热心，这本书是绝对编不成的。

图文并茂的纪念册厚达 260 页（并含光盘），涵盖了 88 位同学的信息（包括插班、中途调离的同学），多年不见的同学也有了音信。其中，既有“水木清华，紫荆留香”的岁月，也有我们实践“为祖国健康地工作五十年”的足迹；既有北国南疆筚路蓝缕的坚韧，也有东海西域儿孙抱膝的惬意。纪念册成为我们永恒的聚会，不散的宴席。当我们老到走不动的时候，这本纪念册犹如同学们陪伴于左右，得到深深的慰藉。

竭诚奉献让汽 1 品格历久弥坚

在清华的五年半学习生活，让我们把“自强不息、厚德载物”深深地扎根心中，大家为维护班集体而团结奉献。毕业后，不论扎根科技，还是担任要职，都能做到平凡而不平庸，奉献而无声息；正直而又谦逊，自强而又厚重。退休后这些清华理工男（女）仍然“痴心不改”，为开展班集体的活动尽心尽力，竭诚奉献。

汽 11 第一次春游——登长城

汽 11 的第一任班长钱进，为解除大家初次远离家乡的思念之苦，入学不久就在工字厅前草坪上组织了 1956 年国庆中秋班会；第二年“五四”青年节，全班又去八达岭长城春游，增进了班集体的团结和融合。退休后，他和福州的邓建炎联袂组织了“福州—台湾—厦门”游，让大家领略了祖国宝岛的风采，还访问了新竹清华大学。他主动揽下每五年更新同学通讯录的任务，向大家积极征集信息的变化情况，在聚会前整理完成。这样每次大聚会时我们都能得到一份经过更新的通讯录，大家十分满意。可惜，今年他不幸病逝，我们看到通讯录就会更加怀念他。

历次活动延续着同学间的友爱和温馨，而每次的成功都蕴含着组织者们的巨大劳动。从选定聚游目的地、联系合适的旅行社，到活动过程中七老八十的同学们的路途安全保障，以及行程中特殊情况的处理；再到同学中的能者在活动后自动制作好相关图片和幻灯片，发送给全班同学。组织者们无怨无悔，为提升汽1的凝聚力做出了默默奉献。

我们班没有“大款”或“高官”，每次大聚会的经费主要靠AA制，但也不乏自愿捐款者。我们的老团支书李德宽几乎每次都要拿出一两万元，国内外的同学们也你几千人民币我几百美元的，表达自己对汽1的爱心和对聚会的支持。大家也对有困难的同学予以资助路费。

每五年一次的校庆大聚会准备工作依赖于我班有个“常委会”——由留校及京津同学组成的“校庆活动筹备组”。每次校庆聚会前半年，他们就开始策划、征求意见、统计人数，每届活动前都要反复多次听取同学们的想法。他们以“没有最好，只有更好”的精神，兢兢业业不厌其烦，搞了一届又一届，以为同学服务为己任。就拿2016年的校庆聚会来说，筹备组同学提前半年就开始筹备，研究解决首要的住宿问题。孔宪清、张怀瑾等同学早早地统计好了我班返校的名单，三番五次与校友总会联系，并冒着严寒到学校周边的宾馆实地考察。他们及时地向同学们报告筹备情况，征询意见，修改方案。他们的执着和热情得到了校友总会的大力支持，最终同意我们入住紫荆公寓，为聚会奠定了良好的基础。

面临即将来临的校庆110周年和我们毕业60周年的聚会，留校在力学系任教的张怀瑾同学已有思考。但她那一贯全力支持我班活动的老伴却在与癌症抗争九个多月后于2020年7月不幸去世。同学们就像失去同窗一样无比悲痛，致哀电如雪片飞去。强忍悲痛的她坚强地表示，请大家放心，明年的聚会我还会和其他同学一起努力筹备！同学们个个为之动容。这就是汽1班，这就是清华人！

班级的凝聚力如一股强大的力量，汽1班同学感到在自己身后有着一个强大的“亲友团”，可以倾诉、可以互助，可以依靠，亲密无间。丁川同学说得好：六十多年前，一粒种子落在清华园肥沃的土壤上，现已成长为一棵大树。在全班同学的呵护下，不断培土施肥，我们的大树更加枝繁叶茂、生生不息。

我想，就用我们班老团支书和辅导员查恩涛同学在《晚秋心语》里的诗来结束本文：

风风雨雨凌云志，平平淡淡吐丝蚕。
留恋晚秋明月夜，枫林霜叶竞绵延。
朝露人生特暂短，五湖四海忒有缘。
同窗情谊贵无价，由衷永诉清华园。

2020 年 8 月于上海

作者简介

诸葛镇，1939 年 6 月出生。1956 年 9 月就读于清华大学汽车拖拉机及其发动机专业，1962 年 1 月本科毕业，获清华大学优秀毕业生奖章；1966 年 4 月研究生毕业，分配至武汉工学院（现武汉理工大学）从事教学工作。任教授、硕士研究生导师、校学术委员会副主任、校党委常委兼副校长；曾获国家教学成果奖二等奖，及多项省部级科研、教学一等奖；机电部有突出贡献专家。

1993 年 9 月调上海汽车拖拉机工业总公司（现上汽集团）。历任副总工程师、下属申雅汽车密封件公司党委书记兼总经理、上汽培训中心党委书记兼主任（上汽党校副校长、职工大学校长）。上海交大兼职教授；与上海交大、上海同济大学合作项目获上海市教学成果奖一等奖。2000 年 1 月退休。

抚育我成长的摇篮

■ 李慧芬（1958级建筑系）

弹指一挥间，我已步入耄耋之年。每当收到清华校友总会寄给我的《清华校友通讯》、校刊寄来的《新清华》时，就情不自禁地想起抚育我成长的摇篮，勾起我对考入清华那段往事刻骨铭心的回忆，对在清华学习、生活的眷恋。那是对我一生的思想、行为影响最深远，最丰富、最愉快、最难忘的经历。

豁出一条命也得考清华

我从小生活在北京的一个贫民区，在我幼小的心灵里，留下最恐惧的烙印就是每逢刮风下雨，我家的左邻右舍经常会发生房屋倒塌，砸伤人、砸死人的惨叫、嚎哭。再加上自家的屋里，大盆小罐接漏雨，外面雨停了，屋里仍然要滴滴嗒嗒漏半天。我总想，这些人什么时候才能住上可以遮风挡雨的房子呢？解放后，每当我看见一幢拔地而起的新楼，就非常兴奋。在我心目中能盖房子的人是最伟大的。我立志长大要当建筑工程师。

高中毕业了，高考填报志愿，每人可报9个志愿，我找遍全国各大学的招生简章，只有6个大学有土木建筑系，唯独清华大学建筑系和土木工程系是两个系。建筑系要加试美术，每年只收几十人。《中国青年》杂志曾有一篇报道，截至1957年入学清华大学建筑系，工农家庭出身的只有曲淑凤一人。我心高气盛，雄心勃勃，第一志愿就报清华大学，选择我憧憬已久的建筑学专业，第二、第三……第六是天津大学等校的土木建筑系。其他志愿不报了，有人好心地劝我，建筑系考不取，怎么办？师范院校取分低，又免费吃住，还是应填报上。我当时说："考不取清华建筑系，大学就不上了，早点儿参加工作。"

1958年7月天气酷热，干旱无雨。家里学习环境差，我每天去学校复习功课。学校已放假，基本没人，安静极了，哪个教室开着门，我就进哪个教室，随便找个位子埋头看书。一看就是一天，不吃也不喝，下午四五点钟才回家。高考的前一天，我照旧在二楼的一间教室复习功课。刚看了一会儿书，天就黑了，好像到了晚上六七点，我连忙往窗外看，原来是乌云密布下起了小雨。心想这下凉快了，就挪到窗口稍亮点的位子上继续看书。这雨越下越大，竟然下了一整天，天真的黑了，饥肠辘辘的我，想豁出淋湿衣服，赶紧跑回家。可是，我舍不得这一大包书被淋湿。正在心急火燎之际，透过玻璃窗，远远看到对面楼前，在雨中站着一个打着伞东张西望的人，仔细一看是我的妹妹。我高兴得一溜烟似地跑到妹妹面前，她说，她已在这里等了两个多小时。我顾不上解释，飞快地跑回家。我狼吞虎咽地吃了一个窝头，喝了两碗面疙瘩汤，就睡觉了。半夜 12 点多，我突然肚子痛得不得了。父亲把我送到医院，经急诊、化验，诊断得了急性阑尾炎，必须立刻做手术，否则有生命危险。这时已凌晨 3 点，距离去参加高考还有不到 5 个小时。我执拗地摇头，死活不同意做手术，我答应父亲，第一门考不好，后边就不再去考了，马上回医院做手术。医生无可奈何，让父亲签字“后果自负”，打了一针，吃了一点儿药，就不顾一切地离开了医院。

因是全国统考，我的考点在离家比较远的北京市 25 中，共考 6 门，需三天。那时，家里困难，连杯牛奶也买不起，没有出租汽车，家里也没有人送我去考场，只好雇了一辆三轮车拉去。早晨喝一碗绿豆汤，中午不回家吃饭，下午考完再坐三轮车回家。第一门考语文，基础部分答得很顺，作文题目《难忘的一件事》，平时也做过。下午考数学，题目也不难。人得喜事精神爽，心里一高兴，疼痛似乎减轻了许多。第二天仍然觉得考题很简单，很轻松地就答完了。可谁知，第三天下午考最后一门外语时，本应考 90 分钟，只答了不到 30 分钟，三天没吃饭，带病坚持考试的我，终于坚持不住了，不由自主地昏倒了，被急救车送到了考场附近的第四医院。当我醒来时，已经做完手术，躺在病房里。往窗外一望天已黑，周围没有认识的人，我鼓起勇气，想去找大夫问个明白。不料，刚下床走了两三步，一头栽倒在病房门口，又昏倒了。当时被缝合的伤口就绷开了，又送进了手术室。第二天，我懊悔极了，觉得自己太不像话了。给考场、医院添了这么大的麻烦，害得家里找了我一夜。人家考 6 门，我只考了 5 门，白白拼了三天命，大学是肯定考不上了，伤心的泪水潸然而下。一方面心情不好，另一方面营养不良，别人做这种手术一般不超过七天就出院了，而我住了二十多天，伤口不愈合，出不了院。

一天下午 3 点多钟，妹妹来给我送高考通知书，我不让她进病房，还神经质地赶她走。我害怕看到不录取的通知书，病弱的我根本经不起那样的打击。她大声说是录取通知书，我不信。当时病房住了七八个人，纷纷去看，果然是清华大学录取通知书，当我真真切切地看到确实是清华大学建筑系的录取通知书，竟然放声大哭起来。憋在心里的苦辣酸甜一涌而上，激动得说不出话来。

第二天，在我的恳求下，医生同意我出院，但每天还要到医院换药。这次得病共花了400多元，相当父亲半年多的工资。但是，当父母亲听说，北京市女四中200名毕业生中，只有3人考取清华大学，他们也感到很欣慰。我之所以能被录取，我猜想可能前5门分数很高，可能有考场记录，也可能是清华大学招生办参考了我高中毕业时八门主课全部是5分（当时实行5分制）的全优成绩。那时不能查分，也没有走后门的。我这个普通工人家庭出身的女孩子，虽然差点儿搭上一条命，但最终考取了清华大学建筑系。

难忘在清华大学的岁月

走进清华大学挺拔巍峨的校门，水木清华的玲珑典雅，工字厅的蔚然清秀，科学馆的学术气息……震撼了我。这就是我心中的圣殿，工程师的摇篮。我暗下决心，一定要成为清华大学最优秀的学生。

1958年是建筑系1946年成立十年来招生最多的一年，共录取100名。系主任是我仰慕已久的建筑泰斗梁思成先生。入学后，系里指定三名同学为大班（年级）班委，分别为班长、学习委员、文体委员，我被指定为学习委员。我心想，全国各地考入这么多出类拔萃的尖子生，还有当年从工农速成中学优秀学生中录取的十几名调干生，他们有工资，比我们大五六岁，都是中共党员，怎么就指定我这病号当学习委员呢？我怀着忐忑不安的心情，千方百计地做好学习委员的工作。

我因阑尾炎伤口尚未痊愈，每天都要同学用自行车驮着我，去食堂、教室，去校医院换药。特别是课间换教室，从校园西区到东区，同学推着自行车跑。我给刚认识的同学添了太大的麻烦，心里别提多么过意不去了。

1991年适逢清华大学80周年校庆，建4校友组织回母校聚会，当已任天津市副市长和大家阔别三十一年的我出现在大家面前时，同学们异口同声地说："想当年你捂着肚子，一瘸一拐地来报到……我们还用自行车驮你呢？你可不能忘了我们……"可见，我当时的狼狈相，给大家留下了多么深刻的印象。那亲密无间的同学情谊，几十年来一直温暖着我，常在我的梦中浮现。

建筑系建筑学专业，每年三个学期，其中两个学期在校内学，一个学期到大型建筑工地实习。在学校"自强不息、厚德载物"的校训，严谨务实、科学求真精神的熏陶下，加之自己学习目的明确，学习动力足，刻苦努力，各门基础课、专业课成绩都是5分。在工地实习中我学过钳工、木工、瓦工。1959年5月，我已在北京市和平里住宅工地，通过砌墙速度、质量和独立完成发璇（砖砌弧拱）的考核，获得三级瓦工证书。和一般学校紧张的书本学习有天壤之别，我们每周有一天时间学画画、一天参观，可以自由安排。我们都有颐和园年票，经常去那里写生，北京各种类型建筑、景点我们都去过，系、校、市图书馆都有我们的足迹，一天到晚非常轻松愉快。

1959 年在清华园，二排左三李慧芬

学校经常组织政治学习、社会活动，既注意以人为本、因材施教，又注意个性发展，让同学们在丰富多彩的学习、活动中学到了知识，铸就了团队精神和突出的凝聚力。

入学后不久，校刊《新清华》要从新生中聘请一批学生记者。数量不多，平均每个系不到一个。我在高中时是校团委会宣传委员，一直办小报、黑板报，文笔也有一定基础，我被选中了。国庆节刚过，我就得到了“采访证”，证上有我的名字和证号，还盖着校团委宣传部的红色椭圆形图章。这样，我就有了在校内各处采访的通行证。在紧张的学习、班级社会工作之余，我经常花费许多时间写稿、采访，报道建筑系的有关情况。1959 年《新清华》按报道内容成立了几个记者组，我和土 2 杨玉成、自 4 丁文魁等 5 人被分配在体育组。

在校运动会、首都高校田径运动会、国防体育运动会等大大小小运动会上，我们不但采访、录音，还做现场报道。我说的是标准的普通话，还经常做现场解说。同学们常常在报端看到我的名字，在广播里听到我的声音，在民兵训练、学术讨论等各项活动中看到我忙碌的身影。在天安门游行前休息时也不忘采访。

1959 年五一劳动节在天安门广场采访清华民兵，左为李慧芬

清华大学要求学生德、智、体全面发展，特别重视提高学生的身体素质，体育老师马约翰一年四季都是身着白色单裤褂，活跃在大操场上。蒋南翔校长响亮地提出“争取为祖国健康地工作五十年”。入学后的前三个月，我不能上体育课，也不能参加每天下午的体育活动。马约翰老师根本就不知道我的存在，我却成了他的“粉丝”。过了半年多，他才发现跑、跳、投掷成绩都不错的我。1959 年春季校运动会，各项比赛我系都有人参加，唯独自行车田径赛没人，我心想，每周我从清华骑自行车回家，一趟就是两个多小时，便鼓起勇气报了名。这次比赛我竟然得了田径场 3000 米女子组第一名，成绩达到国家二级运动员水平，超

1959 年自行车队的同学们，左一李慧芬，右二孙慧生

过原校队女运动员。比赛结束后，我被吸收到自行车校队，队长是建 0 孙慧生。

1954 年 10 月成立清华大学体育代表队，学校有专门的运动员餐厅，交同样的伙食费，比普通餐厅吃得好很多。在国家困难时期，普通同学粮食定量，每月男生 30 斤、女生 28 斤，运动员不定量，可以吃饱。每天下午 4 点至 6 点进行高强度的体能训练。自行车队男 8 人，女 3 人，经常去爬香山，骑车到市里先农坛体育馆，进行赛车场训练。我们还骑车第一天从清华大学出发，当晚住天津大学，第二天再回清华，来回近 300 公里。那次路上，一个男同学的自行车出了故障，只好由一个男同学骑一辆、推一辆，另一个男同学带一个人。

功夫不负有心人。1960 年元旦北京八大院校自行车 100 公里公路赛举行，那天风很大，顶风骑了不到半小时，已经满身大汗，我迅速地脱掉运动衫、裤，穿着印有清华字样的背心、短裤，两条腿像上了弦似的，速度更快了。不料又骑了 20 多分钟，我的腿肚子突然转筋，痛得不得了。陪同保护的工作人员发现后，劝我下车揉揉。当我听到“清华加油！清华加油！”的沿途拉拉队喊声，当我想到邱少云、黄继光等战斗英雄，怎么也不肯下车，但却泪流不止哭起来。当我接过别人递给我的水壶喝了两口，竟然随手把水壶扔到了路边的水沟里。事后想起这

2014 年 11 月自行车队合影，右一李慧芬

件事我就不好意思。通过拼搏，清华大学获得团体第一名。我的成绩达到一级运动员水平。

2014 年 11 月，学校举行清华体育代表队 60 周年庆祝活动，和大家分别 54 年后，我们再次相会，每个人都精神矍铄，不失老运动员风采，都已超额完成“为祖国健康地工作五十年”的目标。

1960 年，党和国家决定从全国重点高校中选拔一批政治条件好、学习成绩优秀、身体健康的同学充实中国人民解放军军事工程学院（代号总字 9042 部队，因坐落哈尔滨市，简称哈军工）。清华在 15 个系中每个系选 2 人，共 30 人。

我清晰地记得，那是 1960 年 8 月 3 日（因为那天是我生日）下午两点，系领导把中国人民解放军总字 9042 部队录取通知放在我面前，和蔼可亲地对我说：“祝贺你，从现在开始你参军了。”并提出两条要求：一是不要告诉家里，怕家里拖后腿；二是不要告诉同班同学，怕影响期末考试。不用带任何东西，8 月 5 日早晨 5 点学校二校门有车送。我像做梦似的，一点也不兴奋，怀着恋恋不舍的心情，在清华园里转来转去，然后无精打采地骑自行车回到家。告诉父母学校组织去实习一段时间，就不用花家里的钱了。从没说过谎话的我，竟然语无伦次了。

8 月 4 日回到学校向《新清华》记者组、自行车校队的同学告别，因为没说为什么，大家纷纷议论，都用惋惜的眼神苦口婆心地劝我，不要离开他们。我心里的苦辣酸甜，难以言表。回到宿舍，一向活泼热情、快言快语的我，像变了一个人似的。偷偷给和我家住得比较近的女同学陈若新写了一张字条，请她在我走后，收拾我的行李、衣物、书包等送回我家。把字条放到她枕头下边，我就爬上双层床的上铺——我睡了两年的地方。我两眼望着天花板，思绪万千，辗转反

清华被选调入“哈军工”同学留念，后排右一李慧芬

侧，久久不能入睡。我多么舍不得离开我豁了一条命考入的清华大学，我多么想当一名建筑师……在党与国家的需要和个人的爱好、志愿发生矛盾时，遵照清华大学“到祖国需要的地方去”的教育，我毅然服从了党和国家的需要。

8 月 5 日，天蒙蒙亮，我生怕吵醒熟睡中的同学，轻手轻脚地只身一人溜出了宿舍，眼泪像断了线的珠子似的，顺着我的脸颊流下，喉咙哽咽着差点哭出声来。我不敢再回头，径直跑到集合地点。两辆大轿车清晨 5 点缓缓开出清华校门。车上鸦雀无声，直到登上北京——哈尔滨的火车。

虽然我在清华园里学习、生活只有两年，现今所回忆起的事恐怕只是一鳞半爪。但是，清华的通才教育和校风、学风深深地影响了我。在我离开清华六十余年的学习、工作生涯中，在每个岗位上，无论做什么，无论顺境逆境，清华对我的教育、鼓励、支持和鞭策都是无时无刻、有形无形地存在着。学习、工作中取得的每一点成绩，无不是受益于抚育我成长的摇篮——清华大学的锤炼。

作者简介

李慧芬，教授、高级工程师。1960 年 8 月从清华建筑系被选调到哈军工电子工程系三年级插班学习，1961 年加入中国共产党，1964 年毕业后留校任教员。1970 年调到天津，1974 年起先后任天津市二机局党委常委、副局长，天津无线电联合公司党委副书记、总经理、总工程师，天津市经委党组副书记、副主任，市委工业工委副书记。1988 年 5 月任天津市副市长、市委常委，1990 年起兼任天津市口岸委主任。1995 年 7 月起先后任中国联通总经理、法人代表、党组书记，中国机电产品进出口商会会长、法人代表、党委书记。中共第十三、十四、十五次全国代表大会代表，中共十二、十三、十四届中央候补委员。

“真刀真枪毕业设计”成就我们的优秀大学集体

■ 华平澜（1959 级自控系）

“真刀真枪毕业设计”是 20 世纪 60 年代清华大学为培养高质量人才实施的重大战略举措，在这个过程中同学们必须协同作战、发挥团队精神，因此对于优秀大学集体的创建起到了积极的推动作用，意义深远。

我们自 505 班是清华大学的优秀班集体，富有凝聚力，多年来，她像阳光一样一直温暖着我们。并且，我们班大多数同学毕业后都表现突出，成绩卓著，没有一个人掉链子。班级同学中的优秀代表有：张福森，对全国科技、经济发展作出重要贡献的中关村科技园区最初的领路人，时任海淀区区委书记，后来升任中共中央委员，担任司法部党组书记、司法部部长；蒋轩祥，在西北骊山微电子研究所从事航天领域导弹、舰艇、卫星、飞船各种型号计算机系统的研

“四好”毕业班自 505 全体合影

制，科技成果荣获国家科技进步一等奖；徐伯权，毕业后在电子部第 28 研究所担任副总工程师，专门从事我军自动化指挥系统的研发，成果荣获国家科技进步二等奖，个人获全国“五一劳动奖章”等；王有，毕业后长期担任电子工业部第 53 研究所所长兼党委书记，带头进行科技攻关，其成果荣获国家科技进步二等奖……

一个优秀的大学集体，对每一位同学的成长都是至关重要的。清华大学党委一直重视各个层面先进集体的建设，意在为每一位同学提供团结互助、奋发向上、共同成长的环境氛围。我们自 505 班是争创“四好班”的积极参与者，特别是“真刀真枪毕业设计”的过程，对我们班的创优工作影响深远，那段经历至今回忆起来依然非常难忘。

一个优秀的大学集体，其建设和形成是一个渐进的过程，各系、各个年级、各个班情况不同，学生构成不同，其先进集体形成或建设过程也千差万别。从我们班成长的亲身体会看，其关键环节大致有：入学教育，核心优选，教师榜样，学工、学农、学军等实践，最后是“真刀真枪毕业设计”阶段。

入学教育很重要，清华新生，天之骄子，来到最高学府，大家都十分憧憬未来，但是也有些懵懵懂懂。清华党委对入学教育一直十分重视，我们那个时期，都是党委书记、校长蒋南翔亲自抓，他直接找学生对话、座谈，给我们讲故事，从旧中国的黑暗，说到新中国的光明未来，语言朴实、生动活泼，至今深深印在我们脑海中。通过入学教育，以及后来进行的红专大辩论，让大家明白，未来要成为国家栋梁，对人民作出贡献，就必须走又红又专的道路，德智体全面发展。

教师的榜样作用是形成优秀集体不可或缺的，清华师资力量雄厚是全国出了名的，我们入学时有“清华一百零八将”之说。那时清华有一百零八位教授、副教授，加上后来学校陆续补充了一大批优秀毕业生留校任教，他们是学生们心中的榜样。老师的言传身教、潜移默化会影响学生一辈子。对我们自 5 同学来说，凌瑞骥老师深入学生、生动幽默的报告，钟士模、吴麒、童诗白等一批优秀老师上课的情景，至今依然历历在目。清华大学有尊师爱生的光荣传统，当时的清华，老师围着学生转，教师身先士卒、教书育人，师生关系非常融洽。

“真刀真枪毕业设计”是我班形成优秀班集体的重要一环，可以说是关键环节。下面将通过我班进行第二代晶体管 112 计算机的“真刀真枪毕业设计”过程，详细地进行说明。

一台计算机，是复杂的系统，它由许多部件组成，每一个同学只能在某一个小组工作，大家需要相互配合。这个时候，特别在你面临意想不到的困难时刻，你所在的集体会伸出温暖的手；在集体遇到困难的场合，总会有人抢挑重担，或自动分担责任，支持团队渡过危机。在年轻人成长的关键时期，这种相互帮助、团结合作和集体成长的氛围，这种党团骨干齐心协力、努力开展工作的风气，对每个人的影响是巨大的，整个班级就迅速成长，成为优秀集体。在这一阶段，清华大学各专业都进行了“真刀真枪的毕业设计”，既为解决社会的实际问题，也锻炼了同学的动手能力，培养了人才，同时也涌现出一大批优秀的大学集体，形成一举多赢的良好局面。

当时，我们“真刀真枪毕业设计”的课题是“第二代晶体管电子计算机”。1955 年，清华大学根据中央指示，建立了我国第一批面向尖端工业的新技术专业。1956 年，我国第一个计算机专业和自动控制专业在清华建立。1958 年自动控制系（计算机系前身）正式成立，同年，蒋南翔校长提出了“教学、科研、生产三结合”的口号，并在 1959 年下达了研究设计和制造我国高校第一台通用电子管数字计算机（代号：911）的任务。1964 年 4 月，经过研制人员五年锲而不舍的努力，911 机终于正式投入运行。当时每秒运行 1 万次，论其规模和速度已算国内先进水平，但与国际先进水平差距较大。911 机投入运行后，蒋校长找到第一任系主任钟士模教授，提出研制一台“小一点、快一点的全晶体管计算机”，赶上或接近国际水平。系党总支书记凌瑞骥同志在 1964 年下半年下达了研制 112 型全晶体管电子数字计算机的任务，硬件部分由我们自 505 班来承担。

1964 年 9 月，我们自 505 班在第六个学年时进入了为时约两个学期的“真刀真枪毕业设计”阶段。全班 42 名同学有 31 人参与了 112 机的研制，11 人（顾澂、沈万煜、徐伯权、王佩吉、孙仁华、郭存裕、徐慧玲、李崇仁、于进江、徐中兴、史嘉权）参与模拟计算机课题任务并取得了优异成绩。

“真刀真枪毕业设计”真正的难度和压力与其说在学生身上，还不如说在系领导和教研组老师身上。在毕业设计开始之前，教研组的老师们就做了各种准备，将这个复杂的系统，分成了若干子系统，把各子课题分配给各个小组。教研组的老师们也分了工，并就如何给毕业班学生分配任务做了调查研究。要完成设计并制造出一台国内首创、组成完整、能正常运行的全晶体管计算机系统，任务的难度确实很高。接到任务后，同学们既兴奋又感到压力沉重，为此我们召开了动员大会，凌瑞骥作了战前动员，让大家明确，这次毕业设计任务重大，为国担当，真刀真枪；老师们谆谆告诫我们，一定要处理好几个关系；团支部书记张友德、班长李澄顺代表同学表示了决心。通过反复讨论，会议强调了：必须拥有团队精神、大局意识，每个人都要为整个团队高水平完成任务而努力奋战；要处理好服从工作安排与个人业务成长的关系，把完成自己所承担的任务放在第一位。这个动员会，让同学们明确了必须依靠团队、发扬班集体作用才能取得最后胜利。

参加 112 机研制任务的同学被细分成总体逻辑组、运控组、内存组、器件测试组、电源组、印制板组、结构外设组共 7 个小组。

总体逻辑组的指导教师是金兰教授，两位同学是叶勉干和杨先德，还有陈修环、蒋维杜老师，北京计算机三厂筹备负责人。这一组承担的工作比较关键，更多涉及整机系统设计的全局性问题，包括指令系统、指令格式的选择与确定，112 机的总体和部件组成方案，各个部件的性能指标，确定各部件之间的接口关系，等等。为此需要和其他各个设计小组密切联系。总的指导思想是计算机硬件组成要尽可能简单。金兰教授身体力行，耐心细致指导，他鼓励大家要有信心。叶勉干在这一组勇挑重担，出色地完成了分配给他的具体任务，更在协调各个小组工作进度、彼此间的配合关系等方面表现出良好的组织协调能力。凌瑞骥老师鼓励他要在“真刀真枪毕业设计”创建优秀班集体中起顶梁柱作用。叶勉干自己说：“大学集体温暖我，信任我，让我挑重担，我应加倍回报。”

运控组的指导教师是黎达、朱家维老师，参加这个组工作的同学较多，有我、巢菊芬、鲁国才、周汝博、张友德、张延淑、王通球、方玉堂、金通庆等，由我担任小组长。我们小组主要承担逻辑电路设计与定型的工作，还要完成构建 8 位运算器模型，用于检查与测试逻辑电路的正确性和系统运行的稳定性，涉及计算机整机的工程实现的工作很多，系统联调的任务也要由我们小组牵头。我们小组在逻辑线路设计与定型的过程中，能从理论和工程实现两个方面发现和解决遇到的各种问题。当时，8 位运算器模型机箱后面插座间的连接线既多又密，检查这些连线是否正确，难度很大，怎么办？经过集体讨论，认真研究，我们决定采用两人一组，用三组人分别检查并记录结果，只要三组的检查结果不完全相同，都必须再次检查，一次又一次重复，大家相互鼓励，直到检查结果完全一致。同学们深深体会到集体作战的重要性，感受到团队精神的力量。

我们这一小组任务特别重，小组成员最多。在黎、朱两位老师指导下，我们认真组织并分配每位同学的工作，注意调动每位同学的积极性，对本组任务和有关的技术方案有了更深入准确的理解。在关键时刻，我努力挑起小组长重担，发挥一名共产党员的模范带头作用。在“真刀真枪毕业设计”中努力完成组织分给我的每一项科研任务，弄清流程并摸清其规律，真真切切地感受到这是我人生成长的重要一步。最终，经过师生的共同努力，我们组出色地完成了运控部件的线路设计和定型，8 位运算器模型设计、制作与调试，模型机的稳定性考核等工作。

内存组的指导教师是王爱英、熊云高老师，学生有李澄顺、王觉民、陈谋松、陆慰椿，这一组的任务是设计并制作磁芯存储器部件，包括固定存储器和随机读写存储器；器件测试组的指导教师是王尔乾老师，学生有赵毓陞、丁然文、曹正国、马增勋，这一组承担硬件系统所用到的全部元器件的测试与筛选；电源组的指导教师是陆吟芳和刘凤云老师，学生是蒋轩祥和王明庄；印制板组的指导教师是薛宏熙老师，学生是王有和盛祖余，这一组承担的任务是参与并协助车间完成全部印刷电路板的制作；结构外设组的指导教师是汤弘寿、潘孝梅、王孝良老师，学生有徐时新、王诚、高惟龙、程昭、杨振宇、黄镇东、张崇武，这一组的任务是为 112 机配备 3 台外部设备，还要设计计算机机箱和机箱内部的结构。

112 机整机在系车间进行总装

在非常艰难的情况下，各组都出色地完成了各自承担的任务。特别是大家认为最难完成的，由汤弘寿老师指导、奚和泉同学承担的 112 型晶体管计算机专用接插件任务，他们却提前研制成功。

1965 年 7 月，毕业设计任务告一段落，基本的关键工作达到了预定的目标。这标志着清华大学在数字计算机领域迈入第二代计算机的阶段，并处于国内先进水平。该机字长为 21 位，采用了由北京沙河半导体器件研究所生产的国产锗晶体管，由于自行设计了独特的系统结构，用较少的硬件实现了小型计算机的功能。

1965 年底、1966 年初，在北京化工大学举行的全国高校科研成果展览会上，112 型数字电子计算机正式展出。我们敬爱的周总理、朱德委员长参观后大加赞赏，这是当年在高等教育界震动很大的事件。后来，很多国内外朋友观摩了 112 机的演示，其中就包括第一个访华的美国计算机高级专家代表团，之后还产生了良好的社会效应和国际影响。

“真刀真枪毕业设计”像一座大熔炉，让我班形成一个大学优秀集体。毕业前夕，自 505 班被学校评为 1965 年度“四好”毕业班，112 机小组被评为优秀毕业设计小组。顾澂、我、陆慰椿、王诚、叶勉干、赵毓陞、奚和泉 7 名同学被评为优良毕业生。几十年来，这个优秀集体一直影响着每个同学的人生道路，她像阳光一样，温暖了我们一辈子！

在本文撰写过程中，我得到系内多位老师和本班同学的积极协助，包括王诚与奚和泉的全力支持，在此一并表示诚挚谢意！

作者简介

华平澜，1965年本科毕业于清华大学计算机专业，1968年研究生毕业。长期从事计算机的研制、设计、生产工作和信息产业科技管理工作。参与主持研制的DJS130计算机获全国科学大会优秀成果奖，参与主持研制的DJS140计算机获国防工办新产品一等奖。主持组织国家科技攻关项目486/EISA高档微机及典型应用系统获北京市科技进步二等奖，北京市政府新产品一等奖，机电部十大新产品奖。教授级高级工程师。

曾任北京市电子工业办公室总工，北京市信息化工作办公室主任。还曾任北京市信息化工作办公室顾问，北京软件行业协会会长，中国软件行业协会、中国计算机用户协会副理事长，北京市政协科技委特邀委员。

成长在清华大学“四好”班

■ 王友彭（1959 级自控系）

1959 年，183 位同学从全国各地考取了清华大学自动控制系（计算机系前身），经过三年的基础理论学习，原来的 7 个班按专业分成 5 个班，我被编入自 503 班，为自动控制理论专业。1965 年毕业时，我们班被校务委员会评为“四好”毕业班（思想好、学习好、工作好、身体好），全班 24 人，获优秀、优良毕业生奖 5 人，占 21%（当年全校毕业 2021 人，优秀、优良毕业生 290 人，占 14.4%）。中国共产党员由 1 人发展到 6 人，占全班人数的四分之一，这在全校都是很高的。

清华大学是全国一流的大学，当时号称“红色工程师的摇篮”。在蒋南翔校长的领导下，校党委贯彻的教育方针是：教育为无产阶级政治服务，教育与生产劳动相结合，培养又红又专的建设人才，既要关心政治，积极参加政治活动和生产劳动，又要努力学习，熟练掌握基础理论和专业知识。大家都按照这个方向去努力。

独立思考，因材施教

我们自 503 班全是男同学，住在 12 号楼最上层，一个房间放 5 张床，10 个同学分上下铺居住，有 4 人和别的班同学合住。因为各班都无固定教室，中间放两张桌子共用。为了能有一个安静的学习环境，宿舍里经常空无一人，除上课外，大家整天背着书包、带上计算尺去图书馆或找教室学习，每天早 6 点起床，晚上 10 点熄灯，当时是每周学习 6 天，只有一个星期日，但谁也不舍得全天休息。寒暑假多数留校学习，很少有同学回家，生活十分紧张。

毕业 50 周年部分同学回校留影

自动控制系是 1958

年新成立的，讲授课程的老师多是有名的教授。钟士模教授讲“自动控制系统”，吴麒教授讲“自动调节原理”等，老师们讲课由浅入深，带我们登上科学的殿堂，让人听得入神。“远动学”“不变性原理”“控制数学”等都属于前沿科学，没有现成的教科书，主要靠课堂上听讲、记笔记、看一些讲义和参考书，学到手很不容易。记得“过渡过程”课程期末考试，虽然大家都曾经是全国各市、县选拔出来的尖子生，180 多个同学中仍有不少同学不及格，我当时是年级学习委员，整个假期都在联系安排同学的补习、辅导、答疑和补考。可喜的是，郑大钟和史美林两位老师非常认真和耐心，辅导大家全部补考及格。当时学校规定两门主要学科不及格就必须留级，要求非常严格。虽然我们班没有不及格的，但也很是震惊。大家认识到，学习光靠时间长还不够，必须改进学习方法。

大学不同于中学，参考书看不完，光靠背书、背课堂笔记是考不及格的，更要讲究学习方法。必须独立思考，善于总结，做到“读书由厚到薄”，按照自己的思路、方法去理解和记忆，变课堂知识和书本知识为自己的知识，真正学到手。我班郝惠言同学学习方法好，接受能力强，学校和系里开展“因材施教”，全年级仅他一人由系主任钟士模教授专门辅导，使他的学习好上加好，起示范作用，我们都很羡慕，向他学习。

郝惠言同学毕业后，曾任北京计算机二厂、北京牡丹电子集团副总工和北京电子显示设备厂总工兼副厂长，带领员工开发新产品 21 项，实现技术革新 19 项，发表论文译文 12 篇。

政治学习，树立正确人生观

学校的目标是为国家培养建设社会主义的高质量人才。要求每个同学树立正确的人生观，做到“又红又专”。

我们自 5 年级团总支负责整个年级的政治学习，组织听报告和安排各班学习讨论。蒋南翔校长的入学教育、刘冰副书记的人生观教育、校党委副书记艾知生讲授的自然辩证法、系党总支书记凌瑞骥的形势教育等都给我们指明了方向，给人以信心、勇气和力量。那时每个班是一个团支部，具体负责组织学习讨论。我们自 503 班非常活跃，政治学习中也善于思考，勇于提出问题，艾知生副书记经常参加我们班的政治学习和讨论，气氛热烈，畅所欲言，不扣帽子，不打棍子，不抓辫子，增加见识，提高认识。关心国内外大事，学习“九评”（评苏共中央的公开信），防修反帝；“红”与“专”的教育，正确处理“红”与“专”的关系；学习自然辩证法，实事求是，一分为二；学习雷锋，积极做好事，立志做个革命的螺丝钉，为祖国学习，为人民服务；等等。当时争论比较多的是“红”与“专”

的关系、政治与业务的关系。有的同学提出时间是一个常数，做这就做不了那，相互矛盾，艾知生副书记讲："红"与"专"在时间上是矛盾的，但也可以变成相互促进的，思想好，可以给人以奋斗的目标、学习的动力，促进学习得更好，并举出学校中很多同学的例子。这在理论上能理解，但实际做起来很不容易。学校有意识安排同学做社会工作，培养政治业务双肩挑，但如果两者的关系处理不好，学习成绩掉下来，就暂停社会工作，要求把学习补上去。那时班里也给每个同学安排不同的工作，锻炼领导和组织能力。

我们都是生在旧社会、长在红旗下的小青年，亲身经历过旧社会时国家和人民贫穷落后、生活困苦的年代，亲眼看到国家一穷二白的面貌，下定决心，毕业后一定努力去改变国家落后的面貌。参加工作后，我们就落实到行动上。王京武同学与爱人十六年两地分居，老母亲瘫痪十年，父亲老年痴呆，忠孝不能两全时，依然全身心投入工作；吴宏鑫同学在困境中依然努力钻研控制理论；马智周、程应生、杨明炯和我都以访问学者身份长时间出国进修，但决不羡慕国外的优惠待遇和富裕生活，毫不犹豫按期回国，报效祖国。

思想工作，深入细致

同学之间，开展思想政治工作，正确处理好个人和集体的关系。党团组织关心每个人的思想情绪，班内组织"一帮一""一对红"，相互帮助，共同进步。以我为例，一年级的时候，我接任周世勤当选为班长，当时正值国家经济困难时期，粮、油、菜、肉、蛋、糖等都限量供应，都不够吃。每人每月三十斤粮票，菜很少，大家都吃不饱，有时一天三顿全喝稀饭，有的同学浮肿了，大家一天回一次宿舍，上楼都很困难。我们几个班干部还响应党组织的号召，自己少吃，节约下粮票给吃得多的同学。每到月底，都仔细了解每个同学的用粮情况，保证人人不断粮。有的同学不计划用粮，每月都需要支援；有的同学不积极参加集体活动，我经常批评他们，对同学一个标准，要求太高，方法简单，不会做耐心细致的思想工作。到三年级改选班长时，我就落选了，这件事对我的刺激很大，我感到委屈，也很苦恼。因为我的学习还不错，后来安排我当了全年级的学习委员。分班到自 503 后，我也不太关心班里的事，党支部书记兼团总支书记孙承鉴和我班团支部书记陈缅仁多次找我谈话，帮助我提高认识。让我学习毛主席著作，学习《矛盾论》《实践论》，学习《关心群众生活，注意工作方法》《党委会的工作方法》等，对自己一分为二，认真总结经验教训。我开始有了转变，积极参加班里组织的集体活动，开会积极发言，和同学谈心，互相帮助。后来孙承鉴和华平澜介绍我加入了中国共产党，又接任陈缅仁当了班团支部书记。至今，我还经常组织我班同学聚会，畅谈国内外大事和毕业后的工作、学习与生活，回忆清华同学时代的美好时光。

毕业分配教育，正确处理个人志愿和国家需要的关系，“做党的驯服工具”是思想教育的重要内容。毕业分配时，大家都纷纷报名到最艰苦的地方去，到祖国最需要的地方去，全班同学都报名到贵州、内蒙古和陕西去工作，但岗位有限，最后，大家又都无条件服从国家需要，走上分配给自己的工作岗位。

锻炼身体，争取为祖国健康地工作五十年

“争取为祖国健康地工作五十年”，是蒋南翔校长的殷切希望。“生命在于运动”，体育教授马约翰的讲演，给我们留下了深刻的印象，他在讲台上来回走动着讲话，他在严寒的冬天仅穿短袖运动衫裤，真令人佩服。体育锻炼是清华的优良传统，每天下午四点半钟，学校的大喇叭响起，同学们纷纷走出教室、图书馆，奔向体育场，开展田径、篮排球等各种运动，冬天滑冰，夏天游泳。记得一天刚下过雨，游泳池的水温仅二十五六度，班长李庆恩一声令下，我们也不怕水凉，就一起跳下水，向对岸游去。坚持体育锻炼，既锻炼了身体，也锻炼了意志。

学校的文体生活也丰富多彩，我班参加校运动队的有两人，林忠澄参加校武术队，张明礼参加击剑队；牛振冬、江生宝参加了校文工团，牛振冬还当上了文工团团总支书记。我班杨明炯、韩毓先、刘治昌三位同学因身体原因从 4 字班留到我班，坚持适当运动，毕业后，都做到了为祖国健康地工作五十年。

积极参加社会实践，真刀真枪做毕业设计

团总支受系分团委的委托，组织了多次下乡支农和去部队学军，我们班同学都积极参加。去通县农村，进院就打水、扫地，访贫问苦，腿上被蚂蝗叮得多处流血，无一人叫苦；去张家口学军，当时正值解放军大比武时期，摸爬滚打，跑步、射击，刻苦训练，新衣服都磨出窟窿，特别是夜间紧急集合和深夜在山崖上急行军，真是不怕苦，不怕累，真像个军人的样子。

按照学校的教学计划，安排到工厂实习，系教研组派出老师带队去工厂，参加生产劳动，向工人师傅学习，正是理论联系实际的好机会。特别是毕业设计，更有收获。我和赵永才、郭宏纲、张明礼、杨明炯五人一组，吴麒教授是我们的指导老师，带我们到当时的 774 电子管厂去搞单晶炉自动控制系统设计。那时拉制单晶还是人工的，废品率很高，当时一根单晶就值上千元，顶二三十个工人的月工资（一般工人月工资 38 元）。我们和工人师傅同吃、同住、同劳动，日夜倒班，守在单晶炉旁测试数据，有的记录坩埚温度，有的记录拉晶速度，摸索拉制

合格单晶的程序和数据。在吴麒老师的指导和屠家敖老师傅（自学成才的八级电工）与王秀云师傅（单晶组组长）的大力配合下终于研制成功，既节省了人力，又保证了质量。毕业设计中理论联系实际、集体分工协作的精神在我们之后的工作中得到更好的发挥。

为祖国效力，为母校增光

清华的知识、清华的精神、清华的作风和思想方法都深深地影响着我们的一生。大家在不同的工作岗位上，积极努力，克服各种困难，奉献祖国，分别成了专家、教授和学科带头人，有的同学成了国家重要岗位上的领导干部，还把清华的传统传给下一代年轻人。

吴宏鑫同学发明了“全系数自适应控制理论和方法”与“基于特征模型的智能自适应控制方法”，成功地应用于我国工业控制、航天控制、神舟飞船返回等领域，控制精度达到世界先进水平，被科学出版社收入《二十世纪中国知名科学家学术成就概览》一书，获国家发明二等奖 1 项、三等奖 1 项，部级科技进步奖一等奖 1 项、二等奖 5 项，出版专著 3 部、论文 70 余篇，获全国优秀科技工作者、北京市五一劳动奖章、航天人才培养突出贡献奖、航天部有突出贡献专家荣誉称号，享受国务院颁发的政府特殊津贴，博士生导师，当选为中国科学院院士。

王京武同学曾任弹道导弹副总研究师、副总设计师，提出一种新型制导控制方法，荣立一等功，获国家科技进步特等奖 1 项，获献身国防科技事业荣誉证章，中国航天事业 50 周年重大贡献奖，成为弹道导弹专家。

马智周同学发明了一种新的“动态瞬时位置编码方法”和“谐波幅相自适应控制”的控制方法，申请了国防专利，获国家科技进步二等奖、国家发明三等奖，被评为航空总公司“有突出贡献专家”、航空航天部“有突出贡献的留学归国人员”。

王京武和马智周两名同学均享受国务院颁发的政府特殊津贴。另外，林忠澄同学获得了中国航空工业总公司二等奖 1 项、三等奖 1 项；魏鹏霄同学为东华大学的教授；等等。

我从国外进修回国后，研究出了“数据库字典法”，解决了现有数据库对数据项数量的限制，在国内第一个研建成功大型事实型数据库系统（参见《人民日报》1986 年 10 月 22 日，海外版第四版）。作为第一完成人，研制成功“城市建设和管理数据库系统”后，我又研究出了“一种研建数据库的新模式”，解决了在微机上建大库的难题，并联合全国各省、市、区科技情报所，研制成功了“全国科技成果交易信息数据库”。“城市建设和管理数据库系统”和“全国科技成果交易信息数据库”这两项成果都获得了国家科技进步奖。后者还获得北京市科技进步一等奖和全国科技情报数据库一等奖。我本人荣获了国家人事部颁发的国家“有突出贡献专家”和北京市人民政府颁发的北京市“有突出贡献专家”荣誉证书，首批享受国务院颁发的政府特殊津贴。

有的同学走上了重要领导岗位，开拓新的事业，打开新的局面。牛振冬同学曾任中央广播电视大学副校长，为我国电视教育、成人继续教育做出了贡献；杨明炯同学曾任长江计算机集团公司总经理，带领公司员工自行开发研制计算机，在当时全国计算机主要生产单位各项经济指标排行榜上位居前三位；陈缅仁同学曾任首钢自动化公司总工，获北京市“有突出贡献专家”；韩毓先同学曾任北京市自动化研究所所长，其单位多次被北京市科委评为先进单位；程应生同学曾任电子工业部第六研究所外经办主任；等等。

由于工作需要，我告别专家道路，出任北京市专利管理局局长，之后任北京市知识产权局第一任局长，带领全局开拓创新，在国内最早开展政府资助专利申请、企业专利权质押贷款、发放专利实施资金、评定和挂牌“无冒充专利商城”和评审专利代理人职称等，在知识产权拥有、保护、实施和管理等方面，谱写北京知识产权事业新篇章，在全国起到带头作用，国家知识产权局领导赞扬我局的知识产权工作走在全国的最前列。

由于工作岗位不同，每个人所处的环境和面临的机遇不同，因此，每个人的作用发挥的程度不同，取得的成绩也不同。但大家都努力过，都奋斗过，把自己的一生献给了祖国！

大家都表示，特别感谢我们清华大学的校领导、系领导和自5年级党、团组织的领导，感谢我们敬爱的老师和互助友爱的同学们。我们无愧于清华大学对我们的教育和培养！

作者简介

王友彭，1965年毕业于清华大学自动控制系（计算机系前身），获优良毕业生奖状。北京市知识产权局第一任局长，国家级有突出贡献专家，教授级高级工程师。作为第一完成人获国家科技进步奖2项，获全国知识产权优秀软课题成果奖、全国优秀科普作品奖、北京市科技进步奖等7项。荣获国家和北京市有突出贡献专家、全国科技情报先进工作者、全国知识产权先进个人、北京市劳动模范等荣誉称号，首批享受国务院颁发的政府特殊津贴。

集体温暖激励我们追求卓越

■ 张菊水（1960 级机械系）

我 1960 年从江西南昌来到清华读书。当年清华大学的学制不少专业是六年，我们本应 1966 年夏天毕业，但由于“文革”爆发，我们延迟一年半至两年才毕业离校。因此，我们金 6 的 60 位同学同窗共读八载，班级集体温暖着我们，结下了无比深厚的情谊，给了我们信心和力量，大家都为祖国的发展做出了卓越的贡献。今天，我们都已进入耄耋之年，虽天各一方，但金 6 班同学聊天群还是那么热闹，依然感受着大学集体的温暖。我们在人生中取得的每一点成绩，也都凝聚着在这个温暖集体获得的正能量。

从感受班级集体的温暖说起

当年我被录取到清华大学机械制造系，没有分专业。进校后我被划分在机 603 班，后转入金 61 班，全班 30 人。我住校东区学生宿舍 7 号楼 318 室。同宿舍的室友有沙志强、汪京荣、黄福勤、蔡庆元、王义山，一共 6 人。

金 61 班同学在北京八达岭长城合影

1960 年冬天，北京的天气特别冷，北风呼啸，寒风刺骨。一天，我去校浴室洗澡，出来后在更衣室发现我的大棉袄不见了！我着急地在更衣室四处找寻，但我的大棉袄无踪无影。此时，澡堂已空无一人，我判断是有人顺手牵羊拿走了。那时，如要到商场买棉衣，需要凭北京市的布票、棉花票，我刚来北京才两三个月，啥也没有。我班同学闻讯后都关心地嘘寒问暖，表示乐意帮助。同宿舍的沙志强同学见我冷得打哆嗦，二话没说，立刻脱下自己一件呢夹克外套披在我身上：“你拿去穿，别冻着。”顿时，我身上倍感温暖！

沙志强，中共党员，北京人，为人豪爽大气，大哥样儿。在我们机603班，沙志强和李丹狄都是高干子弟。1962年3月，机械系专业调整，并划出机械系的铸造、压力加工、焊接、金属材料等4个专业，组建新成立的冶金系。新生入校时的班级宿舍全都重新调整。我被划入金属材料专业金61班，同专业的还有金62班，每班30人。沙志强被分到焊接专业焊6班，从此我和沙志强就分开了。大学毕业后沙志强分配在国家计委工作，他夫人叫左太北，是著名的左权将军的独生女。

入学60周年的云端相聚

2020年是我们金6班同学入校60周年，杨昭苏、张相宏、李凤婷等同学计划组织全体金6同学在南京聚会，时间定在2020年4月，即母校校庆109周年之际。但突如其来的新冠疫情使这次南京聚会泡汤了。庆幸的是罗威豹同学精心制作了金6全体同学入学60周年云聚会图，在金6微信群中发布，得到同学们的频频称赞。同学们说，新冠肺炎挡不住我们同学的友情，遮不住我们大学集体温暖的阳光。

自强不息　追求卓越

1968年我毕业离开清华，分配到冶金工业部直属大冶钢厂（今冶钢集团）工作十八年。在工人班组当了四年三班倒工人，1972年调入大冶钢厂钢铁研究所物理室从事电子显微镜实验研究，从技术员、助理工程师干起，1980年获得由国务院颁发的工程师证书。1985年中国第一个教师节前两个月，我离开大冶钢厂调到湖北理工学院任教，成为大学教授。先后担任机械工程系主任、教务处长、高教研究室主任、院学术委员会副主任等职，直到我七十周岁退休。之后落叶归根回到故乡——江西省南昌市，曾受聘当地一所高校担任特聘教授，也时而受邀参加国内外科技咨询活动。

7号楼318宿舍室友于工字厅合影，前排左起：黄福勤、王义山，后排左起：蔡庆元、沙志强、张菊水

我先后在《金属学报》《钢铁》《高

等教育研究》等国家一级学术刊物及其他学术期刊发表学术论文100余篇。公开出版个人学术专著、大学教材等著作共31部，合计300余万字，是湖北省有突出贡献的中青年专家，国务院特殊津贴专家。

正如我们班主任沈万慈教授在我们毕业50周年时称赞的："在校时你们班是一个温暖的班集体，毕业后同学们都为国家作出了突出贡献，个个都是国家栋梁之材。"我班顾鼎三和沈善初两位在校时都担任政治辅导员，毕业后，他们在各自的岗位上奋发图强，从基层干起，在技术创新、科学管理等方面成绩卓著。顾鼎三曾任国家兵器部驻上海办事处主任、北方工业上海公司总经理；沈善初先后任上海市原南市区区长、区委书记，黄浦区政协主席，上海市政协民族和宗教委员会主任。罗威豹在航天钢材研制中取得重大科研成果，1997年获国家科技进步二等奖。汪京荣的超导材料科研成果获国家发明二等奖。杨昭苏研制钛合金等特种材料成功应用于核潜艇和歼8、歼10等歼击机。张相宏在国家化工部任职期间，为国家主持引进大量国外先进化工设备，为我国化工赶超世界先进水平作出贡献，受到部级奖励。徐锁贵和段鸿英参加研发的冷轧管，成功应用于核潜艇零部件，又在我国微型汽车研发中做出突出贡献。另外，张竞明、曹永才、赵金福、施荣华、许长生、蔡传荣、李凤婷、邵良琴、赵庆珍、吴涛等，都在各自工作中为国家做出重大贡献。同学们为国家做出的贡献和事迹真是不胜枚举。

感恩母校　情系清华

当母校清华大学百年校庆即将来到之际，我向母校图书馆捐赠了献礼清华百年华诞而撰写的自传《自强不息——张菊水自传》一书（江西人民出版社，2010.3），还有我的部分其他著作，如《钢的过热与过烧》（上海科学技术出版社，1984.9），《工程材料学》（机械工业出版社，1990.7），日译著《尖端技术100例》（湖北科学技术出版社，1985.12）等科技图书。

2010年4月21日上午，在校图书馆贵宾室举行了我向母校百年校庆捐书仪式。

方惠坚（右）、孙哲（中）和张菊水在捐书仪式上

除了向母校百年华诞捐书以外，我还满腔热情地参加母校的"百年赋"全球征文活动，广泛搜寻清华百年有影响的人物故事和事件，与我的同事刘绍军副教授合

作写出清华“百年赋”，荣幸入选清华百年赋10首之一。

在清华百年校庆之际，2011年4月16日，我再次向母校捐赠我收藏五十一年之久的1960年清华大学入学通知书、行李标签等一些历史文物资料。

为祖国健康工作逾五十年

早在1960年秋季刚进入清华园时，我们大学第一课是在大礼堂聆听蒋南翔校长向全体大一新生的报告。蒋校长报告中向我们提出的“争取至少为祖国健康地工作五十年”的口号，成为我一生的座右铭。记得大二时有一天在西大操场跑步时，马约翰教授还亲自纠正我的跑步姿态呢。现在，我可以自豪地说，我做到了为祖国健康工作逾五十年！

我几十年如一日坚持锻炼身体。回故乡后除继续坚持玩体操、快走、做瑜伽以外，还加入南昌市冬泳协会滕王阁冬泳队坚持游泳活动。在清华读书期间，我的单双杠、吊环、鞍马、自由体操等达到了三级体操运动员的水平。2020年我八十岁了，还能做20次引体向上，并能在单杠上翻滚360度呢。

2020年9月29日

作者简介

张菊水，1940年10月生，江西南昌市人。1966年毕业于清华大学金属材料专业。中共党员，教授，国务院特殊津贴专家，湖北省有突出贡献的中青年专家。先后在原冶金工业部直属大冶钢厂（今冶钢集团）任工程师，在湖北理工学院任机械工程系主任、教务处长、院学术委员会副主任等职。曾任江西泰豪动漫学院特聘教授。在国家一级刊物《金属学报》《钢铁》《高等教育研究》等刊物发表学术论文100余篇，出版学术著作(包括合著、合编)31部。

五十年岁月半世情

——说说我们的水工 02 班

■ 李仲奎　傅耀良　张学学（1964 级水利系）

1964 年注定是个不平凡的年份，共和国已经走出三年自然灾害的阴影，处处欣欣向荣，行行蒸蒸日上，即将迎来建国 15 周年的喜庆和第一颗原子弹爆炸的成功。

就在这一年 9 月初，来自全国 13 个省市的 31 位同学，包括 8 位女同学和 23 位男同学，迎着二校门身后“美丽的清华园，工程师的摇篮”的巨型横幅，走进了日思梦想的清华园，组成了我们水工 02 这个团结友爱、积极进取的班集体。1963 年 8 月华夏大地尤其华北地区的特大水灾，让这一年以第一志愿报考清华大学水利工程系河川枢纽及水电站建筑专业的学子增加不少。

风云不测，人生无常。由于大家都知道的原因，我们这一届同学都只上了

1970 年 2 月水工 02 班毕业照

不到两年的大学课程，就被卷入到史无前例的社会大动荡之中。“经风雨，见世面”“在大风大浪中锻炼成长”，是当年用来描述我们此后三年半的大学历程的主旋律。1970 年 3 月，我们以五年半的特定学制毕业，带着继续接受“工农兵再教育”的任务离开校园走入社会，被分配到各个单位，迎着未知的命运，开始了人生的独立前行。大家离开清华园时，没有即将走上新单位的欢乐，只有依依惜别的泪水。

但是正如我们班傅耀良同学所说：“我们在清华园一起度过的五年半时光，有阳光，有乌云，很值得回味。毕业以后，每当我班同学回到母校欢聚一堂，一起重温可歌可泣的青春岁月，一起感受同窗友情的纯真，大家都会心潮澎湃，有回归大家庭的温暖感觉。”

为了我们水工 02 班毕业 50 周年的聚会，2019 年 8 月就召开了返校筹备会。除了计划乘邮轮、出纪念册、参加学校校庆活动外，还有一项重要决议就是：50 年聚会时要做到所有在世的同学“一个也不能少”。全班同学中，有一位由于工作调动联系不便，毕业后一直没有音讯。我们发动班里同学多方查找，上网搜索、查询档案、找老家同乡、寻隔代亲友，终于联系到这位五十年从未谋面的杨裕庭同学。当他的照片和信息出现在班微信群里时，全班同学无不为之欢欣鼓舞！但是令人遗憾的是 2020 年的疫情，原来的准备工作都泡了汤。但这些日子里，全班同学可以通过网络聚会，微信聊天，发送老照片，回忆悲喜事，亦岂非乐事乎！

回首清华园中的班集体

很可惜我们班没有一张入学时的合影，这里只能看到我们的毕业照。“毛主席挥手我前进！”是那个时代青年人奔向广阔天地前最响亮的口号。与同学们合影的也不是给我们上过课的老师们，而是军宣队、工宣队领导和师傅们。但从我们接受再教育、改造思想的意义上来说，他们也是我们的老师。我们班出身普通工人家庭的才女张雪梅同学手中捧着的，是毛主席送给宣传队的“芒果”模型。这个场景也是那个时代的全方位的注释，值得我们永久记忆和珍视。

入学后，在 1964 年 9 月 11 日晚上，在大礼堂隆重举行了“清华大学 1964 年新生入学典礼”，时任高教部部长的蒋南翔老校长作报告，强调“四好”（思想好、学习好、身体好、劳动好）是我们在校学生的奋斗目标和努力方向，又以“猎枪与干粮”的比喻教导我们深入理解清华大学学生的学习理念。德高望重的马约翰教授向新生们强调了健身的重要意义，并介绍了健身方法。这都给同学留下了极为深刻的记忆，成为我们人生之路上永远的路标。

这个班入校后就认真学习蒋南翔校长“又红又专、全面发展”教育思想。开展红专大辩论，端正对红与专关系的认识。9 月 24 日，以当年“水利系‘三宝’（徐葆耕、谢宝栋、陈宝瑜）”榜首著称的徐葆耕老师，带我们到圆明园上政治课，激励同学们的爱国情怀，努力学习，德智体全面发展，将来为国家建功立业。进校之后，不少同学积极改造思想，要求进步，纷纷提出入团、入党申请。

在学习方面，来自吉林的张学学同学，高考成绩全系新生第一，任02班学习委员，刚入学不久，就在参加全校新生计算尺技能比赛中荣获第一名，还得到一把高级计算尺的奖励，令人羡慕。张学学、李常莲、吕福泉等同学则提前通过了一外考试，开始学习二外。他们都成为我们学习的标杆人物。

体育方面最牛的是，在第一学期的新生运动会上，我们班来自安徽的郑继祖同学奋勇争先，一举拿下了分量最重的男子百米冠军。爱打篮球的傅耀良同学在中长跑项目上也多次取得好成绩。在他们的影响下，全班有几乎近半数同学参加了校系各种运动队，其中参加学校代表队的同学有：短跑队郑继祖，中长跑二队傅耀良、黄祖英，游泳二队何宇平、李常莲，自行车队杨之媛，射击队李庆贞；参加水利系代表队的有：中长跑队刘德义、杨裕庭，航海队胡汉穑，射击队朱小同、张雪梅。

响应学校的要求，全面发展成了全班同学的努力方向。入学第一学期，学校提倡结合专业特点上体育课。我们水利系同学，就名正言顺地得到了在大冬天进入西体游泳馆学习游泳的机会。那可是新中国成立前夕，毛主席在里面游过泳的地方啊！同学们的高兴劲就不用提啦。班上体育锻炼的氛围很浓，每天下午4点半以后都走出教室，聚集在西大操场，参加各类体育项目。有跑的、有跳的、踢腿扭腰的，航海队的胡汉穑则在不能动的铁架子上练习“划船”。喜欢体操的同学则常到游泳馆西边的体操馆里锻炼。单双杠动作至少到了二级运动员水平的林大炎同学，一次练双杠时竟然“雄心大作”冲击起一级动作来，不承想却失手伤了无名指。以后他可就不敢再冒险啦！喜欢跑越野的同学常在体育委员刘德义的带领下，选择在去体育学院的路边，或圆明园中起伏曲折的林间小路上跑步。那时的圆明园还没有围墙，当然进去也不用买门票喽。

热爱文艺的和有专长的同学，则进入了学校文艺社团和宣传部门，如班里能歌善舞的美女邱心伟同学一入学就被拉进文艺社团，在女生表演唱组成了主角，她不但演技一流，而且擅长导演。班里几次聚会活动就是由她参与指挥的。中学就自学了高等数学的张进平同学参加了学校小提琴队，遇到上数学课时，就待在宿舍里蹭他的“歪脖拉”。毕业后还曾被专业团体请去拉琴为样板戏伴奏。李庆贞同学在小学就是天津广播台儿童节目的播音员，还参加过天津国庆游行的现场直播。进校后则成为学校广播台的著名播音员。每天一到锻炼时间，她那甜美纯正的声音就飘荡在清华园，陪伴着正在强身健体的清华学子。不仅如此，有人说，这还在毕业前成就了班里一桩令人羡慕的好姻缘。是不是这样，那还得去问问班里最帅气的上海小伙俞铭华同学。而喜欢吹笛子的李仲奎同学虽然“噪音扰民”有点让人心烦，却在后来的水利系文艺小分队中有突出表现，甚至还在三门峡工地迎新春联欢会上，为上千工人师傅表演了笛子独奏《我是一个兵》和《我们是毛主席的红卫兵》。

毕业之前三年半的动乱，使我们没有得到机会接触任何专业课程，但是“失之东隅，收之桑榆”，同学们除已学到扎实的基础知识“干粮”，掌握了继续学习的基本技能的“猎枪”外，又得到了在大风大浪的磨炼中成长的机会。毕业之前，我们就比较多地接触了社会，接触了工农兵，经受了实践锻炼。班里同学都亲身参加了昌平第三工程兵学院一个月的军事训练，体验了严酷的军事生活；参加了昌平响潭水库供水管线工程的施工，在三九严寒中抡镐挥锹，开山凿石。参加了顺义高丽营村的农田建设，推车施肥，夯基盖房，卧土炕，睡通铺，听老贫农忆苦思甜，与贫下中农打成一片。毕业前的最后半年多，按照周总理对水利系的指示，我们又随系赴千里之外的三门峡水电站，参加水电站枢纽的改建工作。有的同学在冰冷的帐篷里做水力学模型试验；有的同学在大坝下潮湿的廊道里做原型观测；木工班的同学在四五十米高的进水口脚手架上，像猴子一样地攀上爬下；混凝土班的同学则浑身泥水，怀抱百斤风钻，震得双臂发麻！一个个顶风冒雪和工人师傅一起在工地上摸爬滚打。尤其值得一提的是班里的八位“巾帼女将”，看起来个个都是美人胚子，但干起脏活累活儿来，可一点不输给男生。被尊称为“老大”的杨之媛同学，更是冲在前、干在前，把大家团结得一个人儿似的，发挥了党员的模范带头作用。

在三门峡，除工地锻炼之外，全班同学还参加了到灵宝县百里行军拉练的军

水工0字班女同学在河南三门峡大坝前的留影，右一为杨之媛

事训练。更令人匪夷所思的是，1970 年春节的大年初一，我们班九位同学和 00 字班两位女同学，不知天高地厚，竟利用工地放假，一大早黑灯瞎火地离开驻地，跨黄河、赴晋南，顶风雪、战严寒，翻山越岭长途跋涉数十里，去征服那中条山南麓高耸入云的锥子峰！

“锥子峰”，光听这山的名字就够吓人的。更没有想到的是，我们这次行动竟然与当地数百民兵一起，演绎成了一场惊心动魄的“围追堵截”“跟踪追击”，最后“胜利大逃亡”的奇特经历！

看看我们这五年半的经历，也够精彩的吧？

结束了半年多三门峡的工地生活，1970 年 2 月 13 日我们回到了清华园。16 日上午参加“清华大学应届毕业生动员大会”，下午系里公布学习班计划安排。3 月 11 日下午系里正式公布毕业分配结果，31 位同学分到全国 14 个地区。从此，同学们依依惜别，各奔未知的前程。

五十年蹉跎岁月，难忘的清华情结

但是“清华一条虫，出去一条龙”也并非都是玩笑话，古人早有“吾辈岂是池中物，一遇风云便化龙”的励志诗句。无论走到哪里，清华人都从未向命运低头，清华人的自强精神到哪里都能生根开花。毕业后几十年的风雨蹉跎，大家没有忘记母校老师的教诲，没有忘记蒋南翔校长提出的“至少为祖国健康地工作五十年”的目标。

五十年岁月如梭，“千淘万漉虽辛苦，吹尽狂沙始到金”。由于当时被人称为“没有专业知识”的“臭老九”，我们刚刚走上工作岗位时，几乎每个人就都有被分配到农场、工厂、工地，当作普通劳动力使用的难忘经历。少则一两年，多则三五年，甚至七八年的。但是 02 班中每个同学都没有自暴自弃，“千磨万击还坚韧，任尔东西南北风”。即使在普通的生产岗位上，艰苦脏累的体力劳动中，同学们也都能迅速掌握劳动技能，显露头角，不少人很快就由工人升为工长、技术员、技术负责人。更何况六年之后终于拨乱反正，1978 年后改革开放，都为清华学子们打开了一片能有所作为的广阔天地，更给大家提供了进一步深造提高、发挥聪明才智，报效祖国和人民的机遇和舞台。无论在哪行哪业，职位高低，都能有所成就。虽然大多数同学未能从事水利专业的工作，但都在自己走过的人生道路上，做出了重要的贡献，也不乏各行各业中的佼佼者。每次回校聚会，大家回首既往，畅叙友情，怀念母校，都会感悟万千。

高校恢复研究生制度后，我们班 31 个人中，就有张进平、何宇平、俞铭华、林大炎、陈乃祥等 8 个人在高校或研究院所继续深造，攻读研究生，获得了硕士学位。张雪梅、邱心伟同学也曾远赴国外作访问学者、进修和工作，开阔了视野，增长了才干。汪大培、李仲奎、张学学等三人还分别于 1987、1990、1991 年在加拿大、奥地利、德国获得“洋博士”学位。那时他们都已经年逾四十，真可谓新时代的“范进中举”了。李、张二位同学还先后在获得博士学位以后，放弃国外优厚的生活、科研条件，立即回到清华，开始为祖国服务。不能否认，这充分体现了他们的爱国之心和对清华难以割舍的内在情结。

早已全家移居加拿大的汪大培同学和在美国的何宇平同学，虽身居海外，仍心系祖国和母校。曾任加拿大渥太华清华校友会会长的汪大培，在任期间就率团来清华，就环境治理问题与国内同行进行学术交流与合作。

除了早已经是党员的孙忠仁、杨之媛同学之外，很多在校学习期间，虽积极申请但未能加入党组织的同学，如吕福泉、陈春芳、苗振达、李庆贞、郑继祖、李秀芬等由于在后来的工作中表现突出，都陆续入了党，提了干。这些同学都成为全国各地和各行业的重要单位中，独当一面、又红又专的领导者或技术骨干。例如，孙忠仁担任了大型国企中国航空建设发展总公司副总经理；苗振达担任了沛县计经委主任；朱小同担任了福鼎市政协副主席和福建玄武石材有限公司董事长兼总经理；吕福泉担任了淮南化学工程学校校长兼党委书记；郑继祖担任了淮南市二建总公司董事长兼总经理；陈春芳在广东台山大江建筑工程公司担任了总工程师；胡汉穑曾任西北电建四公司科技室主任，以及江苏利港火电站技术总监；刘德义担任了保定市污水处理厂厂长，等等。02 班第一任团支书李秀芬同学，历经 28 年的努力，实现了她入党的人生愿望。她虽然四十八岁就办理了退休，但通过努力成为经济师，几十年来进行了几百项工程预算的评审，为国家节约预算上亿元。

毕业后同学们天各一方，但随着年龄的增长、事业有成，虽相隔千里万里，大家凝聚力却越来越大，过去因不同观点造成的摩擦和隔阂也逐渐消失得无影无踪，关系也越来越密切和融洽。全班同学相互关心、互相爱护，一人有困难，大家来帮助。东北大汉刘宗胤同学面相憨厚而实则极为聪敏，由于毕业后工作和生活条件的磨难，过早地因癌症离开了我们。班里张进平、黄祖英等同学在他病重期间，就自发地为他治病组织了捐款活动。王世国同学是我们班第一任老班长，毕业 40 年聚会时却因病未能回校。大家听说他的困难后就主动发起捐款，并选派陈乃祥、李仲奎、李秀芬三人前往他的家乡河南新乡，到医院把几万元善款送到他的病床前，并带去了全班同学的问候，鼓励他战胜病魔，回清华参加建校百年的庆典，使他深受感动。后来同学们又先后为他多次捐助，帮助他的家庭克服困难，直到他最终不幸离世。

同学们退休之后，就越发思念大学期间的同窗情谊。近十几年来，无锡的太湖边、武汉的黄鹤楼、厦门的鼓浪屿、福鼎的太姥山……到处都留下了同学们欢乐的身影和爽朗的笑声。

回顾这五十年，水工 02 班虽没有人当院士，也没有省部级以上的高官，但仍可以说是群星闪烁、亮点频现。31 个人中，除留居国外的两位同学外，7 位具有正高级职称，其余同学都具有副高级职称。有 3 位获得国务院特殊津贴，有 3 位获得带“国”字头的奖励或表彰：陈乃祥获得过国家级科技进步奖，朱小同获得过建国 70 年国家荣誉纪念章，李仲奎获得过全国优秀科技工作者奖。

此外 02 班同学们几十年里获得的省部级、市县级、行业和单位科技奖、工程奖的，至少有几十项，还有人很谦虚，保守密秘，这里就难以一一列举了。

俗话说“巾帼不让须眉”，在改革开放、发展经济的大潮中，我们班两位女同学远比所有男同学更为突出，张雪梅和李庆贞同学。她们产学研相结合，与所熟悉的专业长项挂钩，办起了公司。张雪梅是北京清大华丰科技有限责任公司的总经理，她通过在国内外深造，成为液压传动控制设备方面的专家，为中国制造与国外先进技术的结合，穿针引线、添砖加瓦；李庆贞曾任江苏镇江华普监理公司的首任法人代表，虽已年过古稀，但退而不休，仍被公司回聘担任要职。各位男同学不服不行吧？

五十多年来，水工 02 班大多数同学都是甘于奉献，一直在平凡的岗位上坚守数十年，做出了不平凡的贡献。例如龚伯元一直在家乡启东市建筑设计院作土建工程设计，退了休还在主持审图，帮助年轻技术人员成长。黄祖英在条件艰苦的少数民族地区工作了十三年，回京后到中国科技信息研究所任职，1985 年，参加

水工 02 班毕业 30 年留念

了首届国家科技进步奖的筹备，组织和评审工作；“八五”期间，参加了科技部科技成果推广计划的组织管理和评审工作；退休后还参与了国家九五攻关项目的管理。李常莲在西南大学物理学院作了一辈子“教书匠”，为国家培养了大批优秀人才，可谓“桃李满天下”。杨裕庭在佛山高级技工学校、傅耀良在无锡高等师范学校等单位，安心从事中等教育的工作，成为教学骨干和领头羊。傅耀良还获得过教育部“曾宪梓奖”。他们都达到了自己所在行业、领域和部门的高峰，工作做到了极致，实现了自己的人生价值。

正如我班邱心伟同学在纪念册中所说，我们“既是不幸的，又是幸运的”，我们大多数虽“没当大官、没发大财”，然而在丰富的经历中，“没有给清华丢过脸”，没有忘记自己是“清华人”，也总能感受到别人认识你是真正的“清华人”！这就是融进我们血液中“历久弥坚”的“清华情结”！

离开清华五十年了，水工 02 班大部分同学已经达成“为祖国健康地工作五十年”的目标。在母校即将迎来建校 110 周年华诞之际，谨以此文表达对母校的深情与挚爱，感谢母校的培养造就之恩。

2020 年 9 月 28 日

作者简介

李仲奎，工学博士，1946 年 1 月生。1970 年 3 月毕业于清华大学水利工程系并留校任教。责任教授，博士生导师。曾任水利水电工程系副系主任。长期从事水电站建筑与地下工程领域的教学、科研工作。2011 年退休。

傅耀良，1946 年 9 月生。1970 年 3 月清华大学水利工程系毕业，江苏无锡高等师范学校教务长，高级讲师，江苏省名师，长期从事高等师资培养的教学和科研工作。“曾宪梓奖”得主，享受国务院政府特殊津贴。2006 年退休。

张学学，工学博士，1945 年 9 月生。1970 年 3 月毕业于清华大学水利工程系，留校任教。主讲教授，博士生导师。曾任热能工程系工程热物理研究所所长，长期从事工程热物理研究和教学工作。2011 年退休。

细雨润无声

——忆在工程物理系的学习与生活

■ 裴纯礼（1964 级工物系）

工程物理系这个大集体给我们的温暖和影响不是说教，是“无微不至”和“细雨润无声”。物 01 班在工程物理系这个大集体中经历的一件件小事，无不沐浴“工物”的细雨，并以其巨大的渗透力，影响我们的一生。

融入工物，以新迎新

我于 1964 年考入清华大学工程物理系，8 月我按入学通知书要求准时到系里报到，报到时被分配到 01 班，才发现自己没有看到学校在报纸上登发的推迟一周报到的通知。

物 01 同学合影

到了正式报到的日子，系里组织我们提前报到的同学“以新迎新”，于是我成了“老同学”，清楚记得我接待了我们班的两位北京同学：京工附中的王学文和铁道附中的吴凤领。他俩开始把我当成高年级同学，当时自己的感觉是特骄傲于我比他们先几天成为“工物人”！我一个外地新生，能向北京同学介绍清华的确是一大快事！

扎实的工程师基本功

大家考清华大学，奔的是“工程师的摇篮”；大家考工程物理系，喜欢的是“老太婆踢足球——尖端技术”。

入学不久，1964 年 10 月 16 日 15 时，中国在西部地区爆炸了一颗原子弹，成功地实现了第一次核试验。物 01 班全体同学参加了工程物理系的游行，大家自豪！大家骄傲作为国家核工业发展的预备成员，下决心奋发学习，迎接未来的重任和挑战。

工程物理系的培养目标：一个是过硬的工程师基本功，一个是扎实的物理理论基础。前者在前两年完成，后者贯穿于整个大学期间。

我们人在工程物理系五年半，由于“文革”，实际只有前两年时间的学习：在学习“高等数学”和“普通物理学”的同时，还要学习“画法几何和工程制图”、练仿宋工程字，学习拉计算尺和使用手摇计算机，实习金工操作。

绘图仪器、描图笔、丁字尺、三角板、计算尺等基本工具都是必须置办的，这些工具都很贵，很多同学就在 13 号楼前的旧货店买高年级同学用过留下的，记得我的丁字尺就在那买的；计算尺大家都是买的清华自制竹质相纸贴面计算尺，价廉物美。

为了提高大家的学习兴趣和学习积极性，学校组织了“计算尺计算比赛”和“制图比赛”，大家都积极参加。优胜者的奖品是高级计算尺和高级绘图仪器，我班有同学获奖。我自认为考得不错，没想到名落孙山，才知道了天外还有天！

金工劳动就是在校办厂学习操作车磨铣刨，那时的校办厂不赢利，除了培养学生的劳动观念，更重要的是让我们通过零件的加工过程，理解实际可行的工艺流程，避免将来做出无法完成加工的设计。

金工实习受设备数量限制，大家按设备轮换，记得我学过车床操作，还没轮完，北大的第一张大字报就出来了。

我们在一教、二教、西阶梯教室、新水利馆、科学馆、化学馆……上过课，物 01 班的专用教室在新水利馆旁的二院，是一排小平房，冬天要生炉子，夏天热不可耐。我最喜欢到学校图书馆，总觉得这座古老神圣的建筑里有一股神秘的约束力，能让自己静心学习。

工程物理系那时候是保密专业，有一个高级而神秘的系馆，我班是低年级没分专业，除了开会平时进不了系馆。后来“文革”开始，才有机会经常进去，主要是开会或大批判；我因在大批判专栏上画过一幅漫画，被抽到系上办展览。不过直到毕业，我们最终也没有分配专业。

工宣队进清华后，我们在北京特殊钢厂拔丝车间操作拔丝机拔钢丝。工厂的女工拔的是最细的钢丝，拔完一盘需要好几个小时，比较轻松；我们拔的是最粗的钢丝（手指粗细，由于其外面涂有一层白色石灰，称为“白线”），由于每盘“白线”都不长，拔完一盘只要几分钟，就比较累人了。每快拔完一盘“白线”时，就需要及时用“点焊机”对接焊上后一盘“白线”，再用手砂轮打去毛刺。这个工作没什么技术，属于体力活，工作颇有节奏感，劳动强度比较大，大家都咬牙挺过来了，虽累却感快乐。

后来工宣队组织物 01 班全体同学在北京重型电机厂当铆工。铆工车间正好有一批“援越抗美”的油罐车需要装配，就是给国产解放牌卡车底盘上已安装好的汽油罐装配加油箱。这项工作技术性强，既要求美观，还要求精确，属于手艺活，需要苦练一些手上的铆钳基本功；大家边学边练手上功夫，用实际行动“援越抗美”。工余时间大家给师傅们讲制图，还分组到班组师傅家访问调查、学习社会。借助所学过的工程师上述基本功，大家很快就能与工人师傅打成一片。

我毕业后被分配到四川德阳原一机部第一机电安装公司任电气技术员，负责现场电气设备的安装与调试的技术工作与安全，其间参加“国家机械设备电气安装施工预算定额”的编制，需要时使用计算尺、手摇计算机立即上手，看机械和电气图纸更是得心应手；现场与班组师傅一起低空、高空、悬空作业，弯管穿线，车钳焊活样样都能拿得起来，用钢锯转圈锯钢管能保证不偏……师傅们常称赞：这个大学生手上的活儿不是生手。

发扬“先人后己”精神是工程物理系的传统

物 01 班 29 名年轻学子全是男生，来自北京、上海、天津、吉林、河北、江苏、福建、湖南、广东、四川等 10 个省市，清楚记得一入学我是住 5 号楼 2 层的一间北屋。当全班同学到齐后，系里指派的班干部第一次开会就决定：北方的同学全部住北屋，把南屋让给南方来的同学住。“先人后己”是当年提倡的精神与情操，全班同学的友谊就从这件事开始！我和福建的徐国仁，上海的张洁昌、黄可发、杨杜良，浙江的李训杰一起换到 235 房间（南屋）。我特高兴，因为做原子弹的材料就是 U235，感觉是上天的安排：与核原料结缘！

当时工程物理系男生全住 5 号楼，而 7 ～ 12 号楼也都是男生宿舍，6 号楼是女生宿舍。清华一贯照顾女同学，“学生守则”上对女同学负重都有详细规定（不能超过 20 公斤），因此每年 6 号楼会经由 5 号楼的热水管道提前供暖，于是初冬开始工程物理系男生“近水楼台先得月”，享受女生提前供暖的优待。

1965 年，根据学校和系里安排，5 号楼要腾出变成女生宿舍，腾楼前由我们先封楼灭臭虫，每间宿舍发了几瓶敌敌畏，大家分头捆绑行李，之后用脸盆打水稀释敌敌畏，把报纸裁成条浸泡敌敌畏后，再敷到窗缝上，最后封门封楼一天，用药闷死臭虫。

同天下午 5 号楼启封后，全体男生就各自带上自己的行李搬出 5 号楼，再搬到 8 号楼的最顶层。我在重庆念中学时，学校宿舍就闹臭虫，因此特别熟悉臭虫的生活习性。有意思的是，我们搬到 8 号楼的第一天晚上我就在床上抓到几十只臭虫。这次是整个工程物理系的男生集体发扬“先人后己”的高尚精神！

工程物理系的 10 饭厅是 13 号楼前的一片平房，建筑是清华所有学生食堂最简陋的，但据说大师傅是清华最好的。1965 年 5 月 26 日，学校把女生集中到 7 饭厅办“女生食堂”，抽调工程物理系 10 饭厅的大师傅，同时撤销 10 饭厅，工程物理系全体男生则被安排到 8 饭厅就餐，再次集体发扬“先人后己”的高尚精神！

德智体全面发展

清华注重培养“红色工程师”，工程物理系每个班都配有班主任，每个年级都配有辅导员，除了政治课外，入学不久学校就开展学习目的教育。

工程物理系还给同学们提供各种政治锻炼的机会，一年级时我被派到清华附小二年级一个班当校外辅导员，与我一起去附小的还有同年级的崔福斋、毛波存等，后来低一年级的顾秉林也加入到校外辅导员的队伍。

我带的那个班的学生很有清华味：有时任工程化学系总支书记滕藤的儿子滕丹、时任工程化学系主任汪家鼎的小女儿汪真、数学家赵访熊的女儿、工程物理系余兴坤老师的女儿，还有教我们普通物理学的张三慧老师的儿子张卫平……

我每周去附小一个下午，记得我还用我收集的邮票给班上做过一个“援越抗美”小专题展板，就挂在黑板的左侧。1965 年物 01 班的元旦联欢会，我带上这个班的小朋友们参加联欢，我还组织小朋友给大家演奏小提琴。

后来我还当过清华附小的校外科技辅导员，我教小朋友制作模型滑翔机等。1966 年我被评为“优秀校外辅导员”上报海淀区，后来被“文革”中断而再没下文。

准备“为祖国健康地工作五十年”

重视体育是清华大学的传统，老校长提倡“争取为祖国健康地工作五十年”。

那时，学校要求每周至少有四天下午必须上操场，还提倡三项基本素质达标：60 米短跑、立定跳远、引体向上。物 01 班全班同学都积极响应。

我人瘦，在班上跑得算快的，60 米能跑 7.9 秒，100 米能进入 13 秒以内。我和班上的李仲明同学特别喜欢立定跳远，课间经常比赛，那时我最远能跳到 2.6 米多，李比我厉害点。这个爱好我保持到退休，1978 年调入北京师范大学以后，每年参加学校教工运动会，我总能通过参加立定跳远项目拿到名次。

学校为了让更多的同学能参加比赛，每年还组织“高速度运动会”，我积极参加，有一次跑出 12 秒 6，达到三级运动员标准。

后来因人瘦肝大（指标一直正常），我被分到二级体能，体育课就改为练习太极拳、太极剑、八段锦、气功等健身活动，至今仍能完成全套动作。

今年 3 月 17 日，物 01 班绝大多数同学都实现了“为祖国健康地工作五十年”的目标。

动手解决实际问题能力的培养

工程物理系注重培养同学们动手解决实际问题的能力。

系学生会在 8 号楼为大家提供了好多的活动室，印象最深的是焊接室，里面配置了几台电子管收音机零件和电焊台，各个年级的同学排队轮流装了拆、拆了装练手。我认识电子管，装配电子管收音机的技术都是在这间焊接室里起步的。据说 8 号楼里还有缝纫室，不过我没有去过。

这些活动室既丰富了同学们的业余生活，又让大家在学习装配和调试收音机、设计剪裁缝补衣服的过程中提高了分析问题和动手解决实际问题的能力。

“文革”中，班上同学风靡学习半导体知识，很多同学节衣缩食买零件，废寝忘食自装万用表、收音机；有同学甚至不惜用义务献血的营养费 20 元钱买零件。北京的西四丁字街、灯市西口……凡是卖晶体管处理品的地方，都留下过我们的足迹，足以说明大家求知若渴的学习精神。

我毕业分配到德阳后短短一年里，工作之余帮助公司的工人师傅们修好了百多台电子管收音机和半导体收音机，很快融入公司集体，大家则无微不至地关怀和帮助我。我在该公司只工作了八年，后来调到北京师范大学工作，但至今我与公司师傅们仍保持着密切的联系。

说来连我自己都觉得不可思议，从在德阳担任电气技术员开始，我参加或主持过德阳二重厂、东方电机厂、德阳氮肥厂、大足汽车制造厂、北京第二通用机械厂等企业的大型行车、炼钢电炉、仿形铣、缝焊机、化肥厂热工等设备的安装与调试，凭着清华“自强不息”的精神，基于“电工学基础”和在工程物理系“焊接室”练就的分析问题和解决实际问题的能力，我边学边干、超速入门、超速提高，很快就掌握了工业企业电气自动化专业知识，同时承担起多个作业组多种电气设备安装调试的技术负责工作。

温暖在工物

物 01 班那时好多同学家庭生活困难，同宿舍一位来自南方的同学入校时随身只带了一床蓝花被和一个小小的木箱。我问他：“你没褥子如何睡觉？”他把被子一半铺床上，笑着回答我：“这就是褥子。”他的乐观让我们很快就成为好朋友。

系里很快就给班里家庭经济困难的同学免费补助了过冬装备，每个月还向这些同学发放助学金，最高助学金是每个月 19.5 元。这些同学不再为经济困难发愁。我为他们感到高兴，与他们一起分享工程物理系大家庭给同学们的温暖。

工程物理系特别注意丰富大家的业余生活。每周六晚饭后，系学生会的文娱委员就会在八号楼门厅的一个桌子上，摆放一大摞歌片，同学们用空白的片页纸去换，文娱委员则教大家唱新歌。

学校有好多文艺社团，我缺乏艺术细胞，没敢报名参加。班上的魏义祥和杨杜良同学参加了军乐队，李明烽参加了手风琴队；魏义祥吹次中音，杨杜良吹长号。杨还是男高音，在宿舍里经常放声高歌“大海航行靠舵手”“马儿呀，你慢些走”，这些歌声至今还经常回荡在我的耳中；后来杨成了系学生会文娱委员，周六准备歌片和教大家唱歌的任务就落到他身上。

我识谱，有时换回歌片自己学唱，有时也与大家一起学。那时宿舍没电视，也没有收音机，唱歌成了大家度过周末的集体活动之一。

结　语

历史给大家开了个大玩笑，物 01 班毕业分配时：工（11 位分配到企事业）、农（5 位直接插队农村）、兵（5 位分配到江西、河南军垦农场）、学（8 位留校）。1977 年国家恢复高考后，近半数同学回炉清华，考研、读博，到国外大学和科研部门进修访学。现在物 01 班的同学除了核科学与核工业外，还涉及物理、能源、系统、IT、电子、军工、通用机械、矿山机械、民用电器、经济与管理、教育等多个领域，有的同学多次改行，大家不管从头学习干哪一行，都能如鱼得水，成为骨干，成为专家，我们是到处受欢迎的“清华高级万金油”，靠的是什么？就是在清华工程物理系学习的两年打下的坚实基础！

弹指一挥间，一晃五十年。仅以此文中的一些“小事”回忆当年在清华工程物理系的点滴学习与生活，表示对母校和工程物理系的感谢与怀念！

谨以此文献给母校 110 周年华诞！

作者简介

裴纯礼，北京师范大学教授，1964 年进入清华大学工物系学习，1970 年毕业。UofT 物理系访问学者和 OSU 电气工程系高访学者，担任过北师大普物实验教研室主任、计算中心常务副主任、研究生教学督导团主席，兼任过教育部全国教师信息化专家委员等职。

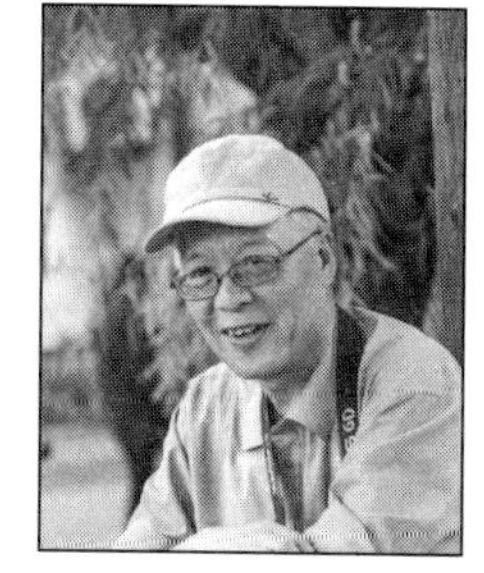

清华红精零

■ 周鉴于（1964 级精仪系）

2020 年，由于新冠肺炎疫情的突然暴发，我们精零班毕业 50 周年世纪之约的同学聚会不得不被迫取消。回想到 2017 年金秋，同学们在东海日本“诺维真”邮轮上的约定没能实现，大家心中都感到非常遗憾！

“诺维真”邮轮东海之旅是我们精零班最近一次组织的出国旅游。2008 年精零班大部分同学退休后，我们班曾组织过七次大规模的班级聚会活动。从 2008 年的扬州瘦西湖之旅，到 2009 年三亚湾清华力合度假村之约；从 2010 年毕业 40 周年的承德避暑山庄之游，到 2011 年无锡清华大学深圳研究院无锡阳山会所休闲度假；从 2012 年江西庐山铁道部西湖宾馆度假，到 2014 年美国皇家加勒比“海洋水手号”新马泰海上邮轮之行。一次次的相约，一次次的欢聚，特别是毕业秩年校庆的精心组织，都给大家留下了难忘的回忆。几十年来，精零班同学始终保持着朴实、团结、同心的班风，班集体始终团结得像一个大家庭。2017 年，在“诺唯真”邮轮东海日本之旅时，筹备小组推出“清华红精零”的班徽，得到全班同

2000 年精零班毕业 30 周年聚会留影

学一致赞同。“红”代表着母校培养红色工程师的目标在我们心中的烙印。从此，“清华红精零”成为同学们对本班的誉称。

精零班是个优秀的集体，这个集体所形成的良好班风，十年浩劫中的派性没有摧垮它，漫长的岁月没有磨灭它；相反精零班班风随着岁月流逝更纯、更正，集体更团结。这些完全得益于母校的培养教育，得益于同窗六载大学生活的练就。

犹记得 1964 年那个美丽的金秋，33 名高中毕业学子手持录取通知书，意气风发汇聚清华园，开始六年的求学生涯。学堂朝晖，书馆春晓，荷塘月色，闻亭钟影，日晷悬针，水木年华，清华园的美景伴随着精零班 33 位同学不断成长。

同学们怀着一颗刻苦学习、努力报答党的恩情的赤子之心投入到大学的学习之中。精零班三分之二以上的同学来自农村，有的同学进校前从没见过火车，有的同学穿着拖鞋、背着凉席就来到北京。面对这种具体的生源组成，班主任傅尚新老师认为要发扬这种纯朴的情感，深切感受到首先要抓好一个班集体的组织建设，立即着手精零班团支部的组建及班委的选定。来自昆明的西南联大子弟周鉴于被选定为团支部书记，他因此主动放弃了进入学校文艺社团的机会。来自南昌的工人子弟翁金山被选定为班长。随即健全了支委会和班委会，同学们有了自己的组织，思想工作有人抓了，队伍也就不容易涣散了。

在校、系的安排下，班级首先抓住了入学教育第一课。针对“美丽的清华园——工程师的摇篮”这一令人向往的口号，班集体紧紧抓住了学习“两架发动机”的讨论。人人向党交心，把学习目的集中到了为祖国学习、为人民学习的伟大理想上。

紧接开展的红专大学习、大辩论，使大家明白要红透专深，不能埋头只顾学

1970 年精零班毕业照

习走白专道路。那些日子里，大家形影不离，全班同学整天挤坐在宿舍里，挖思想、提问题、表决心，把思想统一到要努力争当红色工程师崇高目标上。

端正了学习目的，全班同学学习更加刻苦努力，同时彼此间更注意互相帮助、团结友爱。同学们响应学校的号召，非常重视锻炼身体，每天下午下课后，都相约在运动场上，谁也不掉队。班上3个校体育代表队队员周翠珍（女篮）、毛乐山（航海）、李维康（撑杆跳）给大家作了极好的榜样。大家都决心毕业后争取能做到学校提倡的为祖国健康工作五十年。

班团支部还根据精零班同学们各自家庭和成长背景，组织“回忆家史，不忘过去”的活动。周翠珍、吕永令等同学的忆苦思甜深深教育了大家，班里及时结合每个人实际提出要求，大家互相谈心开展思想工作，形成一派人人争取思想进步的局面。青年同学争取入团，共青团员争取入党。入校一年多，精零班级就成为清华大学光荣的“共青团班”，班集体也有了自己的党小组。

自此，同学们要求进步蔚然成风，汇报思想、交流思想、解决思想问题形成了常态。班级经常利用晚自习前开思想交流会，每个同学结合个人问题剖析，思想上的统一，促进了同学之间的相互了解和团结。

精零班是清华大学首次进行“半工半读”教学改革的试点班，努力培养每个同学理论联系实际的本领，提高动手能力，培养与校办工厂工人师傅的感情。在半工半读实践中，同学们参加了9003大楼实验室消音箱的制作。制作消音箱的石棉丝极易伤害皮肤，同学克服困难，全身做好安全防护，保质保量地完成了消音箱制作任务。这一切都有益于毕业后同学们走向社会、走向实践，更快融入社会。

在全班同学的努力下，精零班的各项工作大见成效，好人好事层出不穷，学雷锋行动日益开展。春节寒假和平时星期日同学们争着打扫厕所，班级出现欣欣向荣的良好局面，被兄弟年级各班戏称为“君子班”,“君子班”的称号一直延续到今天。

1965年暑假，精零班全体男同学到天津杨村解放军某部学军。在人民军队的大熔炉中，同学们锻炼了自己吃苦耐劳的品格。来自北京的同学李仲刚，水土不服浑身起泡溃烂，但他仍咬牙坚持完成军训任务，并在军训中光荣加入了共青团。

班级主动邀请东升人民公社贫下中农作忆苦思甜报告，从中接受教育。毕业前夕在学校统一安排下到社会工厂劳动实践。在北京量具刃具厂、昌平北京手表厂的实践劳动中，大家学到了课堂上学不到的东西，与工人师傅们培养了感情，开阔了眼界。学习目的的明确，思想的净化，人人都以主人翁态度，追求全面发展，决心走与工农兵相结合的道路。

五十年前，精零班在清华“工程师的摇篮”的目标下践行“又红又专”，成为同届中的清华大学“四好”班级，成为听党话、跟党走的“共青团”班。从此形成的优良班风，一直保持至今！

1970 年 3 月，毕业后的清华精零人奔赴祖国建设的各条战线，“立德立言，无问西东”，“听话、出活”，坚守岗位，力争为祖国健康工作五十年，为清华争气，为祖国争光。三十多位同学绝大部分加入中国共产党。全班除十几位留清华同学担任博士生导师、正副教授以外，还有同学任湖南大学博士生导师，有数位同学担任企业党委书记、企业副总经理、总工程师，有任部委党校副校长，有任集团公司党委组织部长。不论职务高低，同学们都尽心尽力在各自岗位上发挥了中坚作用，每个同学都在各自的工作岗位上为共和国大厦努力增砖添瓦。

精零班同学的代表人物冯冠平是清华大学深圳研究院首任院长，他在新材料领域的开拓中成为我国引入石墨烯新材料运用工艺的创始人和领路人，先后受到胡锦涛、习近平的接见，并向两任总书记汇报了工作，在 2019 年获得国家颁发的“庆祝中华人民共和国成立 70 周年”纪念章。2020 年冯冠平又获得深圳经济特区建立 40 周年创新创业人物和先进模范人物称号。冯冠平同学在《光明日报》头版长篇报道中被称为“红色知本家”。

毛乐山同学刻苦学习，勤于动脑动手，在大家心目中是“大工匠”。留校后在自己专业上刻苦钻研，至今仍在教学科研岗位上发挥积极作用，成为践行健康地为祖国工作五十年的榜样。

五十年来，受益于母校老师们的教诲，得益于清华学子生活熏陶，精零班不忘初衷，团结一心，互相帮助，互相鼓励，开拓进取，始终保持着清华“四好”班班风，每个同学都不落伍，令人羡慕。

毕业后的五十年中，同学们尽管奔赴全国各地，但同学之情没有淡漠，同学们之间的联系从未中断。互相关心、互相帮助贯穿始终。为了持续组织好退休后班级的大型活动，精零班成立了活动筹备小组，由邱木根、吕永令、贾惠波、周鉴于、陈汉文、刘乃禹六人组成。筹备组组织了七次国内外聚会。同学们珍惜每次的聚会，人人积极参加。周翠珍同学居住大洋彼岸的纽约，每次聚会都不远万里回国和大家相聚。一次次的聚会，加强了同学之间的联系，也增强了班级的凝聚力。

随着信息化的发展，精零班又建立了班级微信群。2020 年校庆日，全班同学在微信群云校庆，赋诗作词，互致祝贺。从校庆日零点开始，整整热闹了一整天。

2014 年金秋，为纪念精零班入校 50 周年，精零班制作了一本精美的纪念册。纪念册已被北京市档案馆和清华大学档案馆收藏。正如纪念册后记中写道：大千世界，人海茫茫，是缘分让我们相聚在精零班。亲如兄弟姐妹般共度大学时光，又亲如同志般在毕业后一直相互关怀、相互帮助。五十年，在人类历史长河中仅仅是瞬间，而于我们却是人生中最宝贵的青年、中年、壮年和老年，是最值得回忆的黄金时代。

我们清华大学“红精零”是红色的，红色代表着清华人的赤诚和奉献。“红精零”无愧为一个战斗集体。如今，班集体仍然具有当年的号召力和凝聚力。每一个班级成员都以清华人为光荣，以清华红精零人而自豪！

作者简介

周鉴于，精零班团支部书记，1970 年 3 月毕业分配到北京二七机车车辆厂，先后任机车组装车间技术主任、工厂干部部副部长；1990 年调铁道部人事司领导干部处，任助理调研员。1998 年调中国铁路机车车辆工业总公司，任干部部副部长、高级工程师。工业总公司南北分家后，先后任中国北车集团组织部部长、集团党委委员。2005 年 12 月退休。

半个世纪风雨情

——水工 001 班的历程

■ 李树勤　张思聪　谢树南（1965 级水利系）

“从那黄河走到长江，我们一生走遍四方”“我们的生活就是这样，战斗着奔向前方”。这是清华水利系系歌开头和结尾的两句歌词，也是 1965 年入学的水工 001 班同学的人生写照。半个多世纪来，无论是在高山峡谷，还是在喧哗闹市，我们都可以凭着这豪迈的歌声，找到自己的系友和知音。2020 年是我们水工 001 班毕业 50 周年，全班 32 名同学，年逾古稀，一个也不少，作为蒋南翔校长的关门弟子，实现了他老人家提出的“争取为祖国健康地工作五十年”的目标，很值得庆贺。2020 年校庆日，受疫情限制，未能返校。全班同学通过视频聚会，云端面对面，回首既往，畅叙友情，怀念母校，感悟万千。

我们班是怎么走过来的？离不开历史的大背景。应该说，我们这一代，经历极为特殊，说空前绝后也不为过。曾经有过各种各样调侃的说法。有人说我们，“三年困难吃过糠，大串联渡过江，武斗场上负过伤，接受再教育下过乡，毕业分

1970 年水工 001 班毕业照

配去边疆”。也有人喟叹：“长身体赶上三年困难时期，学知识赶上‘文革’时期，找对象赶上当‘臭老九’时期，涨工资赶上经济调整时期，生孩子赶上计划生育时期。”这确实是事实。人生环境身不由己，但人生态度是自己掌控的。蒋南翔校长的教育思想和清华“自强不息、厚德载物”校训是深入人心的，已内化为我们这一代人稳定的品格。

我们班32位同学，来自祖国四面八方的17个省市。既有来自北京、上海、天津、武汉等大城市的才子、才女，也有来自西南边陲、东海之滨和北国穷乡僻壤的工农子弟。第一次来到清华大学，大家都很兴奋。可是最初给我们留下最深印象的，居然是清华的食堂。经历了三年困难时期的我们，惊奇地见到一毛钱一份的菜里也有肉，吃个排骨也只要两毛钱。最特别的是女生有单独的食堂。据说女生食堂里一两面要包10个饺子。来自农村的同学有一种“天天过年”的感觉。刚入学不久，学校组织全校新生参加两周挖京密引水渠劳动，吃饭不限量，随便吃。这可给了刚从困难时期走出来的农村同学大显身手的机会。一两一个的白菜肉馅大包子，一顿吃10个至12个的大有人在。劳动两周反而吃胖了。当年清华女生比例很低，全校只有百分之几。连一个女生都没有的“和尚班”就不少。而我们班得天独厚，有8个女生，占四分之一，而且个个亭亭玉立，多才多艺。当时粮食定量供应，我们男生都是“大肚汉”，女同学就将结余的粮票都送给了我们。但遗憾的是，这8位女同学后来都外嫁他班了，而我们班则被其他班同学戏称为“小舅子班”。

我们班是一个团结向上、认真学习和实践蒋南翔校长“又红又专、全面发展”教育思想的班集体。入学后，思想政治教育的主要内容是开展红专问题的大讨论，正确认识红与专的辩证关系。政治课老师徐葆耕带我们参观圆明园，激励我们的爱国情怀。系主任张任教授亲自讲授“水工概论”课，介绍水利事业的重要，希望我们学好专业，为国家建功立业。所有这些，是对我们最好的思想武装。使我们从一开始就对政治思想和业务学习有高标准、高要求。来自苏州的范本隽同学，高考成绩全校名列前茅，受到蒋南翔校长的接见，成为我们学习的标杆。第一学期期末考试，来自河北的侯洪恩同学“高等数学”考了全年级唯一的100分。同时，按照学校的要求，全班努力做到全面发展。班上体育锻炼的氛围很浓，每天下午四点以后都走出教室，聚集在西大操场，参加各类体育项目。体质最差的，也能在《春江花月夜》的优美旋律中展示着太极拳的一招一式。陈乃君、余宁生在宿舍一有空就用二胡拉起《梁祝》《二泉映月》，开始听着挺烦，慢慢地觉得挺好听，也跟着哼几句。班上有七位同学参加了学校的文艺、体育代表队。忻韦方同学在全校新生运动会上取得了女子200米第一名的成绩。孙仁先同学1966年创造的首都高校女子铅球记录，直到1983年才被打破。校话剧队的涂兆林，五十年后还活跃在校友朗诵队的舞台上。游泳队的徐尚阁在首都高校运动会上总能取得好名次。能歌善舞的李晓峰和忻韦方同学多次参加全校的文艺演出。水利系的文艺小分队里从领导到主要演员，多数是水工001班的。

1970年毕业留校的四位同学在河南三门峡，右起：李树勤、张思聪、谢树南、陈乃君

毋庸讳言，我们那一代人学生经历了“文革”动乱年代，确实荒废了不少学业，但我们在挫折和磨炼中成长了。毕业之前，我们就比较多地接触了社会，接触了工农，经受了实践锻炼。很多同学亲身参加了三门峡水利枢纽的改建工作，顶风冒雪和工人师傅一起在工地上摸爬滚打。还有一部分同学参加教改工作，与老师一起活跃在河北省北部的干旱缺水地区，吃住在农村。一边参与当地兴修水利、总结农田基本建设的经验，一边培训当地的水利技术人才。记得在张家口海儿洼，因为缺水，男同学推了光头，有的女同学剪成男式短发，跟男同学一样风餐露宿，奔波在野外。

这种艰苦条件下的集体生活，至少给我们打下了两个基础。一是同学之间互相关心，互相帮助，互相爱护，感情很深。一直到五十多年以后，我们仍然保持着一个亲密无间的班集体。有一个同学毕业留校一年后，得了严重的肾病，住院两年多，挣扎在死亡线上。在校的几位同学，隔天晚上轮流去北京站附近为他取中药，风雨无阻。为了给他补充蛋白，到处去买老母鸡给他炖鸡汤。近处买不到，甚至跑到河北廊坊的农村去买。毕业这么多年来，平时一旦有同学身体患病，或遇到其他困难，大家都鼎力相助，已成为我们班的传统。二是心系国家民生、勇于担当奉献。1970年3月，毕业分配方案公布，全班同学分布在14个省区。很多同学去了边远地区和农村，如青海、甘肃、宁夏、陕西、贵州、四川、河北阜城等地。三天之内离校，大家坚决服从分配，“打起背包就出发”。从此，天各一方，有的几十年都未曾谋面。但是无论走到哪里，都能生根开花。事业无论大小，总能风生水起。

高忆陵同学最初分配在北京密云火车站食堂，我们这位班团支部书记，居然在那里“摆开八仙桌，招待十六方”，当起现代“阿庆嫂”了。20世纪80年代初她改行办公司，又变成了像模像样的女老板。

女同学孙慧是湖北省著名医学教授的千金，分配在宁夏，第二年就被抽调去农村宣传“农业学大寨”。她去的地方是 1972 年被联合国确定为“不适宜人类居住”的宁夏西海固地区固原县的古城公社。

她白天和农民一起劳动，晚上在窑洞的煤油灯下给农民念报纸、读文件，也经常教儿童和年轻人唱革命歌曲，成为大家最高兴的事。她说：“这是我今生所见最贫困、最愚昧的地方”，“因近亲成婚，瓜子（弱智者）特多。冬天，因无衣裤可穿无法出门，一窝孩子只能围坐在炕上，有的人家更是穷得连炕席都没有”，“离开时我们除身上所穿的，把所有衣物都留给了他们。”在那里，孙慧还不幸被狗咬了一口，至今左膝盖上还留下当年难忘的印记。

同样在大西北工作了二十三年的老班长李晓峰，深深地爱上了那里的胡杨树。他因成绩突出，获国务院颁发“享受政府特殊津贴专家证书”。我们班很多人都从事多年的水利建设工作，不乏亮点。但最值得称道的当属徐尚阁，他是真正“从那黄河走到长江”，实打实地在黄河和长江上奋斗了几十年的水利行家。

他曾担任黄河上游局局长（我们戏称为“皇上局局长”）多年，又调任长江水利委员会副主任，对长江、黄河流域的水利水电开发和南水北调工程建设做出了突出贡献。现在谈起长江黄河，他如数家珍，我们都不敢在他面前班门弄斧。

出生在嘉陵江边，一生与河流有扯不断情结的涂兆林，毕业后先是活跃在河北农村的水利工地上，后又调到北京主持高碑店污水厂的建设，成为现在北京排水集团的初创人。当她主持的高碑店一期工程竣工时，出生在通惠河边的著名作家刘绍棠激动地流下眼泪。我们班还出了两位博士。获得美国西北大学博士学位的王喜坤，取得多项发明专利，在高科技领域达到国际先进水平。师从我国著名科学家张维院士的王安稳博士，身为教授、博士生导师，作出了学界公认的力学理论创新，受到国际权威专家的首肯，为我国的海军现代化建设和海军高级人才培养作出了突出贡献。除徐尚阁、涂兆林外，班上还出了几位厅局级领导干部，有的管一条线（条条），有的管一大片（块块），如邓家荣、崔利军、姜义等，都有不凡的表现。特别是姜义，在吉林发大洪水时，能指挥若定，堪称帅才。还值得称道的是，在复杂的政治生态下，他们没有一个人被腐蚀拉下水，创造了我们班的“零腐败”，这也很难得。

水工 001 班毕业 40 周年合影

班上其余同学，有的是大学教授，被评为“优秀教师”“师德标兵”或获得“教书育人奖”；有的在国家机关被授予“巾帼英雄”称号；有的作为高级工程师，获得多项创新成果奖；还有的当选为人大代表、人大常委、政协委员。这里，特别值得一提的是分别来自边远地区和革命老区的肖替华和罗意展两位同学。肖替华回到自己的家乡贵州安顺后，作为中学校长，为家乡的人才培养呕心沥血，受到父老乡亲的拥戴，被评为“全国优秀教师”，享受国务院颁发的“政府特殊津贴”并被选为市人大代表。罗意展的家乡江西吉安，是革命老区也是文天祥的故乡。罗意展毕业后全身心投入到家乡的教育事业中，默默无闻、埋头苦干数十年，班上同学居然四十多年不知道他在哪里。四十多年后的他，在家乡早已成为教育名人，头上顶着“高级教师”“民盟副主委”“市人大代表”等一堆头衔。

“千淘万漉虽辛苦，吹尽狂沙始到金。”半个多世纪来，水工 001 班每个人都在为祖国不辞辛劳、担当奉献。正如我们的纪念文集里所说，“虽无惊天伟业，终未虚度年华”，“于国于民，心无憾矣”。

在母校即将迎来 110 周年华诞之际，水工 001 班 32 名同学，谨以一颗赤诚的心和一生为国为民所尽微薄之力，献给亲爱的母校，以报母校培养造就之恩。

作者简介

李树勤，研究员，1946 年 12 月生。1970 年 3 月毕业于清华大学水利水电工程系并留校任教，工学硕士。曾任校长助理，水利水电工程系党委书记，法学院党委书记，人文社会科学学院党委书记。

张思聪，教授，1970 年 3 月清华大学水利水电工程系毕业并留校任教，1982 年获工学硕士学位，长期从事水文水资源及水环境方面的教学和科研工作。

谢树南，研究员，1946 年 9 月生。1970 年 3 月毕业于清华大学水利水电工程系并留校任教。曾任水利水电工程系副主任、土木水利学院常务副院长，清华大学基建规划处处长，清华大学昌平新校区建设办公室主任。

永远充满向心力的力 004 班

■ 卫景彬（1965 级力学系）

清华工程力学数学系工程热物理专业，我们力 004 班是一个温暖的大家庭。从 1965 年秋入学形成班集体至今，力 004 班集体对每个同学一直有强大的凝聚力，五十多年来，力 004 班每个同学虽天各一方，却永远充满着对班集体的向心力。

新生那年

我们班 1965 年入学 25 名同学。4 名女生住 4 号楼，分别是北京的周小燕、杨金英，河北的李旭，江苏的孙秀。男生 21 名住在 13 号楼，421 房间住的是北京的刘建，河北的陈克金、张少华，上海的黄惟崎、俞文伯，江苏的马跃开、刘龙成，422 房间住的是北京的童鲁、李建国，河北的周宗彦、卫景彬，安徽的程从明，上海的陆佩忠，江苏的李荣先，423 房间住的是北京的张冠忠，河南的张义同，湖南的蒋子刚，广东的杨泽亮，四川的罗章寿，浙江的钱博，江苏的陈元鸣。马跃开同学 1964 年考取，由于生病休学一年，由力 04 班转入力 004 班。我们班同学中，来自农村家庭的占 52%，城镇职员家庭的占 20%，高级知识分子家庭的占 16%，革命干部和军人家庭的占 12%。

同学们无问西东，人人心向新集体，使得班集体快速成长。我们班在大一时被评为清华大学校级四好班集体。

这进步与老师的引导是分不开的。辅导员兼班主任李栓龙老师对我们新集体付出了心血，做了大量工作。他也住在 13 号楼，离男同学宿舍不远，同学们拐个弯儿就可以到他那儿聊上几句，我们也常在他房间开会或聚会讨论学习心得，也举行过咏歌赋诗活动。特别是节假日，他招呼同学们来个聚会联欢，既可以使节日过得热闹有意义，又可以让新生不至于想家。

李老师注重同学们的专业教育。我们入学后不久，他把我们带领到系馆——旧电机馆，请徐通明老师讲授航空发动机燃烧原理，徐老师拿来一个燃烧室外壳，上面布满很多孔，那是进气通道，起着供气和冷却作用。徐老师说，这些进气孔非常有讲究，即使两个燃烧室形状一样，但燃烧效果都可能很不同，所以必须通过实验。因此同学们那时就鼓足了劲儿，未来要为航空推进研究做出自己的贡献。

我们班集体成长也离不开校领导的关怀。记得一次开班会，校党委副书记艾知生来到我们中间，倾听大家发言，并与同学们一起讨论新生德智体全面健康发展，给予了我们很大鼓励。

我们入学迎新的横幅是“清华——红色工程师的摇篮”。同时蒋南翔校长在迎新大会上号召，培养又红又专的社会主义建设新人。学校为了贯彻毛泽东主席1964年关于教育的春节谈话，贯彻教育为无产阶级政治服务和教育与生产劳动相结合的方针，为大一同学举办了四项主要活动：在图书馆举办了1957年清华反右斗争史展览，组织新生参观并讨论；政治课老师带领同学到圆明园大水法废墟前上中国近代史课，激发同学们爱国热情；还组织了新生开展红专辩论，自我暴露有无公私两架发动机思想，并深挖私字一闪念；以及组织新生参加四周时间的京密运河引水渠劳动。我在系学生会工作，被指定负责我们系与校指挥部的联络。

对新集体成长，清华还有一项好传统，就是老生找新生谈心，做好传帮带。我们专业高班1963级力94班团支部书记高季洪学长在宿舍楼东席地而坐与我谈心，他谈了德智体全面发展，基础课与专业课关系，还说考取清华的都是各地尖子生，因此一定不要因为一点儿成绩而盲目骄傲。我对此印象特别深刻，至今记忆犹新。

班干部对于集体形成和发展起着重要作用。陈克金同学是团支部书记，他是班上最忙的一个人，花去很多精力和时间为班集体事情奔忙。刘建是体育委员，他多次早晨先起床，一个宿舍一个宿舍地为同学们测量脉搏，再汇总上报体育老师。童鲁是学习委员，他经常与任课老师保持联系。其他班干部和同学们也都积极为集体着想，为集体做好事。同学们个个努力要求思想进步，认真学习业务知识，更不忘“争取为祖国健康地工作五十年”的号召，每个同学都刻苦锻炼、强健体魄，向着思想好学习好身体好的方向全面发展。

在我们这个蒸蒸日上的班集体中，罗章寿同学和孙秀同学在大一被发展为预备党员。这是他们积极努力的结晶，是他们的光荣。

力004人才济济，周小燕被选拔为校广播员，校园里常听到她的播音。李旭和张冠忠毕业前在学校文艺社团，是文艺骨干，被称为台柱子。钱博同学大一时被挑选为数学因材施教生。

同学们不仅自己努力，也互相关心和帮助，使得大家处处感到班集体的温暖。1966年3月，大一第二学期，我到北医三院做耳科手术，住院三个多星期。住院期间，童鲁、李建国、陆佩忠、周宗彦等同学跑步锻炼到三院来看望我。我出院后同学们又热情地帮我补课，同学们的帮助使我很快赶上了大家的学习步伐，期中考试数学考了 97 分的好成绩。同学们的深厚情谊，感动着我、鼓励着我。

动荡年代

1966 年 6 月，中国历史轨迹发生了变化。史无前例的“文革”开始了，我们班跟着历史潮流，也经历了清华大学文革史上的各个阶段。

“文革”期间，我们班同学自己组织了多种活动，比如，全班同学去圆明园周围农村，帮助农民田间除草，收割水稻劳动；部分同学去过北京工厂参加劳动；还有同学到清华校办厂与工人一起活动；部分同学徒步重走长征路；部分同学乘车到外地串联。我们班同学自己也组织了小组，学习报刊文章讨论时事政治。有一个组还收集了当时清华印刷的小报传单杂志。这些活动也都使我们增长了见识。

我们也组织大型活动。1967 年秋天，我们系自己组织全系各年级同学们去北京郊区延庆县帮助果农收摘柿子两个星期。同学人数多，为了不给农民增加麻烦，我们自己办食堂，我和马跃开、钱博负责，我总负责加蔬菜采购，马跃开管三餐安排，钱博为会计，我们聘请一位农民大厨。食堂这活不简单，第一天到延庆，晚上时间短炕不够热，第二天早饭馒头发得不够大，同学们有意见。力 01 班裴兆宏等同学建议给同学们解释一下，为此我们写了四页大字报，向大家道歉、解释

1970 年 3 月力 004 班毕业留影，左起，第三排：陆佩忠、刘建、俞文伯、童鲁、张义同、蒋子刚、张冠忠、程从明；第二排：卫景彬、钱博、刘龙成、周宗彦、陈克金、陈元鸣、罗章寿；第一排：李荣先、杨泽亮、孙秀、李旭、周小燕、杨金英、黄惟崎、张少华；李建国、马跃开缺席

原因，并立誓办好食堂。此后，我每天向村里要一辆马车，跟着车去地里采购蔬菜，这样虽然辛苦但是便宜，在粮食定量情况下让同学们能多吃到蔬菜。马跃开和钱博与大师傅尽量做花样伙食。同学们很满意。

工军宣传队进驻清华期间，我们班和力 04 班被派到首钢公司的试验车间、洗煤厂、炼焦厂参加劳动，跟着工人三班倒。在试验厂跟着工人钻钢包补里面耐火衬，在炼焦厂跟着工人铲耐火水泥补炉锋，在洗煤厂跟着工人洗煤、配煤。那时北京过八宝山往西一片红褐色天空，首钢上空污染严重，我们工作的岗位又是首钢里最高温、高粉尘的分厂。但同学们干工人所干，想工人所想，我们还向 63 军模范卫生科写信反映一位患有特殊病症工人的疾苦，蒋子刚同学在洗煤厂还搞了技术革新。

1970 年 3 月，“文革” 前 1964 年和 1965 年入清华的最后两届学生毕业。我们系在二教 401 教室举行分配大会，时任系革委会主任、北京印染厂政工科干部张国荣，宣布清华大学历史上独特的一次分配原则是“远的去对儿，近的留事儿，不远不近去光棍儿。”按照地图测量离家远近定分配。我们班同学李建国和刘建去辽宁盘锦，周小燕去吉林，李旭去黑龙江，蒋子刚去辽宁葫芦岛，张少华去河北秦皇岛，周宗彦去河北承德，张义同和杨金英去河北沧州，陆佩忠去河北廊坊，俞文伯去河南，刘龙成去山西忻州，黄惟崎、孙秀、陈元鸣和杨泽亮去湖南，童鲁、钱博和罗章寿去贵州，张冠忠、程从明、李荣先、陈克金和卫景彬留清华大学力学系，马跃开因病重没有分配。大家依依惜别，不知何时再相见。

力 004 班超强的凝聚力

“四人帮” 倒台后，我们班同学们陆续走上了新工作岗位，在不同领域担任了重要的业务、管理或者领导的职务。同学们努力奋斗挽回十年的损失，各自为国民经济建设做出了优异成绩。

李建国同学创建沈阳实业公司任总裁，刘建升任北京市侨委办副主任，周小燕调任吉林市电子局，李旭调任清华图书馆，蒋子刚成为职业大发明家，张少华任秦皇岛三中特级教师，周宗彦任职河北徐水国营厂，张义同于天津大学任教授，杨金英调任天津市拖拉机厂领导，陆佩忠任廊坊百冠有限公司领导，俞文伯先后调任兵器系统工程研究所和北京航空航天大学，现在还是老教授亲自授课，刘龙成任山西啤酒有限公司领导，黄惟崎任上海嘉定发改委领导，孙秀调任湖南株洲钨钼材料厂，陈元鸣调任上海机械厂，杨泽亮于华南理工大学任教授，童鲁任贵州都匀建设局总工程师，钱博在美国从事高科技工作，罗章寿调任四川省中小企业局（离任前为调研员），张冠忠任清华航天航空学院教授，副书记，程从明任清

2010 年毕业 40 周年力 004 班同学于逸夫楼前留影，左起，第三排：陆佩忠、刘建、俞文伯、张义同、蒋子刚、张冠忠、程从明；第二排：卫景彬、陈元鸣、周宗彦、陈克金、罗章寿、李建国；第一排：李荣先、杨泽亮、孙秀、李旭、黄惟崎、张少华

华航院副教授，李荣先任深圳清华大学研究院副院长，陈克金任清华大学副总务长兼清华园街道党委书记。我为燃烧研究做出了点贡献，1987 年由中国电力部主持召开的全国六项重大燃烧理论和新技术报告大会，其中就有我两项，一项我为第二发明人；另一项我为第一发明人。我曾任职于清华大学力学系、中科院力学所、里斯本高技术学院和交通学院、德国哥廷根大学，和美国戴维斯加州大学。

同学们虽然毕业离校，但温暖的班集体留给大家的凝聚力没有减退，同学们的向心力也没有褪色。毕业 20 周年、毕业 30 周年、毕业 40 周年、入学 50 周年，我们班都组织了同学聚会，大家畅叙同窗情谊，交流分别后几十年后的经历和成就。每一次成功的聚会，都有无数同学主动出钱出力，留下无数美好的回忆和幸福的画面。尤其难忘的是毕业 30 周年，为了表达对母校的培育之恩，我们参加了“零零阁”的捐赠。零零阁典雅大方，双零，代表了清华史上特有的 00 字班。

我们班同学的友谊还体现在一代同窗三代亲。马跃开同学“文革”中脑部受重伤，在宣武医院手术期间，同学们轮流到医院帮助大夫护理，但是伤势太重，他一直没有苏醒。而恰其后不几天，他弟弟在苏北老家割猪草，也被水泵轴绞伤了胳臂和肋骨。家中托人捎来口信，要求马跃开立即回家处理弟弟手术事宜。万分火急之际，我们班同学商议后请示学校，学校派我奔赴他们老家，代表学校与医院洽谈手术事宜，以免给孩子留下残疾后遗症。

工军宣队进校后，对马跃开安排了照料，待他有了一点好转后，军代表老乔护送他回苏北老家，进行治疗和恢复，学校则按照大学生毕业待遇，每月由系财务给他家寄钱。马跃开同学老家很苦，家里有老祖母身体不好，父亲参加过新四军，又参加过抗美援朝战争，参战脑部受到震荡，是残疾军人，说话也不利索。全家靠马跃开母亲操劳。马跃开受伤太重，农村条件也差，最终还是没有战胜病魔，不幸英年早逝。一个真诚伙伴过早离开了集体，一个优秀清华学子痛失了报效祖国的机会，想起来令人无限惋惜！

我们班同学把马跃开母亲当成我们的老妈妈，替马跃开尽一份孝道。2014 年春李建国同学赴成都出差，专门约会了陈庆兰同学，询问马跃开老家情况，随即于 2014 年 6 月 30 日，张冠忠和夫人孙玲与李建国一起，从江苏无锡长途驱车前往马跃开老家看望老母亲，献上我们全班同学的捐款 1 万元。2016 年 5 月，我们班全体同学又一次捐款 1 万元，还是由张冠忠和李建国代表全班同学，冠忠再次驱车前往马跃开老家，看望老妈妈送上捐款。2020 年春节过后是老妈妈百岁大寿，当地县和乡领导为老人送了百岁贺匾。因为突发疫情，推迟于 5 月份举行了盛大的百岁大寿跪拜和贺宴。我们班全体同学以清华大学同班老同学名义，敬献上寿礼红包 1 万元。全班同学祝老母亲健康长寿！

有着超强凝聚力和永远向心力的力 004 班有说不完的故事。由于时间跨度几十年，更由于局限于我一个人的视野，因此本篇短文纪事，只能挂一漏万。

2020 年 8 月

作者简介

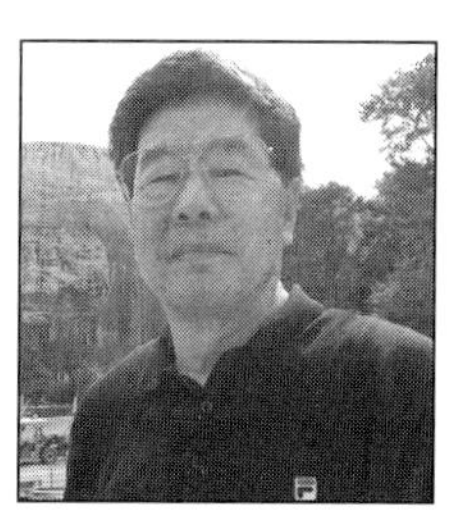

卫景彬，1970 年力数系毕业留校。1988 年获得中国科学院力学研究所博士学位。先后就职于清华大学力学系、中国科学院力学研究所、葡萄牙里斯本高技术学院、德国哥廷根大学、美国戴维斯加州大学。1984 年在力学所领导支持下筹备成立力学所研究生会并任第一任会长；1990 年在中国驻葡萄牙大使馆支持下，筹备成立葡萄牙华人学者学生联谊会并任筹委会主任；2003 年在美国筹备成立含戴维斯加州大学在内的加州大首府地区清华校友会并任第一任会长。

电力工程系锅 3 班

■ 谢宏军（1973 级电力系）

虽然四十六年过去了，但每位同学的青春容颜和班级给我的温暖，在看到下面这幅照片时就会在我的脑海里清晰呈现，就会使我回想起在清华学习生活的难忘岁月。他们是，前排左起：李禄亮、李雍山、沃慧斌、张小莉、王鞍平、张玉静、沙玉兰、马明燕、王照兴、顾斌、朱振华；中排左起：詹玉荣、黄秀华、陈南岭、刘进、弓爱和、张友义、陈生、刘继兴、刘国际、于香玉；后排左起：张凯、车喜柱、周纪平、裴振林、牛长源、车玉山、纪同明、张松立、李南江、张敏、王建军、吕新民、谢宏军、张人俊。我能有幸进入清华大学，成为锅 3 班的一员，应该说是既幸运，又“意外”。

“意外”进清华

河南省从 1972 年开始大学招生，当年是单位推荐。因有消息说第二年要开始考试，我就从 1972 年下半年开始备考学习。我有位亲戚是县教师培训班的老

锅 3 班唯一一张满员全家福，1974 年 4 月在天安门

师，我就定期去听课。在这里我要特别感谢我厂电工班的罗金斗和李性全两位师傅。他们在工作和思想上都给了我很多关心和教育，并分别是我的入团、入党介绍人（党支部已通过、厂党总支批准并报上级党委审批期间，我已离厂进入清华，后在清华正式入党）。除了外出上课，他们在工作安排上也为我的学习提供最大方便。1973年大学招生考试，我考出了不错的成绩，数学和理化试卷都在90分以上。由于当年的“白卷”事件致使之后的高考停止，我们3字班也就成了那个年代唯一一届经过推荐加考试入学的工农兵大学生。

当时报志愿时我并没有报清华，而是根据电力专业兴趣，报了省内一所高校的“电厂电网”和“农村水电站”专业，打算毕业后还回去当电工。没想到厂领导交给我的入学通知书是清华大学的，实在出乎意料，到现在我也不知是哪位招生老师让我有幸走进清华，成为锅3班大家庭的一员。

难忘的学习经历

回想我们在校学习的经历，可以用一句话来概括：不忘肩负一个责任，重点培养两个能力。一个责任是“人民送我上大学，我上大学为人民”；两个能力一个是自学能力，一个是分析解决问题的能力。具体学习方式是在学习中实践，在实践中学习。

我们的专业当时名为锅炉，后改为热能、能源与动力工程。刚收到录取通知书时还有些“遗憾”，认为锅炉有什么好学的，不如电气专业有兴趣。但一学进去才知该专业的深奥，电气只是锅炉专业技术基础课“机、电、热”三条腿的一条：“机”是“机械零件及原理”“机械制图”“工程力学”“材料力学”“金属材料及热处理”等；“电”是“电工学”“工业电子学”“热工仪表和自动调节”“电子计算机程序语言”等；“热”是“传热学”“工程热力学”“流体力学”等。由于我在工厂操作过内燃机拖拉机推土机、车床钻床电焊机，安装过晶体管收音机，还被工厂送到郑州发电设备厂学习生产维修电动机等，所以在学习机电课程时有“如鱼得水”的感觉，很“过瘾”；同时对“热”的学习也很有兴趣。在学习“机”时，我们到北京特殊钢厂结合生产实践，为工厂设计电磁吊、砸铁机、卷板机等；学习“电”时，每位同学都为实验室组装了一台万用表；也都用穿孔纸带编程方式，操作了学校的晶体管计算机；学习“热”时，到北京市东郊热电厂，为该厂做了锅炉热效率测试。正是在热电厂期间，距离天安门较近，同学们在天安门拍了唯一一张全班合影。

在学习专业主课时，我班为学校东区设计了一台供热锅炉，并参与了该锅炉的制造，还顺便为制作水冷壁而设计制造了弯管机。为母校东区主楼片区的供热

周纪平、张凯和王照兴通过制作模型做锅炉设计

采暖做出了一点贡献。

1976年毕业实践时，一开始全班分为两路：大部队29位同学与董树屏、林瑞慵、冯俊凯、鲁仲琦等几位老师，到了上海锅炉厂，为该厂研制的当时国产最大的1000吨/时亚临界中间再热直流循环燃油锅炉（配套30万千瓦机组），以及当时国内最大的130吨/时沸腾床锅炉，参与模型试验工作，模拟现场设备运行参数，解决机组设备安全正常运行遇到的问题。

另一路小部队是于香玉、刘国际、陈生、李禄亮、朱振华和我6位同学，以及专业指导沈幼庭老师，参加了电力系组成的涵盖锅炉、燃气轮、电机、发电、高压所有5个专业师生的赴西藏学习服务队，到羊八井地热田建设我国第一座地热湿蒸汽试验电站，并按期成功发电，为羊八井大规模建设地热电站提供了有益的探索。我曾写了《西藏第一台地热湿蒸汽实验电站诞生亲历》一文，收录于《清华大学1973级毕业40周年纪念文集》，对此做了较详细的记载。

到上海锅炉厂的师生做完试验后，分为两路：一路到上海望亭发电厂，深入1000吨/时锅炉运行现场，参与解决该设备运行期间频繁爆管的问题；另一路到广东韶关电厂，参与130吨/时沸腾床锅炉安装试运行工作，重点解决沸腾床燃烧及水循环问题，并按期点火成功。

到望亭发电厂的同学离开上海回到北京后，又分为两路：一路到北京电影制片厂帮助解决锅炉运行中的问题。由于北影对我们的服务很满意，北影厂在学校大礼堂为73级毕业生放映了当时尚未对外放映的《洪湖赤卫队》等两部影片（这路同学后来有几位参加了学校组织的赴唐山抗震救灾）。另一路是车喜柱、纪同明、车玉山、王建军、沃慧斌、裴振林到大连第一热电厂（后又转赴山西娘子关电厂），在冯俊凯教授指导下，将流体力学和传热学理论与实践结合，进行水循环试验，为制定国家水循环标准提供基础数据。这一路发生了一件惊险的事情：其他同学按期出发前往大连，车喜柱同学因系里开会晚走了两天，结果他乘坐的列车行至唐山时正遇到当年“7·28”大地震，幸亏司机看到地光后及时紧急刹车，比发生地震提前了几秒钟，避免了列车出轨颠覆。车喜柱步行了两天一夜才走出地震困境，遇到交通工具后才赶到大连与同学们会合，大家都为他庆幸。

无体育，不清华

体育是清华特色，我们到校后确实感受到体育在清华教学中的重要位置，我仅从以下五个方面做一简单回顾：

第一是全员广泛参加的常规体育活动。如跑步、做操、球类、游泳、滑冰等，我班同学全都有参与。我是在学校才第一次接触滑冰运动，并在荷塘冰面上学会了滑冰。这些活动只有游泳需要办证。

第二是有特色的单项活动。如举办北京——延安长跑活动，大家把每天自己跑步的距离记录下来，总数达到北京到延安的长度为完成任务，还发给一张纪念卡。

第三是体育达标活动。按照北京市《体育锻炼标准》，达标者发给相应的证书，以鼓励大家积极锻炼。我班同学大都通过了一级标准，通过二级标准的就比较少一些。我和张友义是前后任体育委员，两次都通过了二级标准，并获得达标证书。

第四是举办校内运动会，各系各年级开展竞赛。我班在全校最好的集体成绩，就是拔河比赛的全校亚军。如果当时拉拉队在节奏上指挥完善的话，是有可能夺冠的，多少有点遗憾。

第五是专业运动队。选拔有特长的同学，从专业上进行培养训练，代表学校参加北京市和全国的比赛。记得我班有 4 位同学入选校专业队：张友义是校五项全能运动队员，陈南岭是游泳队员，张松立是乒乓球队员，王建军是短跑队员。让我至今难忘的是张友义和王建军，张友义身强力壮，班内昵称“超级大国”；王建军短跑速度特快，有次班内组织百米测验，他轻松跑出 11 秒多，我拼尽全力才跑 13 秒，切身体会到什么是“望尘莫及”。

清华以长期一贯制、全员参与、多种形式、多种层次开展体育教育和体育活动，其体育地位和竞赛成绩在全国教育界出类拔萃也是很自然的事。

温暖的班集体

全班同学从一入学相识，就处处体现出兄弟姐妹般的大家庭温暖。学习上互帮互助，生活上相互关照。来自天津锅炉厂的张凯同学是班级学习委员，也是全班同学的老大哥，在班里的互帮互学中给大家提供了很多帮助；来自山东的牛长源同学入学前做过中学代课教师，尤其数学基础很好，在学习数学课时担负起了辅导员的角色；来自发电厂和锅炉制造厂的纪同明、车玉山、吕新民、王照兴等同学，在东郊热电厂作热平衡试验期间，对此前从未接触过锅炉设备的同学，给予热情的启迪帮助。

1975 年 3 月，全班到河北邯郸野战军某部学军

那时候伙食是每人的细粮、粗粮、大米都有固定比例，北方的同学就把自己的大米票与南方同学的面食票调换；有女同学饭量小把饭票给饭量大的男同学；有家在北京的同学邀请外地的同学星期天到家做客。我和张友义曾一起到刘继兴家里吃过饭，继兴的父亲知道张友义是湖南人后，特意拿出了辣椒，我也是那时才知道湖南人爱吃辣。团支部还组织大家开展一些文体活动，如到颐和园划船、开诗会。那时大家在一起是融洽愉快、积极上进，具体情景难以在有限篇幅赘述，我仅从保存的几张班级合影回忆一些情节：第一张就是前面介绍的全员合影，1974 年 4 月在天安门。

第二张是 1975 年 3 月，全班到河北邯郸野战军某部学军时照的。与现在大学的军训不同，同学们到部队后与战士们混编成连排班（与我们对接混编的是特务连），各级正职由特务连指战员担任，副职由同学担任，与战士们一起学习训练生活一个月，近距离“贴身”学军。我担任副班长，知道了出操队列副班长的位置是在最后的，到厨房帮厨的也是副班长。期间进行了一次投弹测验，两次实弹射击测验，三次半夜紧急集合，摸黑打上背包列队急行军。王兰普、贾会满两位战士还教会了我“擒敌拳”和“捕俘拳”。我们真正体验了部队训练和生活，与战士们结下了情谊。返校后曾与他们通信，后因学校不让与部队通信才中断了联系。离开部队前，我们在部队营房旁与部分指战员合影留念，有我系工宣队侯师傅杨师傅陈季筠老师和 32 位同学，可惜有 3 位同学缺席。

第三张是 1976 年 1 月 15 日下午，参加周恩来总理追悼大会直播后，全班师生怀着对周总理的敬仰，在教研室楼顶阳台上合影。因当时“四人帮”的影响，对悼念周总理有无形的限制，所以要向学校请示能不能拍照，由于学校一直没有答复，等了较长时间，致使部分同学离开现场。留下的 10 位老师和 24 位同学就不再等学校答复，拍下了纪念合影。因无人帮助拍照，张友义和周纪平轮流各拍一张。

从 1976 年 3 月开始，全班同学就开始毕业实践分赴各地，直到毕业离校也没

2017 年 4 月，锅 3 班的第四次合影

有再拍过全班合影。

2017 年 4 月，母校 106 周年校庆，是我们 3 字班同学毕业 40 周年，学校在大礼堂举行了 1973 级校友毕业 40 周年纪念大会，陈旭书记出席会议并讲话。全班有 24 位同学回到母校，与老师们在时隔 40 年后又欢聚在了一起。大家在主楼前合影，这算是我班的第四次集体合影。

这次相逢后，我们在微信上建立了班级聊天群，也与联系到的老师们建立了锅 3 校庆聚会群。想当年，各位老师也大都风华正茂、年富力强，诲人不倦、身体力行，与我们同吃同住同实践，师生就是一家人。至今对许多老师当年的形象，我还能比较清晰地回放出来：李定凯、陈昌河、陈季筠、林睿镛、曹柏林、董树屏、胡景珍、沈幼庭、盛祥耀、冯俊凯、朱聘冠……，教研组领导张雅明、徐秀清，以及带领我们到西藏羊八井的李凤玲、寇可新老师等等。借此机会，再次向尊敬的老师和领导表示衷心感谢和诚挚敬意！

感恩母校　情系清华

虽然我们早已毕业离校，并且都已到了古稀上下的年龄，但我们在母校的学习生活和受到的教育终生难忘，我们对母校的感情依然如故。在校时，车喜柱是班党支部书记，詹玉荣是支部组织委员，我是支部宣传委员，锅 3 班党支部为同学们、为学校，尽职做了一些服务工作；2017 年参加毕业 40 周年活动后，清华大学河南校友会理事会换届，詹玉荣任会长，车喜柱任副会长兼秘书长，我任副秘书长，好像锅 3 班党支部的影子在四十多年后又出现在了河南，仿佛锅 3 班的活动还在延续。我们按照校友总会“服务校友，服务母校，服务社会”的要求，遵照“自强不息、厚德载物”的校训，在新的岗位上，为母校与河南的省校合作、母校在河南的招生、助学励学、校友三创大赛，为河南新老校友和校友企业、为河南科技和经济发展，继续做一些力所能及的工作，朝着母校提出的“争取为祖国健康地工作五十年”的目标继续努力。

2020 年 11 月

作者简介

谢宏军，中共党员，高级工程师，注册咨询工程师（投资）。1968 年下乡知青，1970 年进工厂当电工，1973 年入清华学习，1977 年毕业分配到河南省化工设计院，从事热力工程、工业水处理、工业管网、暖通等工程设计，以及计算机应用等技术工作。历任院长助理、兼电子计算机站站长、兼全面质量管理办公室主任、副院长、院长、党委书记。退休后现在清华大学河南校友会，兼职副秘书长义务服务。

在清华的日子里

■ 王　俊（1973 级精仪系）

离开母校后，时常想起在母校的日子。

温馨的集体

1973 年秋，我走进清华精仪系光 32 班，从此与来自天南地北的 34 位同学成了休戚与共的挚友和兄弟姐妹。同学们多才多艺，有的能歌善舞，有的擅长舞文弄墨，而来自工厂的同学，有很好的机加工技术。

互相帮助、互相关心是风尚也是情感。

同学们文化程度参差不齐，开学后补习初高中数理化，以系为单位上大课，进度很快，有人跟不上。为了不让一个同学掉队，除了在小班由老师辅导外，同学之间结了对子，学习好的帮助学习差的，经过一段时间的共同努力，学习差的

1977 年 1 月，光 32 班毕业留影。前排左四至八分别为：孙培懋、赵子英、李志勤、季健、邬敏贤老师

赶了上来。

男生帮女生干体力活、女生帮男生缝缝补补是常有的事情；有人生病住院了，纷纷去看望，还有同学去陪护。

一次学校组织献血，全班同学都报了名，最后符合条件的 4 名同学献了血，其他同学以不同的方式给予关心照顾。

在校期间，孟庆凯、李太春常给同学们拍照，再买胶卷、相纸，冲洗出来，分发给大家，别人要付钱，总是被谢绝。北京同学为了尽地主之谊，时不时请外地同学去家里做客。

在 1976 年抗震救灾中，男生帮女生、强的帮弱的，全班同学团结得像一个人，在为班里搭抗震棚的同时，还抽出力量帮助老师搭棚。

在军工厂实习期间，我们所在班组，一只零件安装在工件上，工作时机器带动工件直线运动，达到研磨零件的效果，效率很低，往往会拖生产进度。几个同学决定对其进行革新，设计一只新工件，将零件安放在上面，机床带动工件做增速直线运动。说干就干，有的画图有的备料，李夏华开动车床加工零件，几天后自动研磨零件的工件出来了。正当大家沉浸在胜利的喜悦中，意想不到的情况出现了，工件装在机器上，启动后飞速运动，发出刺耳的声音，紧急停机查看，加工的零件已经变形。革新失败了，而旧工件拆卸后，部分零件经重新加工准备利用，不能恢复。任务压在身上，师傅们十分焦急，同学们更是心急如焚。在这种情况下，大家互相鼓励，认真分析找原因。原来是一只凸轮尺寸出了问题，在康老师的支持帮助下，同学们又一鼓作气干了起来，半天多时间，新的工件弄好了，上机一试，效果特好，效率提高了几倍，革新成功了，耽搁的任务很快抢了回来，师傅们高兴极了。

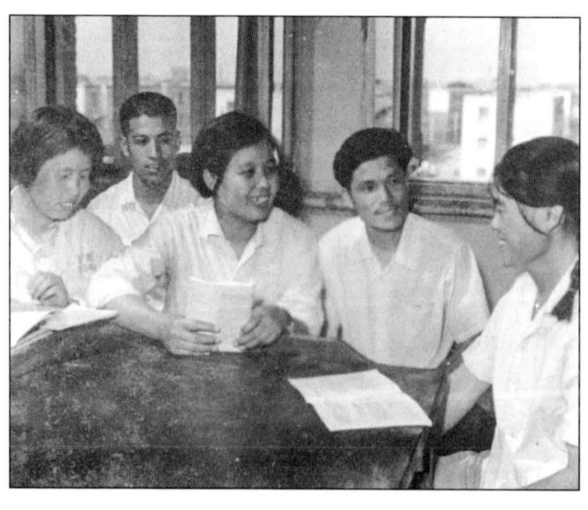

1974 年在 318 厂实习，从左到右：实习班副班长王师傅、王俊、学校工宣队常师傅、班主任康利民、党支书于彦华

我们班就是这样一个集体，遇到困难，没有人埋怨，没有人沮丧，大家团结一致向前走，有了任务又是齐心协力争着干。温馨团结的集体让人十分怀念。

毕业后，大家虽各奔东西，而同窗情谊有增无减。

我当班长很意外

入学不几天，指导员让我担任班长，我深感意外和不安。我来自农村，自觉能力有限，担心工作搞不好还影响学业。指导员见我为难，就开导说，是临时的，过段时间还要选举产生正式班长。可这班长一当，就没换过。

班长工作十分繁忙，学校、系里召集的会议及支委、班委开会，经常是在中午或晚上；班干部商量事情、与同学谈心或交换意见，有时在到教室或饭厅的途中，有时在吃饭时或饭后。我还常常作为学生代表参加接待外宾的工作。这样就耽搁了不少学习和休息时间，心里十分着急。为了弥补这些损失，我就利用一切可以利用的时间补课，在校期间长城也没去过。学习、工作的压力，使我的睡眠越来越差，我曾半夜起来到操场跑步，企图累了好入睡，效果却不大，就提出辞掉班长，建议另选他人。那次选举，我没参加，然而同学们仍选了我，我百感交集。自担任班长以来，老师和同学对我十分支持和信任，对我的缺点极大地包容体谅，并能积极而善意地指出。我睡眠不好，老师同学也很为我担心，有的鼓励，有的介绍方法。指导员、班主任也想方设法减少我的工作量。

老师同学用肩膀支撑着我，给了我信心和力量，我也从他们身上汲取了营养，思想轻快了许多，睡眠也有好转，就安下心来工作和学习，和支委会、班委会及师生们齐心协力，使得班里的工作又有了新的起色，受到学校、系里几次表扬。

作为班干部，发挥模范带头作用、关心和帮助大家是义不容辞的责任。一位外地同学母亲得了重病，北京有一位医生给配药治疗，药方里有两种名贵药是同学在老家采购的，他邮寄给我，我和于艳华定期带好药材分量，到医生那里配好药后再邮寄回去。

吃苦在前、享受在后是我遵守的座右铭。面对艰苦的事情，我总要走在前面，赴唐山抗震救灾，尽管同学们都积极报名参加，我是当仁不让，结果如愿以偿。

学校分配到班里有意义、重要活动的参加名额，我都安排了其他同学。我们班干部一心一意为大家，受到同学们的信任和赞扬。

难忘恩师

先后有 4 位老师担任过我们班主任。先是吴宗泽老师，兼教机械零件课，一学期后康利民老师接替。不到一年，张林兴老师为代班主任，几个月后李志勤老师成了我们的班主任。

吴老师说话幽默，记忆力特好。2007 年参加校庆，多年没见，年近八旬的吴老师一下子就认出了我。康老师在校搞政工的时间较长，工作勤勤恳恳，说话和风细雨，十分平易近人。张老师比我们大不了几岁，是在我们班发展为党员的，夫人是 9003 的工人，同学常到他家去玩。李老师头脑灵活，工作扎实办法多，更是个热心肠。1984 年我带女儿回老家路过北京，住老师隔壁姜林同学家，那天中午，李老师亲自操刀下厨请我们吃饭，是老师更像兄长。

同学们的困难也时时被老师记在心上。一个寒冷的冬天，女生宿舍一只暖瓶胆坏了，校内没买到。一个周日晚上，同学们正在宿舍自习，有人敲门，开了门，是拄着双拐的数学老师郑乐宁，眉毛和胡子满是白霜，脖子挂着一只暖瓶胆。同学们惊呆了，眼含泪水，握着老师冰冷的手，一句话也说不出来。郑老师有小儿麻痹后遗症，双腿不能吃力，靠三轮车行走，依双拐步履。一只暖瓶胆，从买到送，要经过怎样的历程，又经历了怎样的艰辛？

学微积分不久，我中学老师来信求助，说家乡县城粮站一只进粮漏斗很不规则，要我们帮助计算其容积。第二天数学课后，我向郑老师求教，郑老师看了来信的图示及相关数据，图形是曲面的。他一边分析一边详细讲解，将图进行分解，并分块建立了数学模型，最后经过几重积分，求得结果。郑老师扎实的数学功底和分析问题的方法，让我十分敬佩和受益。

在开门办学中，班主任李志勤老师、党支部书记于艳华与我就一些问题请示校领导刘冰老师。刘老师给我们讲在延安时如何请教毛主席做共青团的工作，告诫我们到开门办学单位，要主动取得办学点党委的支持。他的教诲，我们深受教益和启发，对指导后来的工作起了积极的作用。

教研室主任金国藩老师，在我们开门办学期间，多次到开门办学点了解情况，指导师生解决遇到的问题。说到金老师，我还想起了一件事。毕业半年后，金老师在上海开会，我和光 31 的王希和也正好在上海，我俩一道去看望了金老师。金老师问了我们的生活、工作情况，还留我们吃了晚饭。金老师对学生细致入微地关怀，记忆犹存。

英语老师季健在我们毕业后组织王佳等同学查资料找词汇，编撰出版了《英汉光学词典》。季老师书法很好，离校时抄写了一首毛主席诗词送我，可惜的是工作后几次搬家不见了踪影。

教授我们的老师还很多，他们学识渊博、情操高尚，教书育人演绎出许多感人的故事，篇幅所限，不一一赘述。痛心的是几位恩师已作古，玉壶存冰心，朱笔写师魂，感谢恩师、难忘师情。

毕业设计收获大

北京邮票厂是印制邮票的，一枚邮票原稿经多次分色拍成单色阴图，修版后用连拍机拍成几十枚与邮票规格相同的阳图（整版邮票）制版。邮票的间距都要相同，否则印刷的邮票模糊不清。

当时是三个师傅在暗室里用进口的手动连拍机拍照，精力高度集中，眼累手累脑累，十分疲劳。制一张阳图少则一天多则三四天，若补版就更费时费力了。

工厂迫切希望有一台高精度的自动连拍机，该产品就是我们的毕业设计项目。

李志勤、梁晋文、邬敏贤、孙培懋等老师带着全班同学对该厂的机器进行测绘和解剖，随后师生一起按照专题查资料、到工厂科研院所调研。一个人或几个人合作，将调研资料归纳成文，一个部件一个章节，对部件的种类、优缺点等进行论述，有的还有图示。最后油印成厚厚一本，人手一册，成了产品设计的参考材料。

奋战三四个月出了零件图。其他人有了新任务，梁晋文、孙培懋、李志勤、赵子英等老师和徐明辉、钟开英、程远铭等同学做连拍机的后续工作，直到我们毕业。梁老师是该项目的指导老师，我们毕业后他和孙老师等人做了大量的工作，最后和邮票厂师傅装配调试完成。20 世纪 70 年代末虽通过鉴定即已交付使用，邮票的质量极大改善，效率提高 20 余倍。该产品曾获邮电部重大科研成果一等奖、全国科技大会奖。参加该项目的最后几位同学每人得到一套图纸及几套邮票。

通过该产品的设计，大家对邮票的历史、政治、文化、艺术等价值有了较深了解，从而深深爱上了邮票，有的同学还成了集邮爱好者。

双频激光干涉仪是我班的另一个毕业设计项目，当时国外已有该仪器，但对我国禁运。学校科研处组织精仪系、物理教研组、自动化系立项攻关。精仪系负责光学和机械部分，指导老师是殷纯永，我班范成章、叶安娜、杨崇范、陈慧蔚、李红和我参加。总体设计完成后，北京一个电影厂拍摄《双频激光干涉仪》科教片，项目组的部分老师和同学参加了拍摄的相关工作，叶安娜和我成了“演员”。影片拍好后，在清华进行了首映，殷老师送了叶安娜和我一段影片正片，可惜现在找不着了。我们毕业后，老师又做了很多工作，该仪器终获成功，1981 年获国家发明三等奖，北京市科技成果一等奖。

后　记

毕业后，同学们不忘“人民送我上大学，我上大学为人民”的诺言，在各自的岗位上尽职敬业，做出了可喜的成绩。有的成为大学教授，有的是当地科学技术的领军人物，有的是单位的业务骨干，有的是大学、企业负责人，有的是默默奉献在工作中的无名英雄。我在国防工厂工作，曾担任研究室主管新产品开发的副主任，并参与及主管新产品的开发，取得了一些成绩，获了些奖项，其中部级科技进步奖 4 项。我参加研发的一款军转民产品，1993 年获苏州市市长重奖，同年我任书记的研究室党支部，被授予苏州市先进基层党组织。

作者简介

王俊，内蒙古察右中旗人，1977 年毕业分配到二机部（现为核工业总公司）苏州工厂工作，高级工程师。在科技产品研发中获得过数项奖励，其中省部级科技进步奖 4 项，1993 年获苏州市市长重奖。曾兼任厂研究室等部门支部书记、厂党委委员等职。曾任苏州市青联委员、政协苏州市六、七、八、九届委员。2010 年退休。

永远的清华园　难忘的汽 41

■ 李进民（1974 级机械系）

2018 年是清华大学建校 107 周年，也是汽 41 班毕业 40 周年。校庆日的前几天，同学们先于古城荆州相聚，共同追忆了四十年前在清华园中那段令人难忘的求学经历。

时隔 40 年，恍惚一瞬间。同学们凭栏远眺、心绪难平，抚今追昔、感慨万千，坦言始终也无法忘记，那古老的荆州小城，广袤的江汉平原，巍巍的荆江大堤，滚滚的长江之水，高高的油田井架，隆隆的钻井平台，灼面的炎炎烈日，恼人的绵绵梅雨，那火热的青春年华，那纯真的师生情谊，那些始终铭刻在心且令人难以忘怀的水木清华故事。

那次活动，受到了中国石油装备四机公司（原石油部第四石油机械厂）有关部门和领导的大力支持和热情接待。该公司还特意安排了一场高水平乒乓球友谊赛，宣传部将《清华百年诗集》和汽 41 班纪念文集《永远的清华园　难忘的汽四一》，郑重摆放于厂史纪念馆的陈列展柜，记录下当年清华机械系汽车专业师生

汽 41 班毕业 30 周年师生联谊会

与该厂友好合作的一段佳话。

2018年4月29日上午，在清华大学综合体育馆召开了“庆祝清华大学建校107周年暨1974级毕业40周年纪念大会”，徐小力同学作为清华1974级优秀校友发言，他向母校汇报了同学们工作及成长经历、代表大家对母校和老师的培育之情表示由衷的感谢。

汽41班　师生情谊

汽41班是20世纪70年代清华大学一个普通的学生班集体。对于一个奋发向上的青年而言，当年若能有幸进入清华大学读书，无疑是他们人生中一个莫大的机遇。很庆幸当年汽41班的同学们，作为时代的幸运儿进入清华，获得了属于他们自己的独特经历。

这种深厚的感情与纯真的情谊，从踏入清华园的那一刻起，就已逐渐融入他们全部的求学经历之中，继而体现于师生之间的信任和理解之中，体现于尊师重教的班风之中，体现于行胜于言的校风之中。

汽41班留给我们的记忆，总是那样的美好和温馨，因为那是一个充满团结友爱、互相帮助的集体。记得刚入学不久，袁大宏老师就邀请班里的同学到他家里包饺子，同学们你来切菜我来擀皮，热热闹闹亲如一家。袁老师亲切地和我们拉家常，鼓励我们珍惜这来之不易的学习机会，向我们介绍有关的学习方法，举手投足就像一位宽厚的兄长。

许忠厚老师也常邀班里的同学，到他那并不宽敞的家中做客，许老师的母亲慈眉善目，脸上总是充满着笑容。每次同学们一到许老师家，许妈妈总是做上香喷喷的饭菜招待大家，使得我们这些远离家乡的外地同学，时时感到清华老师待我们，不似亲人胜似亲人。

1976年初春，赵吉庆同学因活动不慎造成髋关节韧带拉伤，同学和老师闻讯主动帮他联系医院，在医院进行手术和疗养期间，班里同学几乎都抽出时间，一次次到医院去探望。出院后的最初一段时间里，由于行走活动还不方便，董德江同学每天总是用自行车驮着他，先从宿舍到教室、再从教室到宿舍，一遍遍不厌其烦地来去往返。也是在那段特殊的时间里，他那个十分沉重的书包，也一直背在项金生同学肩上，直到康复才物归原主。

1976年7月28日凌晨，唐山发生强烈地震，当时我们都是在睡梦中被强烈的震动和巨大的声响惊醒，很多同学一路飞奔到楼下。天亮之后大家还精神未定，却见袁大宏老师和许忠厚老师已经出现在我们面前，他们将全班同学集中到楼中间空地上，仔细地询问每个同学情况，安抚大家的紧张情绪。稍后又继续组织各宿舍的同学迅速返回，收拾带好必要的生活用具，直到大家都得到比较妥善的安置，他们才放心地离开。

多年后，在汽 41 班师生联谊会上，赵吉庆同学曾经十分动情地说道：“在我的人生道路上，有两段经历和情感最为刻骨铭心，一是在部队当兵时结下的战友情，一是清华大学校园中结下的同学谊。”虽然几十年已经过去了，但清华师生情谊却始终难以忘记。

刘达校长在我们中间

下面是一张拍摄于四十二年前的毕业照。看到它，我们仿佛穿越了岁月光阴，与母校的师生又汇聚在了一起。那一幕幕欢乐、欣喜、思念、感动的场景，错综凌乱地交织在一起，虽说岁月悠悠，却是难以忘怀。

在照片二排中间位置端坐的那位长者，为时任清华大学校长刘达。试想当年极其繁忙的刘达校长，能在百忙之中参加一个班级的毕业照，无疑是彰显老一辈教育家对我们寄予着殷切希望，体现了清华母校对学生的关爱。

刘达校长是我党早期的无产阶级革命家。新中国成立后，曾在我国多所大学担任过领导职务。他平时身穿蓝色的中式服装，就像是一位和蔼可亲、平易近人的长者，深得清华师生们的敬重。1977 年，在我们机械系蹲点时经常深入实际，听取系里有关教学改革的汇报。

记得有一次，班主任许老师和杨松杰同学向系里汇报班里教学情况，引起了

机械系汽 41 班毕业照，二排右七为刘达校长

刘达校长的关注，他对教学方面提出一些指示和建议。他还特别强调指出，要不断提高学生分析问题和解决问题的能力，要切实注重学生所参与的实践活动。当年老校长这些指示和见解，即便放在当下，也具有十分重要的现实意义。

言传身教　优良作风

清华大学历来治学严谨学风朴实，秉承优异的教学质量和超群的学术水平，早已成为历代清华人的一贯追求。在群星璀璨的清华大学教授中，程宏教授称得上是一位耀眼的明星，当年在我国汽车行业领域内，程宏教授享有很高的声望，堪称我国汽车发动机理论研究方面的著名权威。那时他所教授的学生，遍布国内各大汽车制造厂、科研机关、专业院所，其中很多人在重要技术岗位任职，有些还担任了汽车行业重要领导职务。

程宏教授不但理论知识渊博、专业功底深厚，同时还具有丰富的实践经验和出色的动手能力，这也使得他在教学活动中游刃有余，时常显现出过人能力和超凡水平。当年，在湖北荆州测绘日野ZM440型油田用车时，大家对如何进行活塞测绘一度产生意见分歧。究竟是按照活塞一般外观制图，还是切开活塞进行断面测绘，两种意见争论十分激烈。

由于各方都持有充分理由，尽管各抒己见但谁也无法说服对方，以至于呈现胶着状态始终相持不下。最后，还是程宏教授依据理论分析并结合多年教学实践，提出此类型活塞设计为提高强度，其内部通常要采用加强筋结构，如不切开将无法了解内部组织形态。

果然，当活塞被切开以后，同学们发现这个铝合金活塞，十分巧妙地铸在一精致骨架之上。这件事给我留下深刻印象。其实当年那些清华教授和老师们，凭借他们优异的教学质量，丰富的理论知识，教书育人的师德，普遍赢得了同学们的尊重和敬佩。许多教授和老师的教学特点和教学风格，多年后仍为学生们津津乐道。譬如，万家璜教授，纵论深入浅出、推导步骤严谨、板书工整漂亮；黄绍昌教授，南国味普通话、授课一丝不苟、图形成竹在胸；余桂教授，语言生动简洁、公式推导精练、解答问题清晰；倪振伟教授，专业理论扎实、知识层次丰富、待人诚挚热情，等等。

知易行难　行胜于言

1978年春天，伴随着改革开放的春风，汽41班同学告别母校师长，奔赴工作岗位。同学们知不足而后学，靠着刻苦拼搏精神与强烈的上进心，在祖国改革开放的大潮中，分别做出了自己应有的贡献，完成了承上启下的历史使命，有的成为创业实业家、有的成为技术专家，有的成为学者、教授，也有的走上了各级领导的岗位。项金生同学就是其中的典型代表。

项金生同学在校期间学习认真、善于思考，时常显露出不畏困难、乐于助人的品格，这也为他日后成长和成功奠定坚实基础。毕业后他分配在天津公交一场工作至 1983 年。在工厂车间，他和大家搞过一些零部件设计和技术革新，进行过车辆技术性能实验测试，负责过场里的车辆技术培训和技术管理工作等。

1991 年，他又凭着不服输劲头，怀揣着仅有的 3 万元钱，只身一人跋山涉水来到海南岛闯荡，在海南那段艰辛的日子里，他既做过公司老板和经理，也做过公司的出纳和会计，既做过公司部门主管，也做过公司的司机和装卸工。

近年，随着事业不断发展，金生同学开始关注贫困地区捐资助学的途径和方法，他秉承知易行难、行胜于言的处事风格，愿做雪中送炭的实事，不争锦上添花的文章。为此，他亲赴黑龙江、山西、甘肃、宁夏、云南多地进行实际考察，最终选择宁夏回族自治区同心县马高庄乡赵家树小学、云南省腾冲市清水乡三家村小学定向捐助，这两所希望小学一个是在回族集聚区，一个是在佤族集聚区，都是位于国家级贫困县（市）的少数民族地区。

2020 年 1 月，习近平总书记赴云南考察时来到腾冲市清水乡三家村中寨司莫拉佤族村看望乡亲们，以及清水乡三家村小学的学生们。

多年的工作经历，使金生同学明白一个道理，一个企业在发展自身经济同时，还应主动承担一定的社会责任，以实际行动回报社会各界对企业发展的支持和帮助。这些年，尽管公司资金并不宽裕，但每年仍为社会支教、社会敬老、残疾儿童捐赠。为此，他连续多年被天津市武清区政协评为先进政协委员，天津市人民政府授予他“蓝天工程”工作先进个人、天津市劳动模范等称号。

清华汽 41 班留给我们的记忆，为什么总是那样的美好和温馨？因为那是一个充满团结友爱，互相帮助、奋发向上的集体。

2020 年 10 月 10 日

作者简介

李进民，1978 年毕业于清华大学机械工程系，后供职于北京首汽（集团）股份有限公司（原北京首都汽车公司），长期从事汽车运营行业的技术、培训、管理等工作。

忘年之交　良师益友

——记我们班的五位“师傅同学”

■ 孙勇力（1974 级电子系）

清华 1974 级有个特色，当时学校招收了一部分老师傅学员，他们的年龄大都在三十岁上下，有的到了四十来岁，他们都是各个领域里有经验的骨干，还有一些是英模人物，所以大家都亲切地把他们称为“师傅同学”。

我们班就有五位这样的同学，他们是：王宝仁、段成钧、姚成祥、刘人杰、叶宝龙。在校学习的几年中，我和这五位“师傅同学”都有过亲近的接触，耳濡目染，从他们身上学到了不少有益的东西。他们既是“师傅”又是“同学”，可谓忘年之交、良师益友。

王宝仁，入学前是北京无线电一厂的技术员，他技术高、和蔼幽默、平易近人。刚入学时我们在一个组，同宿舍、上下铺，每到睡觉时他就会给我们大家讲故事，有时讲一些笑话，有时讲老北京的故事，有时讲工厂里和社会上发生的事件，特别是讲毛主席与群众见面的情景，使我记忆犹新：那是 1966 年“文革”时一天早上去上班，他和同事路过北三环路，看到有不少解放军战士在巡视，他们感觉当天可能有活动，于是就停下脚步在那里观望，人越来越多，等了一段时间后就看到远处有车队开过来，前面的北京吉普敞篷车上站着一位身材魁梧的人，正是毛主席！大家兴奋地使劲往前挤，近距离看到了毛主席向大家挥手示意，激动的心情久久难以平静！那天许多人上班迟到了，但大家都觉得值得，还决定自愿加班加点把时间补回来，而那些赶早班的同事们倒觉得今天真“亏”了。我好奇地问王宝仁同学：“中央为什么不事

与两位“师傅同学”合影。左起：姚成祥、叶宝龙、孙勇力

先下个通知，好让大家都能有所准备，都有机会看看毛主席呢？”王同学笑了笑说：“还通知呢，就这样还人山人海呢！”

我们开始学的课程是“晶体管电路”，这对于我来说是个新东西。过去我是从事机械加工的，对电子是一点不摸门，学习起来就很困难；而王同学以前就是干这一行的，所以自然是轻车熟路。放学回到宿舍后，他就当起了业余教员，帮助我们这些“困难户”补习。不久班上集体组织购买了一批收音机散件，五元一套，自行组装，到了晚上，王同学就手把手地教我们组装收音机。如此边学边干、学用结合，不仅增加了我对电子技术的兴趣，也提高了我的学习水平。

后来，我们又一起到北京广播器材厂开门办学，一起调试设备、一起办学习班，王同学从不“倚老卖老”，总是平易地置身于年轻人之中，白天一起学习、劳动，晚上跟我们挤在一个通铺上。有一天半夜，他上厕所没穿外套，就将我的线毯披在身上，黑咕隆咚的影子把别人吓了一大跳，回来讲给大家听后很逗乐，成为一大“笑料”。

段成钧，入学前是国防科委某单位的技术干部，曾经在“哈军工”担任过教辅工作，知识面宽、性格开朗、朴素直率。因为我们都是从三线地区（绵阳）来的，自然就有了许多共同语言，入学后我们就在一个组、住在一个宿舍，时常一起聊起在山沟里的故事，很投机、很贴切。

他生活节俭、穿戴朴素，我很少看到他买东西。有时我们一起上街赶不回来吃饭，就在平安里的刀削面馆里吃上一碗面，他总是买最便宜的面而且不要菜，我也学着他的样子，花两毛钱买一大碗面，拿桌子上的免费酱油、醋当佐料。吃饭中他问我：“你吃饭这么节省，穿戴也很简单，不像是个干部子弟。”那时我就在想：“你作为师傅都这样节省，我作为徒弟又怎么能讲究呢？”

在北京广播器材厂“开门办学”时，我们恰好又在一起承担“电子技术培训班”的任务，老师负责讲课、我们几个同学做辅导员，面对的学员是各工厂来的老工人和一些技术人员。那时我自己本身就是学生，怎么去辅导人家呢？所以感到力不从心。幸好有老段同学在，他阅历深、基础好、表达能力强，如此辅导的重任就落在他的身上。老段同学不仅做辅导员也做老师，他讲课很有特点，能联系实际、形象表达、声文并茂。为了活跃课堂气氛，他让我们提前复习课程、模拟试讲，然后安排我们上台解答问题，这样既锻炼了我们的表达能力，又能使课程达到举一反三的效果。记得当时学习“反馈放大器”课程时，老段同学让我与他配合，课前我们一起备课、模拟练习，上课时，他在台上讲课，中间让我上台分析线路、畅谈学习体会，如此方法把课堂搞得有声有色。

姚成祥，入学前是包头钢铁厂的老工人，他做人低调、善良憨厚，入学初期我们之间没什么来往，所以他给我的感觉是：话不多，人很腼腆。后来接触多了，特别是在 1976 年夏天的农场劳动过程中，我们俩同住上铺、相互挨着，休息时我们经常交流思想、畅谈人生，他常讲些在工厂里如何搞技术革新的故事，我把自己写的日记和打油诗给他看，加深了我们之间的了解。

当时我们班的任务是插稻秧，不仅要常弯腰低头，还要快速移动，而且要插秧到位。当时我刚参加了输血，还没休整好就跟着来了，所以开始时干活跟不上步伐，蚂蝗经常叮咬，插秧的质量也不达标，后来就出现了流鼻血、眩晕的状况。看到班上其他从农村或兵团来的同学干活如此快捷、有序，我真的感到自己落伍了。后来，我在插秧时晕倒了，党支部决定不让我继续干了，让我回学校去休息，在我反复的请求下，后来才安排我去干些岸上的活和其他杂活。由于老姚同学有高血压，也不适应插秧的活，所以我俩又一起作伴了，开始我们俩到数 4 班去拔秧、洗秧，后来又去看管果树，再后来又去送秧、甩秧。

有一次，我们俩抬着一筐秧苗去往田里送，刚好送到老领导刘冰干活的稻田处，他向我们提出："我不适应在水里，可否让我到岸上干活？"老姚同学和我商量了一下同意了，他想自己下田来交换，我则劝住他说："我年轻，我下去换就可以了。"这样，我就下到田里换刘冰老领导到岸上来，过了一会儿，有一位干部模样的人走了过来，看到此景就问："是谁让这么安排的？"老姚同学回答："是我们商量的，互相交换进行。"结果被这位干部狠狠批评了一通，我当时感到很尴尬，但又不知如何解释，一头雾水。多年后回想起来，才感到自己年轻幼稚，当时形势风雨如晦，老姚同学思虑周全，而且默默地保护了我们的同志，是心地善良之人，令我钦佩！

刘人杰，入学前是四川成都某技校的教师，他多才多艺、思想敏锐、乐于助人，文学造诣深。那时学生宿舍每层都有储藏室，大家不常用的包和箱都放在那里，里面还配有一张大桌子，可以读书或写字，我们的接触就是从储藏室开始的。

入学不久我发现老刘同学经常晚上熄灯后在储藏室看书，于是我也有了兴趣，晚上没事时就钻到那里看书或写日记、写信。到了晚熄灯时间，其他同学都回宿舍了，只剩下我们俩，聊天时他主动给我推荐一些书看，还指导我如何写文章。从那时起我开始关注报纸的新闻和小块作品，喜欢在报纸和书上做些标记，把学习体会写在日记里，还时常把写的东西拿给老刘同学看并请他指教，老刘同学很热情地给我指正，告诉我如何分段、如何突出重点、如何有逻辑性，久而久之，我的写作能力明显提高了。

就是在那间储藏室里，我先后给辽宁海城地震灾区写了一封慰问信，并表示了自己的一点心意；给学校党委写了一封关于加强拒腐倡廉教育的建议书；还写了入党申请书和一些诗歌、大字报，等等。从那时起，我开始喜欢文学、喜欢写文章，直到现在我还是保持着这种习惯，经常写些回忆录和小小说之类的，这些都是当时积累下的功底，可以说老刘同学就是我的启蒙师傅。

老刘同学是个文体骨干，他弹琴、打乒乓球、照相样样精通。我跟着他学会了照相技术，后来还到五道口租了一架120型照相机，买些处理胶卷、相纸和药水，自己练习拍照和洗印，很是乐趣。

活泼大方、乐于助人也是老刘同学的一大特点，我总能看到他边唱小曲边干事的样子。他有一辆自行车，在当时也算是一件奢侈品了，但他从不吝啬，直接给我们留了一把钥匙，如此就成了我们大家的“共享单车”了。到了暑假，我就用他的自行车帮同学去火车站或汽车站送行李，快开学时就用这辆车去汽车站接人，这样就形成了一种“你帮我、我帮他、他帮你”的良好氛围，大家都有这样一种心态：帮助别人、欣慰自己。

后来，我们一起去内蒙古开门办学，那里天气寒冷又没有大米吃，这对于四川籍的老刘同学来说，真是难为他了！可他依然不戴帽子、不穿棉衣，和我们一样吃着土豆和“钢丝面”，着实让我佩服。

毕业后我们还一直保持着联系，他在四川省计算机公司从事软件工作，我在绵阳九院从事控制系统的研发工作，我时常去成都找他一起切磋技术、求助于他帮我解决问题，他总是喜欢把技术问题与文学结合起来，引入经典，活学活用。可惜，近些年来失联了，不知他现在过得如何？

叶宝龙，入学前是陕西宝鸡某军工厂的工作人员，参过军、当过海军雷达

内蒙古开门办学期间，我们班部分师生与蒙古族乡亲们合影

兵，他给我的印象就是：有一种威武不屈、仗义豪爽的军人气质，且他办事干练、是非分明，有着眼睛里揉不进沙子的品格。我和老叶同学之间的关系与其他几位不一样，我们平时很随意、没大没小、一起玩耍、一起游泳、一起看电影、一起到食堂帮厨。我有睡懒觉的习惯，还有做事优柔寡断的毛病，他可不客气，该批评就批评、该训斥就训斥，很不给面子，看得出他是想把我培养成为一名合格的战士。

老叶同学的家乡是江苏泰州，那里是新四军的诞生地，从他身上可以感受到老区人民的红色气息。有一年暑假我没有回家，我和老叶一块留在校园里度假，我们一起参加公益活动、一起游泳、一起游览名胜古迹。这期间恰好我父亲出差路过北京来看我，老叶同学就过来陪着我父亲聊天，他们越聊越近乎，原来我父亲的部队当年就在泰州一带抗日，还参加了黄桥战斗，那时我才初步了解了我父亲的战斗经历，因为之前父亲从没给我提及这些故事。从那以后，老叶同学常给我讲述家乡传颂的革命故事，使我深受启发，并开始注重搜集父辈的战史资料。毕业以后我也一直继续做着这方面的事情，亲临战场旧址、采访当年的老战士、整理照片、撰写文章，2018 年，我主导策划了“纪念兖州战役 70 周年”的活动，受到英雄后代们的支持和当地党组织的重视。

1975 年秋，我们来到山西霍县 52851 部队学军，老叶同学这次是重返军营，他和我们这些年轻的同学一样：出操、打靶、投弹、行军，样样都突出，还时常帮助新手，指点军事要领，彰显出一个老战士的风采。学军期间，我们和战士们同吃、同劳动、同训练、同娱乐，经常利用休息空隙和战士们一起联欢、比赛篮球、同台演出节目。有一个项目是“对刺”，主要是战士们表演，同学们一般不参加，我却跃跃欲试地想去参加，于是便穿上了护甲、拿起了木枪、做着动作，老

毕业 40 年后同学们再相聚

叶同学则给我们当裁判，大家都过来助威，几个回合下来，我就败下阵来，这时的老叶同学就给我鼓劲、传递技巧，休整片刻后我再次披挂上阵，在大家的鼓励声中终于扳回了一局，虽然比不上正式的战士们，但是一种拼搏的胜利感还是油然而生。

老叶同学在我的心目中就是一位“老大哥”！他关心人但不袒护缺点，他会帮助我梳理难点问题，他善于做思想工作，大家有什么想法都愿意找他谈谈，老师们也喜欢和他交谈。他时常带领着我一起去看望老师、帮助老师解困，如在地震期间帮助老师家搭防震棚，帮助老师家里搬煤等，这些都给我留下了深刻的印象。从“老大哥”的这些点滴言行中，我模仿着，逐渐地学会了如何做事、做人。

三年多的清华大学生活，让我从一个“小孩”变成了一个“成年人”，我在母校的培养下变得成熟、进步了。同时，这也得益于我们班“师傅同学”们的言传身教，他们永远是我的榜样、知音，是我一生的师傅！

作者简介

孙勇力，1974 年 10 月至 1978 年 1 月，在清华大学电子工程系（计算机系前身）自动控制专业学习。1978 年 1 月至 1988 年 3 月，在核工业部第九研究院，先后担任技术员、助理工程师、工程师，主要从事电子测量技术、控制系统的研究工作，参与了我国第二代核武器研究中的具体工作。1988 年 3 月至 1992 年 10 月，在核工业第五研究设计院担任工程师，从事工程设计工作。1992 年 10 月至 2006 年 1 月，在青岛医学院担任高级工程师，从事计算机教学与医学自动化技术的研究。2006 年 1 月至 2016 年 1 月，在青岛大学国家重点实验室担任高级工程师，从事科研与实验工作。

9 名女生一个小集体

■ 张风格（1974 级力学系）

四十多年前的往事是一段青春的篇章，永久的记忆。三年半的大学生活，9 位女生的小集体，像阳光一样温暖着我的一生。

1974 年 10 月，清华大学工程力学系热物理专业迎来了 40 名工农兵学员。这 40 名学员来自工厂、农村、部队，是名副其实的工农兵大学生。其中有 9 名女生。常言说，三个女人一台戏，何况我们 9 个女生不同的经历、不同的方言、不同的年龄，高兴起来就是一台戏。宿琳娜大姐来自呼和浩特毛纺厂，刘少梅来自包头机械厂，张风格来自二汽三线厂，翁蓓华来自上海汽轮机厂，王庆英来自黑龙江生产建设兵团，邓艳秋来自沈阳铜加工厂，张幸临来自内蒙古建设兵团，杨绍英来自四川农村，陈敏来自云南锡业公司。九姐妹很快融入热四班的大集体，开始了难忘的大学生活。

记得我们入校时住在三号楼三层靠西北角两间宿舍，一间大宿舍住进了六个小同学，另一间小的住进了我们三个大姐。有一张 9 名女生的合影照片，那张照片记录着一次难忘的旅行，当时是在昌平的红冶钢厂开门办学，利用休息时间，

1974 年 11 月，开学军训结束与军人老师合影

老师带领我们步行去十三陵然后再坐车去八达岭长城留下的。那时候我们年轻，从天不亮就出发到晚上很晚才回，都没有觉得疲劳。

1975 年 2 月，8 名女同学在五道口照相馆留影

宿琳娜和刘少梅两位大姐基础知识比较扎实，学习也比较刻苦。在她们的建议下，我们女生力争在有限的三年多时间里刻苦学习，学习更多的知识，不负“人民送我上大学，我上大学为人民”的倡导。入校的第二天，刘少梅同学买回来几瓶墨水，我好奇地问她买这么多瓶干吗，她特别认真地说：“我们是来‘喝墨水’的，当然要多买些了。”这句话深深地震撼了我，当时我思想意识里全是“上大学，管大学，用毛泽东思想改造大学”的口号，没想到身边来了个喝墨水的同学。刘少梅同学是我们女生的骄傲，她在校期间学习成绩优异，毕业后事业有成，担任内蒙古航信集团董事长。她不忘家乡，感恩清华，在毕业 30 周年的校庆日，她向清华校友总会捐款 10 万元作为在校内蒙古籍的贫困生奖学金。这种无私奉献的举动深受同学和老师们的赞赏。

我们是与新中国同生的一代人，我们的经历与祖国的命运息息相关。我们每个人都是吃苦耐劳、谦虚谨慎、渴望学习的，并且我们是经过层层筛选挑出的好青年，深受基层单位群众信赖。我们共同的心愿是“努力学习，将来报效祖国”。我们班来自上海的翁蓓华同学就是吃苦耐劳、做好事不留名的榜样。在紧张的学习之余，她时常带着同学去食堂帮厨。退休了她还经常到养老院、街道、福利院去慰问和关心老人。她当年还是我们班的文艺委员，唱歌跳舞活跃着我们的学生生活，无论是军训时在军营里，还是在系里的各种娱乐活动中，都表现得很突出。张幸临同学是一名手风琴手，每次都配合我们进行合唱排练，使得我们在校系合唱比赛中经常名列前茅。

20 世纪 70 年代，物资匮乏，生活贫困，同学们每月的生活费是 15 元，家境不好的是 19 元，粮票定量是每月 32 斤至 40 斤不等。我们女生当中只有翁蓓华是带工资的，她时常买些水果给我们解馋。曾经在一个初冬的日子，她抱回一大包三院副食店处理的软柿子，大家高兴地吃着，个个吃得满脸通红。还记得在一年的秋季，北京正是卖过冬大白菜的时候。一天我从图书馆回宿舍，一进门满屋子热气弥漫着大酱的气味，几个姐妹正在津津有味地吃着开水烫白菜叶子。只见翁蓓华挽着袖子，拿着烫好的白菜叶子分到每个姐妹手中，那神色像是给每一位分发着山珍海味。当然这些往事都成了我们聚会必谈的笑料。毕业后翁蓓华回到了上海汽轮机厂，担任质量安全处的处长，工作中认真细致，得到厂领导的高度评价。长期的工作锤炼，使她养成了认真负责、雷厉风行、兢兢业业、实事求是的工作作风。退休后她加入了上海清华校友合唱团，在中央电视台登台亮相，风采不减当年。

大学生活对于我们这些来自农村、工厂的人都是新鲜和好奇的，渴望学到知识的心情是难以用语言表达的。一天早晨，清脆的歌声《老房东查铺》把我从梦中惊醒。我顺着歌声找去，发现是邓艳秋同学用优美的歌声表达着愉悦的心情。邓艳秋是一个人活泼可爱、学习刻苦、心地善良的好姐妹，无论在生活和学习中都会给予别人帮助。她毕业后回到原来的工厂，被分配到工厂的研究所工作，由于工作的刻苦和努力很快晋级为高级工程师，退休后还学习并成为主持人，参加了清华大学沈阳校友合唱团，成功主持了 2018 年我们毕业 40 周年师生联欢晚会。

我们能进入清华是那个时代的幸运儿。提及我们班的女生，陈敏是不得不说的一位。她来自云南边陲的一个小城，是我们班年龄最小、离家最远、入党最早的共产党员。活泼可爱、爱说爱笑的她给我们每天的生活带来了无限欢笑。记得她曾经在北京的 11 月天，只穿一件花衬衣参加学校组织的基建劳动，冻得瑟瑟发抖，还天真地对大家说，我们云南就是这样穿的。陈敏同学年龄小，基础知识相对要差一点，但是她在学习上积极追求进步，学习很刻苦。宿琳娜同学经常帮陈敏及王庆英等同学补习功课。我们的任课老师也要准备两套教案面对学习基础参差不齐的学生，因为同学中有老三届的高中、老三届的初中，还有小学毕业的学生。那时学校的教学管理还没有恢复应有的制度规范，但是我们遇到了最好的老师，受到了那个时期罕见的最好的教育。老师们以培养祖国接班人的崇高师德，满腔热忱，想尽办法开展教学。毕业后陈敏回到了云南锡业公司，其优秀的品格展现在任云锡公司团委书记的工作中，她把公司团委的工作搞得有声有色，受到了各界的好评。20 世纪 90 年代，她随爱人到广东艰苦创业 20 年，创办的雪莱特光电公司最终成功上市。为感念师恩、感谢同学，每次同学聚会陈敏都慷慨解囊，她还为贫困地区建设捐款捐物，并捐建了多所希望小学。

2018 年毕业 40 周年 8 位女生旗袍秀留影

2018 年毕业 40 周年班级聚

会，共来了22位同学，我们9名女生（除了宿琳娜身体欠佳）有8名又一次相聚，翁蓓华同学导演了八姐妹旗袍秀，并组织了一场难忘的晚会。当全体女生穿着各色的旗袍进入晚会现场时，全场响起热烈的掌声。女生们的惊艳出场也激起了陈兆荣同学的兴致，他自愿担当晚会的主持人并进行演讲，掀起晚会一波又一波的高潮。《我们这辈子》这首男低音独唱歌曲忧伤的旋律将大家带回到那难忘的岁月，而四十多年前的《老房东查铺》更使同学们欢呼雀跃。看着同学们一张张愉快的笑脸，有谁能想到大家都是快70岁的老人了。

1977年力学系田径运动会参赛同学合影

入学40周年聚会时，我们班的任课老师俞昌铭特意把四十年前的教学笔记带到师生聚会的会场，生动地回顾了系里当年为我们专门做的专业基础课课时安排、教学提纲，以及他的阶段性总结和教学体会等，使我们深受感动。

四十多年过去了，在母校即将迎来110周年华诞时，我们怀着一颗感恩的心，回忆着学生时代的生活点滴，总结各自走过的路，感慨万千。我们想告慰母校和老师：我们无愧于清华的培养和教育，母校始终是激励我们不畏艰辛、勇于进取的精神家园。四十多年里，我们9名女生一直像亲姐妹一样互相鼓励，都幸福健康地奋斗着。在改革开放的20世纪80年代，我们刚刚毕业就加入到这股浪潮中，不怕苦不怕累，什么活都抢着干，用实际行动证明了自己。在迅猛发展的90年代，我们成了各行各业的主力军。我们9位女生多数都晋升为高级工程师和单位的领头人。在持续发展的21世纪，我们庆幸赶上了好时代，赶上了祖国繁荣昌盛时期，我们还有发挥特长的舞台。虽然退休了，多数人还被返聘，为社会贡献着余热。刘少梅仍然兼任公司的副董事长，翁蓓华返聘上海电气风电设备公司质量安全部部长，王庆英在职业学校任实验课老师，邓艳秋返聘于会计公司财务兼职，张风格一直在设计部门，被返聘为技术支持。虽然也少不了历经生活和工作的酸甜苦辣，但我们是因清华而受益终生的人，或伟大或平凡，或辉煌或坎坷，但皆因清华而精彩。

叙说我们班的女生，当然离不开我们的热四班集体。我们班曾经获得系1977年田径运动会上总分第一的好成绩，而且有好几名校队的体育干将。刘少梅是长跑校队的干将，陈焕卓是乒乓球校队的主力，谢伟君是田径队健将……

记得这次运动会刘少梅荣获 100 米、200 米女子第一名，张风格荣获 800 米第一名，宿琳娜、张风格、邓艳秋、刘少梅荣获 4×100 米接力赛第一名。男生 4×100 米的接力赛荣获第一名，男生的跳高、跳远、铅球等都获得了很好的成绩。

最后，预祝热四班的全体同学向着清华大学建校 120 年、130 年奋进！

作者简介

张风格，1978 年毕业于清华大学工程力学系热物理专业，毕业后回襄阳轴承厂工作。1979 年调入北京有色冶金设计研究总院，一直从事自动化仪表专业、电信专业的设计。自动化仪表专业主要是工业自动控制系统的设计，几十年来做过几十个工程项目；电信专业是民用建筑的弱电智能化系统设计，民用项目也有几十个工程设计。高级工程师，2007 年退休后一直返聘在建筑设计公司、设计院做技术支持。

清华记忆

——风雨同路，师生情深

■ 王耀光（1974 级电子系）

2016 年清华校庆时，杨德元老师回国和数 4 班同学聚会有一张合影。看着照片上老师同学们一张张灿烂的笑脸，欣然于一番感慨：青山依旧在，几度夕阳红。人生路上最美的景象，也许就是师生相逢拥抱的瞬间。谨以此文追忆我们曾经的过往。

追往昔，老泪昏花情照眼

灯光下，我抚摸着发黄的老照片，追往昔，老泪昏花，心燃炽热，用放大镜看了一遍又一遍，往事浮现在眼前。

“人民送我上大学，我上大学为人民！”四十六年前金秋的北京，来自祖国各

数 4 班在天安门留照“全家福”

地的工农兵学员，满怀对未来的憧憬，奔赴清华园！

我们电子工程系（计算机系前身）计算数学专业数4班的46名同学中，既有来自海陆空三军的部队学员，也有来自生产建设兵团的学员，还有来自插队和回乡的学员，以及贵州三线和北京、上海工厂的学员。我们在一起学习、生活，共同度过了三年半的美好时光。

在即将奔赴开门办学“前线”的重要时刻，全班同学来到天安门留下这张合影，这也是数4班仅此一张的“全家福”。

我们数4班，闪耀亮丽的集体

让我们记住数4班的领导集体，党支部书记：杨德元老师、谌爱群同学、金昉霞同学。致敬他们，带领数4班全体师生风雨兼程，克服困难，走向一个个胜利。

让我们记住老师的名字，班主任：沈佩娟（首任班主任）、蒋国南（数41班）、杨德元（数42班），赵访熊教授、迟宗陶教授、刘绍棠教授、邵斌老师、严蔚敏老师、徐文启老师、燕渠源老师、孙捷老师、吴恩华老师、卢嘉骥老师等。感恩他们，在校园教室，在工厂课堂，谆谆教诲于我们，风雨同路三年半为我们劳神费心，辛勤耕耘。

让我们记住班长的名字：宋杰、苏洪元，副班长王玉林。致敬他们，以苦为乐，以服务同学为荣。

数41班将奔赴北京218厂留影，第三排左三蒋国南老师

当想你们的时候就看你们一眼，当郁闷的时候，想起与你们共同走过的那些难忘岁月，心情就会豁然开朗。

数 41 班即将奔赴北京珠市口 218 厂开门办学时，同学和老师们在主楼东侧身着工服的留影，虽然时间已经有点模糊，但是历史云烟飘散后，照片上的你们依然是神采奕奕、年轻靓丽，这是我们数 4 班战斗集体的永恒记忆！

开门办学去，我们在工厂读书

1974 年底，数 4 班完成了三个月的“入学教育”任务。1975 年元旦后，全体同学和老师打起行装，坐上北京至天津塘沽的火车，来到开门办学的地方——天津塘沽新河造船厂，我们将在这里和工人师傅们一起劳动、实践和学习。

我因病延迟了时间，出院后，沈老师把火车票买好送到我的手里，于是我一个人扛着麻袋行李，坐上火车前往塘沽，到达时天色已晚。我走在塘沽南站的站台上，不知道东南西北，定了定神，问了问路，朦朦胧胧地向新河造船厂走去。

当我一个人扛着行李走进住的地方，以小毛为首的一群同学围拢了过来，问寒问暖、问路上顺利不顺利，偏偏就没有人问我吃饭没有。我强忍着肚子的饥饿，没有洗涮，更不会有洗澡，整理好床铺，就想睡个好觉。那个晚上虽然没有吃饭，但睡得很香，因为我已病愈归队，和同学们在一起了。

我还记得，在塘沽开门办学的日子里，同学们一起挤坐在工厂二楼简陋的教室，认真听老师讲课，听邵斌老师讲高等数学，听迟宗陶老师讲船体数学放样，听徐文启老师教英文语法等。

新河造船厂是承担军舰生产的单位，那时正在建造军舰“812”。工厂技术上也比较成熟先进，已经从原来的手工放样有了较大的改变突破，开始实施自动化的切割技术——数控切割。

说到数控切割，就是把设计好的船体结构图纸，放置于控制台上，由数控机的数控光电笔头沿着图纸路线行走，另端控制钢板切割机切割枪，延着控制台发送来的控制信号，进行一比一比例的实际切割钢板，这所有的操作都是由电子计算机控制。这些数控操作都是工人师傅和工程师在总结传统工艺基础上，编成了数控程序，由计算机执行操作指令完成。

我们的教室就设在数控车间二楼，数控车间相对安静一些。不过，这毕竟是工厂车间，数控切割的滋滋声、各种车床的轰鸣声、还有夹杂着铁锤敲打钢板的咣当声浑然交融，宛如造船工人的劳动号子，雄壮有力，浩然激荡。坐在教室里上着课，听着这交响的号子声，同学们并不会感觉嘈杂打扰，因为我们的心是安静的，学习精神是集中的。

开门办学的旅途漫长，我们有时在工厂，有时中间又返回学校，北京与塘沽之间的铁路线，成了我们经常穿行观赏的风景。

时间斗转星移，眨眼到了夏天，“七一”前我们返回学校上课。“七一”党的生日这天晚上，同学和老师相拥在阶梯教室，举行联欢晚会。我们每个人都沉浸在欢乐的气氛中，看着联欢晚会的精彩节目，晚会上女同学们一个个美丽的倩影，最终定格在一张黑白照片之中。

大地震，灾难闪烁师生情

我们经历的开门办学分两个阶段。

第一阶段，是 1975 年数 4 班全班同学老师前往天津塘沽新河造船厂，进行学习实践；第二阶段，根据开门办学需要，数 4 班一分为二，分成数 41 和数 42 两个班。数 41 在北京珠市口 218 厂，数 42 仍去塘沽新河造船厂。老师也分成了两拨，视需要交叉跟班教学。我被分配到去塘沽这个班。

1976 年又是一个春天，我们再次回到塘沽新河造船厂，继续体验工厂环境下的学习、生活和实践。

我们仍然住在老地方，工厂刚建好的变电房。老师和我们都住在一起，男女生各自一间大通铺房间，一长溜的炕头，其实就是用砖头砌起来的炕。

我不会忘记那个惊人的漆黑之夜，唐山爆发大地震的情景：1976 年 7 月 28 日凌晨 4 点多钟，地动山摇，床铺晃动得格格作响，迟老师最先叫出第一声，急促地叫喊着：“地震了！地震了……”男同学一个个像小兔子蹭蹭跳出宿舍大门，大家呼喊着女同学：“快出来呀！快出来呀……”不管是同学还是老师，首先想到的都是对方是否安全地走出宿舍了。

老师同学一个个站在空旷的地上，摇摇晃晃，仰望近远，一道道闪电，伴着呼啸的响声划过大地长空，仿佛这个世界正在经历山崩地裂。

同学们带着不平静的心情，共同感受着一阵又一阵的地震波从脚下掠过，我们有过害怕，有过恐慌。但，同学老师手拉手一起，团结的心紧紧相连，我们是勇敢的数 4 班。

天亮了，我们一起去看上课的地方——新河造船厂怎么样了。一路走一路看，只见一片惨景凄凉：高大的烟囱脖子歪了，有的倒塌了；工厂的大吊车倒塌了，船坞上的 812 军舰歪倒在运河上，一幢幢的楼房变成了废墟；铁路中断了，通讯中断了，水电都停了；饭堂没有饭吃了，整整渴了饿了一天。

面对地震灾害，同学们毫不惧怕，迅速行动起来。当天，我们立即召开了党支部会议，动员全体师生投入到护厂救灾的工作中，还有一部分同学，毅然端起枪投入到保卫工厂的行动中，日夜轮流值班守护着工厂安全。

由于当时交通、通讯都中断了，学校非常着急，惦念着数 4 班师生的安危，于是派老师专程驱车从北京赶来看望我们。当看到我们一个个安然无恙时，老师忍不住流泪了，同学们也流泪了，还有什么能像在地震灾难发生时相互惦念的情感一样如此真实呢？我们的师生情谊经受了一次洗礼和考验，这一段情感经历也是我们人生中最具价值分量的记忆珍藏。

过了几天我们才知道，唐山地区爆发了 7.8 级强地震，而塘沽与唐山相距仅八十余公里，这次的经历让人终生难忘！

1976 年地震过后不久，我们要结束开门办学返回学校了。望着长长的站台，抬头再看看“塘沽南”的站牌，我们挥手说再见，忍痛离开了这片饱含感情的地方。

再见了，新河船厂！再见了，我们抚摸过的“812”！

学军到部队，军学两情深

1975 年 9 月的一天，数 4 班全体同学背起行装，乘火车向山西开拔，奔赴山西霍县（今霍州）北京军区某部学军。开始了一个月的学军生活。

从北京到霍县有六百多公里，到达霍县时，已经是下午四五点钟，部队同志把我们接到营房驻地。

第二天训练就开始了，军训第一课——叠被子，起床第一件事就是把床铺收拾好，被子要叠成豆腐块。一开始我真的叠不好，经过训练，豆腐块终于叠成功了。对我来讲，学军第一课叠被子，训练的不仅仅是技能，重要的是一种整齐划一的作风。

早晨第二课——早操，对于我们来说不新鲜，因为在学校每天都要出早操。一切都得按部队的规矩要求进行，从列队队姿，到站姿风貌，立正稍息、向左转、向右转、齐步走……所有动作都按标准化进行训练。

瞄准射击训练是我们最感兴趣的项目，虽然它也是最辛苦的项目，但是在那个年代，我们的同学上学前就是摸爬滚打过来的，所以无论男女都能经受住考验。

训练是在一条深山沟里进行，这是部队专门训练的打靶场，谢班长和李副班长带领我们训练，用的是老式步枪，可装填五发子弹。训练科目先进行卧姿起身立正，握枪卧姿爬行，再进行卧姿瞄准等等动作要领的训练。

检验学军成果是让同学们最兴奋的时刻。打靶开始后，每人三发子弹，三人一组。我们班的同学无论是来自部队的，还是来自兵团的，许多同学都摸过枪也打过枪，我在家时民兵训练也打过枪，所以打靶都不是头一回，同学们打靶的成绩都不错。

一个月的学军生活结束了，我们要告别军营了，我们要和部队战士分别了，每个同学的心情都是一样的恋恋不舍。那红瓦营房，那铺盖高炕，那深沟沟里的打靶场，还有军营旁边的一大片苞米高粱，时至今日，还总会晃现在我的眼前。

悲痛的日子，洒泪追悼毛主席

1976年是不幸和灾难之年，也是中国前途命运经受考验的一年。这一年，我们亲身经历了太多的事情，内心的痛一经触动又会隐隐复发。

我深深记得那个悲痛的日子，1976年9月9日，敬爱的伟大领袖毛主席逝世，我们的泪一串串洒在清华园主楼的灵堂大厅里。

追悼大会那天，数4班的同学和老师含着泪，亲手做了一个大大的花圈献给毛主席，我们胸前戴着小白花，肩臂上戴着黑纱。

主楼大厅正中高悬毛主席画像，周围摆满了鲜花翠柏和花圈。哀乐旋绕，泣声阵阵，我们站在长长的队列里，眼含泪花向毛主席默哀，徐秋菊同学当场哭晕过去，同学搀扶着她坚持住。

化悲痛为力量，我们砥砺前行！

毕业别离时，留下师生情照美

光阴飞逝，转眼我们即将毕业。数4班毕业照，数41、数42分别留影，我们彼此都珍惜，留住所爱，留住所想，留住师生一往情深！

1978年1月，风华正茂的我们离开了美丽的清华园！奔向祖国的四面八方……

梦圆友情缘，师生欢聚远望楼

2016年4月28日清华校庆，杨德元老师携夫人从大洋彼岸回国，数4班一群北京的同学在“远望楼”酒店欢聚一堂，为杨老师接风洗尘。杨德元老师及夫人、周立柱老师及夫人，张素琴老师，久别相见时，几双睽违的老手，紧紧握在一起，久久不愿松开……

老师和同学齐齐举杯，师生之间没有拘束，笑声朗朗，有诗感怀：

远 望 楼

师生醉意远望楼，一同眺眼彩云间。
心雨连绵忆往昔，友情悠悠相聚今。

数 41 班毕业同学和系领导、老师留影

数 42 班毕业同学和系领导、老师留影

厚德载物，不负清华培养

2018 年同学们载满荣誉和喜悦，从四面八方相聚在清华 107 周年校庆暨 1974 级校友毕业 40 周年纪念大会堂。走进会场，首先映入眼帘的是“人民送我上大学，我上大学为人民”鲜红的横幅，这让我们倍感亲切，仿佛又回到了当年入学的那一刻。

20 世纪 70 年代末我们刚工作时，计算机在我们国家还未普及，我们当时接触的是国产 121 机、130 机，要用机器码、汇编语言编程，需要纸带穿孔，补孔器修补。随着 80 年代的改革开放，国家引进了 IBM 系列机和 DEC 公司的 VAX 的系列机、PC 机，开发工具也从汇编语言发展到 C、COBOL、FORTRAN、JAVA。

改革开放为我们提供了良好的发展机会，同学们在各自的岗位上从程序员干起，在干中学、在学中干，每个人都练就了一身本领。

2016 年清华校庆，杨德元老师回国与北京部分同学欢聚。一排右二、三周立柱老师和夫人，右四、五杨德元老师和夫人，左二张素琴老师

陈笑蓉同学，贵州大学计算机学院副院长、教授，硕士生导师。贵州省教学名师、省管专家。贵州省大数据标准化技术委员会副秘书长，中国中文信息学会理事，贵州云专家委员会委员、贵州省软件开发协会专家委员会委员……主要承担了国家科技部、教育部、信息产业部、贵州省基金项目、科技攻关项目课题 40 多项。在智慧城市（乡）规划、大中型企业信息化规划及顶层设计等方面积累了丰富的经验。发表论文 50 多篇，获得贵州省科学技术成果转化一等奖等，目前仍在大数据和标准化方面努力工作。

苏洪元同学，在金融行业工作，曾任中国工商银行科技部（后改名信息科技部）副主任，参与完成中国银行香港分行银行业务电子化重大工程。80 年代中期服务于中国工商银行总行，为工商银行业务电子化作出重大贡献，设计并建成中国工商银行全国网络系统，是中国工商银行网络系统的奠基者和开拓者，多次获得国家科委及人民银行颁发的科技进步奖，退休前调任工商银行北京分行任总工程师。

苏振明同学，历任电子工业部某研究所研究室主任、副所长、所长，参加并组织领导多项重大科研项目的研制工作。1997 年获得国务院特殊津贴奖励。1999 年任中国电子信息产业集团公司副总经理、党组成员。曾兼任中国软件、中电广通等上市公司董事长和法定代表人，曾任中国电子学会理事、常务理事、中国电子学会电子通信分会副主任委员、主任委员。

还有许多同学，在各条战线上取得骄人成绩：在中国航天某所导弹的发射软件设计中有我们辛勤的汗水；在西昌卫星发射基地有我们的足迹；在公安系统的网监大队有我们的同学；在电信行业有从海外学成归来的学子；在上海国家级浦东软件园的创建工作中有我们的身影；在江南苏州高校有我们执鞭教学的教授，如今已是桃李芬芳满天下；在中国农业银行计算机信息化开发及应用中有我们付出的聪明才智；在祖国各行各业的科研院所、国家机关有我们的高级专业技术人员和技术骨干。

2018 年清华校庆，数 4 班同学聚会合影

四十多年的职业生涯，也是计算机飞速发展的时代，我们有幸见证并亲历这个时代，将所学知识贡献于社会、服务于人民。这仅仅是我们工农兵学员的一个缩影，大海里的一朵浪花。

实践证明我们工农兵大学生没有辜负党和人民的期望，感恩老师的培养教育，母校清华——影响了我们的一生！

水木清华，友情地久天长

时光荏苒，岁月如梭。四十年相聚时，虽然我们已白头肤老，但是青春炽热的心尚存，笑看晚年人生路，我们秉持初心，热诚饱满。

数 4 班的聚会活动，到“四秩”纪念大会结束时，同学们再次分别。我们友谊地久天长。期待母校 110 周年校庆时我们师生能够再相聚，也祝愿母校清华再创辉煌，人才辈出。

作者简介

王耀光，1974 年进入清华大学电子工程系（计算机系前身）学习，1978 年毕业后分配于韶关地区科学技术情报研究所工作。1984 年起，历任韶关市科协常务副主席，清远市电子工业总公司副经理，清远市科协副主席，清远市科普委员会主任，清远市科技咨询中心主任等职，工程师，2014 年退休。1986 年出席中国科协第三次全国代表大会，受到邓小平等党和国家领导人的接见。曾获广东省“科普先进工作者”称号。

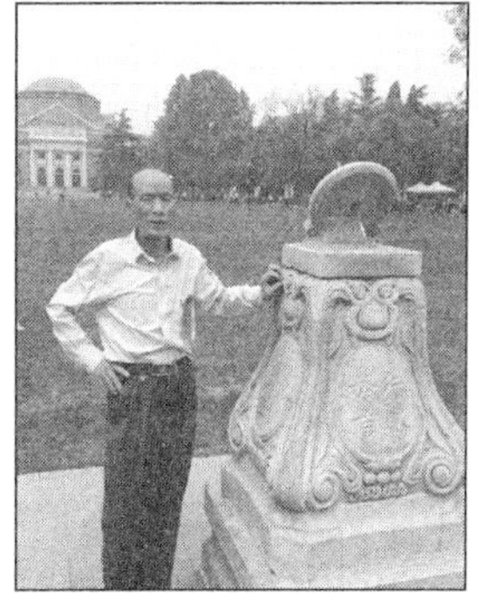

无愧时代　感恩清华

——为清华 1975 级而作

■ 袁　帆（1975 级建工系）

1978 年 5 月 20 日，第十七届北京市高校田径运动会，袁帆与 1975 级代表队的队员们，左起：陈希、王长滨、姆佤亚尼（坦桑尼亚留学生）、袁帆

岁月更迭，风云激变。在清华大学建校 110 周年的历史上，有一个年级非常特殊，那就是 1975 年入学，1979 年毕业的“1975 级”。2019 年 4 月 27 日，在“清华大学 1975 级毕业四十周年纪念大会”上，邱勇校长在致辞中评价 1975 级是“特殊的一届，带有传奇色彩的一届”。

1975 级在清华历史上注定要留下浓重的一笔，那是因为我们曾经亲身见证了现代中国一个伟大的历史转折。我们入学时的 1975 年，党和国家正在面临前途命运的生死抉择。而当 1979 年我们毕业的时候，党的十一届三中全会已经开启了伟大觉醒的帷幕，历史的航船载着我们驶入了华夏文明几千年前所未有的开放与改革！

我是个收藏爱好者，在我的清华珍藏中，有一张 1979 年 4 月 26 日出版的《新清华》报。在头版显著位置有一则报道《七五届毕业生走上工作岗位》，真实地反映了清华这一届“5 字班”特点，其中就说道：

最近，我校七五届二千二百多名学生胜利结束学业，按照国家分配走上工作岗位。同学们说：“我们在学校这三年半好像过了一个时代。我们看到了‘四人帮’最猖狂活动的情况，也经历了毛主席、周总理、朱委员长逝世的悲痛，在首都参加了欢庆粉碎‘四人帮’的游行，到我们毕业的时候正赶上党的工作重点转移。这三年半是我们一生当中很难忘的时期。”这届学生不仅在政治上经历了正反两方面的锻炼，而且在业务上也有很大提高。

情况确实如此，即使时间过去了四十多年，每每想起那三年半的清华生活，仍然让我们感到惊心动魄！作为清华历史上的第五批“工农兵学员”，我们是在“文化大革命”的末期进入清华园的，而从那一刻起，就注定了要经历诸多重大历史事件，这一点无可选择！“工农兵上大学”这一特定历史条件下施行的高等教育模式，无论后人对此如何评说，对亲历者来说，却是获得了一生中最宝贵的学习机会，不可多得！2200余名清华1975级毕业生正是凭借这段特殊的学习经历和奠定的专业基础，在后来的四十年里自强不息、努力拼搏，照样为中国改革开放的伟大事业做出了自己应有的贡献，在各自不同的岗位上结出了硕果。最让我们感到庆幸与骄傲的是，在清华大学1975级同学中，也出现了治国理政的杰出代表人物，他们今天担负着领导中国人民实现伟大民族复兴的重任，继续引领党和国家描绘恢宏的历史画卷，谱写高亢的奋斗赞歌！

如果将我们三年半的清华生活放入历史的坐标系中考量，可能只称得上是一次艰难曲折的教育模式探索。既然是探索，除了获得许多成功的喜悦，更难免品尝挫折的苦涩。忘不了，刚进校门没几天，我们建工系5字班同学就穿上工作服，跟着学校修建队的老师傅搬砖砌墙，硬是用自己的双手盖起了一座五层住宅“南三楼”，而且这座楼至今还立在那儿把当年的故事诉说！忘不了，入学没半年，我们“地五班”就去北京第一食品厂“开门办学”，一边儿劳动，一边儿在老师的指导下，学着、算着、画着，居然也设计出了一座钢筋混凝土结构的“食品加工楼”！这些事儿，在今天听起来就像笑话，而在当年，我们可都是秉承“艰苦奋斗”的精神在认认真真地做。尽管人们可以嘲笑那时候的许多做法的“荒诞”，但在特定的政治环境下，能让我们这些文化基础普遍薄弱的“大学生”尽快进入“专业角色”，这种边实践、边学习的“看图识字”式启蒙方式，谁又能说这不是一种“创新探索”？虽然“万丈高楼平地起”终究是教书育人的基本规律，“工农兵上大学”注定不可能成为清华教育史上的“主页”，但谁也不能彻底否认这16353名学员前后十年探索的正面意义，那就是努力延续了清华园的教育薪火！

让我们永远铭记的是，当年负责教育我们的各位老师并没有因为学生起点低、基础差就降低教学标准，他们遵循教育工作者的职业道德，努力寻找我们听得懂的方式讲授专业理论，始终尽心尽力地帮助我们补上基础课。必须承认，在人文精神遭贬低、学术传统被抛弃的背景下，我们不可能系统地了解清华的历史，甚至连“清华校训”也从未听说。但是通过这些老师的潜移默化、言传身教，同样让我们对“厚德载物、自强不息”的清华精神有所感悟，并在心中铭刻。也正因为如此，在过去多少年后，我们对老师们的启蒙之功依然深深地敬佩，由衷地感

108 周年校庆，袁帆学长（左三）和参加马杯开幕式的 1975 级部分体育代表队老队员留影

恩戴德！四十年前用心血培育我们的老师，如今或已进入暮年，或已驾鹤西去，但他们的名字却永远印在我们的脑海里，形象依旧鲜活！

在我的清华珍藏中，还有一张 1978 年 12 月 28 日的《清华大学》校刊，上面登载了《清华大学一九七八年表扬先进集体三好学生通报》。要知道，在今天看来非常正常的学校年度表彰，在 1978 年可是具有“划时代”意义。因为众所周知的原因，自 1965 年之后清华已经有 13 年没有进行这项活动。这次重新开启表彰，标志着清华大学经过曲折的道路，学校各项工作再次走上了正轨。这份《通报》一共表扬了全校九个先进班集体和 107 名“三好学生”，而在 9 个先进班集体中，1975 级只有 3 个班，我们建工系“地五班”就是里面的一个！

说起我们“地五班”，当年在建工系算得上是“风生水起”，在学校也是“小有名气”。“地下建筑”是在当年“深挖洞、广积粮”战略指导思想下设立的特殊专业，主要研究在“核爆炸”条件下的建筑结构防护课题，在当时的全国高等院校中只此一家。当年我们的专业任课老师阵容强大，其中就有代表清华大学到戈壁沙漠参加过核试验的阚永魁老师，还有享誉国内核防护结构领域的著名专家，中国工程院院士陈肇元教授等。同样，“地下建筑教研组”也是清华大学 1978 年首度表彰的教学先进集体之一。随着时代的进步，如今在清华的建筑专业体系中已经不再单独设置“地下建筑”，因此“地五班”的名字也成为清华历史上的“绝响”。

1975 年，主要来自海陆空三军和国家建委系统的 45 名学员，组成了“地五班”。在清华学习的三年半时间里，“地五班”班风良好，团结一致，处处争先。在专业学习上，大家不甘落后，努力把失去的时间抢回来；在日常生活上，大家互帮互助，让每一个人感到班集体的温暖；在文化娱乐上，吹拉弹唱，文化气氛十分活跃；在体育锻炼上，跑跳打球，每次比赛都力争第一。也正是因为这样，“地五班”在 1978 年获得学校的通报表彰，绝非“浪得虚名”。带着“地五班”的优良作风毕业后，同学中一部分成为我国“人民防空”事业的骨干，兢兢业业地守护着城市的安全；一部分在国防建设中发挥着独特的作用，为保卫祖国贡献着智慧和青春；还有一部分继续发挥专业特长，成为建筑工程研究设计领域的专家。在毕业四十年后我们可以负责地说，我们都曾力所能及地为母校争得荣光，没有辜负清华“优秀班集体”的荣誉。

在我的清华珍藏中，最让我珍视的是一枚毕业时获得的清华大学“优秀毕业生”奖章和一张“优良毕业生”奖状。这两件我在清华学习生活的珍贵纪念品，四十年来与我“如影随形”，从未分离。当年，我经海军部队选送成为清华大学的学生后，一直牢记部队首长的嘱托，发扬人民军队的光荣传统，努力学习，刻苦锻炼。不仅在学习上取得了长足的进步，而且在体育运动方面获得了优异成绩，为清华大学争得过很多荣誉。承蒙老师们的大力培养，受益于“地五班”的良好氛围，我在毕业时成为清华大学 58 名“优良毕业生”奖状获得者之一，并荣幸地成为清华历史上第一个穿着“水兵服”的“优秀毕业生”。

四十余年光阴过去，我们这些曾经风华正茂的 1975 级清华学子，现在已踏上人生的夕阳旅途。虽然与过去相比，我们已经臻于成熟，但在清华大学这座百年积淀的科学与人文大厦前，我们能做的唯有永怀谦卑、虚怀若谷。在清华学习的收获将继续伴随着我们每个“75”人的生命，怀着为祖国甘愿奉献的不变初心，继续前行、永不停步！这正是：

光阴荏苒四十载，每忆当年多感慨；
人民送我上清华，峥嵘岁月出英才。
波澜壮阔新时代，催人奋进心澎湃；
无问西东求真理，雄风再振初心在！

2019 年 7 月 8 日

作者简介

袁帆，1975 年作为海军学员进入建筑工程系学习。1979 年毕业时，曾荣获首次恢复颁发的清华大学“优秀毕业生”奖章。袁帆校友在为海军发展贡献 25 年后，投身改革开放事业，人生多有跨界，兴趣爱好广泛，对中国近代海军史、建筑史、教育史的研究情有独钟，颇有心得；对清华大学文化发展极为关注，积极参与。曾多次向清华大学档案馆、科学博物馆（筹）捐赠珍贵史料和收藏，退休后的心愿是做一名“清华文化遗产宝藏的开矿者”。

班长的照相机

■ 陈让文（1975 级工物系）

多少次翻看影集，每当我看到在母校清华学习生活的一帧帧黑白照片组成的专集时，眼前立刻就浮现出当年拍照时的情景。几十年了，时光如白驹过隙而匆匆逝去，照片中我和我的老师、同学们当年的意气风发和青春靓丽，在发黄褪色的画面上依然清晰可见，此时此刻，时光仿佛定格在了 20 世纪 70 年代的 1975—1979 年，定格在了母校水木清华、军训营地、实习工厂以及首都北京的名胜古迹。这些珍贵的历史影像，让我不由自主地想起了它的拍摄者——我们班的班长陈新阳同学。

我们在清华学习的那个年代，照相机是高级商品，是稀罕物，不像如今全面普及，有手机就可拍照，人人都是摄影者。那时想要得到一张自己的照片，一是到照相馆，要不就在旅游景点的拍摄点排队候照，当年流行的歌曲《天安门前留个影》说的就是在天安门广场留影，由专门从事摄影的经营者进行拍照的事。对我们这些来自祖国四面八方的年轻学生，多么想尽可能多地、自由自在地在各景点留影，记录下这美好时光。

记得入学后不久的一个星期天，班长陈新阳组织我班同学到天安门广场游玩，他带来了一部自己的进口 135 型照相机。大家欢呼雀跃，纷纷在镜头前以各种姿态亮相。班长用他娴熟的技术，不厌其烦地选择角度、距离，调整光圈速度，一次次地按下快门，把同学们的不同形象装入了相机。几天后，他带来了自己冲洗、

师生同游，前排右起：党支部书记石群、班长陈新阳、班主任刘长春老师

在人民大会堂前留影

在颐和园合影，后排右一为班主任刘长春老师，右二为党支部书记石群

放大、加印好的黑白相片，一张张地分发给各自的主人。大家一边欣赏着自己的倩影，一边由衷地赞扬着班长的摄影技术，全班同学都沉浸在欢乐友好的气氛之中。

从那时起，每当班上有集体活动，班长总是带着他的相机，在现场忙忙碌碌地为同学们拍照，抓取同学们最美好、最亮眼的瞬间，让我们永远定格在此时此境而留下满满的回忆。有了照相机，在校期间，我们几乎访遍了清华母校当时留有的幽美、悠久以及人文历史厚重的著名景点，在标志性的建筑如主楼、图书馆、大礼堂、毛主席塑像以及立斋宿舍楼、溜冰场等，拍下了我们的身影；首都的天安门广场和城楼、人民大会堂等庄严宏伟的建筑，成为我们照片上的背景；颐和园、北海公园、十三陵、八达岭等景点的无限风光与我们一同融入黑白照片之中；在河北定县军训的日子里，同学们着军装、荷枪刺，留下了青春年少、朝气蓬勃的“学生兵”影像；在远赴西北戈壁大漠毕业实习期间，同学们也纷纷以沙漠、胡杨树、厂房和有特色的街道、建筑物等为背景拍照，留作纪念。更值得一提的是，在校期间，我们经过了1976年中国历史的特殊时期。那一年，周总理、朱委员长和伟大领袖毛主席相继去世，同学们来到天安门广

参加军训第3班合影

蒙蒙秋雨中在天安门广场深切悼念毛主席逝世

在甘肃404毕业实习留影，后排右一为班主任刘长春老师

场，胸戴白花，臂戴黑纱，深切悼念共和国的伟人，寄托我们的哀思。班长的相机也把我们在这特殊时期的一幕记录了下来，留给了我们无限的回忆。

是的，四十多年了，翻看在母校清华期间的照片，那是我们清华学习生活的岁月轨迹，那是我们激情勃发的青春画面，那是承载着师生情、同窗情的珍贵记忆。透过这些画面，我能再一次感受到班集体的温暖和凝聚力。没有或者失去这些照片，无疑是一种缺憾。为此，我们会将这些照片倍加呵护，永久珍藏！

由衷地感谢班长陈新阳学友，感谢班长那部135型照相机！

作者简介

陈让文，1975级工程物理系反应堆工程专业校友，1979年4月毕业分配至四川广元821厂1分厂中心实验室，从事核材料研发试验工作；1983年任电子工业部属756厂团委书记、厂办主任、厂长助理；1997年任深圳石化集团电子化工公司总经理；2000年任央企深圳能源投资集团总经理助理。2016年退休，现居深圳。

我们的光 6 班

■ 李春华　吴　雁（1976 级精仪系）

1977 年 3 月清华大学精密仪器系有个新生班——光 6 班，光 6 班的同学们来自全国各地，来自工厂农村，大家都是那个时代的优秀青年。

我们从互不相识到彼此相知、从性格各异到互相包容。在学习上互帮互学，在生活上互相关心，使得我们光 6 班的全体同学在校近四年的时间里结下了深厚的同窗情谊，四年的清华缘分一直延续至今。

共同学习　共同进步

我们从不同的工作岗位跨入大学校门、走进全国最高学府，在惊喜与兴奋的同时，更多的是压力。加倍努力、刻苦学习、尽快适应校园生活是我们唯一的选择。虽没有悬梁刺骨，但也是秉灯夜读，生怕被别人落下。在那时学校晚上 10 点半准时拉闸熄灯，但是楼道灯和水房的灯是不会拉闸的。熄灯后，有的同学还会搬个凳子借着楼道灯学习。

我们的班长吴庆登、学习委员张振远是班里基础最好的，他们的知识水平要高于全班同学，所以自然而然的受到了同学们的“热情追捧”。只要同学们有不会

1980 年 11 月在 9003 大楼前的毕业照

的问题就会向他们求助，他们二位从不计较个人的得与失，有求必应，心甘情愿的牺牲自己的学习时间，不厌其烦地为同学们辅导。刻苦努力、互帮互学在班里蔚然成风，我们光6班的目标是：共同学习、共同进步、共同提高。

三尺讲台 情深意切

无论是基础课还是专业课的学习，均得益于我们的每一位老师。我们那时的学习热情非常高涨，除了集体上课之外，一般都是晚上去教室自习做作业，因为每天晚上都会有老师在教室答疑，有时甚至会有两位不同课程的老师同时在教室给学生答疑。老师们各个信心满满，把自己的全部心血倾注在每一位学生的身上。即使在周末老师们还会来到学生宿舍给同学们答疑解惑。

至今还记得当时辅导我们高等数学的陈老师，陈老师经常来到女生宿舍辅导同学们的高数，四十多年了我们还记得老师那和蔼可亲的面容、齐耳的短发、朴素的穿着、慈母般的声音。令我们怀念！教过我们的每一位老师在三尺讲台上不仅教授了我们的文化知识，还教会了我们如何踏踏实实的做人，使得我们终生受益。

四十多年了，老师们在三尺讲台授课的身影、俯首在同学课桌前答疑解惑的身影、还有一次次与同学们郊外活动的身影令我们难以忘怀。此时此刻我们想对老师说：老师，我们想您！

集体活动 增进友谊

我们入学后班里就成立了党支部、团支部，班主任和辅导员老师为了进一步增进同学之间师生之间的感情和友谊带领全班同学郊外游玩。

记得第一次班集体活动就是入学后不久，班主任刘济林老师带领我们游览了世界文化遗产——八达岭长城，男女同学都不甘示弱爬过了多座烽火台。当我们到达刻有“不到长城非好汉”的地点时，心中有着说不出的喜悦，我们站在长城的制高点，远眺连绵不断的群山、像巨龙一样蜿蜒在山峰上的长城，顿时感觉到：会当凌绝顶，一览众山小。同时又感叹我们的祖先是多么的智慧和伟大，给我们留下了宝贵的文化遗产。

在1978年的4月，丁伯矩老师带领我们游览了皇家园林——北海公园，红墙、绿柳、白塔、“让我们荡起双桨……”的歌声还时常在我们的耳边回响。不仅是这些，香山、颐和园等公园也留下了我们集体的足迹……

班级组织的每一次集体活动都有我们可亲可敬的老师。老师们通过集体活动可以进一步了解每位同学的思想感情，同学们在学习上生活上有什么诉求也可以更亲近的向老师表达。拉近了师生之间的距离，密切了师生之间的感情。同学之

1978 年 4 月北海九龙壁合影

间也会在这一次次的活动中彼此更加熟悉，更加了解，更加和谐。

正是因为我们有着这样一个和谐友爱的班集体，才使我们的同学无论自己做什么都能正确懂得个人与集体的关系，正确认识自己在集体中的位置和作用，认清自己对集体的责任和义务，从而自觉地关心集体、爱护集体。把自己融合于集体之中。校系党团组织的各项活动我班都会积极响应，记得是 1978 年学校号召无偿献血，当时全班同学积极报名响应号召，二十几位同学体检合格无偿献血。当时丁伯矩老师还在家给献血的同学们熬鸡汤补身体。凡遇到此类活动，我们都会集全班同学之力为班级争光。由于我们的努力，我班在 1979 年被学校团委授予先进团支部荣誉称号。

同窗兄弟　生活点滴

我们上学的年代还是计划经济时代，上学之前有工作单位的是带薪上学，没有工作单位的是学校发生活费补贴每人每月 17.5 元，男生每人每月 30 斤粮票，女生每人每月 26 斤粮票，定量的粮票使得饭量大的男生自然就不够用。同学们发扬团结友爱的精神，将自己余下来的粮票无私地捐送给这些不够吃的同学。

我们班有个义务理发员，理发师就是张振远同学，并且这生意一揽就是四年，用理发师的话来说：我是光 6 班男生的义务理发员，只要不讲究的，我都愿效劳。发型一律“二八开”或“板寸”。就这样张振远坚持为同学理发四年，赢得了全班男生的好评和信赖。

我班有位男同学因病住院，并且需要在医院治疗一段时间，这样就耽误了上课。为了我们的目标共同学习，同宿舍的同学会隔三岔五的去医院把讲过的课程给他补上。在住院期间全班同学都轮番去医院探望，再一次让同学感受到了班集体的温暖，同学们的关爱。

我班女生夜里身体突发不适，男生就会和女生一起将生病的同学尽快地送到医院，在第一时间使同学得到了治疗。我们班这样男女生互相帮助的事例很多很多。

我们在校就读期间不仅学习文化知识，完成课程设计、毕业设计，还有走出校园学工、学农、学军的社会实践活动，使我们得到了全面发展。在改革开放初期，即 1980 年的 11 月，我们顺利完成学业，肩负着历史赋予我们的使命和时代的重托奔赴神州大地，在不同的工作岗位上实现着自身的价值。

学以致用　奉献社会

1980 年 11 月，结束大学生活，同学们奔赴各自的工作岗位。当时正值改革开放初期，社会处在大变革之中，我们一群刚刚毕业的大学生，如何顺应市场经济的形势，找到自己的位置，报效国家，实现自身价值，是每一个人必须面对的问题。

吴庆登，勇于下海闯荡的实践者。同学们这样评价他：勤奋、好胜、真诚、朴实。他在校时的理想就是做一个企业管理者。毕业后他放弃江苏安逸的生活，只身到深圳创业，跻身电子行业，站住了脚，扎下了根，打出一片天地。

张振远，毕业后从河北到江苏，克服人地两生等重重困难，投入光学纤维研究工作。在科技创新的道路上，敢于挑重担，踏实苦干，不计名利，取得了骄人业绩。他参加的“大芯经高数值孔径光纤预制棒制造工艺研究”获江苏省科技进步二等奖，作为项目负责人承担的“柔性光纤传像束规模化生产工艺研究”获国家科技进步二等奖。同时，张振远还获得“国务院政府津贴”、“第五届南京市十大科技之星”和国资委央企“劳动模范”等称号。2019 年新中国成立 70 周年，荣获国家颁发的纪念奖章。

陈秋萍，女同胞，改行作了法官，在江苏省高法工作。她聪明好学，努力自学法律知识，认真总结办案经验，坚持维护法律尊严，保护国家和人民的利益。她曾在最高法组织的司法大检查中荣获办案标兵称号，办理的一件案件被最高法选入全国十大指导案例。

胡树建，我们班的企业家。多年来，他不但管理着自己的公司，还承担清华无锡校友会的大量工作。曾被清华校友总会授予校友杰出贡献奖。作为清华人，时刻不忘回报母校，力所能及地为母校作贡献，他自己曾说：清华精神熠熠指前程，回报母校殷殷学子心。

回望毕业后走过的这四十年，我们班有的同学在行业中有所建树，而大多数同学是在平凡的岗位上默默奉献，尽绵薄之力，没有惊人业绩。但是，每当我们聚在一起谈感受的时候，大家会不约而同地提到“自强不息，厚德载物”的校训，提到母校精神在我们做人做事和成长中不可替代的指导作用。我们感谢清华，也为把美好的青春和智慧融入祖国的建设无怨无悔。

六届同学会续清华情缘

毕业四十年了，我们成功地举办了六届全班同学会，每次聚会都丰富了我们

2001 年国庆节 9003 大楼合影

的知识，开阔了我们的视野，陶冶了我们的情操，愉悦了我们的身心。所以同学会是我们全班同学的期待，四年的校园生活回顾是我们聚会的永恒主题。

2001 年，由北京同学提议，书记、班长牵头，邀请外地同学来京，组织一次全班团聚。聚会非常成功，个别同学是毕业后二十一年没有见面了，大家共叙离别情，并重返校园，合影留念，建立了班费基金。回到我们日思夜想的园子，回到 9003 大楼，寻访老师，共忆当年。

2007 年深圳聚会，那是改革开放的窗口，我们切身感受了深圳速度，亲眼见证了同学的创业成果。聚会期间同学们参观了吴庆登的公司，他也向同学们分享了他管理企业的切身体会和业绩。我们全班同学为他实现梦想而无比高兴。

2009 年贵州聚会，让我们感受到了绿水青山就是金山银山，感受到了人与自然的和谐美。

2010 年校庆，我们作为毕业秩年校友，北京同学及部分外地同学校庆当天参加了 1976 级毕业 30 周年的纪念大会，我们班在第一时间以班级的名义向校友会捐赠了励学金，用来资助家庭经济困难的在校生，帮助他们完成学业。这也算是我们对母校的回报吧！当年 9 月，全班同学与班主任何庆声、刘济林老师又在江苏隆重举办了毕业 30 年暨第四届全班同学会。我们参观扬州邗沟，那是京杭大运河最初的一段，感受中华民族的智慧、文明、文化。

2014 年湖北聚会，我们在长江荆州段，看着宽阔的江面，滚滚向前的水流，天水一色的远方，感受它的博大与包容，利泽万物。

2016 年内蒙古聚会，我们参观了满洲里国门，它庄严、雄伟，彰显我国的对外开放政策和辉煌前景。

班级每举办一届同学会，都需要有人投入更多的精力来组织实施，因为同学们天南海北，各种繁杂的具体工作需要有人去督促、去汇总、去落实，这一点至关重要。我们班的李春华，就是这样的、不可或缺的热心人。每次聚会，她要听取大家意见，编制日程计划，与旅行社商洽，预算开支收款，联系老师和同学，还有后期制作光盘等诸多琐碎的事务。她勤勤恳恳，任劳任怨，无私地为大家、为班里的工作奉献着。得到同学们和老师的一致好评，公认为我们班的“好管家”。2019 年她又开始着手毕业 40 周年纪念册的编辑工作。

在这四十年间除了全班同学会之外，期间外地同学来京与北京同学相聚无数次，并且北京同学每年都会在正月初五举办新春团拜会。正月初五是北京同学的法定节日。

迎来也送往，不负同学情。近几年，我们班陆续走了三位同学。他们都曾艰辛创业，取得骄人业绩，事业有成，却匆匆离开了这个世界。当知悉同学离世的消息，我们班会在第一时间派出同学代表从北京专程前往送别，并向同学的家属送去慰问金，没能去送别的同学们以各种形式向离世同学的家属表示慰问。再一次让我们的同学及同学的家属感受到我们光 6 班带来的温暖与关怀。

时光荏苒，斗转星移。回顾这四十多年来，我们一次次聚会，一次次分手，又一次次地期待相聚，感触最深的是：我们班的这份同学情难能可贵，持续四十年之久，这一切源于我们同学四年的清华情缘、源于我们同窗兄弟姊妹般的情谊、源于同学之间团结友爱和互相包容、源于我们班特有的亲和力和凝聚力，最重要的还是源于清华近四年教育的熏陶吧！一届清华学子，一生清华情缘。

2020 年 5 月 21 日

作者简介

李春华，1955 年出生，北京平谷人，高级工程师。1980 年毕业于清华大学精密仪器系光学仪器专业，毕业后一直在原机械部北京机电研究所从事激光加工方面的工作研究。现已退休。

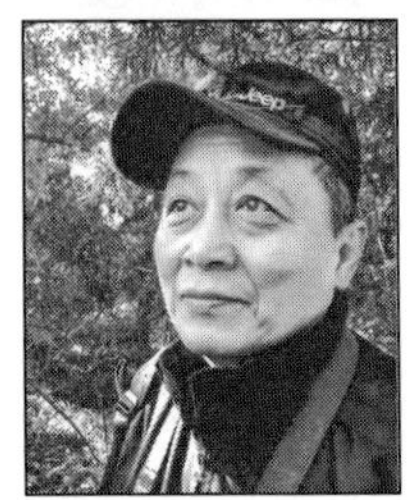

吴雁，1954 年出生，山西昔阳人，1977 年 3 月至 1980 年 11 月在清华大学学习，毕业后历任北京第三光学仪器厂技术员，中国广告协会经济师，国家工商总局干部、处长、副巡视员。2014 年 8 月退休。

清华一九七七级赋

■ 贾海东（1977 级力学系）

巍巍中华，上下五千年。岁岁月月，国赫族盛。生生代代，德地道天。至共和国，旭日东升，邦定民安。

泱泱神州，方圆九百万。苍苍茫茫，山岀水浩。春春秋秋，文波武澜。于文革后，百废待兴，百业待变。

丁巳岁（1977）秋，菊月礼部京会，邓公决意复考取士。次月宣于报端，似秋日之春雷，如长夜之曙光，举国震撼，学子欢颜。功名取自尘土，命运系于搦翰，焉不奋然？

虽国考，然省题。冬月开科，工考四卷：语文言之古今，政治论及中外，理化终至微宏，数学始于加减。

参试举子五百七十万，约三十取一，入清华者仅过千。

清华学府，建自辛亥，款自庚子，师自中西，名自皇园。

夫清者，天朗也。风清而浩荡，云清而澎湃，日清而喷薄，月清而幽远。故天朗行健，自强不息。

夫华者，地灿也。水华而深邃，木华而茂盛，山华而巍峨，川华而斑斓。故地灿势坤，厚德载物。

戊午岁（1978）春，学子入园，报到二教，始同学之谊，名七字之班。

七亦起也，七尺之躯起七味之旅，笃行足下，吾今起点。

七亦启也，七纵之略启七星之明，继往开来，启后承前。

七亦齐也，七瓣之魂齐七重之天，学古探微，器识为先。

七亦奇也，七音之律奇七色之彩，德智体美，全面发展。

七亦期也，七步之智期七锦之盛，国期强盛，民期康暖。

七亦旗也，七孔之聪旗七关之巅，左右图史，邺架巍然。

七亦气也，七情之节气七雄之势，千悃一矢，建郭立垣。

是日，高数大课于西阶。记者入，摄吾生于书堂，定瞬间于永恒。后刊兵部画报，流传至今，竟成经典。其风貌之淳朴，其神态之专注，其远方之向往，其未来之期待，非后辈所能及也。

寮舍夜话，占席书馆，上机实验，笔图尺算。

食堂小炒，电炉热面，浴缸篦饭，影院露天。

早操惊梦，晚习无眠，金工钳正，军训靶偏。

雄击南疆，雌战东瀛，捷报传来，盆漏帚燃。

墙上民主，台下竞选，乒坛七杯，堂前汇展。

军乐民弦，话剧首演，词曲创作，民谣校园。

闻亭晨读，荒岛夕练，荷塘无月，西操有缘。

球场拼搏，田径主旋，全能称霸，接力卫冕。

荟十年之精粹，聚九州之英华，工农兵商，书堂同修，舞勺志学，而立伏案，冬考春入夏出，学籍四载有半，恐天下独此一届。

壬戌岁（1982）夏，吾级毕业，留一青石于主楼阶中。

喻台阶之石，站坐皆可，踏步由之。站之上则顶天立地，坐之侧则静气平心，踏而入则书轻理近，步而出则任重道远。倘国之业若厦之崛，吾辈甘为一基石矣。

莘莘学子，确如石子，千十七枚，遍撒五洲，落地有声，入世无痕。或州官县吏，或富贾市商，或殿士民师，或翘楚平凡，或域内业外，或本土他乡，或技冠东篱，或艺绝南山。

起如风，未自青萍，行胜于言。

启如晨，不负少年，不负夙愿。

齐如天，匹夫铁肩，书生肝胆。

奇如新，本色不改，初心不变。

期如愿，深孚众望，行业中坚。

旗如旌，攻城拔寨，立德立言。

气如虹，逸笔无匹，四海庄严。

回首晏然，一日同窗，千里同行，万卷同览。功成一件莫如首考而初识，受惠一生莫如康健而长伴。

赤县纵横之辽阔，紫荆学堂不过谷粒之地，能与君聚于一园，凝之生，幸也。

华夏古今之悠长，四秋五春不过转瞬之间，能与君载入一册，存于世，足矣。

丁酉岁（2017）冬，是赋。

历史前排的固 7 班同学

■ 贾海东（1977 级力学系）

2018 年 9 月，北京首都博物馆，正在举办《国家相册 · 致敬历史——新华社中国照片档案馆典藏展》。百年国史，在一幅幅经典照片里呈现。光辉历程，在一段段难忘记忆中延伸。在展厅端头，一张巨幅历史照片，几乎占满了整个墙面。

这张由新华社记者顾德华于 1978 年拍摄的照片“清华大学 77 级大学生在听课”，凝固了那一段珍贵的历史场景，展示了那一批 77 级同学的历史风采，一直是一幅纪念恢复高考及记录新一代大学生的经典历史作品。

在这张著名的历史照片中，坐在前排主要位置上的，是当年工程力学系固 7 班的几位同学。

前排左起，第一位是王均同学，第二位是张中民同学，第三位是邓勇同学，第四位是周町同学，第六位是刘玉民同学。

我曾在 2017 年写的《清华一九七七级赋》里，描述过这段历史：

是日，高数大课于西阶。记者入，摄吾生于书堂，定瞬间于永恒。后刊兵部画报，流传至今，竟成经典。其风貌之淳朴，其神态之专注，其远方之向往，其

清华大学 77 级大学生在听课

未来之期待，非后辈所能及也。

……

20世纪70年代，在中国的历史上，是一个大变革的时代。在金色的十月之后，又迎来了科技的春天。1977年底，全国恢复已经停止了10年的高等院校招生考试。据记载，当年全国参加高考的考生人数为570余万，而当年全国大专院校录取新生27.3万人，录取率只有4.7%。1978年初，经过"文革"后第一次高考被录取的大学生，纷纷走进校园，由此诞生了标志着中国时代变迁的新一代大学生。

1977级，一个响亮的名字，是在特殊时代下具有特殊含义的一批大学生，是在一个充满理想的年代里具有远大抱负的一群年轻人，是在中国历史上备受瞩目并在后来作出杰出贡献的一代建设者。

固7班的36位同学，幸运地成为1977级这个群体中的一员，幸运地走进了清华园，幸运地坐在了见证历史的最前排。

历史的必然，充满着许许多多个体的偶然。

固7班的29名男生和7名女生，好像没有一人是报考这个专业的，多数人也都没有报考工程力学系，其中大多数同学甚至都不大清楚什么是固体力学，唯一相同的是在报名志愿表上，都填写着"服从国家分配"，加上在各自的高考分数中数理化成绩都比较好，结果就被学校"分"到了一起，组成了固7班。

固7班的那几位同学，同样也是偶然的，坐在那张历史照片中的第一排。当时在西阶梯教室上高等数学大课，许多女同学们早早地就进去坐在了前面的几排。由于第一排的座位没有桌板，不方便记笔记，所以反而没有人愿意去坐。而我们班的那几位同学，几乎都是同一间宿舍的，前一天晚上夜自习睡得太晚，早上都差点儿睡过了头，连早饭都没来得及吃就匆匆赶到阶梯教室，见到满教室都坐满了人，唯有第一排的几个座位是空着的，只好别无选择地坐了下来，把书本放在腿上记笔记。

这就是历史。最美好的瞬间，总是留给在最合适的时间里出现的最合适的人。

……

工程力学系的1977级有两个班：固体力学专业的固7班和流体力学专业的流7班。1978年3月入学时，我们固7班里年龄最大的，是两位30岁的"老大哥"，带着工资上学，家里还有小孩（在校期间又生了老二）；年龄最小的，是两位才满15岁的"神童"。班上的同学来自五湖四海，北至黑龙江，南到云南；入校之前的职业也是五花八门，有工人、农民、教师、下乡知青、应届在校学生，等等，唯一缺憾的是没有军人。

我们入学后，男生住在一号楼的一层西侧，浴池就在路对面；女生住在新斋三楼东侧，下楼不远处就是开水房。宿舍里一般住6个人，三个上下铺，两三个小书桌，房间里大都塞得满满的。

那是一个充满激情的年代，那是一个富有理想的年代。

经过了刻骨铭心的高考，走进了心仪已久的校园，入校后的我们，和其他 7 字班的同学们一样，开始如饥似渴地吸取知识。快乐紧张、丰富多彩的校园生活，至今仍让每一位同学记忆犹新。

当年同学们刻苦较真的学风，给每个人都留下了深刻的印象。那时的晚上 11 点钟，校内各教室必须关灯关门。当时只有几个阶梯教室还网开一面，于是大家纷纷翻门越窗而入，坐满了整个教室，继续晚自习，成就了一段“不夜城”的往事。

当时学校十分重视基础课教学，将各位力学大师请来给我们上基础课。记得“材料力学”的第一堂课，是由当时的副校长张维教授讲的。张先生授课生动风趣，谈笑风生，潇洒自如。他对我们说：让老教师上台讲课，很好很开心。但老教师也常常会出错，经常会“心里想的是一，嘴上说的是二，手里写的是三，其实应该是四”，逗得我们开怀大笑。

高等数学课由谭泽光老师教，几个系相关专业的三百多名同学，让西阶梯教室座无虚席。新华社记者就是在这间阶梯教室，将我们固 7 班等 77 级同学上大课的情景摄入镜头，成为后来那张著名的经典历史照片，永久地珍藏在国家相册里。

普通物理课由张三慧老师教，他一上来就直接用英文授课，害得不少同学“云里雾里”晕了好一阵，常常在复习时将课堂内容又重新转译温习一番，无形中加深了记忆和理解。

英语课采用《工程英语》课本，教英语初班的罗老师尽管很年轻，但对班里几位入校前从来没有学过英语的同学照顾得很细心。罗老师授课非常卖力，刚开始时多少有点紧张。记得上第一堂英语课的时候，罗老师上了一节课就把两个课时的内容都讲完了，第一节下课时刚准备走，才发现还有一节课没上呢！

在工程力学系，当时给我们上过课的著名教授有：张维、杜庆华、黄克智、王勖晟、徐秉业、余寿文、黄炎、庞家驹、郑兆昌、张如一等，还有当年就非常出类拔萃的中青年教师：贾书惠、范钦珊、夏之熙、宋国华、薛明德、邵敏、姚振汉、叶宏开、潘文全、孙学伟、刘信声、李德保、任文敏、郁吉仁、周辛根、何积范、刘宝森、蔺书田、查明华、潘真微、王笃美等。记得我们对德高望重非常敬仰的老教授，不论男女，均称“先生”。除了我们班的班主任宋国华老师和薛明德老师之外，系辅导员还有陈兆玲老师和陈克金老师。当时我们工程力学系的系书记为李德鲁老师，系主任为王和祥老师和朱文浩老师。

在此，我们固 7 班的全体同学，再一次向力学系的老师们深深致谢！感谢你们的尽心尽责！感谢你们的呕心沥血！感谢你们的言传身教！你们的教导和指引，是我们一生中取之不尽用之不竭的宝贵财富。

相比之下，当年的政治学习，是一件让人不得不重视的事情。每周的时事学习，念报纸就占用了大部分时间。北方同学念起来还比较利索，南方来的同学就费点劲，常常整出点笑话来，当然也借此把普通话发音练好了许多。

清华一直非常重视体育锻炼，每天下午 4 点钟的《运动员进行曲》，督促大家放下书本、走出教室，来到西大操场打球、跑步。班里有的同学，将偌大的校园里每个角落都跑遍了。当然了，圆明园是我们跑步时最常去的地方。

周末或节假日，颐和园泛舟，北海游园，十渡戏水，云水洞郊游，还有八达岭长城，都留下了我们年轻的足迹，都凝固在当年黑白现已泛黄的那些珍贵照片里。

清华大学百年校庆的文艺晚会上，有一首女声二重唱的歌曲，是由我们 7 字班同学在校时创作的。这首由我作词、牟文殊作曲，曾经在校内传唱过的《我们大学的歌》，不仅真实地描述了当年紧张而快乐的校园生活，同时也让我们能在毕业多年之后才真正懂得，厚德载物，任重而道远；自强不息，伟大而平凡。

我们大学生活，充满年轻的歌。
那是轻快的歌，也是紧张的歌，

全班入学后的第一张合影摄于颐和园。从左至右，第一排：马若涓、钮麟、袁珩、王耘、朱一无、宋国华老师、秦少文、肖颖；第二排：潘立功、贾海东、王丹洪、周叮、张丕辛、王卫东、盛善定、刘玉民；第三排：李平、肖世忠、章柏钢、冯雨生、周小平、张伟、王均、谭明一；第四排：黄民丰、樊辉、邓勇、邓小铁、李彦、林建华、但威、安永民、张中民、虞源。还有黄庆平、景群智和黄常山，在那天的镜头之外

轻快紧张一样快乐。

我们大学生活，充满智慧的歌。
那是丰富的歌，也是平淡的歌，
丰富平淡一样火热。

让我们珍惜这生活，让我们唱起这歌，
在走向未来的道路上，永远朝气蓬勃。

一转眼，我们毕业都快四十年了！我们多么期待，固7班的全班同学们，能够再一次相聚在清华园。让我们一起去看看当年报到时的二教；让我们一起去一号楼和新斋看看当年住过的宿舍；让我们一起去四食堂原址看看当年吃饭的地方；让我们一起去系里看看老师们；让我们一起去看看西大操场，让我们一起去看看图书馆、大礼堂……

当然，一定别忘了一起去看看大礼堂旁边的西阶梯教室。在那张历史照片拍摄的地方，让我们各自找到并一同坐回到当年的那个座位上……

让固7班同学再一次并永远地定格在历史的前排。

2020年9月30日于多伦多

作者简介

贾海东，清华大学1977级工程力学系固7班学生。在校期间，担任过班级团支部书记、校田径队男子短跑队队长。毕业后，曾在建筑设计院和政府部门工作。后旅居加拿大，现从事结构工程设计工作。

亲历一张“经典”照片的前前后后

■ 邓　勇（1977 级力学系）

“穿越”照片：参观国庆 70 周年成就展

十余年前，北京奥运“无与伦比 truly exceptional Games”的余韵犹在，又迎来了沸沸扬扬“庆祝改革开放 30 周年”的各种活动。彼时，常常会有同事朋友熟人向我问起，“照片上那个人很像你”“照片上那个人是不是你”。所谓照片，指的是那张题为“清华大学 77 级大学生在上课”（见 127 页）的照片，作为 1977 年恢复高考的标志性“经典”，曾于 2009 年在报纸、期刊、网络、电视上有过热络出现。

不久前，又值“庆祝改革开放 40 周年”，那张“经典”又一次在公共媒体上露头，同样又是新一轮的关心询问。当年清华 77 级亲历者们，现大多已退休有了闲暇，在微信群里也有了不少热议，众说纷纭，甚至有人对“前排那几位提前知道要拍照”做了或是或非的探讨。本人属于“前排那几位”之一，在当年出于小小虚荣心，对事情前后有着深刻印象，遂记叙一下当年“撞大运”进入那张照片的故事，乐意与关心的人们分享。

照片的时间，应该是在我们进校后的一个月左右，从衣着上也看得出，大致是 1978 年 3 月底前后；地点是在“西阶”（礼堂西侧阶梯教室），应该是高等数学课或者普通物理课，力学、力师、工物、物师、数师等 77 级同学们一起在上大课。

清华 77 级同学们都应该还有印象，在 300 座位的“西阶”上课，是几个系在一起“上大课”。印象最深的是“高等数学”“普通物理”这两门课，分别由极富盛名的谭泽光、张三慧老师主讲。这得益于学校对 77 级的极度重视，挑选了最优秀的教师，这两位老师正当壮年并都有着循循善诱、由浅入深、严谨诙谐、引人入胜的本事，且一开口那极富感染力的洪亮声音就能够响彻300座位大阶梯教室的每个角落。可教室毕竟太大，坐在后排会影响听课效果，所以最早进到教室里的同学在选择座位时，一般都会从第二排开始。因为从第二排起才有桌子，既是离讲台较近而听课效果较佳的位置，又是有长条课桌而方便做笔记。第一排虽离讲台更近一点，但却没有桌子，只能是在膝盖上摊开笔记本作笔记，总有点别别扭扭的。所以，第一排就成为大家不太情愿选择的座位，往往成了最后进到教室者们的不得不落座的位子。

在那张“经典”照片上，幸运坐在了第一排的6张脸，依次为王均、张中民、邓勇、周叮、李赛牧（物师7班）、刘玉民。其中，我们固7班有5位，并且属于1号楼135宿舍的就有4人。事后的复盘回忆，是因为那天早上135宿舍全体成员“集体睡过头了”，包括老大哥刘玉民。在我们135宿舍的这4名成员中，只有刘玉民被同学们尊称为“老刘”，时年他已30岁，且是两个娃儿的爹；余下的周叮21岁、邓勇20岁、张中民16岁，当然也就统统直呼其名。这位颇受全班尊重的“老刘”老大哥同学，有着丰富的人生阅历和励志故事，不仅是我们勤奋学习、简朴生活的活标杆，又还是135宿舍“卧谈会”的主讲人；而且，他的作息习惯从不与我们几个为伍，必须熄灯就睡、晨曦则起，还极为注重保养肠胃而必吃早餐。当然，那时候的我们，也全都称得上是刻苦学习的模范学生，标准的“三点一线”——宿舍、食堂、教室；而早晨7:30就要开始上第一堂课，这时间在北京冬季也就天刚蒙蒙亮，确实是早了点，往往我们来不及了就会把食堂早餐这环节给省略掉，绝不能上课迟到。但唯有老刘一样，总是能够钟表一般的精准，把个人作息时间安排得从从容容，绝不会放弃早餐。

扯远了，话归正传。可就在那天早晨，老刘竟也是一样的睡过了头；也许我们的能够坐在“经典”照片头排，该是由他罕见的也睡过了头而带来的幸运。那天早晨的135宿舍，定是一片酣睡，记不清是谁突然吼了一声“坏了，要迟到了”，哥几个急忙起床，旋即操起书包就一起匆匆忙忙赶到了“西阶”。踩着点进了教室，只见黑压压一大片脑袋瓜已经乌泱泱占满了教室，也就远处最后几排座位还零散有空。哥几个见状，略不情愿，但也顺势就跟着稍早一步且眼神不好而喜坐前排的王均班长，落座在了第一排。就这样，谁也不知道的幸运之神，将要眷顾我们这几个“睡过了头”且差点就迟到了的似乎仍还迷迷瞪瞪的傻瓜们。

上课期间，几无虚席的300座位阶梯教室里，所有同学都专注在讲台上老师的流畅板书和潇洒讲解，忽见与讲台同侧一旁的教室门被缓缓推开了，蹑手蹑脚地进来了一位中年女子，手里拿着一只相机，脖子上还挂着一只相机，一副飒爽干练的样子。也许是见到了大家齐刷刷投去的目光，她随即轻慢而小幅地摆手示意，好像在说自己“只是个旁观者”，然后驻足在门旁，站着不动了。自从进了清华之后，同学们已经习惯了各种场合举着相机的记者，甚至图书馆大阅览室一两百人悄声无息埋头自习时的各种观摩队伍或进出或拍照也会无动于衷。何况这课堂上，老师正在讲得眉飞色舞，大家也正听得聚精会神，谁会一直在意这位女记者的进来“旁观”，以及何时离去。

时隔不久，也许过了一月或者更久，我听到同班景群智同学不经意说起，“你们宿舍上了《解放军画报》”。这位景群智老兄，是我们班在当时为数不多“也闻窗外事”的主儿，经常有闲暇会翻翻报刊杂志，传播点天下发生的大小事。听他一说，我饶有兴致地在图书馆阅览室里翻查了近几期《解放军画报》，找到了这张照片。后来，出于小小虚荣心，我还悄悄关注到《人民画报》《民族画报》等刊物也对这张照片有了刊登。再后来，在接到我妈的来信中，讲起了贴在家乡小城街边宣传栏的《新闻图片》中有一张我们上课的照片，照片里我的衣服比起左右两边同学都显单薄，不知北京到底会有多冷，问我要不要添一件小棉袄。

这张照片，虽在四十余年前的当初就有过不少传播，但大家都绝想不到它将要成为一张流传几十年的标志性“经典”。在当时，得知了有这张照片之后，我们135宿舍全体成员肯定都对“露了个脸”暗自多少有过点窃喜，但记得却只有过一次复盘回忆的小小议论，并对“集体睡过了头”成为共识。补一句，我们135宿舍当时是5名同学，还有一位黄常山同学，只因酷爱建筑专业，进校后就获特批而直接跟着建筑系上课去了，所以缺席了这次“西阶”的幸运。再后来，哥几个就都绝口不再提起这张照片了，不再显示出任何兴趣和热情，也许故作谈定，也许都想要做出一副成熟稳重的样子。至于我们宿舍里的彼此不再提及，也有道理，仅只是偶然“露了个脸”罢了。而135宿舍在班里的表现，在随后几年里也都乏善可陈。

在我们固7班里，有校队的三级跳健将林建华、百米健将贾海东，都会在运动场上引发起一波波欢呼热浪；还有，每到下午4:30响彻全校那“同学们，走出宿舍、走出教室，到操场上去、到校园里来……”的昂扬女声，就是我们班朱一无同学的录音；还有，把越剧《梁祝》唱得余音缭绕的肖世忠，总让大家听得如痴如醉；还有，入学前就是省少年围棋赛冠军的周小平，直接跨过了高中而考进清华……再说，曾被大家普遍又极度珍视的学习成绩，班里不仅有个“高等数学”考试免修了的邓小铁，更还有个成绩顶呱呱的谭明一同学，他每个期末都可能会放上几颗“卫星”（考100分），而我等费尽九牛二虎之力还要撞大运才会偶尔沾个“卫星”的边。如此，加之那个时代提倡的戒骄戒躁风尚，谁的潜意识都会规避“露了个脸”就得意的嫌疑。

事过境迁，物是人非。尤其这张“经典”照片又经过了“改革开放 X 十年”的两轮凸显，大家早已不再鲜见。前不久，我们固 7 班微信群里又议论起了这张照片，袁珩同学精辟地作了评论总结——“就这样，我们固 7 班的这几位懒觉大神，很幸运地被定格在了中国历史的相框中，成为中国那一段不朽历史和我们青春的见证人。这个故事，为我们揭示了一个什么样的道理呢？想要出名，最重要的不是努力奋斗，而是会睡懒觉和运气！”

当然要辩解一下，我们几位幸运者并不是“懒觉大神”，也曾一样是严格“三点一线”刻苦认真的普通一分子，至少从无上课迟到的任何不良记录；也许，是老刘大哥在头天晚上就寝后又挑起了某个兴奋的青春萌动话题，使得“卧谈会”开得太久了，才导致了次日的“集体睡过了头”；如此，我们始终只承认是“运气”。当然也必须承认，这属于必然中的偶然！必然的是，全国 77 级大学生的 27 万群体、母校前辈们赢得的清华声誉、全校同届 1017 名的同学们，必然要托起几张青春脸庞，永远定格在某个经典的历史相框里；偶然的是，我们 135 宿舍的难得一次“集体睡过了头”，却偶然地成就了那份幸运，不服不行。

往事如烟，不觉间已逝去了四十余年。去年底，在北京展览馆《伟大历程·辉煌成就——庆祝中华人民共和国成立 70 周年成就展》的展厅里，我又看见了这张“经典”，就用手机来了个“穿越”合影。驻足在这张熟悉的经典照片前，不仅有着幸运于身在其中的感受，更是有着人生短暂犹如白驹过隙的感慨，也再次想到了一代人的必然，以及其中的个体偶然。恢复高考的 77 级，是整整十年聚集群体中的幸运者；而照片上的这些青春面庞，又幸运地成为全国 77 级全体 27 万人的缩影，还幸运地见证了四十多年来全过程的社会进步、民生改善、国家强盛，并幸运地参与了其中，或多或少但也尽心尽力地做出了我们一辈人的应有贡献！

如今，照片上我们班这 5 位“大神”，早就各奔东西，大多也已当了爷爷或外公。王均，毕业后分配到了水科院工作十几年，目前旅居日本；张中民，毕业后在山东石油大学、山东工业大学任教十余年，目前旅居美国；我，母校学习工作了十七年之后调出，在团中央工作五年、中科院工作十八年，目前已退休；周叮，毕业后一直在南京理工大学、南京工业大学当教师，目前是二级教授，现仍在课题和研究生的堆子里整天忙碌，还不歇息；老大哥刘玉明，毕业后到了机械工业部郑州机械研究所当工程师，单位改制时他与权贵进行了一场甚至“惊动中央”的卓绝斗争，争取和维护了知识分子的正当权益，然后就凭着清华看家本领而延展出来的“独门绝技”，在市场经济的各种力学科技需求中“月进斗金”，目前虽已七十出头了但还在“老骥伏枥”。当年的 135 宿舍里，就数俺们老刘“讲故事”最多；迄今的这辈子，包括离开了学校的这几十年间，还是他的故事最多、观点

现实照片：如今的“西阶”教室

最多、票子最多，微信群里的发言和辩论也最多，仍是我们尊重和羡慕的老大哥！

一年多前，陪同着已经久未来京的马若涓同学，重游清华园。我俩从清华学堂、同方部、老力学系馆、新水利馆、大礼堂，一路来到了“西阶”。从外貌上看，仍旧还是那个“西阶”的轮廓，但其新门脸却变得典雅洋气了很多；推开“西阶”大门往里探头望去，也不再是那一眼可见的300个座位的一大片阶梯桌椅，里面已有了全新格局的功能区分隔；见寂静无人，遂悻悻然退步离开。写此文时，颇不甘心，就跟母校一位现任领导电话问起，答复是“在2007年已经彻底扒了重建，改造后的二楼是200座位大教室，一楼是两个会议室”。听毕，感慨清华对传统风貌的“修旧翻新”本事，也留下了念头——再有机会回母校，一定要进到“西阶”里看看，当年那几百座位大阶梯大空间的壮观印象，是否还能找到一点点的旧时余韵？

2020年10月

作者简介

邓勇，清华大学工程力学系1977级学生，1982年获优秀毕业生奖章，1990年获优秀博士生奖、优秀博士论文奖。在清华期间，逐级晋升助教、讲师、副教授、教授，曾任系党委委员、校党委委员，担任过系团委书记、系学生工作组组长、校研究生思教办副主任、校学生工作部部长兼处长等党政工作。1995年调入团中央工作，担任过团中央学校部部长、全国学联秘书长等职。2000年调入中科院工作，长期担任中科院研究生院党委书记兼副院长、中国科学院大学党委书记兼常务副校长、中科院副秘书长，2019年在中科院退休。

物 71 的故事续记

■ 物 71 全体同学集体创作

1977 年国家恢复高考后，我们成了清华大学工程物理系第一届学生。物 71 班是我们的集体，班里有 36 名同学，来自五湖四海。入学那年，年长的黄毓洋和万学国早已过了 30 岁的生日，林炎志也刚刚迈入而立之年。他们仨人从入学第一天起就理所当然地成了我们的老大哥。那时班里最年轻的周建还没有过 16 岁生日。屈指算一算有 9 名“大跃进”年代后出生的同学，被称为物 71 的“小字辈”。他们都是在高一或高二年级就参加了高考，而且几乎每一个都是当地的高考状元，据说李百舸是辽宁省的高考第一名。另外三分之二的同学按年纪算是中间层，被称为物 71 的“中流砥柱”。他们大部分都有过种大豆高粱小麦稻米的经历，睡过

物 71 班毕业合影。左起，第四排：万学国、曲静原、张勤建、康克军、周建、赵志强、杨建国、林炎志、黄毓洋、刘克、刘维成、李百舸、滕丹、陈建、楼永明；第三排：钟毅、刘正风、何天青、刘苏宜、王群书、罗孟志、苗齐田、高文焕、李维衡、许平、邓景康、张家驹、高长生、王增林；第二排：高景欣、胡敏、林琴如老师、程英老师、谭彩云老师、魏义祥老师、钱永庚老师、张静懿老师、徐育敏老师、刘志群、庞静、王皖虹、王非、马万云；第一排：桂立明老师、郑溥堂老师、谢程远老师、陈泽民老师、徐四大老师、陈飏延老师、齐卉荃老师、陆祖荫老师、张礼老师、曲建石老师、赵希德老师、张玫老师、曲长芝老师、张静老师

农村山寨的土炕，或操作过工厂的车铣刨磨。

77级真是很幸运，因为我们可以在乡下无际的青纱帐中、在嘈杂的工厂车间里找到机会读书。77级可以算是时代的佼佼者，因为我们不需要再去当成天面向黄土背朝天的知识青年，而且我们能在十年累积的考生中脱颖而出考上了大学。77级也很特殊，我们不仅目睹并亲身经历了中国历史的重大转折，而且得到了全国上上下下无论是官是民的密切关注。

同室苦读，左起：康克军、刘苏宜、刘维成、胡敏、万学国

弹指一挥间，我们也到了够讲故事资格的年纪，难以相信我们朝夕相处四年半的同学们竟然彼此分离了30多年，我们中间的那些故事就好像发生在昨天。

孜孜寒窗　如饥似渴

当时我们很多人都饱尝了“文化大革命”中失学的无望，所以对这次上大学的机会非常珍惜。大家怀着对生活、对未来、对整个国家前途的美好憧憬，发奋苦读，如饥似渴地吸取各种知识。当时图书资料匮乏，图书馆仅有的几本微积分习题集都被借走了。我们便拐弯抹角地找到一位借书人，约好时间，在他还书时，马上借过来。以后全班同学有了默契，轮流续借，一个学期里，这本习题集没出过我们班。

我们每天往返在教室、食堂、宿舍之间，晚上还要看书看到半夜。学校担心同学们身体不堪重负累垮了，强制教室和宿舍晚上10点必须熄灯，就连唯一一个号称“不夜城”的主楼3区208教室也关了。为此，我们想了许多的办法：有在被窝里打手电筒看书的；有到厕所、水房这些不熄灯的地方看书的；更有甚者，高长生夜晚把教室的窗户撬开，跳进去把灯打开继续念书。那时候高长生是班里的小字辈，颇有点初生牛犊不怕虎的劲头，结果被教室管理员抓住了，受到全校通报批评。晚上不行了，有的同学就利用早上，何天青干脆早上五点起来到操场上苦读。

当时我们全班同学非常有凝聚力，集体荣誉感很强，相互帮助和相互支持是那时候班里的时尚。小字辈里的许平得病住院治疗缺了很多课，李维衡、李百舸、滕丹等同学帮他抄笔记，给他讲课程。凭着他自己的努力和大家的帮助，许平期末考试顺利通过。

虽然进了工程物理系，并不是每个人都想当科学家或工程师的。我们大部分人刻苦读书靠的是对学科浓厚的兴趣和由此而生的勤奋，但班里也有几个文学爱好者，广读大量文学书籍。同学想借文学名著，总可以从他们那里如愿以偿。虽然他们对工程物理学的兴趣不如对文学狂热，但一到考试他们都努力复习，每次都能顺利过关。

正是由于每个同学对待学业的孜孜以求，不断进步，我们班在校期间被评为“全国新长征突击队”。

竞选学生会主席

老大哥林炎志是物 71 当时的核心人物。我们班集体刚刚形成，他就给大家讲要让理想在参与中实现。老林让我们折服并不是因为他会讲大家能接受的道理，而是因为他自己“劳其筋骨，苦其心志”的作为。他平时及大部分的周末都住在学校。一次不慎，老林摔断了腿，他裹着石膏，架着双拐照样上课。饭间，他和大家围站在七食堂的长桌边吃百日不变的大锅饭。傍晚锻炼时间，他的身影一定会出现在大操场上。由于宿舍里老鼠猖獗，为了与老鼠争地盘决高下，他和室友们一起探讨战术灭鼠。

77 级大学生是随着时代走在历史变迁的风口浪尖上的，我们对待政治变革的事情很敏感而且积极投入。当学校领导决定学生会主席可以由竞选的方式产生之后，我们意识到这是政治改革中非常关键性的起步。林炎志当仁不让，决定竞选学生会主席，并准备了一份竞选纲领概述他的执政方针。班里成立了林炎志的竞选班子，几乎每个同学都参加了。我们分成几个小组，每个小组负责联系不同的系和班级。下课之后，各组到每个宿舍楼去，一间一间宿舍地走访，为老林做宣传，征求同学们的支持。我们几乎每天都与老林碰头，交换从各系同学那里得来的反馈和问题，然后商量如何回答这些问题。我们还专门组织了几次老林的竞选演讲，利用晚餐前大操场锻炼的时间，选择同学聚集的地方，老林在中间讲，我

林炎志竞选演说的场景

们在四周当拉拉队。如果辩论激烈起来，秩序乱了，我们就维持秩序。当年的竞选不仅我们班的同学，全校同学都很投入。记得一共有五六个人参加竞选，每个竞选人背后都有整个班级甚至全系的支持。用激烈来形容当时的情形一点也不过分。最后在我们物 71 班同学的共同努力下，老林成功地当选了第一次由竞选产生的学生会主席。

丰富多彩的业余活动

大学朝夕相处四年半，如今大家共同记忆中最清晰的部分就是玩。为了让大家从繁忙的学习中放松一下，我们班组织过几次郊游。

物 71 第一任班长罗孟志是湖南人，记得他那时号召大家：“群（春）天到了，让我们到颐活（和）园去罚拳（划船）。”浓重的湖南乡音把大家逗得乐不可支。最近张勤建提起了那次春游，说路上女生发大白兔奶糖给男生吃，大家正吃得高兴时，突然听到后面高长生大声地“呸！呸！”原来是吃到了肥皂。勤建说至今想起来，还是觉得出坏主意的人应该道歉。仔细琢磨后，断定五个女生中能出这种坏主意并实施了的一定是庞静。事隔三十多年，她公开道了歉。

还有一次班上组织去鹫峰野炊，以小组为单位准备食物。滕丹家在清华园，头天把小组同学请到家里，用他家的厨房准备了罗宋汤，土豆沙拉，还有酱肉。野炊当天架起火把汤一热，几个人吃得很称心。别的组就没有这种方便了，有的组那天只有卤鸡蛋，也许一顿把这辈子该吃的鸡蛋都吃完了。吃饱喝足，大家在早春刚现、四周空旷的山坡上围坐一圈，有唱歌吹笛献艺的，也有讲故事的。老黄曾是部队专业篮球运动员，当场就表演了一个拿大顶。他先蹲下，双手扶地，然后把脑袋放在地上，用力一蹬，腿高高的立起来，博得大家的一片掌声。

大三时，我们班去爬香山，以宿舍为单位比赛，令人惊讶的是，班里的五位女生毫不示弱，竟然超过不少男生。当全班在山顶会齐时，女生们立刻有了行动，要求所有比女同学后到山顶的男同学必须出个节目。比女同学先到的男同学自然响应。无奈之下，后到的各宿舍只好照办。老万想起老黄的拿大顶节目不错，想东施效颦。他双手扶地，把脑袋放在地上，腿一蹬，没立起来，再使劲一蹬，大顶没拿成，成了一个前滚翻，引得大家哄堂大笑。

一次次郊游，不但给我们的大学生活增添了色彩，更增进了同学之间的了解与友情。毕业三十多年后，看到那一张张郊游时拍下的照片，仍让我们忍俊不禁。

“半工半读”的尝试

当年国门刚刚打开，我们陆续听到很多国外的奇闻异事。尤其是外国大学生边上学边打工，很新鲜刺激。为了体验一番打工的滋味，几位同学决定利用下午课后与晚饭的间隙去餐馆打工。参与的有康克军、苗齐田、高文焕、刘苏宜、庞静和王非。我们去海淀的一个餐厅，当时称作食堂，有人洗菜，有人洗碗，也有人端盘子。也许我们的举止和餐厅职工不一样，客人总在问我们是干什么的。端盘子没有多辛苦，可不停地向客人解释我们的身份还真是挺累人的。我们当时是义务劳动，没有报酬。当年的体验让我们了解到课余打工实际上很辛苦很劳累，我们能全职念书实在很幸运。现在看到这些“半工半读”的老照片，感到当年我们赶时髦还挺有创意的。

吃吃喝喝　自我改善伙食

当年七食堂的伙食单调乏味，班上几个热爱生活的同学有点时间便琢磨着改善伙食。记得当年校门外两边总零零落落分布着卖烤白薯和换鸡蛋的小贩们，女生们常用节省下来的粮票去换鸡蛋。

大概是大二的时候，一天，十三号楼前出现了个卖小海贝的小贩，刘苏宜买回了一脸盆。回到宿舍在水里养了一段时间，据他说是让海贝吐一吐肚里的沙子。然后就把搪瓷盆放在电炉上用水煮，仅仅放了一点点盐，其它什么调料都没放。作为在农村长大，没见过海，也没见过大水库的农村娃王群书来说，这是有生以来第一次吃海鲜。用群书的话：吃起来那个鲜啊，现在想起来还垂涎欲滴。虽然工作以后海鲜吃得多了，但那次海贝的味道永远是群书记忆中最鲜美的，至今难以忘怀。

康克军无论是吃喝还是玩乐都能出谋划策，按现在的流行语叫创新性极强。自己制作收音机、音箱等不说，在十三号楼吃涮羊肉也是他开的头。当时，他变戏法般地买来了羊肉和韭菜花酱。同学几人，好像有邓景康，群书和勤建，围坐在电炉旁，用搪瓷盆烧开了水，把羊肉片丢入滚烫的开水中涮一下，蘸着韭菜花，津津有味地吃起了涮羊肉。

同学畅饮，左起：万学国、林炎志、滕丹、楼永明

班上有几个有点酒量的男生，偶尔会凑在一起喝一杯。一天下午，他们在班级会议后邀请女生留在他们的宿舍里一起喝。冰雪聪明的女生们心知肚明：这明摆着是鸠山设宴，想看女生的笑话。话说回来，谁怕谁啊。几个女生慨然赴宴。记得男生有张

勤建、高文焕、苗齐田、钟毅、陈健、李百舸，还有康克军等。他们显然是有备而战，先是聊天吃零食，很快主题就成了喝白酒。酒过三巡仍不见高低，男生们使出了他们的绝招——大家干杯！没想到王非和庞静是真人不露相，不动声色地干了三分之一大玻璃杯的白酒（足有二两）。哇，这招的确厉害，两人顿时觉得有了酒意。幸亏在女生呈现败相之前，钟毅已经抱着立体声音响又舞又唱了。

争取报考 CUSPEA 机会来之不易

CUSPEA（China-U.S. Physics Examination and Application）考试保送学物理的学生去美国留学是从 1979 开始的。中科大、北师大等多所高校都让 77 级学生参加了考试。可清华连续两年没有让我们参加。1981 年暑假，许多同学都在学校上选修课。一个星期一，班里消息灵通人士得知，这个周末是 CUSPEA 报名截止日，清华此时还没有计划让 77 级同学报名。听了这个消息，刘苏宜先急了。为了不失去毕业前这最后一次考 CUSPEA 的机会，他马上联系了物 73、物 74、物师 7、力师 7 的几个同学，商量决定联名写信给校党委请求准许我们报名考试。大家分头联络自己班里的同学们，当时得到的意见有三种，一，积极支持；二，明哲保身；三，事不关己。

到了星期三，苏宜等同学一共得到七十几个签名。他们去工字厅找艾知生副书记。那个星期正赶上校党委夏季开会，找不到人。不得已，他们中午来到艾副书记家敲门。艾副书记开门出来，与他们在走廊里对话。听同学们讲了来意，他很和气地说：学校不是同学的对立面，我们和同学们的利益是一致的。现在不让你们考是希望你们能好好学习现有功课。有了扎实的基础，将来才能更好地工作。同学们不以为然，继续争辩说：今年让我们参加考试并不会影响我们的正常学习，因为真正赴美入学是 1982 年秋，那时我们已经毕业。艾知生副书记妥协地说：那让党委讨论一下吧。

事后很快就接到班主任张老师的通知，学校同意大家参加考试。清华有 16 个报名名额，工物系只有 8 个。系里决定当天下午进行资格考试，想考 CUSPEA 的同学都可以参加，按成绩取前 8 名参加 CUSPEA 考试，考题全部是英文的。八名胜出的同学和其他系的八名同学去参加了 CUSPEA 考试，可惜由于准备仓促，16 人中只有一人考上。

从此以后，学校再也没有阻碍学生们参加 CUSPEA 考试。

五朵金花

当年常听说外校同学评论清华女生难分辩性别，说是远看一片蓝，近看只见书，好像清华女生没有女性特点，只会念书。这个评价放在我们班女生身上就大错特错了。

我们班有五个女生，按年龄顺序应该是马万云、庞静、刘志群、王皖虹和王非。这五朵金花团结互助，热情乐观，班上组织的每项活动她们不但是积极的参加者，而且是热心的组织者，尤其是庞静。有了她们，班里的气氛变得更加活跃，有了她们，每项工作都变得有条有理，有了她们，郊游野炊变得妙趣横生。

五位女生不但学习努力，而且每人都身怀绝技。志群不仅貌美，且能歌善舞，经常会小提琴悠扬一下。现在她虽然进入中年，但仍然活跃于北美清华校友舞蹈队中。王非更是学校合唱队著名的女中音，她的歌声给许多同学留下美好印象。每次学校运动会时，万云和皖虹都立下汗马功劳：大操场上只要有女生短跑项目在进行，你就会不停地从大喇叭里听到马万云的名字，只要有女生中长跑的项目，你就会听到王皖虹的名字。志群的跳高跳远也名列前茅，王非在投掷项目中表现杰出。我们班女生曾经拿过校运动会女子项目总分第一。庞静曾担任学校学生会的宣传部长，思路敏捷，文笔流畅，是有名的笔杆子。生活中她又是个心灵手巧的人，一次她为自己做了一条连衣裙穿在身上。那别致的设计一下吸引住同室的另外三姐妹，她们马上去五道口买花布，请庞静替她们做花裙子。外系几个女生见了，也送花布来求助物 71 这个裁缝。想当年五道口布店一下子销售这么多花布还真得谢谢庞静。

兴趣广泛学海无边

我们不仅入学前的经历五花八门，每个人的兴趣也是五花八门。当年繁重的功课，少得可怜的课余时间，没有挡住大家对功课以外世界的尝试及探索的欲望。那时候高文焕喜欢天文，他用平时积攒的钱买了光学镜片和小零件，自己组装天文望远镜。周围的同学们有出主意的，有动手帮忙的，各尽所能。天文望远镜装成后，大家就一起享受观星星看天象的乐趣。

楼永明不善言语，可是脑子就是闲不住。运动会时他参加了短跑和跳远。每次练习之后他就仔细分析支点弹跳的力学原理。同学们评论楼永明跳远成绩好不是因为他肌肉好，而是他的头脑好，会应用力学。

刘苏宜那时候就对生物科学有浓厚的兴趣。但一个人过于孤单，为了找一些志同道合的伙伴，他就在班里开科普讲座，讲仿生物理，讲遗传基因。日后我们班还真是出了几个生物物理的博士。但苏宜的兴趣不只停留在书本上，论起钓鱼和摄影，他也是高手，都潜心钻研过。我们班能有这么多往日的照片，苏宜功不可没。

为祖国健康地工作五十年

当年有一个口号："为祖国健康地工作五十年"。这个口号在我们心中分量很重。每天下午5点钟的时候，大家就会聚到东区大操场锻炼。有同学为自己做了锻炼计划，天天都一丝不苟地按计划执行。也有同学天天凑在一起打排球。当时以何天青、许平和李百舸为首的一伙人酷爱足球。他们天天都去尘土飞扬的西区大操场踢足球，天不黑是不去食堂吃饭的。因此他们晚饭常常只有冷馒头吃。

我们班的女生万云和皖虹一个是学校短跑队的主力，一个是长跑队的主力。万云还曾经拿到国家三级运动员证书。后来国家为大学生制定了体育运动标准，其中包括一百米短跑，一千五百米长跑，跳远及投掷铅球。我们全班36人都通过了这几项标准。有些同学坚持锻炼的习惯一直保持至今，现在人到中年，大家更认识到了身体健康的重要。

回忆老师们的点点滴滴

离开校园三十多年了。当我们闭上眼睛，老师们在校园里的身影和他们在教室里的音容笑貌，还会在我们的面前活灵活现。

大学第一年普通物理是在西区阶梯教室上的。张三慧老师一上来就用英语开讲。因为当时百废待兴，学校还没有准备好物理教材。张老师选用了美国伯克利大学的物理教材。当年教我们的英语老师们大部分是英国或俄语口音。纯正的“英语900句”的美式英语很少在课堂里听到。当时他把粒子运动和波的传播讲得非常精彩，可给我们留下深刻印象的是他从头到尾都用英语讲课。张三慧老师已经于2012年1月病逝，享年八十五岁。他简历中并没有出洋留学的记录。看着他的年纪，可以猜想他是抗战胜利前后考入清华的。从张老师的情况可见这一期间清华毕业生的英文功底。

林琴如老师和物71的女生们。左起前排：刘志群、林老师，后排：王非、庞静、王皖虹、马万云

按当年老师们的分工，班主任不教具体课程，但负责管理班里同学们的政治思想和日常学习生活中的杂事。因此班主任是与学生接触最多的老师，也是对学生影响最多的。我们的第一任班主任是林琴如老师，黑黑瘦瘦的南方人。记得林老师那时只穿深蓝色的衣服，梳着当年中年妇女十有八九都梳的短发。林老师言语不多，从来不对我们讲大道理。不管讲什么事，她都好像在对小孩子讲道理，语调很慢很认真，似乎从来

没有着急过。

除了班主任老师，学校还指派了辅导员专门负责同学们的思想动态。贾春旺老师就是我们的第一任辅导员，我们许多同学刚一进清华校门就得到了贾老师的帮助。当时他负责工物系 77 级入学的接待工作。有的同学行李丢了，有的同学找不到自己的宿舍，这些杂七杂八的事情都归贾老师管。当时我们看他就与看我们班里的三个老大哥一样。贾老师自己也像是长住在十三号楼里，只要楼里没熄灯，你一定可以在十三号楼找到他。当年有多少同学从政治思想上得到过他的帮助是很难统计的。但他做事尽心尽力的态度却是给我们每个人都留下了深刻的印象，对我们日后的人生旅程有重大影响。

当时系里主管学生工作的党委副书记是张静老师。她讲话底气很足，声音含油量也相当高。那时候她对我们很严厉，经常批评我们，话题无非是我们缺乏组织纪律性。当时我们心里有些不服气，现在想来她也是为我们好。

张是大姓，在我们工物系最有体现。我们刚入校不久，系主任张礼教授给我们办了一次演讲。题目是核发电站的发展潜力。一看就知道张教授是受的 1949 年以前的教育。虽然经过了“文革”十年的折腾，他全身上下渗到骨子里的学者风度，还是很符合大家心目中的那些留洋归来的老知识分子形象。他的穿着在当时也很显眼，西装领带，领带的颜色很鲜艳，数得过来的头发一丝不乱。只听过他的一次演讲，三十几年后的今天我们脑海里依然可以浮现出他当年演讲时从头到尾口若悬河，有理有据，神采飞扬的样子。那次演讲使我们明白了应该如何算账：投资、投资周期、使用周期、效益等。

教我们核物理的老师也姓张，张玫老师。常听说工科院校没有漂亮的女生，说这话的人一定是孤陋寡闻。张玫老师是当年清华四大才子中唯一的女性，而且很漂亮。微黑的皮肤，黑黑的头发，黑黑的眉毛和眼睛。嘴唇很薄，脸部的线条很精致。身材中等，不胖不瘦，衣着总是很合体。核物理这门课很深奥，记得有 n 维的反应，n 维的方程。后来庞静在美国见到了张老师。一次和她一起坐小巴从纽约去长岛参加一个家庭聚会。一路上她们聊家长里短，八卦得很。原来她和女生是很靠谱的，并不像 n 维方程那么枯燥。她的美国老板说，张老师每一个小时都花在计算机室里，甚至连吃饭的时间都舍不得花。这就是我们清华的上一代。

这里还得提一下计算机系的老师们。庞静和陈平是双胞胎，异卵那种。她们一起进清华，陈平在计算机系，庞静在工物系。有许多次庞静在校园里被计算机系的老师叫陈平，我们工物系的老师就没出过这个错。为什么呢？因为计算机系的老师们只懂得 0 和 1 的游戏。我们的老师们连物质的分子结构都一清二楚，所以不会把表面现象搞错。

我们的核电子学是王经瑾老师教的。王老师是位个子不高的中年人。他的相貌很普通，唯一与众不同的就是他春夏秋冬头上总戴一顶蓝色布帽子。他讲课，话没出口已是笑容满面，时不时会目光如炬地从学生们脸上探寻他讲课的效果。王老师讲的 RC 电路时间常数非常精彩。本来一个很高深的电子运动的物理过程，被他一讲，就像水库开闸放水续水那么简单。有一次大考前，王老师安排了晚间答疑。大约晚上 7 点刚过，王老师来到了教室，同学们马上围上来了。王老师一边笑一边与大家聊。你们猜怎么着，当时他还在搓着手指甲上已干结的面粉。想一想，这么棒的教授为谁做饭呢？他是烙饼还是擀面条呢？时过境迁，不知道现在国内名牌大学的名教授们会不会像王老师当年那样，得亲自动手操持一日三餐。

我们有一个专门辅导实验的女老师，大家已经不记得她的姓名了。她早先在国家的核实验基地工作过。为了能使我们严格的按照实验程序操作，不出纰漏，她专门为我们讲了她早年在基地时的见闻。当谈到一些战士由于没有适当的核防护，过早失去他们年轻的生命时，张老师泪流满面，泣不成声。这种亲身经历的报告比上十堂核防护的理论课都有效。

我们毕业那年的班主任是张静懿老师。张老师讲一口上海腔的普通话，大眼睛，圆脸，皮肤很白，长胳膊长腿，身高大概一百七十公分上下。她当年在清华做学生时曾在校运动会上拿过女子标枪冠军。张老师应该是“文化大革命”前从清华毕业的。也许是她得天独厚的开朗个性，我们在张老师身上看不到十年内乱“文革”斗争的痕迹，但也找不到上海淑女的影子。如果当年影艺公司需要一个阳光灿烂并经常开怀大笑的女性角色，那一定是非张老师莫属。对管理我们班，张老师用的是无为而治。她从来没有正儿八经儿地给我们讲过话。班会时无论大事小事，她三言两语，一点也不啰嗦。三十多年过去了，她那几里之外就可听闻的爽朗笑声仿佛还旋绕在大家耳边。

我们毕业前分成了许多课题小组做毕业设计，指导编程序计算 Beta（可能还有 Gama）能谱课题的是屈建石老师。当时是用 FORTRAN，现今大一的学生就能写的程序，我们当年做起来并不简单。屈老师为我们配备了一台计算机，并装了 FORTRAN 编译程序，这样我们就不用去计算中心打孔排队了。屈老师不在工物系楼里办公，据说他的家在城里，还听说他身体不好，但当时看不出来。他是标准的国字脸。大概是他那种刚阳的气质，他的外貌常让人联想到军人。每次他到学校来，都来检查我们的进度，问问我们有什么问题。大约每个礼拜我们都能见上他一两次。他不苟言笑，每次讲话都直切主题，了解我们程序的运行结果，指出应修改的部分。本来觉得毫无头绪的课题，就在他的指导下做完了。

三十多年过去了。我们经历了各行各业，也曾为人师表。我们中有人举足轻重，有人默默无闻。有人享受着幸福的家庭，有人已与世长辞。在走过的坑洼坎坷的三十多年的路上，大家一直都在源源不断地受益于老师们在我们身上注入的心血。当年的老师们有些已经不在了，但是我们希望他们都能听见我们心底的共鸣：谢谢！

物 71 班当今的自豪

从大学校门一出来，大家就各奔东西了。三十多年过去，王群书一直坚守核物理这个大学的本科；滕丹已开始在北美自己创办大学了；坚守“从我做起，从现在做起”信念的李维衡创办了自己的公司；刘维成虽是创业已成但还是新想法不断，尝试不断；一直怀着“芝麻芝麻快开门”心态的钟毅在美国在清华都有了自己的实验室。我们当中有人书桌的抽屉里已收藏了一摞奖状，有人书房的墙上挂满了专利证书。这一切对于我们 77 级来说是不足为奇。

特别让全班自豪的是我们班康克军、高文焕和苗齐田，三员大将及众多支持参与者们创建了清华同方威视企业，生产的集装箱检测装置占有全球同行企业市场的三分之一。如今高文焕已远离尘嚣，康克军已转移重心，唯有苗齐田还在威视供职。威视如今的产品是他们当年科研成果的转型和扩张。工物系师生们把威视视为骄傲。我们物 71 班更为班里出这三员大将而自豪。

2018 年“中国好书”颁奖，物 71 班黄毓洋、苗齐田、万学国、马万云、张勤建、庞静、刘维成、胡敏、李百舸代表清华大学 1977 级 1017 名同学参加了《国家相册·改革开放四十年的家国记忆》获奖颁奖仪式。该书第一篇“高考四十年”就是清华大学 1977 级新生入学课堂上的照片，我们物 71 班同学都在照片里，有幸被国家相册作为共和国史料永久典藏。

这张照片的拍摄者是新华社记者顾德华女士，如今她已然辞世。当年她走进清华大学最大的阶梯教室拍摄 1977 级恢复高考的大学生。谭泽光老师正在讲高等数学。许多同学完全沉浸在微积分的逻辑之中。

左起：康克军、高文焕和苗齐田

我们坐在阶梯教室里，每个人都如饥似渴地竖着耳朵盯着黑板，目光都朝着一个方向。如果没有 1977 年的恢复高考，我们这群人可能会从学徒工变成老师傅，

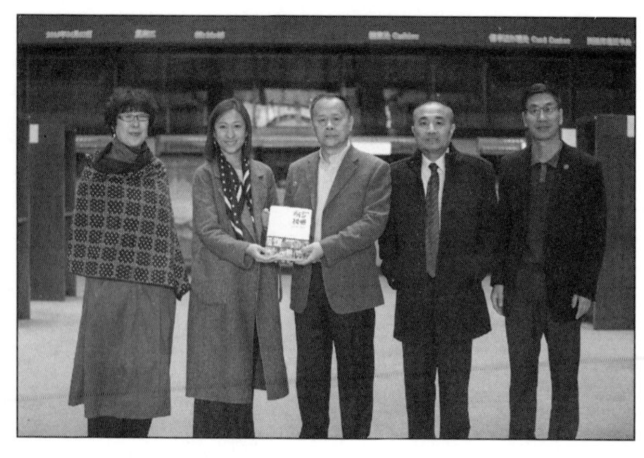

赠书仪式。左起：陈小波、郝方甲、邓景康、苗齐田、唐杰

可能会从小猪倌变成老把式，可能会从插队知青变成现在无法想象的角色，但是可以肯定我们不会相遇，更不会一起坐在阶梯教室里听谭老师的课。

颁奖仪式后新华社《国家相册》栏目组向清华大学图书馆赠书。《国家相册》总策划陈小波、栏目组导演郝方甲、清华大学图书馆馆长邓景康、物71班苗齐田，清华校友总会秘书长唐杰见证了这一历史性的时刻。

我们的物71是个令人难忘的集体，2021年是清华大学建校110周年，我们盼望着和同学的团聚，物71的故事还在继续……

写于2012年2月，修改于2020年8月

化 72，40 年的历史足迹

■ 祝京旭（1977 级化工系）

从 1977 年参加高考，1978 年春季入学，至今我们化 72 班已经走过了四十余年。班里年龄最小的我今年也已年届花甲，虽然还有一些同学仍在工作岗位上发挥余热，但总体上都已进入退休后的人生阶段。时常有些关心我们的人问起班里当年的故事以及毕业后各位同学的情况，四十余年的沧海桑田实在难以令人尽述。在母校 110 周年大庆前夕，特以此文简要地讲讲我们的故事。

从我做起，从现在做起——从口号说起

当年的化 72 班是一个非常有名，引人关注的班集体，这是因为这个班喊出了“从我做起、从现在做起”这个当年响彻全国，至今仍备受重视的口号。因此，在故事的开头还是要从口号说起。作为当事人之一，在与当年团支委的成员讨论后，我们觉得有必要把这个口号提出的前前后后，就此机会向历史做个交待。因此我还就一些具体事实，专门与当时的主要团支委及班委们进行了核实，所以下边所写是代表大家的意见。（当时我们班团支部书记是程宜荪、我是副书记、委员为班

1982 年毕业时，化 72 班同学和学校及院系领导老师合影

长陈谦、组委温肖宁、宣委余乃洪。）

1. 口号的提出源于一场关于国家制度、前途的讨论

1979 年国家还没有摆脱“左”的阴云，政治教育形式死板，每周一次的政治学习，全校统一安排，大家必须参加。于是，会上大家要么不讲话，要发言时不是发牢骚就是说套话、假话、空话。如何组织这样人人反感的例行政治学习是我班团支部的一大难题。当年 5 月在一次校团委政治学习安排的会议上（主题是爱国主义教育、共产主义道德品质教育），程宜荪作为化 72 班团支部书记谈了自己对政治学习的看法，提出了政治学习安排的自主权要求，即根据我们关心的社会问题自己安排学习内容与方式，校团委书记贾春旺当即表示同意。于是我班的政治学习离开了学校的统一安排，自行组织了两个多月。

我班团支部最初将讨论分为两个阶段：一，什么是社会主义，它是否具有优越性；二，如何看待我国的社会主义制度。当时的考虑首先是广开言路，说真话，不搞政治说教，让大家都参与进来。确定了解放思想，不扣帽子、不打棍子、不记本子的原则。这样的自由式的讨论自然引起了同学们的极大兴趣，讨论会上常有大家抢着发言的情况，其中包括我们现行的是不是社会主义制度，资本主义为什么不仅不是腐朽没落反而高速发展、高度发达等敏感话题。带着对重大社会问题的困惑，我们请了当时的系党委书记滕藤老师就如何看待我国社会主义制度存在的问题给我们作了中心发言，还请了政治课教研组的一位老师讲了如何看待现代资本主义的发展。两位老师实事求是，没有刻意地给社会主义评功摆好。特别是滕藤老师的发言从认识论的角度，用历史的观点、实践的观点、发展的观点分析问题，给大家的启发很大。为使大家畅所欲言，当时的校系领导、年级党支部、辅导员、班主任都未参与组织与讨论。准确地说，讨论从一开始就与传统政治说教背道而驰，其内容与组织形式都没有任何上级安排的色彩。

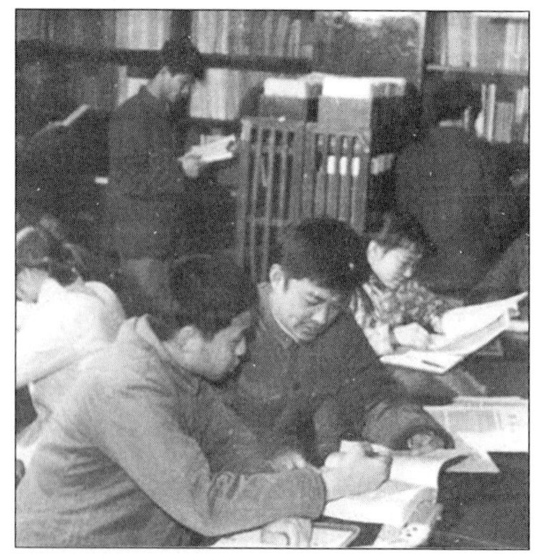

1979 年化 72 同学在图书馆，左起：祝京旭、李金英、余乃洪

2. 口号是这场大讨论的结论

原定自主安排的 8 周政治学习过去了。在这两阶段的讨论中，我们没有像以往政治学习那样得到所要的答案，做出“社会主义就是好”的结论，却提出了很多尚无结论但非常尖锐的问题。如何将讨论引向深入使之有一个结果，是

当时团支部考虑的问题。于是我们要求延长讨论3个星期，增加了讨论的第三个阶段：我们应当做些什么？由于前期的讨论激发了同学们的热情，应该用科学的方法来分析、认识社会问题得到了大家的高度认同，很多同学逐渐从苦闷、叹息中走出。大家更深刻地认识到社会的发展与完善需要几代人的实践，国家的强盛要靠我们每一个人的努力，我们应当“从我做起，从现在做起，为实现四个现代化贡献力量”。当时的宣委余乃洪提到，我班团支部经研究将此精神定位为我们这场讨论的结论，是符合实际情况的。团支部还组织大家将这种责任感具体化，制定了若干条措施。

程宜荪（右）与刘述礼老师夫妇

3. 口号的传播与推广

讨论结束后，我们向校团委、年级党支部、系学生组作了详细汇报，得到了校系领导的高度评价，要求我们认真总结经验。记得当时刚到任的系学生组组长、后来备受尊重的党委副书记刘述礼与部分团支委们有一次长谈，主要是围绕对当代青年的估计（当时社会上流传的说法是自私的一代，迷茫的一代，垮掉的一代）以及新时期团的工作应结合实际，摒弃说教，而口号本身并不是我们谈话的中心内容。客观地说，总结推广这样的经验对于改变习惯于政治说教的“九斤老太”们的认识是非常有意义的。

当时的校团委书记贾春旺老师在时隔二十多年后曾对我们说，在当时的政治环境下清华大礼堂上“自强不息，厚德载物”被用泥巴盖住，被认为是封资修的东西。这一口号与校训息息相关，不谋而合，在当时历史条件下体现了“行胜于言”的清华精神，因此它得到学校的高度认同与评价是必然的。而口号在社会上的广为流传则是靠媒体的宣传和官方的推动。我们可以看到的媒体报道，首先是《中国青年报》1979年12月6日的报道，后是该报和其他报刊的以报道、社论各种形式发表的文章。这些文章自然有各自的导向性和对口号的解读，其中一些带有当时的政治色彩，“左”的痕迹，这些都是我们包括校系所无法左右的。其实这个口号之所以能被一代人广泛接受并得以跨时代的传承，恰恰是它“去政治化”和来自草根的特点。

4. 口号的原创到底是谁

就实际情况而言，因为口号是从草根产生的，对于全班大多数同学来说，确实也是“从来没有为这个口号心潮澎湃，没有觉得这个口号有多响亮伟大”，它代表的更是一种态度。所以它的原创究竟是谁的问题，当时无人深究，现在更没有必要也很难考证。实际的情况更可能是有数位同学在不同的场合都说到了类似的话，然后在团支部会上得到了集中；然后又返回到讨论中去。大概是在其中的某个时候，这个口号得到了“定型”。对此，我个人的看法是：“就清华的土壤与当时的‘气候’，这个口号的提出不能认为是偶然的，是时代的需要，也是清华的需要。偶然的可能只是化 72 班，在特殊的场合与特殊的时间、语文课的造句得了个大满贯（jack pot）。否则别的班或人也会提出类似的口号；甚至也许的确有人已经提了，只是未引起注意罢了。所以这个口号，是属于大家的；不仅仅是化 7 的，也是属于 77 级的，属于清华的”。无论这一提法过去是否有人提及，它在当时的背景下，经过我班这样一场深刻的讨论后提出，已经给它赋予了新的内容和含义。来自我班不少同学记忆的不同版本恰恰说明了它在我班同学中的广泛基础，而不是由某一领导的指点或某人事后妙笔生花的产物。准确地说，是邓小平使它承载上了时代的列车，使之成为影响了一代人的口号。口号的生命力在于它的影响力和持久性，而不在于它出自谁之口。我认为大家在当时、在现在对这一口号的认识可能不尽相同，但真正创造了这一口号并赋予了它生命的是一直努力实践这一精神的同学们。我们作为参与了、见证了这段特殊历史的人，应当让这一具有时代特点，闪烁清华精神的遗产得以传承和发扬。

班里的基本情况

由于“从我做起，从现在做起”的口号知名度甚高，所以大家对这个班的成员情况，学什么专业反而不太关注。化 72 班在 1978 年 3 月初入学时全班为 34 人，1979 年化工系设置了物理化学专业，化 77 级对各班重新进行了人员调整，我们班吴小茂、佟友冬、顾好钢被转到物化专业学习，加上 78 年黄中伦同学被转到汽车系，又从外班转入了冯清吾、沈卫、赵寿堂、叶绿和李子实 5 人，班里总人数变成了 35 人。先后有 39 人在这个班集体里学习生活过。

中国青年报

ZHONGGUO QINGNIAN BAO

清华大学化七二班学生通过讨论加深对社会主义的认识

搞四化要“从我做起，从现在做起”

《中国青年报》1979 年 12 月 6 日的报道

化 72 班最初入学的 34 人中，我记得

2019 年 11 月 30 日，“从我做起，从现在做起”口号提出 40 周年纪念座谈会在我校举行，参加活动的化 72 班同学和年级辅导员谢新佑老师（中）合影

非常清楚，正好是 10 个工人、10 个知青、10 位老师，4 名在校生。具体的名单如下：

工人：黄中伦、李昆明、刘刚、侯忠安、程宜荪、刘国芬、冯正风、侯金钊、吴小茂、佟友冬（1978 年黄中伦同学调整到汽车系 1978 级，1979 年吴小茂、佟友冬调整到物理化学专业，冯清吾调整进入化 72 班）

插队知青：彭捷、杨大助、康敏、余乃洪、陈谦、谭世语、侯炎学、吴小华、徐刚、赵永康（1979 年沈卫调入化 72 班）

教师：罗洪盛、李全喜、李继定、杨瑞金、丁弘彬、李金英、刘锋、王文一、姚国庆、曹忠和（1979 年赵寿堂、李子实调入化 72 班）

在校生：顾好钢、张健、温肖宁、祝京旭（1979 年顾好钢调整到物理化学专业，叶绿调入化 72 班）

77 级是“文革”结束恢复高考后的第一批学生，由于高考制度被荒废了十年，所以考生从 40 后到 60 后都有，录取比例也很低，只有 4% 左右，各校的新生都有着非常特殊的年龄结构。从化 72 班来看，全班 40 后老大哥 3 位：罗洪盛、李全喜、黄中伦，60 后一位，就是本人；最大年龄差为 13 岁，而老大哥的大儿子只比我小八岁，老二哥的学生刘国芬也是我们的同班同学。其他 30 人都是 50 年代的，其中 20 余人是 56、57 两年出生。1979 年重新分班后新的年龄分布变为 47 年 2 位、54、55 年各 3 位，56—57 年共 23 位，58—60 年 4 位。

从地区分布上看，如果把先后在班里的 39 人都算上，大概是北京的人最多，为 11 位，川渝、安徽各 6 人，河北 5 人，湖南 4 人，湖北 3 人，陕西 2 人，上海、甘肃各 1 人。大概是因为考虑到很多毕业生将会去戈壁滩上做两弹，当时极少有从沿海城市来的同学，女生人数也很少。班里女生最初为3人，彭捷、余乃洪、刘国芬，重新分班后又加上叶绿，一共是4位女同学。虽然是当时化工系女生最少的班，但这4位女生却可以在系运会稳获4×100米冠军，因为叶绿当年是清华的女子百米冠军，彭捷也是校女子接力队的主力队员。

4×100米接力队，左起：叶绿、姜倩、张立杰、侯莹、彭捷

班上先后担任过团支部书记的为程宜荪、我及李昆明，先后担任过班长的有陈谦、李全喜、李子实。其中我与李全喜均各担任两年半主要干部，一少一老，任职期间较长。其中程宜荪的经历很有些传奇色彩。北京人，高中毕业后到郊区插队，本是去接受贫下中农的再教育，却在一两年内成为生产队的副队长，不经意中就转换了角色，成了贫下中农的领导。后来回城在铁路系统工作，当过工段长和车间党总支副书记，一直表现很优秀。在来清华报到前，已经在北京丰台铁路地区党委工作了。在进入清华后，他成为清华大学党委里唯一的学生党委委员。

那时清华的标准学制是5年，但77级因为刚刚恢复高考，入学晚了半年，所以学制定为4年半。但化工系强调所需课程太多，所以特批为学制“近”5年。在那个年代，工龄非常重要，所以学校让我们在1982年的11月底毕业。因为考研究生及留校工作，我们其中的10名同学提前于1982年的夏天毕业。剩下的25名同学于1982年的11月离校，奔赴不同的工作岗位。

与核工业的不解之缘

化72以“化”开头，但其实在我们入学之前，它是工物系的专业。众所周知，清华的工程物理系，就是为中国的“两弹一星”中的“两弹”宏图培养预备队的。因为属国家机密，专业也是以代号来命名的，从210、220排到250，这250就是我们的核燃料后处理专业。因为核燃料后处理主要涉及的是化学工程的方法，这个250专业的班级，历史上从来就是与化工系在一起上课的时间远远多于与在工物系上课的时间。为了方便，在我们入学的时候学校就干脆把这个专业转到了化工系。

但对于我们班很多同学而言，进这个专业读书完全是一场“误会”。以我为例：我考大学报名时觉得数学枯燥，就决定学物理；对于被编类为“死记硬背”

的化学，则根本不屑一顾。清华的入学通知书也写明是工程物理系。我当时为能考上第一志愿而兴奋不已，根本没注意通知书上“工程物理系”后边加了个括号“(250)”。直到在清华大礼堂前报到的时候，才被告之你们250已经从工程物理系转到工程化学系。后来才得知所有被录取到这个专业的同学都是一样意外，专业突然从物理变成了化学，好像被捉弄了一样。更有甚者，有的同学直接被告之“工物系没有你的名字”，吓得以为搞错了，以为录取通知书是假的。弄清情况后，有不少同学“有情绪”，但在当时一切为公的原则下，加上人人在填志愿的时候都写了“服从分配”，所以也没起什么大的风波。

不过现在不少同学回想起来，还是很庆幸当时转到了化工系：因为在化学工程中机、电、土木都要涉及到，我们的所学所用，需要的知识面就比较广。而做超大项目带来的那种兴奋感，更不是人人都能享受到的。就我自己而言，非常感谢当年的这个“二百五”事件，使我进入了更广阔的天地，得以取得今天的成就。

入学后，因为国内外的形势都已改变，我们这个专业的名称也几经改动，从“核燃料后处理”、到“工业化学”，再到“应用化学”。但课程安排中仍然还有核物理、核化工等专业课程。毕业分配的时候，也还是有半数的同学去了核工业系统的“数码代号”的单位。

班里的两位40后老大哥都被分在了核工业系统，其中老班长李全喜去了原子弹发射基地，甘肃西部嘉峪关外的404厂工作，当年核工业整体不太景气，工作条件比较艰苦，他在那里工作了几十年，后因身体原因调回石家庄，仍在核工业系统工作直至退休。另一位老大哥罗洪盛则在远离家乡的四川广元某核化工单位工作，做出了很多成绩却从不争功。因为所从事的项目时间很长，退休后仍被单位返聘发挥余热，家也安在了广元。

李昆明和曹忠和两位从湖南考上清华，在上学的火车上相识，到毕业时又同

百年校庆化72班返校同学合影

时分配到湖南衡阳的核工业部国营272厂，几十年一直在一起。两个人的性格完全不同，曹忠和性子急，嗓门大，爱玩棋牌，上学时属于逍遥派；李昆明性子缓和稳重，待人和气，写得一手漂亮的好字，在班里做过团支部的副书记。工作以后，曹忠和是下面的分厂厂长，生产管理着“国家重要战略物资”，昆明则在厂部从事管理工作，后来成为这个厂的党委书记。就这个厂而言，也算是个副局级级别的厂，可工资却一直很低。李子实还记得1999年到那里去看他们两位时，两人的工资都还不足一千元，让他感到大惑不解。后来李子实又到衡阳做了几年上市公司总经理，彻底体验了一下中国内地的国情，才真正体会了他们长期在那里工作的不易。尤其在核工业不景气，企业改制的阶段，企业甚至面临生存问题。但无论如何，他们二人一直兢兢业业，坚持不离本行。同样长期在核工业基层工作的还有陈谦、杨瑞金等同学，这些在核工业系统一直坚持着，直到行业重新恢复勃勃生机的同学，用自己的实际行动诠释了“从我做起，从现在做起”这个口号的含义。

李金英大学毕业以后，被分配到现在称作中国原子能研究院的401所，从基础的实验室工作做起，通过不断努力和积累在工作中取得了大家的认可。1992年，李金英就考取了国际原子能机构的职员，就职于摩纳哥海洋环境实验室。在实验室统一安排的核环境样品中长寿命痕量核素的三个方法中，只有他研究的方法获得的数据最准确、可靠，得到了国外同行的一致赞誉。回国以后，他很快成为中国原子能研究院的副院长、博士生导师，几年后调入中国核工业集团总公司任综合计划部主任。从一个农村的民办教师，走到这个岗位，完全是通过自己的努力做出来的。此后他又先后就职于华润、中核建等单位，每当说起中国核工业的发展，总是兴致勃勃，如数家珍。

赵永康和杨大助也与核工业有着不解之缘，而且成为联合国的原子能机构的高级官员。赵永康从事核安全工作很多年，国际上有什么核事故发生，他就会成为媒体的采访对象，我们能在电视上看到他对公众发表看法。他在国际原子能机构工作过多年，回国后就职于环保部直至退休。杨大助毕业后在清华200号读研，后来留校工作，几年后去了国防科工委任国际司副司长。他比赵永康晚两年到国际原子能机构工作，现在已经成为国际原子能机构的副理事长，也是我国在该机构的最高负责人。

这些毕业后一直与中国核工业同甘苦共患难的同学们，不论一直坚持在基层做技术工作，还是在高层做管理工作，抑或在国际组织担任要职，不论命运如何安排，身处顺境还是逆境，都有着自己对事业的那份执着和对名利的淡泊，在浮躁喧嚣的大潮逐渐退去后，更有一种“吹尽狂沙始到金”的淡定和从容。

核工业之外的精彩

虽然李金英、赵永康、杨大助、李昆明都算得上司局级干部，但都是在核工业内部转成管理岗位的，因此在大家眼里是“技术干部”。而工作几年后离开了核工业系统的姚国庆，后来却成了完全脱离了“技术背景”的地方官。他在甘肃兰州，从副区长做起，凭着踏实苦干的作风和良好的口碑，一直做到管工业和开发区的副市长，而后做到甘肃省国资委副主任直至退休。班里同学到了兰州，大都会去“拜谒”一下这个地方官，不论是谁，姚市长都会做“朋友来了有好酒”式的款待，言谈话语中寻找能为“兰州”做点贡献的机会。不过，在同学面前，市长的架子是端不起来的，大家说起话来仍像在宿舍里那样轻松，一不留神就会当着姚市长的下属，把他上学时在清华东门外的菜地里偷葱吃的轶事抖落出来。

同样成为公务员的还有重庆的刘刚和康敏，他们分别在重庆质检局和出入境检验检疫局做着专家兼执法者，管着一方平安。而回到老家西安的侯忠安，则进了西安市公安局，并从分析实验室的工程师“跳槽”成为一名刑警，在清华毕业生里从事这个职业的人绝对是凤毛麟角。上学的时候大侯就是一个性子比较“野”，有些不安分的人，但他又是一个非常敬业肯动脑筋的人，很多离奇的案子他都是经过冥思苦想才破了的。他在西安经手了很多盗墓、文物走私、爆炸等大案要案，成为刑侦方面的专家。

被分配在仪征化纤厂的冯正风和王文一，似乎都不太喜欢那个地方，两人分别回到了家乡。冯正风进了上海市的政府采购中心，王文一则成为阜阳环保局的技术负责人，在淮河流域污染治理方面做了很多工作。叶绿则从石油化工研究院转行到了国务院关税税则办公室，后至财政部关税司，全程参与了中国入世谈判。她在这个领域做了二十几年，了解中国进入世贸那段坎坷的历史，熟知世贸规则，已然已成为我国关税税则方面的专家。

化 72 班唯一留在清华的，是入学前曾做过乡村教师的李继定。他在清华是本

2019 年 11 月 30 日，“从我做起，从现在做起”口号提出 40 周年纪念座谈会在我校举行，化 72 班返校同学和参加座谈会的学生在化工系理念墙前合影

科、硕士、博士一贯制下来，后来又当上了清华的教授。毕业后先干本专业的热力学与萃取，从事流体的相平衡研究，后来又进入新兴的膜分离领域，负责过多个国家项目。他曾获得国家技术发明二等奖等多项目奖励，获得省部级鉴定成果4项，发表了300多篇学术论文、申请多项发明专利，在学术上颇有成就。同样在学校工作的还有在重庆大学的谭世语，他曾担任过重庆大学化工学院的副院长及党委书记。期间我去重庆大学访问过两次，老同学在那里的口碑非常好。大家普遍认为他业务上很强，勤勤恳恳地工作，从来也不会利用手上的职权为私人谋利。在清华的领导或老师，凡是在重庆大学与谭世语接触过的，都会给予他很高的评价。不幸的是，他已经在前几年因病去世，实在是令人惋惜。同样令人惋惜的还有在武汉华中理工大学的吴小华，他也因病过早地离开了我们。

一直在科研院所或设计单位工作的是赵寿堂和刘国芬，他们分别是北京劳动保护研究所和中国石油勘探设计院的相关业务负责人。而被改革开放的市场经济大潮“卷”入企业的是余乃洪、侯炎学和李子实。余乃洪先是在武汉的化工设计院工作，后来到了中法合资的神龙汽车公司负责环保技术工作，成为环境保护及质量管理方面的专家，还担任过武汉市的人大代表。同在武汉的侯炎学在华中师范大学，长时间在学校的公司里工作，后来专注于湖北磷矿的开发项目，并得到了省里的重点支持。而曾通过竞选做过一年班长，不喜欢化工专业的李子实没有什么“专业对口”的思想负担，毕业几年后就成为美国某公司在国内的首席代表，是国内改革开放初期，较早介入国际贸易，接触市场经济思维的那批人中的一个。1993年清华经管学院试办MBA的时候，他是那里的第一批学生。此后开始从商业转向实业，2000年时成为湖南某上市公司的总经理。六年后又加入了以OLED平板显示创新技术为基础的管理团队，成为显示行业知名创新企业的高管人员。他自称见证和经历了中国改革开放从商业大潮转向“中国制造”，进而走向“中国创造”的过程，是班里比较另类的“体制外人士”。

当年的小字辈及在海外的同学

由于1977年是“文革”后初次恢复高考，此前已经积压了十年的人才，为了使那些已经走上社会的人才重新获得本属于他们的机会，避免应届高中毕业生与他们竞争，教育部门对同时参加高考的在校中学生进行了名额限制。比如在北京，就是简单地规定只录取300人。因为分数相对较高，被录取的“在校生”们都集中在了最优秀的院校。化72班当时录取了这300人中的4名：顾好钢、张健、温肖宁和从高一考上来的我。还有两位年龄相仿，虽于1977年春中学毕业但还未深入社会的吴小茂与叶绿，也可以算做这几个小字辈的成员。

这些小字辈的同学后劲十足，他们中的大部分人很快显示出了年轻的优势。顾好钢各项科目的底子非常扎实，成绩突出，在 1979 年夏重新分班、抽调各班半数成绩优秀者组成理科班（物化专业，新化 73 班）的时候，与吴小茂一起被抽调走了。毕业后五位男生都出国了，除祝京旭去了加拿大外，顾好钢、张健、温肖宁、吴小茂都去了美国。顾好钢在积累了多年之后，现在美国俄亥俄大学做教授，从事基因与精神病方面的研究，温肖宁、吴小茂都在芝加哥。其中小茂在转入化 73 班后担任了该班的团支部书记，现就职于 Abbott 生物制药公司，在芝加哥仍然非常热衷于校友联谊事宜，为化 7 年级 1997 年及 2002 年在芝加哥的两次聚会做了很多工作。温肖宁在班上长期担任团支部的组织委员，也是位热心的社会工作的班级骨干，现也在从事医药方面的研究。张健出国时间较晚，现在情况不详。

小字辈以外出国的同学中，有入学前就已入党，班里唯一出国的女生彭捷；当年的体育委员，清华的标枪冠军丁弘彬；当年的学习委员侯金钊；从化工改行到物理，被班里公认为适合做学问的冯清吾；他们现在也都在国外知名公司从事医药及医用材料方面的研究开发或管理工作。还有一位在澳大利亚墨尔本大学化工系做教授的沈卫同学，几年前发明了一种可以直接测血型的试纸而在行业中轰动一时。

班里出国最早的同学是程宜荪，他的职业生涯跨度很大，在 1988 年取得美国匹兹堡大学化工博士后，先是在大学做清洁能源、煤化工研究员，然后进入美国企业，从事工业废物处理、环境保护方面的研究。在 1994 年，他又“竞争上岗”去了芝加哥的瑞士银行分部，成功地将化工过程优化原理应用到银行全球计算机网络的改造，并在瑞士投资银行担任全球 IT 基础设施团队总经理十余年之久。2008 年，他被国家作为金融专家引进，在中国投资公司任职，在出国多年之后，终又将其所学用于国家的建设。退休后与太太一起继续在珠海创业，潜心研究金融风险量化管理和中小微企业融资的世界性难题，设计搭建金融服务平台，提供金融软件方面的服务。

在班上我是最小的一个，但从小受母亲影响，是个闲不住的人。入学报到刚刚结束，看到厕所太脏，就动员了几位同学一起去冲洗，然后又热心地给外地同学解答各种有关北京及生活琐事的问题，结果被同学推举当了班上的生活委员，后来一直做班干部，最后两年多做团支部书记。大概是仗着年轻及独特的学习方式，成绩稳居前茅的我似乎并不需要搞什么“悬梁刺股”，反而有大量时间关注班上的“公务”，整天忙来忙去的。按程宜荪的话说，小祝是我们的大管家。毕业参加研究生考试虽获全专业第一，却按系领导的意见放弃唯一的出国名额留校，由此推迟出国两年。但在清华反应工程组与金涌院士的交集，却开启了我对流态化反应工程的一生探索。

我在清华任助教两年后去加拿大跟一位剑桥毕业的两院院士读博，1988年毕业后到欧洲的壳牌中央研究院工作两年，幸运地在30岁前获得了亚美欧三大强劲实验室的一线经验。到了而立之年，我认定自己更喜欢教书，于是改变人生方向回到大学。1993年起在加拿大Western大学任教，1999年成为该校当时最年轻的正教授，44岁升任加拿大国家级教授，48岁当选加拿大工程院院士；现为该校杰出教授、加拿大皇家科学院院士、加拿大工程院主席团成员，成为清华1977级校友中五位院士之一，也是化工系三位院士之一。学术之外，还是不改“不甘寂寞”的习性，在加拿大组织了全加华人教授协会，还组织了全球华人化工学者学会并担任创会会长，每年在国内外轮流举行年会，使其成为全球华人化工学者最大的国际交流平台。同时亦将其学术研究成果应用于工业实践中，协助其学生在国内外创立了几家创业公司，从事新一代污水处理、药片干粉包衣、肺部给药、大交通环保型以粉代油漆喷涂等方面的工作，期望以平生所学，竭尽全力为国为民，为人类进步奉献自己的力量。

1977级这一代学子，现在未及花甲之年的已经是凤毛麟角。我们的青少年时代是在“十年浩劫”中度过的，又在“拨乱反正”的年代进入大学学习。具有独立性、批判性思维又肯于实践是这代人的特点。因此在改革开放的大潮中，能够成为时代的先驱者，成为国家“转型”过程中不可或缺的中坚骨干。不论在国内或国外，在领导层或基层，做得风生水起或是默默无闻，都有着各自的成就和精彩。我们化72班不过是这一代人的缩影。在我们的职业生涯中，很多时候都在承担着探路者的使命。这种经历有时并不那么光彩夺目，甚至看似平淡，但回头去看却依然很有价值，因为他们在不断地探索和实践中为后来者铺平了道路。我们真心希望，我们这一代人努力的成果能在后来者的手中不断延续并发扬光大，且对此充满信心。这也许就是清华1977级铺在主楼前的石阶要表达的意义吧。

（本文经李子实补充修改）

2020年11月

作者简介

祝京旭，1982年毕业于清华大学，1988年在加拿大获博士学位后在荷兰壳牌公司工作。1993年起任加拿大西安大略大学教授，世界著名化学工程专家，其科研成果被广泛地应用到实际工业过程中。加拿大皇家科学院院士、国家工程院院士及理事。

让春光永明媚

——我们永远的“空 8 班”

■ 赵红平　翟永平（1978 级热能系）

我们 1978 年入学的时候是建筑工程系供热与通风（暖通）专业，班级名称是“暖 8”。1979 年专业更名为空气调节专业，调整到热能汽车工程系（后调整为热能工程系），成为清华历史上第一个叫“空 8”的班级。1978 级是“文革”后恢复高考的第二届大学生，40 位同学中应届高中毕业生 29 人，占到 72.5%；还有工人（4 人）、下乡知青（4 人）、教师（2 人）、农民（1 人）。入学时班上的老大哥沙凯逊已经 31 岁，二哥卢仲伟 29 岁，到老三刘海就是 22 岁，最小的“老末儿”女生王桂颖刚到 16 岁，具体年龄分布是这样的：

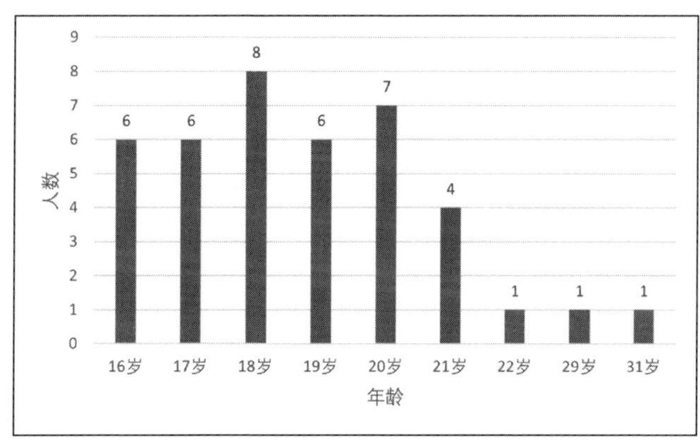

“空 8 班”40 位同学 1978 年入学时年龄分布

这 40 位同学分别来自北京（13 人，其中 2 人是清华子弟）、河北（5 人）、山西（4 人）、天津（4 人）、福建（2 人）、吉林（2 人）、江西（2 人）、山东（2 人）、浙江（2 人）、广东（1 人）、河南（1 人）、四川（1 人）、新疆（1 人）。巧的是，我们班有两位同学同名同姓，都叫刘强，一位来自北京、一位来自天津，为了避免混淆，大家平时叫他们“北京刘强”“天津刘强”。班上 40 位同学中有女生 7 人，占全班比例 17.5%，在当时的清华这个比例算比较高了。毕业后空 8 班 7 名女生中有3名嫁给了本班男生，空8“二代”全部是男生，这已经是后话了。

初到清华：有的挑着扁担，有的坐了72个小时的火车

收到录取通知书，我们班里面三位同学是用扁担挑着行李来北京报到的。来自浙江的袁小雄同学回忆说：“上学前就知道清华是中国的最高学府，从西校门进校，第一眼看见的清华感觉就是两个字‘神圣’。记得到了清华已经是半夜一点钟，老师接我们到荷花池招待所过夜。第二天早饭后，我拿着根扁担挑着两件行李，经过工字厅和二教去大礼堂报到。一路欣赏清华的美景和精致的建筑，那个情景就跟刘姥姥进大观园一样。”

来自广东、福建等地的同学坐火车到北京差不多要36个小时，而阎永良同学来自新疆，从乌鲁木齐到北京坐火车需要三天三夜72个小时硬座。白天坐着，晚上就在车厢地板上躺着蹭蹭就过来了。到北京站下了火车以后，有学长们在接站，他在下车后很长一段时间都感到脑袋是天旋地转的。

相比之下，北京的13位同学非常幸运，有家长陪着，有的坐公交，有的骑自行车，轻轻松松地就来报到了，班里的两位清华子弟更是熟门熟路。所以，北京同学到了以后就承担起迎接外地同学的任务。两位北京四中毕业的同学北京刘强、李丰国在2号楼接待新来的建工系新生，看见一个矮小的女同学挑着一个扁担，一边是箱子、一边是铺盖卷，手上还拎着旅行袋，两位男生赶紧去帮忙抬箱子放

1983年空8班毕业时与暖通教研组老师在主楼前合影。照片中的老师包括：二排左起：葛仲、束际万、岑幻霞、阎雅丽、齐永系、赵庆珠、陈君燕、蔡启林、彦启森、赵荣义、薛殿华、张瑞武、许为全、肖曰荣、屠峥嵘、窦春鹏，三排左一黄海燕、右一狄洪发、右二倪进昌、右三江亿

在平板车上，结果两人居然一下子没有抬起来。当然，并不是真正抬不动，而是没有想到那个箱子有那么重。后来知道这位女生叫舒雅丽，来自四川，是当时建工系房8班的新生。北京刘强同学回忆说："那么矮的一个女孩儿一个扁担挑那么重的东西，真是不得了。所以后来在清华校园里每次碰到她都会特别看一眼这女孩儿，其实到现在也没和她说过一句话。"

来自山西的赵红平同学回忆，同学们全部报到后当天晚上就是第一次班会，全班同学坐在一个灯光灰暗的房间里，班会由班主任张罡柱老师和辅导员陈经木老师主持，口音各异的同学们做自我介绍。第二天就是开学典礼，1978级所有的新生一块儿坐在大礼堂，校长刘达等校领导坐在主席台上，激动、新奇、跃跃欲试应该是当时大部分同学的状态。

我们的暖通专业和超豪华的老师阵容

说起来，当初我们报考清华有各种机缘巧合，但有个共同点：没有一个同学真正了解"供热与通风"这个专业是怎么回事。来自山西大同的郭日生同学回忆说，当时高考分数下来还不错，但报考哪个学校拿不准，就找了班主任。他现在还清清楚楚地记得，班主任忙着手头的事头也不回地说：报清华！然后郭日生同学问：报哪个系啊？班主任说：哪个系都一样！于是他就选了《人民日报》招生简章里清华大学的第一个系建筑工程系，到了清华才知道是"供热与通风"专业。来自河南的牛建磊同学入学时是建筑学专业，因为没有绘画基础，班主任说需要的话可以转专业。结果在了解情况时进到了暖8班学霸、福建同学陈清焰的宿舍，陈清焰热情洋溢地把暖通专业赞扬了一番，说比系里面建筑学、土木工程专业都好。于是，牛建磊就成了暖8班的一员。后来全班同学来到暖通教研室参观，教研组元老吴增菲教授、赵荣义教授说我们的专业是"制造春天的工程师"，简单的一句话马上让同学们理解了专业的意义。来自北京的祁登洲同学说："老师的这句话，感觉自己一下就走进了一个非常伟大的专业，为人类创造春天很重要、很神圣。"

大学生涯第一节课——教授高等数学大课的范景媛先生给空8班留下了深刻的记忆。北京同学祁登洲回忆说："范先生讲课的思路非常清晰，一次在范老师讲完课以后我有一点不太明白，这个问题我记了一辈子。这个疑问点是：在积分的时候最小区间有两个条件，一个是区间要无数的多，再一个就是最大的最小区间要趋于零。当时我问老师：有无限多的区间不就够了吗？区间无限多不就保证区间自然而然就很小而趋于零了嘛？范老师看着我，在黑板上用粉笔把这黑板一分为二。当她把线这么一画，我马上就明白了：在右边可以有无数多的区间，但是左边这个，还是半个黑板大。”来自山西的史喜成同学记忆中的范先生也很有个性，每次上课范先生走进教室，然后材料往桌子上一放的同时上课铃声就响了，下课时她把那个粉笔往黑板上一砸，过一两秒钟下课铃就响了。范先生还有一个本事，课堂上谁在交头接耳的时候，她就把手中的粉笔头准确地弹到说话的同学身上，维持课堂安静。

不仅是上大课的老师是高水准，当时给班里辅导高等数学习题课的是屠峥嵘老师，当年在学生时期不是“万字号”的就是“千字号”的学生。班里的学霸陈清焰在吉米多维奇的《高等数学习题集》中找了一些稀奇古怪的题目去问屠老师，但从来就没有难倒过屠老师。还有给我们批改作业的江亿、陆致成老师，一位现在是国内空调界唯一的院士，另一位是同方公司的创始人和第一代掌门人。他们改作业十分仔细和认真，至今聊起来还记得哪些同学作业工整、哪些同学作业潦草。说起江亿老师，他一开始跟我们都住在 2 号楼，基本上也在同一个食堂吃饭。到后来一接触，感觉真是不得了——大家都叫他是“化学脑袋”，难怪他很快就当上了院士。而且江老师没有架子，对班里的同学非常好。记得毕业设计在实验室，当时同学也是没大没小的，遇到问题就喊：“江亿！”江老师就说：“到！有什么事儿？”解决完这个问题后，又有人喊：“江亿！”江老师又说：“到！”可见当时的师生之间是多么融洽。

到了专业课阶段，对同学们影响较深的是彦启森先生，教授“建筑热过程”，以高等数学为工具用动态的模型计算建筑墙体的传热。当时没有正规教材，用的是彦先生自己编的一本厚厚的油印讲义。记得教研组专攻太阳能的李元哲老师也跟着同学听课，总是坐在第一排，还会不时地说：“老彦，这个地方应该如何如何……”记得彦先生常常在空调实验室工作到特别晚，夏天时穿着一个跨栏背心在实验室干活。他还是超级球迷，1981 年世界杯外围赛中国足球队和科威特的一场关键比赛，中国队以 3 ∶ 0 战胜亚洲冠军科威特队，第二天上课彦先生满面红光，第一句话就是：“你们昨天都看了吧，一场好球！”那个兴奋劲儿溢于言表。

我们空 8 班这样的好老师还有很多很多，比如为同学们启蒙“熵增”概念的传热学林兆庄先生，精通英语、俄语、德语的空调教研组元老王兆霖先生，开创清华环境学概论选修课的井文涌先生，区域供热的专家石兆玉先生，讲“多普勒干涉”的流体力学大师孙厚均先生，从香港回到清华教授理论力学课的查传元先生，空调智能化专家张瑞武老师，还有空调教研组的其他老师包括蔡启林、肖曰嵘、薛殿华、陈雨田、许为全、狄洪发、陈君燕、赵庆珠、钱培妮、岑幻霞、束际万、葛仲、阎雅丽、窦春鹏、张健等等。用一句沙大哥的话：为本科学生配备这样的超豪华老师阵容和规格现在到哪儿去找？恐怕很难了。

2004年毕业21周年的时候，“空8班”同学已经进入不惑之年，赠给建筑技术科学系教研组老师的纪念盘上面刻着这样的字样：“不惑始知空、不逾矩善调”（林章同学撰写）。

空8班的体育精神和“三大球”

除了读书学习以外，体育在空8班的生活中占有很重要的位置。当时清华推行体育锻炼达标，班里的二哥卢仲伟专门管测试、记录和上报。记得达标项目分为五类：短跑、长跑、跳跃、投掷和力量，如果全班同学都能达标，对于整个班集体就是一个非常大的荣誉。达标成绩的要求还是挺高的，对于班里的体育健将来说，达标是相对轻松的事。比如来自河北的季伟同学是学校五项全能队的队员；还有来自天津的吴志鸿同学百米成绩12秒1，是国家三级运动员的水平；郭日生同学在中学时就是长跑冠军，在清华新生运动会1500米获得第4名。但是，对于不少平时缺乏锻炼、身体条件比较差的同学，达标是需要艰苦的锻炼和努力的。比如北京同学翟永平经过一年多的努力，其他的科目都达标了，最后就剩下1500米成了拦路虎，也是班上最后还未达标的同学。卢二哥作为体育委员整天督促他跑圆明园。终于有一天，由卢二哥掐表在西大操场正式测试，在全班同学们的加油呐喊声中，翟永平同学达到了及格线，空8也成为全班达标的班集体。相比之下，空8班7位女生的体育平均水平更高一些，参加校体育代表队的有中长跑队的吉华同学、排球队的张慧同学，女生中的大姐胡永清同学长跑也很厉害，许多男生都跑不过她，有同学说这是“阴盛阳衰”。当时入学不久的新生运动会，女生每人报了两项比赛，好几位都拿了名次，最后结束时还得了一个排球奖品。这只排球伴随了空8班的五年课外活动，也成就了空8班的体育精神。

说到体育精神，空8班的“三大球”——排、篮、足球也值得一提。如果说校队队员是一级水平、系队队员是二级水平、班队队员是三级水平，那么空8班的男排队员只有一位达到了一级水平——张力生同学（校队男排的主力），其余的都是三级，包括袁小雄、范新、江锋、杨杰、吴志鸿、吕大龙，还有替补队员赵红平、王世侃、林章等。但是，空8排球队却战胜了拥有好几名二级水平队员的燃7班，夺得了热能系男排冠军。空8的篮球基本是二级水平，五大主力是张力生、刘海、季伟、赵红平、袁小雄，长期雄踞热能系前三，获得过热能系冠军，还在全校联赛中获得第4名。空8的足球只有吴志鸿同学够二级，可是整体实力并不弱，在系里也是前三名的水平。空8班的体育活动特别有凝聚力，不管是排球、篮球还是足球比赛，场上的队员拼搏，不上场的同学都去助威、做服务，尤其是有女生也去助威，男生打得更起劲。

空 8 篮球队，前排左起：赵红平、刘海、张力生，后排左起：袁小雄、季伟、罗锐、杨杰

让班上同学至今还津津乐道的不仅有获得热能系排球冠军的荣耀，还有班上的体育迷江锋同学为空 8 男排夺冠给学校的投稿“空八精神永存”。他总结空 8 班赢球的主要因素：阵容齐整，意志坚韧，非常抱团，奉献精神。校广播站连续几天在学生下午锻炼时间播放。后来担任团支书的祁登洲同学去系团委汇报工作，说我们空 8 班的篮球是第一，排球也是第一。当时他说：“我这样说也有点儿不够谦虚啊，不过这也是事实。”汇报完工作以后，班上的辅导员批评祁登洲说：“你怎么那么不谦虚呀！”祁登洲回答：“要是说我自己，应该谦虚。但说的是咱们班这个集体，没必要谦虚，这是班集体的荣誉。”

空 8 班 40 位同学有个 39 人的微信群

毛主席写过一首句诗：“三十八年过去，弹指一挥间，”那时感觉三十八年就是很长很长时间的一个度量。到清华大学建校 110 周年，我们空 8 班毕业也已经 38 年了，但是同学们至今仍然感觉空 8 班是一个非常有凝聚力的集体。这里面最重要的原因就是我们有大哥、二哥这样的领头人和主心骨。由于历史的原因，入学的时候老大哥沙凯逊三十一岁，已经在山东平阴国棉纺织厂有十一年的工作经历。沙大哥思想成熟坚定，以身作则、勤奋自律，也是一位宽以待人的忠厚长者。他作为首任班长，对班上同学的影响是全方位的，同学们对沙大哥的评价是“这一辈子见过最正直的人”。陈清焰同学回忆说，他每天自习、下课锻炼都常和沙大哥在一起，记得有一次自己在宿舍用热得快煮方便面让沙大哥给撞着了，他毫不留情地说：这是第一次就算我没有看见，下不为例。二哥卢仲伟二十九岁，在京西矿务局王平村煤矿也当了十年的井下工人，见多识广，谦谦君子，活得潇洒通透，也是全班同学的良师益友。杨杰同学到现在还记得，卢二哥每天坚持去上自习，在手上写大大的“懒惰”这两个字来警醒自己不要放松学习。而沙大哥、卢二哥对年轻同学的评价是：我们和年轻的同学整天“混”在一起，心理年龄一下子降到十几岁，充满活力，从年轻同学身上学了更多的东西。

说了大哥、二哥，就要说到空 8 的“老三”刘海。刘海来自重庆，入学时二十二岁，当时也属于大哥的行列。他曾经上山下乡，在农村经受过锻炼。刘海和大哥、二哥的风格不一样，他在生活上不拘小节，也喝酒抽烟，老是用浓重的重庆口音开玩笑，绝对的好脾气，几乎没见他跟谁急过，但也属于那种仗义的“侠客”，如果班上同学挨了欺负，他绝对是该出手时就出手的。但是当他遇到困难时，却默默地自己去克服。在大学期间，他得了急性阑尾炎住院。同学们是早上起来才发现刘海同学不见了，实际上他在阑尾炎发作以后自己悄悄地爬起来去了医院。当时通讯也不发达，当同学们找到了他时，他已经在医院做完手术了。令空8同学痛惜的是，刘海同学毕业后回到四川工作，仅仅几年后因病英年早逝。

在空8同学中，沙大哥、卢二哥是主心骨，历任团支书高建珂、赵红平、祁登洲；班长袁小雄、谢峤、翟永平，还有每一位空8同学，都为这个集体做出了自己贡献。除了专心学习以外，同学们各有特色，形成了灿烂的空8众生相：

——顺应改革、清华校园里的第一个学生“包工头”蔡永胜；
——知识渊博、“地上的事全知、天上的事知道一半”的林章；
——读遍清华图书馆小说的闫孟波；
——钢笔字被其他同学拿来当字帖的江锋；
——心灵手巧、画风道弯头的高手范新；
——兴趣广泛、最早的追（体育、文艺）星族杨杰；
——引领空八潮流的时尚新青年阎永良；
——思维活跃、热心时事政治的天津刘强；
——组织了清华第一次班级烛光化装舞会的北京刘强；
——不动声色的桥牌高手史喜成；
——独立研发电子琴的方子刚；
——被称“外国人”的文艺范儿朱建章；
——清华图书馆的书虫、集邮大王王世侃；
——认真执着的空八辩手梁理；
——永远微笑的体操王子俞仁贵；
——真人不露相的“北京爷们”李丰国；
——在《新清华》发表“象棋及其他”的才子吕大龙；
——联欢会上出节目背诵毛主席语录的罗锐
……

当然还有空8的7位女生，当年有两首歌是空8女生的保留曲目:《邮递马车》

和《医疗队员到坦桑》。每逢系里的文艺演出或者歌唱比赛，都有这两首歌的呈现。7 位女生身着艳丽的服装，排成一排，在手风琴的伴奏下，用优美的和声演绎着优美的旋律，歌声久久萦绕在人们的心中。

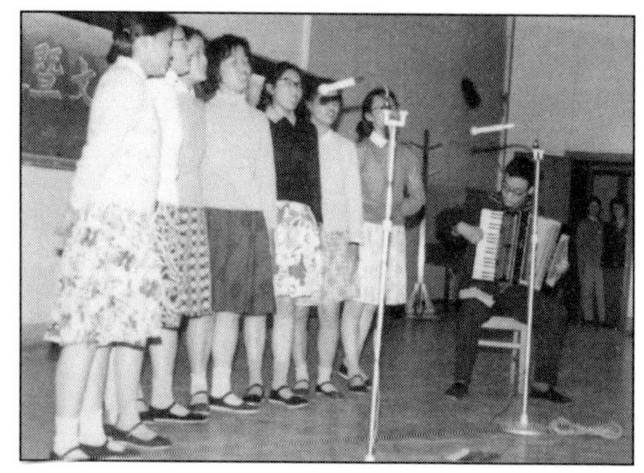

空 8 女声小合唱，左起：王桂颖、段小梅、胡永清、张黎、杨志芳、张慧、吉华。手风琴伴奏：辅导员张健老师

江锋同学为每一位空 8 女生用八个字画像：

——张慧：憨憨萌萌，文武全能；

——张黎：大大咧咧，志坚如铁；

——吉华：身形矫健，聪慧灵秀；

——段晓梅：温婉柔美，善解人意；

——杨志芳：朴实无华，稳稳当当；

——王桂颖：潜质无限，前程似锦；

——胡永清：温厚亲切，空八大姐。

就是这样的群体组成的“空 8 班”，我们的班名曾作为全校“三好”集体刻在了图书馆大门对面的墙上。现在空 8 最小的同学接近花甲之年，但是大家的精气神没有变，还是那么生气勃勃。也许这得益于“春天的工程师”这个专业吧。最后，我们想和大家分享这首当年由林章同学作词、蔡永胜同学作曲的空 8 班班歌

107 周年校庆是 1978 级入学 40 周年，部分空 8 班同学返校留影

《歌唱空调》：

驱严寒，降酷暑，何坚不催？
回天力，创春天，舍我其谁！
拼全身力量献毕生智慧，清芬挺秀，华夏增辉。
热血化雨洒万里，青春为风轻伴随，
啊同学，携手奋斗，让春光永明媚，春光永明媚。

赵红平采访 翟永平执笔
2020 年 10 月

作者简介

赵红平，1978 年考入清华大学，1986 年热能工程系空气调节专业硕士毕业后留校，从 1983 年读研究生开始双肩挑，在清华学习工作了 12 年。之后赴北欧学习工作生活。在喜马拉雅个人电台《乒乓台》上，以“像阳光一样温暖我”为专题采访了清华大学空 8 班全部 39 位同学。

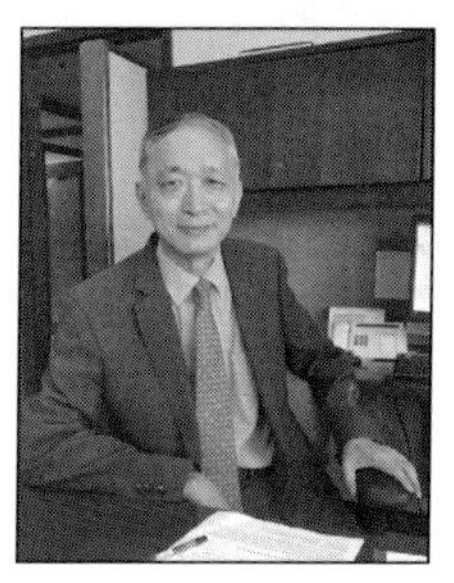

翟永平，1978 年考入清华大学，1983 年热能工程系空气调节专业毕业。赴法国留学获得能源经济学博士以后，长期从事在亚洲、非洲发展中国家的能源投资工作，现任亚洲开发银行的能源部门总监。

像阳光一样温暖我的“空8班”

——三十七年过去，重归暖通专业！

■ 翟永平（1978级热能系）

清华校友总会为母校110周年华诞的征文活动开始以后，1978级热能系“空8班”赵红平同学以“像阳光一样温暖我的‘空8班’”为主题，微信语音连线采访全班39位同学，音频发在喜马拉雅App的“平乓台”，并整理成文，准备结集出版，本文根据采访内容撰写。

1978年10月我从北京燕山高中考入清华大学建工系供热与通风专业，班名叫“暖8”（后来专业并入热能工程系，改名为空气调节专业，班名随着改为“空8”）。虽然当时不太了解什么是供热与通风，只是直观地感觉不如“自动化”“半导体学”“无线电电子”这样的专业听起来高大上。记得，当时中学的罗老师说了这样一句话：“没有不好的专业，只有不好的专家。”简单的一句话，让我克服了内心的那隐约的困惑，充满期待地来到了清华大学，与39位同学共度五年的美好时光。1983年大学本科毕业之后考入核能研究院（“200号”）9室能源系统工程硕士研究生，此后去法国攻读能源经济博士。博士毕业后就进入国际组织，从事非洲和亚洲发展中国家的能源项目建设和融资。

1979年“空8班”在圆明园合影

初到清华园：政治摸底考试的困惑

说起四十二年前来到清华的第一印象，和很多同学一样，我对主楼的雄伟、大礼堂的洋气还有图书馆墙上的爬山虎印象深刻。报到那天的情景更是历历在目，记得那是在西区 2 号楼下中间的过道，几张简单的桌子就是新生的报到处。在那里填了表，办了团组织关系、户口迁移手续，这时一位高大帅气的小伙子热心地领我上楼去宿舍。他自我介绍叫张力生，也是“暖 8”新生。张力生是我遇到的第一个同班同学，因为他是清华子弟，对校园的一切非常熟悉。除了张力生以外，班里还有另一位清华子弟方子刚，有这样两位什么都可以问的同学，我顿时感到非常踏实。

五年的大学生活就这样开始了：第一次住 6 人间的集体宿舍、第一次知道要晚上 10:30 熄灯、第一次排队买饭并且站着吃饭、第一次参加全班同学的班会、第一次上几百人公共基础大课……其中印象最深的是 78 级新生的入学摸底考试。记得考试科目包括了数学、英语还有政治这几门课程，说实话心里还是挺有压力的，甚至心里有点担心这次摸底考试考太差会被退回去。我到现在还记得政治课摸底考试有这样一道问答题：“人民群众中是否可以自发地产生革命思想？”看到这道题，我马上想起“群众是真正的英雄”这句语录，所以就照着这个思路作答。这样回答对不对呢？我先卖个关子，在本文的最后再说。不管摸底考试成绩怎样，大约在入校一个月以后发了图书证、校徽、学生证，至今还记得我的学号是 7802151，在图书馆借的第一本书是标有“内部资料”的《现在可以说了》，讲的是“二战”期间美国制造原子弹的曼哈顿计划。

大学五年印象最深的老师：眉飞色舞评球的空调泰斗

说到大学期间的老师，我感觉很惭愧，很多基础课、专业课老师教的课程不能说都还给老师了，但很多具体内容都模糊了，常常回忆起的是一些鲜活的片段。记得 1982 年毕业设计我参加的课题是钓鱼台国际会议中心空调系统设计（我专门研究照明负荷），一次外出调研，几个同学和教我们太阳能课的岑幻霞老师一起在清华南门外 331 车站等公交车。那是 12 月份，寒风凛冽，大家都冻得够呛。突然岑老师说：“天这么冷，咱们一起跳跳吧！”当时我们几个男生都有点不好意思，没跟着跳，但是岑老师开朗、活跃的这个镜头，永远留在了我的记忆中。

还有国内空调界的泰斗彦启森老师给我们讲的“建筑热过程”，用动态的模型计算建筑墙体的传热，这种思维方式对我后来的工作非常有帮助，可以说终身受益。但是我对彦老师最深的印象是一个细节，就是 1981 年世界杯外围赛中国足球队和科威特的一场关键比赛，中国队以3：0战胜亚洲冠军科威特队，记得比赛那天是个周日。我那天晚上是在家看的电视，第二天早晨赶回学校热能系馆二楼的教室里听彦老师的课。彦老师满面红光，第一句话是："你们昨天都看了吧，一场好球！"那个兴奋的样子溢于言表。我们班在非典之后的2004年回校纪念毕业20年时我还跟彦老师提起这个事儿，和彦老师抱歉地说您的课都忘光了，可是您那天说到足球的那一刻却历历在目。彦老师笑着说："我讲的课没什么，但是那个球赢了很重要。"

1979年，翟永平（左）与同学杨杰（中）、江锋（右）在1号楼宿舍"摆拍"学习

当时教我们"理论力学"课的查传元老师是从香港回到内地来的，可能是因为对于内地的某些专业词汇和表达方法还不完全熟悉，他讲课有个特点就是时不时随着就冒出英语词，所以我是把理论力学也当作英语词汇专业课来学的。当时同学们求知欲很强、思想也很活跃，不仅学习专业知识，对国外的社会经济发展也很感兴趣。因为查老师是从香港来的，我们班就请他来做一个关于香港的讲座，记得他介绍情况时几次提到"卡通"这个词，我当时似懂非懂，还没来得及问，坐在我旁边的赵红平同学低声向我打听："卡通"是什么意思啊？

五年岁月不能忘怀的同学：画机械弯头的高手

我们1978级是"文革"后恢复高考的第二届大学生，但是暖通专业78级是中断12年招生以后的第一届，一共40位同学，其中7位是女生，女生比例在清华还算比较大的。班里年龄最大的同学、老大哥沙凯逊当时31岁，已经在山东平阴国棉纺织厂有11年的工作经历；二哥卢仲伟29岁，是来自京郊门头沟煤矿的工人；而班里年龄最小的6个同学才16岁出头。我当时不到19岁，年龄正好是全班同学的中位数。这里要特别提一句"空8老三"、来自重庆的刘海同学，下乡劳动四年后考入清华，当时22岁。刘海每天穿一身草绿色军装，一看就是部队子弟。这一点和我一样，结果一聊起来更巧：20世纪50年代末的时候刘海的父亲和我的父亲同在武汉的军事运输学校，当时两家还是邻居，我母亲还为小刘海织过毛衣。当时就感触地说，这世界可真小！非常不幸的是，刘海同学在毕业后不久就因病去世，成为全班同学永远的痛。

班里的同学几乎个个都是本地的尖子，也各有技能和长项。沙大哥不仅是我们的班长，也和我住同一个宿舍。他以身作则、勤奋自律，对我和班上其他同学的影响是全方位的，包括日常生活方面，学会了遇事“不着急、不上火”的信条。我的另一位同宿舍的江锋同学写得一手好字，他写过的便条我可以收藏起来当字帖用。在新水教室上“机械制图”课的时候，作业是画管材的弯头，这可把我难倒了，怎么画都是粗细不均、弯头也不圆整，纸面也很不整洁。看看江锋画的弯头就很专业，而且同宿舍另一位范新同学画的弯头更漂亮，简直就是艺术品。北京的祁登洲同学当过团支书、生活委员，为班集体做了很多贡献，而且还能文能“舞”，特别让我羡慕。厦门来的林章同学是全班考分最高的同学，知识面特别广，我说他是“地上的事全知、天上的事知道一半”。然而，当林章同学问我“你几岁了？”的时候还把我惊到了（后来我才知道，他们即便面对80岁老人也是问“几岁了”）。

相对其他方面，我最大的弱项是体育。当时全校推行国家体育锻炼标准达标，测验的项目包括短跑、长跑、跳高、跳远、引体向上等；全班其他同学各项都通过了，我就剩下1500米老大难通不过，拉了全班的后腿。我这项通不过，“空8班”就不能成为体育达标班集体。记得卢二哥作为体育委员整天督促我锻炼，每天跑圆明园。记得有一次，西大操场正式测试，由卢二哥掐表，我在同学们的加油呐喊声中达到了及格线，“空8”也成为全班达标的班集体。

给我留下深刻印象的外班同学：锅炉专业“学习是美的”

我在校期间参加过系、校学生会的一些工作，包括1980年前后的学生会和区人大代表选举，还在校团委周为民老师的指导下参加《清华园》学生刊物的编辑工作，接触的很多同学后来都成了栋梁之材。对我个人触动比较大的一位是外班同学——热能系热能8班（入学的时候班名叫“锅8”）的曹自学，说起来我们个人之间并不熟悉，但是他很有文采，很难与他的锅炉专业联系起来。记得就是体育锻炼达标的那些日子，有一次我从圆明园长跑回来，按照习惯去图书馆地下室的报刊栏从左看到右，包括《人民日报》《光明日报》《中国青年报》《北京晚报》等大报，看着看着就看到署名热能8班曹自学的《学习是美的》文章。我当时就觉得能把学数学、工程和背单词这些枯燥的学生生活也写得这么美，确实是高手啊。曹自学同学的这篇文章对我激励很大，后来我也写了

1983年毕业时部分“空8”同学合影留念，前排左起：吕大龙、刘海、牛建磊；后排左起：刘强、罗锐、翟永平、杨杰

一篇《我的另一篇论文》的小小说，以本班同学为原型，写一个不拘小节，喜欢涉猎社会科学又有点不安心本专业的工科生，但最后终于认识到改变世界需要脚踏实地、从我做起，“一屋不扫，何以扫天下？”这篇习作获得校学生会宣传部的征文奖，刊登在学生刊物《清华园》1980年第2期上。说到这里，想起我们班另外一位才子吕大龙同学，也写了一篇《象棋与其他》，把中国象棋与国际象棋里的角色配置对比，纵论中西差别，在《新清华》刊出后，还拿到5元“不菲”的稿费（当时最低档的助学金是7元）。

大学期间最难忘的活动：追“星”人才学大师

我们在校的那些年，正是20世纪改革开放初期的80年代，学生思想格外活跃。那时候，学生会隔三岔五地就请来当时各界的知名人士到学校来做讲座和座谈，印象最深的是在主楼后厅举办的雷祯孝老师的人才学讲座，在清华园引发“强烈反响”。当时的主楼后厅水泄不通，同学们全神贯注地听雷祯孝演讲，生怕漏了一个字，随着演讲的节奏时而鼓掌、时而大笑，其气氛比今天的小年轻追星有过之而无不及。回过头来看，雷祯孝的人才学理论并非尽善尽美，但是对于当时年轻的清华学子来说，雷祯孝提出“人才与人材”“自我设计”等说法确实是大开眼界。对我来说，雷祯孝介绍的一些具体的学习方法也很受用，比如他说：“在散步、洗澡、交谈、阅读、乘车、起床之际，常常有些思想观点，一闪而过，转瞬即逝。你可不要想：等以后把它记下来。不，必须马上记下来。”还说：“要善于读书，除基本的必读书外，其他的书报、杂志，要随便翻翻。翻得要宽，吸取的只是对自己有用的部分。”在我以后的学习和工作中，这两条方法确实一直坚持下来了，可谓是终身受益。

记得还有一次活动印象也很深刻，校学生会主席林炎志代表全国学联去罗马尼亚参加了一次国际大学生的会议。回来以后也做了一次讲座。记得他讲到办出国手续非常繁琐，而且到国外以后沟通也很不容易，很多中国特色的词汇直译为英语，别人也是听得懵懵懂懂。从林炎志对参会和国外情况的介绍中，我对中外的交流产生了极为浓厚的兴趣，很期待有一天也能走出国门看一看。这个愿望仅仅几年就实现了，毕业不久就去法国留学，此后长期在国际金融组织，从事发展中国家的能源基础设施投资，并在工作之余也写了几部中西文化对比的小书，这已是后话了。

大学学到的最重要的东西：熵增VS熵减

在大学里学到的最重要东西是学习方法，也就是清华人说的得到了一把“猎枪”，不论运用到什么课题上，首先明确概念、划定范畴，在“当且仅当”的情况下是什么结果，有什么样的实际应用。举个例子，作为热能工程系的学生，热力学第二定律的熵增原理（“对于一个封闭的孤立系统，其内部自发进行的与热相关的过程必然向熵增的方向进行”）对我的思维方式乃至后来的可再生能源的投资工作都有很大影响。如果说熵增是不可避免的，但是不要忘记前提“封闭系统”，那么避免熵增的有效方法就是建立一个多元的和开放的系统。

在清华学习期间打下了坚实的英语基础。当时，清华的英语教学按照入学时的水平分了 ABC 几个班，A 班的同学还有“吃小灶”的机会。现在很多人还能记起 80 年代初，中央人民广播电台里“星期日英语”，是由国际关系学院的申葆青老师主持的。经常和申葆青老师一起上节目的还有程宏魁老师，他被清华请来为英语小班讲课。我记得授课时间是每周四的晚上，现在想起来很“奢侈”，因为那个班只有几个同学，有时候甚至只有我一个人，真正的“一对一”教学。每次程宏魁老师会给我一些原文资料阅读，然后和我用聊天的方式谈对文章中观点和事件的认识，因而口语水平进步很大，为我日后在国际组织工作打下了语言基础。

毕业三十七年之后，回归暖通空调专业

回首过去，如果大学五年生活从头再来，在哪些方面会做的不同？班里同学在“像阳光一样温暖我”的系列访谈中，有的说遗憾没有多读跨专业的书籍，有的说没有积极参与学生会的工作，或者没有参加各种社团的活动，还有的说遗憾没有谈一场恋爱……说起来在这些方面我似乎都没有错过，但是回想起来，如果能从头再来一次的话，我会更努力、更自律，沉下心来磨炼各门课程的严谨性和实际动手能力，这里面也包括画图和作业的整洁。这里说一个惭愧的事，当时给我们批改数学作业的老师之一是江亿老师，现在是暖通领域的工程院院士，多少年后他见到我还说，你的作业是空 8 班最潦草、最乱的两个同学之一。也许就是这个原因，虽然在班里考分还属于上乘，但是并没有和我们班的尖子生陈清焰同学一样纳入暖通教研组的“因材施教”名单，也就缺少了很多接触暖通空调实际应用和研究的机会。大学毕业以后在“200 号”接触到能源系统工程概念，在法国学习能源经济学，在工作中做清洁能源项目投资，这些都与暖通空调没有关系，我们班的同学也把我划为毕业后没有从事本专业的同学之一。但是，毕业三十七年之后，实际上我正在重新回归本专业。

近年来，我负责的亚洲开发银行能源部门在国内重点关注和支持农村的清洁供暖，这不仅是一家一户的问题，更关系整个国家的进步和乡村振兴，特别是空气污染的综合治理。农村的清洁供暖有许多不同的技术路径和解决方案，如果没有暖

百年校庆空8部分同学合影，从左至右：沙凯逊、范新、闫孟波、郭日生、翟永平、史喜成、谢峤、祁登州、高建珂、王桂颖、方子刚、朱建章

通专业的基本知识就难以做出正确的判断和选择。另外，新冠疫情发生以来，病毒的气溶胶传播的风险，特别是公共建筑的中央空调如何有效控制病毒传播成为专家研究的课题，我也与同事一起及时推出了技术援助项目，针对发展中国家公共建筑中的中央空调系统的设计、运行、维护，引入新的卫生标准和创新技术，为战胜疫情做出一份努力。所以，现在也可以说了：我正式回归暖通空调的领域！

揭晓政治摸底考题的答案

作为这篇小文的结束语，我现在来揭晓前面的一个悬念：78级新生摸底考试政治题："人民群众中是否可以自发地产生革命思想？"这道题到底应该怎么答？我记得很清楚，摸底考试后政治课老师答疑的时候说，人民群众固然是真正的英雄，但是革命导师列宁在《怎么办》这篇文章中也充分论述了革命思想和理论体系只有在深刻的科学知识的基础上才能产生出来，不可能在群众中自发产生。引申开来，我想我们大学五年的学习也是这样的过程，来自全国各地的清华学子得天独厚，有这么多一流的前辈和大师的指导，我们掌握了扎实的科学知识，一定会在不同的岗位上为祖国和社会健康地工作五十年！

作者简介

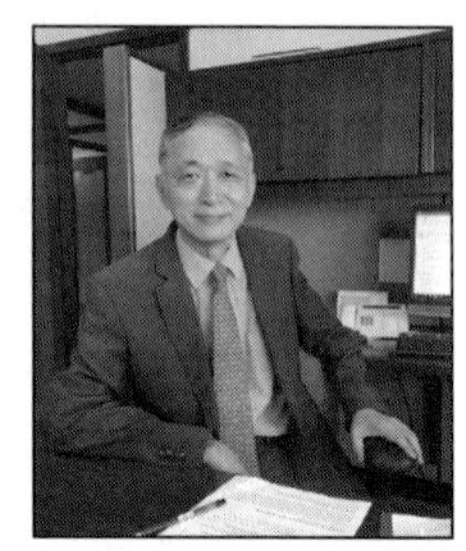

翟永平，1978年考入清华大学，1983年热能工程系空气调节专业毕业。赴法国留学获得能源经济学博士以后，长期从事在亚洲、非洲发展中国家的能源投资工作，现任亚洲开发银行的能源部门总监。

空 9 班班级文娱活动杂记

■ 朱颖心（1979 级热能系）

1979 年，我入学后不久就担任了文艺委员，貌似一连当了好几年没有换过。在校几年间，组织过很多次的班级文娱活动，所以对很多文娱活动还记忆犹新，里面还有很多有趣的事情。由于我们班文娱活动的组织安排都是由女生来确定的，基本上就没有男生什么事，所以男生们都轻轻松松地玩得挺开心，在这些活动里都很忠实地履行了观众的职责。

第一次联欢会——班主任的“小猪崽”

我们刚进校不久，班主任和辅导员就安排我们跟空 8 班联合办中秋国庆联欢会，地点就在三教北面当时的空调实验室的实验大厅。说是联合办联欢会，实际上刚进学校懵懵懂懂的我们纯属打酱油的看客，只有呆呼呼地看空 8 班的师兄师姐们折腾的份儿。那次活动，对没有见过世面的我是大开眼界。看到师兄师姐们又表演唱歌、跳舞，又说笑话，又搞游戏捉弄人，还跳交谊舞，热热闹闹地一晚上，我们除了勉勉强强叫得出几位联欢会上的风云人物的名字以外，剩下的就只有满心的佩服了。

空 9 班的全体女同学

在我们入学后第二年的中秋节，我们第一次自己独立组织班级的联欢会，地点就定在圆明园。当时的圆明园不需要门票，但是也很荒凉。我们事先通过现场踩点，选择了大水法对面的观水法遗址作为我们班开联欢会的场地。这个地方好就好在有半边围合，像个比较独立的空间，而且地面也比较平，便于大家席地围坐和表演节目。

大学一年级，在颐和园佛香阁前全班大合影，第一排左一是班主任赵庆珠老师

那天大家演的节目、说的话多数我都不记得了。但是记得很清楚的是大家起哄让班主任赵庆珠老师唱歌，大家一起喊：“赵老师，小猪崽！”“赵老师，小猪崽！”这么喊全源自于赵老师之前曾经给大家唱过《俺是公社饲养员》，头两句就是“俺是个公社的饲呀么饲养员，养活的小猪崽一呀么一大群！”在大家的起哄声中，赵老师站起来亮开嗓子就唱了，歌声嘹亮，底气十足，非常专业。那时同学们就都知道赵老师被称作“清华园郭兰英”，而且都听说过总政要请赵老师去当独唱演员，结果赵老师不肯去，宁愿留在清华当老师的故事。

我自己出的节目当然记得了。那次我跟金招芬二人表演了一个小品，是我们自己根据俄国作家契可夫的讽刺小说《变色龙》改编的。我扮演那个趋炎附势、欺下媚上、见风使舵的警察，阿芬扮演那个被狗咬了手的倒霉厨子，另外不记得还请了谁配合学狗叫当画外音。阿芬穿了件破衣服，扎了块包袱布当围裙，反带一顶旧鸭舌帽扮厨子，手指头上裹了白纱布还点了些红墨水，哆哆嗦嗦装出一副可怜相。我穿了一身黑衣服，外扎一根宽皮带，戴了一个大大的墨镜扮变色龙警察，一会儿趾高气扬要给厨子讨公道，一会儿谄媚地拍狗的马屁。当时是逗得大家哈哈大笑——不是因为我们演技好，而是大家以前可能没有见过这么抹得下脸扮丑的女生吧？

最高难度的一次联欢会——纸相机和老鼠过街

要说其他的联欢会是甜点、小菜，这次联欢会可真是一桌大菜了。这是大四阶段的一次国庆联欢会，全班的女生基本都动员起来了，而且筹备的时间还很长，鬼点子用得还挺多。

那次我们策划了一个开场式，就是给几位观众“照相”，然后把他们请到前面排一排，每人发一张他们的“照片”，当他们把自己的“照片”面向自己看的时候，这一排“照片”后面的字就组成了“笑－哈－哈－晚－会”。

首先最难的是需要5张“照片”。我自告奋勇自己来画，给五位同学和老师画像当照片。通过反复权衡，选取了辅导员王云生老师、周扬胜、姜之毅、王敏、付小勇五位，因为后面这四位同学都比较有显著的特征容易画。那些日子我基本是无心学习，一心琢磨画人。画像采用的是漫画形式。周扬胜的我采用的是直线条，把他的脸夸张成方形；姜之毅的采用了曲线，从他的脸到卷毛头都是用流畅的曲线；付小勇画的是侧面，突出了他翘起的厚嘴唇；王敏则是一边倒的发型加上头顶立起三撮毛，以及咧着嘴露出12颗牙的招牌笑容。至于王老师则不能造次，绝对不能漫画丑化，因此画得中规中矩。五张画像都画完了之后，怎么看都对王敏的那张觉得不满意，觉得没有画出他的神韵来。怎么办呢？林梅说：“我要去男生宿舍讨论班级工作，正好要去王敏的宿舍。不如你跟我一起去，我跟他找话说拖时间，你在旁边好好观察一下。”观察完的结果，就是把他的两个咧着上翘的嘴角加工了一下，马上一个活灵活现的王敏就跃然纸上了。

第二难的是“相机”。女生们群策群力，出主意兼动手，有同学从家里拿来装大录音机的盒子当“相机”的机身，有同学贡献了圆形的蛋糕盒子当镜头，去三院的商店买来黑蜡光纸糊住盒子，在“相机”上再粘上纸质的快门按键、闪光灯等小零碎，看上去真像一个巨大号的照相机，而且正好能把五张“照片”放进去。再配上一条长带子，可以挎到“摄影师”的脖子上。那几天，林梅她们宿舍就变成了手工作坊，满屋子都是纸板、彩纸、彩笔、胶水以及各种半成品。

晚上联欢会开场的时候，大家在主楼前广场上围坐一圈，大李玢脖子上挎着这个大“相机”，膝盖跟“相机”磕磕碰碰地在场地上转来转去，假装随机地从人群中揪出目标人物，要求他们站到场地中间摆POSE照相。有的同学怕被我们捉弄因此不配合，推说让找别人去。找别人？那怎么行呢？找的就是你啊！几个女生就一起生拉硬拽：你不照也得照！

但是，还是发现出大问题了：付小勇竟然不在！怎么办呢？我们几个人私底下一合计，必须拉一个人出来顶包，否则这戏就演不下去了。因为陈福田平时就爱说：“我就‘耐’照相！”所以我们认为拽他出来肯定能行。为了班级考虑，只能对不起他一回了。这一试果然很顺利。

闹哄哄照完了相，把被我们折腾过的几位先生请到场地中间按照指定的顺序排成一排面向同学，等着“摄影师”发照片。我就开始从李玢挎着的大“相机”里往外掏“照片”，每掏出一张都先给同学们绕场一周展示，大家高呼出“照片”主人的

1983 年在大连实习参观旅顺口

名字，我再把“照片”发给他。五张“照片”都很成功，大家立刻叫出“照片”主人的名字，没有认错，也没有认不出来的。

等“照片”发完了，我就指挥观众念“照片”主人们手持“照片”背后的一排红字，并宣布“笑哈哈晚会”现在开始！不过陈福田辛苦了半天也没有拿到自己的“照片”，肯定特沮丧，我现在每次想起来都觉得对不起他。还有一个遗憾就是过去我们大家都没有收藏什么东西的概念，那时没有复印机，也没有条件翻拍，这些“照片”都成了“孤本”。而我自己觉得给王敏和周扬胜的两张画得最传神了，是得意之作，可惜现在都找不到了。

这次的晚会还有一个重头节目，就是我们自编的童话剧《偷鸡蛋的老鼠》。我扮演了一只黑色的、最坏的老鼠大头目，李玢扮演一只灰色的大老鼠跟班，扛着白色的排球当鸡蛋，魏艳萍扮演一只只会抱头鼠窜的灰老鼠。林梅身上穿着色彩斑斓的条纹毛衣扮演被耗子偷了鸡蛋悲痛万分的老母鸡，金招芬扮演母鸡的好朋友可爱的小鸭子，吴莘馨扮演一只没有多少台词专拿耗子的大黄狗。反正最后我们这群耗子都被老母鸡、小鸭子和大黄狗联合起来打败了，正义战胜了邪恶，Happy Ending。当时观众们笑得前仰后合。其实这个剧的看点之一是在我们这些“演员”的面具。这些把整个头都包起来的纸质面具都是女生们群策群力做出来的：黑老鼠头、灰老鼠头、鸡头、鸭头、狗头，每一个都传神可爱极了，很有迪斯尼的味道。但可惜演完了就都扔了，没有保留下来。

别的联欢会也不差的哦

实际上我们班的文娱晚会基本上都是以女生为主，男生只出一些很小的个人节目，如朗诵一首自己写的诗、说一个笑话等等，但还是有能够给人留下很深刻印象的节目。我记得有一次联欢会是在室内进行的，应该是我们毕业前的最后一次联欢会了。那次联欢会不以表演节目为主了，而是大家一起包了饺子，还喝了一些酒，有人还喝醉了。我印象最深刻的是胡运昆和姜之毅二人合唱了一首美国电影《蓝色夏威夷》的插曲《骊歌》(也称作《再见吧，夏威夷》)，旋律非常优美，他们二人也唱得很深情、很好听。尽管那时没有麦克风，但是大家都很安静地听。他们唱完之后，我们好几个女生就去找那首歌的歌词。我到现在还清晰记得那首歌的中文歌词："再见吧，亲爱的人，相恋的人们怎能忍受别离？我们就要奔向远方，请记得我爱你！"这部1961年上映的电影是猫王主演的，这首歌也应该是猫王原唱，但那时的我们都全然不知，就是一听就喜欢上了。不过那时的环境不兴唱带有爱情内容的歌，会被认为思想意识不健康，唱港台流行歌就更不行，西洋的经典歌曲似乎可以被网开一面，被认为是高雅的。所以我们难得听到有同学公开唱这么一首有爱情内容的歌曲还是很喜欢、很兴奋的。

不记得是在哪一次联欢会上，我跟高世香合作演过一个哑剧小品，是我从香港电视上看来的。内容是一个女孩在家里瞎折腾，不小心把家里的大镜子打破了。可是主妇就要回家了，女孩就扮成主妇的样子。主妇照镜子的时候，她在后面模仿主妇的动作，主妇的眼神也不太好，竟然也混过去一阵，但是最后还是露馅了。好笑的是两个人较着劲的模仿动作。这个小品里高世香扮演惹祸的女孩，我扮演眼神不好的主妇。我们俩在宿舍花了不少时间排练动作，就是为了能够尽量做到配合协调。实际上这个节目的难度是非常大的，很难演好。我们那时真是无知者无畏啊，最后演出的效果我觉得比较一般吧。

不知深浅的"作曲家"和"作词家"

大学里我还尝试过写歌。张欢、金招芬、高世香都写过歌词，我就为她们写的歌词谱曲。有歌颂同学友谊的《我们的友谊》、歌颂大自然的《冬雪》和《春天的柳枝》，有思念故乡的《上路曲》，还有带有励志意味的《校园小夜曲》，一共五首。其中张欢作词的《我们的友谊》在班里的联欢会上唱过，是我、张欢、林梅和金招芬四个女生的小合唱。当时就有很多同学提议要把这首歌定为空9班班歌。该歌的歌谱之前已经登载在系里主办的校友刊物《暖通人生》2011年第2期上了。

大学五年，班级联欢会永远是我记忆中最闪亮的点缀。尽管每次组织活动都要花很多时间和精力，但我都乐此不疲，因为能够让同学们开怀大笑，我觉得特别有成就感，自己也很开心。在组织活动的过程中，女生们群策群力，集思广益，经常能够迸出各种智慧的火花来，回想起来实在是太有意思了。这些经历都成为了我大学校园生活中的珍贵回忆。

2020年11月

作者简介

朱颖心，热能工程系1979级空9班文艺委员。1984年在本校读硕，1986年转博，1989年获博士学位后留校任教。先后在热能系任讲师、副教授、教授，曾先后担任空调教研室副主任和热能系党委书记。2000年随原空调工程专业整体转入建筑学院，先后任建筑技术科学系主任、建筑学院副院长；现任清华大学城乡生态规划与绿色建筑教育部重点实验室副主任、教育部建筑环境与能源应用工程专业分教学指导委员会主任委员、国际学术期刊 Indoor Air 副主编。

空 9 是我载梦的小船

■ 胡运昆（1979 级热能系）

我真正意义上的人生旅途是从清华园开始的，清华大学既是我的母校，也是我心中的圣地。

空 9 班集体是一条小船，载着全班同学的青春和理想，穿过清华这条通往光明的河流，把我们送进祖国改革开放的海洋，去实现民族振兴和大国崛起的梦想。

离开学校已四十一载，入学时自己还是一个十六岁的懵懂少年，如今已是年近花甲。踏入社会后，心中不时会想起母校的校训，常回忆起母校的容颜，大礼堂的圆顶、图书馆的红墙、高高的主楼台阶和清华学堂不灭的灯光。照澜院的小路上曾经留下了我青春的脚步，阶梯教室的黑板上也记载着我朦胧的理想。

四十一年弹指一挥间，蓦然回首，才发现人生既波澜壮阔又如此简单。回眸历程，我们全班同学都参与了祖国改革开放，见证了民族振兴和大国崛起的全过程。匆忙的脚步使我们忽略了太多美好的情怀，现在应该静下心来细细品味记忆深处那五年的清华岁月，回忆难忘的集体生活，品味和同学们一起度过的青葱岁月。

那是一个充满激情、富有理想、值得追忆的年代。经过铭心刻骨的高考，我终于带着亲人的嘱托和老师的期望，从春城昆明登上了开往北京的列车，经过三天三夜的长途旅程，来到了日夜向往的首都北京。从火车站乘校车到清华大学新生接待点用了两个多小时，路途虽然不易，但是我内心的热情却丝毫不减。我清晰地记得，迎接我的是赵庆珠老师和空 8 的学长。赵老师是我五年大学生活中唯一的班主任，是五年如一日像母亲一般用全身心关爱着我们的人。

我们班有 35 个同学，25 个男同学和 10 个女同学，分别来自全国 20 个省区市，其中最多的是北京同学，有三男三女；其次是上海同学，有两男一女；其他同学来自全国各地，都是一到两个人。年龄最大的是二十八岁的北京同学常安中，年龄最小的是山东同学王玉华，那时才十五岁，绝大部分同学的年纪是在十八岁到二十岁。班主任赵老师是清华毕业的老学长，不只教学与科研工作十分优秀，而

返校参加校庆和老师合影

且还有“清华郭兰英”的称号，后来不仅参加了清华同方的创建过程，还在首都音乐厅举办过个人独唱音乐会。

“为祖国健康地工作五十年”是记忆中清华最响亮的口号，崇尚体育、强身健体是学校的传统。紧张学习的同时，每个同学都不忘积极参加体育锻炼，每天下午 4 点半以后，学校的大喇叭就响起激昂的背景音乐——《运动员进行曲》，广播里发出热情昂扬的号召：“同学们，课外锻炼时间到了，走出教室，走出宿舍，去参加体育锻炼，争取为祖国健康工作五十年！”同学们纷纷离开教室、图书馆和宿舍，涌向田径场、篮球场、羽毛球场……，或者跑在通往圆明园的小路上。

大学五年，我们班级的两任班长为班级建设立下汗马功劳，他们是班级的主心骨，也是我们的楷模和榜样，对我们全班同学影响深远。第一任班长常安中，是我们班上的老大哥，比我大十二岁。安中同学上山下乡当过知青，回城返京当过工人，阅历特别丰富，学习勤奋努力，为人和蔼可亲，特别关心同学。在我学习上或者思想上出现困惑的时候，他总是耐心地给我答疑解惑。毕业后安中同学留校任教，最后还和我们班的大姐林梅喜结连理，双双赴美深造。

我们班的第二任班长是姜胜耀同学，他和我住一个宿舍的时间比较长，所以彼此的感情也比较深厚。他为人宽厚，学习特别刻苦，做事有毅力，确实做到了德智体全面发展。毕业后他考入清华核研院读研究生，后来到德国留学取得博士学位，学成归来后回校任教，并且与我们班才女吴莘馨喜结良缘，双双成为专业领域的领军人物。后来老姜担任了清华大学副校长，目前是学校党委常务副书记，与学校其他领导班子成员一起正带领全校师生为母校一流大学的建设做着贡献。

我们班有10位女同学，女生人数当时是不是全校最多的我不能肯定，但肯定是全系最多的，按现在的说法是“各种款的都有”。我们班的女生不仅多才多艺，而且温婉贤淑、秀外慧中。当时学校反对学生谈恋爱，虽然很多青年才俊跃跃欲试，但大多都没有得手，倒是我们班前后两任班长技高一筹，充分利用近水楼台之便，娶得美人归。

现在留在国内发展的女同学，不是知名教授就是企事业单位的领导，都是所在单位的领军人物。我们班的才女朱颖心、吴莘馨、张欢同学，一直在从事教学科研工作，已经成为国内各自学科的学术领头人。后来听赵庆珠老师说，我们班李玢和张欢两个女生在北京和天津的选美比赛中获奖，这也是我们班的一份光荣吧！

民以食为天，清华的食堂是每一个清华学子难忘的记忆，学校的伙食享受国家的补贴，降低了学生的负担。我们热能系在学生六食堂定点吃饭，建工系定点的五食堂离我们也不远，所以大家偶尔也去换个环境感受一下。记得最清楚的是早餐的大油饼，金黄的饼是长方形的，中间有两条缝，吃起来油而不腻，香味宜人，再配上咸菜就着稀饭吃，感觉十分的畅快和满足。另一个让我难忘的就是“佛手”，芝麻酱放进发面里做成馒头再切几条口子，面皮翻开让芝麻酱露了点出来，像一只白白胖胖的手，非常受欢迎，去晚了还经常买不到。总之，当年清华的学生食堂对我来讲已经是美食天堂，让我至今难忘。

清华面积大，上课是骑着自行车跑点，一会儿跑阶梯教室，一会儿跑化学馆，一会儿跑三院，一会儿跑清华学堂，可以说就是毛主席说的“运动战”和“麻雀战”。自习时间学生自行安排，我自习常去的是三院、三教和图书馆，图书馆的坐位靠抢，错过了时机就不容易占到位。

学校重视学生的社会实践能力，先后安排我们到食堂帮厨，到金工车间、南京和大连实习，创造不同的机会让我们了解社会和理解专业的工程实践。通过金工实习，我初步了解车、钳、铣、铇、磨、铸造等机械加工的基础工艺和操作技能，通过南京实习，我初步了解所学专业的基本工程概念，参与了工程实践，大连实习则是对所学专业工程理论的深化和细化。

到食堂帮厨使我深深感受到良好的人际关系是一种重要的资源，因为通过几次帮厨，我的表现得到了师傅们的认可，逐步升级成关照，到后来，我的面票也可以打到米饭了，这对一个南方人来说，就是天大的关爱。

我五年大学生活没有什么特别的亮点，让我倍感自豪的一点就是我生活在一个光荣的班集体里，我们的班集体中有慈爱的老师和品学兼优的同学，从他们的身上我感受到温暖，学到了很多优秀的品质，我们空9班连续五年都获得校级先进班集体称号，这在清华大学校史上应该也为数不多。对此我深感自豪，至今难忘。

亲爱的母校，永远是我心中的圣地！

1979 级空 9 班，永远是我载梦的小船！

2020 年 11 月 20 日于广州

作者简介

胡运昆，1984 年本科毕业于清华大学空气调节工程专业，1998 年获得中国科学技术大学管理科学与工程专业硕士。1984 年 7 月至 1993 年 10 月就职于云南省化工设计院，1993 年 12 月至 2003 年 4 月就职于昆明华运实业总公司，2003 年 5 月至今就职于广州朗洁环保科技股份有限公司，现任董事长。

内 9 毛毛一家亲

■ 徐小平（1979 级热能系）

1979 年秋，我和一群风华正茂的同学来到清华园，相聚在内 9 班，怀揣学好科学知识、报效祖国的理想，开始了难忘的五年大学生涯。在这里我们既学到了知识，同学间也建立了深厚的情谊。一晃四十多年过去，当年在清华园共同经历的日日夜夜，至今历历在目，记忆犹新。

内 9 的清华生活

内 9，清华大学热能汽车系内燃机专业 1979 级全体同学的集合，自成立的那天起，就成为来自五湖四海的 31 位同学的纽带。这 31 位同学，来自不同的地区，最北的是来自黑龙江海拉尔市（现属于内蒙古）的张波，最南的则是来自广东新会的林务田。尽管地区跨度极大，文化背景差异也大，但冥冥之中，却造就了内 9 人独特的人文性格，如同内燃机一样，平静朴素的外形，却生就了一颗炽热燃烧的心，发出澎湃持续的动力。

内 9 人不苟言语，却脚踏实地，行胜于言。不乏琴棋书画，才人佳子，如胡咏的书法雕刻、刘镜辉的古典扬琴、杨慧明的高亢美声，不胜枚举。最有创意的是，受当时的一个宣传计划生育的相声启发，把 31 位同学按年龄排序，建立了毛谱，分别叫大毛、二毛、三毛……二十九毛、截住（后来加入我班的章毅，则为零毛）。从此，每个同学有了自己的内 9 特殊 ID，内 9 人成为兄弟姐妹——毛兄毛弟毛姐毛妹了。巧合的是，无论按年龄或按学号排，我都是 22 号。

内 9 人还别具匠心设计了自己的班徽。

内 9 班徽

内 9 人对班级的荣誉感极强，学校的每次活动都积极参与并乐在其中。那年在全系黑板报的比赛中，我班群策群力，精心策划，仔细到把黑板用墨汁先“漆”了一遍以凸显文字和插图的清晰。五毛胡咏的版面设计、八毛张卓凡的生花妙笔、本人的粉笔板书相得益彰，力压群雄，荣获第一。在系篮球比赛的小组赛中，尽管实力较弱，大家四处刺探对手消息，积极排兵布阵，出色发挥击败众多好队，但仍然输给了系里的最强队而未获出线，令人唏嘘不已。在老山北京摩托队实习，为了展示清华学生的实力，在驾驶和故障排除考试前，大家互相提醒程序和要点，获得优秀成绩，深得教练好评。

内 9 人亲如一家，一人有“难”，全班担当。1983 年的春天，二毛柯思洁因踢球不慎左腿骨折，住进了校医院。当时生活不能自理，更谈不上去上课。这时毛毛们排好了值班表，早晚有人帮忙洗漱，有专人买饭菜，有专人送来当天上课的笔记，一天不落，整整三个多月。后期一段时间，大家每天护送二毛去上课，有人在前面开道，有人在两边护卫，浩浩荡荡好不威风，直到痊愈。班主任沈祖京说，一般情况住院一个月以上的就要办休学了。沈老师为了让二毛能跟上班级进度，做了许多工作，还帮二毛免了两门选修课。

1981 年春，基础课非常繁重的时期，我不慎得了急性肺炎，需住院治疗。办好手续到了病房，就开始打点滴，我晕晕沉沉在病床上忽醒忽睡，恍惚中发现班主任沈老师坐在床边，我挣扎着要坐起来，沈老师叫我别动好好休息，所有的事情他和同学们都已安排。过不多久，同宿舍的二毛柯思洁、三毛李未、八毛张卓凡、二十三毛刘博和二十六毛蒋绍坚把住院所需的生活用品给我送过来，辅导员卢青春老师得知我住院的消息特意赶过来鼓励我。在随后的几天里，课余时间其他宿舍的毛毛们纷纷过来看望我安慰我，六毛张文杰、七毛邸向红特地买了糖果来看望，三位好兄弟八毛张卓凡、十六毛阮少宁、二十五毛黄河则每天过来陪伴，把上课的笔记拿过来让我看，使我在住院的一周多时间里，功课也没落下……同学们的真情让我热泪盈眶，特别是在远离家乡远离父母躺在病床上的时候。老师同学的深情，我永远铭记在心。

内 9 人学习刻苦，成绩在热汽系同级中往往名列前茅，从无补考一说。但有一天，六毛张文杰竟收到了一份“补考通知单”。原来这是一份体育课补考通知单，那个学期的体育课要求女生 100 米跑和 400 米跑至少有一项及格才能通过，六毛个头小，无论是力量型项目还是技巧型项目，球类项目还是体操类项目成绩都还可以，唯独害怕跑步，长跑没耐力，短跑又没速度。正在六毛发愁之际，毛毛们主动提出帮其准备补考，经分析六毛特点把主攻方向定在 100 米跑。在接下来的一两周，每到下午 4 点半，准有一两位毛毛帮助制订锻炼计划、讲解动作要领、领跑等等。补考那天天气不错，是顺风，老师的情绪也不错，特意拿出一双全新的非常漂亮的海蓝色 34 号跑鞋给六毛以激励，老师说从来没舍得让谁穿过。毛毛们一起到西大操场的指定位置摇旗呐喊为六毛加油。当老师拿着秒表走向百米终点时，在起点负责喊开始的毛毛又让六毛偷偷往前挪了那么五六米。就这样，天时地利又人和，让六毛轻松而愉快地通过了补考！全体毛毛掌声阵阵，欢呼六毛的凯旋。

内 9 人业余生活充满欢乐。八达岭、上方山云水洞、香山、鹫峰等地都留下了毛毛们集体身影。记得全班到鹫峰春游，拍了很多照片，经班里的秀才们重新编辑，编成了一组小故事，什么“鬼子进村”“诱敌深入”“一举歼灭”……噱头十足。有时毛毛们躲在宿舍，借来磁带听邓丽君的“靡靡之音”。有时到大礼堂排队抢购 1 毛钱一张的中央乐团的演出或电影。

毛毛间也经常地互相“捉弄”。那时大家对男排女排、男足国家队的比赛极为关心，但通讯没现在发达，常常比赛完了，大家都还不知道结果。四毛柯少珑对球队的赛前赛后分析，常常有独到的见解。有一次，有项比赛已经结束，中国队赢了，四毛似乎还不知结果，我们故意跟他说中国队输了，他头头是道开始分析败因一二三，让大家开怀大笑。

清华的班、团干部轮任制度，让内 9 人都得到了锻炼，而班、团干部以身作则竭力为班级服务，更带动了全班团结一致。有一年为筹班级活动费用，嗅觉灵敏的时任班长张波得知汽车楼有一批旧书和过期杂志要处理，马上与有关老师联系征得同意由我们班代为处理。毛毛们在五、六食堂的马路边摆起了摊子，根据书和杂志的内容灵活定价，一天全部处理完毕，竟筹得 100 多元“巨款”。利用这笔钱，全班到紫竹院游园一次，后又全班包饺子一次，引起隔壁班级同学的羡慕。大四生产实习学校原定在北京内燃机厂，毛毛们觉得我们所学的专业应与汽车工业更贴近，并了解到二汽的发动机生产工艺更为先进、线的概念更强、生产节奏性强，建议到二汽实习，但建议未得到系里的回复。毛毛们商量后决定上书给校领导提出我们的建议，建议书写成后，班干部们纷纷要求签名在前面。毛毛们担心班干部们会受到严厉批评，为保护班干部，想出妙招：用倒扣的碗在建议书落款处画了个圈，毛毛们在圈内签名。建议书由时任班长十三毛梅汉生等直接面呈校领导艾知生，最后学校决定让我们到二汽发动机厂实习。清华还是非常民主顺从民意的，毛毛们担心的情况没有出现。

五年的共同生活，让毛毛们心紧紧连在了一起！

内 9 的后清华时代

1984 年 7 月，我们毕业了，内 9 的毛毛们从清华园出发，奔向祖国各地，或继续深造或参加祖国建设，走进了新的生活，开启了内 9 的后清华时代。

内 9 的毛毛，奔向了各地，内 9 的心，依然是凝聚的心。这不，才“阔别”一年多，1986 年，内 9 的毛毛就憋不住了。由截住三十毛骆忠民发起，开始了第一份《内九通讯录》的全国旅程（多年后，谈起发起内9通讯的初衷，截住说咱们班在学校时确实感情融洽，毕业后天各一方，大家都很想知道各位同学的现状。但当时的通讯落后，同学间联系不便，只能点对点通信，或者出差时小聚。因此才想起搞那么一个接力通讯，加强一点大家的相互联络，希望能借此多少延续一点在学校时的感情）。第一站，从大毛开始，日期3月；跟着二毛，日期4月；到四毛，5月；六毛，8月；一十五毛，1986.11.12……数到截住，已经是1987.3.28。这一份内9通讯录，是在一张A4纸的正反两面，每个毛毛留一段话。从大毛到二毛，一个接一个，直到截住，以邮寄的方式传递了整整一年，记载了内9一个一个的、凝聚的心。我们把这份接力的、珍贵的、凝聚的记录，作为毛讯第一季。

一晃毕业三年，毛毛们的心，再一次汇聚。由珠三角的毛毛们，编成《内九通讯录》第二期。显然珠毛们囊中羞涩，编写完成后要求各片区大哥小弟自行复印分发。这一期通讯录，即成为毛讯第二季。

毕业快五年了，编撰第三期《内九通讯录》的光荣任务，由上海的毛毛勇敢地承担了。这一段时光的点点滴滴，编成毛讯第三季。

20年后来相会，毕业20年了！毛毛们开始纪念。截住再一次为所有的毛兄毛姐操劳，编出内9毕业二十年纪念光盘。光盘内容即为毛讯第四季。

弹指一挥间，毕业30年，由张文杰、俞富裕、张卓凡、阮少宁策划发起全班征文，各毛积极响应，汇为毛讯第五季。最后结集成册，就有了《内九后清华时代（1984—2014）》——毛讯五季。

毛讯第一季　这段时间毛毛们初入社会，大部分毛毛人生大事未解决，书生意气尚存，都在底层摸爬滚打探索，经历人间冷暖，倍觉清华五年师生同学友情纯真，虽觉得前途未明，亦有迷茫有彷徨，但都在相互勉励奋力拼搏。

毛讯第二季　这份由粤毛八毛张卓凡、十六毛阮少宁、二十五毛黄河主编的《内九通讯录》较为正规，虽是手工编写，有刊头，有简讯，有点评，有插图，有编后语，图文并茂，可读性大大加强。这段时间里，二毛柯思洁高升天津汽研所室副主任，五毛胡咏荣任长春汽研所团委书记；读研的毛毛们都毕业了：三毛李未蛰伏机械委标准化研究所，十二毛留清华当老师，十八毛陶乐仁、二十六毛蒋绍坚、二十九毛宋军分赴上海机械学院、长沙矿冶学院、华中工学院任教，二十二毛徐小平留上海内燃机研究所工作，二十三毛刘博到大连热力机车研究所工作；二毛柯思洁、十九毛吴荣山、二十一毛俞富裕成家了；五毛胡咏当爹了；二十七毛谢钢经过努力拼搏击败二汽众英雄公派留英开洋荤去了；众多毛毛仍在艰苦地探索中，也有了更深的思考，颇有思想家或哲学家的风范。

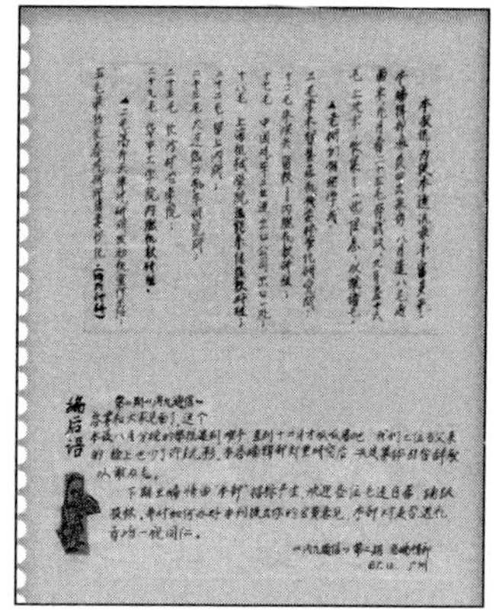

毛讯第二季

毛讯第三季 这份由上海的毛毛们承担的《内九通讯录》，记载了1988年至1989年毛毛们的踪迹和感想，由十毛阎建滨作前言，十八毛陶乐仁作后记，二十二毛徐小平跑腿的，留下了珍贵的历史资料。这段时间里，大毛刘尔国、十五毛张波成家了；三毛李未赴美改行学计算机和信息科学了；四毛柯少珑围棋棋艺又长了；六毛张文杰晋升工程师了；十三毛梅汉生当爹了，工作上成多面手了；二十三毛刘博由单位派到长沙学外语去了。毛毛们仍在艰难奋斗，对未来充满了信心。

毛讯第四季 毕业20周年，由截住骆忠民操刀完成了内9通讯录光盘。弹指一挥间，二十年的时间就这么从指缝间流逝，当年血气方刚、风华正茂的青年，如今已步入了四十而不惑的中年。当初指点江山、踌躇满志的毛毛们，如今已成社会中坚，或者在各自的领域里小有成就、领袖一方；或者仍在继续痴痴探索、苦苦寻求生活的真谛；更有的人，却已然作古，在天安享祥云仙鹤的时日。零毛章毅海归，出任某合资企业CEO；二毛柯思洁荣任奇瑞汽车整车二厂厂长；三毛李未作为跨国公司大员常来国内检查工作……令毛毛们扼腕叹息的是，十九毛吴荣山英年早逝，留下年幼的女儿，毛毛们自发捐款助其幼女健康成长。

毛讯第五季 30年的沧桑岁月，让毛毛们经历世事的变幻，也记载了毛毛们无尽的感慨——笑与泪；甘与苦；成功与失败；卓越与平凡；志得意满与壮志未酬；一帆风顺与举步维艰……毛毛们都一一体验。毛毛们思想更加深刻，更加懂得感恩，此时金钱、权力都已看淡，毛毛们在毛讯第五季里洋洋洒洒各抒情怀。

2014年在庆祝建校103周年暨毕业30周年的聚会上，约定今后定期由各地的毛毛们轮流组织全班在当年校庆时聚会，让这份兄弟姐妹情谊永远流传。随后建立的班级微信群命名为“内9毛毛群”。

2015年由梅汉生、宋军组织毛毛们相聚在武汉，横跨三镇登黄鹤楼、游东湖、漫步长江大堤；2016年由二毛柯思洁组织毛毛们齐聚芜湖，游遍周围山水；2017年由蒋绍坚组织毛毛们畅游长沙橘子洲头、南岳衡山；2019年在京的四毛柯少珑、六毛张文杰、十二毛朱洪兴组织毛毛们参加校庆和入学40周年/毕业35周年，零毛截住为全班毛毛准备了珍贵礼物——每人的篆刻印章。后续的活动和《毛讯第六季》在紧锣密鼓的组织中。

2020年10月

作者简介

徐小平，1984年清华毕业后，在上海内燃机研究所攻读硕士。1987年在上海内燃机研究所工作，先后参加了发动机设计、各种专用车设计和制造、发动机和汽车测试设备的设计和制造。2003年加入Imtech Environment Simulation China Operations担任高级项目经理。2004年加入上海汽车集团股份有限公司技术中心，先后担任K系列发动机项目、NLE系列发动机项目和动力总成应用高级经理，目前任动力总成前期技术研究主任工程师。

我的自 91

■ 王革华（1979 级自动化系）

此处之“自 91 班”乃 1979 年 9 月入学之自 91 也。在我的记忆中，这是一个平凡的班集体，五年大学生活以上课、写（或者抄）作业、考试为主。当然，也挤时间干点别的事。关于学习，实在乏善可陈，尤其是在 F 班上英语，概率论考试将及格，不很体面。因此，每每回忆大学生活，只剩下了那点别的事。

特别的构成

在自动化系的 5 个班中，自 91 班人数最少，但有特色。按照不同的分类法，其构成如下：本国同学 + 留学生同学 =25+4；中国男生 + 全部女生（其实没有外国的）=20+5；北京生源 + 外地生源（不含外国的）=14+11。北京生比例确实有点高了，那时公众似乎还不太在意，要搁现在肯定要被诟病了。这个构成没有保持始终，出身皇亲国戚望族贵胄的 4 名非洲同学，先是留级，后来不知不觉就不见了，以至于我都没记住他们的名字（主要是我记性不好），只隐约记得似乎有个叫“马鼓肚（根据同学的发音——俞江虹和蔡永清负责与他们沟通联络）”的，马吃饱了自然肚子鼓起来——这个名字适合中国国情，有特色，便于记忆。

自 91 班 1980 年长城秋游

那时的水很清

那时公众还没有雾霾的概念。我第一次真正接触这个“霾”只是近几年的事，乍见此字，还以为是传说中的某种怪物。那时无论晴天还是阴天，空气都是清洁的，能见度很好，可惜民航很不发达。夏天干热，很少享受当今的“桑拿”，而冬天确实像冬天，冷！几乎人人一件绿大衣不离身，还冻得嘚嘚发抖。冷的原因可能有三：一是温室气体排放少，温室效应弱；二是身体底子薄，不抗冻；三是能源供应不充足，间歇供暖且暖气管仅限于不被冻裂。

那时的水很清——清华的臭河沟除外。假日，赵晓航等几个同学到我家。徜徉在碧波荡漾的怀柔水库边，波光粼粼，清澈见底，夕阳西斜，晚霞绚丽，禁不住噗噗通通跳入水中，畅快淋漓地原生态地游戏一番。怀柔水库一直是京城重要供水环节，但那时没有什么污染物，管理不严，随便裸泳。从我们几个身上剥离下的有机物无机物微生物啥的，不足以影响京城的水质，一是水的净化能力很强，二是即使漂流过来也足够稀释到痕量以下吃不出味道了。

吃饭是件大事

估计老师最不喜欢教务处把课排在上午最后一节。那时的同学们不禁饿，多数同学在饥肠辘辘之际很难静心听课。离下课还有十几分钟时，教室里就开始骚动，噼噼啪啪收拾书包。若是老师不提前几分钟下课，拍桌子跺脚之声恐怕难免了。我最喜欢有后门的教室，坐在后面，时间差不多就可以悄悄开溜，至于笔记嘛，自有史文月、李小明等同学代劳。

食堂大门一开，那可真是如开闸泄洪，蜂拥而入，争先恐后，勇往直前。虽然为买饭而打架也偶有发生，但最寻常的还是加塞。同宿舍的加进去，同班的加进去，同系的加进去，时间长了认识的同学多了，认识的同学所认识的同学也加进来。加塞的也越来越多，以至于最早排队者最后买到饭——邹哲强经常充当这个角色，充分体现了同学一家亲，互相帮助，团结友爱的精神。

现在的同学是穿着轻盈保暖的时装在食堂慢慢坐吃，我们是穿着宽大冗长的军大衣站着吃饭。如果晚餐有豆角，每个桌上会放一堆，大家吃饭之余顺便就把豆角择了——一茶一饭当思来之不易嘛。有时还要帮厨，无非就是卖个馒头、收个饭票啥的，没有机会干盛菜的事，技术含量太高。帮厨的好处是可以保证吃到想吃的饭菜，有时还可以给同学走后门加塞。

可以家传的纪念品

学自动化的人，不喜欢“金属工艺学”这门课（仅指如我者少数人哈）。但是，车铣钳刨磨铸锻焊的金工实习还是很有意思的，有三大好处：第一，连续几周不用上课；第二，干点手工活挺好玩的，给师傅起外号（不敢当面叫）也挺好玩；第三，要是轮到夜班还能有加餐——到食堂吃一碗面条。当然，最重要的是做一把可以归自己的刻上学号（790898）的锤子（也叫榔头）。这把锤子不仅有纪念意义，也是一个实用器物，钉钉子，砸铁丝什么的挺好用。不过现在的家具都是拼装的，墙面也装饰很好，锤子的实用价值在降低，只是偶尔用来砸砸核桃了——因为实在舍不得用家里的门框来夹核桃。但作为纪念品它的价值是永恒的，我准备把它传给女儿，只是不敢肯定她们是否愿意接受。

百日蹭车无事故

自行车是主要交通工具。方圆二三十公里内骑车出行是很自然的事，轻松愉快，没有打怵的。全班春游去鹫峰，自行车队浩浩荡荡。班干部们认真做好前期准备，活动安排，大家乌拉呐喊出发了。毛昕（时任班长，后任系学生会主席）很幽默，在岔路口贴上写有“WC”字样的标识指引正确方向。

也有长走的时候。长走的原因实在不是为了健身，而是为了省钱。计划经济时代也有某些好处，比如，一到节假日公园不要门票，人民可以自由游览——民众还没有旅游的概念。公园不收门票，公共汽车还是要票的。仗着年轻，腿脚利落，尽量少坐车多走路可以节约有限的资金。我和邹哲强乘 331 路到平安里，然后一路步行，穿过景山、故宫，直到天坛，然后返回，省了好几毛钱呢。学习了“模拟电子技术基础”，到骡马市大街买电子元件攒收音机，也是新街口、西单一路走去走回。有时，洪伟郑营军也参加活动，但他们太弱，走不远。

除了少数几次发疯走路，多数情况下进城还是乘车。由于售票额与司售人员收入不挂钩，卖票的积极性也不大。售票员有时嘴里含着热茄子似的嘟囔几句买票买票，有时都懒得嘟囔。尤其是看到挎着绿挎包的乘客，连理都不理——北京人，有月票。于是，大家都设法找绿挎包，晃晃荡荡大摇大摆地蹭车。以至于开展了轰轰烈烈的“百日蹭车无事故”运动。

男子汉宣言

文艺生活不丰富。电影《甜蜜的事业》正热火，大喇叭里总是“我们的生活充满阳光”“我们的生活比蜜甜”反复播放，以至于前奏一出来，洪伟就嚷嚷，都八百遍了。班里偶尔也联欢，但我这个农村来的土包子啥也不会，只能干看着。某次，我想做点贡献，布置教室时要写点条幅挂上，我也没啥词儿，就想起生产队的标语写了“鼓足干劲学大寨，加快步伐赶昔阳”，以及刚看了《将军决战岂

1984 年夏自 91 班毕业合影

止在战场》里黄维发牢骚写的“龙困浅滩遭虾戏，虎落平阳被犬欺”。结果毛昕转告我辅导员指出“不合时宜，格调不高”。

最值得记忆的是在首都体育馆的《新星音乐会》，我认为，这是班委会领导们五年间的一次最英明的决策。那是一次划时代的音乐盛事，真是群星璀璨，大腕云集——那个时候的大腕：苏小明、郑绪岚、王静、任雁、关贵敏、吴国松……开了眼了（尽管离得太远，看不清啥模样）。之所以划时代，我认为是以《年轻的朋友来相会》这首歌为标志的，这是我们这代人在那个年代的写照，当时听着情绪激昂，现在听来热血沸腾！而吴国松唱的《男子汉宣言》也很让男生们向往。当然，以后的社会事实与吴国松的歌相去甚远，对我们这代人而言,《红色娘子军连歌》的势力更强大。现在，吴国松先生可以把歌词略改一下，唱成《女汉子宣言》。

愿大家都好

毕业三十多年了，大家都已年过半百，不管事业如日中天也好，还是生活有滋有味也好，虽然温度不减，毕竟日头偏西，很有些怀旧情绪了。毕业时各奔前程（王明华没有一锤子敲开钢院的钢门而后来敲开了美国的金门），有些同学偶尔一聚，有些同学一直未见，但心里是衷心祝愿大家都好！

作者简介

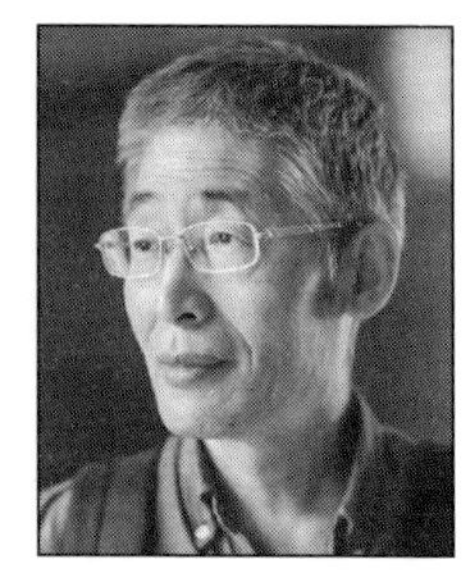

王革华，1961 年生，北京怀柔人，研究员。1984 年毕业清华大学自动化系，同年入读清华大学核能技术研究所管理工程专业，1987 年毕业，获工学硕士学位。1987 年至 2002 年在中国农业工程研究设计院工作，曾任能源环保所所长。2002 年 2 月至今在清华大学核能与新能源技术研究院工作，曾任副院长。

聚成一团火　散开满天星

■ 杨宜勇（1980 级机械系）

照澜院，同方部；
紫荆花开了又谢，同学们来了又走；
人生究竟有几个春秋？
我居然有那么多与你们共同拥有。

Class，有中国特色

所谓班集体是以教学班为单位，按集体主义原则组建起来的学生群体。不同的求学年代，有不同的班集体。大家聚在一起时，感觉还是大学本科班集体的关系最密切。这是为什么呢？我研究了一下，大概有以下三方面的原因：一是大学的班级相对固定不变；二是大家在一起朝夕相处时间比较长，四至五年；三是没有高中时期各自为战、竞争激烈，进了大学很多人精神上都比较放松。大学班集

机械系压 02 毕业照

体之所以紧密，缘由是班上花名册的联系方式都是大家自觉不断更新的，这就是万变不离其宗的金兰簿记。

没有比较就没有鉴别。我去过很多欧美的大学做访问学者，我发现欧美大学的班集体感情远远没有我们的这么深。我们的班级非常坚实，是一个实体；他们班级比我们要虚很多，只是一个概念。这些国家即使是所谓一个班的也不一定全在一起上课，每个人选的课不尽相同。再一个就是他们班集体往往不集中居住，住宿自己校外找房子的居多。即使在校园住宿，一人间的也比较流行。对于他们来说，没有我们那种 6—8 人间的集中居住，就不可能有那么牢固的班集体感情。当然，中国也进步了，现在学校本科生住 3—4 人间的居多了，这种集体生活也有了一些细微的变化。

那时，中国的学制刚性比较强，比如上清华本科就是五年制，四年或者六年毕业的都凤毛麟角。而国外的学制弹性很大，一些学生边工作边学习，我就见过一个本科十年毕业的大学生，他们国家本科的学制本来是三年，对于他来说，个人独自生活远远多于班集体生活！他跟我说过：我们德国大学里从来没有你们中国那样的 Class，像军营一样；我们即使有一些 Seminar，也是相当松散的。我访问过著名的莫斯科大学，他们说在苏联时期，莫斯科大学有像中国大学那样的分班，现在莫斯科大学没有了。感谢母校，中国大学班集体还存在，而且还在不断发展。我们的班既是专业班，又是行政班。通过大学的班级建设，我看到这里面有把支部建在连队上的影子，我还看到了这里面有社会主义核心价值的体现。1980 年那年，全校共招本科生 1500 人，30 人 1 个班，总共编成了 50 个班集体。2019 年，清华大本科生招生 3760 人，班上人数有所增加，班级数目比 1980 年接近翻一番。

清华毛毛虫，出去一条龙。我大学本科是在清华机械工程系度过的，一进校就给你灌输这种强烈的社会责任感。压 02 班一共 30 个人，1980 年夏天入校，相识整整 40 年了，至今大家都还健在。这首先应该感谢清华的入学教育，特别强调校园体育和终身体育。必须承认，我们都是蒋南翔老校长提出的“争取为祖国健康地工作五十年”口号的受益者。“自强不息、厚德载物”是清华的校训，重在努力奋斗、不负韶华，鼓励穷则独善其身，达则兼济天下。“行胜于言”是清华的校风，不尚奢谈，鼓励少说多做。那时的入校教育，还特别强调工科人才在国有大中型企业，一定要和工人师傅打成一片，没有工人师傅的助力什么好的工艺和工装都难以发挥出应有的效益。要永远夹着尾巴做人，主动适应社会的集体观无疑也影响了班级的存在意识。时间越长，压 02 班集体的感情越深；大家仿佛就是兄弟姐妹，有一种一家人的感觉。在清华园一起学习的时候就有这种感觉，分开以后这种感觉反而越来越强烈。

三教区，二校门；
图书馆里的桌椅，大草坪上的白云；
既然你们偷走了我那么多的青春，
从此我再也无法离开你们。

Class，有聚才有散

中国的班级永远是透明的，几乎没有什么隐私，特别是在我生活的那个既不收学费又有国家助学金的年代。1980 年 8 月底，压 02 班全班 30 个同学来自祖国的四面八方，我们每一个人是拿着三样东西到清华园报到的：一是学校录取通知书，那个时候我没有看见复印机，报到的时候就把入学通知书上交了；二是自己手上拿的学生档案袋；三是父母所在地或者所在单位的家庭基本情况介绍信或者证明。祖国太大，交通太落后，30 名同学开学以后一个星期才到齐。

用现在的空间划分语系来说，我们这个班集体来自东部地区的有杨扬（上海）、盛建中（金华）、严励（南京）、张国强（天津）、赵仁永（山东）、李国庆（山东）、路伟（河北）；来自东北地区的有冯俭（黑龙江）、代中波（鞍山）、邱柯（大连）、安郁国（辽宁）、陈浩（辽阳）、姜延民（吉林）；来自西部地区的有杨宜勇（四川）、王新华（内蒙古）；来自中部地区的有袁盛瑞（太原）、吕争元（山西）、张涛（安徽）、谢光辉（河南）、郑文杰（山西）；来自华南的有关立平（广东），王怀聪（福建），邓达（广州）；班上来自首都北京的同学最多，有左建、张彦娥（女）、张伟林、孙玮（女）、吴永玲（女）、鲍钢、田立全。班集体中出现的一切，都无法选择，无法占有，只能经历，只能共享。对于这个班集体而言，第一个学期，特别是头一个月是最重要的磨合期。不同的口音、不同的饮食习惯、不同的作息时间、不同的性格脾气，难免有一些摩擦，其中也有互相适应、互相帮助和互相礼让。大学五年期间，也换过不少班主任和辅导员，还换过几届班委和班长，刚开始求助的事情比较多，后来求助的事情越来越少。一个有机的集体真正形成，总是正式的机制和非正式的机制交互发生作用，最后由他律转变成自律。

青春一去永不回，剩下的都是绵绵不断的记忆。同学情，其实就是青春的集体舞！你无法选择我，我无法选择你，同学就是冥冥之中一辈子的缘分。那时聚在一起的时候，我们一起上下学，一起做实验，一起吃饭洗澡，一起唱歌跳舞，一起集体出游，一起去二汽实习，一起做毕业设计。那时候，我们班级也没有什么特殊，一起玩耍的项目和隔壁班级都是一样一样的，比如颐和园划船、圆明园散步、秋爬香山、夏登鹫峰；偶尔一起去工人体育场看足球比赛，一起去大礼堂和五道口看电影。只不过是时间安排的顺序不一样而已，只不过是每一个人的心情感受不尽相同而已，只不过是专业偏好有所区别而已。我们班上几个同学，还偷偷钻过清华的人防工程，最害怕被人关死在里面的事情最终没有发生。在这些人防通道里面，我们发现冬天一部分用来码放大白菜，另一部分用来培养最普通的蘑菇。

谁自行车坏了，就有人主动帮助一起维修；谁粮票不够吃了，就有人主动贡献多余的；谁被子不好洗，就有北京的同学拿回家用洗衣机帮助洗；谁想去老图书馆自习，就有人联合起来帮着占座位；谁寒假回不了家，就有人留下来陪着一起过年；谁钱不够花，就有人陪着一起去勤工俭学；谁生病了，就有人送他上校医院。这就是我们这个班集体，都是非常平凡的事情，简直不值得一提。如果谁拿这个说事儿，那就是一个大事情。感谢老师，因为老师给过慈母般的爱，上下有依靠！感谢同学，因为同学给过兄弟姐妹情，左右有沟通！

那个时候学习比较紧张，娱乐生活不是太多，也不丰富。课余时间，大家偶尔挤在宿舍楼的水房看《血疑》《铁臂阿童木》《加里森敢死队》《陈真》和女排夺冠、乒乓球大满贯，等等。那个时候，班上没有眼镜的配眼镜，没有自行车的买自行车，没有收音机的购收音机。开灯，就是起床洗漱；关灯，就是卧谈会。人类不可能两次踏进同一条河流。现在的心境，物是人非，想回去都回不去了。

帆布包，丁字尺；
荷塘边的月色，老礼堂的乐曲；
在离开你们的日子里，
我总会时常不自主地想起！

Lasting，散了才想聚

梦归梦时候，大家的心才醒。大学毕业后，班上集体交了一些班费。平时，这个班费放在张彦娥手上管理，因为只有她和我们班的左键同学成就了一对夫妻，他们家里，是班上男女同学信息汇集枢纽。张彦娥和左建也是一对热心人，有国外或者外地同学来京，总会安排在他们家附近聚一聚，在北京及其周边的同学，总是想办法出席，一起聊一聊天。无非是家长里短的，工作如何如何，孩子怎样怎样，身体那样那样，心情这般这般。海内存知己，天涯若比邻。聊完之后，班上同学的近况在大家的脑海里面又更新了一遍，仿佛在场的同学和不在场的同学

毕业 30 周年同学们参加校庆 104 周年活动

又聚集在了一起！谁没有不顺心的时候，遇见了就主动开导开导；谁没有想不开的时候，碰到了就排解排解；谁没有能力不济的时候，赶上了就帮衬帮衬；谁没有看不见前程的时候，能一起合作就互相抱团取暖。这个班集体，既是感情的港湾，又是思想的前哨；这个班集体，既是快乐的源泉，又是解闷的会所！

印象最深的就是值年聚会。记得第一次毕业 10 周年班级聚会的时候，大家不是特别上心，聚集的人比较少。那个时候大家工作都是爬坡上坎的时候，家里孩子又小，请个长假都不容易。第二次毕业 20 年聚会的时候，情形就好了许多，出勤率高多了，超过 20 人。第三次毕业 30 年聚会的时候，大家心气最高，提前一年谋划，不仅有班级征文，还有班级征集照片和视频，内容相当丰富。全班 30 名同学，有 29 个同学出席。袁盛瑞远在迪拜，本来也买来回国的机票，但是临时有事最终没有按时赶回，非常遗憾。但是，每一次大聚会都会发生一些微妙的变化。比如以前，毕业后班集体聚会都喜欢住两人一间或者多人间；现在班集体聚会，开会去会议室，睡觉要单间的人士越来越多了。过去晚上不想睡觉的人多，现在晚上睡不好觉的人越来越多了，这就是岁月！

时间偷走了一切，却永远偷不走我们班集体的感情。当下，大家在谋划入校 40 周年的聚会和毕业 40 周年的聚会。为什么要搞一个入校 40 周年的聚会呢，一方面是有的同学闲下来有时间了，能聚的条件更加充足了，大家想谋划一下如何集体养老的问题；另一方面总有身体出状况的同学，想聚的念头更加迫切了，争取“全聚德”，凡事总想着圆满。这些我都积极报名了，无论是国内聚还是国外聚，我都时刻准备着！每次回母校，老师们都非常客气，里里外外介绍系里和院里的巨大成就，学生为母校的一日千里感到自豪。每次回母校，也有不少同学主动捐赠教育基金，畅谈工作的艰辛和下一步打算，母校也为自己学生的事业有成感到无比的欣慰。我愿母校每一天都蒸蒸日上，我愿每一个同学都炯炯有神。

母校就是我的影子，也就铸造了我的灵魂。感谢母校开创了中西融汇、古今贯通、文理渗透的办学风格，感谢母校形成了爱国奉献、追求卓越的精神和又红又专、全面发展的培养特色，感谢母校培养了大批学术大师、兴业英才、治国栋梁，为国家为民族作出了重要贡献。我这一辈子都生活在母校清华的光环里，心中充满无限的感激。

行万里路，读万卷书。感谢清华不仅给了我们专业知识，更重要的是赋予了我们每一个人终生学习的能力，无论是下岗还是转岗，都能够起死回生，应付自如。一个哲学家说过：只有千帆过尽的人，才能描绘出最美的海洋。每次班集体聚会，看见斗志昂扬的同学，自己都会感受一点鼓舞，与时俱进；看见爱好广泛的同学，自己也可以从头学起，不断开拓。人总是要有一种精神，不管岁月是否辜负了我们，我们绝对不能辜负岁月。老师是这样教育我们的，我们也是这样教育我们的孩子的。即便以后养老也是这样，活的就是一口气，活的就是精气神。以后，我们都要好好活着，一方面不要给国家添麻烦，另一方面不要给子女增加负担。看来未来养老，我们应该更加积极：既需要厚德载物，也需要自强不息！

大石桥，老池塘；
校园的树木一年比一年旺，
百年后的新礼堂也超过了旧礼堂；
人生没有太多的春秋了，
我以后还愿意与你们继续分享！

2020 年 2 月

作者简介

杨宜勇，国家发展和改革委员会社会发展研究所所长。国家发改委宏观经济研究院学术委员会委员、研究员、博导，国家有突出贡献中青年专家、“百千万人才”工程国家级人选、国务院政府特殊津贴专家。

当时明月在，曾照彩云归

■ 姚 坚（1980 级自动化系）

今年是自动化系建系 50 周年，又适逢 1980 级同学入学 40 周年。四十年前，作为时代的幸运儿我们进入清华园，就读于自动化系，怀揣“做一名红色的工程师”的理想开始了大学之旅。这里奠定了我们的人生之基，是我们启航的锚地，也共同见证了自动化系半个世纪的学科发展和人才培养。

班主任和辅导员

我所在的自动化 1980 级自 03 班，入学时大约有 30 名同学，北京的同学略少于三分之一，有 5 名女生。清华招生和入学工作安排得十分细致，入学前已经了解了每个同学在中学的基本情况。入学时我是接到通知提前到校的，主要任务是在大礼堂前协助“迎新”，最早遇到的是同班陈小兵同学。入学后组成班集体，黄志军是团支部书记，我是班长，还有学习委员、文体委员、生活委员等等。我们的班主任是杜继宏老师，身材高大、为人和善，是我们的大家长，班级活动、教学指导、生活琐事等样样关心大家。杜老师是天津人，乐观豁达，那时自行车是大部分老师的标配，记得杜老师经常抽空骑车过来，到东区十一号楼一层的宿舍关照看望班里同学。1984 年秋天我们大学五年级开始的时候，他带领我们到青岛基地进行为期一个月的毕业实习，实习之后还带领我们到济南，又夜行军爬泰山，让大家更加近距离地朝夕相处。当年我们实习所在的舰船如今已成为海军博物馆的对外参观舰只，每每想到看到就会想到和杜老师一起的往日时光。他是我们五年本科生活中最暖心的老师，毕业后全班同学都把他当成大家在清华的惦念，他就是我们怀念大学生活的具体形象和代表。2011 年清华建校 100 年时，以及 2015 年毕业 30 周年时，我们都邀请杜老师和全班团聚，当时全班同学还专程来到主楼四楼，到杜老师仍然作为导师的工程硕士班的专用教室，同学们再次请他讲课，重温师道尊严和美好回忆。记得每次聚会前叶龙、张宝岭等我们几位同学都会商量精心挑选一份礼物，但杜老师每次都说，能见到全班同学本身就是送给他的最好礼物。就如同我们的父母一样，随着岁月流逝，每一次在大家的温馨欢聚之余，

2011 年 4 月 23 日，自 03 班部分同学与杜继宏老师合影

也会隐约感到老师背驼了、话少了。如今遥对远逝的师长，“青山不改水长流，明月依旧星渐稀”，音容笑貌犹在，怀念思绪长存。

辅导员制度从蒋南翔校长时代就开始了，辅导员“双肩挑”一直发扬光大至今。我们班的辅导员先后由几位老师和高年级同学担任。正是在一代代辅导员的关心下让同学们不断成长，也是在辅导员老师的培养下，我和万起光同学以及谢同学等三人于 1982 年 9 月在自动化系入党。李军同学是全年级的标兵，比我们早一批入党，到 1985 年毕业时，全班有大约四分之一的同学加入了党组织。本科毕业前一年我们的年级组长兼辅导员是刘文煌老师，他既要指导我们的专业学习、党团工作，又要关心诸如休学病退、毕业分配等方方面面的事情。记得当时他住在市中心前门一带，经常奔波于学校和城里之间，自身的教学和科研任务也不少，还经常抽出时间和我们谈心交流，让大家忘不了的是永远挂在嘴角的微笑。此后，刘老师参与开创了深圳清华研究院，为学校的发展和深圳创新型城市的建设立下了汗马功劳。2017 年自动化系友论坛在深圳清华研究院举行，受自动化系校友会邀请我到会，能够在毕业 30 年后再次见到刘老师，简直是意想不到的欣喜。他不停地给大家介绍深圳研究院的建立和发展，融入其中的自豪溢于言表，英雄气概一如当年，这可能就是深圳这座创新城市的魅力使然吧。

控制理论教研组

那是大学三年级下学期，全年级五个班的同学要重新确认各自的专业方向，可能是受班主任杜继宏老师的影响，我报名参加了控制理论专业方向。这个方向有一批知名教授，比如曾于 20 世纪 50 年代留学苏联的吴麒教授担任教研组主任，还有解学书、郑大钟、冯元坤等，这些教授当年给我们上课，学者风范、洋洋洒洒，至今我都记得课上讲的自动控制反馈原理中“输入”“输出”和“反馈信号”

的模型，在此后的系统科学、宪法行政法等学科的学习中经常对照。我的毕业设计是跟随李清泉、刘中仁两位老师做的，题目是“自适应理论在工业系统的应用研究”之类的初级课题，李老师是四川人，有传说他上学期间专心于功课，以校为家，最远也就去过圆明园，这种说法虽有夸张，但其实在校的老师大多如此，家里、教室、实验室和图书馆是他们最享受的场所，简单而美好。慕春棣老师当时还是助教，热情周到又颇具亲切感，记得是1985年的毕业季，我和张宝岭两位同学跟随她到湖南张家界参加学术会议，绿皮火车加长途班车一路颠簸才赶到湖南湘西张家界，以至于未能参加本系1985届约150名同学的毕业合影。

2020年9月26日，姚坚与刘文煌老师、系领导及同届同学

在系统工程研究室读研究生

1985—1988年我在自动化系系统工程研究室跟随夏绍玮老师做研究生。当时系统工程作为新兴专业和交叉学科方兴未艾，钱学森、宋健等一批知名科学家都从工程技术领域的系统科学出发，进而将其运用到经济社会领域，数量经济学、金融工程等一批学术著作不断问世。当时的一些课程，比如“大系统理论”“决策分析”“人工智能”，其理论基础和思想方法对我毕业后在公共行政部门工作也大有帮助。当时夏老师是系统工程特别是投入产出分析方面的知名学者，记得1985年春天的一个晚上，我去夏老师在清华西南楼的家求教并请她做我的导师时，她给了一摞油印的投入产出分析模型的学习材料。此后的三年里跟随夏老师完成了以《国民经济“七五”计划产业的投入产出模型分析》为题的硕士论文，当时的答辩委员会主任是国务院发展研究中心产业经济学的知名专家王慧炯教授和李伯溪老师。这期间还参加了诸多的学术交流活动，包括旁听清华大学系统工程专业周小川博士的学位答辩会。

持续学习、终生学习是清华人的优良传统，1980年入学时我的学号是“801316”，三十年之后2010年博士入学的学号“2010311368”，又一次成为“零字班”同学，所不同的是这次就读的是清华法学院。从自动化系到法学院，三十年来时代发展、社会巨变，国家发展面对的问题更加多元复杂，清华也有了更大的责任和担当。时任清华法学院院长的王振民教授是宪法行政法学者，专长于法治政府和香港澳门基本法研究，对我日后的工作指导颇多；时任副院长的余凌云教授是我的博士论文导师，他手握茶杯端坐讲台，娓娓道来行政法原理和行政公开，听他和法学院老师讲课简直是一份享受，他的《行政法讲义》绿皮书兼具法理和文采，再版多次颇受追捧。法学院名家云集让人感受到清华的发展变化和与时俱进，不变的是良好的学风和严格要求。法学院的年轻教授聂鑫老师说，自动化系毕业生的学习能力、商务部工作的实践能力和外语能力，你一定能够把博士论文高标准完成好。

“清华永远是你温暖的家”

2020 年 6 月，因新冠病毒疫情而成为特殊的毕业季，然而学校毕业典礼上背景板的话语“清华永远是你温暖的家”，不仅让即将走出校园的毕业生们心存温暖，也让大批校友感慨良多，抚今追昔。那是 1988 年的毕业时刻，我即将完成硕士论文毕业离校。在主楼前的台阶上，遇到了当时系党委主管学生工作的孙崇正老师，记得当时他也说了同样的一句温暖人心的话。他对我说，毕业没有留校、出去闯一闯也好，不管发展得怎样，不管遇到困难还是取得成绩，都要记住系里还有惦记你们的老师，清华永远是你们的家。三十多年斗转星移，此后孙老师也被委以重任，担任北京工业大学党委书记，相信一批批毕业生都感受过孙老师的殷殷教诲。离校时刻本身就是同学们思想和情绪最彷徨、最复杂的时刻，孙老师这番话在三十多年的生活经历中常常在我耳边响起，也成为时常鞭策自己、不敢松懈怠慢的动力。2019 年国庆前夕回学校公务，为有机会更多感受熟悉的校园气息，我提前在工字厅附近走走看看，正好遇见在校园锻炼的孙老师，他边散步边拍照，身体结实、精神矍铄，我们问候、合影、加微信，接续“家”的温暖。

自动化是个大家庭

自动化 1980 级自 03 班 30 名同学，毕业后大家天各一方，不论身居何处，大家在不同的岗位上服务国家和社会。让我们年级深感自豪的同班杨保华、吴永杰两位同学，毕业后一直在中国航天和中国船舶两个国家重要工业领域工作，居功至伟，这两年他们也因工作成绩突出担任了中央企业的重要领导职务。

我于 2014 年离开工作多年的国家商务部（2003 年之前是对外经济贸易部），到中央人民政府驻澳门特别行政区联络办公室任职，感受到回归祖国后澳门“一国两制”的成功实践和繁荣稳定，这其中与自动化系也颇有渊源、紧密相联。到澳门工作不久，我就见到了自动化系范鸣玉老师和夏绍玮老师，他们的丈夫周礼杲教授和唐泽圣教授都曾是清华教授，后来受学校委派到澳门分别担任过澳门科技大学校长和澳科大信息科学学院院长。夏老师是我在系里读系统工程硕士时的导师，范老师和我夫人曾经是办公室的同事，所以大家颇有渊源，感情也很深。

这两对教授夫妇多年来在澳门任教，通过他们几十年的努力，极大提升了澳门高等教育水平，培养了大量爱国爱澳的毕业生，为澳门顺利回归和长期繁荣稳定打下了坚实基础。澳门科技大学是一所回归后成立的年轻大学，其航天科学和中医药科学研究在海内外具有领先水平，在中国航天科技集团任职的杨保华同学及其团队，参与了该校“澳门科学一号”卫星的研制工作，自动化系的吉吟东老师和李梢老师与该校的中医药科研团队建立了交流合作。自动化1979级的赵晓航学长作为中国国际航空公司的领导成员，至今还担任澳门航空公司董事长，我们为澳门世界旅游休闲中心建设共商合作，还一同策划了“澳门航空”25周年的纪念庆典。同班黄勇林同学毕业后在中美两地创业投资发展的同时，近年来专注于研习中国书法，在美加州等地举办书法交流培训弘扬中华文化，并曾邀请一批中外友人和粤港澳好友到澳门，通过举办书法交流笔会，认知中华文化和莲花宝地。他赠我的书法作品《岳阳楼记》《陋室铭》等，无论是笔法、内容，还是款式至今都是我的最爱。

校庆110年再出发

清华110年校庆就要到来了，我们能参与做些什么呢？正当我和身边校友考虑这个事情的时候，恰好遇到了1982级系友、清华校史馆馆长范宝龙老师的来访。我和宝龙馆长在学校时就相熟，还同时在系团委工作过，也知道他曾经在校刊《新清华》做过多年的负责人，富有激情、才华横溢，可毕业多年我们联系不多。2018年的一天，突然接到他的信息，当时他已到澳门并在酒店住下，他说就打个招呼否则学长见怪云云。我匆忙赶过去邀他一起晚餐，虽和这位文学才子三十多年未曾见面，可大家仍一见如故，如同王蒙先生所言，虽然历经岁月但“生命的底色仍然是明亮的”。我们当即商量，建议将110年校庆清华校史海外巡展的首站，放在澳门举行。难以置信的是，宝龙同学迅速把校史馆的资源调动起来，不仅将清华校史的重点环节，还将“清华与澳门”之间关系的重要事件一一发掘出来，比如清华大学建筑学院团队设计了人民大会堂澳门厅，清华大学美术学院参与澳门特别行政区区旗区徽的设计，还有回归二十年来一直脍炙人口的《七子之歌》的词作者清华教授闻一多先生，等等。2019年9月7日，为庆祝中华人民共和国成立70周年、澳门回归祖国20周年，并作为迎接清华大学110周年校庆海外校史巡展第一站，由清华大学校史馆、档案馆联合清华大学澳门校友会共同主办、清华校友总会等合办的“清华与澳门”专题展，在中国银行澳门分行大堂如期展出。学校党委书记陈旭老师、校友总会副会长史宗恺老师、校友总会秘书长唐杰老师、澳门大学校长同时也是清华校友的宋永华教授等亲临出席，特区政府官员和粤港澳大湾区众多校友共同到场祝贺。

2019 年 12 月，在澳门回归祖国 20 周年前夕，同一主题的展览在清华大学校园再次展出，正在清华读书的众多澳门青年学子一同出席了活动。让我们感动的是，清华大学原党委书记贺美英老师、诺贝尔奖获得者杨振宁先生、陈旭书记、校务委员会副主任史宗恺老师等出席了活动开幕仪式并剪彩。上学期间，贺美英老师一直主管自动化系的学生工作，读研时她已经担任系党委书记，那时她经常请艾知生、方惠坚等校领导到系里作报告，讲“一二·九”运动，讲学生辅导员“双肩挑”，讲阶级观点、实践观点、劳动观点、群众观点，讲受党教育、为党工作，等等，她是我们这批 1980 年代入学的自动化系同学政治上的引领者。毕业多年后，她对我们一届届毕业生关心关怀，已年届八旬的贺老师还专程到澳门看望校友和毕业生，并与澳门中学同学座谈招生和报考志愿。每次见到贺老师她言谈话语中总是提醒我们，工作中要坚持实事求是、敢于负责、要讲真话，要努力学习、勤于思考、不人云亦云，等等。在我们这届同学毕业 35 周年的时刻，在我们经历过丰富的生活和工作经历后，更加能体会到贺美英老师的教诲和我们应有的历史传承。

在自动化系建系 50 年纪念活动的前夕，我在公众号上读到了系主任张涛老师在 2020 届毕业典礼上的致辞——关于“使命”。他致辞中说：“自动化系半个世纪的风风雨雨，培养了一大批优秀的自动化人。从自动化的发展来看，人类社会进步和发展的过程就是不断追求‘自动化’的过程，今天我们迎来了无人系统和智能科技相结合的新机遇。清华人的使命不在于行业的差异、职位的高低，而在于对服务国家、服务人民的坚持，和在各自岗位上不断进取、勇于奉献的精神和敢于迎难而上、突破自我的锐气。”回首毕业 35 年走过的道路，对这番毕业寄语更有深切体会。让我们以此共勉，践行“爱国奉献、追求卓越”的清华精神，不负师长嘱托，珍惜韶华，奉献社会，为吾系增光。

作者简介

姚坚，1980—1988 年在清华大学自动化系读本科、硕士，2010 级法学院博士，曾任商务部办公厅主任、青岛市副市长，现任中央人民政府驻澳门特别行政区联络办公室副主任。

如歌岁月，如歌的行板，我们是清华物 01 班

■ 张　韧（1980 级物理系）

我们有个性，但我们是快乐的集体

屏幕上播放着 MV，伴随着从久远到现在的音乐，画面从黑白到彩色、从青春到中年，在场的人无不为之动容、激动、甚至落泪。

这正是《如歌岁月》，从清华毕业即将三十年时，物 01 班在三亚聚会的现场。时值 2014 年岁末。

说起物 01 班，实际上是我们入学时候的班名，后来因为分系分成了工物 01 和物理 01 两个班，但我们不论在心里还是在行动中始终只有物 01 一个班。

和来自世界各地的二十多位同学一起参加这次聚会的，还有曾经给我们上过课、现在在三亚颐养天年的张静懿、李泉凤等几位老师。大家一起跟随着曾湘涛、姚如涛同学制作的这个《如歌岁月》MV，回到三十五年前的入学时光。从校园生活，到身处世界各地，再到不辱天命，我们仿佛跟着每位同学的轨迹，把这三十五年重新走了一次。

物 01 班毕业照（1985 年）

这次聚会同学们准备和期盼了很久，越到临近心情越激动，我竟重拾三十年前的笔，为聚会写了一首《走在聚会的路上》，诗中有这样两句：

看见同学的名字
脑子里都是学时的绰号

当我朗读到这里的时候忍不住笑场了几次，大家一起开怀大笑，天真地笑、无所顾忌地笑。真是：

走过的路都成为财富
体验和面对只留下美好
因为我们一直走在聚会的路上

从此，“走在聚会的路上”成为同学们使用频率最高的一句话。

就像我在诗中所写的：我们的聚会从三十五年前就开始了。

那是 1980 年秋，我们刚入学，一到宿舍就看见一个穿吊栏背心、肩上搭着毛巾的人挨着个问候每个新来的同学，过了几天才知道他是我们的班长，叫惠秦，我们后来一直叫他老秦。

说老秦是红学家一点儿不夸张，他那时已经通读过多遍《红楼梦》，不仅可以描述和分析小说里的各种细节，还能对红学家们评头论足，实在令人佩服不已。然而，就是这样一个貌似学者的人，在某天晚上从外面回来，向我们宣布“中国足球杀进世界杯决赛”的重大消息，让已经躺在床上的我们狂喜。见此情景，老秦嘿嘿地笑道：“今天是愚人节……”

2014 年底三亚聚会合影

刚入学那两年我们流行看小说，那段时间我从图书馆借了很多世界名著看，《红与黑》《少年维特之烦恼》《傲慢与偏见》等等，读了很多。这些书不仅丰富了我的知识，开阔了我的眼界，还给我建立了理想主义的人生观和情怀。

对我们来说，从高中进大学，就像鱼儿进入大海，有那么多知识和书籍吸引和等待我们去阅读学习。钱大可同学为了多看几本书，把阅读重点放在书的开头和结尾，发明了前一百页后一百页读书法。

1984 年 9 月，物理 01 班在兰州实习，在刘家峡水库参观留影

来自福建的黄开平同学写得一手漂亮的行书，他与范小风同学、钱大可同为学校书法社成员。大可兴趣广泛，尤其喜爱中国古典诗词，到现在都经常会有古诗文脱口而出。

20 世纪 80 年代有过一次批判异化论的运动，每个同学都要发言表态。大可同学发言的中心思想是应该提高全民族人口素质，这在当时显然不符合要求，大可还为此挨了批评。

高瑄同学参加学校演讲比赛的主题是“人要有博大的胸怀”，这在当时听起来似乎也比较空洞。

然而，时隔三十年多之后，不论是人口素质，还是博大胸怀，不正是当今社会中最缺失的一些要素吗？

大五一开学，我们就分赴西安和兰州实习。带领我们物理 01 班在兰州近代物理研究所实习的是尚仁成老师，一开始他就宣布纪律：实习期间不许离开兰州。

我在近物所实习的指导老师叫李松林，和蔼健谈。他告诉我距离兰州不远的青海西宁有个塔尔寺，非常值得去看看。于是我和林桦同学决定周末悄悄去一次。

那时候没有高铁，周末也只有星期日一天。星期六下午一下班，我们就赶上去西宁的火车，经过 5 个多小时，到西宁时天已经全黑了。我们在大街上随便吃了点儿羊肉串之类的，就跑回火车站候车室在椅子上睡一觉。第二天我们匆匆忙忙地参观了塔尔寺，并赶在晚上全班周会之前回到在兰州实习的宿舍，没想到我们的行踪还是被尚老师发现了。他不仅严肃地批评我们，还责令林桦和我在会上作检查。不过成功去了塔尔寺，我心里很得意。这次探险意味的旅行也许启迪了我们日后的创新欲望。

实习期间，我们还与中科院兰州分院进行过一次桥牌比赛并获胜。桥牌是物 01 的一个标志，毕业前几乎全班都会打桥牌。同学们聚会时有条件就要打桥牌，平时有空也常在网上打桥牌。张宏和我是当时清华桥牌队主力，毕业后张宏在美国、我在中国的很多比赛中都取得过好名次，并分别取得两国桥牌大师称号。我在 1992 年还获得全国桥牌锦标赛冠军。关于清华的桥牌运动，我曾撰文《清华桥牌，不仅贡献给这项运动，也历练了我的人生》发表在《桥牌》(2017 年第 5 期) 和《清华校友通讯丛书：校友文稿资料选编》(第二十二辑)。该文中作了详细的介绍，这里就不多写了。

我们本科五年，体育课上了四年。每天下午四点就会有大喇叭广播，让我们去操场，锻炼强健的体魄，争取为祖国健康地工作五十年。体育课也会留作业，例如一周做三百个俯卧撑加上跑两次圆明园之类的。我们每个人有两张周记卡，记录体育作业和完成情况，每周交替上交给老师。周记卡看似自己填报，但是我们不敢作假，否则体育课上的测验可能就通不过了。所以我们都积极锻炼，何况跑到圆明园还可以玩一会儿。

来自重庆的郭云同学身怀足球专业童子功，带动了同学们对足球的热情和热爱，并组成一只水平上佳的班级足球队，他也因此获得“郭大侠”的雅号。这不，都年过半百了，同学们也不忘在三亚操场上秀一把。

相比起来，物 01 的女生在运动方面更出色，范小风同学、谢红同学都是学校田径队队员，范小风还是桥牌女队队员。谢红后来到了美国，近几年仍然参加当地的马拉松比赛。

清华女生少，我们那时候女生比例不到 20%，有的班甚至没有女生。我们班还算幸运，接近平均水平，41 个人中有 6 个女生，个个都是英才。毕业前，我们班有三个同学考上李政道教授的 CUSPEA，王云同学、赵治平同学和林玮同学，前两位都是女生。

王云是我们班的才女，诗写得非常好，代表了清华诗歌的最高水平。她现在是美国著名物理学家，还出版过英文诗集。下面这首是王云写于 1983 年的《彩虹》(节选)，从她唯美隽秀的字里行间，能够看出诗人对理想的向往，以及实现理想的情怀。

别对倚树凝望远方的女郎说
苹果花已凋谢
秋叶会飘落在她足前
雪花会覆盖她的双肩

别对暮色里悠长呼唤的牧笛说
回声早就消逝了

云朵会亲吻牧童泪眼
星星会织成他的桂冠

五年时间很快就过去了，同学们有的在清华攻读研究生，有的去美国深造，有的走上工作岗位。毕业照中手举《桥牌入门》书的唐建志同学现在是斯坦福大学教授兼桥牌发烧友，经常组织几个同学在BBO网站上作战。

互联网刚开始的2000年前后，林玮同学在美国建立了物01班的集体邮箱，在通讯不太发达的那很多年里，正是这个邮箱一直维系着物01班的每个同学。直到最近几年有了微信群，集体邮箱慢慢退出舞台，不过它仍是物01班一个纽带的象征。

毕业二十年时，很多同学参加了学校组织的纪念活动，并为重修南校门的倡议捐了款。

光阴似水，岁月如歌。转眼我们到了毕业三十年的日子，每个同学们都已经完成了自己人生的一篇又一篇华彩乐章。

曾经过五年的茁壮，园林中的花木撒向天下
已启航三十年的今春，从天下飞回各异的鲜花
成材、成荫、成畦，成就多彩世界
亚洲、欧洲、美洲，洲洲生根长大

此时，我们仿佛跨越了时光岁月，跨越了成功与荣誉、失败与挫折，我们的心徜徉在生命的情怀与感激中，那是如歌的行板......

岁月把同窗情变成陈酿，岁月愈久对母校的感恩之情愈烈

我是幸运的枝丫
谁不羡慕我
入选青春嘉年华
年轮一圈圈增加
最快乐的记忆
那五个春秋冬夏

三亚聚会是我们毕业三十年纪念活动的开始，与接下来的毕业30年校庆活动

和以班级为单位给学校图书馆捐桌子活动一起，构成了物01班毕业三十年活动三部曲。

毕业三十年纪念大会

三亚聚会不久，就到了清华2015年校庆的日子，这也是我们毕业三十周年的校庆。母校为我们安排了纪念大会，每个系都要选派一位代表在大会上汇报展示自己系同学们这三十年的风采。

物01班的钱大可同学被推举代表工物系和物理系0字班做汇报发言。那段时间大可同学太忙了，他几乎每天都要联系各个班联系人收集讨论素材和图片；几乎每天给我打电话讨论PPT的结构、风格和细节。他为了这次演讲特地创作了一首诗，并在PPT中引用了我的两首诗节选，同时还请机械系0字班金书铭同学帮忙画了清华学堂、日晷、闻亭、荷塘小桥等作品做为PPT的配图。

纪念大会上，大可同学的演讲非常成功，他在汇报中道出全体0字班同学的心声："这就是清华，我曾经的家，我生命中的精华"，赢得全场热烈的掌声。会后，史宗恺同学对我们说："大可的演讲给咱们工物、物理系长脸了！"

事后大可告诉我，会前他预演过多次，每到"这就是清华，我曾经的家，我生命中的精华"这句的时候，总会心潮彭拜，不能自已。他甚至担心自己会不会临场情绪失控。

给图书馆捐桌子

由于种种原因，我们在毕业二十年时捐款重修南校门的愿望没有实现。所以当这次毕业三十年活动组织者提议以班级为单位给学校图书馆捐桌子的时候，听说有些班级内部意见并不统一。

虽然对未能重修南校门有些遗憾，但当班级联系人刘以农同学和钱大可同学在物01微信群转达捐桌子建议的时候，我们很快统一了思想，那就是我们重在给母校捐献，而不必在意结果。

物01不仅是0字班65个班中捐款最早的几个班之一，而且全班同学中能联系上的都捐款了。我们当时没有王云同学的确切联系方式，尝试着给她大学的工作邮箱发了一个邮件，没想到很快就收到她的回信并欣然捐款。这次捐桌子活动让我们与一些失去联系的同学重新建立了联系。

转眼，桌子在图书馆阅览室就位了，同学们相约去图书馆摆拍留念。

其实，我们何尝不想在自己捐献的南校门前摆拍留念呢？对于我们每个人来说，南校门是我们的命运之门。

我的这首《从南门到13号楼》曾引发很多同学的记忆：

从331路下车
走进生命旅途中的大门
一路向北望不到终点
只有两边深沟后的草木
相似的建筑，相似的梦
数着天上的星星
偶尔有一个路口经过
13号楼很远
这条路很远

汇聚在音乐教室前吃晚饭听音乐
金工实习每天沿着这条路往返
各个教室之间奔波切换上课
相约竞走圆明园完成体育课的作业
还是走着，但路已不那么遥远

有了自行车就如长了风火轮
车轮上结伴上课，自习
车轮上结伴寻梦，游出色彩
你带一个，我带一个
青春的翅膀张开了
这条路变得很近

如今汽车多了
开进南门却开不到13号楼
顶着华发走40年前的路
已是芬芳的花木，多彩的建筑
图书馆的墨香飘来
操场的旋风吹过
这路越走越近
但我们一直走着，走着

在家里走着
在聚会的路上走着

捐赠校园座椅

转眼到了2019年6月，正当同学们讨论2020年入学40周年纪念活动的时候，清华校友总会组织的2019年清华校园座椅捐赠项目来了。按照活动规则，这次募捐是个人捐款，而且因为座椅数量有限，所以报名后还需要经过筛选才能确定能否获得捐赠资格。

我在物01微信群里看见李砚召同学和林桦同学说到报名，我也悄悄报了名。

随后是3个月忐忑不安的等待，期间我找同学打听过，但也没有得到明确答复。终于在9月10日，邮箱里跳出来校友会的来信，我入选了，序号97！我立刻给钱大可同学打电话告诉他这个喜讯。我们也想知道李砚召同学和林桦同学是否收到通知，但又担心他们能否入选，于是大可尝试着打探。结果皆大欢喜，我们三个人都成功入选捐赠名单。班里的同学都为我们入选而高兴，那兴奋的感觉就像我们再次考入清华。我们相约在椅子落成后一起去观摩和留影。

收到入选通知的第三天，我写下了这首《序号97的椅子》：

椅子，是用记忆浇筑的
幸运的破土而出
轻声讲述它承载的
自强不息故事

我想，虽然年轮在增加
但初心未改
那一环环，一圈圈
刻下厚德载物的旅程

椅子在年底安装完毕，而我们却因随之而来的新冠疫情，至今还暂未实现之前的约定，只能请在学校工作的刘以农同学代表我们看望这几个令我们牵挂的座椅。

云聚会，回到往日时光

2020 年初，一场突如其来的新冠疫情隔断了世界，也隔断了我们入学四十年校庆相聚清华的计划。同学们商议后决定将聚会搬到云上。姚如涛同学、赵文正同学、郑毅同学和钱大可同学承担了这次云聚会的组织和准备工作。

到了北京时间 4 月 25 日上午聚会的时刻，来自国内和北美的二十多位同学加入到网络会议系统中，林桦同学在高铁车站、朱德明同学在小汽车里也通过手机加入聚会。郑毅同学还穿上我们三亚聚会时穿过的印有清华标志的 T 恤。

聚会的议程主要是唱歌，唱老歌。开场由当年 13 号楼 126 宿舍的顾宇星同学、高瑄同学、曾湘涛同学和姚如涛同学合唱的《往日时光》，一下子把气氛和思绪都带回到四十年前，大家情不自禁地嘴上跟着唱、或者在心里跟着唱起来。

曾经一起唱过的歌今朝再唱，《西北雁》《鸽子》《飞扬的青春》《明天会更好》，一曲又一曲，曲曲相连。我不由得拿起笔把此刻的感受写了下来：

音乐时断时续
但心声是连续的
陶醉其中
忘了时光
遥远的旋律
凝聚的歌
每个人都清楚
那半唱半哼的歌声中
散发出的是
四十年的沉淀

我刚刚把这首小诗发到微信群，就被王俊明同学看见，并朗诵了起来，那浑厚顿挫的声音立刻把纸面上的意象化为利箭，穿透了我们每个同学的心。

郑毅同学随即把这首小诗发到了他的朋友圈。晚些时候林玮同学发的朋友圈中除了诗文，还配上了我那张乱划拉的手稿。

虽然我们只在电脑前聚会一个多小时，但心情与面对面相聚一样澎湃，并久久不能平静。

直到现在，我的耳畔还常常响起那首歌：

如今我们变了模样
生命依然充满渴望
假如能够回到往日时光
哪怕只有一个晚上

受篇幅和记忆所限，我只写了物 01 班的点点滴滴，且未能提及很多老师和同学，请老师和同学们谅解，在此一并致歉！

特别感谢钱大可同学对我写作本文的支持和帮助，从题材、照片、回忆、审阅等方面，一直伴随我的写作过程。

特别感谢姚如涛同学建立了物 01 班微云账号，使同学们可以上传和下载物 01 班的各种视频、照片、文字资料。

特别感谢刘以农同学帮我们拍照了捐赠的椅子照片。

特别感谢清华校友总会、感谢物 01 班同学鼓励我写下物 01 班四十载岁月的片段。

（本文第一部分写于 2017 年 4 月，完稿于 2020 年 5 月）

作者简介

张韧，1962 年出生于北京。1985 年毕业于清华大学现代应用物理系。曾任工程师，投资项目经理，参与过多个投资和购并项目，有超过 20 年生物制药和生物工艺行业工作经历。1999 年起先后担任上海华新生物高技术有限公司副总经理、上海大陆药业有限公司副总经理。2004 年创办北京清大天一科技有限公司，任公司总经理至 2014 年。2015 年创办北京好思康科技有限公司和生物咖啡茶微信公众号，任公司总经理，同时担任企业咨询顾问，致力于生物技术交流发展和企业管理、技术咨询服务。

自仪 02 班

——像阳光一样温暖我的班集体

■ 张　弘（1980 级自动化系）

今年是大学毕业 35 周年，入学 40 周年。校友会号召大家写写大学集体，本来懒得动笔，赶上新冠疫情，在家空闲时间多起来，除了写字画画，也不时想起当年很多有趣的事，不妨就记一下，反正校庆活动取消，用不着赶稿。只是内容散乱，更多是个人私货，不太扣题。其实毕业 30 周年时就想写个东西，说说毕业后的情况，特意还构思了一下：昨晚在 7 食堂毕业聚餐喝多了，回到 11 号楼宿舍倒头便睡，然后便朦朦胧胧读研就业、成家育女、出国垦耕、回国孝老……今早醒来却是南柯一梦，爬起来赶到主楼前照毕业合影，原来却是要拍毕业 30 周年合影，时空完全错乱……还是因为懒，没写。

四十年前的那个夏末，我们拎着行李，夹着丁字尺、计算尺等入学用品来到林荫掩映的 2 号楼宿舍报到。之前我第一次进清华园是高考前的一个傍晚和几位高中室友骑车闲逛。传说中的自仪 02 班出现了，内含男生 24 枚、女生 7 枚（大

自仪 02 班毕业留念

刚入学时全班在香山上合影

三时从自仪 01 班调入 3 名男生，毕业时共 34 人)。每屋上下铺 6 人，我到得最晚，自然成为挨门睡在别人上铺的兄弟。多年后得知 2 号楼是梁思成设计的，但当时住得太不认真，据说属于土洋混搭，大屋顶，宽楼梯，像老式办公楼。

好像在 2 号楼住了不到一学期就搬到 11 号楼一层的自动化系宿舍——大概是系里最后一批工农兵大学生刚毕业腾出——直到毕业。女生则一直住在斜对面的 5 号楼。11 号楼显得比 2 号楼破旧脏乱，每屋 8 人。床铺质色大抵接近去年校园内出土古墓中的木制品，水房厕所常年阴湿气腐，晚上还经常没有灯。本人曾经画过一幅黑板报：一人如厕养神时还手持长竿挑逗鼠宾。夏天再闷热也必须挂蚊帐，享受汗蒸中的私密性。毕业 30 周年时曾与几位同窗到宿舍楼外扒窗内窥，感叹条件优越。这时有几位款男也凑过来扒窗探视，一问才知是 85 级的新生，我们毕业他们入住，还吐槽说当年一进屋就闻到我们的袜臭，三十年后才出了这口气（味道果然熟悉）。

我们 80 级是恢复高考后的第四年考生，基本上是 1978 年考上的“文革”后首批重点高中生，据说也是取消上山下乡后的第一届高中毕业生，很少有走入社会的经历，被称为天之骄子。之后不久唱遍街巷的“80 年代新一辈”说的就是我们。80 年代是现在公认思想解放、蓬勃朝气的年代。其实每个新时代的早期人们都精神焕发、富有活力，民国早期、30 年代、50 年代、80 年代都是。

班主任孙芝荣老师三十岁出头，属 70 届（也是零字班）“新工人”一代，夫人是当时附中团委书记。他为班级建设呕心沥血，为同学毕业前途操碎了心。记得班里聚会煮饺子，他特意把家里煤气炉运来操作。他才华越界，把我们一送走就从自动化系调到生物系开辟生物信息前沿，并接着担任刚入学的施一公班主任，几年前他与施学弟的全班合影还在新闻联播展示过。孙老师现已作为资深教授归家弄孙。

“文革”过来的男生口腔都不太卫生，熄灯聊天时，室友们都自恨改邪无能，必须着力解决，以适应新的社交需要。团支书李军（前信息技术研究院院长）建议每吐脏字罚款 5 分充为室费，获一致同意。结果没积累几元便断了现金流，从此班级工作走入正轨。

入学后经历的第一件热闹事是 1980 年底北京高校的自由竞选，选区人大代表和校学生会主席，清华最热闹的又是林炎志和他的对手。对这场选举有更权威的记载，对林的介绍也数不胜数。我们小新生只是像大神一样崇拜长我们一轮多、穿一件糙棉袄的林。为他的口才、知识、魅力喝彩。后来听说他背后是有校方支持的。这次选举大概是空前绝后了。

“文革”后人们对传统的政治思想工作已极度反感，而青年学生的迷茫情绪又广泛蔓延。1980 年前后北大清华学生提出“团结起来振兴中华”“从我做起从现在做起”口号，本班团支部也正巧提出开展每人写思想汇报活动，使大家重拾久违的思想交流，增强集体凝聚力。大概因为此活动在当时清华也算稀有，1981 年本班被定为北京市高校先进集体。还记得和李军反复在校团委周为民（不久即被袁庚力保去了蛇口）的指导下修改先进材料。自此班里思想工作不亦乐乎。

那时开班会经常聚在一间男生宿舍，上下铺都是人。各组的思想展示都是晚上熄灯后，手电光下，年轻的脸庞或亢奋，或羞涩，是窥视异性内心的难得机会。在班里当了几年团、党支书，总担着做思想工作的责任，现在翻开日记尽是和人谈话的内容。但其实我并不像李军那样擅长，约人谈心不知如何把握。记得和一位杰出室友谈话时竟逼得他跳窗而逃（也不能全怪我，这位南方同学临事脱逃是惯犯。第一次去澡堂没见过那屠宰场阵势，吓得和衣而返）。李军引我入党，给我改的材料还在。暑假去 200 号听吕应中党课，至今初心未忘。

当年校园隔三岔五也尽是报告讲座，李燕杰、雷祯孝等演说家为青年指点迷津，朱镕基也受邀来过几次，他当时是国家经委技术改造局局长。艾知生副书记现场介绍时发音不准，我笔记上写的是周雍基，他讲了随赵总理出访欧洲和 20 世纪末 GDP 翻两番等等。忘记在什么活动上团中央三位领导王兆国、胡锦涛、刘延东也曾一齐来主楼后厅与同学见面。毕业前夕还请到本专业校友、当年的武汉市长吴官正来班里座谈。

必须要说的是参加主楼后厅全系文艺汇演。1981 年“一二・九”全班下足了功夫，宋卫星、张力领唱，黄晓玲、万起光朗诵。本以为我作为指挥也能得奖，但可能是本班由于原创节目加分获得综合奖，指挥奖给了低一级的学弟。我心里不服是因为后来系里参加全校大礼堂演出是让我指挥而不是学弟。这位学弟现在担任国际货币基金组织副总裁，叫张涛，我却仍在主楼前继续操练。没想到当年那个奖这么重要。再次去大礼堂指挥已经是三十五年后参加教工文艺汇演了。

自排短剧剧照

1982年全系“一二·九”汇演我班排了个学生游行的短剧，吴桦编剧，本人导演兼朗诵，张亚来是清华学生领袖，李平是北大外援，郑军是内奸，李军则率领一众黑狗子前来镇压。事先清北名士李平还率哼哈二将去八一厂征用到重要军事物资黑狗戏服。记得当时因口号声势不够，用两台录音机反复叠加，配乐选的是柴六里的突强和弦和之后那段紧张旋律。结果又是大奖。

都说“无体育不清华”。我其实天生宅男一枚，不喜运动，但也自小被运动员出身的妈妈摁在龙潭湖、玉渊潭里泡大，入学体检肺活量竟仅次于同屋的清华体育大咖宋卫星。读书期间每天下午4点半受大喇叭催扰风雪无阻坚持长跑，经常的路线是翻北墙跑圆明园一大圈从西北门返回。大一军训苦练队列也没赶上国庆游行，体育大学实弹射击靶数少于弹数。高年级体育课进了班里没人选的林伯榕先生举重班，索性借机弄出几块肉团给人看，结果是被群发三级举重裁判证书之外落下腰伤。班里有宋卫星、李军等校际体育大咖，再加上刘欣、杨伟林、朱卫东、黄晓玲、白敏等系级健将，每年系运会本班成绩总是姣姣在前。又经数十年锤炼，同学中已涌现出高尔夫大咖、网球元老若干及“网球邦”帮主，有的每周仍在绿茵场上与年轻人奋争，或在国标、民族舞台上斗艳，还有的刚刚获得环勃朗峰徒步和征服乞力马扎罗山的无上荣耀，本人则勉力维持着每次千米自由泳的体质。

“无体育不清华”是真，“无音乐半清华”大概也不假。人人都记得音乐室（现团委）晚餐时间冲马路上播放西洋音乐，吸引众多学生驻足佯醉，7点结束后去上自习。我也是大学期间染上这口儿，赶上当时北京音乐会票价都能勉强承受，李德伦、严良堃、韩中杰等大师还经常携乐团来校免费普及，我们一帮同学都是常客。再次到国家大剧院听中央乐团已经是30多年后了，成百上千的票价还真得算计算计。当年流行歌曲尚不流行，后悔没晚生几年，否则可能就没矮大紧们什么事了。

所以说起来大学五年好像用在课外活动的精力远多于专业内容。确实令人惭愧，上面说的还只是其中一小部分。其他不详述的还有元旦班会、演讲比赛、诗歌壁报、文学班刊等等。记得暑假期间总有几个同学不愿在家自我隔离，或是选修杂课，或是聚在宿舍读书神侃，再就是汇集全班文学细胞，学习仁人志士，日夜刻制蜡版，印刷装订，出版两期地下班刊《夏夜》《秋笛》，达到自我熏陶的目的。

说起读书，20 世纪 80 年代已经不像 70 年代那样精神贫瘠。印象里清华老图书馆借书台前总是人头攒动。碰到流行本如《傅雷家书》都要排队传阅，高雅的中外文史哲也要做做样子啃几口。印象中放假回家总要背满一书包，头几年主要是少年时就感兴趣的马列理论，还没少记笔记，后来又赶起西方引进的潮流来，包括《走向未来》那些小册子。家里至今还堆着崭新一摞当年商务印书馆的《汉译现代名著》。

专业也总得说几句吧。入学指导由自动化系四大导师之一方崇智先生宣讲，好像大家感觉都是云里雾里的。本来看录取通知是仪表专业就兴味索然，入学后更缺乏信心。基础课下的功夫多些，核心课控制理论等虽然都圆满通过，但说实话始终不得要领。其他一些课则靠考试前两周突击用功了。金工实习像样的工装先紧着女生穿，最兴奋的是夜班回来加一餐面包方便面。只可惜金工车间已被经管学院拆迁盖楼了。毕业设计时张福义老师从哪儿弄来个新控制算法让我仿真并调节水阀，靠两毛钱一包的无嘴儿大光荣在主楼四层实验室熬了几个通宵居然走通了。方先生还参加了我的答辩会，但那时早已决定改行了。后来能用到一点儿的只有高数和统计。班里的学霸首推从自仪 01 班支援过来的陈恩科。他考研全系夺冠后直接保送赴美读博。之后恩科屈尊思科换取丰硕成就，回报母系以奖学金激励后生。其他学霸有的目前在美日中东支援地方建设，有的镇守东土担任院长、教授，或践行实业报国……

还是说回课外的事吧。比如吃饭，大概都能记起大一中午放学飞车去 7 食堂等着冲进去抢包子，因为最便宜。记得本人单月饭费初值仅为 15 元。7 食堂的名菜肉片烧茄子四海之内再没尝到过原味。平日太缺口儿，都盼着过节食堂发餐券改善伙食，大家选择不同菜品回宿舍共享。春节有外地同学留在学校，北京也有同学回校共聚。有一年政治辅导员焦宝文老师还拎了好几瓶葡萄酒到食堂款待大家。不记得曾有过在像样餐厅的正式饭局，南门外用暖壶提啤酒加上低质白干灌到旁若无人倒是确凿事实。郊游故事还有骑车去十渡一个大下坡摔得皮开肉绽在军营躺了三天，鹫峰脚下夜宿小学教室篝火撩人，颐和园碧波荡舟游戏寻宝，八达岭挤火车把女生塞进车窗……高年级时启动交际舞热，我尝试几次，不适应随机应变的体脑要求。国庆 35 周年天安门晚会，班里精选 6 名善舞男女参加，后来听夫人说她们北医是全员参加的。

按理大四专业实习应该放在前面课业用功部分，无奈记忆最深的还是实习期间的娱乐旅游。回想一班青春男女酷夏之季驻太湖之滨，考察江南美景，哪有多少心思整天被电厂技师耳提面命。每个周末苏州、无锡交替成行，平日又赶上洛杉矶奥运和日剧《血疑》强力催泪，真佩服王平同学还能坚持考研复习。鼋头渚游泳渡岛归来遭孙老师严肃指正。转战上海后更早已忘记“好八连”精神，强忍苏州河水熏气弥漫，每晚沉醉灯火阑珊中。只记得在外滩护栏望不到头的情侣阵中勉强挤得一缺，眺望对岸漆黑荒凉的浦东大地。在上海领到实习补贴解散后，我等 6 人小分队又继续杭州、黄山、南京探索之旅，领略西湖风月无边，天都、莲花、光明顶晴雨变幻，紫金长江气象万千。之后又独自赴镇江回访童年故居，返上海人生首次乘海轮到青岛与郝卫平畅饮搏浪，并一同去码头迎接三女生莅临。返途经德州购扒鸡两只，到京余一毛公交票钱回家。

参加献血当年也骄傲一番，爽的是还发几十块钱补贴和食堂特供餐食，解馋不少。有人还观察到不同血型者献血后举止不一。也有人因检出肝指标问题无法献血而感到失望。当年学生中很多肝指标都有异常，甚至需住院疗养，可能还是和营养饮食有关。我本人曾因中毒性痢疾住院一周，杨伟林半夜蹬车送我去校医院点滴，很多同学前去探望，至今想起来仍温暖于心。偶尔翻开浸渍的毕业纪念册，临别时的喧闹情景还在眼前，而毕业前和易扬同学在 10 食堂河边种的小树苗早已枝繁叶茂。

同学们相识已经四十年了，现有 18 位定居海外，毕业后也曾一度联系趋弱甚至中断，是互联网近些年把大家又陆续寻觅召唤在一起，(地球）村东村西鸡犬相闻。如今后代多已叛逆成人，我等也乐得自在。村东老乡每年两次登山远足，感受山河壮丽，欢叙畅饮。村西侨胞频频欢聚豪堂、邮轮，彰显文化、经济显著优势。本来还打算今年校庆聚会时一起去老图书馆看看零字班捐赠的自习桌，在本

村东老乡定期远游

班的桌前合张影，无奈原定校庆活动取消。其他遗憾也一并留在文字背后吧。

闲扯了半天，忘了按要求还应归纳提升一下。个人感觉本班的特点还就是标题所说的“温暖”、团结友爱。听着有点俗，当年也未必感受很深，是后来逐渐有所体会，连夫人都跟着羡慕，说她就不太愿意回忆原来班里的那些操心事。我们班主要是碰巧由一帮热心的班干部与爱掺和热闹的同学所组成，合作关爱也乐于奉献，至今依然如此。前几天听说北美乡亲口罩告急，李军就张罗募集一批，由刘欣操办速递去几百个。本人不善主事，向来是配合班里行政首长或提供技术支持。

年近花甲脑筋已大不如前，若问昨晚吃的啥可能还得寻思一会儿，但几十年前的故事却历历在目（有些细节也可能和梦境相混）。有同学看了说还太粗，暂就拉拉杂杂标记下这些，待日后慢慢反刍扩充。

作者简介

张弘，清华大学自动化系1980级本科，社会科学系1985级硕士，国内工作七年后赴美留学，获北伊利诺伊大学经济学博士并于2002年回国，现担任清华经管学院案例中心副主任。

班集体和体育与精灵们终身相伴

■ 李稻葵（1980 级经管系）

清华大学 110 年育人历史中有许多值得总结和传承的经验，其中班集体是极具中国特色的经验，而重体育则是在世界高等教育界有普遍意义的经验。在我五年大学生活里，这两点都给我留下了深刻记忆。所以我想在 110 周年校庆之际，写写我所在的经零班集体和我们班的体育氛围带给我和我的伙伴们的快乐与成长。

清华大学最初是留美预备学校，对养成学生健壮体魄的重视和传统，历来就超过国内其他高校，以至于曾有“五道口男子体校”的戏称。清华大学的校训“自强不息，厚德载物”，与体育精神有异曲同工之妙。

1980 年清华大学经济管理工程系初建，第一次招收本科生，全系只有一个专业，整个专业只有一个班，一共有 31 位同学，班号为“经零”，我们戏称自己为“精灵”。由于经管系当时是全校本科生总人数最少的一个系，在清华每年一度的体育盛事——校运会上（后来的马杯运动会），我们得不了几分，多次敬陪末座。

经管系首届运动会后班级同学合影，后排左五为李稻葵

和我们基本并驾齐驱的“难兄难弟”，是同样本科只招收一个班的应用数学系，为此我们和数零班结下了深厚友谊。然而，在清华体育氛围的影响下，竞赛成绩丝毫不影响我们对运动的积极参与以及对体育的热爱。每次参加运动会大家反而更加关注发扬运动员的体育精神。

校运会上积极的场地工作人员，右起：李稻葵、李吉香、冯大正、刘燕欣、林加

入学伊始的体育课就给我们留下了深刻印象。还记得在第一堂体育课上，老师就教导我们锻炼身体的重要性，只有锻炼好身体才能实现个人理想，才能真正为国家做出贡献。当时老师非常动情地跟我们讲，说他在江西干校劳动多年，导致“心不好、肝不好”。这句话长期在同学们之间流传，说我们一定要加强锻炼，避免未来“心不好、肝不好”。

我们那时候没有体育特长生，31 位同学都是从全国各地按高考成绩择优录取的。尽管在录取时并未考察过体育特长，入学后我还是发现身边不少同学在体育方面有自己的专长，这也符合我前面提到的“成才者大多有体育特长”的观察。例如，我们班的刘燕欣同学小时候在北京市什刹海体校围棋队学习，1981 年获得了北京市围棋比赛女子组亚军；董海涛同学从小就喜欢踢足球，大学刚入学就被选进了田径队，后来又去了足球队，司职右前锋；李首无同学尽管中学期间没有受过专业训练，入学清华后被选进校队，后来还获得过首都高校运动会 1500 米长跑冠军。

除了这些能在体育上崭露头角的同学外，我们班几乎全部同学都热爱体育，积极参加锻炼。以周卫东同学为例，他入校的时候身材清瘦，在体育老师勉励下他苦练肌肉，大三还专门选修了举重课，到毕业时已经是一个壮小伙了。周卫东同学还是我们班的“体育知识大师”，他对众多体育明星如数家珍，包括当时的英国田径运动健将塞巴斯蒂安•科，他能够讲出塞巴斯蒂安•科每一场比赛的成绩、创造的纪录，以及他特殊的训练方式。这令我大开眼界，十分羡慕。

我自己虽然没有运动天赋，但是在清华体育精神的感召下也积极投入训练。当时我一个小梦想就是要成为 100 米短跑的三级运动员，当年的标准是 12.4 秒，苦练之后，最后还是差一点没能成功。有一年我报名参加全系的田径运动会，我苦练了一冬天，最后要比赛的时候，还让我们班的冯大正同学给我剃了一个光头。因为当时从书上看到说剃光头可以让凉风对头皮产生刺激，有助于提高跑步成绩。比赛前全班同学摸着我的光头给我加油，这张照片至今还留在我的相册里。

体育带来的欢乐，一直伴随并凝聚着我们经零班集体，毕业以后更觉珍贵。每年校庆之际，全班同学聚在一起，必谈的一个话题就是大家最近身体怎么样，在搞什么体育锻炼。记得是我们毕业 30 年的校庆活动，我们班的林加同学、董海涛同学和在校的学弟学妹们交流，专门谈到了体育锻炼的重要性，谈得到最后觉得还不够尽兴，然后就现场和几个学弟来比赛平板支撑，看谁支撑的时间长。最后我们这两位 50 开外的大叔还胜过了在校的小学弟。这也是我们这个欢乐温馨的班集体在毕业 30 年后继续凝聚大家、温暖大家的佐证。班集体和体育给我们人生带来的价值和影响，甚至远超我们大学学到的知识。

多年以来，我在参加国内外各类活动中有一个观察，各行各业的领导者都有一个共同特质，即他们从小就是体育活动的积极参与者，部分还是专业的运动选手。从他们身上我感悟到，体育精神对于教育和培养人才是不可或缺的。原因主要有三条：第一，体育精神的核心是挑战自我，这也是清华校训中“自强不息”的要求；第二，体育精神要求参与者有团结协作的意识，即便是单人运动，运动员也要同自己的教练和训练团队密切合作，这是清华校训中“厚德载物”的体现；第三，体育精神非常强调规则意识。

最近我也在向学校领导呼吁，应该把学校的体育教研部升级为清华大学体育教育研究院，专门培养一批研究如何把体育教育贯穿于高等教育全过程的专业人才，以此把清华大学的 110 年发展的宝贵智慧奉献给世界。

作者简介

李稻葵，1985 年毕业于清华大学经济管理学院，1992 年获哈佛大学经济学博士学位。现为清华大学弗里曼经济学讲席教授，清华大学中国经济思想与实践研究院院长，清华大学苏世民书院创始院长。第十三届全国政协常委，长江学者特聘教授，享受国务院政府特殊津贴。

自 12，我的兄弟姐妹我的班

■ 侯康宁（1981 级自动化系）

1981 年 8 月 27 日，在坐了 18 个小时（其中 17 小时是站席）的火车之后，十六岁的我来到清华大学新生报到处完成了新生报到注册手续，成为清华大学自动化系 1981 级自 12 班的一员。

其实我差点与自 12 班失之交臂。在参加完高考填报志愿时，我自己填的第一志愿是西安交大。我的老家在山西最南端，西安是离家乡最近的大城市，如果能上西安交大我就心满意足了。我的高中班主任王老师建议我改报清华。那时刚恢复高考没多久，家里孩子又多，不论是家长还是社会，对高考的关注程度远没有后来这么高。只要孩子能上大学就不错了，至于上哪所大学基本上是由学生选择之后再和老师商量而定的，家长们几乎不参与或者也没有能力参与。我甚至是在入学之后才知道清华本科学制是五年的。

自 12 班共有 31 人，从性别上看：27 名男生，4 名女生；从籍贯上看：12 人来自北京，19 人来自其他 19 个不同省份，每省一人；从城乡构成来看：27 人来自城市，4 人来自农村。我们班的男生宿舍在 12 号楼 113 室～116 室，每屋上下铺住 8 人，其中 116 室是与其他班的混合宿舍；女生宿舍在 5 号楼，每屋上下铺住 6 人。

入学不久就遇到了中秋节，北京同学回家过节。班主任倪恩老师放弃与家人团聚，陪外地同学在主楼前草坪上赏月。班级辅导员 7 字班的张宏远学长的一曲《草原之夜》令我们印象深刻。

刚入学时，来自不同地方的同学们，方言混杂。来自南方的同学 Hu、Fu 不分，来自东北的同学 Ren、Yin 不分，而来自山西的我则 Chui、Chun 不分，经常闹出笑话来。随着时间的推移，同学们逐渐入乡随俗，渐渐地家乡话仅限于同乡之间讲，而同学之间则讲普通话，再后来，在京同乡间也都讲普通话了。

自 12 班的第一届班长是陈刚同学，团支部书记是杨振斌同学，振斌同学在高中时期就已经是学生干部了。班委会特意组织了不少集体活动，例如去军博参观、爬香山赏红叶、去圆明园植树、登长城游览等，以便让同学们通过集体活动增加

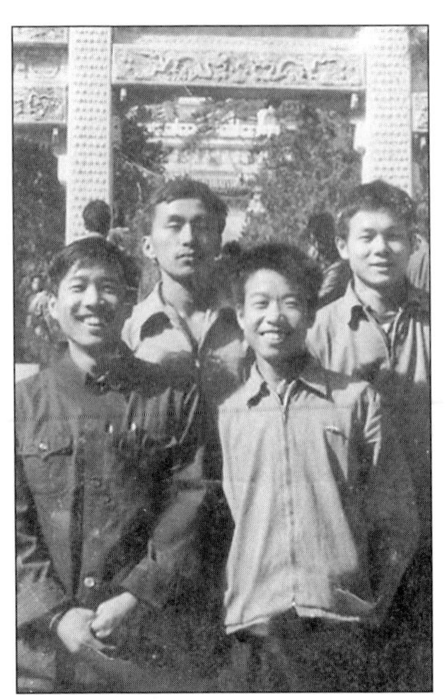

碧云寺留影。前排左起：杨振斌、侯康宁，后排左起：曲大健、张军生

相互了解的机会，帮助同学们尽快地互相熟悉起来。

在我们的高中课文里有朱自清先生的著名散文《荷塘月色》，来到清华之后慕名前去拜谒，看到的却是游泳池北边一个叫“荒岛”的地方。1981 年 10 月 12 日，自 12 班为期一周的新生建校劳动在“荒岛”展开，我们有幸成为“荷塘月色”所在景观“近春园”复建的第一批劳动者。

我们 1981 级是 1977 年恢复高考后的第五届大学生，绝大多数是六零后，以 1963 年、1964 年生人为主。我们自 12 班的鲍得海同学 1966 年出生，入学时只有十五岁，是全年级年龄最小的。我入学时差一个月满十六岁，身高只有 1.57 米，去西大操场锻炼，被高年级同学当作中学生赶了出来。

清华浓厚的体育锻炼风气令每一个清华学子受益匪浅。每天下午四点半，校园里的大喇叭准时响起：同学们，课外锻炼时间到了，走出宿舍、走出教室，去参加体育锻炼，保持健康的体魄，争取为祖国健康地工作五十年。同学们或踢足球，或打篮球、排球、乒乓球，或者去跑步，每个人都能找到适合自己的运动方式。除了同学们的自我体育锻炼之外，每周还有体育课。带我们体育课的是王毅老师。在王老师的带领和训练下，自 12 班以平均 28 个引体向上的成绩位列全年级第二，我当时的最好成绩是 41 个引体向上。清华浓厚的体育锻炼氛围，让清华学子们养成了良好的运动锻炼习惯，也为每个清华学子能够“为祖国健康地工作五十年”打下了坚实基础。我一直认为，在清华几年间，我的身高能增长十五六厘米，和清华的良好体育锻炼风气以及清华学生食堂的饮食有莫大关系。

和清华周边相邻的其他院校例如北大、林大、北航、农大、北医、京工等的食堂相比，我吃过一圈后的结论是清华的食堂是最好的。入学后的前几年，清华每个系都在固定的食堂就餐，自动化系学生就餐的是七食堂。后来放开，同学们可去自己喜欢的食堂就餐。我们住在东区 12 号楼，常去七、八、九、十二食堂。七食堂的红烧茄子、氽丸子、醋溜白菜，咖喱牛肉、尖椒鸡蛋、油渣饼……一道道美食令人至今想起来仍垂涎欲滴、回味无穷。每周还能吃一到两次饺子，我是山西人，对醋的爱好让班里的同学们瞪大了眼睛：这哪是吃醋，分明就是喝醋哇。在食堂就餐的学生以班级为单位轮流帮厨。帮厨时，遇上自己班的同学来打饭，就多给点，旁边的大师傅也装作没看见，让同学们暗自高兴一下。

那时每个学生每个月能领到的粮食是有限量的，每个人还发有一本副食证，用于购买限量的白糖、花生瓜子之类的副食。粮食定量男生是 36 斤，女生是 32 斤，其中 50% 是白面，25% 是大米，25% 是粗粮。粗粮以玉米面发糕、窝头、玉米面粥为主。北方学生爱吃面食，南方学生爱吃米饭，同学们之间面票米票互换的事是经常发生的。刚入学的时候，男生们的饭票往往不够吃，班里的女生们就将她们富余的饭票周济给男生。农村实行承包制后，中国人终于解决了吃饭问题，到了后来，同学们的饭票粮票用不完，就用粮票换鸡蛋、换袜子。

我们宿舍有 8 个人，来自江西的老三刘明贵同学有一段时间因神经衰弱失眠，而来自广东的老五李挥同学是个沾枕头就着，且呼噜山响的主。睡不着的老三被老五的呼噜吵得心烦意乱，就在老五的脚趾上绑了根绳子，老五一打呼噜，老三就扯绳子将老五弄醒，老五转个身接着睡、接着打呼噜，老三接着扯绳子。拉锯战的结果是老三刘明贵搬到系里给失眠同学安排的专用宿舍里住了一段，失眠症好转了又搬回来住。

大三上学期，学校让各系各班组织同学们去献血，时任自 12 班班长的是毛先海同学。他来自湖南，是个热心肠的人。他跑前跑后、动员张罗，安排同学们到校医院去献血，当轮到毛先海自己抽血时，他却晕倒了。原来毛先海同学从小就有晕针、晕血的毛病。“动员同学们去献血，自己却临阵脱逃”成了毛先海同学的“小辫子”，许多年后当班里的同学们聚会时，还时不常会拿出来“揪一揪”。

清华校园很大，若上节课在东区，下节课在西区，则步行赶过去时间就很紧，如果再赶上老师拖堂，下节课迟到几乎是一定的。入学不久，我们班的李同学就买了一辆自行车代步。他是第一个吃螃蟹的人，为此还受到年级辅导员的批评，要求同学们要有勤俭节约、艰苦奋斗的观念。然而现实比人强，买自行车作为代步工具的同学越来越多，到后来，几乎是每人一辆。自行车以二手旧车居多，以至于当年有这样的说法：清华学生骑的自行车除了铃铛不响，哪儿都响。

大一、大二时，我们上的都是数理化英一类的基础课，与自动化三个字没有太大关系，我们甚至困惑未来何以立身、工作。从大三开始上专业课，陆续学习了电路原理、模拟电子、数字电子、自动控制理论、电机原理、微机原理、汇编语言、TP801 单板机等，做了许许多多的实验，同学们渐渐有了感觉。当看着自己搭建的电路能够控制模拟红绿灯按照设计要求开关时，心里还是有一点点成就感的。掌握了专业知识之后，同学们就能跟着老师做项目了。我就是通过刘宝生同学的介绍，跟着精仪系李春江教授做项目，用汇编语言为数控机床编程，干了一暑假，挣了二百多块，这在大学毕业月工资只有五六十元的 20 世纪 80 年代中期可是一笔大钱。

上大四时，我们班的杨振斌同学当选为清华第二十四届校学生会主席。振斌同学不仅自己当选，而且也带动了一批自 12 班的同学参与学生会的工作。我也有幸去了学生会体育部工作，体育部部长由学生会副主席发 11 班的郭樑同学兼任，副部长是我们班的李挥同学。进入体育部不久，我和几个同学一起组织了在西大饭厅的全校乒乓球比赛，赛期两周，参赛选手达一百多人。这是我在清华上学期间，参与组织的最大的一次学生活动，从中得到了许多锻炼。除了学生会之外，自 12 班的同学们还参加了很多社团活动，例如刘明贵、卢岩文、曲大健、肖建刚等同学参加了校军乐队，崔苑同学去了三联 / 华实，李枝蔓同学是校代表队的长跑队成员等等。我的个人感受是：参与学生会及学生团体的活动与工作，对学生自身来说是一种学习与锻炼，受益终身。

1984 年是新中国成立 35 周年，自 12 班全体同学有幸参加了国庆 35 周年游行庆祝活动。在国庆游行之前，我们接受了好长时间的走正步训练，游行演练也于深夜进行了几次。“十一” 正式游行那天，来通知说过天安门时不用走正步，日常步行通过即可。

在清华的五年本科学习期间，有两个实习令人印象深刻。一个是大二下学期为期六周的金工实习、一个是大四下学期为期四周的生产实习。我们的金工实习是在校工厂里进行的，同学们经历了翻砂铸造、车铣刨磨全流程培训和实践，自己动手做出了哑铃、羊角锤等金工实习作品。

和金工实习不同，大四的生产实习有去外地的可能，同学们都盼着这个机会的到来。生产实习是按照专业分的，自 12 班同学分为工业自动化和信息自动化两个专业，我们工业自动化专业的 20 余名同学由朱善军老师、严继和老师带队去上海嘉定的微型打印机厂实习。我们用汇编语言为类似于现在出租车用的微型打印机编写程序。实习工作之余，同学们结伴去游览上海，上海的市容却出乎我们的预料，楼房破旧、道路狭窄，远不是文学、

苏州太湖留影。左起：李挥、刘宝生、王立山、侯康宁

自 12 班同学毕业前夕在主楼前合影

影视作品描述展现的那样。打印机厂的工人们听了我们的疑惑之后抱怨说：阿拉上海赚的钱都让侬北京盖房子修路了。听抱怨归听抱怨，同学们能借着生产实习机会到上海，顺带游览一下苏杭锡黄等江南名胜风景还是非常高兴的。

大五下半年的毕业设计，我和同班的李挥同学、自 11 班的陈永红同学，以及斯里兰卡留学生加米尼同学同组，指导教师是梁任秋老师。毕业设计内容是用单板机 + 电子线路控制电炉温度保持均衡。通过开题调研、方案设计、硬件制作、软件编程、测量调试、毕业答辩等一系列过程，让同学们理论联系实际、融会贯通、动脑动手、受益匪浅。在校学习期间，实验、实践、动手机会多，给清华学子们打下了坚实的业务基础。

自 12 的同学们都是来自全国各地的尖子生，刻苦学习、力争上游是自不必说的。除了平常的上课、上自习之外，到了周末，每个宿舍轮班派代表到清华学堂、图书馆抢占自习位置的事是常有的。有付出终会有收获。1986 年本科毕业时，自 12 班 31 人中，有 27 人上了研究生，只有 4 名同学直接参加工作。有意思的是，二十多年后，我们班仕途进步最快的、经营企业身价最高的却都出自这四名没有读研的同学中，令人咂摸回味。

入学时总觉得清华的五年学制太长，然而不知不觉间，就度过了我们在清华自 12 班的五年集体生活。五年来，同学们一起学习生活、一起历练成长，我也完成了从农村到城市、从少年到青年的转变。本科毕业后，我到清华精仪系读研究生，研究生毕业后去清华科技开发总公司（现称紫光集团）工作，一直到 1994 年离开。

离开清华这么多年来，不论我走到哪里、身在何处，自 12 班的兄弟姐妹情、

2011 年百年校庆自 12 班同学合影

同窗学习景，会时常浮现在我的眼睛前、脑海中，它一直伴随着我、鼓舞着我。在自 12 班的五年共同学习、成长经历，已成为自 12 班全体同学的共同精神财富，是深刻在我们生命历程中的不可磨灭的印记。

清华自 12 班 —— 我的兄弟姐妹我的班！

作者简介

侯康宁，1988 年至 1990 年，在清华大学科技开发总公司工作。1990 年至 1996 年，赴日工作学习。1996 年底回国创业。1997 年至 2002 年，北京康飞理想科技开发有限公司总经理。2003 年至 2009 年，艾德威特网络技术有限公司中国区总裁。2009 年至今，卓豪（中国）技术有限公司大中华区总裁。

为什么忘不了结 13 班

■ 白　勇（1981 级土木系）

1981 年，有 32 位时代幸运儿考入清华大学土木工程系建筑结构工程专业，组成结 13 班集体，其中包括 4 位女生。在五年大学期间，有一位同学因身体原因转到结 2 班。另一位同学也因为身体原因从结 0 班转入我们班，所以班级总人数没变。男同学住在二号楼三层的五个宿舍，女同学住在新斋。班主任是郑国忠老师，在土木工程系测量教研组工作。同学们来自五湖四海，天真烂漫，都具有进取心和事业心。

2021 年是我们毕业 35 周年。虽然时光飞逝，但是人生中最美好的大学时光好像并未远去。结 13 班这个集体从 1981 年形成以后就一直陪伴着我们。无论是毕业 10 周年、20 周年、30 周年，还是即将来临的 35 周年庆典，同学们都以难以掩饰的激动心情回忆起当年的大学生活。有时我会问自己：这么多年过去了，为什么我们忘不了这个集体？是因为宿舍里飘扬的歌声，五食堂的佳肴，香山的红叶，运动场上的角逐，老师们孜孜不倦的教诲，还是那段刻骨铭心的恋情？

结 13 班毕业合影，前排右起第五为系主任陈肇元院士

老肖的歌声

老肖，肖振忠也，当年结 13 班的歌王。比起清华几个著名歌手，老肖显得比较低调。这一方面是他不张扬的性格，另一个方面是当年不懂得包装。用现在的说法就是广告宣传不到位。20 世纪 80 年代初期，大家心目中的著名女歌星是邓丽君，男歌星是刘文正。老肖弹起吉他，唱起刘文正的歌在以假乱真的同时，加以自己特有的沙沙的低音声，场景让人难以忘怀。他的歌声为当时相对贫乏的文艺生活增添了不少的色彩。这也是为什么毕业这么多年，同学们还是非常喜欢他的歌。毕业 30 年庆典时，老肖的一曲《纷纷飘坠的音符》让整个 1 字班同学泪流满面。

除了老肖以外，结 13 还有几位同学也当了一把文艺人。王勉、王世富、张凯和我都弹过吉他。张凯的嘹亮歌声也时常在宿舍和楼道里回响。1981 级的学生在校期间很幸运地碰上了 35 周年的国庆。1984 年的国庆是在拨乱反正、继往开来、承上启下，全面建设社会主义现代化的关键时刻举行的。清华大学和首都其他高校师生，以及首都百万群众一起在天安门前载歌载舞，欢庆这一大喜日子。当时清华的每一个班都有学生代表参加在天安门前的欢庆活动，结 13 班的代表是陈振民同学和我。为了准备这次活动，我们俩在百忙之中挤出时间学习集体舞。学习跳舞是一次非常有益的素质教育，我们不但要克服舞蹈中的技术难关，同时也要培养一定的音乐细胞。当时在校期间，这是一个难得的学习机会。

女生的裙子

大学期间的一天，有位男同学问我："你看那位女生的裙子怎么样？"我当时的感觉告诉我，他不仅仅是问我那裙子的颜色或者款式等，他有更加隐晦和深层的意思。但我不知道怎么样确切地回答他的问题。因为这个原因，在我写这一章节时，我最初的打算是把标题定为"某某某的裙子"。但后来一想其实这个问题不仅仅是我们班同学所碰到的问题，而是当时我们整个大学生群体所共同面对的一个令人困惑的问题。这个问题就是在大学期间当你遇见所喜欢的异性时，你是不是应该对你喜欢的人展开大胆的追求？或者说在大学期间你是不是准备谈一场恋爱？这个问题在现在或许很容易回答，但是在 20 世纪 80 年代初叶的清华园，答案却不是那么一目了然。首先老师和学生辅导员基本上都是提倡在大学期间不谈恋爱。在同学们当中，也有相当一部分人主张在大学期间不谈恋爱，主要原因是怕影响学习。甚至有个别同学认为在大学期间谈恋爱是不好的行为。在这种大环境下，大胆追求自己喜欢的人，并且谈一场轰轰烈烈的恋爱就比较困难了。即便校园里有少数同学在谈恋爱，但他们大都是在偷偷摸摸地进行。虽然在社会上有很多人羡慕我们80年代的大学生，但是在谈恋爱这个问题上，我们更羡慕当代的大学生。在大学期间没有轰轰烈烈地谈一场恋爱，是某些同学的终身遗憾。造成这种遗憾当然还有另外一个原因，那就是当时清华女生太少。当夜深人静的时候，现在有些男同学会不会在想：如果当时大胆一点，是否能够把那个喜欢的女生追到手？

香山的红叶

去香山旅游是大学期间比较火的活动。我们班第一次组织去香山游玩是在第二学期，1982年3月。这也是班上第一次组织同学们到校外的集体活动。按照一般的常规去香山应该是秋天，那时可以看红叶。组织者，包括我在内，搞这次活动看上去有点任性，也许是怀有不管三七二十一搞一次集体活动再说的心态。虽然是在初春，没有红叶，但香山依旧展示了它与众不同的风貌。正是这次活动的经历使我明白了不管是春、夏、秋、冬，大自然都有其独特的一面。它们风格不同，展示的是各具特色的美。人应该善变，生活在当下。很遗憾的是我们第一次去香山的活动没有留下照片。现在所保留的照片都是后来几次去香山时候留下的。

五食堂的佳肴

说句实话，大学期间同学们对清华吐槽最多的恐怕是食堂里的伙食。当时结13班被分配在五食堂用餐。虽然同学们也可以去校园里的其他食堂用餐，比如说在我们附近还有四食堂，但实际上各个食堂的情况差不多。早上一般是玉米粥加油饼，去得晚一点的话可能就只有白馒头了。中午一般有一两个菜还可以，印象最深的是红烧排骨。晚上大部分时间就是凑合的。1985年左右五食堂增加了小炒，

结13班香山留影

4 毛或 5 毛钱一份。按当时学生的经济情况价钱虽然贵了点，但是菜的质量和品种增加了。记忆中炒里脊肉、鱼香肉丝、宫保鸡丁等都非常受同学们的欢迎。

在这个世界上有一种现象：即当你失去了某样东西以后，随着时间的推移，有时你会越来越想念并且喜欢这样东西，五食堂的饭菜就是这样的一个例子。毕业以后，当同学们回想起在五食堂用餐的情景，对五食堂饭菜的评价也渐渐地有所转变。慢慢地大家都想再回去品尝一下当年的佳肴。可惜的是五食堂已经拆了，不存在了。虽然在那里盖起了新的食堂，但是它和我们没有任何感情与心灵上的联系。现在我们只有在梦中才会对自己说：又尝到五食堂的佳肴了。

运动场上的健儿

无体育，不清华。结 13 班是一支体育强队，她为清华体育代表队输送了不少的人才。杨洸、刘峯、沈岐平，还有芮继东同学分别是校长跑队、短跑队、举重队和体操队的队员。每天下午当锻炼身体的音乐在清华园响起，不论学习多么紧张，同学们都会放下手里的书本，走出教室和实验室参加户外锻炼。在西大操场踢足球最能吸引班里的男生，特别是当年世界杯预选赛，奥运会预选赛，国内的甲级联赛等更是把足球运动推上了高峰。有了这些体育尖子再加上班里体育锻炼的普及，结 13 班曾经在 1983 和 1984 连续两年获得系运动会团体总分第一名。除了校代表队的同学外，杨雪松、刘健、杨志勇和我都在系运动会上取得过好成绩。杨洸同学和我还在系冬季越野长跑比赛中获得了名次。五年来养成的锻炼身体习惯，一直伴随着我们。无论走到哪里，强壮的身体是健康地工作50年的基本保障。

课外活动的先锋

结 13 班同学们的课外活动非常具有特色，这个特色就是与经济创收紧密相连。大学的第一个暑假，1982 年的夏天，我参加了系里建筑结构抗震抗暴实验室有偿的课外活动（当时又称勤工俭学）。除了在实验室干一些打杂的活以外，我主要帮助当时的研究生制作钢筋混凝土实验构件并且采集一些实验数据，如混凝土裂缝和破坏荷载的测量数据，等等。虽然都是一些琐碎的事情，但的确是一个非常好的学习机会。通过这个暑假的勤工俭学，我学到了如何来组织制作实验构件，尤其是这个过程中的几个关键步骤，并且了解了有关实验仪器的使用方法。虽然这是我人生中第一次近距离接触工程实验，但对我后来的人生和事业发展有很重要的影响。毕业以后我所从事的科研项目大多数需要进行实验，所以 1982 年在系里实验室勤工俭学活动的经历给我后来的事业打下了很好的基础。除了在专业上学到不少知识外，我在经济上也有不小的收获。当时系里支付我每天 1 块 5 毛钱的报酬，两个月下来，我积攒了相当可观的一笔钱。

1983 年暑假，我们班参加有偿课外活动的人数有所增加。肖振忠、刘峯、杨志勇和我都参加了校内夜间治安巡逻队。巡逻队的办公室设在二号楼一层，主要活动是晚间骑自行车在校园内进行定期巡逻，以确保校园安全。在一次巡逻过程中，我们及时地发现了有一名外来男子企图在深夜翻入女生宿舍。通过这件事使我们认识到看似平静的校园，有时其实也不平静。管理好一所大学，除了教学、科研、学生生活以外，还有其他重要的事情需要做，比如说治安问题。

1984 年的暑假是我们第一次有机会把课堂上学到的知识用到社会实践中去，并且获得了丰厚的经济回报。暑假前的那个学期我们刚好学了测量学这门课，掌握了测量的基本理论知识与实际操作技能。当时北京纸盒一厂迁入新的厂址，急需找懂测量的技术人员进行厂地测量，并且绘制厂区平面图、高程图、上水图和下水图等以满足政府对工程验收的要求。沈岐平、吴富强、芮继东和我四人组成了一个团队，并且聘请了季如进老师当顾问，承接了北京纸盒一厂的测量项目。我们四个同学吃住在厂里，日夜奋战了二十多天，顺利地完成了测量项目。这个项目使我们认识到了书本理论的局限性，以及理论与实践相结合的重要性。例如，在测量过程中，我们首先要在厂区内进行测量控制点的布局。虽然书本上有一些指导理论，但在实际操作过程中测量控制点可以有很多的分布方法，要找到最佳方法并不是件很容易的事。我们采用的控制点布局方法来自书本。虽然我们达到了测量精度的要求，但在事后的总结过程中也发现了一些缺陷，可以有进一步改进的地方。另一方面，通过这次活动，我们也认识到任何一个项目它有技术方面的指标也有商务方面的要求。例如，我们的测量项目是从承接项目开始，然后经历了合同谈判、现场测量及绘图，到最后的结尾收款等一系列过程。对我们学生来说，我们往往注重技术方面的要求，而对商务方面如合同谈判等知之甚少，了解商务知识是我们有待努力的地方。这个项目结束以后，每位同学都获得了一百六十元人民币的报酬，这在当时是比较高的回报。记得那个时候父母一个月的工资也只有六七十元人民币。总之北京纸盒一厂的测量项目给我们上了非常生动、有意义的一课。

1985 年在厦门实习。前排左为胡严、中为刘健，后排右史其信老师

1985 年的暑假，我们班在

福州和厦门进行专业实习。实习完成以后同学们一路畅游祖国的大好河山，除此以外暑假没有其他的课外活动。但在1985的学期当中，我们班的几位同学还是组织了一些有偿的课外活动。刘健同学和我一起组织在大礼堂放映了苏联科幻片《驯火记》。杨志勇和我一起组织在电教放映了日本影片《山本五十六》。

毕业设计小组同学及指导老师。前排左起：匡文起老师、朱俊杰老师、孙秀菊，后排左起：武航（结12）、白勇、项强（结11）

这些活动丰富了同学们的生活，同时也为组织者带来了一些经济效益。

结13班所处的80年代上叶是改革开放的初期。在那个激荡的年代里，有些同学敏锐地认识到了正在到来的社会变革，他们以积极的态度迎接新思想、新价值观和新机会。在有偿课外活动这个领域里，可以说我们结13班是走在学校的前列。这些活动在现在看来也许算不了什么，但是在80年代初叶我们能做到这些还是需要有解放思想的勇气。我们每个人在改革开放的初期都经历了新旧思想的更替，面对新的机遇做出了我们的选择。希望我们每一个人都无悔于自己的人生选择。

大学五年我们有付出，有收获，有忧愁，有欢乐，有遗憾，有欣慰。虽然我们可以用长篇累牍的华丽辞藻来描述我们的经历，但是“歌声、裙子、红叶、佳肴、健儿、先锋”，这短短的几个词组就可以汇聚我们丰富多彩的大学生活，同时也说明了为什么忘不了我们的大学集体——结13班。

作者简介

白勇，1981年进入清华大学土木工程系建筑结构工程专业学习。1990年初赴美留学。1996年获得博士学位后在公司工作了三年，然后进入大学任教。现任美国Marquette University土木、建设与环境工程系McShane讲席教授，美国土木工程师协会会士，美国建设工程教育委员会主席。

我们是清华 1983 级第一班

■ 贾　东（1983 级建筑系）

1983 年秋季，30 多名同学齐聚清华大学建筑系建 31 班。

按当年清华大学的院系排列，建筑系是第一系，建筑学一班自然就是全校第一班，所以我们班的学号是从 830001 开始排的，沈帆同学就是这个学号。

现在我们都是五十多岁的人了，一回忆起在清华的时光，何小健同学的话非常经典：一言难尽。而话题一旦打开，却无穷无尽。本文想就一个班级的集体意识怎样形成这个话题，简单回忆三个方面的事情。

第一个方面是大学的教育教学管理制度，20 世纪 80 年代的大学转专业是很难的，基本上考进哪个专业就要在哪个专业里毕业，学生宿舍也基本上不变。这些管理制度仁智各见，但是确实有助于班集体的集体意识形成。这个方面就不多说了。

第二个方面是清华历来重视班导师和辅导员两支队伍建设，并有序地与骨干教师队伍建设有机结合起来，有一套非常成熟并且不断改进的做法。现在记忆深刻的，经常与我们接触的青年教师有冯晋、吕江、王宇、韩宝山、胡宝哲、周燕珉、刘晓都等，其实这些老师当时也只有二十来岁，他们风华正茂而且满腔热情，

建 31 班的同学们

在山上共赏美景

他们既是班导师辅导员也是专业教师，大家几乎天天能够见面，这些比我们大几岁的青年人，深刻地影响了十八九岁的我们，大大加快了我们班集体意识的形成。特别是周燕珉老师，既是我们的班导师，又是我们的专业课老师，我们这些同学，从画图工具的准备、到上板裱纸，从线条绘制螺丝转到水墨渲染塔什干柱式，每一点滴对于建筑学专业基础的学习，都有周老师的心血。这个方面也不多说了。

第三个方面是要说的重点，那就是建 31 班在清华这个大环境里面，同学们彼此尊重包容却又热情进取，形成了一个整体向上的力量，让大家团结在一起。在这个方面，班集体活动是非常重要的，特别是班级刚组成的时候，北京的同学敞开心扉，热情地组织了好几项活动，建 31 班的集体意识很快就形成了，短短的日子下来，来自五湖四海的孩子们就真的融为一体了。

开学伊始，在班导师和辅导员的召集下，同学们围坐在一起，各自介绍自己。老师确定了两位同学担任班长：男生陈朝辉和女生李守宁。徐原平同学自告奋勇担任了生活委员，这其实是一个特别辛苦的班干部岗位，每个月要收集大家的现金和全国粮票去给大家买学校食堂的饭票，这个工作内容今天已经没有了，这个工作内容却是特别值得回忆的。当时的助学金也是通过生活委员每个月统一领取发放。回忆大学五年，建 31 的生活委员似乎是一个所有的事情都可以交给他就放心的一个同学。

第一次全班出去郊游，是在国庆节的时候去香山。那一次的活动，让我这个来自山东的孩子，第一次体会到了北京的公园真大，公园里的山真高，山上的树真高，还有那么多大大小小的亭台楼阁，更见识了什么叫鸟语花香，北京的一个公园几乎是一天一夜都逛不完。大概大多数来自外地的孩子都有我这种感觉吧。

同学姜建军是班里的摄影专家，从大学一入学，他就经常拿一个照相机给大家照相，而且还经常给大家洗照片儿。当时的惊喜之一，就是姜建军推开大家的宿舍门，给每一个同学送照片，这些照片有的是整个班集体的，有的是三五个同学的，还有的那肯定就是这个同学他自己。而帮大家洗照片的不只是姜建军同学一个，2 号楼东侧楼梯间下边有一个小暗室，杨尚青、陈朝辉等好几个同学都在那儿给大家洗过照片。我大学五年，几乎没有自己到照相馆里照过照片，给家里寄的照片儿，都是这样班集体同学给照的给洗的。

五年下来，班里同学照了很多照片，今天大家找来能找好多，每一张都弥足珍贵。

那一天香山的红叶很美。

从香山回来，同学们的距离更近了。班里还有一个留学生，是美丽的尼泊尔女生桑其塔，杨尚青、劳汜荻等几个同学经常主动找她，和她交流学习的情况，中外同学之间互相帮助，桑其塔也是一个很要强的孩子，她的学习一直很刻苦，专业学习与语言交流互相促进。后来，桑其塔不仅会讲很多普通话，甚至连北京方言“一块儿臭豆腐”都说得很流利了。

五彩缤纷的秋天过去，寒冷的冬天悄无声息地来了，而清华荒岛的冰面上也出现了滑冰的学生。建 31 的班长陈朝辉，是一位个子不高相貌俊秀的北京小伙，一笑露出一口洁白的牙齿，带着一种北京孩子天生的人缘儿，他最帅的动作，就是在寒冷的冬天，穿了一条有些夸张的厚重而宽大的运动裤，把左手背在身后，在荒岛的冰面上滑冰飞驰，与他可以比翼双滑的，是班里高大而帅气的辽宁小伙袁铁声。

寒冷的冬天里，集体活动更加火热，1983 级新生歌咏比赛拉开了序幕，那时候好像没有大赛决赛半决赛这样的各种叫法，就是比赛，却也是竞争激烈。其实一开始，我并没有对这件事情有很深的感觉，因为我的中学时代虽然没有局限于数理化，还算得上看了不少书，但终究与唱歌相去甚远，我感觉唱歌并没有我的事情。有一天吃了晚饭，我正在宿舍里准备看书，陈朝辉过来找我，他跟我讲了歌咏比赛是一项每个同学都要参加的集体活动，他不仅鼓励我积极参加，而且交给我一项任务，那就是跟他一起把手风琴从 2 号楼宿舍送到在焊接馆的专教，然后全班同学们一起在专教练歌，结束之后我俩再把手风琴运回 2 号楼宿舍。好像这样的训练搞了很多个晚上。练歌的每一天，吃了晚饭，陈朝辉推着他的自行车，我把手风琴放到他的自行车后座上，扶着手风琴，我们就在寒风中出发了，每次走路要 20 多分钟，这 20 多分钟我们就聊了很多话语，陈朝辉给我讲了很多北京的故事，我也给他讲我们家乡的故事。后来苑泉同学也参与进来一起搬运手风琴，每一次仨人都聊个不亦乐乎。

认真参加歌咏训练多了，就感受到了强烈的竞争味道。在指挥李守宁的严格要求下，大家排练得越来越认真。几个女生杨尚青、黄勤、金雅玲、陈悦、林熳从为女生穿什么服装上场讨论来讨论去，最后确定的是天蓝色高领毛衣，因为前一届歌咏比赛就是这一身赢的。同学们还各显神通，请来了陈卫理、丁泰、段新等几个师兄师姐帮忙指导。

正式的歌咏比赛是在一个晚上在清华大礼堂进行的，演出有没有得奖，有没有赢，真的记不清了。但那可能是我唯一一次作为演出者登上大礼堂的舞台，也可能是我们好多同学的唯一一次。至今我还记得我们当时选的歌曲叫作《前进吧，华沙》。而且至今我们好多同学还能哼唱当时的一段歌词，"勇敢地举起我们的旗帜，不怕那风暴横扫大地。不怕那敌人强大的压力，命运也决不能摧毁意志。前进吧，华沙，勇敢的前进，做一次神圣的英勇斗争！"这好像是当时我们唱的歌的开头吧。现在查了一下，这个歌是一首苏联歌曲，网上翻译的词儿跟我们唱的词儿好像不完全一样，不过我们觉得还是当时唱的词儿亲切。

在北京的冬天的寒风里，歌声飘散，温暖留下。1984 年的元旦来临了，我们当时刚经历过高考的孩子们，特别喜欢那句话，冬天来了，春天还会远吗？而现在，新年来临了。这时候建31已经融合为一个温暖的大家庭，我们来自五湖四海，也都开始忘却五湖四海，无问西东，但求学问。而在这新年到来之际，我们班就在专教里搞了一次包饺子大赛。同学们选的日子，就是在 1983 年的 12 月 31 号的夜晚，我们一起跨年，没有一个同学缺席，外地的孩子回不了家，北京的孩子也没有一个回家，我们在一起，迎接 1984 年 1 月 1 日的到来。

那时候没有电视直播，专教里也看不到新年晚会。没有手机，更没有网络。天色黑下来，同学们陆续来到了专教，专教里灯火通明，映照着窗外的漆黑。有的同学带来了录音机，播放着欢乐的曲子。有的同学在专教的天花板上，吊上简易的彩花。我记得我在黑板上画了一头猪和一只鼠，因为 1984 年是猪年和鼠年的交接。肥硕的猪和灵巧的鼠在互相对拜，同学们的脸上也都洋溢着光彩。男女同学们在一起和面拌馅儿，清华建31的同学各个干起家务活来好像也都是一把好手，饺子包的又大又圆，几个煤油炉一字排开，热气腾腾。我们不仅吃了饺子，而且是吃饺子就吃饱了，那不是象征性地吃个饺子当作过年，而是一群孩子们在一起真的吃饱了饺子来过年。青年教师也跟我们在一起，老师和同学们互相祝福，那时候说得最多的话还是祝您德智体全面发展！

几个男生还爬到焊接馆的屋顶，在凛冽的冬夜里，在 1984 年 1 月 1 日零点到来之际，燃放了几枚不多的鞭炮。在寂寥的夜空里，二踢脚炸开的火花格外艳丽。

那真是一次难得的关于跨年的宝贵记忆。

新年一过，考试开始。复习期间考试，大家特别愿意围坐在范强同学身边，范强同学不仅题做得好，而且特别乐意笑眯眯地很有耐心地给同学讲题。

考试过后，校园里一下子寂静下来。我是外地同学中比较晚回家的一个，陈朝辉和苑泉两个同学一起把我送到北京站，我记得很清楚，在老北京站中间那个南北天桥候车室检票口，我们三个人握手告别，然后我下了很长的楼梯，一个人上了火车。

那时候的火车，启动起来，汽笛长鸣，咣当作响。火车向南，开向我的故乡山东，我的大学的第一个学期结束了，我们建 31 班 1983 年秋季第一个学期也结束了。

现在回想我度过的大学生活的第一个学期，清华母校所给予我的，清华的恩师所给予我的，肯定是受益终生的。而建31这个班级给我的，既有兄弟姐妹情义，也有以诚相待而又各负其责、彼此尊重而又真情交流，在这个过程中，我们彼此学习到了很多东西。而说句实在话，北京同学所给予我这个外地同学的真的很多。就在这样朴素而真诚的集体情愫中，我们开始慢慢地成长起来了。

三十多年过去了，回首往事，作为清华大学 1983 级第一班，我们建 31 班同学的日子基本上都是平凡的，也是朴实的，每一个同学都实实在在地以当年在母校学习的专业知识为基础，为建筑学专业、为城乡建设行业、为祖国的事业做了一些事情，现在同学们散布在东西南北，都已经五十多岁了。

而无论来自哪里，无问西东，也无论现在哪里，不在南北，清华大学建 31 班的同学，都把在母校的所学所悟，牢系心中，诚惶诚恐，兢兢业业，认真地做好每一件平凡的事情，这应该也是对清华精神的一种朴素的诠释吧。而这其中，大学入学第一个学期的几次集体活动所蕴含的集体意识、以诚相待、互补实干的精神永远在我们心中。

作者简介

贾东，1983 年至 1988 年，在清华大学建筑系读建筑学专业本科，获工学学士。1990 年至 1993 年，在清华大学建筑学院读建筑设计及其理论专业研究生，获工学硕士。有十余年甲级设计院建筑设计实践工作经验。后调入北方工业大学任教，历任建筑系主任、建筑工程学院党委书记、建筑与艺术学院院长、学校教务处处长，现为建筑与艺术学院教授。一直在本科和研究生教学一线，获北京市教育教学成果奖多项，获北京市高校教学名师奖，获中国建筑学会中国建筑教育奖等。

回忆跟同学一起创业的日子

■ 衣丰超（1984 级计算机系）

2021 年是母校清华大学 110 周年华诞，学校要出版《像阳光一样温暖》专辑。征文启事中的两段话“集体生活是清华重要的文化特征之一。当你在大学中，遇到一个优秀的集体，她会像阳光一样，照耀着你的学习和生活，并且温暖你的一生。那些传道授业解惑的师长，见证了你从懵懂蜕变为成熟；那些和你一起共度大学岁月的同学，成了你一生的好兄弟、好姐妹”，“大学同窗也成为走上社会后，相互激励、扶持，陪伴成长、共获成就的那一群人。”让我浮想联翩，心潮激荡。那个优秀的集体不就是我们计算机系 84 级程 42 班吗？那些传道授业解惑的师长，不就是罗建北、周立柱等诸位老师吗？那些大学同窗不就是李竹、大刘、小刘、老韩、史青他们吗？

2021 年，我们大学毕业将近三十二年了。也许是上辈子修来的缘分，跟那么多可亲可爱的同学，一起共度了清华计算机系五年的大学时光。大学毕业后，从 1991 年底，我跟我们班（程 42）的李竹、刘怀宇（大刘）、刘仁宇（小刘）、史青，再加上计 42 的韩武龙（老韩）一起创业，到现在也快三十年了。回忆起跟李竹、大刘、小刘等同学一起创业的日子，总是感慨万千，激动不已。跟这几位同学一起创业，改变了我的工作、生活和人生轨迹。

1991 年清华南门打工

1991 年，我们计算机系 1981 级学长杜佩林担任清华科技开发总公司下属的清华三艾公司总经理，三艾公司的办公地点在老清华的南门附近（现在是清华科技园了）。清华三艾公司有一批计算机系的校友任要职，我们程 42 的同学李竹一边忙着联系出国，一边在三艾公司负责软件开发的业务。当时我在计算机系读研究生，空闲时间较多，也跟着李竹在三艾打工。后来计 42 的韩武龙也从福建回来加入三艾，做硬件的相关工作。

在三艾的日子里，我第一次接触到了公司的运作。杜佩林学长特别重视销售，

1986 年大刘（刘怀宇，左）、小刘（刘仁宇，中）和衣丰超（右）天津游合照

他说公司技术人员和销售人员的比例应为 1:2。当时特别不理解，总认为技术人员才是公司的核心，现在回忆起来自己当时的想法确实不成熟。

李竹在三艾时就有战略眼光，认为三艾单纯代理销售硬件扫描仪是不够的，应该配套开发相关的图像处理软件。后来就在当时特别流行的数据库系统 FoxBase 的基础上，开发出了图文数据库软件 ITbase。ITbase 在国内最早研发推向市场，让我们一下子进入了很多领域：公安身份证、交警驾驶证、人事系统等等。

即使到今天，过去三十年了，ORACLE 系统也有一个 BLOB 字段（专门存放图像等多媒体数据），跟我们在三艾开发的图文数据库软件 ITbase 思路完全一致。

读研究生的时候，我跟大刘同学在 14 号楼住一个屋，李竹、韩武龙、小刘经常来 14 号楼小聚。

大刘搞网络、老韩做硬件、我做数据库、李竹做领导策划，我们几个同学创业的第一个公司的雏形渐渐酝酿成熟。

我研究数据库，起源于有几年跟着计算机系软件教研组周立柱老师搞数据库（周老师平易近人，后来曾任计算机系的系主任）。软件教研组林行良老师、吕映芝老师、张素琴老师、蒋维杜老师、周立柱老师、严蔚敏老师，理论组卢开澄、戴一奇老师，软件中心的罗建北老师、郑人杰老师等都是那么和蔼可亲。他们开设的《数据结构》《编译原理》《软件工程》《数据库原理》《组合数学》等课程都很受同学们的欢迎，编写的教材是经典中的经典。

大刘同学上研究生时在计算中心，计算中心负责网络的是胡道元老师和吴建平老师，吴建平老师现在是计算机系系主任。

1992 年清华园宾馆创业

1992 年年底我跟李竹、刘怀宇、刘仁宇、韩武龙创立新未来公司时，办公地点的寻找颇费了周折。当时没有写字楼，能在工商注册的办公地点只能选择宾馆，后来我们选择了离清华比较近的五道口的清华园宾馆，租了一个套间。

新未来公司在清华园宾馆有两年的时间，其间我们开发了第一个推向市场的软件产品《新未来校长办公系统》，用户是高中、初中的师生。

1993 年清华供应科、海淀黄庄

后来新未来公司又搬到了清华校内的供应科院内（清华游泳池边上，现已拆除了），租了二楼几间房做开发中心，市场销售部设在了海淀黄庄创业中心（现在的海淀医院的位置）。1996 年时的海淀黄庄还有很多平房，是中关村的核心地带。

在清华供应科上班的时候，我在石景山区玉泉路租了一套一室一厅的房子。从住处到清华路上要两个多小时。清华西门有一趟车 375 到西直门，从西直门坐地铁到玉泉路，玉泉路地铁口走十分钟到家。有时上班累了，就打一辆黄色的面的回玉泉路，面的一公里一块钱。后来面的被淘汰，再也没有那么便宜的出租车了。

1995 年前后，我们几个同学第一次用上了手机。那时的手机都叫大哥大，是模拟信号，只能打电话。手机通话费非常贵，接听和拨打双向收费。买个手机加预存的电话费要一万多，真是奢侈品。我现在的手机号就是那时买的，一直沿用至今。

3.5 英寸软盘是在 U 盘出现之前的一种移动存储器，要有软驱才可以用。但它在历史上的功绩是不能被抹杀的。一张 3.5 英寸的软盘容量只有 1.44M，读写速度很慢，复制 1M 多的文件要一分多钟。我们开发的酒店软件就是存贮在十几张软盘中，装在一个软盘盒子中。现在的软件系统容量，动不动就是几 G、十几 G，U 盘也是几十 G、上百 G，这在 20 世纪 90 年代是无法想象的。

那时我们班史青同学和先生江旭东去了广州闯荡江山。史青精明能干，擅长企业管理，在广州电脑城设点，专门销售新未来的软件，给新未来带来很多新业务，我们是她的技术支持中心。每次去史青那里出差，就跟回家串亲戚一样，她把我们几个照顾得无微不至。李竹的英诺基金是史青现在创业的丽晶软件公司的首轮天使投资人。丽晶这两年还陆续拿到了清华创投和腾讯的投资。

新未来公司业务发展得很快，并入同方之前已经涉足了酒店 HIS 系统、住房公积金系统、教学办公系统、图文数据库系统、医院 LIS 系统等很多业务领域。我们几个同学各自负责其中一块业务，忙得不亦乐乎。从软件开发、软件销售到人员管理，我们每个人都在进步、提高和转变。

1997 年并入清华同方

后来有幸得到了计算机系几位老师的认可，我们创业的新未来公司并入了同方。1997 年 6 月 25 日，清华同方股份有限公司正式成立，并很快上市。同方上市后，李竹担任了清华同方软件与系统集成公司的总经理，刘仁宇同学担任了同方计算机公司的总经理。我和大刘、老韩继续在李竹的领导下从事清华同方的软件开发和销售的业务，我们班的崔昕宇同学、计43的穆青山同学也加入了进来，在清华同方的大平台上，拓展了电力、教育、住房公积金、医疗等新领域。

对那段创业历程（1991—1997年）的感悟之一

我们几个创业的时候，李竹已经拿到了国外大学的奖学金，大刘在现在的北京科技大学当老师，小刘在航天部二院上班，我在清华科技开发总公司搞技术，每个人都可以有循规蹈矩、按部就班的人生前程。李竹带领我们辞职下海创业，走上了一条不寻常的路（这是李竹同学的特色）。当时我们的初心就是：20世纪90年代，国内各行各业计算机应用一片空白。我们坚信未来每一个行业都会涌现出几个计算机软件的领头羊，引领着这些行业的信息化普及发展。我们都是清华学计算机专业的，必须参与其中，不能仅做一个旁观者。三十年过去了，我们的预见得到验证：企业管理的用友和金蝶、医疗的东软和东华、税务的航天信息、餐饮的美团等都成了龙头企业，各行各业信息化都达到了空前的水平。

我和李竹、大刘、小刘、老韩创业过程中遇到过很多困难，几个人的性格、胆识各不相同，但我们都是大学同学，有着相同的技术背景，有着共同的理想，利益上大家你谦我让，又有李竹这样的核心人物，总体算是成功的。记得我们创业的公司新未来股权分配的时候，大家开了个小会，前后不过十分钟的时间，就通过了李竹的提议，没有一个同学提出异议。这三十年来，李竹同学做天使投资，投了几百家公司，我自己也历经了多家大大小小公司的股权设立、变更、转让、退出，我们这样的公司股权分配会，是极其少见的，由此可见同学们的格局。

社会上的很多创业伙伴不能同甘共苦，原因很多，最重要的是理念格局不一致。20世纪90年代，没有像现在这么成熟的营商环境，我们需要自己摸索出一条知识、技术、产品、商品、收入、利润的价值创造之路，需要走出清华园，学着开发软件、学着做销售、学着搞管理。现在回想起来，当时大家是够有闯劲的，也就仗着当时年轻，仗着从清华得来的自信心。

新未来公司的创业伙伴在清华同方时的合影。左起：韩武龙、陆川、刘斌权、李竹、衣丰超、刘怀宇

现在回忆起来，创业的日子物质生活虽然是艰苦的，但大家朝气蓬

勃、乐观向上。1991 年到 1996 年，新未来公司创业的日子，是我一辈子最难忘的青春岁月。而回忆那时的青春岁月，又仿佛回到了那些曾经经历过的风风雨雨、坎坎坷坷中。抖音里唱的“我还是从前个少年，没有一丝丝的改变”并不真实，回忆依旧，只是少了几分忧郁，几分繁华，多了几分沧桑。

大学同学不是兄弟姐妹，胜似兄弟姐妹。自己始终觉得，他们是我永远的亲人，我会永远关注他们的生活、工作的点点滴滴，为他们悲，为他们喜。

对那段创业历程（1991—1997 年）的感悟之二

在母校清华大学 110 年华诞之际，我和同学们都非常感恩清华对我们的培养和教育，感恩清华的老师和同学对我们的关心、支持和帮助。

1984 年的秋天，我和很多同学一样，拎着简单的行李，孤身一人来到清华园。五年的大学生活期间，在老师的课堂上、在学校的实验室里，经历了我人生的许多第一次。在朱玉和老师的政治课上，第一次知道虽然党的生日是 7 月 1 日，但党的一大是 6 月 23 日开幕的；在下午四点的东大操场的广播喇叭中，第一次知道清华号召我们要为祖国健康地工作五十年；在主楼的计算中心，第一次调通了自己编写的 Pascal 程序代码；在罗建北老师的《数据库原理》课上，第一次学习了现今大数据时代的基础 SQL 语言；在郑人杰老师的《软件工程》课上，第一次认识到软件要遵循工程的方法而不能只是艺术家手中的作品。还有许许多多的第一次……

1996 年秋天，我和李竹等几个同学刚加入清华同方，罗建北老师当时是同方的领导。有一天，罗老师引荐我到清华东门的一栋居民楼去见计算中心的黎达老

2019 年计算机系 84 级毕业 30 周年庆典，同学们与罗建北老师（前排中）合影

师，从那天起，我开始进入了电力行业信息化的领域。那个时候，我虽然有了一定的软件行业的技术积累储备，但对电力行业一无所知。在罗老师和黎达老师的指导下，我们很快用清华同方的品牌，在两三年的时间，连续中标了北京、南宁、大连、哈尔滨供电局等几个电力信息化的大单，让清华同方在电力行业崭露头角。从那时起到今天，二十几年了，我一直从事着电力行业信息化的业务，罗老师是我人生关键节点的引路人，永远感恩罗老师。罗老师被尊称为清华圈里的“创业之母”，帮助过很多清华的学生，我和很多同学都是亲历者。

2019 年计算机系创新未来奖学金答辩会（从左到右）：司绍华（计 43）、李竹（程 42）、史元春（计 42）、刘怀宇（程 42）、衣丰超（程 42）

为了报答清华的培养之恩，计算机系 84 级的同学在李竹等的组织下，这几年也为学校做了一些捐助活动：2014 年发起设立了清华大学计算机系 84 级思源基金、2019 年设立了计算机系创新未来奖学金等等。

2019 年是我们大学毕业三十周年，校庆聚会的时候，我问吴军同学，你写了几本书了，他说已经写了十本了。吴军同学是计算机专业出身，却成了畅销书作家，是跨界的标杆典型。吴军是我大学时上铺的兄弟，有一次在清华南门的 Google 大厦碰到他，他叮嘱我们一定要做 Revolution（革命）的事情，而不要做 Evolution（改良）的事情，虽然两个词只有一字母 / 首之差。今年疫情肆虐的时候，我现在创业的公司上不了班，公司推荐全体员工读吴军同学的《浪潮之巅》和《智能时代》两本书，大家对吴军的见识佩服得五体投地，尤其赞赏他介绍的硅谷的工程师文化和创业文化。吴军同学不但帮助、影响了同学们正在做的业务，作为国内的 IT 名人，也影响着很多创业者。

2000 年离开同方之后，我和李竹等同学陆续投资经营了很多个 IT 公司。在这些年创业的路上，计 42 的罗文高、计 43 的穆青山、计 41 的皮立新和马显荣都曾经是我们的创业伙伴，清华的很多同学和老师都曾给我们鼎力相助。

结　语

作为中国 IT 产业的参与者、受益者，我们赶上了一个前所未有的好时代，见证并参与了改革开放以来信息技术对祖国各行各业的深刻变革：从单机、局域网、城域网、互联网到今天的移动互联网、物联网、电子商务、移动支付、共享单车，如同科幻电影般走进现实，方便着我们的生活。

2020 年的疫情给祖国带来巨大的灾难和惨痛的教训，未来常态化的疫情管控之下，IT 行业迎来了新的机遇：国务院要求 2020 年底前实现增值税专用发票电子化、2020 年是高考改革强基计划的第一年（清华成立了五大书院）、疫情推动了互联网医疗的发展、疫情使大众对在线教育产生了新的认识、疫情也将对央行数字货币的发展产生积极影响等。我作为 84 级计算机系的校友，虽然是 IT 业的“前浪”，也愿意陪清华的学弟学妹“后浪”们一起再奋斗几年，以不辜负母校清华的培养。正是：

无论海角与天涯
此心安处便是家
再作创业十年计
栽桃种李待开花

在 2021 年母校清华 110 周年华诞之际，谨以此文祝母校基业长青、再创辉煌。

作者简介

衣丰超，1984—1989 年清华计算机系本科。1991 年 9 月—1993 年 9 月，清华计算机系硕士。近 30 余年 IT 工作经历。承担、主持国家、省、市以及大型企业科技项目和信息化项目百余个，在各大期刊、会议发表论文多篇，已经受理发明专利多项。跟几个大学同学连续投资和创业多家 IT 专业公司。

青春如画

——由程 42 班连环画册制作唤起的回忆

■ 翁云江（1984 级计算机系）

这是来自清华大学 1984 级计算机系程 42 班的故事。

引　子

在清华大学 110 周年校庆来临之际，不禁想起两年前班里为庆祝毕业 30 周年而进行的几个活动。先是我在班群里倡议大家写些回忆文章，以记录我们当年的青葱岁月，怎奈老同学们工作繁忙而无暇动笔；之后在 2018 年夏与李竹会面时，他提议制作一本名为《程 42 班的清华园记忆》的连环画册，由我负责联络全班、汇总故事收集老照片并策划画册的具体形式，他去确定画师和安排资金出版成册。在全班同学的支持下画册进展顺利，后来余德玉也前来助阵，最终画册在 2019 年校庆毕业 30 周年班聚会前完成印刷并发到老同学们手中。随后，画册在 1984 级微信公众号“Tsinghua1984”上发布，校友总会公号“同方部”也加以转载。

程 42 班老同学

翻开连环画《程 42 班的清华园记忆》，首先映入眼帘的是全班 31 位老同学在校就读期间的特写头像。既有翻拍自毕业证、游泳证上的证件照，也有选自风景照上的镜头截屏。不少同学提供了多张照片，比如张蕊的两张美照都很好，于是就选了一张更活泼的，据说她那次出游玩得特开心。另外要特别感谢盛晨光和乐焕白，为几个不在群里的同学提供了许多珍贵的照片，李跃兵、赵维斌、毕海峰、刘石华、潘伟、康德华、史青等同学也提供了许多场景或照片。其实不光同学们踊跃支持，在群里的几位家属也鼎力相助，付迎和虹宇都发来许多照片，虹宇还建议画册上印一页同学们的漫画头像以使画册更活泼、有趣，最后只是出于版面篇幅的因素而未采用。毕业后同学们各奔东西，不少人 30 年未曾谋面。深深印在各自记忆里的，不正是这 31 个阳光而真诚的笑脸吗。

倚天屠龙

画册中第 2 幅漫画：倚天屠龙，左起：杨继春、唐运丰、翁云江、刘怀宇、刘仁宇

程 42 班的男生宿舍在东区 9# 楼，也就是所谓的“酒井”，我住 215 室，另外两个寝室是 212 和 214。我们宿舍原有 8 人，除了吴军和我是本地考生外，还有贵州的刘仁宇，江苏的杨继春，山东的衣丰超，辽宁的唐运丰以及泰国的泰华和一位未报到的香港考生。班里还有一位 83 级转来的同学刘怀宇，住在兄弟班的 211 室，得知我们寝室就有空位后，他找到担任室长的我，说希望搬进来，欢迎欢迎！为了区别他和刘仁宇（小刘），大家就称他为大刘。

大一入学后为了遮挡门上的那块玻璃，我找了张暗红色的包装纸在上面画了一个中国地图，寓意全室同学来自全国各地五湖四海，并打算题几个字以作为窗花。当时流行金庸的武侠小说，大家一本接一本地租书阅览。《射雕英雄传》《神雕侠侣》等都不适合，《鹿鼎记》好像也不太对，后来小刘租了本《倚天屠龙》，我觉得这几个字寓意深远，配得上本室的有志青年，于是找来笔墨，照着封面的字体写了上去。自此，中国地图环绕着的倚天屠龙，就成了 215 的徽标贴在门上，陪伴着我们整整五年，毕业后留给了 9 字班的学弟们。

周晨，有事问你

2018 年的下半年是几年来群里最热闹的时候，大家相互讨论，贡献了许多画册所需的场景故事，当然，不时地也会对某些记忆起争执，忽然间对自己的记忆力自信起来，让群里变得热闹非凡、笑声不断。比如，第 6 幅画所描绘的大一时的班内中国象棋赛。这是一个大规模的男女生混合选拔赛，比赛分四个小组进行淘汰，然后四个组第一再进行循环赛。最后的排名是：冠军翁云江、亚军周晨，李竹、刘广天和赵维斌分获三至五名。场景故事一出来就受到同学们的记忆挑战，比如张蕊说自己是第五名、有同学说周晨不是第二名等 …… 明明上述的前五名选手代表班里参加系 4 字班象棋团体赛并获得了年级冠军，不应该有错啊？可转念一想，张蕊说的也没错，当初四个小组第二名可不都是并列第五吗！至于亚军，应该是周晨，因为我和他在 1984 年 12 月 31 日晚上有过一场争夺冠军的附加赛，赛完之后才去参加班里的元旦庆祝活动。当然，让周晨确认一下是最佳选择。周晨是班里 4 个还不在群里的同学之一，那就让我借本文发一个寻人启事吧：周晨，见文速归！

欢庆元旦

大二元旦联欢会前后大家是八仙过海、各显神通。第 18 幅画讲的就是盛晨光杀鸡改善伙食。发到群里后大家非常惊叹，余德玉说真能干，自己至今还没杀过鸡。嗯，都一样啊。

时代久远记忆变得模糊，但只要有人在群里起个头，大家东一言西一语的就补充得有血有肉的了。从做饭聊到了晚会，当史青晒出三句半节目的剧照时，群里沸腾了，当年词作者张蕊立刻回想起一段台词："(蕊：) 喇叭一响翻身起，(青：) 拉开窗帘看天气，(玉：) 一看正合我心意，(兵：) 晨光"，写得还真挺有意思，是不是那天的鸡汤太醉了，女生们表演节目时还念念不忘，顺口就说出了老盛的名字啊。

虹宇当年不在现场，但却是我们群聊的主咖。此时主咖顺势抛出一枚震撼弹：一张大、小刘相依而坐、相拥弹唱的吉他双簧练习照，并甩出一声"妖不妖！"这一照一声，顿时引爆全群。

每一幅画我都会制作出一页策划书，包括脚本文字、示意图和画中人物头像照片。策划书中的脚本用以描述场景故事并在每幅画的下面印出；示意图包括从老照片或网上查找的 1980 年代的建筑及物品，并注明场景中人物在画中的位置与对话；头像会按同学们在画中的出场顺序排列，以便让画师画得尽可能像一些。"跨年联欢会"的这一页策划书则无需背景材料，因为它有两张强力照片作为支持，所以只要把吉他双簧那张照片中的人物从外景照片中剪裁出来并标注所需的对话便可。有同学没在群里、也有同学确实回忆不起来，但画册需要覆盖全班，所以我会在故事中适当安排一些同学当配角。比如这幅联欢会，根据老赵发来的场景，在策划书中放进了当天晚会上被评为"十佳"的十多位同学头像作为观众供画师参考，哪知画师不易安排角度，最后只画了些后脑勺，好在其他的画还是可以安排的。李竹找的这位画师（关越）很敬业，在作画过程中会配合我们的要求及时修改，力求完美。

酒井之暗室

连环画的第 9 幅画是暗室印照片。当时我们班有几位同学喜欢摄影，以 628 的高分拿下清华状元的老乐是最著名的，他经常帮同学们拍照，我也是其中之一。

1984 年刚入学时还是黑白胶片的时代，柯达和富士两大品牌占据着市场，如果要节省预算，那就要用国产的乐凯。当时没有思考为什么我们穷学生用得起柯达，直到 1992 年初去美国出差时才发现当地市场上的柯达胶卷比国内要贵，这才明白了作为消费者，我们当时是国际倾销的受益人。即便如此，我还是用几层红、黑相间的厚布缝制了一个暗袋，以便换胶卷时能多抢到前后的一、两张底片。

当时为了保证底片的质量，我一般去照相馆先冲底片，然后再向李竹借系团委在 9# 楼的活动室作为暗室，在半夜扩印照片。从翻出来的几张旧照片上看，除了保存不善外，发现那时的技术和材料也确实够呛，印糊了的不少，但毕竟留下了当时的印迹，这就像是自家的孩子，无论怎样都是喜欢的。我一般是自己印，有时叫上同宿舍的刘仁宇。扩印相片简单地说就是在暗室里反复操作放大机及完成显影、定影、水洗、干燥几个步骤。虽然摊子铺开后一般都要干通宵，但喜欢摄影的人都会乐在其中。

1984 年作者在酒井扩印的部分老照片和胶卷

时过境迁再回想起来，觉得当时好像少了点什么。是什么呢？啊呀，怎么忘记邀请个美眉作为帮手呢！

清华理工男，你少了浪漫……

网球和羽毛球

1984 级的校友是“文革”后第一批经过初考、中考及高考三级统考后选拔出来的。用现在的话说，咱们程 42 班是来自全国各地的学霸，但大家也都挺喜欢体育运动的，当然三大球是不太行，比如足球曾在一场友谊赛的上半场就以 1 ∶ 18 落后于王枫领衔的兄弟班程 41，然后……然后就没有然后，直接 GAME OVER 了。当然，足球还是要踢的，刘仁宇、潘伟、陆浩和周晨等同学直接加入了程 41 队，果然，胜率大大提高了。嗨，早知如此，程字头的就不要分班了。

小球就不一样了。那时打网球的人极少，清华还没有网球场。大一寒假我先去北理工参加了一个网球培训班，后来在体院参加校代表队冬训时发现网球场都不上锁，便在开学后约吴军、恩学海去打网球。之后几年，就像第 13 幅画，在连接清华、体院和国关三所院校的道路上，常常看到我们三人乐此不疲地背个网球拍骑着车穿梭往返。

第 7 幅画是羽毛球。入学时，恩学海拉吊劈扣有板有眼像是在体校训练过的，属超一流选手；吴军特别喜好羽毛球，技术出色，但对阵老恩会小负故为准超；接下来便是我、李竹、小刘和广天等。于是 212 和我们 215 相约来年春暖花开之季在工字厅前一战。“巅峰对决”转眼便到，士隔三日刮目相看，吴军一上来就为比赛定了基调，整场对老恩都有那么一点点优势，超出所有人的意料，他则面色冷峻地认真完成每一个动作，等待期望中的结果。世上没有无缘无故的爱，也没有无缘无故的恨，这便是佛之因果。短短几个月，吴军成为超一流之首。之后的比赛就无悬念了。羽毛球应该是我班在球类项目中的最强项，系里或学校没有组织过以班级为单位的羽毛球团体赛恐怕是我班的一大遗憾了。

青春的舞步

20 世纪 80 年代，如果毕业后还不会跳舞，你都不敢说自己是清华的。班里李竹和史青跳得最好并参加过交谊舞的比赛，到高年级时，他俩就在班里开课帮同学们扫盲以便大家顺利“毕业”。另外，就像第 25 幅画中描述的，李竹、黄越等还组织我班在九食堂办过舞会。当时周末舞会此起彼伏、竞争激烈，海报都要贴两次。李竹说在海报上要注明女生免费，女生是宝，哪里有女生，哪里人气就旺。耶！

江南好，风景旧曾谙

1988 年暑假，我们 12 位同学随郑纬民、张培楠老师来到宁波线厂进行毕业实习。在顺利开发出两个工厂的数据库管理系统后，同学们开始了一连串的参观旅行，先后去了溪口、普陀、北仑港、绍兴、杭州、上海、苏州、无锡、南京和扬州。

这第 27 幅画就是在烈日下爬溪口的雪窦山并乘拖拉机惊险下山，体验了一把模拟过山车的感觉。之后，我与小刘、老乐和吴军一起在小瀑布下冲凉，洗尽一日之铅华。这幅画其实是实际绘画中的第一幅画，我做完策划书后，李竹请两位画师绘画以便同学们有个选择。发到群里后，有同学反馈说小瀑布嬉戏和坐拖拉

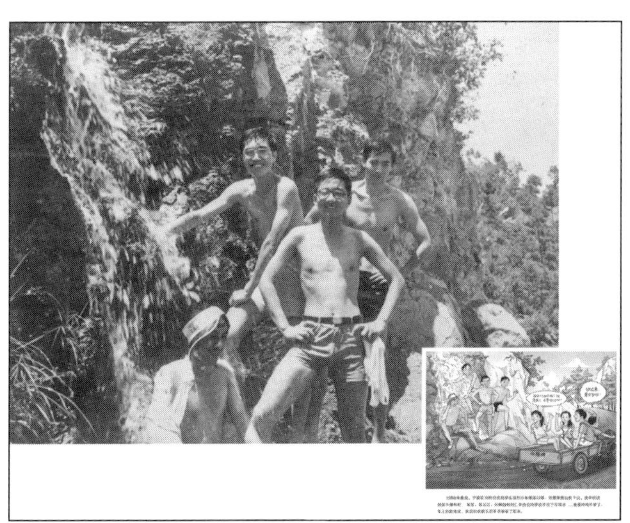

老照片摄于 1988 年 8 月宁波溪口，前排左起：刘仁宇、乐焕白，后排左起：吴军、翁云江，右下为第 27 幅画：拖拉机上是张蕊、余德玉、赵维斌（同去实习的还有：崔昕宇、陈志兵、李立新、衣丰超、潘伟）

机不是同时发生的。是的，那次实习去了十来个城市游玩了几十个景点，如果把有趣的场景都分别绘画的话，单单实习就能出一本上百页的画册了，所以，出于版面限制只能把不同的场景叠加在一起，而这也让画面上有了时间的维度，更加具有动感了。

北京站送别

第 30 幅画根据封底的老照片所绘，是全班在北京站送别毕业后第一位离京的陈志兵。1989 年 7 月，相聚了五年的同学们终于各奔西东了。

初入清华园，我们在程 42 班相聚；毕业离校时，我们留下程 42 班的清华园记忆。

五年时光荏苒，是否争夺过什么称号荣誉，已然模糊，但同学们登山途中的相互扶持，运动会上的加油鼓劲却依旧深深地印在脑海里。来时为天之骄子，别时是兄弟姐妹。

若问：你为程 42 带来了什么？答曰：青春。

再问：程 42 留给你的是什么？再答：思念。

是对兄弟姐妹们的思，是对美好人生的念！无论何时何地，祝福我的同学们及家人：幸福安康！

毕业三十年，再相聚

2019 年 4 月 26 日，23 位程 42 班老同学与部分家属从国内外返京，在李竹、崔昕宇等同学的组织下相聚古北水镇。两天里，大家打乒乓，跑跑步；游水镇，登长城；叙旧情，话新谊；推杯换盏，卡拉 OK。不少同学是毕业后首次相见，而联系大家的纽带就是三个字：程 42！

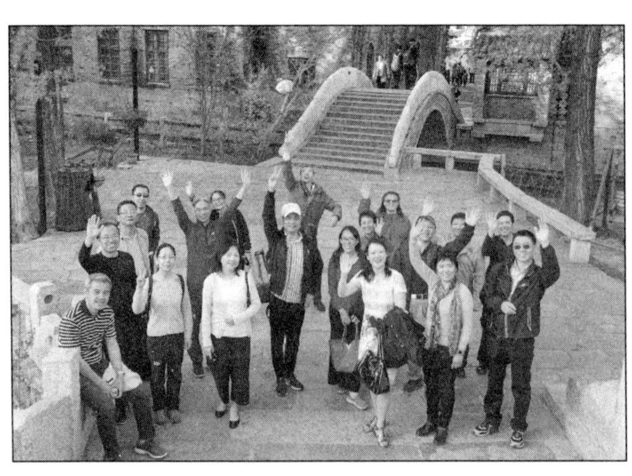

2019 年程 42 班古北水镇欢聚

尾　　声

画页在静静地翻动……

总有一瞬间，你忘记了一代人的时间跨度；总有一幅画，你以为青春可以重新来过。

清华园，我们来过，用青春绘出曾经的美好；我们离开，留下了美丽的画卷。

画册合上前，“封三”上涌出27位老同学年逾半百的近照：三十年，同学又相遇；五十载，我们正当年！

相聚是一个经历，也是一种福分；分离是一次相聚的结束，也是下一次相聚的缘由。世界很大，分别后便天各一方；世界也很小，心里有你就能再相见！

1984级计算机系程42班的故事还有续集，期待2021清华110周年校庆……

后　　记

本文中的几个故事及终稿分别在两年里发到班群，每次都引发老同学们的热情评论和温馨回忆，比如最近这次，史青说“程42，永远最温暖的集体”，老毕道“谢谢……为画册付出的辛苦劳动”。是啊，最温暖的集体不正是来自大家的无私付出吗！

我们程42的集体形成于20世纪80年代，那是一个以“振兴中华”为己任，充满着奉献精神的理想主义时期。正是这种潜移默化的责任感和奉献精神，让同学们在校时为班级建设添砖加瓦，离校后分别成为对社会、对家庭有用的人；也正是这份责任感和奉献精神，加强了我们班的凝聚力，三十年的时光非但没有冲淡同学们的友情，岁月的年轮更把程42这个集体越发紧密地箍在了一起。

如果说清华是一条奔腾不息的大河，那我们（1984级）程42班就是由31位校友汇聚而成的一朵浪花。我们一直努力着，希望这朵浪花飞得更高、更远，为清华的璀璨闪烁出应有的光辉。

终稿于2020年6月28日

作者简介

翁云江，清华大学计算机系1984—1989本科生。毕业后从事IT行业。业余热心参与母校活动，曾在1984级毕业三十周年校庆纪念活动中担任《清华大学1984级/1989届毕业30周年纪念专刊》的主编并负责专刊的筹办工作。

建管一班，忆往昔，三十年回看书生意气

■ 杨怀宇（1985 级土木系）

这是毕业三十年的作业，初宏伟布置的。我一直在拖，因为实在不知道写什么好。躲“新冠”整天闷在家里，大脑缺氧不擅思考更不擅回忆，几次打开电脑写个开头，又删了。

前两天，王守清在师兄弟群里发了一份讣告：佟一哲老师5月11日仙去了，很伤感。佟老师和已经过世的卢谦老师、邝守仁老师，是施工教研组复建以后的第一代教师，也是推动建管专业成立的中坚。斯人已去，生者如斯，建管专业如今已是清华的一个系，而我们毕业也已经三十年了。

我把题目叫“建管一班”，有两层含义。一来我们建管5是清华第一届建管专业学生，在校时书生意气，曾以黄埔一期自比，颇有开风气之先的豪气；二来建管作为一个“和尚班”，是一个荷尔蒙过剩的群体，二十几个血气方刚的小伙子曾经共同挥霍，好吧，挥洒过自己的青春。如今人过半百回头看去，才知道那份单纯和激情的可贵。写下这些文字，就权当是对当年兄弟们的一份念想吧。

进校的时候土木系没有建管专业，大家都是结构工程，三个班：结51、结52、结53。到了86年上半年，传出了要成立建管专业的消息。系里为此办了好

建管一班同学与老师合影。前排老师有（左起）：邝守仁、滕智明、江见鲸、朱金铨、卢有杰（班主任）、缪立新（辅导员），二排右一是匡文起老师。最后排左二为作者杨怀宇

几次咨询会，印象比较深的是邝守仁老师给大家讲中国在非洲的工程项目，每次和业主开会，中方项目部都要派一辆面包车，里面有项目经理、翻译、项目总工、法律顾问、造价师，外加司机，结果对方就来了一个人。然后邝老师手一挥："我们建管专业就是要培养既懂工程，又懂管理，外语又好的专业人才，帮助我们中国建设走向世界。"下面听得热血沸腾的年轻人里，就有我。

大二开学的时候，建管专业正式成立。三个结构班每班有 10 个同学报名转到了建管，总共 30 人。刚开始的时候建管没有自己的班号，结 51、结 53 的乱叫。到了 9 月底，班号终于批准，叫建管 51，但是大家嫌麻烦，一直都叫管 5。管 5 是一个减员严重的班。分班没有多久，结 53 过来的王东就被他爸说服，回去继续学结构了。多年以后，王东成了王牧师，不知道是不是结构的枯燥让他看破了红尘。陈昊和方贤兰离开管 5 则是因为病休。昊子转到管 6 大家基本没有什么感觉，在一个青瓜蛋子遍地的年代，昊子居然经常带着他的天津女朋友到 2 号楼招摇，很招人恨，现在大家眼不见，心里似乎反而宽慰了许多。方贤兰的休学对管 5 的冲击却很大，因为她从根本上改变了管 5 的生态环境，让管 5 从此成了"和尚班"。贤兰休学以后，管 5 和北师大图书馆学系的友谊班级很快告吹。毕竟有贤兰在，还可以讨论讨论男生女生的活动安排，贤兰一休学，所有的联欢设想基本都在对方男同学狐疑的眼光中无疾而终。要知道，没有女生的班级是肆无忌惮的，像一匹两眼放光的狼。

管 5 的同学里，张为民、李海平、方贤兰三位同学已经先后离开了我们。每每想起，让人泪目，太早了。清华说要为祖国健康工作五十年，我只愿大家都能信守诺言。

建管的全称到底是"建筑工程管理"还是"建筑管理工程"，有过很长一段时间的争论。大家毕业时拿到的工学士证书似乎说明：不管叫什么专业，我们还没有被分到经管学院去。不过，专业定位的模糊对我们的影响还是很大的。表现就是管 5 同学毕业后的行当相当多姿多彩，有为政一方的，有商海创业的，有海外工程的，有房产地产的，有建筑施工的，有金融投资的，有体育健身的，有核工业的，有搞航天的，有监理，有 IT，还有太平绅士。也许正像是一个草包娃娃，水浇下去，不知道从哪里就可能长出一棵苗。

记得当年还为另一个"高大上"的专业名称努力过。因为不符合国家专业目录要求，"国际工程管理"最终没有叫成。不过，建管对外语的重视却是实实在在的。大二的时候我们开设了英语口语课，教师是北大刚毕业的一位年轻女老师，姓陈。这门课是管 5 出勤率最高的一门课。我的同屋睢锋，经常翘课和女朋友去圆明园钻小树林，但是陈老师的课他就一次都不缺。我猜是因为陈老师让他出演过迈克尔·杰克逊的缘故吧？

因为重视英语，我们在系里的英语文艺汇演，得了大奖。方贤兰出演在楼道里用粮票换鸡蛋和方便面的小姑娘，带着延边口音的英语让人捧腹。

说起为什么转建管，每个人应该都不太一样。有觉得新专业新气象有前途的，有觉得管理学起来更轻松的，有不喜欢结构工程趴图板的，也有懵懵懂懂的。曾经有人觉得管 5 的人学习不好，类似高中时候数理化差只好去学文科班。这种偏见惹恼了以崔维兵、王文凯、陈森林、初宏伟、蔡于胜、蔡勇等人为首的管 5 学霸群体。典型案例就是方鄂华老师的“高层”，这本是管 5 的选修课，但是学霸们不惧“杀手方”的威名，仍然有多人选修，并且成绩出色。毕业设计也有多人去了设计院，以实际行动证明：对于结构，建管非不能也，实不为也。

建管和结构在课业上的差别主要是从大三以后开始的。管 5 虽然也学“三大力学”，但深入程度已经不如结构专业。探索性的一些新课曾经让我们云山雾罩，典型者如卢有杰老师的“预测学基础”，很多同学迷失在马尔可夫链、随机稳定和非线性回归的海洋里，留下终生难忘的印记。以至于多年以后郝九江说起他的清华求学岁月，还对这门课耿耿于怀但却回忆得前言不搭后语，可见伤害之深。由于是新专业，管 5 的课程感觉有点摸着石头过河。比如运筹学、国际工程招投标、国际商务、FIDIC 合同等等。从课程的设置看，以卢谦老师为首的专业创建人是想把管 5 推向国际工程一线的，但是这似乎超出了一个施工教研组的能力，所以学校请了很多有本事的牛人来给我们上课。比如中冶的老总汤礼智，当年张为民每逢汤总讲课，必定第一排就座。毕业后如愿进入中冶，是实现管 5“国际工程梦想”的第一位同学。

现在清华的建设管理系，可持续发展、城镇化研究、安全与健康、数字化技术四大特色学科方向和当年的建管几乎全不搭界。房地产成为建管、甚至结构专业同学毕业后的一大就业方向，也是当年读书时从没有想到过的。

清华给我最大的感悟，是知道了这个世界上聪明的脑袋太多。那些无处释放

左起：蔡勇、李学军、何朝建、王文凯、许恩伟

的荷尔蒙外加智慧的大脑，造就了管 5 的多姿多彩。我们有诗人王福远，“甦原文学社”的创始人之一，笔名“宇文耐尔”。因为“英特纳雄耐尔”一定要实现，所以和几位诗歌同好把它分担了，英特好像是结 51 的刘宗旭，纳雄是 6 字班的张勇。老二现在监理之余，钻研上了甲骨文，三瓶啤酒下肚，还能抱起吉他弹一曲《恰似你的温柔》，真正过起了“员外”的生活。

管 5 有原创校园歌手组合张为民和董江涛。老三张为民是清华文艺社团的骨干，天生一副好嗓子，会乐器懂作曲，身姿挺拔台风飘逸。两人合作写过几首歌，入选过校园歌曲专辑，刻成 CD 放到音像店卖的那种。有首歌的名字叫《男孩的宣言》，曾经在校园歌手大奖赛上拿过名次。那可是一个出过胡杨、宋柯、高晓松的年代。如今唱歌的男孩老三已经和我们阴阳两界，真的让人心很痛。

除了老三江涛组合，管 5 还有很多人玩乐器，当然主要是吉他。这种价格亲民、只需要知道 C–Am–Dm–G 四和弦就可以弹唱一曲的乐器，十分适合用作雕虫小技在有女孩子的时候展示。鼎盛时期管 5 有十几位同学能弹吉他。李海平会键盘，曾经和老三动过组建乐队的念头。无奈大家玩吉他的动机大多是吸引异性眼球，并不是真的想混娱乐圈，老大的计划最后不了了之。

毕业汇演时，睢锋主唱，身后五把吉他伴唱，算是管 5 音乐史的巅峰了吧。

大三的时候管 5 搞过一本油印小刊物，叫《三年集》。至于为什么写，我把总编刘伟明的原话抄录下来：

读书读到三年级，总有闲着的时候。

朋友们挤在一起，酒瓶子早已空了，香烟也开始烫手。

每个人都有那么一段故事，我们依稀寻到一些沉重，一丝忧郁，一点无可奈何，并开始妄图解释感情的涵义。

后来就说把这种感觉写出来，一定要好好写。

东西写出来，又看了一遍，不免苦笑了一下。终究是学理工的，语言上的幼稚似乎只有自己可以原谅。

又都是写给自己看的，顾不到读者，然而可以慰籍的，毕竟文字里有自己的一颗心。

为了对得起作者拳拳的心，终于下决心把它们全印出来，成了现在这集子。

不知道十年、二十年后，偶然再翻起它们时会有什么感觉，会不会再一次苦笑。

想起了陶渊明的两句诗：

“实迷途其未远，觉今是而昨非；悟以往之不谏，知来者之可追。”

共勉吧！

管 5 部分系队主力，后左一李海平、左二睢锋，前排于志勇、董江涛

现在三十年了。我翻看了一下，实在不相信这是我们自己写的东西。但是，谁没有年轻过呢?《三年集》是手刻蜡纸油印版的刊物，印数有限，但是流传却很广。曾经有两个隔壁学校的文学女青年要求见《心祭》的作者，和刘伟明关在屋子里探讨了很长时间。刘总曾经想上北电导演系，可惜学习太好进了清华。他在毕业汇演的时候实现了一下他的导演梦。这是一个穿越剧，如果你问我剧情，我觉得《芳华》抄袭了刘总的创意。

体育方面，足球是管 5 第一运动。快马于志勇，高中锋陈志伟，中场睢锋、董江涛，后卫李海平都是系队选手。还有大门孙乐民，铁卫李海清，后起之秀王成林一众高手。惜过于自信，以管 5 单独组队参加系联赛，折戟而归，但爱好体育的传统依然流传。如今王锋登峰造极，把自己都搞到健身行业去了。

写到这里回去读了一遍，才发现拉拉杂杂码这么多字，很多东西还没写到。三十年后努力回忆当年的点点滴滴，似乎也只能做到这样的浮光掠影了。但不管怎样，这是写给我心里一直惦记着的，我们“建管一班”人。希望下一个十年、二十年，你们还都好好的，大家聚在一起，还能同唱那首《咱们建管有力量》。

谨以此文献给母校 110 周年华诞!

作者简介

杨怀宇，1985 年从云南省昆明第一中学考入清华大学土木工程系，1986 年转入新设立的建筑管理工程专业学习。本科毕业后保送研究生，师从卢谦教授、卢有杰教授。1993 年毕业留校任教。1999 年出国留学。目前在加拿大从事工程项目管理工作。参与过海天公路，横山输油管道等重大工程项目建设。

85/90 再同学，永远的燃 5

■ 利　斌（1985 级热能系）

岁月不居，时节如流。转眼间，三十年倏忽而去，不经意间，几道皱纹、几缕白发，已然爬上额头，映着这些年奋斗的岁月。回首间，燃 5 班当年的花样少男少女们，一切可还安好？翻捡昔日相册、文件、信件时，把大学五年的时光一段段拾了起来，有写点东西的冲动，能想起多少就是多少吧，是为志。

学习，竞争是残酷的

学习之于清华，无须任何的描述。我国的教师节起源于 1985 年的 9 月 10 日，我们有幸赶上第一个教师节之际考进清华大学。当然，能够在 1985 年进清华园学习，那肯定是“全国精英”，不是省市状元，也必定是一校之学霸。学霸聚在一起，几年的学习，也得分个三六九等，竞争自然是残酷的。

清华大学热能工程系热力涡轮机专业 85 级燃 5 班学生计 30 位，其中一位由于身体原因顺延至 5 字班，他是 84 级的陈明刚同学。老陈后来在清华上了硕士研究生，现在在招商局集团担任领导职务，学习和工作一直都是顶呱呱。

燃 5 同学来自五湖四海，各个地方的教育多少有所差异。大学不像高中，学校、老师盯着学，更多的是自我管理、自我约束，这方面做得不好自然就会掉队。很不幸，我并不太习惯大一的学习压力竟然大过高三的情况，加之是首次从遥远的南方来到北方学习，学习和生活等方面都不能够很快适应，学习上自然就落下来了。大学五年，印象最深的是大

热力涡轮机专业 1985 级燃 5 班同学校外活动

三“热力工程”期终考试，我竟然得了 69 分，名列全班后几位，但自身感觉不应该是这个成绩，较起劲来直接找老师对卷，果然是有道问答少算了 7 分。虽然加上这 7 分，三年以来总体成绩还是中等偏下，却也大大激发了我的学习热情，而且对北方生活已经逐渐适应，后两年我的成绩开始上扬，担任过课代表，“透平机械自动调节”以及“英语四级阅读”等科目都取得了好成绩。但已然时不我待，五年总评分，全班 30 人，我刚好是 21 名，居于班级后三分之一，但五年下来也并没有挂科，算是幸运。

五年的学习里，有不少趣事，遇到不少大师，可惜懵懂时光里未能珍惜，所学寥寥，愧对师恩。工程制图记忆深刻，齿轮、螺杆、虚线、实线……一堆堆削成 HB\B2 样式的铅笔，各种丁字尺、擦图片等繁杂用品。在清华学堂制图教室一待一整天，面对完稿的 A0 图纸，自我感觉还不错。可等交作业时，一看到同学们如印制出来的图纸，信心瞬间受到一万点暴击！

对门 182 室的孙永忠同学个头不高，与我很谈得来，其学习极为厉害，微积分、中国革命史等文理科知识俱全，没见“头悬梁锥股刺”地用功，但永忠同学始终成绩上佳，标准学霸。1990 年大学毕业那年，教育部门竟然取消了应届本科生报考研究生的考试，似乎是改革开放以来的唯一一次，而永忠同学以班级总分名列第一的身份，顺利获得了硕士研究生的直接推荐资格，可喜可贺。

清华几门力学课程是有名的难，流体力学睦杭生老师，年纪约四十岁，授课声音顿挫抑扬，“严格”两字牢牢印在脸颊上，是学校的“名捕”之一。期末考试时综合大题巨多，道道难度巨大。记得本班有一名女生各种耍赖就是不肯交卷，架不住“温柔攻势”的睦老师，破例允许其延迟 10 分钟交卷“助”她过关，一时成为笑谈。

宿舍，逐渐学会包容

五年的大学青春时光，绝大多数都是在校园里度过的。当然，纯工科的男生宿舍并不是社会上流传的那样“脏乱差”，其实蛮光鲜，起码被褥整齐，暖水瓶每天都是满的。

记得燃 5 班同学分住一号楼 154、181、182 及 184 等 4 个寝室，五六个人在十来平方米的空间。班里大部分同学是 67 年属羊的，我 68 年属猴的，上学较早。1985 年时值 17 岁进清华，但班里还有 69 属鸡的，所以，我在班里只能算是年龄偏小。朝夕相处，几年下来，虽然同学间年龄相差 2—3 岁，甚至到 5 岁，但每个宿舍都会形成鲜明的特点与自己的小文化，象牙塔里的学习、生活简单纯粹，男生宿舍不乏很多有趣的时光，包容与尊重逐渐形成。

热力涡轮机专业
85 级燃 5 班毕业合影

我大学前三年所在的 181 室，宿舍里 3 个北方人、3 个南方人，宿舍长大家推举的是老杨，他高中时期就已经入党，班里无人能及，所以大一时传忠同学就是班里团支部书记。老杨生活极为规律，晚上九点半下自习回宿舍，洗脸刷牙完毕后，上床听英语，十点准时“跟着熄灯睡觉”，无论节假日一律如此，大咧咧的很有人缘。

隔壁 154 室的锡明同学爱玩，经常组织打桥牌，连带我也跟着他学会了计分、算牌。锡明同学有躺在床上看书的癖好，奇怪的是，他的视力却从不下降，到毕业工作后依然不用戴眼镜，其现在成为管理近千人的企业老大，是燃 5 班中少数几个仍在从事涉及本专业的“学究大拿”之一，当前正在推进企业 IPO 上市，厉害了！

还有 154 室的建华同学，体育课选修了篮球，大四时，建华同学已经可以运球过人；而 182 室的林进挺与 184 室的姜从斌等，不知道从哪天开始，一起学会了吉他弹唱，晚自习回到宿舍后至关灯休息前，两个寝室“琴瑟相和”的吉他“小夜曲”，保留到了大学毕业，成为同学们一直以来的“笑资”。

另外，20 世纪 80 年代末的校园流行寒暑假期“勤工助学”。我大四时，勤工助学主要是帮忙在教室间搬运课桌，一小时 5 元钱一天 10 元钱，一个暑假下来挣到人生第一个 200 元。“心花怒放”之余与一起搬桌子的马云翔同学，骑车到中关村“海淀市场”，不知道现在叫什么商场，老马买了人生的第一套西服，我买了双新球鞋。回校后我们又一起美滋滋地到照澜院，喝啤酒、撸烤串。

爱情，懵懂间与我无缘

大学里对爱情、对异性都是渴望的。燃 5 班有“五朵金花”，成绩、气质及外貌等均属于“上等”，在“男多女极少”的理工科学校，惹来众多理工男“争相追逐”。我进入清华后，学业上并不顺利，大一、大二基本上是班级的后进生，在来来回回的“学习、复习、学习”中，将热情与激情消耗殆尽，对班内、同年级的女生决计不敢想象。

大四暑期参加校内勤工助学活动，有机会结识了低一年级的一位可爱漂亮的、到清华“串门打工”的北大小师妹。傍晚在西操散步，我内心挣扎了很久，也没明白这到底是不是“爱情”。一次勤工助学结束后，送她回宿舍，整个后背都汗涔涔的，那可是九月中旬的北京，天气微凉了。后来得知师妹学习巨好，在学业至上的清华，学习成绩不好总有些自卑，我的“校园爱情”最终只能埋在心底。

最初是高中同学之间的书信来往，后来是学校食堂在周末挂上霓虹灯举行舞会。清华男生对周边学校女生应该有一定的吸引力，有联谊“变现”脱单的，有老乡变情侣好上的等等，陆陆续续地有同学谈恋爱了。李军兄是我们大家伙艳羡的对象，高大帅气的老李带着漂亮的女友在校园飘过时，很是引人注目。

嘉栋同学则找了位长头发的美眉做女友，既漂亮又大方，还是隔壁学校的，他俩一起打羽毛球时，简直就是“青春正芳华”。

多年后在南方经济开发区工作结婚时，我才想明白，大学里的恋爱像足了小孩子过家家，但或许是那时我真的并不懂爱，总之，校园爱情与我无缘。

结语，清华 5 字班

从清华毕业三十年了，初出校园，步入社会，寻找工作，培植事业，塑造自我。这当中，我们每一个人，都经历过起起伏伏，或顺或逆，或悲或喜，却始终怀揣着对前程的一份执着。因为我们明白，没有背景，只能用努力支撑着自己前行。

三十年来，恋爱婚姻，孝敬父母，教育子女，秋月春风，执手余生。这当中，我们中的每一个人，都经历过岁月打磨，或苦或甜，或争或吵，然后都过来了，而且曾经以为的漫长，现在想来却恍如昨天。

永难忘记的是当年毕业分手时，那一个个相送，一次次话别，那何尝不是给自己的青春画上一个句号。

永难忘记的是步入工作岗位时，那一声声欢笑，一双双目光，那何尝不是我们开始新的人生。

永难忘记的是 2010 年毕业二十年时的重聚，望着同学们渐渐离去的身影，心里涌出酸楚与不舍。也许在那一刻，我们才开始懂得，1990 年，我们人生第一次大学毕业时，同学们是怎样的一种心情。

然而时间并不会给我们太多的不舍。

站在五十岁出头的窗口，尽管期待着我们还有下一个三十年，但是这个三十年，就像当年毕业季的一个一个送别，“长亭外，古道边，芳草碧连天，晚风拂柳笛声残，夕阳山外山。”下一个三十年，真的并不是每位同学还能相见。

这就是人生。

走过的路多了，难免喜欢起苏轼的一句话：“人生如逆旅，我亦是行人。”人生就是一场艰难的旅程，每个人都只是一个匆匆的过客，或走或停，就这样慢慢地走完人生的征途。

但是还有下一句，“但愿初相遇，不负有心人。”我想，已是半百之年的我们，没有人以为这是情话，只愿当初认识的那个你，不会辜负我们之间的相约，正如这次清华大学 85 级 90 届毕业三十周年庆一样，“85/90 再同学”，愿我们还是当初的清华 5 字班。

亲爱的燃5班同学们，感恩，在最美的青春年华，有你、有我，一起走过……

作者简介

利斌，1990 年 7 月毕业于清华大学热能工程系。先后就职于广东省惠州市机械工业总公司、文津时代文化创意（北京）股份有限公司，目前在北京文津蓝讯公关顾问有限公司任职。

自 74 班，家一样的集体呵护我的成长

■ 王京春（1987 级自动化系）

我是 1968 年出生的，那个年代国家已经开始号召执行计划生育政策了，但还没有强制执行。所以，像我这样的独生子在同龄人中还比较少见。但在北京生源的学生中并不算稀有，记得高中的班级中，50 余人就有六七位独生子女；而大学的班级中，8 位北京孩子中，就有 2 人。

也许是独生子的原因吧，我历来比较注重同学关系，从小学起身边就总有几个很要好的同学作为挚友。在班级中也十分愿意担任干部，把整个班级建设好，把同学们团结到一起。所以，小学、初中和高中，尽管就读于不同的三所学校，经历了 4 个班集体，始终担任干部，同学关系融洽，班集体也一直都很优秀。

考大学时，由于语文考得不好，也深知来自全国各地的同学都是当地的优秀学生，很怕在学习过程中跟不上大家的进度，因此也曾下决心不再担任干部，希望能够专心于大学的学习，享受大学的生活。

可能由于自己是北京的学生，又长期担任学生干部，军训时表现也不错，所以回校后，还是被班主任颜伦亮老师指定为团支部书记。我是那种不做则已，要

自 74 全班毕业合影

做就一定做好的人。尽管最初不是很想担任班干部，但既然做了，就希望努力把班级按照老师和组织的要求带好。大学期间的班级工作这里就不仔细写了。在当年的毕业纪念册——《情系清华——自七四班回忆录》中，历任主要干部都撰写了工作总结，可以参考一下。我觉得其中比较重要的几条大体可以概括如下：

一是入校时的情感建设和第一批干部的选择十分重要，为后续工作定了基调和打好了基础。

二是历任干部都能做到一心为公，或者说一心为了班级同学而开展工作。

三是干部中有相当数量的核心骨干，能够从大局、从长远考虑班级、同学的发展，能够团结一致地开展工作。

四是正确处理好班级和同学个人经历的各类特殊的事情，把班级每一位同学团结到一起，融洽的感情是班级一切工作的基础。

现在回想起来，当年有几件事情能够做成或者坚持下来，还是挺不容易的。比如大一军训回来后，坚持每周比兄弟班级多出一天操；大二、大三狠抓学风建设，开展课外科技活动；大四坚持参加系运会，还写了“廉颇老矣”的宣传板；大五为低年级同学出早操点名等。无论是班委、团支委，还是后来的党课小组的定期学习、讨论，都为班级工作的顺利开展奠定了基础，控制了方向。我们班因为女生少，还制定了一个特别的规定，就是班里很多需要投票表决的事情，只有两票——男生一票，女生一票。

毕业后，由于出国和去外地的同学不算很多，所以，在北京的同学聚会、交流机

毕业 20 年回原来的宿舍参观留影

入学 20 年在 1987 级纪念林

会非常多。我们班留校及在学校周边工作的同学又相对较多，每年校庆前后一定是大家聚会的日子。另外，只要有外地、境外同学回北京，我们也是一定要聚会的。同时，也因为很多同学还在干本行，所以同学之间也还有很多合作。尤其是近几年，随着孩子们都逐渐长大了，同学聚会时的规模与话题似乎又回归到关注我们自己了。

毕业二十八年了，回首过去，我们这个获得了在校期间几乎所有荣誉的班级，对于我们每个人的作用到底在哪里？一个优秀的集体对于个人的成长轨迹是否有影响呢？我想先给出几个统计数据，再谈谈我个人的看法。不同人也许有不同看法，这也仅仅只能代表我个人而已。

我们班到本科毕业时是 32 位同学，大一暑假去世一位女生，接受转系生一位，86 级病休回归一位。本科期间经历了我国大学生思想起伏变化很大的一个阶段，大学期间也是我国出国留学热起步的阶段。本科毕业后，先后有 12 人获得了硕士学位，另有 14 人读了博士。由于自动化专业相对面比较宽，涉及行业多，所以目前大约有 85% 以上的同学仍然在从事本专业工作。国内的同学中，需要评职称的同学，现在已经基本上都是正高了；有职务级别的也基本上都是正处以上了；有 6—8 人多年前已经财务自由，但仍然还在干着自己感兴趣的专业工作。有 10% 的同学离婚、再婚。有 5 位同学在学校的飞地家属区——学清苑小区有房子，其中 4 人 3 家常住。

就我个人而言，本科毕业后就直接保送攻读博士了。获得直读博士资格的一个直接原因就是我在本科期间

自动化系系主任王森老师题词

（代序）

一个好的集体就像一块磁铁，
她把钢针都吸在自己周围并把它们磁化；
一个好的集体就像一个熔炉，
她用熊熊烈焰拥抱矿石又把它们化作钢铁；
一个好的集体就像一面旗帜，
她在实践者的行列中体现着当代青年运动的方向。

自74就是这样一个先进班集体，她多次为校系增光，被自动化系师生引为骄傲。但一个好的集体也不是自发产生的，她有一个成长发展的过程。看了这份材料，人们会从中得到珍贵的启示。

祝自74班的同学永远焕发青春活力，
愿自动化系涌现出更多的像自74一样的先进班集体。

王森
1992年7月6日

系主任王森老师为《情系清华——自七四班回忆录》题词

的全面发展，尤其是社会工作方面的突出表现。当年是实行直读博士制度的第二年，平均一个班级只有一个直读博士名额；而我们班由于社会工作出色，以及一名同学到经管学院读博士，所以共有 4 人直读博士。即将博士毕业时，我本想去国企工作，也是因为攻读博士期间的社会工作表现突出，业务工作也开展得不错，所以被导师及系领导挽留在学校工作。留校后，全力开展业务工作一年后，又继续开始双肩挑开展业务工作和党务、行政工作，直到 2010 年 10 月，调离自动化系，任清华园街道办事处主任，2014 年又担任朱房和昌平两个建设办主任，2015 年 11 月调离清华，先后到中国科学技术馆和中国科普研究所工作。

显然，优秀的班集体对我个人的影响是巨大的，一个好的集体为我展示社会工作方面的能力提供了巨大的舞台。回顾本科时的很多工作方法与思路，也是我在后续工作中一直沿用的。比如制定相对长期的工作目标，定期开展工作总结与方向修正，工作中团结尽可能团结的力量，抓住队伍的核心，以及抓大放小，适度灵活掌握规则等，都是在班级工作时经常使用的方法。我经常说，班级干部不好干，因为他们直接面对同学，工作对象是一个个活生生的人；而团委或学生会的干部相对好做，因为他们面对的是班级干部，是一个集体，而不是同学个人。本科前两年的班干部锻炼，对于我的成长而言是极为重要的。

优秀的班集体对于集体中的个体有多大作用呢？历史不能假设，我们无法回到起点，把历史再重新推演一遍。我们也无法找到一个平行宇宙，看看另外一个我或者同学的成长轨迹，看看大家在另外一种环境条件下是如何发展的。但我想是否有这样几个结论是基本成立的：

首先，一个关系融洽的集体，一个班级干部负责的集体，可以最大程度上避免同学出现大的偏差。这样的集体不能保证每一位同学都优秀，但可以为大家提供一个尽可能安全的环境，避免出现一些极端情况。大学阶段是人思想发展变化比较大的时期，也是大多数人三观形成的时期。我们大学所处的时代又是一个各种思潮激烈碰撞的时期，无论是思想上、学业上、生活上，大家都经历了各种各样的磨砺。有一个好的集体护佑，大家至少可以走得不那么艰难曲折。比如，班级党课小组的定期学习与讨论，至少给班里一批需要思想交流与交锋的同学，提供了一个适当的场合与对象。真理越辩越明，互相之间不一定谁说服谁，但至少可以提供多一种主张、见解和思路。班干部对于学习、学风的重视，至少为班里一些厌倦、忽视学习的同学提了醒，为一些茫然不知所措的同学打开了一扇窗，为一些想开展科技活动的同学提供了机会。同学关系融洽，为一些失恋、甚至遇到更大挫折的同学提供了一个休息的港湾，思考的空间……

其次，由于五年的踏实工作，建设了一个优秀的班集体，在为同学提供了更多发展机会的同时，也用班集体所倡导的理念潜移默化地影响着同学们。先进集体在学校中必然占有更多的资源，获得更多的机会。我们班在研究生推荐和保送过程中，的确是获得了更多的名额。各种奖励和代表系里、学校参加各种活动的机会也相对多一些。由于党课小组中激烈的思想交锋，促使了更多的同学思考理想信念问题，因而毕业时，我们班的党员人数也是年级中最多的，共有 5 位，占了年级党支部的一半。本科毕业之后，至少又有 4 位同学入了党，班级党员总数达到了毕业人数的近三分之一。

最后，当年的集体建设使得同学间关系融洽，相互之间有良好的信任关系，也更加了解，所以后续的人生经历中，联系也更为紧密一些，无论是事业、家庭还是其他方面的交流相对较多，甚至能够相互有所提携和帮助。我和叶昊从本科到博士一直是同班同学，毕业后又留校在同一个教研组、研究所工作，直到我 2015 年调离清华。我们两家也居住在同一个小区，还一起去三亚、澳大利亚、新西兰和欧洲自驾游。借用一句外交术语说，两家人是“全天候战略合作伙伴关系”了。我们班的另外三位同学毕业后一起就职于同一家公司，共同创业，一起实现了财务自由。

总之，我愿意生活在一个优秀的集体中，也愿意为建设一个优秀的集体而努力，愿意奉献自己的一切；恰好我所在的本科集体也正是这样一个集体，一个像家一样温暖的集体，呵护了我本科期间的成长，为我后来的拼搏提供了港湾。我认为这样的集体必然对个体是有益的，所以我也很希望母校能够好好总结不同优秀集体的共同发展规律，建设好更多、更优秀的班集体。

2020 年 8 月

作者简介

王京春，1968 年生，研究员，中国科普研究所副所长。1987 年至 1997 年就读于清华大学自动化系，先后获得学士、硕士和博士学位，其间于 1996 年 3 月至 1997 年 3 月在英国纽卡斯尔大学化工系作为访问学生一年。1997 年 8 月博士毕业后留校任教至 2015 年 10 月，其间先后担任系党委副书记、副系主任、清华园街道办事处主任、朱房和昌平建设办公室主任等职务。2015 年 11 月至 2018 年 12 月任中国科学技术馆网络科普部主任。2018 年底调入中国科普研究所。曾主持和参加控制科学与控制工程等学科的自然科学基金、“863”计划及其他课题等十余项，获省部级奖励 2 项，发表学术论文百余篇，参与翻译和编著教材两部。

回忆充满亲情的班集体

■ 周　石（1988 级硕，社科学院）

我是清华大学社会科学系 1988 级研究生班的同学。不论在上学期间，还是毕业后，三十多年来，我们班的同学们一直互相关心、互相帮助，一种“亲情”把我们紧紧地联系在一起。

入学第一天，14 号楼宿舍的 4 位同学合影。左起：张竹筠、周石、姜兆义、王新堂

1988 年 9 月 5 日我们班一共有 23 名同学入学，大家来自四个专业：中共党史、中西文化比较、自然辩证法、思想政治工作。其中有四位同学是 50 年代出生的，其他同学都出生在 60 年代，最大的同学比最小的同学大 12 岁。第一任班长曾渝、第二任班长王中定对班集体建设做出了突出的贡献。我入学时，已是 31 岁了，在我们班排行老三。

班里同学目前的情况是这样的：有一名同学是副省级干部，有五位同学在机关或地方担负司局级干部，有八位同学在国内大学当教授（有的同学还兼任学校领导），有四位同学在大企业当高管，还有的同学在其他方面取得了成就。

追 求 真 理

1988 年，各种思潮在社会上广为传播。在宿舍中、在课堂上、在阅览室里、在讨论会上，大家谈自己的观点，有时争论得面红耳赤。

理论上的争论，引起同学们对理论学习的极大兴趣。除了上课，大家都在拼命地自学，校园里留下了同学们刻苦读书的身影。

在紧张的学习过程中，同学们还深入实际进行调查。1989 年 4 月 7 日，到天津大邱庄调查研究，毕业前又到昌平县马池口乡进行调查。

经过刻苦的学习，同学们在读书期间就取得了丰硕的成果。我们班出版了论文集一部，理论读物一部，在《人民日报》《清华大学学报》《中国教育报》《大学生杂志》等报刊发表论文 30 多篇。

毕业后，张竹筠、王新堂、蒋劲松、刘志新、曾渝、张志明、张希贤、马传峰、高全和我一共10名同学在学校工作。在谈到清华给我们留下什么精神财富时，我们会不约而同地谈道：“在清华大学的学习让我们懂得了，当老师要做到两点：追求真理、热爱学生！”这些年来，我们一直朝这个方向努力。

在追求真理的道路上，这些争论、探讨，预示着中国特色社会主义理论正在走向形成和成熟。

关心我们的领导和老师

我们班受到学校各级领导和老师的关爱。

我的导师是冯虞章教授，冯老师像父辈一样关心我。我非常敬佩他的人品和为真理献身的精神。他坚定的信念、奋斗的精神、实事求是的研究态度，都在教育着我。我的硕士论文在写作过程，遇到了许多困难，在冯老师悉心地指导和帮助下最终才得以完成。

当时，党委副书记贺美英老师经常关心我们班同学的成长，还亲自带班里的梁岩峰同学读硕士学位。党委副书记王凤生老师经常参加我们班活动，他也是我的硕士论文答辩委员。班里的张竹筠同学就是王凤生老师带的硕士生。陈希老师当时是校团委书记，也经常与我们班同学座谈。

林泰老师当时是副系主任，给我们班讲授“历史唯物主义”。我们班的活动，他都积极参加。林泰老师是我班王中定、马传峰的硕士导师。林老师对我们的成长倾注了大量的心血，他像对待自己的孩子一样，关爱和帮助我们。

刘庆龙老师是系学生工作组组长。在特别时期，他为了同学们的安全，操碎

2018 年 9 月 22 日，看望我们敬爱的老师。前排左起：林泰老师、冷德诚老师、朱良元老师、肖巍老师、何建宇老师；后排左起：徐耀忠、张立平、周石、高全、齐小东、王中定、杨骏

了心。我们有时把他当老师，有时又把他当大哥。有一段时间，我工作不顺，遇到许多困难，见了刘老师后，我就开始抱怨。刘老师听了以后，不客气地批评了我，使我感到惊讶。冷静下来，感到刘老师的批评是有道理的：清华人没有抱怨社会的权利，只有奉献的责任。刘老师的批评，使我反思了自己的工作，对自己提出了新的要求。

班主任肖巍老师，与我们是同龄人，我们非常尊重她。她给我班讲授“伦理学”课程。她对同学很关心，每次与她交谈，都有收获。她经常在谈笑中做我们的思想政治工作。我们班同学的硕士答辩记录都是她亲自做的。肖老师是心灵和外貌都非常“美”的老师。

瞿振元老师给我们班开设“资本论”课程，后来他到中国农业大学任党委书记。一次中午，我没赶上吃饭。遇到瞿老师，瞿老师问我吃饭了吗？我说还没有。瞿老师让我到他家吃饭。我不好意思去，他坚持让我去。到了他家，他热了馒头、从冰箱里拿出几根香肠，再加上从食堂买来的菜，与我边吃边聊。这顿饭让我终生难忘，它记载着瞿老师对学生的爱。

时任共青团中央学校部的袁纯清部长，也曾来到我们宿舍看望同学，鼓励大家好好学习。

在这里，我们也要对已去世的老师，表示深深的悼念，他们是：钱逊老师、高达声老师、王耀山老师。

同　学　情

同学们的感情是非常深的。当社会出现大的波动时，同学们相互关心、相互提醒，生怕一个同学出现问题。每天晚上，班里都要核对一下人数。

在上学时期，我得到一间八平方米的房子。要搬家，找谁帮忙呢？我非常为难。姜兆义、莫日根和张志明同学得知后，于 1991 年 2 月 27 日主动来到我家帮

1991 年 4 月与社会科学系老师合影

忙。大立柜从一层搬到六层，三位同学累坏了。很多年以后，孩子考研究生成绩不理想，张竹筠同学帮助想办法，联系学校调剂，最终孩子得以入学。孩子研究生毕业后，齐小东同学多方沟通，帮孩子找到理想的工作。

张立平同学是班上唯一的女生。她北大毕业后，来到清华读书，导师是何兆武先生。毕业后，张立平同学先在中国社会科学院美国所当教授，后又调到国务院参事室任副局长。在学校时，我们经常与她开玩笑，说她是我们班“十亩地里的一棵苗”，在班里太珍贵了。

杨骏同学帮助同学完善硕士论文的英文摘要。罗衡宁、贺卫华同学经常帮助同学修改论文。罗衡宁同学的“趋同论”研究，受到老师和同学们的好评。黄平同学主动找英语口语老师，在班里开设口语课。蒋劲松同学对社会现象的分析，常给人耳目一新的感觉。刘志新同学很早就表现出对金融学的研究兴趣，毕业后到北京航空航天大学管理学院任教授，从事金融学的研究，并担任党委书记。张志明同学诗写得非常好，后来到中央党校党建教研部任教授、主任，走上了理论研究和宣传的道路。我们班在中央党校工作的同学还有两位：张希贤任中央党校党建教研部教授，王新堂任中央党校培训部主任。

离校前，班里最后一次会议是开展批评与自我批评。首先，同学们进行个人总结，谈一谈自己在清华上学期间的优点和不足，然后同学们进行评议。会上，大家的批评非常严厉，有时同学会感到下不来台，心灵受到极大的震动。这样的生活会，使同学们能更全面地认识自己，走上工作岗位后也能更客观地看待同事和工作环境，避免走了许多弯路。

文体活动

班里的第一次联欢中，张竹筠同学的武术表演受到大家的欢迎。张竹筠同学多才多艺，他的书法、篆刻、绘画都达到很高的水平。徐耀忠同学编排的小合唱引人入胜。徐耀忠同学的文笔非常好，许多事情经过他的描写，马上变得惟妙惟肖。

记得学校举办“五四”文艺汇演时，我们班和社双 7 班合演的歌舞剧《我们》，表现出这一代人对社会和人生的理解、对祖国美好未来的祝愿。齐小东同学充满激情的诗朗诵，众多演员的烘托再加上优美的舞蹈使演出获得了成功，场内掌声雷鸣。

研究生新生篮球比赛我们班获得冠军。后来，在全校研究生篮球比赛中，我们班代表系里出战，又获得了亚军的好成绩。在比赛中，姜兆义、张希贤、梁岩峰、刘志新、高全和我，拼命奔跑，每球必争，以顽强的斗志争得了好成绩。

在研究生男子排球比赛中，以我们班同学为主力组建了系代表队，取得全校排球冠军的好成绩。每次比赛，班里同学都会到场，有的负责服务、有的出谋划策……排球队的几位同学是美男子，每次比赛都会吸引不少女生前来观战加油。

高全同学入学时，是十项全能运动员。他毕业后在清华大学体育部当教授。他培养的全能运动员，多次在北京市和全国大学生比赛中取得优异成绩。

梁岩峰同学是学校田径运动员，他的四百米成绩非常好。每次他参加比赛，我们都去摇旗呐喊，祝他取得好成绩。毕业后，他出任中远海运重工有限公司董事长兼总经理。

当然，我们班代表系里参加学校的足球比赛成绩就不理想，大部分比赛都输了，没有取得名次。

在清华学习期间，我们深深体会了“无体育、不清华”的意义。

艰苦的生活

上学期间，我们的生活还是非常艰苦的。有的同学刚成家，有几个同学有了自己的孩子，已成了父亲。张志明带着出生不久的女儿来清华报到，班长曾渝的儿子 4 岁了，我的儿子也 3 岁了。曾任生产大队党支部书记的张希贤大哥，女儿已上了小学。

到清华上学不仅要承担学习的重担，还要忍受经济上的压力。为了圆清华的梦、为了学习到更多的知识、为了能为这个国家多贡献一分力量，我们班同学们义无反顾地来到清华报到。

记得一位同学结婚后，没有屋子，只能把家安在简易棚里。下雨时，同学们生怕他的简易棚被雨淋倒。有的同学把旧自行车收购来，经过修理，卖给新入学的同学，赚点生活费。那个时候，对我们来说，能喝一瓶啤酒也是一种“高消费”。

生活中的困难，更激励了我们的学习热情，我们经常自嘲：“我们是身无寸分，心装天下。”

毕业后的联系

1991 年 4 月 4 日，学校举办了隆重的毕业典礼。同学们从学校书记和校长手中领到硕士证书时，热泪盈眶。

1991 年 4 月 5 日，马传峰同学第一个离开学校，班主任肖老师、张立平、王新堂、徐耀忠、姜兆义和我到清华南门的 331 车站送他，大家忍不住流下了泪水。1991 年 7 月，我们班同学全部离开了学校，同学们的情意并未因分开而疏远。

吴靖平同学回到绵阳四川建筑材料工业学院担任团委书记。他非常能干，无论在什么岗位都做出了突出的贡献。在中国人民银行工作的齐小东到四川出差，想方设法去看望一下吴靖平同学。同学们只要出差，有机会，一定要看望一下同学，互通信息，增进情感。

特别是百年校庆的庆祝日，也是我们毕业二十年的纪念日，同学们都回到了学校，参加这一盛典。晚上，我们请到了刘庆龙老师共庆母校百年生日。

班级是同学们的家，在这里有清华情、师生情、同学情，这种情感永远滋润着大家的心。

明年清华大学 110 周年校庆日也是我们毕业 30 周年的纪念日，祝清华越来越好，祝老师们身体健康，祝同学们万事如意。

作者简介

周石，现任中国人民大学劳动人事学院教授，陕西理工大学兼职教授。1991 年 4 月毕业于清华大学社会科学系，获法学硕士学位。曾任劳动人事学院党委书记。主要研究领域包括组织行为学，商业应用文写作，思想政治工作概论。讲授课程：“组织行为学”“人力资源管理学”“商业应用文写作”“思想政治工作概论”等。发表论文 40 多篇，独著和合著 11 部。

笛声清脆，箫声悠远

■ 谭鸿来（1988级力学系）

力82建班33年贺母校110华诞

海内英杰紫荆修，槛外芙蓉五度秋。
优良学风培硕果，甲团支部创一流。
敢追金翅逾千里，誓建虚功遍五洲。
卅载同窗复相见，笑谈佳酿共珍馐。

—陆秋海—

2020年7月15日于双清

跨　年　夜

凝聚我们大学宿舍成员在一起的，是五年的朝夕相处，是那永驻的青春记忆。

6、5、4、3、2、1、0，新年的钟声里，我祝你青春美好，我祝你梦想成真。那是1989年冬，我们住在北院一号楼118的七个大二男生，邀请了友好宿舍的北

力82游黑龙潭

医女孩子来我们宿舍共度跨年夜晚。那个北方寒冷冬天里的夜晚，大学生宿舍里，我们一起涮火锅、包水饺。有音乐，有舞步。十年后我在盐湖城时，耳边会听到歌曲声：

打开心灵剥去春的羞涩
舞步飞旋踏破冬的沉默

仿佛在渲染我们那晚的朴素感觉。

青春的美好，仿佛陈年的酒，需要在很久以后才能细细品味到它的芳香。31年后我们分散在各地。一个秋日的午后黄昏（伦敦时间），我们在我们的微信群“追忆似水年华”里，回首往日时光。

群里播放着属于我们那个年代，属于清华东大操场的校园民谣《青春无悔》。

男：开始的开始，是我们唱歌
女：最后的最后，是我们在走
……

“Brought tears to my eyes.” 那边，琳，在旧金山。“咱们应该赶紧聚一次，纪念咱们相识 30 年。”

我的手滑过身边的地球仪。她在地球的另一端。“那是 1989 年的一个晚上，应该已经过去 31 年了。”阳光下，一只海鸥轻轻滑过，落在我刚割过草的院子里。

“被新冠病毒圈在家里的日子，格外想念朋友。”静，于洛杉矶。印象中，人如其名，静并不怎么多说话的。

“疫情结束的时候，相聚北京吧。”武汉封城之前两个月，我曾与琳相约北京，但华丽地错过了。

“可是我们还不知道什么时候能回国。中美关系要坏到什么样。”琳，焦急地。

我们年轻时只留下唯一的一张不全的集体合影：过南天门登泰山观日出。女生很美，男生好

我们年轻时只留下唯一的一张不全的集体合影：过南天门登泰山观日出

土，记忆如山。那时，明（现于温哥华）看似我们丐帮帮主。

思绪回到北京中关村那个宁静的夜晚，我们一起骑车将姑娘们从清华园护送回北医女生宿舍。那是一个凉爽的夜晚，那是印在脑海里的美好片段。

“青葱岁月。”橘子花言，北京朝阳。橘子花，很灿烂，南方果树，喜欢温暖湿润的生长环境。记得她来自杭州。

“那时候挺艰苦，也没有正儿八经请人家吃顿饭。”我说。

“元旦不是去你们宿舍熬了个通宵嘛，我记得坐早班车回学校的。”橘子花。

“有这回事的。”体，于成都，那边应该已经夜色宁静。

“请我们在你们宿舍吃过一顿红油火锅，就记得满嘴辣，什么其他味道都没尝出来（笑）。”华，于休斯敦。华还是那样的乖巧可爱，记得吃。华第二天会带孩子去野生物种保护区去看濒危的草原鸡。二十年前我执教于她旁边的路易斯安那州时，曾在沿海大草原上见过草原鸡，它们会进行多姿多彩、美轮美奂的炫耀表演。

“那一年你 17 岁吧？吃完火锅在人家宿舍睡觉，口水流一宿，把人家枕头都弄湿了（笑）。”琳总爱开玩笑，仿佛孩子的家长。

“有这事？那是没吃饱，又做梦了吧。可怜的孩子（笑）。”海，于北京清华。“听着像紫霞仙子做记号呢。”我不知道紫霞仙子是谁，网上查了一下，原来是那个年代电影《大话西游》中的一个角色。演员很甜，像华。我们一直都称海为大师，因为念书时他会气功；海会给姑娘们讲气功，华当初是最认真听的。

辉，于底特律，给海之词画了一个大大的赞。

橘子花记不得涮火锅了；当听到大家议论吃时，都怀疑自己是否参加了那晚的聚会。其实那晚她教大家跳舞，琳证实她们是一起来的。

琳，又给群里点上一支轻快的《青春舞曲》作为背景音乐。

太阳下山明早依旧爬上来
花儿谢了明天还是一样的开

“记得在校园时，体与剑最佳组合，在宿舍熄灯过后，曾多次为大家演唱过这首《青春舞曲》的。”我回想起来，有很多个笛声清脆、箫声悠远的夜晚。

“你们记性真好！”辉。

我喜欢本地的一首苏格兰民间歌曲，*Auld Lang Syne*，直译为逝去已久的日子，在中国，人们普遍将其翻译为《友谊地久天长》。这是一首脍炙人口的世界经典名曲，人们常在跨年辞旧迎新时唱。我想用其中的一段歌词来表达我们之间的友谊：

怎能忘记旧日朋友
心中能不怀想
旧日朋友岂能相忘
友谊地久天长
……
举杯痛饮 同声歌唱友谊地久天长

日　晷

位于礼堂前大草坪南端的日晷是一百年前校友献给母校的礼物。我去年访问哈工大深圳校区的师兄仲政教授，在南国清华园也见到了同样的日晷。

苏格兰的秋日，海水清澈，天空蔚蓝。阳光下站立，我看到自己的身影。于是我想起了日晷，想起了清华，想起了那些我朝夕共处的大学伙伴。大二的时候，我自荐成为我们班的班长。在我之前的班长是李京徽同学。记得在新生晚会上，他介绍自己的名字起源，父母分别来自北京和安徽。京徽组织我们去颐和园踏青，那张集体照留下我们来自五湖四海刚进清华园时的美好记忆。照片模糊，如朦胧诗般朦胧。京徽同学是个很好的桥牌手，中学开始打，水平有好几层楼那么高。我们这些喜欢打牌的也就跟着学，配成对子，开始还什么精确啊，自然啊等等叫牌法，后面好像很快就是纯“自然”叫牌了。系里组织过比赛，挺热闹的。

印象中，京徽和小子（蔡笃兴）的搭档最好，我们一般都输给他们。疫情来临之前，我们几个大学同学聚会于纽约曼哈顿。那时，小子坐四小时大巴从弗吉尼亚州赶来，一路辛苦。小子来自海南，刚入清华时，一口海南口音，无人知其所言。同学相聚，小子特地给我捎来他家乡的白沙绿茶。阿黄，同学中当年最早开始准备 GRE，自哥伦比亚大学毕业后一直安居乐业于都市纽约。三位男生，在唐人街中餐馆吃大餐，然后阔步穿过时代广场，又接着在洛克菲勒中心喝咖啡。那天的聚会很开心。临分手时，小子赶回程的车以稳健的身姿猛超二十街，再显少年英俊。如今同学中，室友吴体的儿子也在纽约大学念研究生。我们都爱纽约，愿世界和平。

在我之后的班长是王金林同学，我们之间互称老乡。毕业时，他在我的留言簿上豪气写道：“生子当如谭鸿来。”那时，金林一心想娶 9 字班的学妹，半夜三更在宿舍走廊里也会说出声“玉兰，开门吧”。多年以后，留言簿上的“子”被金林和玉兰兑现为两可爱的小千金。已经半年过去了，因为疫情，邮到我家的那只英式小包包还一直没给他们的千金寄过去。

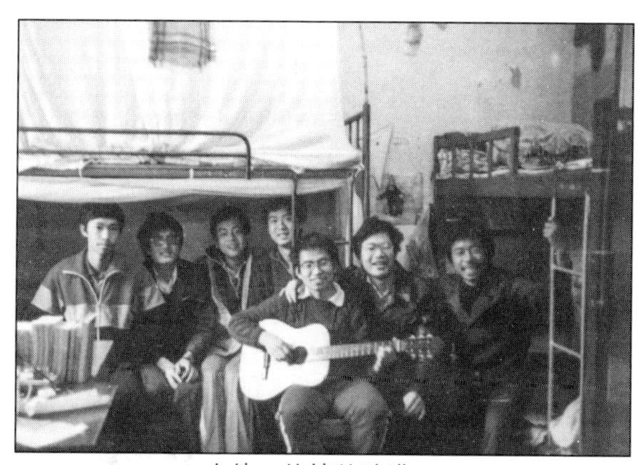

吉他，热情的沙漠

再之后，连任两届班长的是吴体同学。吴体做事很稳重，又成绩优秀，故被同学称为“吴牛”。吴体带领全班荣获了学校的双优，即“优良学风班”和“甲级团支部”。当时，评选除了要考察全班同学的学习情况，还要考察宿舍的卫生管理情况。那时的我太不拘小节，在创优过程中，为了保持宿舍的整洁，吴体曾经帮我整理过好多次床铺，叠过好多次被子！通过全班同学的共同努力而获得的“双优”称号是我们这个班级在学期间获得的最高荣誉，这在学校档案收藏的年鉴里有着记载。

在那少年的日子里，我们的心欢畅。驻足于日晷前，我看到时间在走。于是我们只争朝夕。读大学时，少年才子薛刚、小胖子韩志东和我等几个学友被班级同学称为“学魔”。青春在燃烧，我们如饥似渴地学习与钻研。从大二起，同学当中说话总慢条斯理的孙亚雷辅修了自动化控制专业，吴体辅修了环境工程专业，王辉辅修了机械工程专业，等等。周末的时候，我们几个会在宿舍熬夜下四国大战，一般是薛刚和我对大师和小野吧。老大是北京孩子因此可以享受回家，吴牛则是蒙头睡觉。王辉（那时大家爱称他的外号，光军同志）是一边戴着耳机听崔健，一边对我们怒目而视。若干年以后，以他当时表情为原型的《愤怒的小鸟》红遍全球。

直觉到学科前沿研究离不开探索微观尺度的量子力学，我辅修了现代应用物理专业。那时，同学们按照“力学家都是数学家”的思路而滋润成长，知识面广而扎实。毕业后，我们因此在各行各业成为中坚力量，包括能源、计算机软件、建筑、交通运输、信息技术、制造业、安全、技术专利、生物工程等。成长于我们这个班集体，今天，同学中有成为国家建设栋梁之材，比如汶川地震、玉树地震等自然灾害的现场救灾与技术指导；有参与国家航天研究的清华博士生导师，有智能交通的专家，有数码印刷的公司产品总经理，等等许多。

正如日晷上日影的形成离不开阳光的照耀，我们班集体的成长受到许多老师的关怀。清华的文化传统塑造着我们这个班的成长，按力学的术语，是众多推力合力的结果。在清华，有太多的老师，他们关心着我们的学习和生活，雕琢我们的成长。

我的学生回国在清华做博士后，给我传来八月金秋清华新生报到的照片，我看了感慨万分。三十年前我们8字班来自五湖四海也汇集北京，带着激动的心情：清华园，我们来啦！是不知名的高年级师兄踩着大板车，将行李和我们从南门送至北院。一路惊讶：好大的校园！那时青年教师殷雅俊在一号楼门口迎接我们新生，他是这个班的第一届班主任，奠定了班级良好的学风。初入清华园，他是我见到的第一位老师，给我们很多指引。许多年以后我回清华做《能源挑战与力学——全球视角》的邀请报告，报告完之后我找到殷老师聊天。见到过去的学生，殷老师好高兴。我们聊了好多，谈过去的大学生活，谈哲学与艺术，谈自然科学的发展。殷老师接着请我在清华的学生食堂吃饭，我们继续聊力学与方法论。饭后殷老师兴致勃勃地又跟我讲他的研究成果《生物微纳米力学的几何化》。我兴致盎然地听，那晚我们谈到深夜直到楼里闭馆。

吴体同学校庆回母校时，看望薛明德老师留下了珍贵的合影照片。我问他，"印象最深的是什么？"吴体说，"印象最深刻的是聊到标准。当年我国的压力容器的标准是薛老师说了算，现在我也正努力向她学习，主编一些工程建设国家标准。薛老师勉励我要用好所学的力学知识，确保标准中相关指标的可靠性，保证工程安全。"当年，应国家工业发展的要求，还在"文革"的艰难岁月中，黄克智、薛明德等老前辈就开始了将力学应用于解决压力容器设计工作中的一些难题。我看到日晷上的铭言"行胜于言"，清华工科的实干精神在吾辈同学的身体力行中得以传承。

后来，王辉、韩志东、庄瑞强和我从大学本科直读清华博士。阿庄与我读博期间同寝室，科研以外我们最大的爱好就是下四国大战，与博士班的熊司令、傅司令、老高和曾扬兵等大战至深夜。博士的业余生活还是爱动脑子，《三十六计》中的诸多计策，比如瞒天过海、围魏救赵、趁火打劫、声东击西、调虎离山、欲擒故纵、关门捉贼、空城计等全用在夜晚的四国大战上了。至于学业，基于我本科毕业设计在读博第一年所发表的研究论文（第一作者）引领当时宏微观固体力学研究领域的前沿；二十余年后该文被《力学学报》英文版评选获得"创刊30周年优秀论文特别奖"。

在清华，我们可以有机会接触到学科世界级大师，进行与名人近距离的交谈。在本科的最后一年，我们班很多同学都选修了黄克智先生的《断裂力学》。先生是"吐辞为经，举足为法"的力学大家，本科生能亲聆教诲是非常幸运的。先生的治学严谨使我一生受益匪浅。本科的最后一年是做毕业设计，那时我的本科毕业设计指导老师是当时的青年科学家杨卫教授，杨老师也是我后来的博士导师。黄先生早年留学苏联，杨老师则是留美的常春藤博士，诚如校歌所唱"立德立言，无问西东”，清华具有浓厚的东西方文化积淀。在我后来的博士论文（获首届全国百篇优秀博士论文）致谢部分，我写下：“导师帮助我从学生成为真正的研究生，立下生命中一个里程碑。研究生涯从此开始。”

日晷上日影的转动让我们珍惜生命。在清华，我读了许多书。我喜欢的法国作家普鲁斯特的长篇巨著《追忆似水年华》，中译本在我们读大二的那一年刚好出版。三十年后的今天我们成立了一个微信群，取了同样的名。这些天，我又重读了书的英译本，静享时光的流淌。我们读书的那个年代是中国大学生诗歌的黄金时代。在清华，当时有诗社，后来又恢复了文学社。吴体回忆，当年咱们班自己也办了一个文学社，还办了一个小报，名称好像叫《星宇》；没有打印，都是手写的，然后拿到三教去张贴。那时吴牛是宣传委员，小野是骨干，小报上都是咱们班同学自己写的文章。

“那时候入学时间不长，很多同学都很思念家乡，小报上曾有一篇文章《月是故乡明》，引起了很多同学共鸣。”吴体回忆。

“那《月是故乡明》是谁写的？”我迫不及待地问。

“记不得了。”

“为什么文章的题目还记得这么清楚？”

“那时候想家啦。”吴体笑答。

我想那篇《月是故乡明》应该是我写的。中学班里有个女孩儿英文名字是Phoebe，有月亮的含义。许多年以后，一张年轻时寄给她的明信片神奇地又出现在我们之间。我和Phoebe以及她的女儿Alice漫步在美丽的曼大校园，这所我来英国头几年执教的学校，我们感慨时光之流逝。那张古旧的明信片上还留着少年豪迈的语句“自由的帆，永远自由的航，追寻灵光。祝新春快乐，为曾是朋友如是说。”

“这是那一年？”琳在旧金山好奇地问。

邮戳1990。那年寒假，跨年夜之后，我和室友陆秋海都留在清华，没有回老家过春节。

“文字很生动，时间是最好的发酵剂。”Alice在曼大读着我们的故事。

“对于青春的记忆，都成美好的了。”我感慨。

“有喜有悲才是青春美丽的地方，才是活泼生动的记忆。”Alice有新一代大学生自信的见解。

“后来也给你妈寄了一份，作为分享的回忆。”

“嗯嗯。”位于公主街的曼大学生宿舍，夜晚很宁静。“希望我多年以后也能以美好的视角回顾青春。”疫情严重，但她并不孤单，妈妈每天跟她视频。

在我们读书的年代，清华诗人以梦为马，诗酒趁年华。那时每个同学都会参与一项课余的爱好，读诗，踢球，吉他，笛箫。郊游的次数不多，但留下的记忆都是美好的。我时常在朋友圈里看到同学现在还在踢球，依旧矫健的身影。给他们点赞，那是清华延绵不断体育精神的传承

毕业游园与崔玉玺老师合影

日晷计时，时代发展。我们成长的路上清楚地留着电脑进步的痕迹斑斑。我中学时学 BASIC 编程，好像一生结下的缘。我们大一时学 FORTRAN 语言；用的是 3M 公司的磁盘，5.25 英寸，存储量是 1.2MB。课余，我们会勤工俭学帮老师做一些软件方面的事；如果能得到老师给的 3M 磁盘，那是莫大的奖赏。二年级时，同学们自己编程，在主楼机器上实现有限元计算。那时，薛刚向我推荐了 IBM 公司的文字处理软件 PE2，使工作效率大大提高；我们基本上记住了 PE2 的所有快捷键。最初我们用的计算机都是黑白 DOS 操作系统。Windows 3.0 在 1990 年由大洋彼岸的微软推出，第一次有了比较好的图形界面。感谢那个退学的大学生比尔 · 盖茨；那时我们大多数还不知其人，但已开始享用他少年热血的成果。谢谢同学京徽，那时经常给我们带来最新的软件和一些美丽的图片。

校　　河

校河名曰万泉河，源于海淀区万泉庄，流经北京大学、圆明园，沿西门进入清华大学，然后从校北区流出，汇入清河。从旧图书馆到北院，要经过一片小树林，树林旁流淌着缓缓的校河。在那片小树林里，有清晨练功的学子，会从河边传来悠扬的笛声，以及热血沸腾的高昂吉他声，并夹杂着朦胧诗的热情朗读声。上大学之后学习生活还是非常紧张，学习之余摆弄摆弄乐器、自娱自乐有利于身心放松。那时候班上的同学们玩的乐器以弹吉他居多，如孙德胜、王为剑、章云科等。吴体和陆秋海一般会在宿舍看书写作业，然后一起吹笛练箫。笛声清脆，箫声悠远，迎接我们晚自习踏月归来。

1989 我们读大二时，海子写下《面朝大海，春暖花开》。海子走了，那时我们在校河边小树林里秉烛纪念他。后来我在伦敦国家美术馆看到梵高的《向日葵》，便不由自主地想到海子的诗。这些艺术品带我们走进一个纯净的世界。回忆清华

读书时的班集体，越是随着岁月的增长，那越是一片纯静净的天空。朦胧诗陪伴了我的青春年华，现在我的住所也面朝大海。撰写此文时，我在我面朝大海的院子里又一次朗读海子的诗：

从明天起，做一个幸福的人
喂马、劈柴，周游世界
从明天起，关心粮食和蔬菜
我有一所房子，面朝大海，春暖花开
……

校河流经清华园，酝酿了“荷塘月色”和“水木清华”。在人生的长河中，同学情仿佛一条缓缓的河，随着时间流逝慢慢酝酿成一种亲情，一种真挚的最值得珍惜的亲情。毕业后，同学中张国华与刘洋在麻省理工巧遇，现在他们住在德克萨斯州同一个县城，他们的孩子继续同学。

毕业以后要保持一个班集体的凝聚力，必须有几个核心同学，能够总想着大家，经常联系大家。班级的核心同学大概就数齐彤岩、陆秋海、李京徽、吴体等几位同学了。毕业后同学天南海北失去联系，大家，特别是老齐和京徽通过写信等方式很快使力 82 恢复完整建制。自从有了微信群以后，京徽似乎记得所有人的生日，每到同学生日，群里就跟点名似的。老齐是北京聚点的总领，每每同学出差或者路过北京，老齐都要做东道主。后来在北京做东道主还不够，开始远渡重洋，挨家访问。去年春节老齐携夫人去休斯敦访问了我们班唯一的女生；一位老同学从天而降，着实让她兴奋了好长时间。今年新冠病毒，老齐又不嫌邮寄的麻烦给在美国的同学寄来口罩，同学收到后感觉到的都是满满的同学亲情。上学时，我们有班长；毕业之后，我们除了班长，还有群主老齐。老齐集导演、编剧、美工、音效于一身，制作了《入学三十年纪念册》，保存了我们班这些年来许多珍贵瞬间，是班级的里程碑大制作。

缓缓地，校河向北流出校园，流向清河，流入大运河，流向南方，流到我的故乡。我的大学时代没有手机，也没有网络。写信是我和父母联系的主要方式。家书一般是父亲代表全家给我写，父亲给我的信都是用毛笔书写。后来，父亲把大学期间的往来南北两地书全部收集成册，并题字“用最深的爱垒筑最高大厦”。这份来自家庭的爱也同样在每个同学中都有着各自珍藏的版本。那时，同学中有写信就像现在玩手机一样着迷的；常常回到宿舍，见吴牛还在写信——给父母写，给结拜兄弟写，给心中的她写。

我在清华读书时的生活费主要来自于祖父被摘除“右派”帽子后国家给予的经济补助。祖父在我读取清华时为我写下一首勉励的诗：

男儿立志出乡关，科技高峰奋力攀。
若道读书浑无用，匹夫报国岂等闲。

我后来受聘为武汉大学珞珈学者讲座教授。去武汉大学讲学时，我顺便访问了大学的档案馆，凭吊祖父当年的求学足迹。从当时的学籍表上得知祖父以国立武汉大学第五届毕业生毕业于法学院。坐在爷爷求学时落成的自习室，心情激动；那是一个怎样战火纷飞的年代啊！那时，国立清华大学、国立武汉大学、国立中央大学、国立北京大学、国立浙江大学被并誉为“民国五大名校”。从颠簸中走向复兴，我知你的难；我为你祈祷，我的祖国！

校河流向清河，流入大运河，然后流向大海。大四的夏天，我们去坐落在渤海湾的天津新港船厂毕业实习。一组同行的有吴牛、老齐、滕冶、春晖，还有永远快乐的吉他手云科。我们在大海边欢呼雀跃，那时太阳像火一样炙烤着码头船坞，偶尔吹来带着盐分的海风，扫在脸上也有种烧灼的感觉。传动中的巨大龙门吊，以及传来的此起彼伏金属切割声，让我们兴奋。我们跟着“钟工”解决一个悬臂式起重机不能正常工作的问题。应用所学的力学知识结合厂里工程师的实践经验进行分析，查找技术原因，后来问题得到了圆满解决。那时，少年工程师的狂妄，我们一边设计着悬臂图纸，一边争辩鸡生蛋、蛋生鸡的哲学问题。

实习期间碰到一次很大的“天文潮”，潮水在很短的时间内倒灌，把一楼淹了很深的水。这次“天文潮”让我们第一次体验了自然灾害以及灾后重建的艰辛。今天，人类步入了一个灾难重重的时代。作为工程师和医生，我们都尽我们的所学所能为人类抗灾而努力。后来吴体同学在汶川大地震中指导救灾，实习期间发生的那次“天文潮”大概算是个小小的预演。汶川大地震使多个村庄与七万条生命在瞬间消失。灾后，废墟之上，吴体同学又带领修订房屋重建的技术标准。

与同学吴体的工作类似，预测灾难是我这几年的研究课题与教学内容。我的博士生 Pedro Perez 研究在墨西哥湾发生的英国石油漏油灾难的事故原因，并提出了事故前兆概率方法，用以对灾难进行定量风险分析。我的学生 Maureen Jennings 获阿伯丁大学第一个兼具安全工程与法律双科的博士学位。我指导的张人友博士毕业之后加入清华大学复杂系统人因工程研究中心做博士后。我指导的另一个博士生 Fuzzy Bitar 因为在安全和可靠性方面的贡献而成为英国皇家工程院院士。清华精神正走向世界。而放眼整个班级，每个当初的同学如今都在谱写着作为清华工程师的“自强”篇章。

校河缓缓流，我祝你日日平安。

结 束 语

大学五年的时光，在记忆里仿佛梵·高的《向日葵》与海子的诗，纯净而美好。笛声清脆，箫声悠远，我们的根绵绵在清华。

2020 年秋，苏格兰

鸣谢：受清华大学工程力学系 1988 级 2 班委托，本文综合齐彤岩、吴体、陆秋海和薛刚等同班同学提供的文稿写成。感谢北京医科大学（1989 级）宋建琳、程叙扬、翟静和赵卫华同学与我们一起的回忆。

作者简介

谭鸿来，英国阿伯丁大学教授，武汉大学珞珈学者讲座教授。原子和连续介质结合仿真的先驱科学家之一。苏格兰北海科技论坛董事长。国际能源挑战与力学研讨会主席。国际量子科学与技术研讨会主席。曾是欧洲可靠性卓越峰会主席，全面维护与运营卓越全球论坛主席。1993 年获清华大学工程力学工学、现代应用物理理学双学士学位。1996 年获清华大学固体力学专业博士学位。美国布朗大学博士后。美国伊利诺伊大学研究科学家。读博期间获国家教委科技进步一等奖（第九完成人），首届清华大学“学术新秀”奖等。获首届全国百篇优秀博士论文奖。获《力学学报》英文版“创刊 30 周年优秀论文特别奖”。

班级温暖让人生更美丽

■ 欧阳文爽（1989 级土木系）

我是土木工程系结 91 班的一员，在清华五年的读书期间，这个集体让我们全班同学感受着快乐。我们有如朋友般亲切的老师，有不同个性的同学，在清华如诗如画的校园中，我们一起渡过了快乐充实的五年大学生活。

我们班还组建了斐声乐队，在周末学校食堂举办舞会的时候，斐声乐队经常参加演奏。记得第一次班级乐队在舞会演奏的时候，舞场里一个跳舞的都没有，乐队主力之一林震宇赶紧对我说："你无论如何马上带头跳舞！"我立即找了一名女生，第一个跳起舞来，其实我不太会跳舞，但还是舞了起来。舞会结束后，乐队同学跟我开玩笑说："你跳的步点和音乐根本对不上。"

在大学期间，我们全班同学还参加了由学校组织的测量实习。我们来到京郊虎峪清华 200 号，在那里我们分成小组进行测量。先是测量 200 号院内的道路，然后全班去外面的山上测量山坡地形。我和卓焕标、李启迪、蒋体、武晶等同学一个小组，我们测量、学习、生活在一起，感觉就是一个温暖的大家庭。我记得那时 200 号食堂做的小菜辣子拌香菜非常好吃，每次吃饭我都要来上一勺。有的同学在当天实习结束后，买来当地产的蜂蜜，灌进空啤酒瓶里，那蜂蜜和城里超市卖的蜂蜜颜色不一样，颜色很浅，非常晶莹剔透，看上去非常清纯的感觉，当

清华毕业前 519 室友合影，左三欧阳文爽

时我们知道它是生蜂蜜，还不能吃。令人喜悦兴奋的虎峪测量实习结束了，在大学生活的记忆中，在人生的记忆里，这成为挥之不去的美好时光。

现在我们基本都到知天命的年龄了，回想起来，清华同学每个人鲜明的特点，在心中记忆犹新。同学之间虽然有时闹别扭，有时互相嬉笑，但充满了友爱之情，五年的大学生活总是充满了快乐和花絮。

走上工作岗位到现在已有二十六个年头，结 91 班的同学们没有因各奔前程而失去联系。每年校庆的聚会把我们又拉到一起，同学之间的友情并没有因地域和时间的改变而淡漠。班级的这种同窗情、师生情正是在母校深厚的底蕴上生根、发芽、成长、枝繁叶茂的。

结 91 班的温暖还来自于追求全体同学当家作主。在毕业以后，我们班由同学们选举出来四位班级委员，代表全体同学对班级事务进行决策。班级召集人带领班级秘书长和各小组长可以在一定范围内自行组织安排班级的一些事务，但当班级、同学遇有重大问题或事件时，班级召集人必须向全体班委报告，由全体班委形成决议后，由班级召集人带领秘书长、各小组长、全体同学落实。结 91 班不采取对班级事务由班级召集人一人领导、一人决策的方式。但当班级遇有紧急重大突发事件时，班级召集人来不及向全体班委报告、开会、形成决议时，可由班级召集人本着为同学服务的宗旨进行应急决策，事后要向全体班委补报。

2019 年清华入学 30 周年班级在重庆黎香湖聚会合影，后排左三作者欧阳文爽

2019 年，在同学们纪念入学 30 周年的时候，班级组织了全班同学在重庆聚首。远在美国、加拿大的同学都赶回来，原结 91 班的辅导员杨澄老师也专门赶来参加。大家畅谈、回忆、游览、观演，无比开心。石波云同学为此次聚会做了大量的工作，使得重庆聚会精彩而完美，永远存入班级聚会的美好回忆中。

现代社会节奏快，事务多，让人忙个不停，而清华班级的温暖在这样的社会中，更显得弥足珍贵，它使得人生更美丽。我们的社会需要这种集体的温暖。独唱固然动听，但合唱更有磅礴的力量！

2020 年 7 月

作者简介

欧阳文爽，1989 年考入土木工程系建筑管理专业。1994 年毕业后进入中国建筑工程总公司工作，先后在德国驻华新使馆工程项目、欧洲联盟驻华代表团改造工程项目工作。1996 年底派往香港，进入中建总公司中国海外集团有限公司，先后在香港新机场配套工程将军澳飞机维修库工程项目、深井滤水厂二期扩建项目、梧桐河双鱼河河道治理工程项目工作。2000 年调回中建总公司海外部，2001 年调往中国建筑集团有限公司中建物业管理有限公司工作至今。

忆集体　致青春

■ 裴文林（1993级水利系）

母校清华即将迎来110周年华诞之际，系里发来征文启事，标题《像阳光一样温暖——我的大学集体》引起我的无限思绪。回想近三十年前，我们在最美好的年华遇到了最灿烂的彼此，共同在美丽的清华园书海徜徉，谈古论今，聆听大师教诲，感悟人生价值，度过了最难忘的青春岁月。

我们水工32班入学一共27人，来自全国的24个省（市）、自治区，班主任是亦师亦母的孙岳崧老师，辅导员是1988级的师兄刘斌老师，对我们关怀无微不至。后因不喜理工，北京姑娘李牧鸣大一毅然退学转读中国人民大学，剩下26人朝夕相处直至毕业。我们大家来自五湖四海，性格各异，习惯不同，但每个人都至真率性，至诚敦厚，各有所长，相互为师，共同成长。一晃经年，但往事仍历历在目。难忘大一时的勤学苦读、不甘人后；难忘大二时的军训踧练、逐场绿茵；难忘大三时的激扬文字、风花雪月；难忘大四时的生产实习、博览众山；难忘大五时的依依惜别、互道珍重。时光如驹，尽管已阔别多年，但记忆如昔，沉淀下

大四三峡生产实习合影

干训班部分同学毕业 20 年合影

来的总是让人温暖的回忆。

初识清华

清华非常重视班集体的建设，我有幸作为保送生被选拔为骨干生，提前入校参加干训班培训。我记得是 1993 年 8 月 8 日就报到了，比其他同学早入学一个月。父亲从山西临汾送我入学，一路坐了 16 个小时的绿皮火车到达北京站，扛着家里的木箱子，旅途劳顿，终于由高年级同学接应在 23 号楼安顿下来。我们宿舍一共 5 个人，水利系是我和陈伟、丹飞，另外是建筑系的宋扬和土木系的许德钉。父亲送到后第二天即返回了，至今我都难忘父亲匆匆离去时的背影，总是想起朱自清先生的《背影》。

我们 1993 级干训班人才济济，有后来非常著名的音乐人李健、女高音耿冬梅、男低音哈达，有西门子全球首席技术官赵作智，有诗人、著名出版人丹飞，有清华—伯克利深圳研究院院长张林，还有毕业留校的一大批教授们。我们分成两个小班进行了短暂的军训，共同参观美丽的校园，熟悉学校的环境，了解清华的历史，学习清华的文化，领会清华的精神，时任校党委书记贺美英老师、党委副书记陈希老师还专门抽时间在二教给我们专题讲座，介绍学校校史、校训和“双肩挑”“又红又专”的人才培养目标，勉励我们传承清华精神，努力学习知识，树立远大抱负，把个人追求和国家的需要、时代的需要统一起来。

等新生正式开学，干训班的同学（基本上每个班 1 个人）都回到各个班，负责迎接新同学。陈伟会蹬三轮车，就在南校门迎新、帮大家转运行李，我和丹飞就在 13 号楼帮同学们安顿宿舍、熟悉环境，这对新同学尽快彼此熟悉、加快班集体建设起到了很好的作用。经过大家推选，陈伟、杨述当了 31 班的班长和团支书，葛丰和我当了 32 班的班长和团支书，丹飞和丛振涛当了 33 班的班长和支书，学校通过干训班把每个系、每个学院甚至整个年级都联系凝聚了起来。尽管只有不到一个月的时间，我们干训班的同学都结下了非常深厚的友谊，差不多每年都会小范围地聚一聚。

初识清华，感慨于清华之大、清华之美。不仅校园之大，可以赶得上一座小城市了，仅学生食堂就有 15 个；清华人更有大追求，大胸怀，大抱负，大思想。校园之美，不亚于任何一座园林了，工字厅、礼堂、图书馆、清华学堂不仅环境优美，建筑更是中西合璧，兼容并蓄。在清华园里读书是那么的美好和幸福，在王静安先生碑前静思，在朱自清先生像前沉思，在闻一多先生面前深思，在荒岛近春园遐思，隔着时空和大师们在同一所园子里放飞思绪。

初识清华，更是感慨清华之高、清华之才。清华之高，志向之高，境界之高，视野之高，成就了清华的人才辈出。清华之才，救国之才，治国之才，强国之才；育人之才，科学之才，工程之才。视野所及，心之所至；眼界，决定了人生的广度和宽度。境界所及，胸怀所至；格局，决定了人生的高度和深度。成就所及，智慧所至；作为，决定了人生的长度和厚度。境界、眼界和作为，奠定了清华人的人生之路。大学恰好是人生价值观成形和提升的阶段，最美好的年华能在清华园里成长是那么的美妙和幸运，能够在大师、学部委员、前辈先贤等国之栋梁的熏陶下成才真是人生之幸。

知 耻 后 勇

初入清华，每个同学都带着美好的憧憬，第一次离开自己的家乡，离开自己的父母，踏入心中神圣的象牙塔，既兴奋又忐忑，各自还沉浸在高考胜出的喜悦中。入学典礼之后，很快就进行了大学的第一次摸底考试，我的成绩相当差，差点就怀疑人生了，结果一看大部分同学成绩都不太好。后来才知道这算是学校的“杀威棒”，也才想起王大中校长在开学典礼上的话，“能考入清华是一件很值得高兴的事，但成绩已经过去，未来的考验将更加艰巨。”“希望你们放下过去的成绩，一切重头再来。”

知耻后勇、知弱图强，知不足而奋进。“明耻”也是清华精神的重要表征，清华大学最初是用美国退给中国的庚子赔款建立的“留美预备学校”，校址又选在被英法联军洗劫过的清华园和近春园，建校伊始就蕴积着深重的民族耻辱感，这种刻骨的耻辱感化为了清华人自强不息、厚德载物的内力，化为了救国图强、独立自由的动力，化为了严谨求实、精益求精的自觉，化为了行胜于言、永恒奋斗的精神。

第一个学期，同学们都很刻苦，谁也怕落后掉队，每天出完早操，草草吃完早饭就去教室了，中午也不回宿舍休息，晚上基本上教室熄灯了才回宿舍，感觉高三都没有这么辛苦。学校也是怕我们学业繁重不适应，还专门开设了心理学的课程，进行心理测试，个别进行辅导。小辅导员张聪杰老师还常开导我们“清华一条虫，出去一条龙”，“林子大了，什么鸟都有，不要比优秀，只要自己尽心尽力就好”，但大家都不敢有丝毫的懈怠。应该说大一良好的学习氛围已经形成了。

大三时我们积极参加学校优良学风班和甲级团支部的评选。评选对班级的平均成绩是有要求的，我们就以宿舍为单位开展竞赛，当时 213 宿舍葛丰、吴庆斌、方正、张庆海、黄湘江他们成绩最好。为了不让一个人掉队，我们开展了“一对一”的帮扶，让学习好的同学结对学习吃力的同学，一起上自习，一起做作业。我们提出了“以思想建设为核心、以学风建设为重点、以班级建设为基础、以制度建设为保障”的思路，通过大家的共同努力，终于获得学校甲级团支部的荣誉，参加答辩时班长王玉宝还用“团结、求实、创新、上进”设计了一幅人头像板报，求实是“帽子”，团结是“眼睛”，创新是“耳朵”，上进是“嘴鼻”，令人印象深。

行胜于言

“所谓大学者，非谓有大楼之谓也，有大师之谓也。”清华不仅有大师，还有更多以身作则，兢兢业业，勤恳务实的老师们。

我们班集体的成长离不开学校老师的关怀，尤其是我们的班主任孙岳崧老师，她五十多岁，个子不高，说话轻言细语，总是面带微笑，处处体现出一种从容雅

毕业时和孙岳崧老师合影

致，清净淡泊，对每个同学都关心备至，润物无声。刚入学时孙老师差不多每天晚上都会到宿舍来，和每一个人聊天谈心，关心我们的生活和学习情况。大二时我因为一方面担任学生工作，一方面学习压力大，长时间心动过速，孙老师就介绍我去西苑中医研究院治疗。她还从家里熬粥、煲汤送到宿舍来。听说刮痧有用，就自学帮我刮痧，在孙老师的照料下我才慢慢好起来。

大一时带我们基础班的英语系李仙根老师，也是水利系毕业的，因为工作需要转到外语系任教。李老师对我们学习要求很严格，同时对我们又非常和蔼和关照，给我们看《走遍美国》，找英文的影片给我们放，每逢过节就邀请我们到家里去吃饭还专门从家乡福建托人捎来米线，特意抄了菜谱贴在厨房，照着菜谱给我们做饭吃。

入学后第一次课外讲座是刚退休的谷兆祺老师给我们作的，他很自豪能为水利事业奋斗终生。印象最深的是谷老师打开一张绢布的内蒙古地图，是谷老师的学生送的，上面密密麻麻标记了他曾经走过的足迹和参与过的水利水电项目。谷老师讲述了水利人“献了青春献子孙”的牺牲和奉献，鼓励我们献身水利事业，把个人的发展和祖国的需要紧密结合在一起，要做热爱河流、心胸开阔的水利人。谷兆祺老师一生奔走在万里江河之间，在谷老师的身上，我们听懂了水利系系歌《水利建设者之歌》，读懂了“从那黄河走到长江，我们一生走遍四方”的豪迈；“前面是滚滚的江水，身后是灯火辉煌”的骄傲；“露宿峡谷和山冈，遍尝祖国的风光”的乐观；“我们的生活就是这样，战斗着奔向前方”的奋斗。2016 年谷老师去世了，他为母校捐出了积蓄百万元的励学金，留下了 86 本记录重要工程资料的笔记，把遗体捐献给医学院用作研究。

还有一次在新水偶遇张光斗老先生。老先生八十多岁了，思维敏捷，身体硬朗，一拳打在我肩上还隐隐作痛。先生告诫我们都是全国万里挑一来的，要好好学习、为国奉献，不仅要学习好，还要身体好，要有所成就就得比别人努力，比别人见识多，比别人身体好。语言很朴实但是道理很深刻。

没有豪言壮语，也没有轰轰烈烈。在老师们的身上，我们更多体会和学到了为人和为事，感悟行胜于言、精益求精、追求卓越的清华精神。

受老师们的教诲和“争取为祖国健康地工作五十年”的号召，我们在校期间不仅重视书本学习，还自觉地进行体育锻炼，更多地参加社会团体活动和社会实践。大二暑假时我和葛丰、王玉宝、陈硕辉等 4 人历时半个月调查内蒙古、宁夏、甘肃的农村情况，形成一万多字的考察报告《走入西部》，获得学校社会实践银奖和优秀论文奖。科学求真，人文求善，艺术求美，我们在学校广泛的涉猎各种知识，经常在宿舍争吵辩论，这些都是我们成长的美好记忆。

毕业 20 年和辅导员刘斌老师（一排右四）合影

毕业后，我们班有一多半的同学读研。刘耀儒、刘新佳直接读了博士，张英魁去了数学系，方正去了中科院，王玉宝去了铁科院，胡双去了香港科技大学，余丁一去了浙江大学，吴庆斌去了法 3 读双学位，邓旭东、赵文新等其他同学都在系里接着读研。后来，有三分之一的同学出国深造，两朵班花胡双、李艳去了美国，葛丰、张庆海、黄湘江、李超、杨学军、王晓明、陈硕辉等也纷纷去了美国，后陆续回国工作最后不到三分之一的同学就业，任坤计算机很好，回到家乡贵州电信工作，成了贵州大数据的先行者，洪日生回到广东省水利厅工作，孙士英去了水利部天津设计院，陈春雷去了上海宝钢集团，张立新回了无锡，李龙彪留在了北京，大家都各奔东西，走上了各自的工作岗位。

毕业多年，每个同学都深受校训影响，受恩师教诲，受集体滋养，俱各有所成。刘耀儒留系当了副教授、研究员、博士生导师，现在是河川枢纽所的所长；王晓明在新西兰皇家研究院任职，成了国际知名的海洋工程专家；张庆海回国在浙江大学数学系当教授，任系主任；李超回到香港在中国港湾就职，同时兼任美国土木工程师协会香港分会会长；吴庆斌成了中泰信托、大成基金董事长；葛丰回国成了挚信资本管理合伙人、嘉会医疗创始人和首席执行官；王玉宝醉心公益、师从王名老师，积极投身公益事业；刘新佳潜心入佛，慈悲为怀，嫉恶如仇，已成著名的贤佳法师；其他同学也都在自己的工作岗位上敬业工作。

为纪念我们的大学岁月，用我们 27 个人的名字凑成诗句，以致我们逝去的青春，怀念我们的大学集体，也感谢母校的培养，感谢恩师的教导。

一举成名，英魁新佳聚清华。
同窗五载，文林耀儒识水利。
尔来自励，旭东晓明即自强。
六经勤读，春雷牧鸣书声琅。
学问日精，文新日生再求实。
切磋研琢，庆斌玉宝论春秋。
强身健体，龙彪硕辉逐绿茵。
锤炼意志，红星学军凝心魂。
不负芳华，葛丰李艳谈风月。
大学终成，李超任坤载厚德。
仁者乐山，岳崧士英览密云。
智者乐水，湘江庆海观三峡。
行远登高，方正立新通贤路。
澹泊明利，胡双丁一独自由。
同学之谊，四海相逢不相忘。
君子之交，千山万水可知心。
百十校庆，群英荟萃重聚首。
初心不忘，为国工作五十年。

作者简介

裴文林，1993 年从山西省临汾市第一中学保送入清华，2001 年水利系硕士研究生毕业，在校期间曾担任水利系 1993 级、1996 级学生辅导员。毕业后曾赴宁波市交通委员会挂职，2003 年任湖南五凌水电有限责任公司项目前期主管，计划部、工程部部长；2010 年任中国电力投资集团公司国际部处长；2016 年任五凌电力有限公司副总经理，现任中国电力国际发展有限公司副总裁。

法 3，一个特别的班级

■ 葛英姿（1993 级法律系）

我是 1993 年进入清华大学学习的，开始是在热能工程系热动 32 班，标准的工科学生。1995 年，清华法律学系（以下简称为“法律系”）复建，1996 年，法律系从在校的 3 字班同学中招收复系后的第一批本科生，当时正值国家提出“依法治国”的方略，100 多名 3 字班同学怀着极高的热情踊跃报名转系，最终法律系通过资料审核和笔试，筛选出 36 名同学，组建了清华法律系复建后的第一个本科班，命名为“法 3 班”，我也很幸运地成为法 3 班的一员。

法 3 班毕业合影。第一排（从左至右，下同）：陈继梅、叶菁菁、王颖、葛英姿、张瑾、高岩、王鸿、林朝雯、杨颖、施晓亚；第二排（老师及辅导员）：李启迪、高其才、施天涛、王振民、李树勤、张明楷、江山、于安；第三排：赵峰、孟芊、陈维国、樊旭、王恒福、李波、常宇、卓霖；第四排：解时来、王军、韩卓、刘希良、黄辉、温学斌、刘松涛；第五排：吴庆斌、哈达、张震、陈曦、孙传起、徐凌、张贻伦、陈义进、杨光、鲍为民、刘军

特殊班级

转到法律系的过程比较简单，首先我们每个人要填写一个申请表格，里面的内容包括个人基本情况、所在院系、前三年的学习成绩和排名、所获荣誉、社会工作、爱好特长等。然后所有报名同学要参加一个笔试，笔试包括中文和英文两个部分，记得中文笔试是出了一段古文，要求先翻译成现代文，然后根据该段古文写一篇作文。英文笔试则是英译中和中译英。总的来说，主要是考察大家的基本素质、人文素养和文字表达能力。

通过考察的 36 名同学来自全校 17 个院系，因为是个“重组班级”，所以我们成了当时 3 字班中最特别的一个班。进入法律系的选拔过程算是个“优中选优”的过程，所以法 3 班从一开始就人才济济。不少同学在原系学习成绩就名列前茅，有搭设了中国最早校园局域网的计算机大牛，有来自学校各个社团的骨干——学生艺术团的台柱子、学生红十字会会长、《新清华》学生记者、钢琴大师、民歌王子等，还有若干位同学曾担任各院系学生会和团委的主要职务。据统计，法 3 班的同学有三分之二曾在原系担任主要的学生干部，所以到法 3 选举班委时，不得不对大家“降职”任用。

由于法 3 同学普遍热爱人文社会科学、多才多艺，同时学生干部很多，所以班级风气非常积极活泼，不仅班级内部组织活动很多，而且参加学校的各种运动会、辩论赛、合唱演出、征文比赛等，表现也都很突出。

法 3 班还有一个特别的地方，36 名同学中有 10 个女生！要知道，当时清华工科院系的女生特别少，一个班有这么多女生，令很多工科同学非常羡慕。

艰 苦 创 业

转系伊始，法律系还处于一穷二白的初创阶段。最初的专职教师只有三四名，学生除了我们法 3 班的 36 名同学，还有十来个从校内本科毕业生中录取的研究生，资金和设备更是严重匮乏。那时很少有人知道以理工科知名的清华大学还有法律系，我打电话跟家里人说我已经转到了法律系，家人的第一个问题是“清华有法律系吗？”即使在清华校内，我们跟人家说我们是法 3 班的，对方也会疑

1999 年，法 3 女生与王振民老师合影

惑。我们在上全校公共课时，任课老师看到我们笔记本上写着“法 3”，好奇地问：“清华什么时候招了法语专业学生？”

作为当时法律系仅有的本科生，系里有什么需要出人出力的活儿，经常找我们，我们责无旁贷。刚到法律系不久，系里就让我们班学生帮忙将法律图书馆从人文社科学院搬到学校图书馆（逸夫馆）。我们盘算着不知道这是一件多么辛苦的工作，于是召集了全班大多数人，整整齐齐地出现在了图书“馆”的门口。搬书的进度之快远远超出了所有人的想象，因为图书的数量实在有限，大概只有几百本，刚装满一个平板三轮车，不少人还没出上力，书已经全部搬完了。法律图书馆的新家在学校图书馆五层，管它叫“图书馆”其实并不确切，那只是一个几十平米的阅览室，包括后来又从政法大学图书馆买来的两三千本旧书，也就摆满了七八个书架，外侧则是一些桌椅，可以容纳二十个人阅览和自习。尽管只是一个小小的图书室，但仍让我们兴奋不已。因为这里至少要比老师的办公室强多了！当时法律系办公室在中央主楼的十层，是一个只有五十多平方米的一间半屋子，上去一趟也颇费周折，要先从一楼走楼梯到二层，然后从二层乘电梯到八层，然后再循防火楼梯上到十层。听说当时刚刚卸任的某大国总统来清华访问，非常想看看法律系，学校领导想了很多办法才让他打消了这个念头。

很快，这个门牌号为 510 的法律图书馆成为我们最喜欢的地方。法律系的老师常说，图书馆对于法律学生的重要性，就如同实验室对于工科学生的重要性一样。这话简直太形象了。图书馆虽然书并不多，但法 3 的同学们总是想在这里待得久一点，再久一点。一开始，法律图书馆只是周一到周五的白天提供阅览，但管理员架不住我们的软磨硬泡，同意在晚上和周末开放，不过要我们自己负责管理，我们满口答应。于是我成了几名兼职管理员中的一员，平时的傍晚和周末的早晨，早早到收发室领了钥匙，打开法律图书馆的门等待更多的同学到来，然后到闭馆时，再整理座椅锁上门还钥匙，踏着星光照耀的林荫小路回宿舍。平时，如果需要借书还书，大家就采取自助的方式，自己填卡片、办手续，在这样宽松的管理下，三年下来，法律图书馆居然一本书未丢，这是颇让我们自豪的一件事。

名师执教

虽然法律系早期各方面条件都很简陋，但系里一直很重视师资队伍的建设，从国内外各名校盛情聘请法学名师加入。“所谓大学者，非谓有大楼之谓也，有大师之谓也”。我们一开始虽然没有“大楼”，却有“大师”。学校为法律系聘的系主任比清华校长的级别还高，是时任全国人大法律委员会副主任委员的著名

法3部分同学与著名刑法学家高铭暄教授合影

宪法学家王叔文教授。他早年毕业于苏联莫斯科大学法学院，据说和戈尔巴乔夫是前后届同学。别看当时法律系刚复建，谈不上名气，但在聘用师资上决不降格。老师们不仅学术上成就高，而且讲课水平一流。他们在课堂内外对我们的谆谆教诲，帮我们这些理工科学生打下了坚实的法律基础和人文社科基础，让我们未来的成长受益匪浅。

教我们民法总论的是著名的民法学家崔建远老师。崔老师上课总是“索然一身，飘然而至”，从来不带任何课本或讲义，但必须要带着一个不锈钢保温杯。20多年前，是没有PPT等软件工具辅助教学的，崔老师虽没有带半张纸，讲起课来却非常有条理，逻辑清晰、娓娓道来、如数家珍。手里的水杯经常被他作为教具，“比如，我对这个水杯有所有权……”，一个小小的水杯，帮助我们轻松理解了民法学中各种艰深晦涩的理论和概念，也对民法产生了极大的兴趣。十年后，我到中国海洋大学任教，给学生们上物权法课程。当讲到物权的概念时，我也拿起随身带的水杯，对学生们说，“比如，我对这个水杯有所有权……”我顿了一下，想起了崔老师。我想，好的老师就是这样吧，让我们不自觉地学习和模仿，在离开学校很多年以后，他们仍然是我们的榜样，给我们力量。

教我们中国法制史的是著名的法制史学家、古代婚姻法专家张铭新教授。张老师颇有传统文人的风格，上课着正装，声音洪亮、中气十足。张老师的板书是一绝，一般是竖着写，字体飘逸漂亮，让我们赞叹不已。张老师传统文化功底深厚，熟读各种经史子集。他上第一堂课就教育我们要“博学之，审问之，慎思之，明辨之，笃行之”，从繁体“灋”字的“平之如水”和“触不直者去之”，讲到清末的礼法之争。张老师的精彩讲解，带我们走进了中国古代法制的世界。

教我们刑法分论的是著名的刑法学家张明楷教授，张老师和崔老师一样，都曾当选“中国十大青年法学家”，在学术界地位很高。张老师擅长刑法解释学，他讲课幽默风趣，刑法的各项罪名和处罚，在他的讲解下变得非常清晰明了。张老师最擅长讲“故意杀人罪”，那堂课之前，同学们在走廊奔走相告，“快点儿来，张老师要‘杀人’啦……”。二十多年后我翻开刑法笔记，仍然感慨张老师对故意杀人罪的阐释是如此的全面、深刻、引人思考。从出生和死亡的界定，到不作为杀人、相约自杀、正当防卫被认定为故意杀人等。如今的很多社会热点问题，仍然可以在我们的笔记中找到张老师提出的司法上合理的解决方案。

王振民老师是我们的宪法学老师，他教我们的时候只有二十九岁，和我们年龄相仿，跟同学们的交流也更多。王老师是法律系复建最初的三个半老师之一，他当时还没有从人大博士毕业，就加入了清华法律系，所以算半个老师。王老师认为清华复建法律学科对国家来说很重要，未来我们的国家一定需要更多的高层次的法律人才，所以他经常在课堂上给我们讲宪法和法律对国家的重要性，鼓励我们将来要为国家的法治建设作贡献。

但与此同时，由于我们是第一届本科生，当时有的学科的教师还没有引进，师资队伍不齐全，我们有些课程不得不临时从校外聘请老师，这也反映了复系初期的艰辛与不易。

在这里，要特别感谢一位非常重要的老师——李树勤老师。1997 年，时任校长助理的李树勤老师，被派到法律学系兼任常务副系主任、党总支书记，这种“大材小用”，足见当时学校对法律学科的重视。李老师非常重视师资队伍的建设，花了很大的精力引进优秀教师。他说“没有一流的师资，就没有一流的法学院，也就培养不出一流的人才”。在法律系（法学院）工作十年，李老师前后引进了 50 多名教师，为法律系（法学院）的建设和发展作出了巨大贡献。从 1997 年到 2000 年，王保树、马俊驹、崔建远、王亚新、章程、张明楷、李兆杰、高鸿钧、高其才、车丕照、王晨光、傅廷中、李旺等知名法学教授陆续加入清华，加上之前调入的张铭新、黄新华、王振民、施天涛、于安等老师，清华法学院（1999 年正式复建）已经初步形成了一支高水平、高素质的师资队伍，极大地提高了清华法学院的知名度和影响力。

李老师非常平易近人，在我们读书时就对我们法 3 班同学特别关心爱护，对法律系这种独特的人才培养模式也非常支持。作为系领导，他经常和我们沟通，听取我们的意见和建议。对于我们一些创新性的想法，比如办学生报纸、建法律网站等，他总是想方设法地创造条件，支持我们大胆尝试、勇于创新。

2018 年，部分法 3 同学与李树勤老师、张明楷老师、王振民老师合影

我们毕业二十年后，李老师仍能清楚地记得绝大多数法 3 班同学的名字。对我们来说，李老师既是坚持原则的严师，也是爱护晚辈的亲切长者，一直呵护着我们成长。

优 良 学 风

在我们读书的时候，清华是五年制，仅有少数理科院系是四年制。但我们是在原来的理工科院系读完大三才转入法律系的。大家要放弃读了三年的原专业，进入一个初创且不知名的专业，是下了很大决心的，也许人生就此要转入新的轨道。那到底是什么让我们下决心要转专业呢？当然，有的同学是因为不喜欢原来的专业，所以寻求转型。但有更多转入法 3 班的同学，则是对法律和社会问题一直很感兴趣，当时国家提出依法治国的理念，大家抱着极高的热忱，希望能转学法律，未来成为社会的有用之材。孟芊同学回忆说，他当时在申请简历的左上角最醒目的位置写了一句话，“面临本世纪 90 万法学人才缺口，有志青年当有所作为”。有不少同学都是抱着这样的家国情怀转入法律系的。

因为有这样的情怀和热情，加之新接触一个专业，又有名师指导，法 3 班的学习氛围特别好。跟许多大四同学不一样，我们上课总要争取坐在前面的位置，认真记下老师的每一句话，积极提问和参与讨论，课间仅有的十几分钟，也会冲到前面把老师紧紧围住问问题。法 3 班上课，很少有迟到的，请假或者逃课的情况就更少见了。当然我们不会逃课还有个客观原因，法律系的课程基本都安排在三教一段的教室，三教一段教室的固定座位只有 34 个，为了法 3 班，学校特意在每个教室里面加了两个座位，所以呢，每个教室 36 个座位，我们班有 36 名同学，一个萝卜一个坑，要是有人没来上课，老师一眼就看到了。

我们非常珍惜在大学第二次选择专业的机会，如饥似渴地学习着。课堂上，我们认真听讲。课堂下，我们喜欢在法律图书馆看书，或者就某个案例争得面红耳赤。法律系的老师也很喜欢我们这帮勤奋又爱思考的学生。记得张明楷老师上课用的是他自己写的刑法学教材（第一版），我们看得很仔细，如果发现教材中有错误或者值得商榷的地方，都会跟张老师提出来。张老师因此颇为欣赏我们班，在后续教材修订时，他采纳了很多我们的意见。如今，张明楷老师的刑法学教材，已经成为全国最权威的刑法学著作之一，想来我们也算做出了一些小小的贡献。

因为勤奋努力，我们班的法律课程成绩都很高，很多课程全班平均分在 85 分甚至 90 分以上。以至于学校教务处都来干预，要求法律系老师不能再打这么高的分数，但老师们则说，题目的难度不低，是学生们答得太好了。1998 年，我们这些学法律仅两年的学生参加全国律师资格考试，达成了几乎百分之百的通过率，还有全北京排名前八的高分。

清华法律系的另外一个特点是国际化。在建系之初，尽管清华法律系在国内名气很小，但我们的国际交流活动很多，几乎每周都有国际知名法学院的院长或教授来访和做讲座，这让我们可以看见更广阔的世界，追踪各个国家法律发展的前沿热点。

虽然建系初期条件艰苦，虽然当时师资队伍还不健全，但有名师指导，加上我们自己的格外努力，法 3 班同学的法律基础还是很扎实的。这种扎实的基础，对大家后来从事各行各业的工作帮助都很大。

作为第一批本科生，我们也有机会做了一些开创性的工作。1997 年，我和高岩、张贻伦等同学一起参与创办了法律系的第一份报纸《法苑》报。这份由学生主办的报纸，主要刊登法律系的活动信息、老师的专访、学术文章或随笔等，最早几期的《法苑》报，还有不少法 3 班同学写的文章。很高兴的是，虽然 20 多年过去了，清华法学院一批批的学生毕业了，但《法苑》报依然在办。

从“转系”到“双学位”

最初转系时，我们的培养计划是 3+2，即在原专业读三年，再到法律系读两年，最后拿法律系的本科学位。按这种培养计划，我们还是五年毕业，但学法律的时间比较短。

1997 年，在我们转入法律系快一年的时候，学校把我们的培养计划改为 3+3，即在法律系需要读三年，同时还需要回原系修完全部课程和毕业设计，六年毕业，拿两个本科学位。

这种从“转系”到“双学位”的改变，对我们来说是个很大的挑战。不仅要延期一年毕业，而且我们有一年没有在原系上课了，在愉快地学习法律的同时，理工科的很多知识早已淡忘，现在要捡起来重读，难度可想而知。学校的压力也很大，我们 36 名同学来自 17 个院系，学校要协调好这 17 个院系为我们制定个性化的培养方案，以确保我们可以符合原系的毕业标准。

大五这一年，是我们最忙碌的一年。为了教学时间不冲突，所有的法律课程都安排在晚上。白天我们要回原系上课、做实验、做毕业设计，晚上上法律系的课程，课业负担很重，思维模式也必须快速转换。各院系本着对学生高度负责的精神，对我们给予了非常大的支持和帮助。比如我原来在热能系，回到热能系上的其中一门课是专业英语，每周课后要做翻译作业。因为当时我已经决定未来从事法律事业，所以我试探性地问老师，我能不能找一本英文的法律书做翻译作业，老师欣然应允。虽然我的作业与别的同学不同，但每次老师都认真地单独批改，用词、句法、语序甚至错别字都逐个标出，几乎句句都有修改。当时我学法律的时间不长，历史功底又较差，而这本英文书中有大量的法律史和拉丁文的内容，所以时常容易译错。老师每次都一一纠正。他虽是工科的教师，但很通法律和历史，遇到古籍中的引文，他不但将原文写上，还注明出处。例如有一次，他在我的一处错译旁写上“天视自我民视，天听自我民听（《尚书》）”，让人不由得佩服他的认真细致和博学多识。这位老师的英文功底很好，翻译水平更是一绝，一个平庸的翻译作业经他修改后，就变成一篇文通字顺的好文了。

在两个专业同时上课虽然辛苦，但法 3 同学学风很好，学习认真刻苦，虽然中断一年，很多同学回到原系成绩依旧名列前茅，令人刮目相看。1999 年，我们本科毕业时，几乎所有法 3 同学都拿到了两个学位。更值得一提的是，由于有 8 名同学在转法律系之前已经修读了双学位，加上法学学位，他们 8 位成为了清华历史上绝无仅有的三学位毕业生。

这段跌宕起伏的人生经历，让我们经受了考验，也让我们更加勇敢。法 3 的同学们，在后来的人生中，也总是勇于突破边际、无惧变化和挑战——

陈曦，就是那个参与建设了清华最早的两个校园局域网的技术大牛，毕业后，他担任校园网第一门户网站 Fanso 的 CTO，后来成为成功的 PE 投资人。前几年，放不下实业情结的他，创立了深圳曦华科技，正在为设计国产高性能芯片而努力。

李波，大学时的排球高手，多才多艺，毕业后第一个工作是在广州日报做记者，工作不久就获得了全国好新闻一等奖。后来做公务员，在各个岗位兢兢业业成绩突出。现在自己做企业也是有声有色。

林朝雯，大学时是话剧队的骨干、艺术团的主持人，毕业后做过律师，后来成为世界银行 IFC 的高级顾问。前些年，为了实现自己的理想，她开始学医，现在已经成为一名中医医师，致力于悬壶济世。

王颖，口才好，英文水平高，大学时多次代表学校参加全国性或国际性的模拟法庭比赛，屡创佳绩。毕业后先是做了多年国际律师，后来开始研究子女教育，现在已经成为知名的亲子教育讲师。

厚基础、宽口径、复合型

记得刚进入法律系读书时，王振民、张铭新等老师一直强调，我们清华法律系培养人才的目标是："厚基础、宽口径、复合型"。毕业 20 年，法 3 的同学们经过多年努力，在各自岗位都取得了一些成绩。现在回头看，我们算是实现了当时的人才培养目标。

"厚基础"，指的是坚实的法律基础、人文社科及自然科学基础。"宽口径"，指的是适应能力强、就业渠道广阔。我们虽然是法律系的学生，但其实同学们所从事的行业很多，而且每个行业都有非常优秀的代表。

在政界，孟芊现任厦门市副市长，常宇现任北京市委宣传部副部长、冬奥组委开闭幕式工作部常务副部长，韩卓现任云南省证监局局长，杨颖现任中宣部研究室法规处处长。

在金融和投资界，吴庆斌是中泰信托的董事长，张震是高榕资本的创始合伙人，王军是超越摩尔基金的总经理，鲍为民是山东省人保寿险的副总经理，陈继梅是国际并购专家，曾负责紫光集团的多起大型国际并购，王恒福是银行小额贷款方面的资深顾问，赵峰在新加坡投行从事多年投资工作，徐凌是平安信托的团队总监，陈义进、哈达、张贻伦、温雪斌等同学，也都在投资机构或金融机构担任高管。

在法律界，刘松涛和施晓亚都是从业多年的资深律师，是各自律所的合伙人，王鸿则是香港中资企业的法律顾问。

在学术界，黄辉是香港中文大学的法学教授，高岩是江南大学的副教授。

在企业界，杨光在 IBM 工作了 21 年，现任 IBM 华北区总经理。樊旭也在中国普天集团工作近 20 年，现在负责普天资产管理平台。孙传起担任香港安胜矿业投资有限公司的副总经理，解时来是宁波均普智能制造的总经理，刘希良是普洛斯公司川渝地区总经理，刘军则在市场营销领域从业多年。

"复合型人才"，指的是具有多种专业知识的人才。因为有扎实的理工科基础和法律基础，所以我们班有好几个同学是做知识产权律师的，比如陈维国，已经成为美国一流知识产权律所的著名合伙人，卓霖在国内律所从事知识产权方面的工作，张瑾和叶菁菁，则在国际大企业中担纲知识产权律师。

有人问，为什么法 3 的同学在各个行业都能做得很好？我想答案可能有很多，但在清华法律系学习过程中形成的“家国情怀、扎实基础、不惧挑战、善于学习、规则意识”等，是我们一直在努力前行的巨大推动力。如果没有清华和法律系以学生为本的教育理念，我们很难取得今天的成绩。感谢清华，感谢法律系，感谢所有的老师们。

1999 年，也就是我们毕业那年，清华法律系撤系建院，改称“清华法学院”。去年我们法 3 班毕业 20 周年，再回到学校，法学院的第二座大楼——法律图书馆楼已经落成并投入使用。法学院名师荟萃，师弟师妹们意气风发，清华法学院已被公认为是全国一流的法学院，再也不会有人问“清华还有法律系吗”这个问题了。看到法学院的蓬勃发展，我们高兴欣慰。但同时，我们依旧难忘二十多年前那些艰辛而快乐的创业日子。

在清华读书六年，其中在法律系读书三年，我们付出了很多，但收获了更多。法 3 班，是一个最特别的班集体，也是我们青春中永不磨灭的最特殊的记忆。

作者简介

葛英姿，清华大学 1993 级热动 32 班、法 3 班校友，清华大学工学、法学双学位及法学硕士，荷兰格罗宁根大学法律硕士（LL.M），中欧国际工商学院 EMBA。曾任亿城集团法务总监、爱乐活网副总裁、紫光集团投资总监。现任上海探针基金管理合伙人，致力于创业投资和创业教育工作，曾主持投资过数十个优质的早期高科技创业项目。

15 号楼 531 寝室

■ 刘福州（1994 级研，人文学院）

1994 年 9 月，我到清华大学入学报到后就住在 15 号楼的 531 寝室。531 寝室是社研 4 同学的寝室，可能因为我在的社双 4 班男生是单数，又加上我在班级男生中年龄大些，所以就安排我住进了混合寝室。开始时我还没有意识到，能住在 531 寝室是我的幸运，让我有幸结识了社双 2 班和社研 2 的大多数同学们。

531 寝室住的分别是思想政治教育专业社研 4 班的李晓红、张明武、王家宝和社双 4 班的我。而李晓红、张明武、王家宝三人则是社双 2 班的同学，在 15 号楼已住了两年，他们是通过参加 1994 年研究生招生考试由社双 2 班转读研究生的。他们虽然编在社研 4 班，但因为他们读双学位时的学分可以转为读研的学分，实际上他们的研究生阶段就一年时间，要与社研 2 的同学一起毕业。

李晓红室友，河北万全人，长得高高大大，爱好广泛，幽默风趣，口才极佳。当时担任人文社会科学学院研究生会团总支书记，能力很强，组织了很多学生活动。印象中，他整日很忙，但十分乐观开朗，深受老师同学们喜爱。张明武室友，黑龙江哈尔滨人，长得英俊潇洒，风流倜傥，讲话慢条斯理，但知识丰富、见识极广。当时他爱人在北京工作，所以大部分时间他住在市区，有学习任务和重要学术活动时才来学校，但只要见面，就会天南海北、海阔天空地聊上很长时间。王家宝室友，山东临沂人，为人和蔼，待人亲切，人缘极佳，大家都叫他家宝，好像做什么事都要喊上他，是老师和同学们的开心果。但他当时要考中央党校的博士，所以更多时间是在刻苦学习。他目标远大、意志坚定、不易受外界干扰，让大家十分佩服。在寝室里，不管我们在做什么，他只要进入学习状态，基本不会受到影响。这一功夫，让他当年如愿以偿，终于踏进中央党校的大门，成为当时中央党校副校长苏星教授的高徒，为他日后的发展奠定了良好的基础。

因为有这三位优秀的室友，531 寝室就成了社研 2 同学以及社双 2 同学聚会聊天的重要据点。我印象中，每天吃中饭和晚饭时就是大家聚在寝室聊天的好时光。那时 15 号楼周边食堂有三个，离我们都很近，所以我们通常将饭打回来聚在一起吃，目的是方便一起聊天。当时经常来531 寝室一起相聚聊天的有马计斌、张嘉宏、王立彤、李恩强、韩永进、祁金利、熊大同等社研2的同学。这些同学当时就是清华大学、特别是人文社会科学学院的学生骨干，如马计斌是人文社会科学学院研究生工作组的副组长兼清华大学研究生学报的主编，张嘉宏任研究生会主席，王立彤任清华大学研究生会副主席、社研2班班长，祁金利任社研2班党支部书记并兼任著名学生社团求是学会会长。印象中我们聊天的内容上至天文地理下至娱乐八卦，五花八门、应有尽有，但最多的还是时事政治和专业学习。是时，正值邓小平1992年南方讲话两年后开始进行社会主义市场经济改革的关键时期和重要阶段，各种社会思潮十分活跃，各种不同观点和主张十分常见，我们常常为某一不同思潮、不同观点争得面红耳赤、不亦乐乎。但我可以肯定地说，这些同学充满理想和信念，充满热情和爱心，具有家国情怀和责任担当，就如习近平总书记后来所说的“是一群正直、正念、正能量的人”。

事实证明，这些同学，毕业后大多分到国家部委、大型国有企业或高等院校工作，大都成为党政机关和各行各业的领导和领军人才。如李晓红现任中国恒天集团有限公司副总裁、中国纺织机械（集团）有限公司副总经理，恒天重工股份有限公司董事长。张明武先在国家旅游局工作，后出任喜达屋集团大中华区投资拓展副总裁。王家宝博士毕业后在商务部工作，现任中央人民政府驻澳门联络办经济部副部长。王立彤历任浙江省永嘉县县长、温州市委常委、鹿城区委书记，河北省唐山市委副书记、邯郸市委副书记、市长，现任河北省纪委副书记，祁金利先留校工作，后调教育部工作，历任北京市大兴区委常委、宣传部长，现任北京市委统战部副部长，马计斌现任邯郸学院院长等等，恕不便在此一一列举。

除了社研2的同学，我还经由531寝室的三位室友，结识了多位社双2班的同学。社双2的同学大部分于1994年6月毕业，但因为有李晓红、张明武、王家宝同学留在清华大学继续读研，所以他们只要来北京就会来清华大学、来531寝室相聚，因此我认识了彭庆红、张安强、张启春、高德民、齐晓红等大部分社双2班的同学，包括齐晓红的先生于波，他当时准备考清华大学经济所的研究生，有一段时间借住在531寝室，因此成为好朋友。1995年他顺利考取了清华大学经济所的研究生，毕业后去了《求是》杂志社工作，曾任求是杂志社总编室副主任，现任求是网传媒（北京）有限公司法人代表、董事长。李晓红、张明武、王家宝1995年6月毕业后，当时社双2班的同学中有部分在职申请硕士学位的，也会到531寝室来找我，借此我与很多社双

社双4班同学秋游。前排张天军，中排左起：何玲华、王春阁、刘福州、侯晓、李兴元，后排左起：李其勋、刘征

2 班的同学成了一生的好朋友。这种缘分，我一直十分珍视，没齿难忘，终生受益。

1995 年 9 月，我在 531 寝室，又迎来三位新的室友，即与我同班的王春阁、宋术学、李福岩同学。当时，王春阁同学担任人文社会科学学院研究生会的主席，宋术学同学担任社双 4 班的班长，我开始时担任社双 4 班的生活委员后担任班长，所以 531 寝室完全继承了社双 2 班学生寝室的优良传统，又成为社双 4 班和社研 4 班聚会聊天的新据点。春阁同学，热情奔放、精力充沛，非常喜欢组织活动和张罗聚会。术学同学口才出众，擅长演讲和表演，学校、学院、班级有什么比赛都少不了他，而每每只要他出手，总能拿大奖回来。福岩同学爱好广泛、博览群书，喜静不喜动，是当时我们社双 4 班学习成绩最好的同学之一。我们寝室因为学生干部比较集中，因此也成为学院、班级活动的策划中心。我印象中，中秋、元旦的文艺晚会以及到北京周边景点的旅游活动等大多是在我们寝室策划的，我们既是策划者也是组织者和积极参与者，学校、学院都留下了社双 4 班、留下了 15 号楼 531 寝室的美名。特别是，我们四位室友约定，只要是开学返校或学期中间回家探亲返校，除带各地的土特产外，一定要带家乡的美酒。所以，社双 4 班的同学们中午或晚上打来饭菜后，都喜欢到 531 寝室，因为除相聚聊天外，还可以美美地喝上一两口，那种愉悦一定胜过今天吃过的各种大餐。

毕业后，我多次回到清华大学，尽管来去匆匆，但 15 号楼 531 寝室，我是一定要去的。新的室友一定不认识我，我的到来也多少显得突兀，但当我报上专业、年级和姓名，他们又会热情欢迎我的到来。也许这就是清华缘、清华情，就是清华大学的优良传统吧。我爱你，清华，我更爱在 315 寝室结识的每一位室友和朋友，谢谢各位、谢谢亲爱的同学们！

作者简介

刘福州，1964 年 12 月生，安徽涡阳人，教授。现任浙江传媒学院马克思主义学院院长、党总支书记。主要从事马克思主义理论与思想政治教育教学和研究工作，研究方向为社会思潮与青年教育。曾主持浙江省哲学社会科学规划课题研究 1 项、教育厅科研课题研究 2 项，参与国家社科基金课题、教育部哲学社会科学规划课题、国家广电总局科研课题等研究多项。先后在《中国教育报》《光明日报》《学术界》《思想理论教育导刊》《理论前沿》等报纸杂志发表论文 40 多篇，出版《我国社会转型期拜金主义现象透视》《网络信息化与社会思潮引领机制构建研究》《当代中国社会思潮评析》《向生命中的美好相遇致敬》等著作 4 部。

每年一个主题，再现当年的机 51

■ 王　涛（1995 级机械系）

1995 年我高中毕业从四川考入清华大学机械工程系。我们这一级开学很晚，我大约 9 月 20 号才从家乡动身坐火车，经过 40 个小时后终于到了学校。清华给我的第一印象是：好大啊！当时只看到路两侧高大的树木，以及一栋栋掩映在树木间的房屋。刚走下接待新生的车，高年级学长就带着我办了入学手续，领了暖水壶、脸盆等生活用品到了宿舍，舍友们友好的氛围缓解了我的不安情绪，这是我第一次离家这么远。当时大一男生统一住到 10、11、12 号楼，我住的是 12 号楼 323 室。班上同学 31 人，来自五湖四海。我们宿舍 6 个同学来自 6 个省市，北京同学最先到校，看到还有青海、内蒙古来的同学，以为会穿着袍子来报到，结果大家穿的衣服一样，还颇感意外。

在 9 月 24 日晚上，拿着凳子到操场上开过一个会后，我就正式加入了机 51 班集体。这份珍贵的缘分和情谊从此伴随我，不仅是在校的几年时光，而且还一直延续至今。以下我按照时间顺序整理了大学期间的一些回忆，并尽量给每年选个主题。

大一入校时参加新生运动会班级合影

大一：体育锻炼

到了清华，第一个深刻的记忆是对体育的重视，如果要给大一选一个主题的话，我认为是体育锻炼。进校后就是新生运动会，我们班表现不错，大家都有两把刷子，让我对班级的感觉很好。运动时看到东操有一行字“为祖国健康工作五十年”，感觉很震惊，算了下得干到70多岁，身体不好能行吗？我们对体育更重视了。

早　操

大一的时候要出早操，好像是7点整开始，6:45大家还在被窝睡得香的时候，广播里开始放音乐。大家赶紧穿衣下床，匆匆往操场跑。我和体育委员大郭每次都要到各宿舍看有没有还在熟睡的同学，叫醒了赶紧下去。当时有早操票，每天按人数统计发放，最后以此计算考勤和班级的成绩。每次没有拿全，我们就很紧张。早操做完后，有20分钟吃饭时间，大家又拿着碗盆儿往食堂跑。这时候食堂就排起了长队，有的同学拿着馒头就往教室赶第一节课，边走边啃。不会骑车的同学就倒霉了，要继续跑步到教室。

机51足球队

班上有几位同学爱踢足球，另外有一些体育好、跑得快的同学，很容易就组建了一支11人球队，还有多余的替补，让一些班级很羡慕。一开始在系里和其他3个班踢，后来和其他系的同学踢，一直踢到毕业阶段。我是一直当守门员，现在还记得大二和化工系分5的同学踢比赛，是一个春天的上午，风很大。我扑了两个势在必进的球，对他们进攻势头打击很大。

联谊宿舍

当时清华工科的女生数量少。我们年级120人，有7位女生。有一个班没有女生，俗称“和尚班”。我们班有3位女生，是4个班里最多的。现在还记得女生节我和生活委员培锋去6号楼下面等着给班上女生送花的情景。

“联谊宿舍”可以增进和其他学校女生的友谊，生活也更丰富多彩，当时有其他班在搞。我有个高中同学在北京商学院（现在叫北京工商大学），和我们正好相反，女生特别多。某一次她们班的两位同学到清华商量，把这件事定了下来，按宿舍双向选择，组织活动。我们搞过几次活动，去过紫竹院、玉渊潭等公园，还有一次从清华园火车站坐火车去怀柔爬长城、住农家院，结束了还骑车带她们返校。有些宿舍的活动搞得神神秘秘，不对外公布，让人疑心发生了比友谊更进一步的情况。但最终到毕业，没有发展出一对，不得不说是一个遗憾。

大二：学风建设

其实清华对学风一直抓得很紧。之所以放到大二写，是因为大一的时候大家经过调整，感觉到在清华的学习比高中要付出更多努力才算过得去。记得当时有“甲级团支部”“优良学风班”等评比，许多班级都把宣传标语贴到了三教这些热门的学习景点，我们班也去贴过一次。记得有个班写得最简练“静净敬”，大意是保持安静、教室干净、对老师尊敬的意思。

那个时候班上同学的学习按地点分成两派。大部分同学去教室上自习。图书馆是没戏的，早上 7 点之前不去排队就没有地儿了。所以一至五教就成为阵地，每个教室的课程安排在门口有贴出来，基本上有半天空的教室就可以了。记得我当时喜欢和一个计算机系老乡去三教 1107：一则人少，随时有地儿；二则靠着厕所，比较方便。这样宿舍里人少，每个宿舍可以有一两人不用去教室，在宿舍里写作业、看书备考。后来，大三开始有了电脑大家就轮流待在宿舍。有个别同学可能从来没去教室自习过，也挺了过来。记得当时开班会，每次都会提到学风建设。但我认为每个人都有自己的学习方法，看结果就好了。

中秋节包饺子

中秋节习俗是吃月饼，但这显不出我们的手艺，于是大家决定中秋节包饺子。我们和十五食堂师傅联系好了，他们给准备材料（面粉、肉馅）。平时都不干活的同学们，现在突然变成了家务能手，男生女生都很熟练。后来吃的时候发现除了饺子，还有包子、馄饨各种式样混在了一起。记得当时是用啤酒瓶做擀面杖，煮出来的饺子用了两个脸盆儿端回寝室。虽然简陋，但大家都觉得好吃。

“一二 • 九”文艺汇演之班歌

“我们相聚在这里，我们欢乐在这里，有你，有我，彼此不再有距离……”由我们班同学集体作词，计算机系同学高寒帮忙作曲的班歌，在“一二 • 九”文艺汇演中首次登台亮相，获得了系里同学的一致好评。当时在台上我们班同学集体亮相，虽然不够专业，但是伴奏、演唱都是我们班同学，那种自豪感真是无法用语言形容。记得后来总结的时候，一位学生会干部说：“好多年没看到班级有自己的班歌了，你们真不错！”

清华园街道敬老志愿者

大二我们班和清华园街道老龄办合作，开展了敬老志愿者活动。街道的老人主要是清华的退休教职工，有的儿女出国，老了其实挺寂寞。我们去帮忙做些劳动或者干点家务，陪老人聊聊天。这些老人多有辉煌的过去，经历过抗战、“文革”、改革开放等大事件，学识渊博，交流中我们也学到了很多。

记得大四时街道办和同学们搞了一个告别联谊会。主任还讲了话，盛赞这件事情很有意义。我有幸抽到了一个铁饭盒，很高兴。当时还有热能系一个班参加，他们班一个女生还表演了民乐，非常动听。演奏结束时我很想要个联系方式，但当时比较害羞不敢上去说话，殊为憾事。

后来敬老志愿者活动传给了下一个年级，不知道他们后来坚持了没有。

社会实践：一机床、北内

在冬日的瑟瑟冷风中，我们班利用周末的一天骑车去机械行业的两个国企参观，拜访了北京第一机床厂和北京内燃机集团总公司。记得当时气温零下几度，路上还有冰。

一机床当时在长安街黄金地段，大致位置是今天的永安里南侧。我们和一机床的一位领导聊了好久，包括行业状况、国企承担的任务、企业面临的挑战、职工待遇等。后来还参观了车间，看到了当时先进的数控机床和柔性加工中心，了解到当时在一机床发挥关键作用的还是一批清华校友，我们感到很振奋。一机床的领导在我们临走时的一番话让我们回味无穷：“清华是社会的希望，国企的出路在你们身上。”

然后是去的北京内燃机厂，位置在东三环双井附近。企业当时似乎不太景气，退休职工比例高，业务也没有完全开展起来。我们和团委以及宣传部的人员做了访谈。因为时间关系下午匆匆赶回学校。这次调研使得我们班同学对国企的发展改革有了更切身的感受和思考，同时有了一份使命感。

大三：军训

我们这届是大三的时候开始军训。待了两年后已经没有开始的青涩感，以为清华已经是我们的，自由情绪蔓延。而军训适时而到，让我们重新接受洗礼。拉练和打枪都留下了深刻印象。拉练得背着枪忽走忽跑，步枪挺长，背着还蛮辛苦。实弹射击就5发，许多同学是第一次玩真枪，很兴奋。大家练得都很认真，站军姿走正步，我们班没有一个临阵退缩的。我还记得练习卧式倒地，指导员一声令下，我们从站立状态往前直挺挺俯卧，直到双手撑住地面。我第一次练习追求笔直下倾的标准身姿，结果手没撑住成了鼻梁撞地，立刻血流如注，赶紧找水房清洗。军训间歇会有一些文娱活动，这是大家的最爱。记得有女生唱《心太软》之类流行歌曲，我们还集体唱了《友谊地久天长》。穿绿军装的时刻成了同学们珍藏在心底的回忆。

百年恩来展

1998年恰逢周恩来总理诞辰100周年，我们班部分同学骑车去天安门前的中国革命博物馆观看了《百年恩来图片展》。人很多，大家分为小组，指定结束后统一门口集合。同学们认真地看、认真地记，为周恩来那伟大崇高的人格所吸引。我们深深地感觉到，作为清华人，肩负很大的历史责任，周恩来总理是我们的榜样。回来之后，班级还进行了专题讨论，以《百年恩来，万世师表》为题出了一块宣传板。

体育活动日

冬去春来，我们班的体育活动没有间断过。足球、排球、篮球、羽毛球、乒乓球，各项活动大家都积极参与，在紧张的学习之余锻炼了身体。这一年我们班兰子登上了新疆的慕士塔格峰，还有的同学去野外科考锻炼或练习跑马拉松。

大四：生产实习

青春无悔座谈会——机51支部主题团日

大四的时候我们开始思考毕业、择业和成才这些话题。在一个冬日夜晚，团支部书记阿庄组织了一个团日活动，座谈关于成长、择业取向及成才心得等大家关注的问题。这是一个很有意义的活动，此刻的思考和讨论正逢其时，我们当时面临读研、出国、工作等方向选择，对未来充满期待同时又迷惘。

生产实习

大四暑假，同学们分成许多小分队到了祖国各地进行生产实习。国企、外企、沿海、内地，都有我们同学的身影。以我们宿舍为主体的6人去了常州柴油机厂，导师还帮我们写了一封推荐信。还记得每天住在怀德桥下，一大早在路上吃完鸭血粉丝赶到工厂，辛苦一上午以后中午猛吃的情景。企业也给了我们很好的评价，系里指导实践的老师还来过厂里看我们。

大五：毕业季

我们这一届毕业时间是比较乱的。入学时五年制，但由于学制改革，一部分同学读研4+2或4+3，一部分直博4+5，一部分同学本科毕业后打算工作或出国，仍是5年毕业。记得初夏有一次在东门外吃散伙饭，大家都喝醉了，离别时刻令人心碎，终于要各奔东西了。

机 51 班全体合影

毕　业　后

虽然毕业后大家天各一方，从事不同的工作，有出国的、有从政的、有去企业的、有在大学做研究的。但在清华这几年所凝结的情谊，不会因为时间流逝和空间距离而耗散。我们隔一阵子会有一个聚会。到了整十的入学以及毕业年份都会有正式的纪念活动。我们在踏入社会后延续了在清华大学获得的宝贵财富，包括积极进行体育锻炼和高度的社会责任感，以及“自强不息，厚德载物”的精神。随着年龄的增长，我们越发感到其中的深刻蕴含。我们积极参与学校和系里的讲座和其他活动，给系里捐了以班级命名的助学金，鼓励后来的学弟学妹发奋自强。我们由衷希望这份清华情谊能一直延续下去。

最后，放上机 51 班的全体合影。未来的路还长，我们要互相鼓励，携手走下去，祝福这个集体的每一位同学都健康快乐！

作者简介

王涛，1976 年生于四川，1995—2001 年就读于清华大学，曾任机 51 班长等职务，在清华获工学学士和硕士学位。毕业后长期从事科技领域技术、市场咨询和管理工作，现任投资机构合伙人，专注于大科技领域 VC 和 PE 阶段投资。

锤子是怎样制成的

■ 刘　澎（1996 级精仪系）

岁月匆匆，流逝无声，不经意间竟偷偷在我们和毕业之间塞进了 20 个年头。精仪系制 63 班从当年一个无时无刻不在身边的团体，变成了如今一个看不见摸不着的抽象符号。整理旧物，每段回忆仍然历历在目。三教夜话、疯狂的三月、勇闯工字厅、全员一口闷，一个个标志性的事件，推动着这个集体逐渐成长，一路披荆斩棘包揽了每年“甲级团支部”和“优良学风班”两大荣誉。

伴着记忆中最有清华特色的金工实习，一起穿越回到那个激情燃烧的 1996 年。

浇　铸

众所周知，新生来到清华，无论美丑胖瘦、文科理科，也无论你是高晓松还是李健，金工实习都是必修课，必修的内容就是制作一个锤子。而对于名字就带“制”的我们，制作锤子仿佛就是我们的天命。那么，锤子的材料来自哪里呢?

当年的制 63 并不完美，因为我们曾经是一盘散沙。33 人来自全国 26 个省份，大家都曾是小池塘里叱咤风云的大鱼，各自有着闪光的鳞甲和锋利的鱼鳍，称霸一方难寻对手才有资格游到清华这个深不见底的大湖。大一那年，有的自以为是孤芳自赏，有的放飞自我放任自流，有的小姐脾气让人敬而远之……

一切改变源自大二开学不久那个班会。1997 年 9 月 16 日，中秋节第二天，清华三教可以作证，我们一起度过了一个难忘的夜晚。本来是一次为班级建设献计献策的小会，轮到阿叉（因爱穿大方裤衩得名）发言的时候，他说出了一直以来想对全班同学说的话——感激住院期间同学们对他的帮助，说着说着流下了眼泪，气氛一下子凝重起来。前任班长刚哥（绰号）继续发言，检讨了自己工作的不足，然后直言不讳地对大部分同学提出了意见和期望，感觉这些话已经在他心里积压了一年；时任班长的我接下来检讨自己大一对班级事务不够关心，并立誓带领大家干出成绩；老杨同学主动起身检讨自己没有及时帮助后进，导致有位同学一步步滑向痛苦的深渊，言语中充满了自责……就这样，没有人安排顺序，大家自发

写给同学们的一封信

地一个接一个起身发言，反省自己的问题，提出对集体的期望。从 7 点开到 10 点教室熄灯意犹未尽，大家又聚到三教平台继续开到 11 点多，中秋的夜晚天气渐凉，大家手挽手靠在一起，敞开心扉，畅所欲言。

也许是因为背井离乡一年多，也许是压在胸中太久的怨气，也许是因为大家从相识到熟悉的一种感情需要，这个夜晚大家卸去身上的鳞甲吐露真言，很多男儿都流下了不轻弹的眼泪。最后，同学们手拉手齐声高喊：“制 63，万岁！”向清华园许下了我们的誓言。三教，你可曾记得那响彻夜空的声音？

经过这次班会，大家从心理上真正拉近了距离。仿佛之前只是邻居，一夜间成了亲人，让大家醍醐灌顶般地品味到了校训中“厚德载物”的含义。会后班委借着东风，由宣委阿华工工整整地起草了《给同学们的一封信》，将这次的情感进一步的升华。

我们就像混合着各种杂质的铸铁毛坯，如今去除杂质、抛开杂念，在清华这个大熔炉里真正融合在了一起，形成一块完整的钢铁，钢锭右下角带着闪亮的钢印——制 63。

锻　　造

在这个历来重视体育的清华园中，在更加重视文体活动并几次勇夺“马约翰”杯的精仪系里，我们班的体育有些让人失望。隔壁班制 61，人高马大，两个校队篮球运动员，几个系队篮球运动员，强悍到令人咋舌。曾经把给全校所有班级下“篮球战书”的海报贴遍清华园，甚至在教学楼前立了“独孤求败”的牌子，据说后来被人踹翻……我们班也有篮球特招蕾蕾，可惜不能参加男队，人高马大的花花（绰号，男生），篮球有些渣渣。

但是，我们成功地组织了一次全系的运动会。

阳春三月乍暖还寒，班委会一致决定组织同学们干一票“大事”，提出承办 98 年精仪系运动会。33 个人，33 个棋子，全员一盘棋。筹备期分成了策划组、外联组、后勤组、宣传组，每一个人都在这次活动中高速运转起来，开启了疯狂的三月。

硬骨头来了，怎么啃是个问题。

首当其冲就是赞助问题，宣传组说没有经费没法打印宣传材料，系里老生说某次系运动会第三名只得了两块橡皮！积极性受到严重挫伤。怎么办？翻阅当年阿华留下的系运会日记，我找到了答案：

3 月 5 日：兵马未动，粮草先行。后勤组驱车——自行车，前往天成商批物色奖品，结论：商品五光十色，无奈囊中羞涩。

3 月 8 日：预算出台，资金捉襟见肘，众人眉头紧锁，小强忽曰“外面的世界很精彩”。

3 月 9 日：颜值担当白羽 MM 领衔外联组倾巢出动；刚哥、阿治醉心各种报纸杂志，尽寻各家公司上我赞助名单；永远也睡不醒的潜哥都走到电话亭旁，众人纷纷以创纪录之速度积累人生碰壁经历。

山重水复疑无路，柳暗花明又一村。就在电话费花了 100 多，赞助却没有一个的紧要关头，猴哥（因身手敏捷，擅长足球得名）无意间于洗衣币上觅得一电话号码（注：宿舍公共浴室有公共洗衣机一台，波宇森公司提供，投币使用），幸运之神从此开始垂青。翁翁、宋黑（因皮肤黑得名，产自胜利油田）两次前往波宇森公司面谈大获成功，狂喜之下难辨东西，竟然误上公交车，第一次欣赏城西风光，日落方归。而此次运动会也正式定名为“精仪 98 波宇森杯运动会”。

经费解决了，可宣传怎么办？运动会都是自由报名，大家没兴趣怎么办？请继续看日记。

3 月 21 日：启动“海报地毯式轰炸计划”（因一丁同学疑有战争嗜好，崇尚战争手段解决问题），宣传组各路兵马手提糨糊桶，十面埋伏、八面出击，“他报盖不住，我报吹又生”。

3 月 23 日：擅长毛笔字的老杨等人连续奋战至凌晨 3 点，完成宣传板两大块，临别大家互道“早安”。

3 月 24 日：25 号楼一楼张贴运动会各等奖品海报，重赏之下出勇夫，众人纷至沓来，自此报名与日俱增。

3 月 25 日：我系运会横幅正式张贴于十食堂旁边主干道上，迎风招展，引得我辈纷纷驻足观看。午饭间传来消息，一人发生撞车事故。

3 月 26 日：阿文负责的运动会快讯正式印刷完毕，25 号楼上下顿时响起嘈杂的脚步声，“家家户户”敲门声不绝于耳。这噪音，真美妙！

刚成立两年的水木清华 BBS 都成了我们宣传的战场，班上的七朵金花成了第一批网络水军。大家不分昼夜地宣传动员取得了预期效果，时间终于来到了比赛前一天。

一切准备工作就绪，谁知最后居然遇到天气问题！

3 月 28 日：运动会前一天，天有不测风云，天气预报明日降水概率 60%，是夜班长站阳台良久以观天象，时而摇头叹息，顿生伍子胥一夜白头之感。

3 月 29 日：上帝、真主、佛祖保佑，班长的头发得救了，系运会得救了，今日天高云淡望断南飞雁！原因何在？概今日双休日，雷公电母郊外度假去了罢。

一天下来，系里老师叹曰：此乃近年来最成功一次！

3 月 30 日：今日课程：机械原理 2 节，概率 3 节，电工基础 2 节，生活依旧……

别人累不累不知道，但我 30 号那天的课算是云中漫步了。不过，想起最初全班同学分组，好几位同学立刻要求同时在两组工作的时候；当外联组冒着倒春寒的风雨奔走一天拉赞助，掸去肩头雨水告诉你“搞定”的时候；当你半夜 2 点劝说宣传组不要熬夜，他们坚持说干不完不睡觉的时候；当策划组成员每每熄灯后站在幽暗的楼道尽头，商量工作直到凌晨 1 点的时候……还会觉得劳累么？

整整一个月，曾经疏离的 7 朵金花成功与 26 片绿叶融合在了一起。这么多年的学习生涯，大家都是孤胆英雄体会着单打独斗的成就感，这回大家第一次感受到了为了一个目标而发起集团冲锋的快乐。而每个人也都在合作中发挥出自己的特长，树立了自己在集体中的形象，建立了团体中的自信。

运动会是一次真正的锻炼！它好像一部锻压机，巨大的压力把制 63 这块钢结构压得更加致密，经过这道工序，同学们变得更加亲密无间。而这次运动会的成功举办，一举奠定了我们班在系里的地位，成了当年甲级团支部的热门候选。

淬　　火

坦白说，制 63 在社会工作上也并不完美，按照支书小吕的话说“没请到王大中”（时任校长）。

事情源于支书的一个提议——“开团会总是自娱自乐，要是请校领导参加就好了。”我被这个疯狂的想法打动了，二话不说一起径直走进工字厅，直奔校长室。现在想来当时我们大概各自只用了一个脑细胞来思考这件事，如果多用几个应该是先找系里汇报想法，还好我们的冒失没有影响最终的结果。

工作人员了解到了我们的来意，让我们在一个小房间里小坐。这时，一个有些驼背的白发老人不经意走了进来，身着中山装，脚穿布鞋，精神矍铄，笑容可掬，看到我们之后一起攀谈起来。这里我们人生第一次遇到了真正的大师——两院院士张光斗！张老曾力推并参与了诸如葛洲坝、三峡等国内一系列重大水利工程，被誉为当代“李冰”。二十多年后，已经记不得当时聊了什么，只有张老和蔼可亲的面容历历在目，让我们真正感受到了大家风范，告诉我们什么是平易近人，什么是教书又育人。临走时我和小吕去扶这位八十五岁高龄的老人起身，他用拳头锤了锤我的胸膛，又捏了捍小吕的肩膀，我们感受到了一股强烈的亲和力和使命感。小吕学习成绩一骑绝尘，在我们这个当年全校第二大系中历年成绩第一，却看不到半点骄傲自负，拥有着清华人特有的谦虚和平和，我想这次谈话不无影响。

后来我们见到了党委副书记张再兴，张老师爽快地答应满足我们这些大二小朋友的“非分之想”。1998 年 3 月 12 日晚上，我们成功在精仪系系馆举办了“机遇、成功与挑战”主题团日活动，同时邀请系领导参加。在会议中张老师和系里的老师逐一回答了同学们提出的问题，让同学们近距离领略了老清华人的风采，会议取得了圆满成功。

经过淬火的材料，硬度和韧性都会显著提高。这次团日活动也为我们班的工作着实加了一把火，凝聚力和战斗力直线爆表，让我们相信只要团结一心，就能无坚不摧、无往不利。

切　削

制 63 在学习上其实也不完美，因为让人痛心的是，我们班有人掉队。

清华有着讲一练二考三的传统，拿高等数学来说，明明上课都已经听懂，可作业还是要抓狂，考试即是崩溃。大一的放任自流带来的就是学业的一塌糊涂。班上的一位同学，因为沉迷 Mud（注：当时流行的文字网络游戏），修成了游戏世界的大侠，却输给了现实世界。尽管班里形成了一帮一，甚至二帮一，最终仍然没能填平他为自己挖下的巨坑。

告别那天，全班聚在他的宿舍，大家沮丧地低着头，每人一瓶啤酒一饮而尽。有人哭了，有人吐了，有人痛心，有人自责。那夜，成了班上最黑暗的一夜。他离开后，那空空如也的冰冷床板像铁板一样重重压在我们心头，每天提醒班委不要再让任何一个人掉队。历任班长无数次一对一谈心，同学间长期的一对一互助，让“优良学风班”的称号从此未曾旁落。

大四的时候，作为第一批本科五年改四年的 96 级学生，我们面临和 5 字班一起毕业、一起推研的窘境——狼多肉少，僧多粥少。面对已经在实验室工作过的5字班学长，我们的压力可想而知。但是，大四班长老杨和大三班长诚迅多方协调，潜哥、四万（因BBS账号“swan”得名）等10位同学主动读博，读博也许不是有利于自己的最佳选择，却可把宝贵的直读硕士名额留给班上其他同学；小吕、阿琨等4位同学通过自己的优秀成绩获得电子、自动化、生物等实验室的认可，冒着一定的风险去等待其他系的推研结果；阿华和阿叉放弃直读的机会，分别考入北大和中科院。二十年后还是很难想象同学们为了能够让别人上研究生而自己去寻找其他机会，为了集体不求回报的那种无私奉献的精神。最终，全班33名同学都获得了读研资格，为制63在学业上画上了一个美丽的惊叹号！

所有的努力都是将一块好钢加工成合格的产品，清华四年的学习造就了我们，让我们从最初的毛坯一步步切削加工成闪亮的锤子，大家迈着整齐的步伐，向研究生进发。

打　　磨

毕业已二十年，如今大家已经散落在地球的各个角落，从事着各自的工作。

留校的同学默默无闻为学校建设兢兢业业付出，做管理工作的小强还是永动机般的精力旺盛，兼职学生工作的老杨还是超越年龄的成熟稳重；做学术的宋黑也还是黑得那么质朴无华；去隔壁读研的阿华大家戏称“华兽”（叫兽，谐音教授），在北大微处理器研发中心为国家被“卡脖子”的芯片领域奋力拼搏；毕业出国远赴加拿大的阿文，多年后毅然放弃绿卡回到上海大学任教，头发最先花白的他熬成了“文兽”；小吕电子系毕业后去了美国，在西雅图微软总部拥有了自己的办公室；放弃理论力学免试95分而考了100分的学霸汪MM进了加州Google，让全班男生庆幸的是，和她同在美国的蕾蕾，老公都是清华的，可谓肥水不流外人田，跑得了和尚跑不了庙！进民企的同学东奔西跑谈生意，做Coding的同学日夜兼程赶项目，被大家戏称猪总、金总；去国企的同学从取报纸、送文件到能够独当一面，大家戏称孟局、猴处；自己创业的翁翁带着同宿舍的柱哥起起伏伏，企业屡次身陷绝境却又绝地重生，终于在这几年稳住脚跟开始快速发展，大家戏称翁董。最大的浪花来自创业的“琨董”，经历几次失败去年终于获得一笔5000万的融资，大家奔走相告，全班由衷替他高兴。

我们在各自的岗位上默默工作，静静地接受岁月的打磨，相信终有一天会磨砺出耀眼的光芒。虽然还没有取得值得母校为我们骄傲的成绩，但是我们有着淡如水却纯净无瑕的君子之交，有着同吃同住、同哭同笑的同窗之谊，有着一个温暖的无风三尺浪、有风浪一丈的班级微信群——每天大家再忙也要把少则几十多

2016 年，制 63 班入学 20 周年相聚北京

则几百的未读信息批阅完。因为国外的同学有时差，我们的微信群 24 小时灯火通明、其乐融融，仿佛小伙伴们从未分开过。

这份情感不仅在网络上，也在现实中。多年来同学的聚会平均每年四五次。带着山东人特有憨厚的老牟喜得二胎，大家要喝酒；翁董从上海来京谈业务，晚上应酬完大家不妨聚在一起撸个串；汪 MM 出差去台湾，先绕道北京一起和同学们吃顿烤鸭；阿叉偶尔回国和同学一起吃饭居然要亲自买单，他真是想多了……

2016 年班上组织入学 20 周年聚会，大家包下了京郊一个长城脚下农家院的 24 间房，同学们带着各自的家庭从世界各地聚到一起。和 20 年前不同的是，曾经风华正茂英姿勃发的俊男靓女，变成了如今衣带渐宽略显憔悴的爸爸妈妈，曾经挤在学校路灯下小摊儿周围吃肉串，变成了如今围坐荷塘吃烤全羊。然而不变的是大家依旧亲密无间、无话不谈，开怀畅饮、一醉方休。

时光荏苒，星移斗转，二十年来大家越来越珍惜每一次相聚，将我们凝聚在一起的，是那四年朝夕相处的学习和生活，是大家共同传承的清华人“自强不息、厚德载物”的优秀品质，是岁月深深烙在大家心中的共同“钢印”——制 63。

班 长 感 言

每位班长一定都希望自己的班集体有凝聚力、战斗力，既强调个性发展，又重视集体主义，既要文体突出，还要成绩优异……

建设一个优秀的班集体，需要全体同学，特别是班委的齐心协力。

幸运的是制 63 的四任班长都很尽职尽责，他们各自的特点在每个阶段发挥了重要作用。同学们大一要熟悉，大二要凝聚，大三要成长，大四要毕业。大一班长王昕岩感性长于亲和力，大二班长刘澎理性富于创造力，大三班长刘诚迅思维严谨刚柔并济，大四班长杨建中成熟练达雷厉风行。大家的共同点就是深爱着这份工作，深爱着这个集体，继而带动班委，带动全班热爱这个集体，甚至为了集体可以牺牲自己的利益。

三教夜话形成凝聚力，系运会形成战斗力，团日活动是开花结果，全员读研是走向巅峰，包揽历届“甲级团支部”“优良学风班”，则是水到渠成。

衷心希望每一位在校的班长，珍惜手中宝贵的机会，把你的青春和热情奉献给你们身边这些可爱的同学们吧，二十年后你会发现，他们是你生命中最值得珍惜的那个集体！

作者简介

刘澎，1996 年入学，清华本科、研究生，现就职于国寿安保基金管理有限公司。水木 BBS 网名 Last。曾为《中国青年报》专栏供稿三年，出版过文集《偶和偶 MM》(作家出版社)、“水木天空”系列《煮面论清华》(上海三联书店)。

我们的班，我们的路

■ 程　鹏（1996 级自动化系）

2019 年校庆过后，对毕业 20 周年纪念活动的期盼就在 2000 届同学们心里生根发芽，相关的讨论也一天天多起来。然而，就在一天天走向 2020 年校庆的时候，新冠肺炎疫情开始肆虐。分处全球各地的我们将第一次迎来云校庆的创举。校庆可以上云，秩年校友列队走上东操跑道可能要推迟了，为校庆准备的回忆文字却一刻也不能等的从我的脑海中迸发出来。

1996 年，我从山西省阳泉市考入清华大学自动化系就读。入学后我分班进入自 63 班，从此开启了四年充满回忆的大学本科生活。2000 年，我继续在自动化系攻读博士学位，并于 2007 年 1 月毕业后加入清华科技园工作。其后工作单位虽然有所调整变化，但一直在清华产业体系中，办公地点也一直在清华科技园。可以说从 1996 年起到现在，我都持续不断接受着学校的陶冶。

我们自 63 班是一个非常非常温暖的群体，31 位同学来自 22 个省市。回头看看，四年的大学生活几乎是所有人的成年礼。大家离开父母，进入大学，选择未来的道路，踏入人生的下一步。可能没有哪四年会像本科这四年一样给大家的人生带来那么大的变化。那四年里充满了各种细节，学习的、生活的、运动的，情感的、成长的、彷徨的，甲团评审、文艺汇演、主题班会，满满当当、林林总总，打开任何一个口子都会汹涌而来。一个大学班级的存在历史只有四年。那之后其实就不再有这个班级，而是一个 31 人组成的群体。这么多年来，但凡大家提起来某个大学里的场景，都会炸出来一大堆回忆和补充。但当没有具体命题的时候，我在头脑中反映出来的是一种恬淡的、愉悦的、欣慰的感觉。曾经浓烈的情感在岁月的作用下已经深深渗入到自己的内心里，反而使得同学之间的纽带愈加紧切。这种紧切既不是浮于外在的同声同气，又不会让位于时间和空间距离造成的那种若即若离。有同学曾经用美剧中的台词来描述这种感受："爱情可能随着季节的变迁而褪去，可友谊会为你全年守候。"我自己总觉得这句台词太过平常，后来找到了另一句，感觉可以更贴切地描述自己的感受："全国各地的年轻人，在生命中这个特定的年华聚集在一起，构建将陪伴自己一生的友谊和习惯。"

自动化系是体育大系，所有自动化系的学生也就都成为了热爱体育的人。系运会、年级足球联赛、全系篮球联赛、马杯……留在相册里的照片看上去已经非常久远。当时的西操北操都还是土场地，和现在的条件无法相提并论。照片里的奖杯熠熠生辉，年轻的笑脸无比灿烂。即使到现在，每每看到朋友圈里关于体育的回忆文章，都会不由自主产生一种共鸣。我自己在朋友圈里主动发的动态并不多，回头翻翻，关于马杯、关于体育的就占了很大一部分。

随着毕业后时间的延长，自己对自动化精神的体会也越来越深。从体育场和运动队中诞生的精神是自动化特质中非常重要的部分。在攻读博士期间以及工作以后，我无数次回到体育场，不论是自己运动也好，看师弟师妹们比赛也好，只要站在场边，就能体会到发自内心的平静。运动的目标不在于赢，而在于参与，在于踏出第一步。运动的精神也不在于竞争，而在于做好自己的事情，在于提升自我。一个好的运动者，一定是一个全面发展的人，是一个有着坚强意志的人，是一个心思细致的人，也是一个不走极端的人。

从 1996 年 9 月本科入学，到 2007 年 1 月博士毕业，我在清华园内度过了十年半的时间。这段时间里，学校也发生了很多变化。1999 年美术学院成立和 2002 年紫荆学生公寓建成是我记忆中非常显著的标志性事件。越来越多的国际交往，越来越全的学科设置，越来越高的考核标准，是这十年半的主线。直到我毕业后与很多师兄师姐交流，才意识到我们这个年级的四年制学制在他们看来也是巨大的变化。我们无意中成为了历史的一部分。到现在校庆秩年的时候我们都会和比我们早一年入学的学长们排在一起，看来这个历史转折的称号会一直伴随我们的余生了。

清华、自动化和自 63 班为我在自身成长过程中打上最深的烙印。“自强不息，厚德载物”体现在校园里的分分秒秒。我们本科班里人才济济。在这样一个充满了榜样的集体中度过四年，我想明白了几个非常重要的问题。第一个问题是无论在什么时候，面临什么样的选择，一定要知道自己想做什么，什么方向能让自己发自内心去坚持。第二就是不确定性无处不在，谁也不能穷尽一切可能。我想我的同学们或早或晚都有着同样的思考和体会，也是其中的先行者启发我去思考这些问题并得出自己的答案。这些年来，不论身处何方，在什么样的行业，我的同学们都一贯值得信赖、值得交往。他们都是对自己认真负责的人。这些同学无愧于清华校友的称号。

也是在本科四年里，我意识到了自己将面对多么多样化的世界。自动化学科强调达成目标，强调系统的概念，强调反馈的作用。这些理念在我后来读博士的过程中，以及毕业后的工作过程中，很多次帮我做出决定：我做的每件事情都是要向着解决问题迈出一步，而不能让问题更加复杂、更加难以解决。

我当时之所以选择在自动化系继续攻读博士，是因为有一个听起来非常朴素的想法："在学校只待四年，我觉得很不够，应该尽可能长一些。"现在回头看，我从这十年半里认识到的、感受到的和学习到的将在我的一生中一直作用下去。

不知不觉已经本科毕业二十年啦。这二十年里，自 63 班的 31 个人各自走出了各自的路。漂洋过海也好，扎根本土也罢，也不管是守着本行还是半路改行，彼此之间那条无形的纽带依旧紧紧地联系在一起。微信群里的 31 个账号齐齐整整，像极了入学军训时的队列。倍加真诚的"卧谈"也在继续，只是内容往往从自己的课程换成了下一代的课程，偶尔也会有"时间过得怎么这么快"的感叹。半开玩笑的"中年危机"话题已经有当年关于游戏打法话题热度的趋势。所有的这一切加在一起，总会让我从心底感慨："大家都还在一起，真好。"

作者简介

程鹏，山西阳泉人。1996 年考入自动化系就读，2000 年在本系直读博士学位。在校期间历任班长、系学生会副主席、系团委常务副书记等，并于 1999—2000 年担任清华大学学生常代会主任。毕业后加入清华科技园从事创业投资工作，先后在启迪孵化器、启迪创投、清控银杏创投任职，现任清控银杏创投合伙人、总经理。

水工71，我“栖依”之所

■ 郭　波（2007级水利系）

我们这届7字班比较幸运，毕业那一年是百年校庆，之后毕业秩年和校庆的整十年重合。明年清华110周年华诞，正好是我们毕业10周年。大学四年太多的青春往事，仿佛就在昨天。想要用文字记录下来的时候，竟有些拔剑四顾心茫然。索性简单记录二三故事，写下回忆里那些尚未模糊的片段，聊以纪念在园子里的日子。

初入园子与“栖依”之所

2007年8月22日早晨，我独自一人搭乘T10列车，从重庆抵达北京西站。之后乘坐开往清华的校车从西门进入学校，来到紫荆公寓3号楼西北角的101A宿舍。记得我是我们宿舍四人里最后到的。2号床是来自河北沧州的姜路野，3号床

2007年11月凤凰岭第一次秋游

是来自陕西西安的弓扶元，4 号床是来自重庆开县的李峰。当天下午，弓扶元的父亲拿出相机给我们四人拍了一张合照，记录下了我们入学第一天的模样。朝夕相处的四年，留下了很多珍贵的记忆。可能是因为清华略微尴尬的男女比例，印象中我们宿舍四人有不少在一起玩耍的时间，尤其是本科前两年。有四人泛舟颐和园昆明湖的寂寞，有无数次卧谈中俏皮的段子和对未来的彷徨，也有半夜12点突发奇想一拍即合，骑车去吃西门烤翅的洒脱，行至半路，突遇暴雨，淋成落汤鸡。几位浑身湿透的少年，吃着热气腾腾的变态辣烤翅的情景至今难忘。

2007 年 8 月进学校第一大，宿舍四人合影。左起：郭波、姜路野、李峰、弓扶元

水 7 年级有三个班。我们是 71 班，入学时是 30 人，后有一位同学转系到软件学院，剩下 29 人。集体活动历来是清华班级的特色，我们班也不例外。每学期都有好几次全班同学一起参加的活动。印象比较深刻的是，大一上学期 11 月初去凤凰岭的第一次秋游。那时经过半学期的紧张学习，大家终于逮到一次放松的机会。一路上，谈天说地，嬉笑打闹，欢声笑语不断。秋游途中另一印象深刻的事是过生日。包括我在内，我们班有数位同学在 10 月底和 11 月初出生，印象中好像有张晓颖、陈涛、弓扶元、何小刚、马文鹏和施华斌。全班同学给我们在凤凰岭过了一次非常难忘的集体生日。本科四年，每一届的班委都非常尽职尽责，春游秋游、男女生节、中秋节活动、宿舍体育对抗赛等，给同学们创造了很多对酒当歌和“厮混”玩耍的机会。第一任班长刘烨给我们班起名“水工七一，我‘栖依’之所”。四年同窗之谊，“栖依”之所是对这个有温度的班集体的最好诠释。

学术启蒙

另一让我们班同学感到温暖和幸福的是，我们有一位对大家关怀备至的班主任李丹勋老师。李老师举止儒雅，谈吐风趣，是文艺理工并举的才子。他和同学们没有距离感，可谓无话不说。印象中每学期他都会跟班里每位同学至少单独聊天一小时。毕业后，我们中的很多人都和李老师成为非常好的朋友。现在自己也做了大学教师，对大学教授教学科研之紧张和繁忙稍有体会，便更加感激李老师当年对同学们的无私付出。

值得一提的是，因为机缘巧合，李老师除了班主任的身份外，还是我们班几位同学的学术启蒙老师。大一下学期，在跟李老师聊天的时候，我有些苦闷地向他抱怨，一年级学的数理基础课过分注重解题技巧而忽视基本概念，怀疑这些知识对以后解决工程实际问题没有用处。李老师突然哈哈大笑，然后略严肃地告诉我，数理基础课对工程研究极其重要，一定要重视。我当时并没有把这件事太放在心上。两天之后，李老师突然叫我去他办公室，拿给我一个小题目，并告诉我这是一个从他最近一篇关于粒子示踪测速的论文里抽象出来的、目前尚未解决的数学问题。大意是想通过这个例子，让我看一下数学在工程科学中的实际应用。我当时大有初生牛犊不畏虎的劲儿，拿回去花了两天时间完成了推导。具体细节已经记不太清楚了，大概用到了无量纲化的概念和基本的微积分。我把推导拿给李老师，他竟有些喜出望外，说我做的分析非常巧妙（我当时认为大概是不想打击我信心的鼓励）。没想到大二刚开始，李老师在这个题目的背景下设立了一个 SRT 的项目，并鼓励我申请。我和我们班石健、弓扶元、何小刚三位同学报名并获得批准。

至今仍清楚地记得李老师在泥沙馆会议室，跟我们四人第一次开会的情景。他提了一块小黑板，给我们讲解实验流体力学和利用粒子示踪测量流速的基本原理和方法。一个学期很快结束，由于其他繁忙的课业，我们并没能做太多的工作。最重要的成果大概是四人合作翻译了一篇相关的英文期刊论文。李老师对我们每人翻译的部分都做了详细的批注和修改，每一页都改得通篇红色。SRT 结题后，我和石健对项目做了一年多的跟进研究。结合我之前的理论分析，石健又做了数值计算，对因速度和浓度梯度产生的粒子示踪测速的误差做了比较详尽的分析。研究结果最后以一篇期刊论文的形式发表。本科生撰写论文现在已经司空见惯，在当时也不罕见。但对我们四人来说，这一次在李老师的指导下，发表人生中第一篇期刊论文的学术启蒙经历尤为宝贵。这段科研经历，让我们在本科的早期对科学研究形成了一些具体直观的感受。说来有趣，当时参加 SRT 项目的几位同学，本科毕业都选择了留学海外，其中三位现在都成为大学教师。除我之外，弓扶元两年前入选浙江大学百人计划研究员，何小刚今年年底去新加坡国立大学做助理教授。此外，石健在美国获得博士学位后，现在美国工业界任职。略有些遗憾的是，我们四人后来进入了四个完全不同的研究方向，至今没有合写过第二篇文章。很期待我们未来能有再次合作的机会。

叙　旧　谊

大学毕业后，班里同学各奔东西。除了留京的同学外，大都聚少离多。我们出国留学的几位同学，跟大家见面的机会就更少了。有幸的是，我每次回国都能借道北京，和留京的同学一聚。另外，本科毕业后不少同学在清华和北京其他高校和科研机构继续深造，我厚着脸皮蹭住过他们的宿舍，得以有机会多次彻夜长谈。在普林斯顿读博士的五年里，也有数位同学多次来访。何小刚和我在普林有两年重叠的时间。另外，除在美国读书的马世超和石健外，弓扶元、刘烨、张传虎、费明龙、施华斌也都先后来访学和游玩过。借他们来访，我们也数次一同驱车前往周边的华盛顿特区、纽约、费城和海边游玩。另一个聚会的机会是每年的美国地球物理学会年会。因为涵盖的地球科学学科范围广，大部分读研究生、博士及之后留在学术界的同学都经常参会。自 2012 年起，我们得以多次在旧金山及周边地区小聚。另外，因为太太在西海岸，后来我自己也搬到湾区，过去几年我们去洛杉矶找石健玩过几次。前年搬家到亚利桑那，远离东西海岸，不再像以前那么便利，见到同学的机会也少了很多。不过，2018 年冬天，石健还来我们家过了一次圣诞，给当时一岁的大儿子云翼拍了不少珍贵的写真。正是：

上善莫若水，十载如梦行。
浮天沧海远，去时总别情。
弱冠聚清华，七一满天星。
犹怜少年影，四海若同行。

（改编自（唐）· 钱起的诗作）

作者简介

郭波，2007 年考入清华大学水利系，2011 年本科毕业后前往普林斯顿大学攻读博士学位，2016 — 2018 年在斯坦福大学做博士后研究。现为亚利桑那大学水文与大气科学系助理教授。

永远的水工“栖依”

■ 刘　烨（2007 级水利系）

2007 年，是我国恢复高考 30 周年，那一年，29 名莘莘学子自四面八方考入清华大学水利系，相聚紫荆一角。2011 年，是清华大学百年校庆的年份，那一年，29 名青年学生又奔赴寰球四海，散作满天星辰。四年时光，说短很短，漫漫人生当中不过廿一；说长也长，深厚情谊早已穿透时光。值此母校 110 周年华诞和我们毕业十年之际，廖述一些集体初建时的趣事，以兹纪念。

相　遇

水工 71 班的同学们多数是 2007 年 8 月 22 日报到的，最初原本是 30 人，其中唯一的新生党员提前报到，但很快又转到了软件学院。剩下的 29 人里，有 23 位男生和 6 位女生。男生们住在紫荆 3 号楼，分成 6 个宿舍，女生们住在紫荆 5 号楼。我和来自河南洛阳的何小刚、云南玉溪的马文鹏、山西临汾的卫聪杰分到 101B 宿舍，与隔壁 101A 通过一个中厅相连，恰巧我睡的正是我们年级王远见辅导员本科时的床位。我还记得何小刚是他读中学时的班主任送到学校来的，师生感情十分深厚。他的老师忙前忙后料理住校事宜，当晚没有赶回去，小刚请老师睡在他的宿舍床位上，自己却在中厅大桌子上铺了点东西，凑合了一夜。这是那天我最受感动的事情。

报到之后就是三个星期的军训，大家在辛苦的训练中磨炼意志、深化了解，也建立集体观念。直到今天我都认为，这种入校先军训的做法是清华教育一个突出的优点，是培养清华学子“行胜于言”风尚和“自强不息、厚德载物”品格的关键环节。军训时因为队列位置等原因，我和盛坤、吴海军、拉珠、陈涛等几位同学很快熟悉起来，常常形影不离。半天训练快结束的时候，我们总是急切而又默契地等着教官解散的号令，随时准备拔腿冲进桃李园或者紫荆园抢西瓜吃。

军训期间，学校和院系还穿插组织了参观校园、召开班会、评选第一届班委等活动。我记得参观校园时和石健一路走一路聊，感到又有趣又兴奋；第一次班会也给我很大的冲击，当时班主任李丹勋老师刚回清华任教不久，和我们在一起

2007 年军训时练习队列的情景。左排由前至后分别为刘烨、张京杭、陈涛、马文鹏、林森、卫聪杰、张传虎、郭波、费明龙、何小刚，右排前为吴海军

交流，给大家的感觉与其说是光芒耀眼的教授，不如说更像一位心心相印的兄长，他在班会上的寄语“青春无罪，放纵有理”，让我铭记到现在。当然，李老师不是真的让我们“放纵”，而是希望我们解放其思想，野蛮其体魄，能够保持好奇、敢于探索、勇于奋斗、不负青春。

关于班主任李老师，要多说几句。李老师温文尔雅又不拘一格的气质常常让我们如沐春风。他没有那么多说教，总是身体力行地示范，他也从不提远大的目标，只是勉励我们尽力而为。现在回过头来看，李老师这种特殊的直率和亲切，实在是给我们这个初建的集体注入了一种无形的力量。更加令人感怀的是，李老师总是能够发现同学们的闪光点，用鼓励和包容推动每一位同学挖掘自己的潜力。我记得郭波、石健、何小刚还有弓扶元曾经跟着李老师做过一次 SRT，很有成果，还发了文章，结果一发不可收拾，他们毕业后都选择了出国深造。郭波去了普林斯顿大学读博，现在亚利桑那大学任教；何小刚先去东京大学读了硕士，后又到普林斯顿与郭波一起读博，现在新加坡国立大学任教；弓扶元去了北海道大学，博士毕业后工作经历丰富，现在回国在浙江大学任教；石健毕业后先后在佐治亚理工学院和加州理工学院求学，也顺利拿到硕士和博士学位。对我自己来说，李老师也不吝鼓励之词，他很支持我在完成好学业的同时多做一些学生工作，常常在班会等各种场合用语言和行动给我支持。大二以后，当我逐渐开始承担更多的院系和学校学生工作时，这种来自班主任的直接鼓励和支持也一直伴随着我，搞得我总是充满了莫名其妙的自信，像打了鸡血一样做了一些今天看来也颇有成就感的事情，不能不说是受了李老师很大的影响。

军训到了快结束的时候，班里组织了第一届班委选举，我被意外选成了班长。其实，我那年高考成绩并不理想，进入清华常感侥幸，作为北京考生又早耳闻各地英才悬梁刺股的故事，感觉在清华这个牛棚里压力很大，所以本来一开始便打定主意，要把全部精力都放在学习上，千万不能掉队。谁知道班委选举的时候，竟得到几位同学的主动推荐，糊里糊涂地选成了班长。巧的是，团支书张京杭也是北京考生，后来我还跟他很认真地说，“咱俩可别包揽倒数两名啊。”其实这话主要是说给心虚的自己听的。从后来的情况来看，我和京杭毕业时的成绩都还不错，可见做学生工作并不必然影响成绩，当然这是后话了。

随着 20 公里通宵拉练和汇报表演的顺利进行，三周军训终于结束了，我们的大学生活正式开始了。

相　　知

我们年级一共 3 个班，我们是 1 班，因为是 2007 年入学，所以叫水工 71 班。担任第一任班长以后，我的大学规划其实完全乱了套，本来想做一个潜心学术的学霸，没想到先被交予这样的重任。第一次班委例会之前，我琢磨了一晚上，又和京杭商量了几次，打定主意要干点事情，不辜负老师和同学的信任。第二天会上，大家讨论热情高涨，取得不少成果。一是定下了积极进取的工作基调，大家都认识到大学和过去不同，都希望当一届有声有色的班委干部，为同学们多做些事；二是大家决定要好好组织一次秋游，办好男、女生节和学生节，抓住机会把班级凝聚力提升到更高的水平；三是考虑到班里有 6 名女生，男生们又恰好分住 6 个宿舍，为了加强男女生交流，我们建立了荣誉舍员制度，各宿舍小范围活动时要带上荣誉舍员（1 名女同学）一起参加。我们宿舍的荣誉舍员是朱霜叶，我现在还记得当时她听到消息时说“好呀好呀”的高兴神情。这次会议定的最后一件事是给班级起一个名字，我们取了谐音，决定用“栖依”代表水工 71。后来，我们举着写着“栖依”的牌子参加各种活动，这个叫法又逐渐发展成为“水工 71，我‘栖依’之所”这句口号，并贯穿了之后四年，直到今天。

大学第一次秋游，我们全班同学都很期待，班委干部都感到很大压力。我和京杭、盛坤、付诗博、李峰等几位班干部多次商量，还找马世超、石健等好几位同学征求意见，后来决定去昌平凤凰岭。我们为此专门写了策划，设计了一个“寻宝”加“拯救同学”的方案，所谓“寻宝”，就是大家要在登山过程中找到 7 个藏宝点，每个点藏着一个写有一个字的字条，连起来是“大王叫我来巡山”，这也是解救被妖怪掳走的同学（请郭波扮演）的密码。这样设计的目的，是希望把秋游变成一次增强班级凝聚力的契机，借此相互了解、深化友谊。为了秋游能够顺利进行，我和盛坤、诗博等班干部还去现场踩了点。活动当天，盛坤带着几位班干部天不亮就出发，先去布置线索、道具，当然也要辛苦郭波提前登山当等待“被救”。我和其他班干部组织大家稍后集合，骑自行车一路有说有笑出学校西门，到颐和园坐公交车去凤凰岭。随着秋游开始，大家分组登山，为了拯救同学你追我赶，个个满头大汗。周杨、何小刚、马文鹏、石健动作奇快，大家都开玩笑说他们肯定提前知道了线索。在半山腰，我们还组织了一次别开生面的生日会，大家挨个表演节目，有唱歌的，有跳舞的，还有人拿起报纸做的草裙跳草裙舞，笑得大家前仰后合，留下了一幅幅令人捧腹的画面。

男、女生节和学生节，是清华学生一年里最重要也最有特色的活动。每年女生节（3 月 7 日），男生们要想尽办法为班里女同学们创造惊喜、赠送礼物。相应的，男生节（11 月 12 日）时女生们也要给男生们办个活动。2008 年第一个女生节，我们指定了一个很复杂的计划，尝试在女生宿舍那边两栋楼之间拉个绳子，把礼物从 6 号楼高楼层传到 5 号楼女生宿舍，中间隔了二十来米远，我和盛坤、马世超等几个人很是折腾了一番，最后勉强成功了。对比后来那些充斥网络的横幅，我们的做法也许没有那么声势浩大，但我始终觉得那是一次更走心、更有趣味的女生节。

为了准备 5 月份的学生节，我们班组织拍了部 MV，费尽心力写了个唯美风格的剧本。李峰、朱霜叶出演男、女主角，付诗博任总导演，我作为总策划并客串了个路人甲。片子前前后后拍了好几天，为了扩大影响，几乎全班同学都参与了，中途还在新水利馆的教室里热烈地讨论修改了一次剧本。尽管片子做好的时候大家总觉得还可以再改进改进，但当我们的 MV 在学生节上播出的时候，大家心里还是很激动。

转眼到了大学以来第一个暑假，我们按照学校的安排，开始准备社会实践。我和盛坤、吴海军、马世超、付诗博等几个人没有跟风系里确定好的主题调研，拉了个 11 人的队伍，其中还包括水工 73 班张昂和经管学院的 1 位同学，调研对象是大家早已神往不已的长江三峡工程。我们通过老师和校友关系联系到长江科学院、三峡集团、葛洲坝集团等单位，设计了一个由武汉至宜昌、涉及 5 处地点的调研方案，大家分工协作，有条不紊，前期查找了很多三峡工程相关材料，我们认识到三峡工程的复杂性，以及葛洲坝对三峡工程的重要意义，据此研究提出了很多调研问题，形成了清单。调研过程也很顺利，当我们一群人站在三峡大坝上俯瞰高峡平湖时，身处坝体内部宽阔深邃的发电厂房中时，都被我国水利事业的伟大成就所震撼，也为这次调研的丰富收获感到满足。调研过程中也有一些趣事，比如有天晚上大家偷闲打牌，吴海军总是牌运好得令人咂舌，偏偏还又牌技了得，拖拉机满天飞；还比如在宜昌，一天调研完，大家又累又饿，半天找到一家馆子，11 个人 10 菜 1 汤，炒菜量大可口，米饭免费供应，结果一结账才不到 130 块钱，省了大大一笔预算。

相　望

短短一年，我们这个集体就从无到有，从有到好，成为每个人大学里最温暖的港湾。班委作为一个班级的骨干和核心，每一届都尽心尽力为大家服务。无论是个人还是集体，都在各方面取得了优秀的成绩，即便是最差强人意的体育方面，我们也终于在大四那年打进了水利系班级篮球联赛的决赛。

快要毕业的时候，班里同学们都在思考去处。最后，6 位同学出了国，多数同学留校或去兄弟院校继续读书，少数几位同学选择了直接工作。其中，吴海军面临就业和推研等多种选择的情况下，毅然决定前往葛洲坝集团工作，短短几年就干出了很好的业绩，是我们班投身祖国水利事业的优秀代表。

最近几年，读博的同学们也都相继步入社会，开始在不同的岗位上开启新的奋斗历程。大家天南海北，再也难以齐聚一堂，但彼此之间深厚的情谊却从未消减一分。在北京的同学们常常组织聚会，在海外的同学留美的居多，但只要有机会还是尽量多见面。即便平时难以一聚，借助愈加发达的互联网，天涯也可作比邻。特别是现在临近母校 110 周年华诞，又适逢毕业十周年，微信群里也更加热闹了。

有人说，“相逢不如偶遇”，但我常常觉得，相逢就是偶遇。缘分，让我们 29 个人共同度过了难忘的四年青葱岁月，也永远改变了我们的人生轨迹。在这个班级里，我们收获了纯洁的友谊、树立了远大的理想、奠定了事业的起点，“栖依”

2011 年毕业旅行部分同学合影。左起：卫聪杰、赵树辰、陈涛、姜路野、施文俊、何小刚、杜蕾、付诗博、张晓颖、徐韵、刘烨、朱霜叶、刘川佳仔、盛坤、马世超、石健、林森、郭波

和清华、水利这几个词一样，早已成为我们共同的印记。

后　　记

前两年，我从水利系老辅导员微信群里听说，学校正在推进大类招生改革，水利系是首当其冲的院系之一。传统的班级培养模式渐成历史，我曾一度有些不解和伤感。但过些时日，又觉得这实在是历史发展的必然。往大了说，对我们这样一个历史悠久、文化深厚的国家来说，集体主义是深深印刻在每个人骨髓里的文化基因，无论时代如何更迭，对于所属集体的依恋以及从中汲取无限养分的本能，都将伴随我们的一生。往小了说，清华园里有太多的故事和历史，过去的一切都将以最合理的方式被铭记和传承，一代代学子来了又走，都曾满怀期待地拥抱新的大学生活，也终将找到属于他们自己的共同记忆。所以，我真心相信也衷心祝愿，每一位有幸来到清华园的青年学子，都能在这里收获一个可爱而难忘的集体，在这里书写一段无悔的青春岁月——就像十三年前那个夏天的我们一样。

作者简介

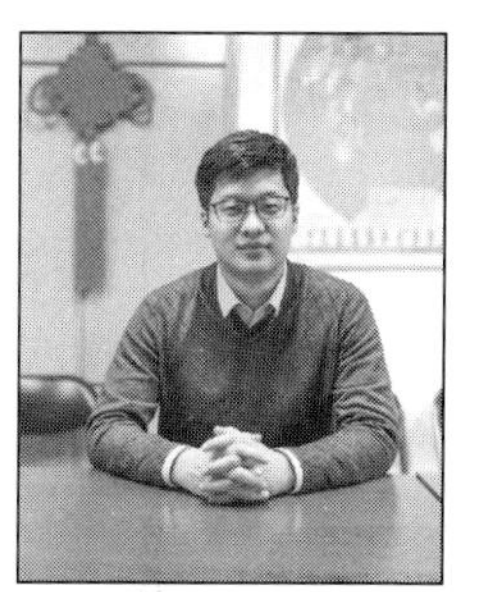

刘烨，2007 年考入清华大学水利系，2011 年本系免试攻读博士学位，2016 年博士毕业后入职国家发展和改革委员会。在校期间，曾先后任水工 71 班班长、水利系学生会主席、清华大学学生会主席、水利系思想政治辅导员、系团委书记、系学生组组长。

回眸清华，不改初心

■ 弓扶元（2007级水利系）

毕业十年，至今我仍经常梦到十四年前去清华报到的那个午后。那天的阳光晒得人睁不开眼，蝉鸣声中我带着行囊走进清华，那一刻我想象着自己是个仗剑走天涯的侠士，没有一丝的胆怯或彷徨，只有满心的兴奋和激动。从那一天起，我成为“清华人”，成为“水工71”的一分子，属于清华，属于班集体的烙印深深地印刻在了我的身上。

2007年，我进入水利水电工程系，开始了大学生活。当时我们班级一共有29位同学，其中除了6位女将，其他的都是大老爷们。我来到清华后的第一感受是：清华是锐意进取、自强不息的。我至今还记得，在新生入学典礼上，校长告诉我们，清华人要上大舞台，要怀抱着成为“学术大师，兴业之士，治国之才”的理想去努力奋斗。那一刻，我一边被清华前辈们的经历和成绩所震撼着，一边也深刻地感受到了自己的不足和其中的差距。从那时起，“做合格的清华人”这样的目标和信念就像一粒种子，种在了我的心里，只要拥有了属于它的土壤，就可以生

开心的毕业旅行

根发芽。而且，班级里的每一位同学都是从各地考上来的优秀学子，每一位同学的身体里都迸发着强大的力量，在水工71这个大家庭里，我们比着、拼着，努力地学习新知识，不断积极地参加各种各类的实践活动，期待着能在不断的努力中丰富和完善自我。让我印象最深的是，大一大二的每天晚上，在上完自习后，我和室友们都要去操场再跑上3000米，一边跑一边谈人生，谈理想，谈未来，我们互相鼓励，取长补短，不是各自为战，而是携手并进。“流最臭的汗，说最狂的话，坚持最基础的事”是我们当时的口号。虽然现在想想感觉有点傻气，但是那长长的跑道和西操昏黄却温暖的灯光，成为我青春里最美好的回忆。在这样的学习氛围和班级氛围下，我浑身像打了鸡血一样，勇敢地去追求自己的梦想。

集体给我的第二个感受是：兼容并包，厚德载物。大二下学期，我先后经历了期末考试失利和GRE考试失利。没有经历过什么挫折的我，被这突如其来的打击弄蒙了，我突然不知道该如何继续学习，继续努力了。我一直以来树立的信念和目标还能实现吗？一直怀有极大信心的我突然失去了继续努力的勇气。我当时的班主任，李丹勋老师像是看出了我的迷茫，经常找我谈心，刚开始我不知如何表达，都是李老师在讲“单口相声”。他给我讲他的经历，讲对社会的认识，在潜移默化中，我慢慢地放松了下来，也开始跟老师交流我的想法，谈我的目标。除了老师，我还特别地感谢我的同学们，也许这就是清华的底色吧，大家不会去嘲笑任何一个“不同的人”“掉队的人”，或者“异类”，相反，每一位同学在锐意进取的同时，从不藏私，不吝啬于去分享自己的经验和教训。在我迷茫困惑的这段时间里，我感受到了大家最大的善意和鼓励。现在美国亚利桑那州立大学的郭波教授，当时是我的室友，在我彷徨的那段时间里，他像个老妈子一样，每天在

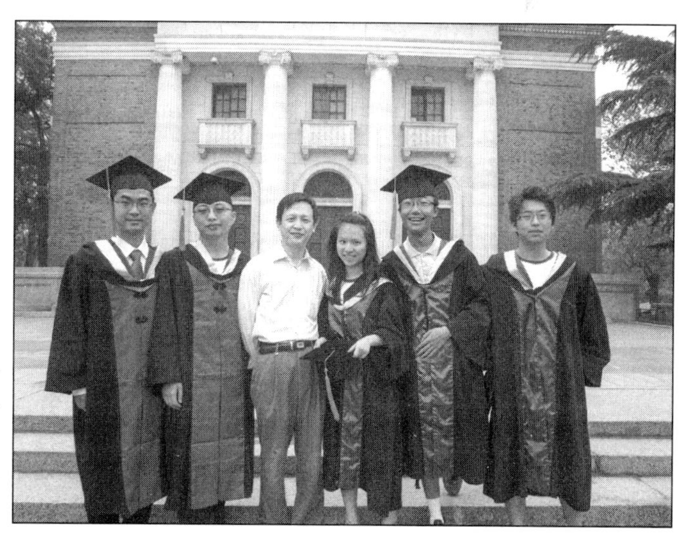

毕业时礼堂前与李丹勋老师（左三）合影，左起：郭波、李峰、李老师、刘川佳仔、姜路野、弓扶元

我身边念叨“该上课了”“水力学的作业该交了”“英语考试报名了吗”等等。大三时国际处有一个去美国南加州大学暑期交换的项目，我虽然很想参加，但是根本鼓不起勇气去争取，也不知道该如何准备，又是波同学，他在自己准备的同时，天天拉着我去图书馆，去查资料，去准备面试。结果最后可能因为我有 GRE 成绩而他还没来得及考，反而是我争取到了这个宝贵的交流机会，他自己却落选了。当时的我非常不好意思，可是他却只是爽朗一笑，豪爽地说：“你先去，爷稍后就到！”还有刚、小黑、峰兄以及水工 71 的每一位同学，在一起学习生活的四年里，我们建立了深厚的友谊，这种友谊不但是志趣相投，更是互相促进，即使每个人都有着不同的特质，不同的性格，现在从事的行业也是五花八门，但是在清华，在水工 71 这个大家庭的四年时光，已足以教会我们什么叫作宽厚，什么叫作包容。现在的我也走上了教书育人的岗位，在和学生的相处中，我时常想起自己在集体里的这些经历，时时刻刻提醒自己，不要用固有的眼光去衡量学生的价值，要尽最大的努力去给予每个学生更多的关爱和包容。我想，这也许就是“自强不息，厚德载物”的清华精神教给我的一个道理吧。

除了自强和宽厚之外，集体给我带来的最重要的影响，是溯本求源，探求真理的科学态度。当我还不知科研为何物时，清华曾给我上过深刻而生动的一课。那是在大二上学期的时候，班主任李老师设立了一个 SRT 本科生科研训练项目，我和其他 3 名同学加入了老师的项目。我们 4 个科研小白根本不懂什么叫科研，完全不知道从哪儿开始入手。李老师交给了我们人生中的第一个和科研有关的任务——翻译一篇英文论文。当时的我觉得这有何难？撸起袖子，大刀阔斧，有些是自己翻译的，有些是上网找的，拼拼凑凑交给了老师。老师拿到我们的报告后没说什么，只交代我们过几天后去取。当我们如约去取回自己的报告时，全都傻眼了，只见那长长的翻译论文上满满当当全是红笔批注，大到文章句意，语法错误，前后结构，小到标点符号，字体字号，段落空格，李老师全都批改过了。可想而知，这样一篇作业要耗费老师多少的心血？老师告诉我们，做科研，乃至以后做任何事情，态度是最重要的，细微之处应当格外注意。此外，扎实的基本功也是科研的基础，没有基础何谈“上层建筑”？当时的那一幕，就像是电影片段一样，即使过去了十多年，依然历历在目。可以说，清华奠定了我一生的科研素养，在毕业后赴国外求学时，每次报告都力求规范专业，第一次写论文时，即使是格式排版也会充分注意。国外的教授很感叹，问我是怎么做到把这些容易忽略的细节也做得这么好时，我总会把我在清华时的经历骄傲地分享出来。虽然现在我只是一名普通的科研工作者，并没有取得什么了不起的科研成就，但是在自己的研究领域、工作岗位上，我始终坚守着集体教给我的“踏实实干”“认真笃实”

的理念，希望可以在脚踏实地的研究中不断实现自我价值。

直至今日我已离开清华快十年时间了，这十年里，我有远赴国外求学的经历，有回归祖国工作的决定，曾经意气风发想大展拳脚，也曾为了自己是否适合做科研而深深迷茫。但无论何时，无论何种境地，在我心里，清华始终是我人生道路上的一盏灯，无论我站在世界的哪个角落，无论我从事什么性质的工作，它始终散发着迷人温馨的光芒。我虽如此渺小，但清华教给我的“自立自强”“厚德载物”“求真笃实”的精神，我将永记心间，并用它回报社会。

天行健，君子以自强不息，地势坤，君子以厚德载物。

2020 年 10 月

作者简介

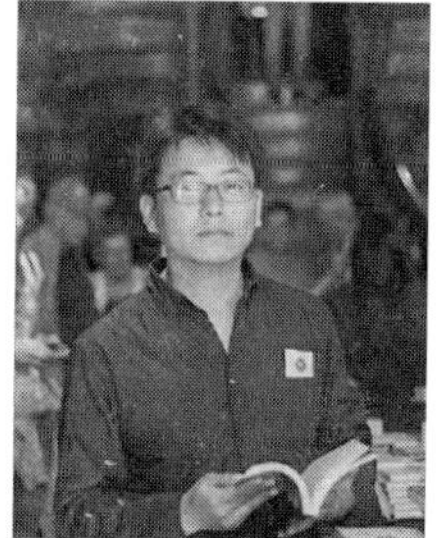

弓扶元，陕西西安人，2007 年进入清华大学水利系读本科，毕业后赴日本留学，2015 年取得北海道大学博士学位。先后在东京大学、横滨国立大学任博士后研究员及助理教授，2018 年回国，进入浙江大学建筑工程学院，任“百人计划”研究员，博导。

对学校和班集体的某些感悟

■ 费明龙（2007级水利系）

转眼本科毕业即将十年，母校也将迎来110岁生日，接到年级长通知，母校正在向毕业校友征文。于是美好的四年大学生活，之后五年的科研生涯，以及再往后五年的工作经历，十四年点点滴滴一幕幕都回映在眼前，要给它们一个合适的词进行概况的话，似乎就是平平无奇。于是一个平平无奇的普通毕业生，在母校110周年校庆之际，从一个平平无奇的普通角度，谈一谈离开母校五年后，我对学校和班集体的某些感悟。

我想从我现在的工作开始谈起。毕业后，我来到了北京市城市规划设计研究院，成为一名市政规划工程师，为首都的河湖水系规划事业贡献自己的绵薄之力。参加工作后，从文献里的理论世界过渡到工作上的规范标准体系，还是经历了一段不长不短的适应期。可是即便自己是一个工作上的菜鸟，在与外单位一起探讨工作上的问题时，大家对我的意见还是十分期待和尊重的。起初我以为，也许在这个行业大家就是这样彬彬有礼，直到后来才慢慢发现，似乎不是所有设计单位在方案汇报讨论的时候能够享受到这种待遇。

现在我已经工作五年了，完成了足够多的规划设计，参加了足够多的方案汇报和讨论会议，接触了足够多的行业专家，我慢慢意识到，当初大家对我的认可，其实是因为自己背靠了一棵大树。经过我的同事们多年的奋斗和努力，单位在行业内搭建了一个受到大家一致认可的平台，作为这个平台派出的代表，我关于工作问题的意见也是很受重视的，即便我只是一只业务菜鸟。

再回想起刚来单位的时候，身边同事每每介绍到我，都会提一句“三清博士”，然后大家都会投来一种复杂的目光。虽然大家并不清楚，我的博士研究方向和现在的工作并没有太大关系，我没有工作经验，对于相关的规范标准基本没有了解。同样的，这是我的母校清华大学这棵大树带给我的庇佑。学校里太多优秀的校友和老师在各行各业为这个集体赢得尊重，作为学校里出来的平平无奇的普通毕业生，我也沾了光。

这其实是一把双刃剑。一方面，我们身后清华的平台给了我们更高的起点，让我们的工作更容易被周围的社会关注、接受和认可；另一方面，我们也需要更快地调整自己的姿态，尽快让自己的表现称得上别人的期待，避免引发“期望越大，失望也越大”的悲剧。换个“成功学”的说法，就是莫把平台当能力。如果我们错误地把清华为我们搭建的平台当作了自己的能力，对别人基于“清华人”这样的身份给予我们的关注和认可不合适地简单接纳，不仅耽误了自己，也对不起帮我们搭建“清华人”身份的诸多校友和老师们。

好在这种“沾光”也并不仅仅只是在名声上，自己内在能力修养的提升也会得到身后优秀平台的助力。回想起本科四年的生活，我在大一是一个相对孤僻的存在，游离于班集体之外，飘荡在清华偌大的校园里。对这段时期，我在之后的总结反思中总觉得是可惜的，白白浪费了一年大好的青春，还是在清华的青春。要说这段时期我最大的收获是什么，也许是终于认识到老师、同学、图书馆才是大学里最重要的东西。于是大二以后我开始更多地听讲座，更频繁地泡图书馆，更主动地融入集体生活，并在大三的时候得到同学们的信任，当选了班长。大三这一年的确是我大学四年成长最快的一年，这一年我需要安排好本学年班上所有的规定活动，关注大家的学习和心理状况，了解并协调好各位同学的各种需求。同时，作为整天给大家加油打气的人，自己的学业生活也得鼓起劲来往前冲。于是这一年下来，我做到了很多之前自己都没有想过能做到的事，对班级同学有了更深入的了解，交了更多系内系外的朋友，学业成绩也是大学四年最好的一年。这就是所谓的“近朱者赤”吧，被身边优秀的老师同学们拥着推着，不自觉地就会取得进步。说到这里必须要借机感谢一下班主任李丹勋老师和各位水工 71 同学的大力支持。班主任对我们的班级活动总是慷慨相助，水工 71 的各位兄弟姐妹们平日里都是情深义重，大家真的就是一个大家庭，对班委的工作也都是全力支持，这让我们的工作简单了很多。

母校建校 110 年，当年一起开着充电台灯秉烛夜谈的同学们也都在各行各业里事业有成，成为了骨干中坚。同时也听闻母校“全面建成世界一流大学”，学校取得的成绩在世界各大学排名中也得到了广泛的认可。作为受惠于学校名声的毕业生，我也要和我的同学们“不把平台当能力”，一起努力奋斗，让母校这棵大树基业长青。

作者简介

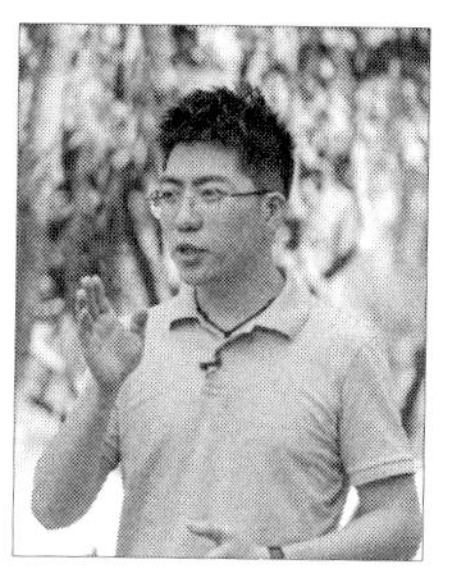

费明龙，工程师，清华大学水利系 2007 级学生，现工作于北京市城市规划设计研究院。

我的清华我的家

■ 付诗博（2007 级水利系）

从 2011 年毕业到现在，转眼就要十年了。这十年里面，有人已经结婚生子，有人拼搏事业住在单身公寓，有人在同一岗位上十年如一日，有人已经辗转好几个国家了。尽管地处天南海北，但每一次同学聚会，无论在哪个城市举办，大家都会如期而至。定期相聚，看着一张张熟悉的面孔，已经成为一种习惯。

毕业后，我也因为工作的原因辗转不同的城市、不同的国家，但最终还是回到了北京，选择了自主创业。这几年里，有过意气风发，也有过至暗时刻。回想起来，使我在一往无前时不致自满、在困难重重时仍坚定向前的，就是那扎根在心里的八个字——“自强不息、厚德载物”。实话说，在学校时还不太理解它的力量，现在却奉作圭臬。每每想起，当年的回忆也历历在目。

2007 年第一次秋游部分同学合影。前排左起：付诗博、张晓颖、马文鹏；后排左起：赵树辰、何小刚、陈涛、施文俊、姜路野、拉珠、李峰、张传虎、林森、郭波、施华斌、周杨、石健

草坪上的丢手绢

我最深刻的回忆，是我到了清华之后的第一次集体活动，时间在报到之后、军训之前，我们的辅导员王导说让大家一起认识一下。这次草坪里的丢手绢，就成了我们这群人缘分的开始，在接下来的四年、十年，这群人成为彼此生命中重要的存在和依靠。那天下午天气特别好，我们一群人到了三号楼后面的一块草坪，开始了这个最原始的游戏——丢手绢，输了的人要上来做自我介绍，并且表演一个节目。来自五湖四海的学霸们开始了他们的表演，还记得有的人现场唱了歌，虽然有点跑调。有的人上来干脆紧张到说不出话，而现在竟然变成了我所认识的最能说的人。水利系女生其实不多，虽然大家都不认识，但是这第一次活动，就让我觉得清华的男生好像骨子里带有一种绅士风度，玩游戏的时候都特别让着身边的女生。很难想象，这群看起来腼腆的男生，在后面四年，每年的女生节，都能扯着嗓子在女生宿舍下面，跑着调地唱半小时"情歌"。

我们这个集体的第一次相识，方式有点普通，大家尚显腼腆。然而和这群人的相遇，使我度过了人生中最激情澎湃的四年，多年之后想起来，都会笑出声来。这中间的很多人，后来成为一生的挚友，也有很多人，组成了幸福的家庭。无论过了多少年，大家还是会为彼此的成就鼓掌，开着幼稚的玩笑，说着只有我们懂的故事。因为其实，默默地，这个集体，已经组成了一个新的"大家庭"。

北门外的烧鸡公

因为现在住在北京，几乎每一个秋天，都一定要回一次学校。用相机拍下二校门的落日，银杏树下的主干道。还有一件事情，是每年都要去的，就是去北门附近看看。那里许多的小饭馆已经不在了，但是当年，那里是最受我们欢迎的"据点"，是挥洒欢笑和泪水的地方。清华人有热爱体育的传统，我们班也不例外。每年的男生 3000 米、1500 米，都有着只属于我们水工 71 的深刻记忆。但是令我最难忘的，却是当年的一场场篮球赛。我们班当时算不上是篮球强班，但是大家对于篮球的热情却特别高涨。每场篮球赛，全班都悉数到场，即使是每天泡在自习室的学霸，感觉也把自习地点从四教搬到紫操篮球场。后来回看当时校内网，发现最多的照片，就是大家在篮球场上的合影。体育真的好神奇，可以把大家紧紧团结在一起。有一次，我们以 1 分之差惜败，感觉大家都有点垂头丧气。忘了是谁，说了一句，走吧，去烧鸡公吃饭去。然后 10 分钟后，二十多个人就出现在了这个北门外看起来不起眼，却承载着很多清华学生回忆的"烧鸡公"。那天我们具体聊了什么已经记不起来了，只是记得，那天晚上，大家放肆地笑，还有人哭，聊了好久好久，从自己小时候，到八卦新闻，到大家未来的梦想。还有几个男生喝到吐了。从那之后，感觉大家的心彼此又近了一些，从同学变成了家人。从那次之后，“烧鸡公”变成了集体的固定据点，基本上三天一小聚，五天一大聚，印象中，连推研出国的很多决定，都是在“烧鸡公”做的。

烧鸡公的最后一次聚会，是在我们毕业之前，眼看着要毕业了，出国的同学也收拾行李准备出发了。班长当时组织了最后一次所有人都参加的烧鸡公聚会，我记得大家一直喝到了凌晨 4 点，当时我们哭着说，不知道下次再见面是什么时候。这句话听起来像是告别，但是多年之后，也意识到，这是开始。因为后来，无论天南海北，当有人有需要，就有人立刻出现在你的面前，到了每个城市，每个国家，都有亲人欢迎你回家，这种感觉，应该也会相伴一生。

美国偶遇校友团

毕业之后，我到了美国杜克大学读研。刚到这个陌生的国家，学习压力比较大，而且人生地不熟的，感觉过了一段很是艰难的日子。2012 年的冬天，北卡特别的冷，也罕见的在 12 月份就下起了雪。那个时候正赶上找工作和准备毕业论文压力特别大的日子。有一天，一个清华学长给我打电话，说清华有一个交换学习团，晚上要到 UNC，问有没有兴趣去参加聚会。我当时听了二话没说，立刻开车去了 UNC，不夸张地说，那个时候的感觉，就像要见家里的亲人。那个晚上，大家见面先合唱了一首清华校歌。“西山苍苍，东海茫茫”的旋律一出来，就觉得自己找到组织了，尤其在异国他乡的我们，就像是回家了一样。那天晚上，跟很多师兄师姐们聊到当初在学校的点点滴滴，聊到未来的职业选择，他们帮我分析各个行业的利弊，分析各个城市的优劣，毫无保留地把自己的经验教给我。可能，这就是清华这两个字的魅力吧，它代表的不仅仅是一所学校，而是一群有梦想、有温度、有担当的人。

直到现在，手机里当年我们聚会的群仍然存在，大家仍在互相询问近况。后来我去香港工作，群里香港的师姐还带着我在香港找房子、吃小吃，那一瞬间，就觉得，拥有了“清华”，就拥有了世界各地的“家”。

相隔八年的聚会

2018 年开始，我选择了踏上“创业”的道路。两年时间，虽然不长，却是异常辛苦。但是，始终让我没有放弃的，其实是当年在清华的时候，班主任李丹勋老师的一句话：“当你并不知道未来要做什么的时候，就努力做好当下的事情。”当初听到这句话的时候，亦如当时听到“自强不息，厚德载物”的校训，不能完全理解。但是随着年龄增大，阅历增多，越来越体会到这两句话的分量。每当自己觉得，前面困难满满的时候，我就会告诉自己，要再多积累一些，再踏实一些。在创业的过程中，每天都在“救火”，每天都在面临“未知”，那种说不清道不明的巨大压力像是要把每一个人压垮。这个时候，我默默告诉自己：“做好当下，把手上的每一件事情，做到极致。”所以，后面有的时候被邀请去做演讲的时候，有人会问，是什么让你抛下了当时稳定的工作，来做新零售创业？是什么动力，让你在一次一次的困难中，能够坚持下来？我的回答也很简单，“因为，清华告诉我，要有梦想，要去改变，要去追求。每次快要坚持不下去的时候，就告诉自己，厚德载物，自强不息，积累一定会带来结果。”

2019 年，当年的集体在北京再聚。十年的时间，大家在各行各业都已经崭露头角，唯一不变的，是对于水工 71 的热爱和对于这群兄弟姐妹的感情。相信无论再过多少年，当我们再相聚，当年闪亮的梦想，有趣的糗事，也仍然会历历在目。

又是一年秋天，二校门门口依然有好多稚嫩的面孔在拍照，大礼堂草坪上依然有人在拍婚纱照，新水门口的大树又开始泛黄，主干道的银杏又落了满地，清芬食堂还是要排起长队。让我魂牵梦绕的母校清华，每年都在进步，却也好像从未变过。

2011 年，我们毕业了，2021 年，我们会再次回到梦开始的地方。

2020 年 10 月

作者简介

付诗博，2007 级水利系校友，曾就职于香港 IBM 战略咨询，渤海华美跨境股权投资基金 VP，现为新零售电商平台创始人 CEO。

新法 7：那些年，我们一起埋下的彩蛋

■ 郭诚春（2007 级新闻学院）

引　子

2007 年 9 月，紫荆操场的夜幕下，20 个人围坐一圈。

“你们是第一届文科国防班，你们的名字叫新法 7。”伴着辅导员袁姐的这句话，19 个初入清华园的大一新生仿佛一下子找到了归属。顾名思义，新法 7 是个特殊的班，一半新闻专业，一半法学专业。第一届意味着从无到有，没法参照前人路径；第一届也意味着使命不凡，每一个脚印都能有开创的意义。

“毕业时，我们还在这里坐一圈”，袁姐给大家发着卡片，“每个人都写一句话吧，写给四年后的自己。”大多数人都没带笔，仅有的几个笔尖轮流在纸面沙沙作响，淹没在操场青春的喧闹里。笔在手中传递，一脉温情流淌开来，一圈人凑得更近。

等到更懂事些，大家才大概明白——原来这叫时间胶囊，也叫给未来的彩蛋，袁姐总是在恰当的时候，操着心、扯着嗓，领着大家去做、去做成一些该做的事。

2011 年 7 月，20 个人围坐一圈，看着四年前写的话，笑得异常放肆。这次

新法 7 全家福

声音盖过了紫操的喧闹，比起曾经的羞涩与克制，自信和自如，是四年时光给的礼物。

人在审视过往的时候，很容易代入现有的智慧。吐槽纸上的话有多傻，这期间的成长就有多大。长大的 20 个人，用心捧着呵护了四年的愿景，在毕业季的尾巴上，又一次提起笔，把更成熟的文字装进信封，寄给十年后的 2021。

园子里银杏悄悄刻下年轮，荷塘边的草木四时应景；图书馆定格过最勤奋的身影，穿梭在主干道的人永远年轻。毕业十年，北疆到琼港，青藏望东海——新法 7 的人星罗棋布在祖国大地，那些年一起埋下的彩蛋，如今已破土而出，盛开在如歌的岁月里。

天　天

天天是除了袁姐以外班里唯一的女生，理论上应该被大家当作熊猫对待。但事实上，这些粗糙的伙伴们除了在女生节时懂得制造一些浪漫，平日里更多把她当作兄弟看待，很是不见外。甚至，即便是女生节的时候，也有人拿上学期用过的《近现代史纲要》课本当礼物，然后配上一段冠冕堂皇的理由，比如希望用这本书勉励天天同志奋发图强，牢记民族苦难与肩上使命……天天勉强维持着蒙娜丽莎的笑容，深深发愁到底该把这本书怎么办。

她想起军训拉练结束的时候，袁姐问大家有没有好好照顾女生，队伍中有人光荣地喊道："我替天天喝了半斤水，减轻了她的负担！"……

大概是一早认清了现实，天天放弃了小女人的人设，拿出了湖南妹子飒爽的一面，包括后面的路：去美国访学的时候，她把自己变成了一个素食主义者，回国后惊呆众人——那个在坝上草原给大家烤羊的女人去哪了？拉萨的雪山上，她和爱人海誓山盟，理想与现实，过往与未来，天天把自己的每个阶段，都镀上了诗一般的质感。作为班里唯一修经双的人，毕业后进入"国防经济"专业领域的天天，如今在大学任教。

"生命是一条河，认真地流淌，认真地谱出一首歌"，天天写给自己的话，如今已舒展且悠扬。

阿　生

从毕业到现在，阿生一直在西藏。那年全体毕业生中，阿生是去到地方最艰苦的。他从不标榜自己的牺牲与伟大，低调地在最一线守护着人民，捍卫着国家。身穿橄榄绿色的军装，坚守中，是一份浪漫与执着。旅行的攻略里，西藏是布达拉宫、大昭寺，是经幡、酥油，以及藏民的朴素信仰；阿生的世界里，西藏是常年的高海拔、低气压，是无人区，是风雨雪霜。当然，他更多看到的，是这里的纯粹与辽阔，一如他来时受到的震撼，以及初心不忘的坦荡。

出生山东潍坊的阿生，有着极强的运动天赋。大一的秋天，学校组织万米接力赛，十个人每人一千米，跑最后一棒的阿生一出场，瞬间引得全场目光，只听人群中说："这哥们全程都是我跑百米的速度。"刚刚跑完的、一直观战的，一大群人心潮澎湃，乌泱泱地冲了上去，紧贴着赛道边、紧跟着阿生向前奔跑，最后新法 7 全班一同冲过终点，场面甚是壮观。

"如果回忆我们班，这毫无疑问是一个辉煌时刻"，《班级日志》里的这句话，其实一早就说出了一个集体最珍贵的是什么。某次主题团日上，团支书让大家用几个形容词来匹配"国防生"，最硬汉的阿生，在纸上写下了"明艳"二字。这个看似有些突兀的词，如今已被阿生悉数印证——那是边疆阳光洒下的地方，那是赤胆忠魂鲜亮的底色。

小　朱

有老师曾经评价，小朱的英语是母语级别，张口就能给美剧无缝配音。他听到后则是一脸狐疑，然后悄悄问身边的人："And then？"这种顺其自然、随遇而安的性格，似乎和部队昂扬进取的画风有一些不搭，但是如今的他已经摇身一变，成为一个口碑卓著的军事新闻记者，时不时还会用磁性的嗓音，身兼播音员，把写好的新闻通过 CNR 的电波，传向四面八方。

"每到达一次现场，我就更加热爱这项工作"，云南鲁甸抗灾、亚丁湾护航等等，每次全程参与报道的经历，都像是在打开一扇扇门。而这个"慧根"，大概启蒙于 2009 年跟着李希光教授的新闻大篷车，和 20 个美国大学生重走丝绸之路的时候。流畅的英语可以无障碍对话，但文化的壁垒却导致交流无能：美国大学生爱吃天水的酿皮、敦煌的驴肉，会对着兵马俑欢呼，会吵着闹着定制旗袍，但谈到中国，谈到中国人民的生活，他们却友善地摇头，发自内心地默认一些莫须有的疾苦。

"子非鱼，安知鱼之乐"，小朱发现，要想弥合这种认知的鸿沟，功夫在诗外，传播事业还有很长的路要走。躬身实践第一线，小朱获得了中国新闻奖。但比起获奖，让他更感到踏实的是，"我要在现场，我要在路上。"

小　伟

小伟同学谦逊又温和，眼神中流淌着对人的善意，就像要溢出来一样。和小伟在一起，无疑是轻松又愉快的，他从不宣示什么主张，但又总是把自己打理得很好，又及时给人力量。

毕业多年，大家愈发惊觉小伟的智慧，司法考试第一批通过，工作生活圆满而顺畅。如今他已转身去证监会任职，不变的是眉宇间那份朴素与真挚。作为班里年龄最小的同志，小伟的生日也非常讨喜——11 月 12 日男生节，每年他都“双喜临门”。班里人尊称小伟一声“大神”，据说起源是因为一起打游戏时，不管情形多复杂，他总能不动声色，然后出人意料地笑到最后。

毕业多年，游戏不打了，“大神”二字越发深入人心。但从小伟自己的角度去看，他认为自己呈现出来的所谓淡定与悠闲，是因为“新法 7 这个班就是一个港湾”，所以小伟在入学和毕业时，写下的原来是同样的话：“好好学习，好好生活；开心快乐，珍惜大家。”

猴　儿

因为姓侯，加上武术傍身，猴儿颇具大师兄美猴王风范。全班去十渡春游，当一群旱鸭子在竹筏上蹑手蹑脚时，猴儿手持两米多的竹竿，飞身一跃独立筏上，开始了他的表演：口中杀声连连，一套（似乎）少林棒法行云流水，脚下的竹筏在蹦跳间起伏均匀，而他始终如履平地，神色泰然。只见他箭步前倾，背手藏棍，功架十足，如宗师般。猴儿对众人朗声道：“上善若水，水利万物而不争。我在水上行此棍法，他日必定在海上劈江破浪、斩妖除魔……”编不下去了，猴儿看着听众们意犹未尽的表情，说：“那我给大家劈个叉吧！”劈叉毫无悬念地成功，裤裆却跟着湿了一片。当然，这丝毫不影响大宗师的风范，尤其在晚上烤羊的篝火边。

弹指一挥，猴儿穿海军的衣服已经快十年。竹筏上说的话，后来竟都应验，只是竹竿变成了钢枪，竹筏变成了舰船。从事海军宣传工作的猴儿，曾深夜驱车赶往事故一线，也曾护航去往列国所在。海风吹过身上的“毛裤”，猴儿在甲板上迎风而立，清晰地看到了时代脉搏中的八个字——向海图强，走向深蓝。

他曾吐槽为啥让理科生学新闻，而他的作品却因笔触精到、观点鲜明，制造了诸多“名场面”。大型真香现场。“未来已来……那，我也来。”翻开猴儿毕业时的卡片，这剽悍的风格，硬挺从未改变。

娃　娃　鱼

“生活是一面镜子，你怎么对他，他就怎么对你。”娃娃鱼才高八斗，这种鸡汤文是入不了眼的。但娃娃鱼这个外号，却就是这么来的。他给同班好友某春起了这个外号，岂料对方就像生活一样，用一个镜面反射愣是把这个外号强加回他的身上。厚道的娃娃鱼不再恋战，就这么默许了。时间一久，某春非常愧疚，就安慰他说："我们是国家培养的舆论战人才，一定要扛起肩上的使命！舆论战，鱼论战！然后你叫娃娃鱼，你看看，真是大吉大利！"娃娃鱼当然不会听他胡扯，只是仍旧淡然地说："没关系，反正你我都知道，娃娃鱼是你~"

然而时间是个神奇的东西，新法7这个集体似乎就是有一种命定般的魔力：娃娃鱼如今真的成为舆论战方向的学者，研究创作、立德树人。不过与其说是外号埋下的彩蛋，倒不如说是娃娃鱼自己的天赋加努力。新闻学院的环球资源厅曾开设过一门特殊的课，专门为新法7请来了舆论战领域的大师。如今在部队工作后再回看当时的阵容，才后知后觉学校是多么倾尽全力、用心良苦。

娃娃鱼就明白得比较早，他对着课程录音整理笔记，理出了一个个悬而未决的课题，立志为这项事业出工出力："我们国家已经不再挨打和挨饿，那么解决挨骂的问题，就交给我们吧。"娃娃鱼写下的话，应着今时之景，可谓历久弥新。

涛　　哥

"大家好，我来自美丽的呼伦贝尔大草原（大喘气）旁边的赤峰市！"他是涛哥，一张嘴就自带幽默属性。能歌善舞的他加入了艺术团舞蹈队，算是新法7少有的文艺咖。每到学生节和各种晚会需要表演节目的时候，涛哥总是力挽狂澜，艺术天赋和领导气质纷纷上线，他编排的集体舞《斗牛选班长》和《较量》，是回忆中的一抹亮色。

涛哥曾在班级日志上写下力透纸背的六个字："俺是个大表姐……"让人一头雾水。仔细分辨才发现，原来写的是"大老粗"。其实，热心肠的涛哥胆大心细、乐于助人、富有正义感。他参加了很多社团，在哪里都有好人缘。"我从来不觉得自己擅长什么"，涛哥假装谦虚，"我觉得大学就是要多尝试，把感兴趣的变成擅长的。"

于是毕业后很多年，大家果然又认识了一个崭新的涛哥：在法律战线耕耘的他笔耕不辍，不知不觉早已自成体系，笔下千言关乎家国、悲悯苍生，襟怀坦荡、风骨挺秀。"文以载道"，韩愈的四个字为后世燃起火炬；"行胜于言"，清华的四个字让大家从实践中习得。"倾听时代，可知大义；倾听人民，当悟真理。"合上手札，把眼镜放在一旁，涛哥的心中，一直是最初的模样。

CCC

"小山羊！小山羊！你在河边走！一路上！一扭一扭！我们是好朋友！……"清晨五点多，CCC的闹钟就响了，这首节奏明快、活力四射的歌，是他暑假支教时，羌族小朋友唱给他的。隔壁宿舍有好事者听到了，很贴心地帮忙改了歌词：

“小山羊，小山羊，你在河边走，哪能不湿鞋……”CCC 正色道：“你们根本不知道那些孩子多可爱，这么美的歌怎么能乱改？”毫无疑问，他是一个严谨刚直、情怀饱满的人。原则性问题一旦被触碰，他会皱着眉头，标志性地喊：“喂……喂……”心底最柔软的部分被触到，他会目光如炬，用满腔热忱把心里话说出来。几乎每晚，他都会挑灯夜读到困得抬不起头，所以如果一个人博学，那肯定有他的理由。

法学经典摞起一座小山，查阅检索是为了周末给弱势群体进行法律援助；铺开班级日志，坚持记录大小琐事，是为了给新法 7 当好“史官”。隔壁的某松喊他曹红砖，如假包换的又红又专。

出生于湘江沿岸，如今来到香江之畔，人民军队在香港特区的存在，CCC 正在亲历：亲历的是一个时代的气象，亲历的是一代人踏实勤勉的奋斗。上学时，CCC 的飞信签名是八个字：书生意气，挥斥方遒。软件已然弃用，精神，从未蒙尘。

詹

詹说话喜欢皱着眉头，让人以为他即便是讲高兴的事，也带着肉眼可见的焦虑。这当然是假象。若说起内心的淡定，新法 7 估计无人能出其右：当别人昏天黑地备战司法考试时，他是在娱乐中插播复习，直到考试前夜，他最多只会纠结明早该喝蒙牛还是伊利。最后以超高分通过考试后，他还会补一刀；“复习的都没怎么派上用场，感觉才是第一位的……”熟悉他的人都知道，这不是凡尔赛文学，而是他一直以来的状态：思考深入、思路清晰，外加感觉到位。尽管平日里相对安静，但是詹的思想一直是奔涌的，所以他的 QQ 昵称叫“江面浮思”，乍一听十分吓人。

凭着思考的锐度深度，加上生来严谨的专业气质，詹从讲台下聚精会神、思辨有加的聆听者，转而成为一名军事法专业的研究学者。军无法不立，詹所从事的工作吻合他最初的向往：“从细微处识得真理，在务实中乘风而行。”执教的时候，詹会恍然间惊觉讲台下的年轻人是如此似曾相识，传道授业解惑，就像是隔着一个时空，曾经想要的答案，原来就是此时此刻的自己。

金 龙 鱼

金龙鱼是唯一的新生党员，早早来到学校，早早担起重任。军训时，他负责带队，领着大家唱《过得硬的连队》，画风硬朗；四年担任党课小组长、党支书，配合袁姐扎实开展一次又一次党组织生活，多年后新法 7 的班级群里，还上演过对组织生活的怀念——那种红脸出汗却又温情满满的记忆，已然成为不可多得的精神家园。

某天早晨洗漱时，金龙鱼告诉旁边的人，洗面奶不要直接糊到脸上，要在手上化开再抹。某年寒假，放假前他很兴奋地提醒众人：有个电视剧很好看，假期陪着爸妈一起看。那个电视剧叫《爱情公寓》，笔者亲测爸妈会看得一脸蒙圈……但不可否认的是，金龙鱼的热心和担当，一直是他性格中很鲜明的一面。

“劳心者治人，劳力者治于人。”这话被说了千百年，一次辩论赛上，金龙鱼作为反方二辩，向这一观点发起挑战：“中国有那么多农民工，做出了那么多的牺牲与贡献，然后到了今天我们还要粗暴地说劳心者劳力者，岂不是太过冷血？”说得多好啊。话语的力量在于启蒙，辩论的意义就是拓宽认知的边界。合上书本，金龙鱼全副武装，跟着山野协会各种闯荡，让人看到了国防生铁血粗犷的一面。回来后，他带着大家跑到操场，练俯卧撑、挂单杠，只为“毕业前都得过关！”和同龄人比，金龙鱼一直成熟且稳重。

如今从事纪检工作的他，着实没有辜负曾经读过的书、走过的路。“起立！报告教员：新法 7 应到 20 人，实到 20 人，是否上课，请指示！”每次金龙鱼整队报告完毕，新法 7 就定格出一张青春的剪影。那是身着迷彩的年轻人整装待发的模样，在阳光下，在春天里。

大　林

大林家里没有亲弟弟，所以想象中的小林并不存在。大林说话很快，2 倍速是他的日常。“我来清华，不来北大，就是因为清华有草坪。”对隔壁的冒犯毫不掩饰。“我叫大林，你们可不要乱叫我 Darling，这样影响会很不好。”真的多虑了！“不会玩三国杀的人，应该被新法 7 除名。”吓得不会玩的人抱头鼠窜……

他是一个极度自洽的人，学习名列前茅、爱好兴趣多元，然后每天一副轻松快乐的模样。“走吧，我们去扫街，我要找到一本杂志。”一旦答应他就会跟着跑断腿。“走吧，我们去报名，你跟我一起学 pop-ping 怎么样？”以为是乒乓球，去了才知道是街舞，欺负我们乡下人。“人を信じよ、しかしその百倍も自らを信じよ。”这下彻底凉了，他又开始飚日语了。

这样一个多姿多彩的少年，经常骑着单车从身边呼啸而过；这样一个喜欢热闹的少年，毕业后竟然去到了新疆，看流云垂落，看沙石起卷，本以为他只能在霓虹闪烁中生存，竟不知他可以在这广袤无垠中自得其乐。“总得有人奉献，总要有人站岗。”大林说这个话的时候并不煽情，他也从来没想去感动谁，他只是欣然接受人生中的这一段旅程，然后在这份沉浸中不断确认自我。

转身之后，大林回归热衷的法律事业，在基层法院继续怀揣理想，法正为民。“我特别喜欢看《楚门的世界》”，在老虎团军训时，他和某春躲在角落里分享彼此的世界观，“我们每个人都是世界的起源，世间每个人都与你我有关。”

王　　伯

王伯是个好人。这句话，是刚入学两个月的时候，袁姐无意间的一句感慨。四年，十年，这么长时间过去了，新法 7 没有一个人有一秒钟怀疑过这一点。王伯对人的好，不是那种敲锣打鼓的喧闹，而是那种静水流深的温润。大家的脑海中，回忆起王伯，最常见的画面就是他安静地坐在你身边，无论你是在欢呼，是在感动，是在难过，还是在焦虑——他都会用同样的表情陪伴在侧，默不作声，但力量无穷。

自己的事情总是无条件后置，在考虑大家感受这件事情上，王伯做到了极致。上学时还不太流行表情包，但是翻看四年的班级合影，每次活动王伯都能贡献一两个。人世间，有一些付出和获得，往往容易习以为常，等多年后才会惊觉，王伯对班级情感的守护，是如此珍贵，如此不可或缺。

一把吉他，他弹奏出的是彼此相知但又夹杂青涩的惬意；一架摄像机，他忠实记录班级点滴，还有蕴藏在这背后的纯真。“让纯真的人变世故，可以有很多方法；但让世故的人变回纯真，基本上没有可能。”袁姐对大家转述周勇老师的这句话时带着满满的认同，也似乎从那时开始，纯真就成了新法 7 追求抑或坚守的一种精神气质。而这种精神气质如果非要有一个具象的载体，那么王伯同志，你一直是最合适的那个人。

小　　新

厦门是一座美好的城市，鼓浪屿这个著名的小岛上有一座风琴博物馆。海风伴着琴声，让这里满是静谧祥和的气氛。小新来自厦门，有着高超的手风琴技术。“一二·九”演出的时候，他为大家伴奏，拍回来的静态照片上，留下了他手指翻飞的一串轨迹。自那之后，琴箱很少再开过，小新热衷平静，不爱炫技。

北京的秋冬狂风起卷，来自海滨的小新穿上帽衫，把自己包裹严实后，只露出一双看路的眼睛。精神的世界有多富足，完全取决于一个人自我认知的程度。大学四年里，小新背着双肩包，在无数自己喜欢的地方驻足停留。快毕业的时候，他让家里人带来海鲜肉粽，还有林林总总各类海产品。就像是有海风吹过，各个宿舍拿到礼包后很是惊喜，可以在北方的严冬中感受不一样的味道。

毕业后小新如愿回到东南沿海，这片他最熟悉又热爱的土地上。风琴偶尔作响，工作在有条不紊中开花结果。

木　木

木木曾经曰过："我从出生起，就睁着我的大眼睛，认真地看这个世界。"他说得对，他的眼睛真的好大……男生节当天，木木收到了女生送的贺卡，上面是八个字："运势如虹，高歌猛进！"懂的人都懂。

为什么叫木木？他肯定不记得。因为最初大家这样叫的时候，好长一段时间他都以为是在叫别人……其实，是入学最初袁姐带着大家恶补军旅剧《士兵突击》，当发现许三多被叫作木木之后，有人就开始张罗：认为新法7这个班应该像钢七连，所以也得有一个木木。逻辑满分。于是木木就这样，在不知情的状况下挺身而出。至于为什么是他，大概因为人畜无害的气质，还有坚定执着的态度。

大二的时候，木木深受影视制作课的影响，背起单反、扛起摄像机，开始了一段美好的旅程。镜头是一门语言，他在和北京的胡同、古建对话时，听到了内心深处的响动。几个月后入党时，他说："作为一个党员，我觉得追求自我的精进是无止境的。就比如说，我原以为摄影摄像考验的是技术，但技术的背后其实是知识的积淀、文化的底蕴。"这样的心得在那个时候无疑是冷静而智慧的，他的这段陈述，带给大家不少启发。

此后的路，学习二字一直是木木的关键词。带着兴趣，带着问题，带着愿景——木木学习的热情一直恒温不减。当下又一次身处校园之中，木木把政治学作为新的领域去解锁。待到毕业，已经没有新法7的人在身边，但是木木会写下又一张卡片：凡心所系，四海皆然。

老　李

作为新法7皮肤最白的人，似乎应该叫老李一声李白。他身上确实有着浓浓的诗人气质，经常陷入沉思，并且见解深刻。他喜欢阅读，知识面很宽，享受观点交锋带来的快乐。毕业的那段时间，相比别人的各种忙碌，老李聚焦的重点非常特别。他和班里人逐个吃饭，一改平日里的洒脱，十分郑重地重复着一句话："我们班，无论什么时候，都得是一个整体。"大家的回答有很多种：

——"老李，干吗说这个？我们班一直是一个整体呀！"

——"老李，你说的整体是指什么？"

——"老李，你觉得我们应该怎么做？"

——"老李，谢谢你，你说的很对。"

……

无论当时是哪一种回答，许多人毕业后会在心里问一句：“我们的新法 7，还是不是一个整体？”一声询问，满心真情。老李在毕业时埋下的梗，多年过后在大家心里长成了一棵棵挂满思念的树。

新法 7 的人散落在天南海北，确实难以聚成一个整体。老李当年的设问不是为了预言，但是，共同的回忆、想念、理想、使命，让这些人彼此懂得，深刻联系在一起。这，就是所谓“整体”，真正的意义。

阿　荣

阿荣身上有着一股由内而外奋发向上的状态，似乎是与生俱来，让人感到积极和正能量。他从来不怕挑战，对着困难总是摩拳擦掌，迎风而上。在最艰苦的陆军野战部队，阿荣经历了扎实的淬炼，摸爬滚打中不止在手上留下老茧，更让心里充满坚毅。2017 年建军 90 周年之际，朱日和沙场阅兵现场，阿荣身着戎装，在队伍中肃然挺立。钢盔和钢枪，烈日和飞沙，浓墨重彩中，阿荣把在校时的愿景照进了现实。队伍迎面走来，宛如一个时代；阿荣身处其中，向理想前进。

大四毕业那一年，阿荣和老高代表新法 7 参加答辩，最终拿下了“北京市十佳班集体”的荣誉。荣誉的背后是新法 7 这些年的点滴累积，也是众志成城精气神的凝聚。

前不久，阿荣有感而发，在班级群里分享了当年答辩时的串词。一字一句凝练而丰富，众人感到穿越和激动。他说当年写这份串词不敢怠慢，几个人一起点灯熬油才最终拿下。如今在单位撰写文字材料时，竟发现最初的启蒙原来是它。“我发现，只要拿出对待咱们班的热情来对待工作，就会思如泉涌、妙笔生花。”诚然如此。所谓知之者不如好之者，好之者不如乐之者，能给所做的事注入由衷的热爱，岂有不成功的道理。

阿荣上学时有一个标志性的神器，是一个很精致的 Thinkpad，小巧的机身里容纳着他的笔记、作业等各种资料，周全齐活、条理仔细。优秀是一种习惯，阿荣一直在高标准、严要求中不断提升自我，眼中有光，坚定而执着。

健　健

听着多情的歌，是个多情的人。毕业时在紫操的那个晚上，健健用吉他弹奏了一首当时很热门的歌，他自己填了词。歌词很朦胧，没有字幕实在听不真切，但里面“新法 7”三个字的几次出现，他此时此刻的心情展露无遗：是珍惜，是不舍，是已然到来的如潮水般的想念。他是个重感情的人，不只是对班里。

2009 年，健健和伙伴来到太阳村福利院，这里容纳着许多服刑人员子女。这里距学校很远，每次坐车来回要四五个小时。连续几个月的周末，健健都要到访，和孩子们聊天、玩耍，在征得同意且不打扰他们的情况下，拍摄了不少视频素材。最终，纪录片《托起明天的太阳》横空出世！虽然——“配色有点土，构图比较丑；声画没合上，镜头一直抖。”但片子记录的细节和传递的温度，着实让不少人泪目。自此之后，一颗种子在健健心底发芽成长，他十年如一日参与着留守儿童守护计划，让这份真情继续奔涌流淌。

毕业后回到故乡湖北，荆楚大地的气韵中，健健感受到浓浓的温情。2020 年，一场疫情突如其来，身处武汉的健健临危不乱，在最艰难的时候前进一步，继续扛起捍卫人民利益的神圣使命。而此时的他其实已经脱下了军装，去往国家被卡脖子的技术领域奋斗耕耘。历经沧海桑田，军人本色不变。战疫期间，看着身边忙碌的迷彩身影，健健想起在新法 7 学过的一首歌：“准备好了吗，士兵兄弟们！当那一天真的来临！放心吧祖国，放心吧亲人，为了胜利我要勇敢前进！”当时唱得只是很激昂，未曾真的动情；而此时虽未唱出声音，健健心里却是波澜壮阔，他更深地明白了新法 7 之于一生的意义。

老　高

作为新法 7 最年长的老大哥，老高肯定是非常成熟的。但事实上，幽默才是属于老高的关键词。他所在的 510A 宿舍加上他拢共三个人，遇到问题需要表决时，他会问那个不同意见的人：“你选吧，二比一还是三比零？”氛围非常民主。他上了一堂文化素质核心课，叫《游走于文明之间》，然后宣布：“我觉得我们几个宿舍都比较文明，所以我决定每天游走一次。”游走的时候，各种小品、广告中的名言警句轮番上线，拟声能力一流，表演天赋绝佳，所到之处必然掀起一番热闹。最绝的是有一次某位领导说话有口头禅，他孜孜不倦画“正”字统计，最后得出了一个负责任的结论：一共说了 592 个“这个”。大家享受着老高每天派送的欢乐福利，时间久了终于发现，这个人身上最珍贵的其实不是幽默，而是他身上流淌着的真性情。

某次党组织生活会，老高发言说：“篮球赛我们艰苦地赢了，但是场下没有班里的人。我们赢给谁看？……”说到动情的地方，老高哽咽起来，他呼吁大家不要只忙自己的事，心里要有班级。说实话，不在现场确实各有各的原因，可这不妨碍在场的每一个人深受震撼：平日里最坚强的那个人，会把眼泪的配额放在这个地方。老高的发言警醒了大家，在奔忙的节奏中插进了一个属于新法 7 的闹钟，提醒同志们要用心维护好这个珍贵的集体。

老高毕业后在军队院校工作，他带出一届又一届学生，无不把他当作领路灯塔和知心大哥。他会撕破幻想、摆出现实，让他们坚定奋斗的意义；他也会张开羽翼、穷尽一切，恨不得把他们保护到底。不知道幽默的老高早年有没有想到，自己迟早会在 KTV 点一首歌送给袁姐——《长大后我就成了你》，这是多么美的一个预言。

春

“新法 7 的建设思路的核心是两条：对内加强感情建设，对外打造班级形象。”大一甲团答辩的时候，担任团支书的春这样向评委会做着介绍。周勇老师在台下提问：“能不能把你们班所有人的名字都说一遍？”按照宿舍的逻辑，春轻松地说出了所有人，结束后他很奇怪，周老师为什么问这么简单的问题。袁姐说，所谓最简单的问题，其实是这个班最核心的利益，周老师在提醒我们，关注班级建设，重在关注好每一个人。这种思想对春的影响很深刻。

毕业后，春来到火箭军的基层作战部队，担任主官时他在楼道里贴了一块牌子，上面写道：“战士是战场上的猛士，主官是为战士做主的官。”这种认知的角度与担当的态度，让他深得战士信赖。厚重的人文关怀，不仅不会削减战斗力，反而让他所带单位虎虎生风，全面建设连年第一；也正因为时刻保持对人的尊重与关切，让他对政治工作的理解朴素而纯粹，反映在比武竞赛中，就是他用贴合实际的观点、真挚精准的表达，一路披坚执锐，赢得全军荣誉。流云垂落，风扫千里。西北的大漠戈壁上，春摁下了点火按钮，导弹腾空而起。“导弹是武器，思想同样是武器。”春深受所学专业影响，不断探索如何用好传播方法，真正用思想武装官兵，从而助推战斗力升级。

离开基层连队已经多年，春在新的岗位上继续探索着这一时代命题。他坚信，入学时“新三战”专业课上大师们抛出的那些问题，答案在实践中，答案在行动里。

袁　姐

终于，新法 7 的大家长闪亮登场。大一入学到大四毕业，整整四年、不落一天，是袁姐陪我们走过。她刚上大四就担任辅导员，为了把我们带完，成绩一直第一的她，竟然毫不犹豫地把研究生两年毕业的学制改成了三年。一个辅导员完完整整把一个班带完本科四年，这在清华不知道是不是独家，但肯定足够罕见。四年的用心陪伴，袁姐一直把新法 7 保护、引领得很好。有时想想，一个女子为一个男生为主的班遮风挡雨，身处其中的人无法不深深为之动容。

大一刚入学的某个晚上，月黑风高。某 Z 骑着自行车，在校园里呼啸着冲向一个女生。那个女生被撞后很愤怒，她愤怒的是：明明隔着50多米，自己纹丝未动，就是想躲过一劫，可这个男的居然直勾勾冲了上来，全程没有半点转弯的意思，而且一路鬼哭狼嚎，好像是女生要撞他一样。女生的怒火让某Z无地自容，他拨通了袁姐的电话："袁姐，我把人给撞了……""袁姐？哪个袁姐？"女生居然主动询问。"就是新闻学院的袁姐……""呀？新闻学院的袁姐！那你走吧！没事了！"女生骑上车直接走了。某Z陷入了复杂的情绪，先是迷惑，再是兴奋——他猛然发现袁姐未免也太好使了。于是第二天，他很自然地拿起电话："袁姐，我们宿舍灯泡坏了……"沉默五秒后，电话另一端开始暴走……这种场景虽然奇葩，但确实是一个典型的缩影。是的，这个"新闻学院的袁姐"，我们很依赖她。就像某C至今回忆起来都清晰地记得，他大一某一天在主干道上骑车，想到了一个问题，然后竟突然间在车流中停了下来。那个问题回荡在他的耳边："如果袁姐不在了，新法7怎么办？"常人也许无法理解，但是袁姐的担当与付出，是这种真情实感的来源。

六一的时候，袁姐买了许多进口糖果，分给每一个人。糖果带着的卡片上写着一句话：好好吃饭，儿童节快乐！一路自立自强，袁姐上学没有问家里拿过钱，然而她的辅导员津贴，基本上都用来干了这些。深度参与这个班的一切，学新闻的同学们受"嵌入式记者"概念的启发，由衷地说："袁姐之于新法7，是一个嵌入式辅导员。"这份嵌入，并不只是生活上的融合，更多的是精神上的引领。从入学之初，她说的话、做的事、写的文章日志等等，都在领着这个班走向认同。"任何人高考时有一点偶然，任何人填报志愿时有一点心转，最终都不会有这个班。"第一期班刊《飞扬新法7》中，袁姐的开篇词朴实又真切，从那个时候夯实的感情根基，到今天一直未变。

我们大二开学时，袁姐作为新入学的研究生，申请将学籍转成了国防生。"受到小朋友们影响，我也决心投身这项伟大的事业中。"袁姐这样说。可大家更真实的体验是：她的这个举动，给了新法7无穷的力量。袁姐说话时，常在幽默与严肃间切换自如，变的是风格，不变的是真诚："迷茫很正常，但你不能一直迷茫。""不抛弃、不放弃，我们这个班天然具备这种精神。""你们是黄埔一期，你们的成长不止关乎你们自己。""我们作为党员，就必须有党员应有的境界与格局。"……三观极正、鞭辟入里，任何复杂的问题都会被她拆解开来，得到解围。每个人都在她这里收获启发，得到治愈，实现拓展，而她的思想和感情，也润物无声地流进每个人的心田，悄然而持久地影响深远。

没错，即使毕业了，袁姐对新法7的影响和关怀仍旧丝毫未减，她就像一个大家长，为这个家远行的孩子们亮起灯光，她也像一个探路人，率先前行，为那些稚嫩的羽翼深情守望。毕业快十年了，我们都很想念她：大家都知道，袁姐在新的工作岗位上能干且出色，这是必然的；大家也知道，袁姐已经结婚，有一个幸福的家庭，女儿聪明又漂亮；大家还知道，袁姐会时常想起新法 7 的那些事，本能地操着心、细数着每个人。只是——我们不知道，袁姐的胃病好了没有，当时和大家爬长城时，她痛到流冷汗的样子有没有再出现过；我们不知道，袁姐后来有没有如愿去西藏旅行，当时为陪大家训练，她多少次放弃了伙伴的邀约。知道的，不知道的，都是关切，都是感激，都是最深沉的想念。

尾　声

新法 7 从来不是一个抽象的概念，他是班里每一个具体的人。这个集体离开谁都不行，20 个人已然紧紧地贴在一起。清华这座美好的精神家园，给了我们很多很多，学校和学院的领导老师，为了这个班的成长与发展，倾注了大量的心血与时间；一位位无比亲切的师兄师姐，面对这群质朴的后来人，总是给予最多的善意与祝福。每当回想，都深觉感动，唯有不忘初心、勇毅前行，方能在回望中珍存这份美好。

凡一切过往，皆为序章——十年很长，写就了许多故事，完成了诸多成长；十年又很短，毕业就像在昨天，心之所向处，仍是曾经展望的远方。2021，毕业十年了，着实可喜可贺。不过无论历经多少年，彩蛋会破壳，理想会照面，而真情之永在，是青春不负的欣慰，是此生同路的感动。

2020 年 12 月

作者简介

郭城春，2007—2011 年清华大学新闻与传播学院本科，现工作于北京。

83 涉水　一路同行

■ 王　莹（2008 级水利系）

永远记得 2008 年 8 月 28 日这一天，31 个怀揣梦想的青年从五湖四海来到清华园，相聚在水利系水工 83 班，自此一同开启了人生另一个重要的阶段——大学。

从“缘来一家人”到“八三涉水、一路同行”，从“相伴相助、共同进步”到“最八三的爱给最 83 的你”，四年口号的变迁，写满了我们奋斗的历程，也见证了每个人的成长。

体育，让我们走进 83，走近彼此

提到水工 83，大家最先想到的可能就是体育突出了，可以说“体育文化”是水工 83 班最具特色的文化。在 83 建设初期，是体育将大家紧紧地凝聚在一起。

大一第一次班委会，班委讨论后将感情建设作为这一年的主线，并提出要让大家尽快适应生活、融入集体。开学后第六周的新生赤足运动会正好给了我们这样一个机会。当时大家并没有设想在比赛中取得怎样的成绩，毕竟班里没有体育特别突出的个人，但想到大家能在参与的过程中增进感情，能通过这样一个机会凝聚在一起，班委决定好好利用这次运动会加强班级集体建设，因此赛前认真准

春游留念

2009 年获得“一二·九”长跑第一名

备，并且把重点放在集体项目上，特别是长绳项目。

大一的体委是赵大师，有很强的集体责任感、荣誉感，他制定了严格的训练计划，从比赛前两个星期就开始每天在三号楼昏黄的灯光下练习长绳，迟到的人还将受到做俯卧撑的惩罚。刚开始一些同学训练并不积极，赵大师就与他们认真交谈，一遍两遍，直到所有人都积极投入训练。随着长绳间断的次数越来越少，我们跳的个数也越来越多，逼近并最终超过了去年的纪录。大家在这个过程中不断进步，也感受到了一起运动的乐趣，热情越发高涨，对比赛信心十足。

但事情并没有我们想象的那样乐观。在输掉拔河比赛之后，长绳也因中间的一次失误而一溃千里，每个人的心情都比较低落，但我们仍按原计划在比赛前进行了唯一一次的接力训练。结果证明，这一次训练起到了决定性的作用。

正式比赛当天，赵大师充当先锋，坚持完成赤足竞走 800 米，获得第三名，大大振奋了士气，后面我们又在二人三足和其他项目中获得意外收获，并最终以零失误出色地完成了接力比赛。当天其他非参赛队员也积极到场加油、拍照留念，并和参赛队员一道出席了闭幕式。当听到全校第五名是水工 83 班的时候，所有人都激动地拥抱在一起。这个奖浸满了我们为 83 拼搏留下的汗水，也将 31 颗心紧紧地凝聚在一起。

水工 83 的体育精神是拼搏进取的精神，永不服输的精神，坚持到底的精神，全班参与的精神。

还记得大三的“一二·九”长跑，在落后水工 03 班的情况下，星爷带伤上阵，为了争取三连冠的荣誉拼尽全力；还记得大三的江河杯足球赛，琛哥积极拼抢，每每摔倒，每每爬起，直到体力耗尽的一刻。

还记得有 83 队员参加的每一场比赛，其他同学无特殊情况都会到场，庞大的拉拉队在场边呐喊，让每一场比赛都变成 83 的主场；还记得喃哥曾经说过，“我并不喜欢足球，但我喜欢看咱班同学踢球，从来没想过一场比赛能进那么多球，看着都激动啊”。即便不会上场比赛，我们也要与队员同在，为他们加油，这就是 83 拉拉队员的信念。

还记得每年的篮球、足球联赛，我们都会适时派出二队、三队、四队队员，让更多的同学感受集体运动的快乐；还记得一年一度的趣味运动会，人体保龄球、跳皮筋等项目让大家在娱乐之余更好地沟通感情，增进了解。全班参与，就是 83 班体育文化的灵魂所在。因为有了全班参与，83 班即便拿不到好的成绩，即便不是所有同学都热爱体育，但我们所有人都能从体育当中收获快乐，并且深深地爱着我们的班级。

一同经历风雨，共看最美彩虹

每个班级在自己的建设过程中都会或多或少遇到一些问题，能否合理有效地解决问题、促进班级建设，对于每一名班委、对于班里每一位同学都是一个挑战。

大一暑假，骁爷申请转系去了自动化。面对集体中第一次分离，大家都不免有些伤感，班委也开始总结大一班级建设的问题，思考如何在感情建设的基础上融入思想引导。但是在我们跨入第二年清华生活的门槛前，赵大师又突然出走，离开了这个集体，给了 83 的每个人、给了这个集体一次重大的冲击。面对突如其来的第二次分离，大家都若有所思，想说些什么又都一再犹豫。整个班级被一股凝重的气氛环绕着。班里的主要负责人与辅导员商讨后，决定通过党课小组活动组织全班人坐下来聊聊，召开一次主题为“潇洒走一回”的畅谈会。没有班主任、没有辅导员，只有 29 个人坐在泥沙馆三层的会议室里。刚开始的气氛还很沉闷，随着赵大师日志中的话一点点出现在 PPT 上，大家也陷入了深深的思考。而后，每个人都卸掉了包袱，敞开心扉说出自己对这件事的看法、对现阶段学习生活的困惑、对未来发展的迷茫等。娴婧姐姐在谈到父母、谈到亲情时，眼泪不自觉地涌出来，让在场每一个人动容。这次畅谈会，让大家毫无保留地展示了一个真实的自己，每个人都发了言，每个人都有所思考与感悟。

同学们没有放弃赵大师，每个人都尝试去理解他、联系他、开导他。在他回来后，虽然没有回到这个集体，但每次班级活动都会通知他来参与，大家对他的感情也没有改变，就像他不曾离开过这个集体一样。

受这件事情的影响，我们意识到彼此之间还缺乏更深入的了解，于是班委经过详细策划，推出“八三之声”这个栏目，让大家把自己的经历和困惑写出来，发表在班级人人平台上，说出一直埋藏在心里的话，让集体中的每个人都更加了解彼此。“八三之声”一经推出，立刻引起了班内同学的热烈讨论与参与。赵大师在“八三之声”中写道，“作为八三编外的一员，我在八三的陪伴下走过了我 20 岁之前最 high 的一年。虽然我已经不在八三的编制之内，但我仍是八三的一员，这不在话下。”八三涉水，一路同行，我们相互搀扶，走过集体最艰难的时期。

问题面前，我们选择正面应对，在考虑班内每个同学的切身感受后找到合适的方式积极处理。只有真诚相对才能使班级和谐、健康地发展下去。

83 因每一个“你”而特别

水工 83 的建设离不开 29 个人的努力，同时水工 83 也为每个人的发展搭建了个性的舞台。

涛哥，班内四个新生党员之一，同学们戏称他为“党代表”。不上校内、不打游戏，却对理论著作分外着迷、不懈学习。从入学开始，连续四次站上选举台，三次失败也不忘“为人民服务”的理念；加入求是学会、担任水工 83 党支部书记，在又红又专的道路上不断前行。小贝，水工 83 公认最有实践精神的人，利用寒假实践组队前往鄱阳湖调研水资源现状，在 2010 年西南五省大旱发生后，第一时间赶赴云南了解灾情影响，坚持实践出真知、没有调研就没有发言权的理念。他的足迹遍布祖国各大省市，实践的精神也感染着水工 83 的每一个人。腾主席，校男足、系男足、系男篮的绝对主力，83 的运动健将、体育达人。篮球场上的“拼命三郎”，一记记精准的三分总能在比赛的关键时刻为 83 赢得领先；足球场上的“无敌后卫”，总能将对方的进攻拦截，有时也会长途奔袭至前场，带来意想不到的进球，引发拉拉队的阵阵尖叫。担任校学生会体育部部长一职，将自己对体育的热爱倾注在一系列的体育工作中，组织举办了很多场精彩的比赛。星爷、良丰、老包、黎老板，一个宿舍的舍友，也成了主动参加百年校庆晚会百旗舞的战友。长期艰苦的训练，在很多同学抱怨耽误时间、训练太累的时候，四个人却乐享其中。训练刻苦、动作标准，相互鼓励、同吃同乐，晚会现场的出色发挥、四个人灿烂笑脸的珍贵合影，将这份宿舍间的兄弟情谊延伸至下个百年。

四年中，水工 83 的每个人都担任过班委，在班级建设的不同岗位上发散着光和热。晓玥从小学习二胡，是校艺术团民乐队的队员，被大家选为大三学年的文艺委员。在筹备学生节节目期间，从剧本编写到演员排练，从幕布搭建到灯光设置，她都全力承担，力求做到最好。那一幕舞台剧《错 · 过》，让水工 83 在 2010 年的学生节晚会上赢得满堂喝彩，也让她的文艺特长发挥得淋漓尽致。大明做事“较真”，细致入微，担任大一学年的生活委员时，班级每一笔入账和开支都详记在册，不曾漏过；后担任大三学年的班长，提出“用自己的双手赚取班费”的工作思路，积极联系集体勤工助学项目，在确定帮助泥沙实验室进行图书室整理工作后，又协调每一位同学的时间制定合理的分工安排，让每一位同学都通过劳动为班费的积攒贡献力量。

集体建设因个性展现而大放异彩，个性发展也因集体鼓励而不断前行。83 是温暖的家，是 29 份力量的汇总，凝聚着 29 颗为家不懈奋斗的心；83 是宽广的海，是 29 条溪流的发源地，为每条溪流不断输送着营养和动力。

从 83 起航，放飞梦想，青春绽放

“八三”的爱，是始终将集体理念装在心底、为了集体荣誉拼搏向前的动力，是关键时刻敢于选择、坚持走自己的路的勇气，也是对国家社会大事小情的关心、心怀天下的博爱。

参与 SRT、水创项目，让我们融入专业，探索未知的科研方向；结合中央一号文件，到农村调研水利建设设施状况，让我们了解到水利在国家基础建设中的发展状态；到农民工子弟学校支教、与农民工座谈，让我们走进社会，承担起清华人应当肩负的社会责任。

大四推研结束，水工 83 共 5 人选择系内直博，8 人选择系内直硕，9 人外推到其他学校、科研院所，4 人出国，2 人去香港，1 人工作。全班 29 人，90% 以上的人选择留在水利领域继续深造，未来投身到国家的基础建设中。

转眼来到 2020 年，距离入学已过一轮春秋。已到而立之年的水工 83 人，都散落在哪里干着些什么呢？有人一直奔跑在科研的道路上，在申请专利和发文章间穿梭，乐此不疲；有人常年出差去项目现场，在大坝修建、栖息地修复、泥沙运动等领域发表见解，将理论融入实践；也有人转了行，运用黄金四年的所学所知和持续培养的思维逻辑，在其他行业的重要岗位闪闪发光。大学毕业 8 年，改变的是我们的容颜，是我们正在做的事情，是我们扮演的社会、家庭角色，而始终不变的是我们的热情，是我们积极应对事情的态度，是我们严谨认真、沉稳踏实的处事风格。如果你问我，现在最想对水工 83 的兄弟姐妹说些什么？我想说：“非常幸运我们能够相识于 83，用 4 年的时间相知，用 8 年的时间相忆，未来还将用数十年的时间相守，尽管形式可能是线上的。虽然面对面相聚的机会少了，但微信群中的一句‘你懂我’总能瞬间拉近彼此距离。期待毕业十年的大聚！”

水工 83，我们从这里起航。怀揣着对集体的热爱，对彼此的关爱，对国家、社会的至爱，我们牢记“行胜于言”的校训，担负责任，在实践人生理想的道路上不断前行，书写人生的新篇章。

从 83 起航，放飞梦想，青春绽放，将八三的爱深埋心底，高唱着《水利建设

者之歌》，带着那份纳五湖四海的胸怀，那份家万里山河的豪迈，开启我们一段又一段新的旅程。

注：文章中出现的人名，均为大学期间同学对其的昵称。

水工 83 班曾获荣誉：
2010—2011 学年度北京市先进班集体称号；
2009—2010 学年度北京市先进班集体称号；
2010—2011 年度首都大学、中专院校“先锋杯”优秀团支部称号；
2009—2010 年度首都大学、中专院校“先锋杯”优秀团支部称号；
2010—2011 学年清华大学先进党支部称号；
2010—2011 学年清华大学先进班集体称号；
2009—2010 学年清华大学先进班集体称号；
2008—2009 学年清华大学先进班集体称号；
2010—2011 学年清华大学甲级团支部称号；
2009—2010 学年清华大学甲级团支部称号；
2008—2009 学年清华大学甲级团支部称号；
2010—2011 学年清华大学优良学风班称号；
2009—2010 学年清华大学优良学风班称号；
2008—2009 学年清华大学优良学风班称号；
2009—2010 学年清华大学水利系优秀党课学习小组称号；
2008—2009 学年清华大学优秀党课学习小组称号；
2008 级清华大学新生运动会第五名；
水利系“一二·九”长跑三连冠，水利系“江河杯”冠军，系足球联赛冠军。

作者简介

王莹，2008 年考入清华大学水利系，曾任水工 83 班班长，2012 年推送中国水利水电科学研究院攻读硕士学位，2015 年毕业后入职中国建设银行北京市分行，现工作于中国建设银行北京中关村分行。

自 15，水木钟灵秀，一五竞风流

■ 紫弈武（2011 级自动化系）

作为清华新百年的第一届本科生，22 名来自全国各地的学子在 2011 年金秋汇聚清华园，组成了自动化系 15 班的大家庭（后来又有两位同学加入了班级）。那时候还没有微信，校园社交的主平台渐渐由“水木社区”变成了“人人网”。在为新建的班级人人公共账号取名时，“紫弈武”（谐音“自 15”）应运而生。由于班级中男生数量多于女生，“紫弈武”被注册成了一个男生，出生于 2011 年 8 月 17 日，居于北京海淀，就读于清华大学。从此开始，自 15 同学常用“紫弈武”代指班集体。

按照清华的传统，2011 年的入学年份尾数为 1，所以这届的同学都被称为“1 字班”。在母校即将迎来 110 岁华诞之际，我们也将被下一个“1 字班”套圈。虽然时光荏苒，但四年的集体生活却在我们的人生中留下了深深的烙印……

各按步伐，共同前进

大学四年间，我们始终以蒋南翔校长所提出的“各按步伐，共同前进”的思想为指导进行班集体的建设。为了确保同学们在走上自己特色发展道路的时候没有成绩上的后顾之忧，我们在班级内部组织了很多与学习相关的集体活动，班级里的同学都积极参与其中。大一期间，我们坚持每周在各个教学楼借教室组织集体自习，各位同学本着自愿的原则参加。集体自习的前半段大家保持安静各自学习，而后半段则留给大家相互讨论。集体自习在一定程度上帮助大家培养了良好的学风，也帮助有困难的同学快速适应大学的学习节奏。我们在云端协作工具上建立了班级

自 15 班同学与班主任王焕钢老师的毕业合影

内部的共享平台，同学们在共享平台中随时分享学习资源，提供疑难问题解答。同时大家也会在微信群里实时地进行问题讨论。此外，学习委员也会主动地帮助大家收集各种学习资料，并统一装订送到各个宿舍。

我们班有很多学习成绩非常优秀的同学，比如郭齐（2015 年清华本科特等奖获得者）、刘晨曦、潘伟燊、侯一凡、邵静宇等同学都名列年级前十名。但是也有一些同学在刚刚进入大学时不太适应大学的学习方式和节奏，导致在学业上遇到一些困难。为了帮助更多同学更好地掌握知识、解答疑惑，每次在学期中和学期末，我们还会组织集体复习活动。在集体复习活动中，我们邀请成绩较好的同学帮助大家梳理课程的知识体系，解答普遍存在的疑难问题。为了完成集体复习的准备工作，负责讲解的同学往往需要在考试前十分重要的复习阶段花费大量的时间来整理资料、收集问题。但是当学委邀请他们时，他们从不推托，都非常无私地为大家提供帮助。

正是因为有了集体间的相互帮助，我们班的学习成绩才能一直在年级名列前茅，多次被评为优良学风班。大多数同学没有了学习成绩亮红灯的困扰，从而有精力在不同方面发挥自己的特长，使得整个班级在科创实践、学术研究、社会工作、文艺活动、体育运动等方面都取得非常优异的成绩。我们始终相信“一个人可能走得更快，但是一群人可以走得更远”。

爱，因为在心中

在我们的记忆里，有一首歌的旋律与大学时期的集体生活紧密相连——几乎每个人都会哼出副歌的旋律，几乎每个人听到这首歌都会感到十分熟悉。这首歌就是《爱，因为在心中》。

这首歌最早出现在大二的女生节视频里。男生们觉得“寒假颓太平庸，不如把脑筋动，让画面定格我们家乡的情衷”，在寒假就开始了女生节活动的策划。他们改编了《爱，因为在心中》这首歌的歌词，然后进行了分工，在各自家乡的地标地点录制视频：上海外滩、西安大雁塔、桂林象鼻山、淮北将军亭等等，取景地点遍布大江南北。在歌词中，他们押韵朗朗上口，用词妙趣横生，有时正经——“爱，你们的笑容，所以不论西东，一家人，一起走，是水木钟灵秀，一五也竞风流。”有时夸张——“让我们，把你们再形容～倾城倾国好面容～沉鱼雁羞花月，哎呀矫若游龙翩若惊鸿。”这个视频不仅内容和制作十分用心，最后的出场方式也让人惊喜。在 3 月 7 号晚上，男生们专门借来了投影仪和音响，将视频投影在了紫荆 8 号楼前的地面上，女生们在宿舍阳台上观看了视频。活动现场声势之大，引起了整栋楼女生的注目，当听到隔壁阳台有人在问“这是哪个系的啊”，15 女生大声又自豪地回答“自 15！”

那天晚上的活动就此成了经典，女生们重复看了很多次视频，讨论其中每一个用心的细节；这首歌也就此成为了经典，在后来的集体活动中频繁出现，承包了几乎所有男女生节活动视频、集体荣誉答辩的背景音乐。在每一次答辩的最后，当这首歌高潮部分的音乐响起，自 15 同学就会集体登台，一起喊出班级的口号——“一家人，一起走，水木钟灵秀，一五竞风流。”

“爱，因为在心中，平凡而不平庸。世界就像迷宫，却又让我们此刻相逢 Our Home。”即便现在我们分布在世界各地，再一次听到这首歌的旋律，都会回想起共同经历的大学生活、心中涌起温暖又自豪的感情。诚如歌词所言，世界就像迷宫，但自 15 这个难忘的集体一直是我们内心温暖的家。

丰富多彩的文体活动

从进入清华的第一个月起，体育锻炼就充满着我们的生活。“为祖国健康地工作五十年”的口号萦绕在耳边，大家彼此相伴跑完了一次又一次的阳光长跑，在一场又一场的足球赛篮球赛中收获喜悦和遗憾，在马杯的比赛中不断超越自己。我们班的唐彦嵩就打破了新生赤足运动会的 800 米校纪录，并且在大一下学期作为系队的成员和自动化系其他三位同学一起打破了清华马杯的男子 4x800 米纪录，成为自动化系一代马杯“战神”。唐彦嵩常常分享自己的跑步心得，他曾经自己写道：“（在跑步时）看着自己的影子在红色操场的房屋投影中，由模糊到呈现，才发现马拉松真正的意义所在：不在乎谁跑得快，在乎谁跑得久，谁能坚持……”这样的分享感动和启发着班上其他同学。

如今毕业已经五年有余，大学生活中许多点滴已经记不真切，但有些事还是仿佛发生在昨日一样，这其中就包括了在大二一起拍摄学生节微电影的事。这是我们第一次合作完成一个大规模的工作，其中包括了编剧、表演、摄像、剪辑、后勤等等事情。在这些繁杂的事情里，大家彼此帮补，从来都没有过抱怨。也在这一次活动中，我们见证了彼此曾经“深藏不露”的才华。犹记得为了拍摄新清华学堂闭灯的震撼瞬间，印东、董继来、郭齐在学堂门口蹲守许久，当我们成功录下那理想中的镜头时，心中的喜悦感真是难以形容；刘晨曦为整部微电影选配了古典音乐曲目，今天听到电影的配音仍然觉得回味无穷。毕业五年，这部微电影对我们愈加珍贵，它诚实地记录了那个时候的我们是什么样子，虽青涩但真实，虽简单但深刻。

难忘的毕业季

当大学四年即将走到尾声的时候，我们选择了青海作为毕业旅行的目的地。

系篮球联赛班级赛后合影

虽然在高年级的时候大家各自为学业、科研奔波，但是这次毕业旅行是我们聚得最齐的一次活动。一周左右的旅途，大家相互照顾克服高原反应登过高山，有说有笑骑车绕行过青海湖，在满地的油菜花和茶卡盐湖前留下了一张又一张值得珍藏的照片。

比起沿途的这些美景，令人记忆深刻的是回程前的某一天下午，大家决定在帐篷里聚餐。那天天公不作美，外面下起了大雨，加之青海海拔又高，令人感到不少寒意。大家进到帐篷里面，围着炉火坐在一起。这时有人提议出来表演节目，印东同学自告奋勇地出来给大家表演相声。印东同学是地道的北京人，一口的京腔引人入胜，虽然已经不记得相声的具体内容，但是大家不时发出的欢笑声，和着外面大雨落在帐篷顶上的滴嗒声，构成了这次毕业旅行最温暖的记忆。

故事未完待续

四年的大学生活转瞬即逝，当时光飞驰经过了 2015 年的 7 月，大家也开始奔赴各自的江湖，开启新的人生篇章。毕业后，班上约有一半的同学选择了留在国内读研，剩下的同学选择了出国深造。虽然大家散落在世界各地，但每逢一些重要的节日，或者京外同学回校，班上还是能小聚起来。值得一提的是，由于大家本科学的都是自动化，各自的研究有着不少关联，班上也有不少同学都在人工智能的多个子方向上继续自己的研究，例如机器学习、计算机视觉、机器人，等等。

IEEE 国际计算机视觉与模式识别会议（Computer Vision and Pattern Recognition，CVPR）是这个领域的顶级会议，每年召开一次。2018 年的夏天，CVPR 会议在美国盐湖城举办，没想到的是，班上竟有五位同学前往参会。在展板前的这张合影也成为一张毕业后的珍贵合影。其中的一位同学还发了一条朋友圈“自 15 班 workshop @ CVPR”（workshop 是指较小型，但互动性和专业性较高的讨论会）。科研的道路不总是一帆风顺，碰到困难是再常见不过的事。虽然很多人已由抬头不见低头见的同班同学变成了远隔重洋的微信好友，但大家也会相互激励，交心而谈，仿佛时光还停留在园子里一样。

时光飞逝如梭，世界日新月异，总有一些回忆逐渐褪色，也总有一些回忆历久弥新。我们将部分关于紫弈武的珍贵回忆记录在此，希望让紫弈武在新的网络空间留下印迹，更希望这些回忆能够镌刻你我心间，温暖如水时光。

自15班五位同学于2018年CVPR相聚，左起：唐彦嵩、郭齐、李修、陈恺、刘晨曦

正如金庸先生在《神雕侠侣》中写的那样："你瞧这些白云聚了又散，散了又聚，人生离合，亦复如斯。"我们来自祖国的大江南北，在最美好的年华里，相聚在最美好的清华园，留下了最美好的回忆。虽然四年后各奔前程，但依然可以在未知的某一刻点亮和温暖彼此的人生。

2020年10月31日

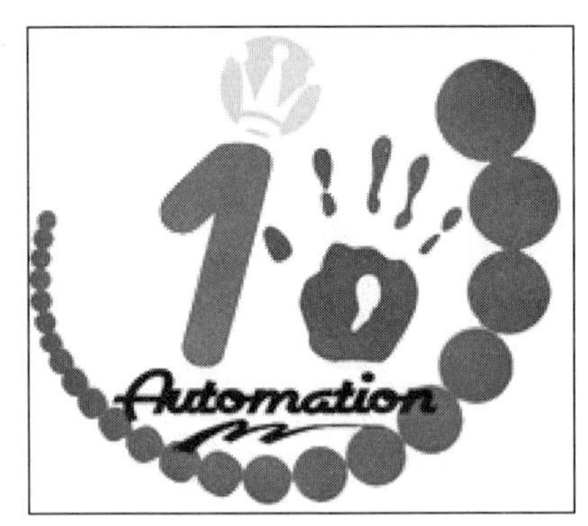

作者简介

本文由自15班多位同学共同完成，上图为班级班徽。自2011年入学以来，他们作为班集体共同收获了大一到大三连续三年的清华大学甲级团支部，大一、大三两获"优良学风班"，大四荣获清华大学优秀班集体、北京市优秀班集体、首都大学中职院校"先锋杯"优秀团支部等多项集体荣誉。

属于管 6 的独家回忆

■ 张 昊（2016 级建管系）

如果我们每个人都是一颗星，那么我们之间相互连接就形成了我们专属的星座，在记忆的星空之中熠熠发光，无可替代。

初 见

第一次见到建管 6 的大家，其实是在大二开学前的一个晚上，在管 6 的第一次班会里。这个新生班级，没有经历过新生军训的团队融合，在大一学年里交流也并不多，来自于本系同年级其他 4 个班级的 38 名同学汇聚到这里，组成了这个全新的建管 6。

刚进教室准备开始开班会的时候，气氛其实还是挺尴尬的，大家面面相觑，基本上都是尽量找以前班级的同学们“抱团”坐在一起，和其他同学也并没有什么交流。毕竟很多人都只有过一面之缘，甚至还有些同学是第一次见到，所以难

管 6 同学参与阳光彩跑活动

免会有一些拘束。于是我也找了教室最后一排的位置，躲在角落里带着相机，记录下大家的第一次见面。

这次班会主要是组建班集体领导班子。在开班会前，其实有过很坏的预想，大家都不说话，没人选举，最后由辅导员钦点人来当。不过当班会正式开始后，现场氛围逐渐开始回暖，班级里涌现出了很多积极的同学，积极报名了班长、支书等各个重要的班干部，最后只剩下了文艺委员和宣传委员没人报名。我看了看四周一片寂静，心里纠结了好几个来回后，最终举起了手，“那我来报一个文委吧”。最后剩下的宣委，大家开始了推举阶段，好多活跃在原班级的同学们纷纷被辅导员“点名上任”，最后一个十分“活宝”的同学接下了这个宣传大锅，建管6的第一届班委也正式选举产生，班会也在欢声笑语中落下帷幕。

相　　知

管理类的课程多半都会需要小组作业，甚至我们大三上学期的所有专业课都需要小组合作，而每一次小组合作或自己找队友，或老师直接分配小组，导致了这学期的课程里，每个课程都拥有着不同的小组成员，每次小组开会前都需要考虑一下，小组成员都有些什么人。其实真的小组合作是一个很好的融合剂，而且每一次都能和不同的人分在一起，让班级里的同学们逐渐熟悉起来。

每一次的课程都充满挑战，每一次的小组合作都会留下一段难忘的回忆。

大二上学期的工程项目管理，后八周课程中各个小组需要排演一个和工程管理相关的舞台剧，被同学们戏称为管班学生节，于是在上课前几周，几个同学还从网上下载图片设计倒计时海报，让原本仅只是一个课程展示的课充满了仪式感。讲述包工头故事的DV剧，身穿西服的甲乙双方辩论现场……独特的剧本、精湛的演技、认真准备的道具，让这个展示真的像“学生节”一般，好多土木系同学都知道我们在当天有舞台剧表演，都纷纷来蹭课看剧。

大二夏季的房地产市场调研小学期，需要前往北京市各小区，调研老年人对家居“适老改造”的了解程度与意向情况。因为需要在10天左右的时间内发放180多份问卷，几乎每天都需要发放最少20份问卷，走访2—3个小区。每天都需要带上每袋半斤的小黄米前往不同的小区，请老年人帮忙填写问卷。为了能迎合老年人的生活作息，赶上老人出来买菜、带孩子、遛弯的时机，我们每天都在早上五六点就起床出门赶地铁、坐公交，辗转多次前往不同的小区。当气温逐渐上升，老人也需要回家做午饭的时候，我们几个也就近找一家饭馆吃个午饭，简单地休息一下，并在餐馆中将早上的问卷进行录入。晚上五六点又需要前往另一个小区，问卷调研一直到傍晚七八点才能结束繁忙的一天。那一段时间真的很辛苦，但和大家一起奋战，一起相互鼓励，也让这段日子变成了一段难忘的回忆。

大三上学期的房地产估价课程土地竞拍现场，大家纷纷拿出小组测算后的土地价值，成为竞标方，向招标人展示着这块土地应该如何进行开发建设，最终给出各个小组报价。我们小组几个人当时正装出席，以“绿色、科技、生活”作为住房设计理念，测算本块土地的价值，并给出土地报价。

每一年的班委们对感情建设工作也十分上心，男生节女生节的小礼物、中秋节的月饼都会准时出现在宿舍的桌子上，给大家一个小惊喜。每一次的班级支部活动也都围绕着大家的需求出发，尽量让大家能从中获得成长。甚至我们在大三甲团答辩的现场，同学们都戴上了班级周边产品——管 6 渔夫帽，现场都被暗红色所点亮……在管 6 里，平淡的生活都会充满着爱与惊喜。

相　　伴

一转眼，已到大四，即将分别的我们也有了各自的前进的方向，即将踏上不同的人生道路。而也由于新冠疫情的缘故，我们没法在学校相聚，也即将错过最后一个学期的相伴。

2020 年 6 月，本该返校参加毕业典礼的同学们突然接到北京疫情复发的通知，很多还未到北京的同学返校进程再次耽搁，只能在家线上毕业。空荡荡的校园里，没有了来来往往的人群，也没有了往年在二校门、在大礼堂前排队拍毕业照的盛况了。原以为会有轰轰烈烈的毕业聚餐，毕业旅行，但全都因为疫情而变得平平

返校参加毕业典礼的同学与辅导员合影

淡淡。仿佛大家只是放了一个长长的寒假回来，收拾收拾东西，又准备放假，之后还能再次回到学校里相见。但其实，我们已经毕业了，38 个同学，15 个同学继续在本校推研学习，2 名同学交叉推研读博，11 个同学出国留学深造，12 个同学选择毕业后前往工作岗位直接就业，大家都奔赴了不同的未来。最终的毕业照，管 6 全班 38 个同学仅有 18 名同学顺利返校，戴上口罩，拍下了最后的班级毕业合影。

虽然认识管 6 同学的时间只有短短三年，但这三年里一起经历过的事情都会在我的脑海里刻下深深的印迹。或许很多年后，会忘却你们的名字，会忘却你们的笑颜，但却不会忘却，那些在管 6 之家的日子。

作者简介

张昊，清华大学建设管理系 2016 级本科生，曾任建管 6 班班长、文艺委员，现于清华大学土木工程系攻读硕士学位。

下篇

多彩的第二课堂

两个集体　两个课堂

■ 陈清泰（1957 级动力系）

大约是 1954 年，我在北京二中读高中，第一次参加了国庆天安门狂欢。边学集体舞、边跳集体舞，跳着跳着就有了一种“美”的感觉，这一下子把我吸引住了。回校后我就参加了舞蹈队，我参加编排的《跳箱舞》还在中南海怀仁堂作过汇报演出，这对我更是一大鼓舞。

1957 年进入清华大学后，与同班从天津考来的闵佟一起参加了舞蹈队。1958 年我俩代表清华同学参加了首届“北京青年赴长山列岛慰问团”。其中舞蹈队的骨干是北京舞蹈学校的老师和同学，包括李呈祥老师，白淑湘、蔡安安同学等，都是中国舞蹈界出类拔萃的人才。尽管我们这些大学生相比之下水平比较低，但是他们耐心地、一个个动作教我们，给我们更多演出的机会。印象最深的是李呈祥老师教《鄂尔多斯舞》，蔡安安不断示范。蔡安安的动作不仅准确而且很潇洒、大气，蒙古族人那种豪情一展无余。就这样，在慰问团我认认真真地学了一遍《鄂尔多斯舞》。这也是我上大学后唯一一次没有缺席的、正规的学习和排练。

1958 年下学期起，我课余时间主要参加学生会和文艺社团工作。很快被选为校学生会副主席，成了学生半脱产政治辅导员。这一年的下半年，经校党委批准，

2011 年在清华大学百年校庆庆典晚会上，陈清泰学长与杨淑蓉学长表演《鄂尔多斯舞》

文艺社团和体育代表队骨干队员“集中”。对集中队员来说，大家就有了“两个课堂”——科学文化知识的课堂和艺术、体育的课堂；“两个集体”——班集体和社团、代表队集体。在两个集体中，集中队员上课之外的住宿、活动主要在这边，这就带来了很多管理工作。业务骨干集中后，建立了文艺社团团部和党支部、团总支，主要由学生自己管理。团部由郑小筠、张应达等负责，主要抓各队的排练、组织创作和演出；刘述礼和我负责党支部和青年团工作。我们更加关注集中队员的思想状态、学习情况、开展党团活动等。

虽然学生会和党支部的事情比较多，但我一直仍是舞蹈队的一名队员，有时间就参加队里的活动。我参加过《大秧歌》《鄂尔多斯舞》《弓舞》等排练。这几个舞蹈我都非常喜欢，每每顺畅地跳下来，都能从内心感受到它的美。由于其他事情较多，排练时不时地缺席。尽管队里很体谅我，但时间一长，就跟不上了。况且，每个舞蹈的人数是设计好的，时来时不来，大家就不能把我“当个人”了。在跳舞方面，自我评价是有爱好，但水平不高，也就是个“板凳队员”的水平，实际上我参加正式演出很少。

经历 1958 年轰轰烈烈的“大跃进”，1960 年一下掉进经济生活困难时期。粮肉、糕点、糖果等能充饥的东西都定量供应了，一些家在农村的同学不断接到家境困难的消息；加上 1959 年中苏关系恶化，苏联援助全面停止、撤走专家，巨大的反差在同学的思想中产生了强烈的震荡。朝气蓬勃的学校突然显得空气沉闷，一些惆怅和悲观的情绪在同学中蔓延。学校组织党团的力量开展思想工作。我们党支部和团部的同志都感到面对如此严峻的形势，必须做好集中队员的思想政治工作，带好队伍，以更好的精神状态开展宣传工作，更好地承担起文艺社团的政治责任。我们按照校团委的部署，组织政治辅导员到各队去，和同学们座谈、交流，和大家一起认识形势，讨论如何把眼前的困难变成激励自己的动力。

我当然要回到舞蹈队。我记得在一间宿舍，大家围坐在一起就谈起来了。这一次全队同学聚在一起却没有了往日活泼、嬉笑的场景。大家向我问这问那，急切地想了解到底发生了什么，国家面临怎样的形势。每个队员都在关注国家的命运和“社会主义阵营”的前途。我把从参加校团委会上听到的情况说给大家，还把我的感受、看法和作为一个清华大学的学生应该怎么做，说出来和大家交流。困难的形势一下子把在座的同学与国家的距离拉近了。真是“国家兴亡，匹夫有责”。同学们很快从自我中跳出，谈国论政，每个同学的命运从来没有像今天这样，与国家紧密关联。作为清华学子的社会责任在大家心里油然而生，暂时的困难也变得渺小了。面对当时的场景，我突然产生了一个感觉：我和同学们一起变得成熟了。

正在长身体的时期，吃不饱肚子是非常难过的。当时，十六宿舍前的学生第五食堂专供文工团就餐，由文工团管理。大家决定由我和话剧队的刘明杰负责食堂工作。我们和食堂班长邢金锁老师傅到处学习做饭的“增量法”。无非就是在做窝窝头和大米饭时能吸进更多的水分。食堂还用剩菜剩饭自己养猪。一天早上发现死了三头小猪，这可把我们吓坏了。是“阶级敌人”放毒，还是出了什么问题？我们很快向派出所报了案。后经检查、化验，确认是在大锅里焖了一夜的菠菜在适当温度下与残留的化肥产生了有毒的亚硫酸氨所致，猪吃多了就死了。弄清了原因也就放心了。但在缺食少肉的那个年月，三头猪多可贵！几个月后还等着它们改善伙食呢。损失太大了，我们像犯了很大错误一样，都非常难过。

1961 年困难时期舞蹈队养兔子，左起：潘金华、李子云、刘桂全、胡昭广、陈清泰

为了自力更生改善生活，我和赵燕秦、刘明杰等人每天都琢磨，除组织同学找地种菜之外还能有什么办法？我们盘算，兔子和羊不吃粮食，只吃草和菜叶。一对兔子几个月就生一窝，小兔很快长大，进行“再循环”。这是几何级数地增长！我们也如此计算着养羊的收益，越算越兴奋。说干就干！由食堂出了点钱，买了几只兔子，就交给舞蹈队养起来了。我们几个在一个星期天，骑自行车跑几十里，到西山脚下，找老乡买了几只小羊，装到篮子里，硬是用自行车把它们驮回学校。心里想的就是企盼它们长大、繁衍后代，改善文艺社团同学们的生活。后来大家真正吃到了多少，真是天知道。回想起那时的我们，真是陷入了邓拓《燕山夜话》中“一个鸡蛋的家当”的梦幻。

党支部的一个重要任务是关心集中队员的学习情况和政治成长，使有机会接受“两个课堂”“两个集体”教育的同学能更好地得到全面发展。选拔集中队员时学习情况是一个重要条件。团部和党支部很注意把握每个队活动的“度”，目的是做到学习和社团活动“两不误”。我们每年都要了解集中队员学习成绩变化的情况，并且和全校的水平做比较。学习吃力的同学就劝他回班，集中精力把学习搞上去。令我们高兴的是，我所在的几年，集中队员平均学习成绩始终高于全校平均水平。有了这一条，集中队员就有自豪感，文工团的活动就能得到学校的支持，社团活动也能受到全校同学的拥护。

蒋南翔校长经常对学生干部说，新中国成立前清华学生中地下党员占10%，新中国成立后为什么党员比例反而低了呢？我是1956年在北京二中高三时入党的，到清华后我也关心同学入党的问题。校团委对文工团同学入党的问题非常重视，因为培养入党的过程就是学生思想教育、全面发展、提高政治素质的过程。在大学，是一个人由不成熟走向成熟最重要的时期。在大学的五六年里，同学们每日每时在一起，每个同学的成长经历、生活诉求、政治表现、思想品德，可以说相互间都有了“彻底”的了解，这是将来在工作岗位很难做到的。对那些有要求、具备条件的同学在学校就能入党，使他们在走上工作岗位时，不仅有在清华学习专业知识的良好基础，而且在政治上也有一个较高的起点，这对一个人实现报效国家的愿望和今后的发展都有重要作用。由于文工团参与社会活动较多、思想更加开阔、积极向上的空气浓厚，集中队员要求入党的热情和入党的比例比班里高出许多。包括后来在重要党政工作岗位工作的胡锦涛、华建敏、胡昭广等都是在大学，而且是文艺社团入党的。

从学生时期到留校工作的十多年，我始终没有离开清华团委——学生会——文工团的工作。前一段是一边学习，一边做学生政治辅导员的学生半脱产；后一段是一边备课、教书，一边做团委学生工作的教师半脱产。这一经历使我对以蒋南翔同志为代表的清华育人理念，特别是德智体美全面发展的教育思想有了颇多感受。

1958年，为了深化因材施教的探索，促进德智体美全面发展和提高文艺社团、体育代表队水平，当时负责学生工作的党委副书记艾知生向校团委提出，文艺社团、体育代表队可以各优选100名左右的学生，集中住宿和活动，单独建立党团支部，成为这些同学的“第二集体”。这个建议与清华要建立“三个代表队”，即政治代表队（学生政治辅导员）、科技专业代表队、文艺体育代表队的思路完全一致。建议得到了蒋校长的肯定和学校党委的批准，这一年的下学期骨干队员就“集中”了。

学校党委、团委为文艺社团集中创造了很好的条件。蒋南翔校长、刘冰、高沂、胡健、艾知生等校领导和张慕葏、方惠坚、谭浩强、罗征启、单德启等团委领导，对文艺体育这支代表队的后续成长倾注了大量心血。学校一些重要活动要文艺社团参加，文艺社团节目审查和演出他们也尽量出席，并提出意见和建议。舞蹈队很多队员的名字他们都叫得出来。实践证明，把文娱活动作为“第二课堂”、把社团作为“第二集体”，在贯彻蒋南翔校长关于又红又专、全面发展，因材施教、殊途同归的教育思想方面发挥了较好的作用。

文艺社团是培养又红又专人才的“第二课堂”。在清华，每个班级的“第一课堂”在传授和学习专业技术知识方面都有良好传统和保障。但是毕业后每个人对社会的贡献和取得的成就不仅取决于在校的学习水平和专业知识，政治素养、思想方法、共事能力和道德养成往往是更重要的因素。文艺与政治密切相关。清华早年的“民间歌舞社”是在进步学生运动中诞生，在与反动势力斗争中成长的。清华文艺社团集中后，舞蹈队的活动则侧重于在服务同学、服务学校、服务政治过程中，使队员受到艺术熏陶、接受思想教育和政治训练。队员们在排练《大秧歌》《大头娃娃舞》《鄂尔多斯舞》时，就要感受和表现翻身后的民众和少数民族的欢快心情；在学演《大刀进行曲》《红色娘子军》等节目中就会领悟革命英雄主义的气概；在构思创作《大扫除》《锻炼舞》《实习途中》时必须深入学习党的教育方针，捕捉同学学习和生活中的亮点；为参加在人民大会堂纪念“一二・九”演出，在创作、排演《支持世界革命》舞蹈的过程中，就接受了一次国际主义的教育。舞蹈队员在全国政协礼堂向中央领导做汇报演出后受到周总理的接见，有的同学还和周总理握了手，那动人的场面就好像“周总理就在我们中间”；在天安门广场，舞蹈队员有幸与毛泽东、伏罗希洛夫、刘少奇、周恩来同一个舞池共舞。如此等等，在每位队员心中留下了终生的记忆。对于二十岁左右的年轻人，这是一种潜移默化、触动心灵的思想政治教育，对同学人生观、世界观的形成都会产生无形但深刻的影响，使大家终身受益。

“第二课堂”是实现因材施教、殊途同归的一条途径。全面发展与个性发展是辩证的统一。每个学生的志向、兴趣、爱好、特长存在很大的差异，学校教育不是消除这些差异。蒋南翔校长提出的“因材施教”，就包含承认个性、尊重个性，引导个性的健康发展，殊途同归，最终都走向又红又专的深刻含义。他强调，总不能把学生培养得“都像从一个模子里铸出来的”。文艺社团活动的宗旨，主要的不是培养专业演员、职业艺术家（尽管清华也曾培养出了曹禺这样的文艺巨匠），而是发掘同学健康的爱好和特长，使同学的这些兴趣和才能在得到施展和提高的过程中，提高自身的素养。集中队员在参加文艺活动、接受文化熏陶中培养了朝气蓬勃、健康向上、勇于创新的风格；在节目创作时，从内容选择、政策把握到表现形式，对同学都是很好的综合训练；在排练和演出时，在参加各种社会活动中见过更多世面，思想更加活跃，政治上更加成熟，社会活动能力得到很好的提升。这些都是学生时代，在走向又红又专道路上难能可贵的积累。记得 1960 年前后，关于“红与专”、社团活动与学习的关系，在学校有很大的争论。认为文艺活动占用了集中队员的时间，必然影响学习。实际上，集中队员在“两个课堂”“两个集体”接受教育和锻炼的过程中已经逐渐学会了“弹钢琴”、自己管理自己，大

新清华学堂奠基仪式上，陈清泰学长和母校领导、老师、校友嘉宾合影。左起：殷勤藻、陈清泰、楼叙真、郑小筠、王大中、贺美英、贾春旺、胡昭广、韩景阳

都能做到“拿得起来放得下，坐得下来学得进”。由于把握适度，集中队员的平均学习成绩不仅比全校更好一些，而且毕业后成才的水平也更高一些。正如李政道先生所说，“艺术与科学是一个硬币的两面”。这十分深刻地阐明了艺术修养与科学技术的关系，全面发展与专业发展的关系。

文艺社团是提高同学创新能力和工作能力的实践平台。文艺社团是一个在校团委、学生会领导下，以学生半脱产政治辅导员为骨干的学生自治组织。一般情况下，校团委、学生会的“领导”主要是一种“指导”，这就给学生干部提供了广阔的实践锻炼的空间。社团团部、党支部和分团委大量的具体工作，大都由学生自己提出问题、研究问题、解决问题，开展工作。从文艺创作的政治方向和政策把握、课堂学习与社团活动关系的处理，到一个学期的创作、排练和演出计划制定、各队的业务配合和协调等，对学生干部的政策水平、统筹协调能力都是很好的锻炼。例如，一个成功的舞蹈创作，从选题、构思、思想性和政策性把握、表现形式创新等都要经受同学、老师，甚至校团委和党委的审查和认同，这个过程对同学的想象力、创新能力、艺术表现力、政策水平都是一次全面锻炼。一个大型舞蹈几十人，导演这样的节目对同学的现场组织指挥能力和特殊情况下的应变能力都有很高的要求。舞蹈队是一个缩小了的艺术团体。节目创作、角色分工、导演排练、服装道具、灯光布景、化妆音乐等台前、台后很复杂的谋划、组织、管理、操作都是由同学们自己完成的。在这个过程中，锻炼了同学们的创新能力、共事能力、组织能力、交际能力、协商沟通能力和办事能力；也培养了埋头苦干精神、集体主义精神和组织纪律性。在这里，同学们较好地接受行胜于言的训练。

作者简介

陈清泰，高级工程师，教授，研究员。1956年3月加入中国共产党。1956年考入俄语学院留苏预备部，1957年转入清华大学动力系汽车专业。1964年获清华大学毕业生优良奖状和优秀毕业生奖章，1964年2月毕业并留校任教。1970年进入第二汽车制造厂，历任产品开发部门技术员、工程师、总成设计试验室副主任、产品设计处副处长、处长。1982年任二汽总工程师，1984年8月任第二汽车制造厂厂长。1986年二汽更名后任东风汽车公司总经理，兼任东风汽车工业联营公司董事长、总经理。1988年被评为首届全国优秀企业家，荣获全国首届经济改革人才奖。1992年5月兼任神龙汽车有限公司董事长。1992年7月调任国务院经济贸易办公室副主任。1993年5月任国家经济贸易委员会副主任。1997年7月兼任中国货币政策委员会第一届委员。1998年任国务院发展研究中心党组书记、副主任。

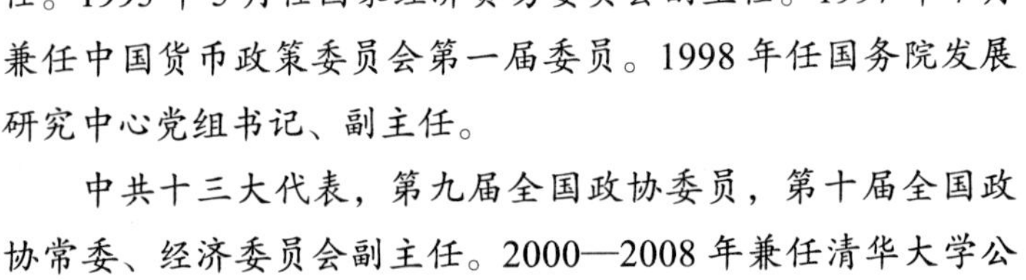

中共十三大代表，第九届全国政协委员，第十届全国政协常委、经济委员会副主任。2000—2008年兼任清华大学公共管理学院首任院长。2012年2月出任中国上市公司协会第一任理事长。2014年5月出任中国电动汽车百人会理事长。

我难忘的“两个集体”

■ 丁文魁（1958 级自控系）

在 20 世纪五六十年代我们在校期间，根据蒋南翔校长的意见，文工团、体育代表队和学生宣传干部，离开班级集中住在 4 号楼，单独组成团支部，由团委直接领导，和所在班级共同安排好我们的学习、课外活动和社会工作，称之为“两个集体”。前者称为“社会工作集体”，后者称为“班集体”。“两个集体”使我们受到的教育和锻炼更多，成长得更快，这“两个集体”让我终生难忘。

“两个集体”之一：我的社会工作集体

我在大学的成长是和我的社会工作分不开的，而校报《新清华》和校广播台，则为我提供了这个舞台。

也许是因为入学的档案上写着，我在中学做过团委宣传委员，所以到校后不久，校团委宣传部就有人来找我，让我做起校报《新清华》的宣传工作来。国庆节刚过，一张用厚厚的硬纸印的“采访证”就发到了我的手上，证上写着我的名字，证号为 026，还盖着校团委宣传部宣传通讯组的红色椭圆形图章，用它可以在校内各处采访。就这样我成了《新清华》的报人。

万事开头难。清华可不是中学，从一个县城中学来到清华园，真如“刘姥姥进了大观园”，什么都新奇，什么都不懂。记得第一次接受采访任务，是报道电机系一个班的同学谈入学后感想的座谈会。大家谈得很热烈，可我坐在一边，紧张得连捏笔的手都出了汗，也没记下几个字，采访失败了。但是我并没灰心，10 月，我们千余新生去京郊百花山植树，劳动之余，我写了“战斗的任务，愉快的劳动，10 天完成 700 亩造林任务”的消息，虽然写得不好，但校报编辑余顺吾老师为我亲手修改，在 11 月 7 日第 373 期《新清华》上发表了，这是我在《新清华》上发表的第一篇稿子。在这之后，我更加热爱记者工作了。

《新清华》成立了几个学生记者组，我分在体育组。我入学初不大喜欢体育，也不擅长体育，通过搞体育报道也大大地提高了我对体育的兴趣和体育锻炼的积极性。我们这个组先后有杨玉成（土 2）、秦晓鹏（无 3）、李慧芬（建 4，后来调到哈军工）、钟玉琢（自3）、戚成云（物4）、赵玉琴（无6）等，从他们那里我也得到了许多帮助。那时《新清华》的学生记者真是人才济济，他们稿子都写得那么好。学生通讯网也十分健全，除了集中在团委宣传部的一批学生记者外，各系都有通讯员，由编辑部或学生记者联系，因此，发生在清华园各个角落的信息都能很快地被了解，应该报道的事情都能很快见诸报端，编辑部收到的学生来稿源源不断，尽管有一段《新清华》出到每周3期，甚至每周6期，还感到该发表的稿子无法容纳。

《新清华》编辑部的老师们：主编张正权，编辑孙敦恒、余顺吾、安洪溪、黄延复等都给了我无微不至的关怀和帮助。当时，报纸由铅字排印。印刷厂在校园北部那黑矮的工棚式平房里，我记得，黄延复老师负责校对和拼版，开始总是他带我去印刷厂，在那儿一遍又一遍地认真校改，直至付印，他那种敬业精神我至今不忘。后来，我也常常自己去，同厂里的师傅们都很熟悉。厂房低矮、铅字架又高，他们捡起字来却如同穿梭，为了保证按时出刊，经常通宵达旦。由于排好的铅字都捆绑在一起，校稿时动几个字都要把捆打开，重新安排，工作量之大是当今人们难以想象的。由此我也知道了每一期《新清华》，除了作者、编者外，还凝聚着这么多人的辛勤劳动。

在做校报学生记者的同时，我还参加了校广播台的工作。清华广播台设在明斋，机房及播音室在一楼，编辑组在二楼。我开始做编辑，后来做文体组的负责人和编辑组长，当时广播台编辑组基本和《新清华》记者组是一套人马，每周编一次文艺节目，一次体育节目，编完后填好广播节目单，送给谭浩强（团委副书记兼宣传部长）终审。清华的播音员水平也很高，高年级的有水华（电机系）、路遥（无线电系），和我们年级相仿的有唤然（工物系）、左良（工物系）、郭霞（土木系）、红深（电机系）、陈静（水利系），他们各有特色的声音我至今还依稀记得（注：均为播音名）。

同编辑们在一起，右三丁文魁

1959年7月5日，风和日丽。我们《新清华》和校广播台的编辑、记者、播音员50多人，去香山公园访问了住在那里的作家杨沫。当时我们才读完她的长篇小说《青春之歌》，电影《青春之歌》也正在拍摄。杨沫那天身穿黑色连衣裙，在园里迎接我们并同我们一一握手，没有一点架子，非常平易近人。她说：“见到你们很高兴，清华富有光荣的革命传统，在‘一·二九’运动中是打先锋的，你们蒋南翔校长就是学生运动的卓越领导者。”她向我们讲述了她青年时代火热的斗争生活，鼓励我们做革命事业的接班人。我们的播音员路遥、水华分别朗诵了小说《青春之歌》中林道静给卢嘉川的信和她的一则日记。随着两位播音员富有表情的声音，我们被带到“一·二九”年代，和作者一起重温了那些激动人心的历程。杨沫在公园里多次和我们合影留念，临别时她一直把我们送到公园大门口，她说和我们青年人在一起也感到年轻了许多。

访问作家杨沫

还有一件事我也一直难忘，那就是我们党发表“九评”（即反对苏联赫鲁晓夫修正主义的9次评苏共中央公开信）。当时中央人民广播电台的重要新闻都是在晚10点首播，按清华的规定学生已经就寝了，而第二天中央台要在早6点半的新闻联播里再播，可学生是6点起床，为了让同学们早晨一起来就能听到这重要文件，我们晚上总是不约而同地来到广播台，编辑、播音员、机务不分你我，忙着录下来，再加上开头语，一直要忙到深夜，只等第二天早晨6点在广播台里播出了。

1963年10月，当我离开广播台时，播音员唤然送给我一本影集，在扉页上面题着：“回忆起我们在一起相处的日子是很有意义的，为了党的宣传工作，我们从不同的班级来到一个集体，共同战斗，共同成长。真挚的同志友谊令人难忘。”这本影集，我一直保存到现在。

在校期间，《新清华》上刊登了我采写或合写的稿件几十篇，还组织了不少稿件和专栏。《新清华》作为校报，要紧密配合学校的工作，宣传党的教育方针，传达校长和校党委的决策。学生工作是学校工作的重要方面，学生记者有独特的优势，那就是了解学生的思想和生活。我采写和组织的稿件是多方面的：有反映清华学子刻苦学习的（如《妙在钻研中》，刊 443 期），有反映后勤职工辛勤劳动的（如《第七饭厅访问记》，刊 441 期），有反映学生丰富多彩课余生活的（如《受欢迎的俱乐部》，刊 652 期；《欢欢喜喜话进步，热热闹闹过新年》，刊 655 期；《我们参观了北京电影制片厂》，刊 675 期），有反映对学生进行思想教育的（《举行多种活动纪念“一二九”27 周年》，刊 652 期；《〈把一切献给党〉作者吴运铎来校作报告》，刊 699 期）。但写得最多的还是关于师生体育活动的报道，“为祖国健康工作五十年”的口号在清华深入人心，体育锻炼蔚然成风，我采写了《体育锻炼使他恢复了健康》的报道（刊 493 期），《滑冰场上真热闹》（刊 498 期），《锻炼忙》（刊 495 期），《运动场上的春天》（刊 513 期）等，起到了推动锻炼的好作用。校运会和高校运动会历来为清华人关注，我几乎参加了每一次报道工作，记得 1963 年第七届高校运动会，清华获得了 3 个总分第一，我们精心采访，运动会一结束就上了广播、见了报，当看到同学们凝神地听广播、兴趣盎然地读报时，心里就感到特别高兴。

我的努力和工作成果，得到了充分的肯定，1963 年 4 月 2 日，在《新清华》创刊 10 周年时，我被团委宣传部评为优秀学生记者。

1964 年，我们就要毕业了，也是为我所热爱的《新清华》服务的最后日子了。我在百忙的毕业设计中仍抽出空来采写稿件，我协助编辑部组织了应届毕业生谈正确对待毕业分配的专栏“做好准备，到祖国最需要的地方去”（刊 701 期），采写了《做好准备，迎接国家分配》的报道（刊 703 期）。在就要离开清华园的时候，我又写了《周恩来总理和彭真同志向首都高校毕业生作报告》的报道，以及《毕业生告别晚会》的消息，刊在 8 月 8 日第 709 期上，此时距我告别清华园只有 20 天了。

“两个集体”之二：我的班集体

我们班是一个团结、进取、向上的温暖集体，自百花山劳动开始形成，后来在体育锻炼中凝聚、发展。

初入大学，大家来自四面八方，不能一下子都适应这里的生活，再加上高考的拼搏，不少同学身体状况不太好，患神经衰弱和其他慢性疾病的就有 6 位。清华是一个非常重视学生体质的学校，因为没有好的身体就无法承担繁重的学习任务，毕业后也难以更好地为祖国服务。蒋南翔校长提出的“争取为祖国健康地工作五十年”的口号早已深入人心，团支部和班委会非常重视同学们的体育锻炼，号召大家天天上操场，集体活动对青年有很大的凝聚力，在操场上大家相互鼓励，相互帮助。1958 年 10 月国务院公布《劳动与卫国体育制度》（“劳卫制”），学校大力贯彻，也促进了我们体育活动的开展。一年以后，全班同学的体质都有了增强，特别突出的要算何士龙同学了，他开始大学生活时，几乎因为严重的神经衰弱而休学，在同学们友谊力量的鼓舞下，使他克服了困难，坚持体育锻炼，体质得到增强，学习成绩也大大提高了。我还专门写了一篇题为《体育锻炼使他恢复了健康》的报道，刊登在《新清华》第 493 期上。

体育锻炼的活力也吸引着我，使在中学不爱参加体育活动的我，也成了体育锻炼的积极分子。大二，我们班的男生宿舍搬到了东区 12 号楼（我直到大六才从 4 号楼搬回 12 号楼，住在 320 房间）、女生从新斋搬到东区 6 号楼，离西区大操场远了，但是全班同学体育锻炼仍坚持不懈，清晨在宿舍楼的周围做早操，下午还到西区去锻炼。

我们班在 1959 年春的大一运动会获得了团体总分冠军。这时班上已经有 6 名校代表队员和 14 名系代表队员了。在 1960 年春的大一、大二运动会上，我们班又获得了团体总分冠军。1960 年第 8 届校田径运动会，我们班的运动员为电机、自动控制系（校运会这两系因是一个分团委，作为一个团体单位参加）取得了七分之一的分数，有两人打破了校纪录，其中武士英以 52 秒 6 的成绩创造了清华男子 400 米最高纪录。

1960 年 8 月《新清华》刊登自 408 班团支部文章《体育锻炼促进了全面发展》，全面介绍了我们入学两年的成长过程。

1960 年秋季开学（大三），我们年级开始分专业，以自 408 班为基础，组成新的自 406 班（专业是自动控制元件），马约翰先生亲自到我们的宿舍和大家亲切交谈。他是清华历史上最有资望、最受爱戴的师长之一。他以充沛的工作精力，杰出的体育理论和体育技能，教育熏陶着一代又一代的清华人。此外，清华知名体育教授夏翔先生和王英杰先生也非常关心我们班的成长。

与此同时，大家的学习成绩也有了较大的提高，大一时，工程画课曾有 7 人补考，现在却成为自动控制系同年级中学习较好的班级之一。全校历次下乡参加农业劳动中，我们体力充沛，很好地完成了任务，几次都被评为劳动好的先进班

关心

认真学习

获四好班留念

级。1962 年 11 月,《新清华》发表题为《坚持锻炼，全面发展》的社论，再次向全校介绍我们班的事迹，号召全校同学向自 406 班学习。

1963 年 5 月，校共青团第 7 次代表大会建议校行政表扬全校 8 个思想好、学习好、工作好、身体好的“四好班”。“五四”青年节，校务委员会授予我们班为“四好班”的光荣称号，奖状上的题词是：“树立共产主义思想，坚持四好方向”。班长王秉忠在表彰大会上介绍了我们班五年来成长的过程。这是我们全班同学五年来努力的成果，大家都很珍惜集体荣誉，决心在最后一年里，更加努力，以优异的毕业设计成绩向党汇报。

我们的努力获得了成功，毕业时，我们班被授予“四好毕业班”的光荣称号。毕业前夕，班长王秉忠应邀代表我们自 406 班到蒋校长家去做客，聆听南翔校长的亲切嘱咐，这是学校给我们班的又一荣誉。

作为培养工程技术人才的“工程师的摇篮”，清华一向以治学严谨而著称于世，在大学的六年里，我们无时无刻不体会到这一点。

重视基础课教学是清华的一个相当突出的特点，也是一个非常好的传统。

我们班一直是自 4 年级学习成绩最好的班级之一，全班没有一个留级的，也很少有补考的。这除了同学们的自身努力之外，我们都不会忘记班里的热心人，学习委员王志文，经常关心大家的学习，了解学习情况，反映同学们的要求，花费了不少时间和精力，各科代表也都认真负责，收作业，对所负责的那科也格外花力气，使自己学得更好些，以便帮助同学解答学习中的问题。

我在清华的六年所取得的成绩更离不开班集体和热心的同学们，因为我好几年都没和大家住在一起，到班上去的时间相对也少，学委、科代表还得给以特殊关照，布置作业、收作业、安排答疑、更改上课时间等，没有一次忘记我的。

毕业实习回来后，1963 年 12 月 27 日，正式开始毕业设计。我的设计题目是：《磁性材料热处理及测试》，和陈雪娟一组，两个人一个总题目，我的分题目是《热处理对磁特性影响的研究》，侧重于微电机用磁性材料的热处理工艺研究及实验室热处理用的充磁设备的设计和加工；雪娟的分题目是《磁测量》，侧重于磁性材料的特性测量。我们的指导老师是陈永康老师和杨品老师，陈老师重点指导我，杨老师重点指导雪娟。

我们题目的特点是必须在理论指导下做足够多的试验，才能从中总结出规律来，而热处理试验时间长又枯燥。我和雪娟一起共做了几十次试验，每次从早晨六七点钟就要开始，直到晚上七八点钟才能结束，为了安全和观察现象，一刻也不能离开，中午也只能抽空去买个馒头回来吃。毕业设计中，我们同学之间都能团结友爱，相互帮助。有几次试验要连续做一天一夜，晚上要留一个人看着，我让雪娟回去，她让我回去，结果谁都不肯回去。王志文的设计是控制用电机，设计中选用的磁性材料硅钢片必须经过热处理，虽然我们自己的设计也很紧张，但我仍几次挤出时间来为他的材料进行热处理，雪娟则帮他测量。

在毕业设计中，我完成了实验室条件下软磁材料电工硅钢片 Э44 的退火处理研究，硬磁材料钨钢 E7B6 的热处理工艺理论研究，还设计了磁场热处理用充磁机，并参与加工生产联系。到 1964 年 7 月 15 日，毕业设计全部完成，交上了约 7 万字的《毕业设计说明书》和约 3 万字的附件以及一套完整的充磁机图纸和按设计加工装配好的充磁机。

对我的毕业设计，老师给予了较高的评价，评阅老师在我的毕业设计文件上写下了这样的评语：“评阅人认为，该同学已全面出色地完成了毕业设计预定的任务。应当指出，该同学能在较短的时间内熟悉设计所涉及的多方面知识，并深入开展了设计工作是比较难能可贵的，在毕业设计文件中也集中体现了认真负责、细致踏实的优点。可以说明，该同学已具备了较好的埋头实干、条理严谨的独立工作能力和科学作风。建议考试委员会给予优秀评分。”

7 月 22 日晚，在系馆举行了我的毕业设计答辩会，经过老师和专家们的认真考核，给了我优秀的评分。

7月31日晚，北京工人体育场，充满了欢声笑语，我们首都5万多名高校和中专毕业生以及高中毕业生聚集在这里，听敬爱的周总理和彭真同志作报告。当总理、彭真等领导同志来到会场时，同学们热烈鼓掌。应同学们的要求，周总理和彭真等同志走下主席台，绕场一周看望了同学们，同学们全体起立，体育场内欢呼声、掌声响成一片。

周总理作了题为“革命和劳动”的简短报告，他讲了3个问题：两个世界，两种趋势；革命与劳动；知识分子劳动化，革命化。由于周总理有重要的国事活动，他向同学们致意后就离开了会场。接着中共北京市委书记、市长彭真同志作了长篇报告，他对总理的报告做了详细地说明。在我们即将走上工作岗位的时候，能听到党和国家领导人的亲切教导，这是对我们的最大鼓舞和鞭策。这也是我最后一次见到敬爱的周总理。

1964年8月15日，清华园里洋溢着欢乐的节日气氛。下午，在大礼堂举行了隆重的1964届毕业生毕业典礼。典礼之前，敬爱的南翔校长、其他校领导和老师同我们合影留念。此时此刻我们的心情无比激动，那真是：

六年前，革命的理想使我们欢聚一堂，
今天，革命的理想又召唤我们奔向四方，
六年啊，在清华、在自406这个温暖的集体里，
党的阳光、雨露沐浴我们茁壮成长。
我们将带着老师的教导、母校的期望，
离开清华园，投身到生活的海洋，
把自己的一切献给人民、献给党，
用我们的智慧和劳动，为祖国赢得荣光。

毕业典礼上，我们班被授予“四好毕业班”称号，我们班的名字终于被刻在图书馆的壁碑上。这是我们班集体的荣誉，是我们朝夕相处六年的同学们共同创造的结晶，也是学校对我们的鼓励，我们班同学都表示决不辜负党的期望。

我和我们班张子瑞、王志文、钱元成一起获得了“毕业生优良奖状”，这是对我六年学习生活的肯定，也是对我的鞭策，我要感谢自406班这个温暖的集体。

我们班同学，通过六年清华生活的熏陶，特别是经过毕业生教育，都认识到了服从国家利益是我们这一代大学生的责任。在那以艰苦为荣的年代里，我们都争到最艰苦的地方去，到祖国最需要的地方去，这是发自内心的。大家都在毕业

分配志愿书上写下了：坚决服从国家分配。

1964年8月15日，是我终生难忘的日子。上午，年级党支部讨论通过了我的入党要求，接受我为中国共产党的一名预备党员，我的政治生命开始了新的一页，多年来的入党愿望实现了，此时此刻我的心情无比激动！

8月26日晚上，我们又一次来到北京工人体育场，再次聆听了彭真同志的报告，这是对近一个月学习的总结。彭真同志就我们毕业生学习中提出的问题进行了分析，充分地肯定了我们的收获，要求我们坚定跟着共产党，选择正确的人生道路，同工农相结合，全心全意为人民服务，做一个合格的无产阶级革命事业接班人。

1964年8月27日，是我们离校的一天，也是我终生难忘的一天。胸前闪光的白色校徽换上了精致的毕业纪念章。我们怀着对母校深深的眷恋，就要整装、启程、扬帆远航。就要告别生活了六年的美丽清华园，就要告别我的自406班，就要告别朝夕相处的学友。

在12号楼男生宿舍里，自406班召开了最后一次班会。参加班会的同学有：陈雪娟、胡秀珠、李惠芬、温淑琴；丁文魁、顾乃平、何士龙、梁润成、刘伯贤、吕经邦、钱元成、孙世昌、汪光春、王秉忠、王云常、王志文、王宗楷、吴德新、武士英、徐思海、徐义忠、张福文、张礼春、张忠顺、张子瑞、钟克钧，共26人。这也是我们自406班1964年毕业时的全体同学。

永远跟着党，
永远跟着党，
把党的话儿永远记心间，
党的话儿永远记心间。
我们在战斗里成长，
我们在劳动中锻炼，
立志做个红色的劳动者，
是我们坚定不移的方向。
世界上有谁比我们更幸福，
抚育我们的是亲爱的党，
世界上有谁比我们更幸福，
我们要亲手建设共产主义的天堂。

（清华学生创作的歌曲）

六年来，我们高唱永远跟着党，在党的阳光下茁壮成长起来了，那天的班会上，同学们最后又用无限的深情高唱一遍《永远跟着党》，这首歌将永远回荡在我的脑海，使我记起我们的集体，我们的同学，使我永远记起党的抚养，党的教导和期望。真的要走了，一批又一批，大家留恋舍别，依依相送。六年同生共息的生活使我们结成了亲密的友情，让这友情鼓舞我们前进吧。

晚上，北京站的时钟敲过了 8 下，载着我的列车徐徐开动了。

告别了，抚育我成长的清华园。告别了，庄严的天安门。告别了，美丽的首都。我将带着党和人民的期望，加入到祖国社会主义建设的行列！

作者简介

丁文魁，1958 年进入清华大学自动控制系（计算机科学与技术系）学习。1964 年加入中国共产党，同年清华大学毕业，获清华大学毕业生优良奖状。

1964 年 8 月被分配到核工业理化工程研究院工作，高级工程师。从事自动控制系统的科研试验工作。1984 年起任该院副院长，2000 年退休。退休后任清华大学天津校友会副秘书长、高级顾问。

难忘的岁月 人生的起点

■ 胡昭广（1958 级电机系）

我是在 1958 年 9 月考入清华大学的。入学后的第二年，在闵佟同学（学校舞蹈队队长，我中学的同学）的动员推荐下，成了清华大学文工团舞蹈队的一名正式队员，并担任了舞蹈队团支部书记的工作，直到 1962 年底调任校学生会副主席、政治辅导员，前后长达三年之久。

近三年的舞蹈队生活和团支书工作，锻炼了我、培育了我，伴我成长，教我做人，让我终生受益匪浅，可以说，它是我一生中最美好的一段时光，开启了我人生真正的起点。岁月匆匆，六十多个春秋过去了，但回首忆昔，仍历历在目、感慨万千。

劳动号子　呼之而出

1958 年初春，我入学的前夕，学校育人的方针有了重大的变化。老同学介绍，58 年的初春寒意尚浓，在首都北郊的十三陵水库工地上，毛主席等党和国家领导

2018 年校庆专场演出，胡昭广和夫人殷勤藻学长《小刀会》剧照

人来了，各行各业的人们来了，数千名清华学子也来了，汇聚成一支浩浩荡荡的劳动大军，展开着一场热火朝天的义务劳动。当时，工地上开展你追我赶的劳动竞赛，师生们劳动强度非常大，而生活条件又异常艰苦，吃的是咸菜窝头，劳动一天下来十分劳累，不少人在回住地的路上，走着走着就睡着了。

在这困难时刻，一支文艺小分队出现了，他们穿梭在每一处工地，活跃在行军路上，用热烈奔放的歌舞，鼓舞同学们克服困难去夺取胜利。“亲爱的同学们努力向前走，越过高山跨过激流，咬紧牙关努力向前走，嗨嗨吆喔，嗨嗨吆喔，一百里路程走了九十九，今天的目的地就在前头。”洪亮、雄伟的歌声在工地的上空回荡，极大地激励了大伙儿战胜困难的斗志。

文艺小分队的宣传鼓动起到了振奋精神、鼓舞士气的作用，受到了广大师生的热烈欢迎和赞扬。蒋南翔校长知道后非常高兴，给文艺小分队以极高的评价，他说：这符合毛主席《在延安文艺座谈会上的讲话》的方向，很好。南翔校长又建议成立一支集中住宿的文艺队伍。于是，清华大学文工团就这样正式成立了，舞蹈队作为校文工团的一个重要成员，也响应“为党宣传”的召唤，伴随“劳动号子”的回响，应运而生了。

又红又专 全面发展

舞蹈队的同学和其他清华同学一样，一踏进清华园的大门就立下了宏愿，立志在“红色工程师摇篮”中，把自己培养成为建设祖国的栋梁之材，成为有本领的专家、学者、工程师。因此，当被要求参加舞蹈队、集中住宿时，绝大多数人都十分犹豫，生怕舞蹈队活动耽误自己的业务学习、担心离开班集体会影响个人的政治进步。我开始也有这个思想顾虑，要不是闵佟同学多次苦口婆心地劝说、动员，我是死活也不想参加的。入队后，通过对党的教育方针的不断学习和在舞蹈队的亲身体验，逐步加深了对又红又专、全面发展的理解。

周总理十分重视青年学生的全面成长，他曾说过：“每个学生除了把专业学好，把政治学好，还一定要掌握一门外语，一门革命文艺。”蒋南翔校长也十分注意对学生全面素质的培养，他亲自抓辅导员、文艺社团、体育代表队等几支队伍的建设，并通过它们带动全校学生德、智、体、美全面发展，他对文艺骨干说：“文艺活动，不能简单地认为只是跳跳唱唱而已，这是共产主义教育的一部分……我们应该有自己的爱好，多方面的兴趣，不要做‘干面包’。”

我参加舞蹈队，特别是担任队里的团支书以后，进一步认识到同学们的担心，恰恰反映了他们对德、智、体、美全面发展的内在要求，是和“党的教育方针”关于又红又专、全面发展的要求完全一致的。参加舞蹈队的同学，生活在班级和舞蹈队两个集体，挑起业务学习和社团活动两副担子，更能得到全面锻炼，促进全面发展。我们只有因势利导，做好思想政治工作，处理好两个集体、两副担子之间的关系，才能符合同学们的愿望和最大利益，才能出色地完成学校党委交给我们的任务。

在舞蹈队团支部，担任过干部的同学，除我以外，还有郑朝简、刘桂全、黄建农、胡锦涛、刘密新、楼叙真，等等。大家都有一个心照不宣的约定，在走“又红又专”道路问题上，干部必须以身作则，坚持“从我做起，从现在做起”。同时，我们也对同学们提出了“高标准、严要求”的目标。例如，我们有一个不成文的要求：在业务学习上，只要发现有得三分的功课或学习感到吃力的队员，就暂时停止他参加舞蹈队活动，回到班里补习业务课。实际上，舞蹈队的同学们，个个自强、奋进，人人互帮、互勉，没有因为比较繁重的排练和演出活动影响大家的业务学习。

担任过舞蹈队团支部副书记的胡锦涛同学，在同年级中年龄最小，他不到 17 岁就考入清华。尽管他参加了许多舞蹈的演出和创作，但是由于学习出色，依然是学校“百里挑一”的“因材施教”学生，后来在舞蹈队入了党，并担任了学生文工团的政治辅导员工作。

陈清泰同学，他担任繁重的文工团党总支书记工作和政治辅导员工作。他不仅深入细致地做好思想政治工作，还坚持参加舞蹈队活动；他不仅马列主义理论水平高，业务学习成绩也非常优秀。大家都亲切地、尊敬地称他“陈老”。

在毕业时，陈清泰和我都荣获了优秀毕业生称号，蒋南翔校长亲自给我们颁发了金质奖章。魏熙照、黄辰奎、靳东明等同学都获得了优良毕业生的称号，学校颁发了优良奖状。有 12 位同学在舞蹈队光荣地加入了中国共产党，还有一大批同学加入了共产主义青年团。

实践证明，经过大家的共同努力，是可以处理好业务学习和舞蹈队活动之间的矛盾，处理好两个集体、又红又专的关系。毕业后，在老舞蹈队员中涌现了一批又红又专的国家优秀人才，就是明证。

围绕中心　为党宣传

加入舞蹈队后，在创作、排练、演出的过程中，“为党宣传，为党战斗”的信念在同学们的头脑里逐渐形成，并且深深扎根在每个人的心中，潜移默化、不可动摇。

从 1958 年文工团成立到“文革”前的五年多时间里，舞蹈队先后排练过几十个舞蹈，其中有近十个舞蹈，都是配合形势教育，宣传党的方针政策，或者围绕学校中心工作、宣传党的教育方针而创作、排练的，并演出了近百场，同学们从中受到很大教育。

1958年在全校体育教师、干部大会上，蒋南翔校长提出“争取为祖国健康地工作五十年”号召，成了当时鼓舞同学们开展体育锻炼的强大动力。为宣传党的“德、智、体”全面发展教育方针，舞蹈队创作、排练了《锻炼舞》，为普及“劳卫制”，推动全校开展轰轰烈烈的体育锻炼做出了贡献。

同年，学校提出“教育要与生产劳动相结合，科研必须走结合生产的道路”，舞蹈队与此相配合，创排了《铝球舞》，这个舞蹈表演了电机系高压实验室重大科研与生产劳动相结合，取得突出成绩的故事，反映了学校教学、科研、生产各项工作的深刻变化。

《大扫除舞》是在学校大力开展爱国卫生运动，增进同学身体健康、创建文明校园活动中，应运而创作的。这个舞蹈生动、活泼，深受全校同学的喜爱，多次在学校大礼堂演出，还曾到人民大会堂演出。

舞蹈队还创作了《民兵舞》《我们一定要解放台湾》《实习途中》《非洲在怒吼》《我们劳动在上庄》等舞蹈。每个舞蹈节目的创作、排练过程，都有着一段段难以忘怀的生动故事，同学们从中深深地受到了爱国主义、集体主义的教育，磨炼了勇于拼搏、克服困难的坚强意志。

我还清楚地记得，1960年5月，学校文工团要在大礼堂为“全国民兵会议”作专场演出。舞蹈队为配合民兵会议精神，宣传“全民皆兵”的思想，决定创作一个以民兵奋勇抓空降敌特为题材的舞蹈——《民兵舞》。为了创作好这个舞蹈，队部决定在“圆明园遗址”的水稻田里组织一次“真刀真枪”的民兵训练。当同学们来到圆明园遗址，面对被帝国主义践踏焚毁的残垣断壁，大家很快进入了角色，人人心中燃起了“知荣明耻”的“清华人”所固有的爱恨情仇，在“擒敌抢滩”的战斗中个个英姿飒爽、奋勇向前。《民兵舞》的演出取得了成功，爱国主义精神也在每个舞蹈队员的心中得到了升华。

战斗胜利　总理接见

舞蹈队承担的演出任务是十分繁重的。每逢“五一”“十一”“一二·九”等重要节日，或学校的“迎新”“校庆”“元旦”等重要活动，以及一些临时的重大政治任务，舞蹈队都要承担演出任务。队员们把每场演出都看作是一次“为党战斗”的政治任务，竭尽全力确保圆满完成。

为保证每次演出的成功，我们在演出前总要开务虚会，讨论这场演出的重要意义、演出的节目要宣传什么、自己如何进入角色……务虚会结束时，大家总要响亮地呼喊：“战斗、胜利！”无论是在排练场，还是在演出地，无论是在排练、演出开始前，还是在排练、演出结束时，你都会听到这个响亮的口号，数年如一日。它凝聚着战胜一切困难的战斗力，这体现了舞蹈队的精神力量。

1958 年 12 月 28 日，清华文工团要在全国政协礼堂向敬爱的周恩来总理和全国政协委员作汇报演出。这个振奋人心的喜讯传来，让同学们激动万分，大家摩拳擦掌，跃跃欲试，纷纷表示要以最好的精神面貌表现出优秀的“清华精神”，要以奔放的革命热情表达我们对敬爱的周总理的无限热爱！在汇报演出中，演出了我们队创作的《锻炼舞》，获得了极大成功。演出结束后，周总理健步走上舞台和演员们一一握手，并和大家一起合影留念。总理对我们的演出给予了很高的评价，热情地鼓励我们说：“你们的演出、你们的创作很有新意，能很好地宣传党的教育方针，很好嘛！”在返校途中，同学们还久久地沉醉在与周总理会见的幸福之中。

战胜困难　磨炼意志

1960 年，由于天灾人祸，国家进入了经济最困难时期。学校要求同学们维持“体力”，保存“能量”；多睡觉、多休息、少活动、少运动，以保证学习任务的完成。但是舞蹈队同学不仅要很好完成学习任务，而且还要完成繁重的排练、演出任务；除了要担负原来的各项演出任务外，每个周末还增加了小型广场演出活动，以活跃沉闷的校园气氛，丰富同学们业余生活，振奋精神，共渡困难。在当时经济生活十分困难、学生的粮食定量不足的情况下，要做到这些是一件很不容易的事情。因为这意味着要付出巨大的体能，这对肚子都填不饱的青年人来说无疑是一个严峻的考验。令我十分感动的是，在困难面前，在宣传任务面前，舞蹈队没有一个人退缩，没有一个人掉队，他们仍以饱满的热情，完成了一次次演出任务。

1961 年元旦是一个“特殊”的新年，学校为了让同学们在困难时期过个好年，决定在西大饭厅举办全校“迎新年晚会”。为了出色完成学校领导交给的这一重大政治任务，舞蹈队队部决定把《狮子舞》《大头娃娃舞》《鼓子秧歌》《欢乐青年》等动作大、难度高、场面热烈、节日气氛浓厚的舞蹈，全部拿出来奉献给晚会，迎接新的一年的到来。

那天，我扮演《狮子舞》中的“狮子屁股”，要将演“狮子头”的那个同学高高举起，还要让他站在我的双腿上表演各种动作。当时我只觉得两眼直冒金花、双腿发软、浑身出虚汗，但我仍死死地把着他，因为我知道参与演出的每个同学都和我一样，在咬紧牙关为完成任务而拼搏着。但当我偷偷地瞟了大家一眼，只见同学们个个表现得那么轻松、愉快，没有表露出一丝劳累、痛苦的神态，我忍不住掉泪了，要知道大家都是饿着肚子在战斗啊，这是多么好的战友呀！我为有这样的战友而自豪。

1961 年在 16 宿舍听广播。左起：谢书勤、闵佟、李子云、胡昭广、韩幼平、曾点

队员们为完成繁重的学习和演出任务付出了沉重的代价，舞蹈队的同学几乎都浮肿了，许多女同学都得了妇科病。同学们自发地开展互助活动，同舟共济，共渡难关：女同学自己勒紧腰带，把珍贵的粮票送给男同学；有的男同学也把自己节省下来的粮票送给演出任务重、饭量大的同学；一些家在北京的同学，把家里很“珍贵”的有营养能饱腹的食品偷偷地拿回学校，分给家在外地的同学。

舞蹈队的干部们看在眼里，疼在心上。支部委员们围坐在一起，冥思苦想各种缓解办法。团支部提出要压缩排练次数，减轻活动量；合理安排演出节目单，均衡同学们体力负担；还决定组织大家养兔子、开荒种白薯，以增加大家的口粮。很快学校领导知道了这一情况，决定给舞蹈队的同学们增加一点粮食定量，还让校医院给女同学送中药“益母膏”，治疗妇科病，使困难得到了一定程度的缓解。

团支部及时召开了“立大志”大会。会上，支部总结、表扬了同学们笑对困难、毫不畏惧的革命乐观主义精神，战胜困难、永不言败的顽强拼搏精神；相互关心、真情相助的集体主义精神。同学们在会上热烈发言，纷纷表示“困难是对我们革命青年的考验，只有在与困难顽强拼搏中，才能百炼成钢”。会后，许多同学纷纷向组织递交了入党、入团申请书。

是啊，舞蹈队的同学们就像“忍冬草”一样，挺拔在严寒之中，因为我们坚信春天必将到来！

团队精神　最大财富

我深深体会到，舞蹈队的政治思想工作有许多特点，其中，“团队精神”是最富特色、最可珍贵的。舞蹈队的优秀“团队精神”是难以言表，但似乎又是具体的、可触摸的；对大家的人生成长影响是最大的，但又是潜移默化的。这种“团队精神”是在长期的演出活动和朝夕相处中逐渐形成的，并升华成为一种亲和力、战斗力、凝聚力，把大家紧紧联系在一起，让人长久地怀念它。

1965 年舞蹈队获“四好集体”合影

如果要试说什么是舞蹈队的“团队精神”，我认为可以概括为以下几点：

一是开拓创新的精神。舞蹈队的同学在创作、排练舞蹈节目中，展示了自己的智慧和才华，也得到了创新思维的锻炼和培养。要创作一个好的节目，需要准确理解并把握包括“党的教育方针”在内的各项党的方针政策、学校的中心活动及其精神，并且使其成为节目的灵魂；同时在节目形式和情节上，要贴近校园实际、贴近同学生活，为广大同学所喜闻乐见；此外，还需要有严密的程序、严谨的细节和严格的操作，来保证创作意图的圆满实现。在创作过程中，同学们受到的创新精神、创新意识、创新能力的培养和锻炼，在踏进社会、完成各自担负的重要任务中，发挥了不可估量的作用。

二是永不服输的精神。舞蹈队的同学碰到的困难比其他同学要多得多：他们要面对处理两个集体、兼挑两个重担的困难；要面对一个个舞蹈创作的繁重任务、出色按时交出满意答卷的困难；在国家经济困难时期，要面对更大更多的付出，出色完成党的宣传任务的困难。在种种困难面前，他们从不低头、永不言败，培养、锻炼了自己的坚强意识。正是这种“永不服输的精神”，使同学们走出校门后，为党、为国家完成了许多重大而艰巨的任务。

三是无私奉献的精神。舞蹈是一种相互合作和集体协调的活动，舞蹈队的同学们都能以集体利益为重、以演出任务为重，团结合作、甘当配角，特别是舞蹈队的后勤工作人员，他们默默地为演出做好一切准备工作，甘当无名英雄，直到现在，还有很多好事不知是谁做的。正是在这样的环境和氛围中，培养了大家无私奉献的集体主义精神。

舞蹈队的“团队精神”是一个巨大的精神财富，它教育、培养了一批国家的

2018 年纪念学校文工团成立 60 周年专场演出时《鄂尔多斯舞》演出剧照，前排右起：胡昭广、靳东明、吴国蔚

优秀人才，产生了不可思议的凝聚力。六十年过去了，老舞蹈队员们每周还要集合一次，练习舞蹈。在清华大学建校一百周年的时候，虽然我们都已是七十岁的老人，但大家都精神饱满地走上舞台，演出了《鄂尔多斯舞》，庆祝母校百年华诞，完成了“为祖国健康工作五十年”的夙愿。

2018 年，为庆祝文工团建团 60 周年，已完成新老交接的清华校友舞蹈队，在廖莹为队长的新的年轻队委会领导下奉献了一台美轮美奂的舞蹈专场——“向美而行”。2019 年，年届八十的老舞蹈队员在母校新清华学堂闪亮登场，圆满完成“紫光之夜 • 向美而行”专场演出，向全体观众展现了清华校友舞蹈队“孜孜不辍、向美而行”的艺术追求，以及清华人团结奋进的精神。

红色摇篮　人才辈出

当我漫步在熟悉的清华园里，看到舞蹈队先后居住过的十六宿舍、三号楼，看到舞蹈队曾经练过功的明斋前小广场，看到那里的一砖一瓦、一草一木，都引起我对舞蹈队这个育我、教我集体的深切思念、无限眷恋。舞蹈队的优秀“团队精神”，使我牢固地树立了影响我一生的几个“信念”，那就是：“永远和党在政治上保持一致”的信念，“开拓创新、锐意进取”的信念，“不怕艰险、坚忍不拔”的信念，“勇挑重担、无私奉献”的信念。参加工作后，我承担过开创中国第一个科技园区——北京新技术产业开发试验区（中关村科技园区的前身）的工作；做过北京市第一只在香港上市的红筹股公司的董事局主席；担任过海淀区区长、北京市副市长。在这些重要岗位上，我能顺利完成党交给的各项任务，得益于我在舞蹈队担任团支部书记和后来担任政治辅导员的工作岗位上所受到的培养和锻炼。

毕业后，许多同学表现得非常优秀，在重要岗位上，为党和国家做出了重大贡献。如，胡锦涛同学成为人民拥戴的党的总书记、国家主席；陈清泰同学担任国务院发展研究中心党组书记、副主任；宋序彤同学担任了城建研究院总工程师；闵佟同学成为国家著名汽车发动机专家；殷勤藻同学成为新闻图像传输与处理领域的学术带头人；楼叙真同学担任第二汽车制造厂技术中心主任；吴国蔚同学担任北京工业大学经济管理学院副院长等等，金淑荃、涂光备、李川、魏熙照、靳东明等同学都是获得国务院颁发的政府特殊津贴的专家。

这是党的教育方针的胜利，是坚持又红又专、全面发展的结果。

清华文工团舞蹈队，只是清华大学百余年历史长河中的一段很小很小的小溪，但它的实践和经验再一次证明，清华不仅是红色工程师的摇篮，培养了一大批专家、教授、院士、学术带头人，也是革命的熔炉，培养了一批党和国家的优秀领导干部、政治领袖和政府首脑。

作者简介

胡昭广，1939年出生，1964年毕业于清华大学电机系。在校期间曾担任政治辅导员、学生会副主席。1982年在瑞典结业于由联合国主办的企业管理研修班，1995年5月中央党校进修部学习结业，1996年6月国家行政管理学院省部级研究班结业。

曾任北京医药集团常务副总经理、总工程师，北京市新技术产业开发试验区（中关村科技园区的前身）第一任主任，海淀区区长、区委副书记，北京市政府党组成员、副市长，北京控股有限公司香港上市公司董事局主席、京泰集团党委书记、董事长，清华大学教育基金会理事，清华校友总会常务理事，国家发明奖评审委员会委员。

清华舞蹈队，我们成长的家

■ 楼叙真（1960 级电机系）

中学时候我就是一个文艺积极分子。1960 年，我考入清华大学电机系，入学后参加了新生文工团，之后就参加了校舞蹈队，大一下学期成为集中队员。1962 年 10 月，胡昭广从舞蹈队调任校学生会副主席，我接替他担任舞蹈队团支部书记，一直到 1965 年 8 月去“四清”。那时清华文工团（后改为文艺社团）的骨干，都集中住在一起，党团关系也在文工团，上课时候回班，大六时才回班住。由于我大六时和文工团一同去“四清”，参加“四清”文艺宣传队的工作，所以我从 1961 年一直到 1968 年离校都住在文工团里，是一名名副其实的老队员。

1963 年楼叙真演出斯里兰卡舞蹈《罐舞》

我 1960 年进校时，正值经济生活困难时期，粮食不够吃，很多同学都浮肿。系里号召我们“劳逸结合”，“多睡一小时，少吃一两饭”，我们又是一年级新生，班里气氛比较沉闷，而集中队员那里依然朝气蓬勃，我很向往成为集中队员。那时我们非集中队员，每周在集中队员住的 16 宿舍前活动，感到很愉快。记得我参加排练的第一支舞蹈是《东北大秧歌》，当时宋均一边大声喊着鼓点，一边带着我们练“五鼓”，大家兴致勃勃，满头大汗，一点也没有困难时期那种低沉气氛。团支部书记胡昭广还组织集中队员养兔子、种菜，精神面貌和班里大不一样。这一切使我深受触动，我渴望加入这个集体。

要成为文工团的集中队员，必须品学兼优。集中队员的学习成绩明显高于全校平均水平，如果队员的学习成绩有所下降就要回班，学习成绩好了可再归队。这就要求我们学习、活动两不误，该活泼的时候就活泼，该学习的时候就能坐得住。舞蹈队里的学习风气非常好，大家都刻苦认真。当时学校在每个班（30 人）选一两个尖子“因材施教”，根据每个人的特点加修一些课程。舞蹈队的因材施教生比例高多了，我记得二十几个集中队员中，胡锦涛、范锡莉和我都是“因材施教”生。毕业时陈清泰、胡昭广获得了优秀毕业生奖章，魏熙照、黄辰奎和靳东明等获得毕业生优良奖状。

舞蹈队里高班低班、不同系的同学住在一起，相互熏陶感染，思想活跃、积极向上。我记得 20 世纪 60 年代初期，国家经济困难，中苏关系恶化，苏联又撤走专家，同学们的思想情绪十分压抑。有一次我和团支部副书记胡锦涛组织支部活动，讨论人生。陈清泰说，我们决不能人穷志短、马瘦毛长，眼前的困难不能动摇我们的精神和理想。他说我们能上大学是以 90% 以上的同龄人不能上大学为代价；我们能进入清华接受更好的教育，就要承担更大的社会责任。二十年或三十年后，我们中理应成长出工程师、厂长、校长、部长。不是你、不是我，也许就是他。这不是自傲，而是清华学子的社会责任。当时大家听了，兴奋异常，深受鼓舞。仔细想想，也就是这么个理。二十多年过去了，他的话得到了印证，我们舞蹈队里不仅出了专家、部长、市长、厂长、院长，还出了国家领导人。很多人在业务上卓有成绩，个个都是有用之才。

蒋南翔校长曾说过，中华人民共和国成立前清华地下党学生的比例是 10%，现在解放了，清华学生更好地接受了党的教育，党员比例不应低于新中国成立前。所以，清华历来重视发展学生党员。但是遇到家庭出身不好，有复杂社会关系的人，在系里入党就比较难。校文工团政治上积极向上的氛围比较浓厚，离校团委党委比较近，在政策把握上可以得到团委和党委的直接指导。遇到不好处理的情况，就直接找团委党委汇报解决。因此，在文工团入党的比例比班里高，胡昭广、胡锦涛、靳东明、王丽珍、王少勇、吴国蔚、薛锋、高学江和我都是在舞蹈队入党的。

舞蹈队这个集体团结温馨，互助互学。我在清华的这段时间里，政治运动很多，但是我们从来不扣帽子，不打棍子，对所谓“后进”的同学热情帮助。当时我虽然任团支部书记，但我的偏好是舞蹈业务，经常和队长靳东明等同学一起创作、编导、排练一些新节目，团的工作胡锦涛就管得比较多。他经常和队员们谈心，遇到队员有“思想疙瘩”，他会耐心为他们疏导。每逢寒暑假，我总要给回泰州的胡锦涛写封信，请他把团支

1964 年舞蹈队集中队员中的阳光女生，左起：范锡莉、王新声、苏文漪、翁其美、刘筱桢、徐萍、袁莹、尹婉秀、赵晓阳、竺新源、王丽珍、楼叙真

1964 年国庆节在天安门广场演出蒙古族舞蹈《挤奶员舞》，左一楼叙真

部总结写好。胡锦涛不仅字写得漂亮，而且总结写得也有血有肉，能充分体现我们这个集体的风貌。1965 年，我们舞蹈队被学校评为“四好集体”——身体好、思想好、学习好、劳动好。1964 年 9 月就要毕业的 5 字班（1959 级）的集中队员大都回班住了，而胡锦涛由于学习好、工作出色被选拔为学生辅导员，仍留在文艺社团，出任文艺社团团长。

1965 年 11 月，我正在延庆参加“四清”，奉命回校。胡锦涛给我们布置任务，为纪念“一二・九”运动 30 周年，北京市要在人民大会堂举办一场大型文艺演出，清华演出最后一幕“支持世界革命”，由我担任总导演，已毕业留校的老队长靳东明任主要舞蹈部分的分导演，群众演员部分又设了若干分导演。我们边编边导，除了舞蹈队队员外，还动员了各系的群众演员共 300 多人参加演出。我们班的同学看到我在台上指挥若定，十几个编导、几百人的大歌舞组织得井井有条，感到很惊讶，说我这些年变化太大了。是的，舞蹈队培养了我们的组织能力、协调能力，锻炼了我们的工作能力。清华舞蹈队，我们成长的家。

我们 6 字班（1960 年入学，1966 年毕业，因“文化大革命”1968 年才离校）是“文化大革命”中第一届毕业班，毕业时学校一片混乱，没举行毕业典礼就人走楼空了。1996 年校庆是 6 字班毕业 30 周年返校日，学校要为 6 字班补办一个像样的毕业典礼。在典礼上，我们清华舞蹈队的老队员（平均年龄 55 岁）演出了蒙古舞蹈《鄂尔多斯舞》。一出场台下就响起了雷鸣般的掌声，我们合着掌声跳完了。我和谭又亭回到班里，同学们说我们是流着眼泪看你们跳舞的，舞蹈队的人仍然像当年一样年轻洒脱，充满朝气。之后我们在 2011 年 100 周年校庆时，在全校庆典晚会上又跳了《鄂尔多斯舞》，当时我们平均年龄是七十岁。2018 年，为庆祝文艺社团建团 60 年，已完成新老交接的清华校友舞蹈队，在年轻队委会的领导下奉献了一台美轮美奂的舞蹈专场——“向美而行”。参加演出的校友舞蹈队员有 90 余名，最年长的八十一岁，最年轻的二十岁，相差一个甲子。我们老舞蹈队员的演出生涯就此画上了圆满的句号。

我从十八岁进清华到现在七十九岁，好像从未离开清华舞蹈队。在校期间受到舞蹈队团结向上、勇往直前的气氛的熏陶，形成我热情乐观的性格。毕业时我主动要求分配到“三线工厂”——第二汽车制造厂工作。二汽在鄂西北偏僻的山区，工厂还在筹建，生活条件极其艰苦。我的大女儿 1970 年出生，没有牛奶，连奶粉也要托人在大城市买，常常接不上。我们就用炒面粉、豆粉加少许奶粉给孩子吃。我们住在山上，早上要赶公交上班，为了防止下山时摔跤，我把孩子装在一个大袋子里绑在身上，等车时我把布袋当长鼓，跳起了朝鲜族舞蹈长鼓舞。周围人都笑了，“楼楼，真服你了，再苦的日子你也能活出彩！”

1985年我担任二汽技术中心主任，技术中心有2000多人，下设汽车设计、汽车工艺、材料、计算机等多个处室。清华舞蹈队培养我的组织能力、协调能力有了用武之地。我也清醒地认识到，我不是学汽车的，技术中心各个专业都有能人、学术带头人，虽然是主要领导，但我把自己定位为“Interface”，是各个专业的“接口”。我们按照厂里“开发一代、预研一代、改造一代”的工作要求，从卡车设计向轿车设计研发扩展，为上轿车做技术准备。1987年国务院同意二汽引进外资开发生产轿车，二汽与外资谈判开始，我也参与了谈判工作。近水楼台先得月，我极力主张把技术中心的各学科的人派往国外公司学习，日本富士重工公司采纳了我们的意见。我们成建制地对口到富士重工学习，收获颇丰。后来我们与法国雪铁龙谈判期间，购买了两辆轿车，把一辆全拆成零件，让汽车设计师搞明白零件结构，让工艺师搞明白是怎么制造的，让材料师搞明白是什么材质……

1992年因我爱人调北京工作，我们回到了北京，又可以和舞蹈队的老同学们欢聚一堂了。

大家退休后，除了经常参加校友舞蹈队活动外，舞蹈队的同学仍像当年一样充满上进心，活到老学到老。有的学弹钢琴，能弹很多高难度的曲子；有人学画素描，笔下人物栩栩如生。我则自学了Auto CAD 、Photoshop及MIDI作曲。虽然我们年纪老了，但我们的心还年轻。

对我而言，最重要的是我在舞蹈队收获了我的爱情。陈清泰是汽2的（1957年入学），我是电6的（1960年入学），不一个系不一个年级，是舞蹈队把我们联系在一起。除我俩外，黄迺章、陈明浦，胡昭广、殷勤藻，魏熙照、马丽也是在舞蹈队喜结良缘的，我们很幸运很幸福，感谢舞蹈队。

2020年7月

作者简介

楼叙真，1941年出生于陕西延安。1966年毕业于清华大学电机系工业企业电气化自动化专业。毕业后一直在东风汽车公司工作，曾任总厂计算机中心主任、技术中心主任，高级工程师。1993年退休。

温暖的集体　难忘的回忆

■ 任丽翰（1960级自控系）

2011年的百年校庆、2017年的纪念“一二・九”歌咏会、2018年的艺术团成立60周年活动，我参加了三次随上海校友会艺术团回母校的演出。站在阔别半个多世纪的舞台上向母校汇报演出，使我这个曾经的学生文艺社团的成员感慨万分。

1960年，我考进清华大学自动控制系，那年我参加了文艺社团钢琴队活动。1963年，到社团集中，在蒋南翔同志所说的班级和社团“两个集体”中生活和学习，获得很多的关怀和教育。母校所学专业知识和人文精神，是我最珍贵的人生财产。至1967年底离校，我在校期间有多半时间在文艺社团度过，文艺社团对我的教育和影响让我受用一生。

永记入党谈话

“为党宣传，永远战斗”这是当年文艺社团的响亮口号，再苦再累，只要想起这句话，就会忘记辛苦，豪情满怀。毕业后，在远离家乡的艰苦环境中，在接受困难的任务中，在遇到前所未有的机遇中，“为党工作，永远战斗”成了激励我不

母校百年校庆时老民乐队员欢聚清华

断进取的动力。

1964 年我在文艺社团入党，记得上级组织委派谭浩强同志和系党总支书记凌瑞骥同志跟我谈话，印象最深的就是这句：共产党员的基本功就是“密切联系群众”。在文艺社团的活动及工作中时常接触校领导和团委领导，清华的不带职务称谓的“同志”们（如蒋南翔同志、刘冰同志、艾知生同志等），他们平易近人、深入群众的作风深深影响着我们。刘冰同志当时是清华大学党委第一副书记，几乎每次文艺社团演出，他都会饶有兴致地观看。我曾向他汇报过工作，介绍过节目，几十年后，他仍记得我这个普通的学生。受这些影响，毕业后我走南闯北，变换过多种工作，面临过许多困难，最后都能比较顺利地走过来，就是依靠母校给我的“法宝”。

梦回学生文艺社团

2019 年春节前，上海校友会艺术团受中央电视台和江苏电视台邀请去北京录制《经典咏流传》《我要上春晚》和《江苏春节晚会》的节目。因摄影棚使用排档有 5 天时间“空窗”，为避免七八十岁的团员们在京沪线上奔波劳累，清华校友总会副会长史宗恺同志在校安排接待了我们。集中食宿，在学校艺术中心的排练，在食堂就餐时即兴演出，处处沐浴着校领导细致的关心和校艺术团学弟学妹入微的照顾，使我仿佛穿越时空，回到当年的学生文艺社团。

当时，在全校文艺社团团员中选调近百名骨干作为集中队员，他们大多数是来自全校有艺术特长并品学兼优的同学。各个年级、各种专业的同学除了上课回班级外，食宿、活动、组织生活都在一起，形成了难得的学习环境。和不同专业的同学在一起，各种专业知识都能有所耳闻，开了眼界。也从高班同学那里学会

合唱支部同学们合影

了排练候场“见缝插针”学习外语；“拿得起，放得下”，提高效率、专心致志“做好当下”等。我们“时间管理”的能力日益增强，努力做到学习和活动演出两不误。当时，得到清华、中央音乐学院双毕业证、全五分的陈陈，才华横溢的刘西拉，独唱演员兼击剑冠军张剑，睿智实干的曾肇京，学习、歌唱俱优的吴亭莉……都是大家学习的榜样。在集中队员中也有不少同学受到“因材施教”培养。

沐浴清华特色的思想工作

文艺社团由校党委、校团委直接领导，思想教育也更适合学生群体。“实事求是”“具体问题具体分析”“不唯成分论”“不揪辫子、不扣帽子、不打棍子”“春风化雨、润物无声”清华特色思想教育的熏陶，使文艺社团成为生动活泼、积极向上、团结友爱的集体。同学们在这优秀的集体中健康成长，经得起风雨和时间的考验，成为国家的有用之才。即使在“文革”中，在工作组组织批斗“黑帮爪牙”时期，也有不少同学暗中保护和安慰被批斗的同学，使之少受冲击。可见文艺社团同学的善良和团结并未被摧毁，几十年之后大家相聚时再次印证了我们的凝聚力。

榜样的力量是无穷的。一年级进钢琴队时就认识了电机系 1 字班的陈陈学姐，她聪颖优雅、无私奉献、追求卓越的精神一直是我学习的楷模。还有，在文艺社团时朝夕相处的赵燕秦学姐，她是机械系 4 字班的同学，毕业前担任团长。她也是大家最喜欢的“知心姐姐”，对每个同学、各种问题都能“一把钥匙开一把锁”，真正做到了“对待同志像春天般的温暖”，是我永远的“标杆”。

一直要回答的问题：文艺为了谁？

“为人民服务”要坚持不懈，从细微处做起，国庆、五一、校庆、迎新、元旦等节日，文艺社团都要为全校同学演出。之外，如何能够更好地为同学服务？于是“乌兰牧骑”式的周末楼道演出、阶梯教室和音乐室的小型演出，参加班级元旦晚会的小节目，都是献给同学们的“礼物”，自然受到同学的热烈欢迎。这些微小活动正是那时“全心全意为人民服务”的实践和起步。

文艺社团每年都利用寒假或暑假组织各队骨干“集训”，按照学校贯彻党的教育方针的要求，贴近时代、贴近同学的实际，创作排练一些大家喜闻乐见的节目，如曲艺《夸专业》、舞蹈《非洲在怒吼》、话剧《千万不要忘记》、歌曲《四好之歌》等都受到广大师生的欢迎。我们也排练一些如《大扫除舞》《关羽搬家》《瑶族舞曲》《周总理来到清华园》《草原晨曲》等长盛不衰的清华原创经典节目。

几十年后在上海，成立了清华大学上海校友会艺术团，我们也选择了“传递时代精神、传承中外经典、向美而行”的目标，一直在追寻、求索着心中的高雅艺术。我们选择无私奉献、报效祖国的歌曲，选择热爱祖国、热爱生活的歌曲，选择曾经在祖国边疆荒漠奋斗和生活的题材和内容。我们先感动了自己，再努力传唱给观众。这一切都显现了母校艺术教育在我们心中打下的深深烙印。

在文艺社团团部学本事

在当年的文艺社团，有由全体文艺社团团员选举产生的团部委员会，负责制定和实施文艺社团活动的年度计划，和音乐室指导老师一起确定各队的培训、排练计划。团部委员还有一个任务是：审查节目，即对各队排练、演出节目的内容和形式进行评定、评估，决定取舍，根据其成熟度进行修改或安排在不同场合演出和试演。

团部委员会的同学都是集中队员，他们不仅承担自身的节目演出，也承担着活动和演出的“前线作战参谋部”的工作。整场节目的确定、节目衔接顺序、乐队椅子排放、钢琴的搬动、护送幕布的“跑幕”，还有演出时节目的调度，除“舞美”之外的大部分舞台工作，等等，事无巨细。那时常在一起干活的团部委员有曾肇京、韩启立、李云龙、谢引麟、王琬等同学。肇京是水利系 4 字班学长，是足智多谋、有权威的舞台监督。启立是动力系燃 6 同学，学习、体育、文艺都有特长，在军乐队吹长号，为人低调谦和，永远在默默地付出。云龙是工物系物 7 同学，在曲艺队是创作和演出的多面手，不仅能干也是个“好说好商量”的“好弟弟”。引麟是冶金系铸 7 同学，在评弹队活动，她表演《学习雷锋好榜样》和每天四点半在西大操场练百米跨栏的“俏模样”仍是我记忆中的精彩瞬间。王琬是动农系汽 7 同学，头脑清醒，温柔可亲，文笔很好，她的学哲学文章多次刊登在《新清华》上。团部委员会是个特别能战斗的组织，几乎没有完不成的任务。大家一起在“学中干、干中学”，我们“战斗友谊”永远不会忘。

在辅导组受启蒙

文艺社团还有一个“辅导组”，在党委宣传部、团委的直接领导下，负责学生文艺社团的日常工作，由担任党支部书记、团总支书记、团长、副团长等职务的学生辅导员组成。辅导组也是“铁打的营盘流水的兵”，我曾有幸和牛振东、雷如清、赵燕秦、胡锦涛、印甫盛、李桂秋等同学一起在辅导组工作过。团委副书记谭浩强和单德启同志先后直接指导辅导组的工作，当时党委宣传部的罗征启同志也是有求必应的“知心”领导。

在他们的帮助下，我们的政策水平和工作能力都在不断提高。“辅导组”的工作研究会、学习讨论会、民主生活会是定期召开的，自然地将大家的“各自所长”

民乐队被评为校“四好集体”时部分队员的合影，后排左一为任丽翰学长

变成了“集体财富”。1965年下半年按学校要求，为陪伴低班同学在校的学习和活动，胡、印、李和我没有下乡“四清”，而是一起度过了在文艺社团的最后一段日子。胡锦涛是水5同学，担任团长，学习成绩很好，曾听他介绍自己的学习方法很有启发。他性情温和，有极强的亲和力与很强的组织力，担任过清华参加纪念“一二·九”人民大会堂演出总指挥，担任过学校参加《东方红》大型歌舞队伍的领队，他负责联系的舞蹈队也被评为学校“四好集体”。印甫盛是自7同学，担任党支部书记。他着重联系话剧队、文艺社、戏曲队、舞美组。他有很强的洞察力和分析能力，文字能力强，有“苏北才子”的风范，待人诚恳、粗中有细。我们毕业后常有联系，是可以不受时空限制的好友。李桂秋是建7同学，担任党支部副书记，负责联系合唱队。她传授给我不少建筑美学知识，有主见也有耐心。她、我和赵燕秦曾是文艺社团的“三人行”，我们共同分享着快乐和苦恼，是可以互吐衷肠的好姐妹。我是自6的学生，当时担任团总支书记、副团长，负责联系军乐、民乐等乐队的工作。担任乐队的辅导员，认识了许多有才华的同学，每天晚自习结束时就是我们苦练乐器的时间，当时的艺术水平和精神面貌有时真不亚于专业团体。我负责联系的民乐队也被评为学校的“四好集体”。

那时我还分工做社团的组织工作，就是不断研究、寻找、培养、发展新团员和新集中队员，建设特长齐全、年级分布合理的社团队伍。团委副书记单德启老师手把手地教会我，如何从调查研究做起，分析、规划、培养、实施。从此我知道了组织工作的重要性，它是队伍建设的基础。还有，不能忘怀的是辅导组的“民主生活会”和“民主集中制”的实施，同志间坦诚相见，开展批评和自我批评，对我此后的工作生涯做了较早的启蒙。

当年，蒋南翔同志的教育思想中培养“三个代表队”是非常重要的内容。十分幸运，我在清华的几年学习过程中得到了实践。一二年级时，我在年级主任的关怀下接受过“高等数学”“电工基础”“电子技术基础”的“因材施教”项目；在文艺社团时接受了“文艺代表队”和“学生辅导员”的培养与锻炼。多年之后，最后我也当了老师，我就将自己的所学努力地交给学生和年轻的同事。母校的教育影响了我一生。

作者简介

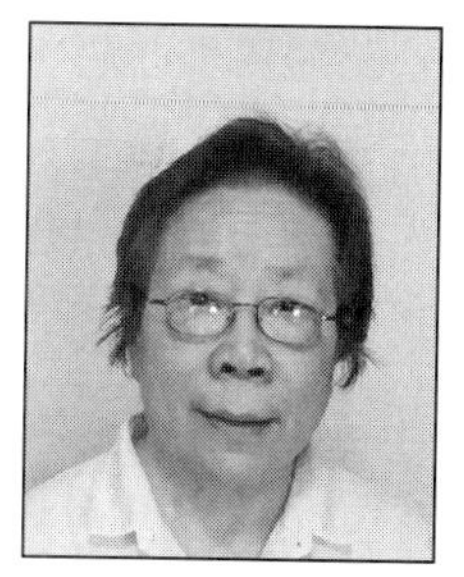

任丽翰，1944 年出生于上海，1966 年毕业于清华大学自动控制系。1967—1977 年在贵州 083 系统任技术员、产品设计师。1977—1984 年在西安微电机研究所任工程师、测试设备设计师。1984—1994 年任南通计算机厂工程师，南通电子仪表局外经科长、副局长、局长、党组书记。1994—2010 年任上海工程技术大学广告与影像技术系主任、艺术设计学院院长、中韩多媒体设计学院院长，2010 年退休。清华大学上海校友会艺术团副团长。

凡是过往，皆为序章

—— 70 年代文艺队活动片段

■ 姜鹏明（1973 级力学系）

1973 年秋，敬爱的周恩来总理指示恢复大学招生，施行“群众推荐并文化考核”的招生办法。我们作为通过“文革”中唯一一次全国考试的 73 级学员，迎着南校门悬挂的“人民送我上大学，我上大学为人民”横幅，迈进了清华园。

毕业四十多年来，同学们在各行各业兢兢业业、为国效力的奋斗精神，不仅来源于清华在那个特殊年代采用的教学方式，也源于在清华文艺队（现在称“文艺社团”）的锻炼。文艺队培养了我们能吃苦、敢创新、团结互助的奋斗精神；锻炼了我们“胜不骄、败不馁”的心理素质；也提高了我们的组织协调能力、交际沟通能力。当年的清华文艺队队员中，不仅成长出了市长、将军和企业家，很多人在业务上也卓有成绩，成为时代洪流中的大用之才。

恢复组建清华文艺队

迎新入学晚会上，我们自己作词谱曲、手风琴伴奏大合唱“蓝天下雄鹰在展翅飞翔，祖国大地洒满阳光……”，学校音乐室的老师开始在新同学中挑选文艺队员。学员乔品华、董淑琴、李连珍、李芳芳等都被选进了舞蹈队，我和其他多位学员被选进了乐队。也许是因为入学前我曾任 201 部队某文艺宣传队队长的经历，我被任命为这届清华文艺队队长。

当时的“清华文艺队”，其成员以学生为主体，结合校专业老师、青年教师和校办工厂的工人组成。我担任队长兼手风琴和竹笛独奏，以及小品和话剧编导，弹琵琶的化工系学员周小政任指导员，来自建工系吹竹笛的杨文清和打扬琴的任毅山任副队长，另有军代表、工宣队代表、校团委和校学生会干事，大家一起组成文艺队领导班子。

在专业老师中有德高望重的周乃森教授（负责铜管乐）、陆以循教授（小提琴演奏家，负责弦乐）、王震寰教授（负责民乐）、郑冶教授（资深老艺术家、国家级合唱团指挥）。创作主编由徐葆耕教授（后任中文系主任，获金鸡奖的电影《邻居》的编剧）担任。作曲和乐队指挥是清华附中著名的作曲家王玉田老师。还有音乐室的华侨钢琴家闫丽丽老师（兼舞蹈队基训和排练的钢琴伴奏），声乐老师许优美（兼道具），青年教师有邵会华、薛芳渝、张冠忠、薛伟民等等；来自校办工厂的青工有白洁珊、王玉辉、肖宏速、韩峥等共约 50 余人。分设五个分队，即军乐队（管乐队）、民乐队、声乐队、舞蹈队和曲艺队，可谓阵容强大。那种科学氛围中的艺术，承载着工农兵大众的情感，在清华园奏响，其昂扬的主旋律感染和影响了我们的一生。

“200 号”及延庆演出

在学校大礼堂的演出是以后的事了。1973 年底，我们首先去的是“200 号”和延庆农村的宣传演出。

排演什么节目呢？没有积累和传承，我要求乐队舞蹈队和声乐队练功的同时，把大家分别在工厂、农村、部队排过的节目再创作改编进行排演。电子系的天津学员梁桂敏独唱的《老房东查铺》，柔美深情，颇受好评。我的笛子独奏选了《扬鞭催马运粮忙》。我还把在军马场排演的响应毛主席“六 • 二六”指示，解决农村缺医少药的小歌舞《“六 • 二六”战士下乡来》，反映部队刻苦练兵的小话剧《老班长》也作为节目排演。

这是一次记忆深刻的演出，尤其是去延庆的演出。一月份的北方山区，正值数九寒天，北风呼啸，天寒地冻。演出场地是一个露天高台，后台仅有一个火炉供大家取暖。演出环境的恶劣可想而知。乐队铜管乐的排水孔被冻住导致按键按不下去，大提琴手李颖的手被冻僵眼睁睁看着掉在地上的琴弓就是捡不起来；舞蹈队的队员全部穿着单衣上台表演，导致着凉发烧还坚持演出；我表演笛子独奏时，笛子膜吹破一张换一张，两条鼻涕长流冻成冰都无知觉。但大家都毫无怨言地坚持到演出结束。为了保证演出的顺利进行，当一个节目演完后，乐队的队员都会将乐器放进大衣里面暖和一下。

队员们的认真态度和吃苦精神感动了老乡。老乡们掌声不断的同时，还特别为我们准备好了姜汤。演出之余，还进行了“支农”劳动，这也算是一次体验生活的创作采风吧。

赴 38 军“学军”

文艺队队员来自不同年级，学校集中安排文艺队队员学军，我们去了有着辉煌战史的 38 军。

在部队指挥官的带领下，我们进行了列队、操练、紧急集合、打靶等诸多项目的训练，第一次领略到革命军队铁的纪律、钢的意志。期间，当然也为部队战士进行了多场演出。大型舞剧和雕塑剧没有演出条件，我们因地制宜排练组织了一台多种形式的小节目，受到战士们的热烈欢迎。

记忆最深的是我们离开 38 军的那天，部队为我们准备了欢送晚宴。聚会后，天空突然下起瓢泼大雨，38 军的战士们早已在雨中列队夹道欢送我们，客车上的我们热泪盈眶，哭着喊着向战士们挥手，希望他们快快离去。可大雨中的战士们个个身姿挺拔，纹丝不动，直至我们远去……我永远忘不了这一幕，这就是我们坚不可摧的人民军队！这就是捍卫我们国家的钢铁长城！心灵受到极大震撼。

学军学农期间发生的感人故事数不胜数，也正是这种特殊的经历使大家结下了深厚的友谊，锻炼出一支吃苦耐劳、团结奋进的文艺队伍。

承担大型游园庆祝活动演出任务

那个年代的“五一”和“十一”都是以游园活动来庆祝的。清华和北大的文艺社团，自然成为首都大专院校游园活动演出舞台的领军队伍。

1974 年“五一”游园庆祝演出任务，清华文艺队创作演出了大型“雕塑剧”，以朗诵和人物雕塑的形式，反映广大劳动人民从旧社会到新中国当家做主人的历程。

1974 年“十一”游园庆祝演出任务，校领导决定清华文艺队正式复排大型舞剧《千里黄河做课堂》。

跨越到 2016 年校庆时，我们在清华大礼堂前巧遇学校文艺社团舞蹈队的小校

1974 年清华文艺队赴 38 军学军期间，参观革命圣地西柏坡合影留念

友们，听说我们是四十多年前清华文艺队的队员时，他们马上提到舞剧《千里黄河做课堂》，得知我们正是当年“黄河”舞剧的演员时，高兴地和我们交谈合影留念。令我们无比高兴的是，当年的《千里黄河做课堂》舞剧竟为清华文艺社团史上留下了浓墨重彩的一笔，更深深感受了优秀的文艺作品具有的隽永魅力。

舞剧《千里黄河做课堂》剧本由徐葆耕教授为主，我们共同参与创作完成的。记得当时白天上课，晚上排练和写作，与徐葆耕教授经常一起熬夜，在荷花池边上讨论剧本。徐葆耕教授多次提起：刘冰同志一再叮嘱，黄河是中华民族的摇篮，我们要写黄河。演黄河舞剧的舞蹈由中央歌舞团的老师赵婉华负责编导，音乐由著名作曲家王雨田老师和中央歌舞团乐团共同完成。

为赶排舞剧在“十一”游园庆祝活动时如期演出，也为了不耽误学员的文化专业课学习，1974 年的暑假，文艺队领导决定利用暑期加紧排练。几位主要演员回家不到一个星期就收到学校要求返校的电报，同学们即刻返校投入到排练之中。《千里黄河做课堂》由青年教师邵会华出演男主角，青工王玉辉出演女主角，白洁珊、乔品华、董淑琴、李芳芳、李连珍、刘小敏等出演其他各角色。

排练的过程既艰苦又兴奋，流汗的同时享受着以舞蹈创作人物形象所带来的喜悦。也让我们这些业余舞者有机会在中央歌舞团专业舞蹈老师指导下，进行基本功训练，舞蹈水平得到迅速的提高。

学校领导和创作人员与部分演员合影，二排左四为杨品老师，三排左四为徐葆耕老师

排演舞剧《千里黄河做课堂》，学校领导也给予了极大的关注。记得当时学校宣传部部长杨品老革命常来看望我们排练，并亲自了解和解决演出各方面的困难。

舞剧《千里黄河做课堂》也曾在清华礼堂为本校学生举行过多场演出。

记得壮美的交响乐伴奏中有一段潮头晶莹浪花的华彩乐段，是由我用短笛独奏、大乐队伴奏，剧情也进入了高潮。终生难忘！

舞剧除了参加了 1974 年的“十一”游园演出之外，还参加了首都大专院校的文艺汇演。汇演是在北航礼堂进行的，并毫无悬念地夺得第一名。

四十多年前的清华，正在经历着新中国的重大转折，成为中国教育革命的博弈地。在这种氛围中度过四年多（我由于补习研究生课程 1979 年才离校，1974 年后参加了部分话剧团活动）文艺社团生活，排练演出了许多歌舞剧、话剧、相声、器乐演奏，甚至参与编写电影剧本，许多队员都结下了终生的深厚友谊。

又聚清华园，那些年我们一起走过

2016 年 4 月 24 日是清华大学 105 年校庆的日子。在邵会华老师的牵头下，成立了临时筹备组，清华大学文艺队（1970 — 1976 级）46 名队友，在分别了四十多年之后相约返校欢聚。这是一次久别的重逢。而今白发染双鬓的我们，道一声“好久不见……”，泪花双眼，一切尽在不言中。

这是一次温馨的交流，回忆当年风华正茂的我们曾经走过的每一段路。清华文艺队的经历使我们受益终身，也使我们对艺术的执着和热爱延续至今。当年的男舞蹈队员李献华，离开工作岗位后参加了中国十佳合唱团之一的“金融爱乐合唱团”，还负责组建军休之声合唱团，任团长兼指挥，在全国及北京市的合唱比赛中多次获得好成绩。女舞蹈队员李连珍从未放弃舞蹈的习练和表演，在 2020 年国庆期间，为陕建集团编排了大型舞蹈《使命》。当他们的演出视频发到我们的微信群，所有队员观看后无不为之动容。大家都认为这才是真正的“文艺为工农兵服务”。

2016 年清华文艺队相聚集锦，由筹备组制作了光盘，并由邵会华老师提交给清华校史馆保存。

2017 年恰逢 3 字班返校庆祝毕业 40 周年，我组织返校的 3 字班队友与在京的老师和队友在我公司的礼堂又一次相聚，以延续 2016 年相聚时未尽的余兴，继续畅聊当年和今日的我们，却未曾想演变成两个多小时的联欢会。大家纷纷拾捡起时隔多年已经生疏的乐器、舞蹈、说唱……各种本领，在没有任何准备的情况下，串联起一台节目，掌声不断，欢笑声连连。

喜欢文艺的人一般都被认为智商和情商双高，文艺正是培育“德商”的实践。专业知识也许会促使人“自强不息”，而德不配位，则难成大器。只有“厚德”方能承载万物。

清华园中文艺队通宵达旦地创作、思考，挥汗如雨的排演，在剧目中体验人生的各种角色，寻找个人在集体中的定位等，都是难得的实践。

我爱夜色中的清华园。掩去白日的浮华和红绿的口号，她是座宁静伟大的思想熔炉，容得下青年的幼稚与肤浅，练就的却是追求真理的坚定信念，锲而不舍的顽强毅力，严谨求实的思想方法，忠诚深厚的爱国情操。

四十多年后，当年的文艺队员，当今的教授、将军、政府部门领导、企业家们又聚到了一起，复演当年的“黄河”，他们都已经成为这个社会前进的推动者！

黄河那种奔腾不息、百折不回、容纳百川、一泻千里的品格，影响着一代又一代的清华学子，为中华民族的伟大复兴不懈奋斗！

最后，感谢我的队友乔品华、董淑琴、李献华、刘建平、李连珍为撰写此文给予的大力协助。四十七年后的今天，我们圈子还在，荣誉还在，亲情还在，自强不息的激情还在。

2020 年 10 月

作者简介

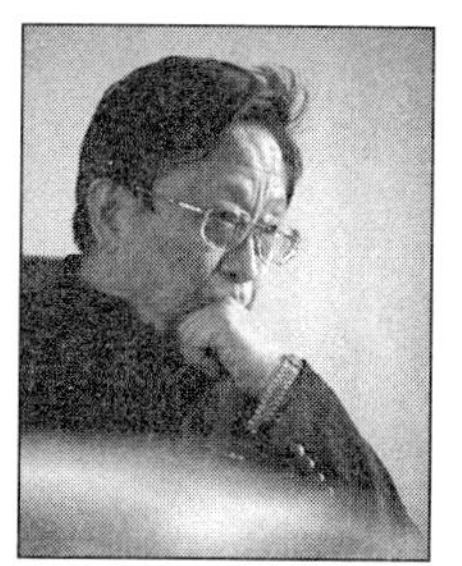

姜鹏明，1977 年毕业于清华大学工程力学系。在校期间曾担任流 31 班党支部书记、校文艺队总队长。1986 年在北京市科学技术研究院劳动保护研究所获得硕士学位，1992 年在英国巴斯大学完成博士论文，同年于北京理工大学获博士学位。2008 年 10 月中央党校进修部学习结业。现任北京绿创环保集团董事局主席，中关村民营科技企业家协会会长，中关村社团联合党委书记。

上海校友会艺术团，清华人温暖的家

■ 翁蓓华（1974 级力学系）

刚刚过去的 2020 年国庆，中央总台九套，播出了纪录片《往事如歌》，共三集，每集 50 分钟。讲述一代清华学子的家国情怀——“我把青春融进祖国的江河”。年岁大了，退休了，喜欢音乐的校友又聚在一起排练合唱、演出，继续传递着正能量，为祖国为人民作贡献。这个集体就是大名鼎鼎的“清华大学上海校友会艺术团”。

入团考试

2017 年上海校友会艺术团“出彩”后，我坐不住了，跃跃欲试。艺术团最年长的程不时老先生是出自我们清华航天航空学院的老前辈。2018 年春节前，清华航院华东地区校友在上海梅陇召开迎春茶话会，我去了。程老是交流论坛部分的

清华大学建校 108 周年暨 2019 清华大学上海校友会年会演出留念

主讲。当休息时，我来到他跟前，先自我介绍，接着提出让程老介绍我入艺术团的请求。他爽快地答应了，并将我的联系方式记录在一个小本上。

到了春节后的第二个周六艺术团活动前，程老给我打电话，告知在市区石门二路的现代大厦24楼，能见到艺术团的全体成员，程老打算将我正式介绍给刘西拉团长。

我如期来到活动现场。上课前，程老果真叫唤起忙碌的刘团长：西拉，我介绍的翁蓓华，她是上海汽轮机厂退休的！我一怔，哦，原来在程老的心目中汽轮机厂的名声那么有分量，这是我始料未及的，内心一阵激动。后来想想也很正常，程老一生航空报国，对国家重大技术装备企业有着特殊的敏感，而我一生的职业生涯恰恰都是与这个企业联系在一起的。程老积极介绍我参加艺术团，这也许是最重要的那一个原因了。

当秘书长让我上台进行“入团考试”——唱一首歌时，我面对台下那么多“网红达人”，顿时慌了神，将预先准备好的一首京歌《中国脊梁》唱了个开头中途就“卡壳”了，唱词怎么也想不起来了。跳过那几句，到了第二段仍然该唱这几句词时，脑袋还是一片空白，混到结束，狼狈下台。这时隐约听到还有掌声，却没有听到其他对一个失败者的负面声音。主持老师宽慰我，说下周还可以补唱。也许是老师们包容的眼光和友好的掌声鼓励了我，也许是清华上海校友会艺术团集体所特有的博大胸怀温暖了我。第二周，我再次上台“补考”，唱响一曲《映山红》，才算通过。那是2018年3月10号。我感到非常荣幸！

出演途中

进团后，正赶上艺术团演出机会出奇频繁的一两年间。罗列起来，有上海科技节、上海庆祝改革开放40周年在浦东迈赛德斯奔驰演出、被北大邀请在上海音乐学院贺绿汀音乐厅演唱、被邀到湖南卫视《毕业季》演出、央视《我要上春晚》《春晚直通车》、江苏卫视春节联欢会演播、央视《我和我的祖国》与李谷一等同台演出、央视《经典咏流传》栏目唱《登鹳雀楼》演出，以及上海音乐家协会合唱组展演。期间还有到多处录音棚多次录音的经历。

记得那次在浦东迈赛德斯大剧场与著名的老歌唱家同台演出有些特别。该剧场是上海2010年举办世博会后改建成的，因此后台条件比较简陋。我们被集中在一个休息厅里。化妆靠自己互相帮忙，而女士换演出服却是个尴尬的事。不知是哪位老师急中生智，在二层窗帘中拉起一个临时“更衣室”，女士轮流拉着“幕布”把门。清华人适应能力超强，连陈陈老师也不例外，在那黑洞洞的更衣室里把演出服换上，让笨拙的化妆笔在她脸上涂鸦，硬是把演出任务出色地完成了。

2019年春节档，在北京央视、江苏卫视演出期间，有天晚上演出结束已经是半夜了，演出大棚在河北廊坊，下榻的宾馆在北京，坐上大巴车后，由于司机对行车线路不熟，在马路上来回打转。尽管大家都疲惫不堪，都希望能尽早回到宾馆休息，但是面对这种情况，艺术团的团员们都没有一句责备和抱怨。难怪张老师事后调侃说："不是任何牛奶都能叫特仑苏。"

我们团每次出上海市坐高铁，一般都需在火车上解决一顿午饭。当然火车上有列车员卖的盒饭。但艺术团的老师们，不约而同地选择自带干粮，并热情地分享自己亲手做的美食。有的带饺子，有的是面条包子，有的是干煎鱼，有的是爽口菜。前后座位互换食品，你来我往，把旅途演绎成欢乐的"聚餐"了。

还记得那次从湖南长沙回沪，高铁的时间表也提示我们需要解决一顿午饭。在当日吃早餐时，大家都想着多买几个包子，准备到时打发自己的肚子。我们的刘团长因到深圳出差晚到长沙，等带领我们完成演出任务后一起返沪。当时我们的座位比较分散，陈陈老师和我们几个坐在6号车厢，而刘团长是12号车厢。发车前，陈陈老师拿着几个包子站起身对我们说，我要给他送点吃的去。边说边下车往12号车厢走去。在座的王老师一下子从座位上跳起来，去追陈陈老师，说，我把座位和团长一换，两位老师不就方便在一起了么。结果团长就到了6号车厢。几个包子填饱肚子后，我看见刘团长卷缩着身子，在座位上沉沉地睡去了，直至火车开进上海虹桥火车站他都没醒。看着这种情景，我鼻子一酸，差点哭出来。他是个海归老教授、八十岁都不退役的人民教师，带领一帮从外地退休回沪的爱好唱歌的清华校友们，连日多地奔波、演唱，乐此不疲。以他们一生对国家和社会的贡献，这个时候本该好好安排个人的生活，享受安逸幸福的晚年，但是他们却选择了继续奔波奉献的路，这就是我们清华人，在他们身上，我看到了母校"自强不息、厚德载物"精神延续的光芒。

上海校友会艺术团是一个优秀的集体，我很庆幸自己成为其中的一员。这个集体像阳光一样照耀着我的学习和生活，温暖、净化着我的心灵。让我学习了声乐技术、长了见识，更重要的是让我能继续学习、传承、弘扬清华的集体精神，习得宽容，懂得合作。

《往事如歌》纪录片里，团长是这样诠释他们这代人的：每个人的故事不一样，但他们又在说同一个故事——为祖国奉献青春，无怨无悔。这就是我们的全部。

是的。我在想，为新中国这座大厦奠基贡献的那代人，他们就像"预埋件""地脚螺栓"。就像歌里唱的一样："不需要你认识我，不渴望你知道我，我把青春融进祖国的江河。山知道我，江河知道我，祖国不会忘记我。"而我们年纪稍轻一些的人，能否做一个合格的"连接件"呢？大厦的百年千年大计靠基础，也靠人梯的传承，才会生生不息。艺术团已走过十年，我们要担起承上启下的责任，使这个集体永驻艺术青春。

作者简介

翁蓓华，1952 年 7 月 14 日出生，中共党员。1968 年 12 月起在上海电气集团上海汽轮机厂工作。1974 年 9 月进入清华大学工程力学系热物理专业学习，1978 年 2 月毕业。毕业后回原单位从事热工检测 / 质量管理工作，高级工程师。2002 年返聘在本集团上海互感器厂、上海风电设备有限公司担任质量部门管理工作至 2013 年。

退休后常年乐于做志愿者，并在松江区“五老关爱宣讲团”、上海市第四福利院担任讲师和残疾朋友的音乐教师。

承上启下 永不停步

——为体育代表队 1975 级集体而作

■ 袁 帆（1975 级建工系）

2019 年 4 月 28 日，清华大学第 62 届“马约翰杯”学生田径运动会在东大操场隆重举行。在盛大的入场式上，当适值毕业 40 周年的 1975 级 100 名校友排着整齐的队伍，喊着嘹亮的口号出现在观众面前时，受到了全场热烈的欢迎。此时，主席台上传出了这样一段入场解说词，响彻全场：

1975 级的校友们，他们离开母校已经整整 40 年了。在校期间，他们刻苦学习，积极上进。在“争取为祖国健康工作 50 年而奋斗”口号的感召下，75 级的群众体育活动开展得生龙活虎，很有特色。许多同学成为了学校体育代表队的主力队员，在北京市高校、以及全国的各种体育比赛中，为母校争得了许多令人骄傲的荣誉。

在这个方阵中，我和李彬彬、秦培仙、张伏玲、曾修慧、钱秋星、李娜、于

2019 年“马约翰杯”运动会开幕式 1975 级校友方阵

新华、王德衿、谷清林、刘援朝、郑晖、毕亚军、胡忠祥等 14 人听到这段话，激动的心情就像奔腾的海浪！因为我们都是当年的清华体育代表队队员，此时此刻，我们的心好像又飞回四十多年前的清华运动场，胸中不由得涌动起奔跑的欲望，身心重又沉浸在赛场上夺标的荣光……

在 1970—1976 年的中国高等教育史上，曾经出现过“工农兵上大学”的特殊概念，清华前后共招收过六届学员，这是由一系列社会演变造成的结果，也是不可回避与跨越的历史阶段。而 1975 级在校期间恰恰处在风云激荡的关键岁月，因而经历了一次关乎国家命运走向的历史巨变。身处历史洪流，勇敢搏击奋斗，清华 1975 级代表队员作为一个特殊群体，以自己的坚韧与顽强，在体育平台上接受挑战，历史性地承担起“呈上启下”的责任！翻开那个阶段的北京高校运动会的成绩记录册，清华与北大、钢院一直上演“三强争雄”的大戏，在获得前八名的运动员名单中，“清华”二字频频闪现。在 1976、1977、1978 这三届高校运动会上，清华始终没有让“男子总分第一”的桂冠旁落，并且始终处在男女团体总分“前三”的位置上。除了田径以外，在其它运动项目的竞赛中，清华同样有着不俗的表现，从来都是夺标的热门，始终让其它院校刮目相看。历史已经证明，清华体育的接力棒在我们的手上曾经完美接传，75 级代表队员永远可以欣慰地说：“我们来过，我们拼过，我们赢过；我们没有遗憾，我们笑对未来！”

水木清华，荷塘月色，美丽的清华园是令无数莘莘学子向往的中国最高学府。在这里，清华的每个学生除了感受到强烈的严格治学氛围外，还特别受到了“无体育、不清华”的清华体育精神熏陶。清华的体育运动水平在中国的高等学校里历来名列前茅，并且在建校一百多年来，不论在哪个历史时期，经历怎样的世事变故，坚持体育锻炼的优良传统始终象接力跑一样，一代一代地传承下来，从没有断线。尽管我们在 1975 年秋季入校时，清华还处在“十年浩劫”的最后时期，教学及各项工作不可避免地受到政治运动的影响，但即使如此，我们仍然深深地被清华强烈的体育氛围所感染。开学不久，学校的各运动项目代表队都进行了新生选拔，也就是从那时起，一批具有体育运动基础的 1975 级同学进入了代表队，为清华体育精神在特殊年代的传承开启新的一篇。

在 1975—1979 年的四年里，学校体育代表队中的 1975 级同学曾经多达七十人以上，其中在田径队中数量最多。据不完全统计，田径队有：李彬彬、秦培仙、王玉荣、乔茹芳、杨琳娜、田淑萍、李英沛、佟淑珍、黄倩、许星全、邢淑珍、张伏玲、师二兰、马建英、李聪聪、尹建新、邹爱华、翟淑萍、杜文惠、韩秀丽、陈何云、吕华（以上为女队员），陈希、欧文生、张庆元、石泓然、王长滨、李石生、胡忠祥、周连仲、于新华、王彪、王德衿、谷清林、郑晖、蔡长杰、蔡福广、袁帆、刘援朝、陈同洲、杨敬东、林克旺、耿大中、林汉通、韩明、毕亚军、张华忠、山拓、刘信波等。此外，在篮、排、足、乒乓等球类和游泳、举重代表队中有：曾修慧、迪里巴尔、方胜利、郭红力、钱秋星、谢滨、李娜、刘印芝、刘岚、阎新凤、郭小平（以上为女队员），黄洪耀、林岳贤、林松辉、87叶周和、孙燕明、王建、施建、张玲承、许定宝、张瑞锋、侯建群等。另外，还有留学生迪埃梅（塞内加尔）、阿尔丹（阿尔巴尼亚）、姆伲亚尼（坦桑尼亚）、伯特绍（多哥）等。

长跑队同学西校门留影，后排左一为袁帆学长

当年的1975级代表队员都没有体育专业背景，只是普通的“工农兵”。他们一方面要克服因为文化基础较差带来的专业学习困难，一方面又要努力提高运动成绩。特别是在第一学年里，75级各个专业基本都进行了“开门办学”，于是代表队员就要在工厂、工地等校外环境里利用各种条件进行锻炼，因此付出了超出一般同学许多倍的体力和精力。在四年清华园的学习生活中，除了教室、宿舍、图书馆，大家的足迹留下最多的地方莫过于各个运动场馆。忘不了每天下午两节课后那龙腾虎跃、热闹非凡的大操场；忘不了在学校代表队里你追我赶，一同训练的队友；忘不了呕心沥血，悉心执教的清华体育老师；更忘不了清华各个代表队在北京高校运动赛场上一次次摘金夺银，享誉赛场的荣耀辉煌……

特别要说的一份幸运是，75级代表队遇到了一支非常优秀的教练团队。当年执教过我们的体育老师中，有彼时已在清华执教三十年以上的夏翔、王英杰、杨道崇、翟家均、林伯榕等老一辈体育教育家，也有经过马约翰先生亲自指导过的曹宝源、苏应惠、王毅、陈蒂侨（女）、王惠希、郑继圣、于洪森、胡贵增、陈兆康、周钦霖、詹世霖、苏毓辉、黄文杰、刘津珍（女）等资深教师，还有郝锁柱、尹嘉瑞、王斐力、齐坤莹（女）、张荣国、马俊英（女）、孙燕（女）、孙建国、康德周等年富力强的中青年教师。在这支队伍中，既有大名鼎鼎的体育前辈，又有经验丰富的专项教练，他们秉承高尚的师德，专业的能力，不仅关心我们的锻炼，更注重教我们如何做人。他们视我们为自己的晚辈，为了让我们健康成长、提高成绩，他们真正做到了兢兢业业、身体力行，有时甚至达到了勤勤恳恳、呕心沥血的忘我程度！他们带给我们的不仅是运动技能，更多的是人生的体悟与感动。

1976 年北京高校女子篮球联赛留念

“一分耕耘、一分收获”，75 级代表队员在各队教练的悉心培育下，经过勤奋训练，很快就在比赛中崭露头角。以田径为例，在 1976 年的第 15 届北京市高校运动会上，短跑队头一次参赛的陈希，就在 400 米比赛中以 52 秒 7 的成绩取得第一名，以 11 秒 1 的成绩取得 100 米第二名，为 1975 级代表队员首开纪录。陈希在 1977 年的第 16 届北京市高校运动会上，又创下一人独得 100 米、200 米两项第一名的佳绩；在 1978 年的第 17 届北京市高校运动会上，再一次拿下 100 米、200 米两项第二名的好成绩，他也因此成为 75 级唯一的连续三届参加高校运动会，连续三届进入前两名的优秀短跑选手。陈希 1979 年毕业以后，又于当年考上研究生，继续一边读书，一边训练，不但保持了良好的竞技状态，还进一步提高了比赛成绩。在 1981 年第 20 届高校运动会上以 10 秒 9 打破个人最好成绩，再次取得男子 100 米竞赛第一名！更重要的是，他在清华学习、工作三十多年之后，逐步担任了党和国家的一系列更重要职务，担当起治国理政的重任。陈希不仅成为清华体育运动史上的杰出代表之一，也是值得 75 级代表队引以为豪的最优秀队友。

1975 年，我作为海军学员进入建工系学习，入学不久就被选拔进了长跑队，曾经三次参加北京高校冬季越野赛，三次参加北京高校田径运动会，两次参加北京市田径运动会。给我留下印象最深的是 1976 年 5 月第一次参加高校田径运动会，在 1 万米比赛中由于比赛经验不足和高温造成的体力透支，造成最后只剩我只身跑完最后一圈的场面，也感受了首次亮相却“孤独求败”的痛苦过程。在这之后，经过教练的“挫折教育”和“知耻而后勇”的刻苦训练，我逐步摆脱了“首战失利”造成的心理阴影，在重大比赛中的成绩逐年上升。在 1978 年 5 月的高校运动会上，克服伤痛带来的困扰，一举夺得 1 万米和 5 千米两项长距离比赛的第一名，以优异成绩完成了“由惨败到完胜”的艰难蜕变，获得了宝贵的人生经历。在 1978 年 5 月 24 日的《北京日报》刊登的高校运动会报道中，特别提到了我取得的成绩，并以此作为对新时期大学生“德智体全面发展”理念的倡导。

每一种体育运动项目都有不同的专业侧重，但都是达到“体魄与人格并重”目标的锻炼手段。长跑是一项艰苦而又枯燥的耐力项目，要在众多对手中脱颖而出，绝不是一蹴而就的易事。这中间不仅需要经历刻苦的训练、失败的打击，更重要的是要领悟出其中的哲理，以至于达到精神的升华。曾记得，长跑队在大风呼啸的严冬，来回20公里跑香山的“拉力赛”；曾记得，一堂训练课上，所有人都要一口气跑十个被称为“魔鬼跑”的400米变速（400米全速+200米慢速）……然而正是经受了这一次次的“折磨”，才让我们练就了百炼成钢的坚强意志，才会有克服任何艰难险阻而奋勇夺标的辉煌！

人生如长跑，生命之路就像是永无尽头的跑道！在人生的长跑中需要毅力，而毅力来自于艰苦的磨练；在人生的长跑中既要具有耐受默默无闻之寂寞的定力，也要能做到不因鲜花和荣誉而停下脚步……当年能在北京高校运动赛场上为清华争得荣誉，能为自己留下用汗水争得的夺标记录，这是一件永远都令我们全体1975级代表队员感到骄傲的事情。直到今天，每当想起那激烈的比赛场面就像又听到了起跑的发令枪，激励着我们在人生的跑道上永不停步，奋勇向前！

时光飞逝，我们1975级代表队员当年的清华体育经历一晃已过去了四十多年，尽管大家已经进入生命的夕阳旅途，但当年运动场留给我们快乐的回忆，珍贵的友情却与日月同在，与时间共存。而长跑带给我的特殊感悟与深刻启迪也成为我最大的精神财富，让我受益终生！这正是：

人生犹如长跑路，自强不息克险阻；
清华精神激励我，锲而不舍迈大步！

2021年1月20日于上海

作者简介

袁帆，1975年作为海军学员进入建筑工程系学习。1979年毕业时，曾荣获首次恢复颁发的清华大学“优秀毕业生”奖章。袁帆校友在为海军发展贡献25年后，投身改革开放事业，人生多有跨界，兴趣爱好广泛，对中国近代海军史、建筑史、教育史的研究情有独钟，颇有心得；对清华大学文化发展极为关注，积极参与。曾多次向清华大学档案馆、科学博物馆（筹）捐赠珍贵史料和收藏，退休后的心愿是做一名“清华文化遗产宝藏的开矿者”。

80年代的“文艺社团集中班”

■ 单冶良（1978级无线电系）

在我的大学生活记忆中，清华大学对学生的体育活动和文艺活动的重视程度区别很大，有一句话如今仍然被人津津乐道：“无体育，不清华。”论其缘由，与清华的一句口号“争取为祖国健康地工作五十年”和“必须会游泳才能毕业”的新老校规一脉相承。我大学本科五年期间很羡慕校体育代表队的同学，因为他们有专属的课外活动甚至专属的食堂。

1983年暑假，学生文艺社团到江苏五个城市慰问中学生，巡演最后一站南京接近收尾的时候，已经毕业留校在校团委文化部工作的前任文艺社团团长、1977级的梅萌把现任团长、1978级的陈汝强和接任团长1979级的于干还有我叫到一起，告诉我们秋季开学之后会有一个新集体，从文艺社团八个队选出骨干队员编成一个30多个人的集中班，集中居住，便于课余时间组织活动，由我任首届班长。第一届集中班有3位1978级（刚刚本科毕业在本校续读研究生）4位1979级（毕业班），主力是1980级和1981级，还有几位1982级的新生力量。虽然大家来自不同的系和年级，但是年轻学生们很容易因为共同的爱好而形成凝聚力，多年以后很多同学都说，社团集中班同学之间的感情比与系里同学之间的感情更深。

1982年梅萌毕业留校时，男声四重唱在校音乐室的录音室录制四重唱并合影留念。从左至右：梅萌、单冶良、刘巍、闫勇义、陈康胜

既然集中班是从各队抽调来的骨干，多数人不是社团的团长、副团长就是各队的队长、副队长，而那些团长们和队长们有各种合理的或不合理的莫名其妙的需求，或纠葛不易调解的时候就由我这个班长协调。后来我和陈汝强、于干也被大家戏称为“大叔”“二叔”“三叔”。我除了将当兵时练就的手艺传承到此负责给大家理发，还手把手地教个别不会蹬三轮车的同学蹬三轮，因为蹬三轮车是在校园组

织各种活动的必备技能。虽然班里也有专门负责“思想工作”的支部书记，但是来找“大叔”“二叔”哭一鼻子最多的正是书记本人，经常有同学对排练和演出节目安排不满意之类的事情，书记做不通工作，最后就是“大叔”去说服和协调，有些老资格的队员对低年级的领导不服气也由“大叔”出面和稀泥……记得我已经留校任教离开集中班之后的 1987 年暑假，已经调任校长办公室主任的梅萌又来找我，说需要我去参加学生文艺社团访问兰州的演出，我说也不差我一个节目吧？他说主要是有些老队员跟领导闹别扭，工作不好做，你去了他们就不好意思闹了……刚好我也有意愿去跟女朋友团聚，于是就又多了一趟本来计划里没有我的旅行，几位老队员们也真给我面子，结果当然是圆圆满满、皆大欢喜。

集中班原创的活动之一是每个月给当月的寿星过一次集体生日，记得班里寿星最多的是 4 月和 12 月，巧的是本班 4 月的寿星多是 B 型血，12 月的寿星多是 O 型血，似乎在隐约暗示我一个说法：O 型血的射手座和 B 型血的白羊座是“文艺青年”相对集中的人群。

集中班的成立无疑极大地激发和加强了学生文艺社团的活力和凝聚力，很难想象如果没有这个高效的集体，紧随其后的一系列密集的活动和演出如何展开。集中班组织的第一轮活动是为 1984 年校庆排演节目，其中管弦乐队伴奏的《黄河大合唱》需要由弦乐队、军乐队和从民乐队临时抽调的部分队员拼凑出一个管弦乐队与合唱队合作，这对于当年“文革”之后的业余学生团体还是蛮有挑战的。记得经过无数次“分排”“合排”后，第一次磕磕绊绊地完成作品时，全体队员热烈地为自己鼓掌，激动心情溢于言表。三十五年过去，参演的师生有些已经离我们远去，但每次想起来，当年的歌声和场面就不由展现脑海，那些远去的音容笑貌在我们的记忆中仍然栩栩如生。我们把自己融入了一个集体，我们的故事成为这个集体故事的一部分，于是我们也拓展了自己的生命。

1984 年校庆之后集中班有两大活动，一是组织国庆 35 周年天安门广场联欢的集体舞；二是排演清华自己为纪念“一二·九”集体创作的大型音乐舞蹈史诗剧《冬天——火的回忆》。

如果说全国人民对国庆 35 周年记忆最深的是那幅出现在天安门游行队伍中的“小平你好”，我对那天的最深记忆是当晚在广场正跳集体舞时突然礼花齐放的瞬间：就在《阿细跳月》欢快的舞步把我刚刚旋转到一位不熟悉的女生对面时，突然炫目的冲天礼花伴随着巨响猛然拔地而起并在头顶绽放，简直让人猝不及防，心跳骤然加速！惊喜之余，大家也顾不得相识与否，直接一把猛烈地抱住离自己最近的人四脚离地跳了起来，好像只有那样才能分享彼此的心跳，或者才能让自己狂跳的心平静下来。多年以后，已经不记得那个女生的模样了，唯一记得的是她和我同样滚烫的脸颊和同样狂跳的心。那个时刻，每一个人都是渺小的，渺小得融在千万人海当中失去了自我；每一个人又都是伟大的，伟大得融入了千万人海当中成为祖国的一分子。在那一时刻，每一个在场的人都由衷地欢呼跳跃，由衷地祝福自己的祖国永远美好！

1985 年的暑假，是我在集中班参加的行程最远的一次集体活动：文艺社团组队先从北京乘火车到上海集训，然后从上海乘船到厦门，开展为福建省五个城市中学生的慰问演出。于我来讲，最大的不同是这次被于干安排了一个特殊角色：管钱。当他把一大沓钞票递给我看着我清点并理顺的时候半开玩笑地对我说：“你办事，我放心。”只有我心里知道自己承接的压力有多大，万一丢了这个大信封，团队的整个夏天就有大麻烦了！

为了节省经费，我们从上海到厦门的海路买的船票是五等舱，其实就是最底层的货舱打个通铺，又潮又闷又热，几乎无法睡觉。仗着年轻禁得起折腾，大家还是兴高采烈地在甲板上照了不少合影。多年以后在“全民 K 歌”上还能经常看到当年同行的同学晒那些照片，那段行程也成了多年以后聊故事的资本。一群假期里脱离了作业困扰的无法入睡的大学生们在一个相对无法逃避的空间里最适合做什么呢？于是这个假期结束和下个学期开始的时候就发现了某些新的情侣，也听到了一些温馨的故事。

福建省是连年高考分数最高的省，厦门、泉州、莆田、石狮、福州是清华招生办联合校学生部和宣传部拨给我们经费为中学生演出的五个城市。那时候石狮号称中国“牛仔裤的故乡”，10 元人民币一条的牛仔裤货真价实，那时候也还没有“莆田系”，虽然福州和泉州是更大的城市，可我记忆中的最爱非厦门莫属。从那以后这么多年，只要说到厦门，我脑海里立刻就只会浮现出一个词：浪漫！厦门大学的海滩——浪漫！钢琴之岛鼓浪屿——美丽而浪漫！陈嘉庚的集美学园——端庄而浪漫！进驻厦大的第一个晚上，虽然刚刚从无法入眠的五等船舱下来该好好休息，可是窗外大学校园里的海滩上哗哗的排浪声对于见到水就感到亲切的我实在诱惑太大了，我悄悄问来自青岛的小号手朱希龙：“你说厦门的海滩与青岛的海滩有啥不同，他说要不咱们去探探？”于是我俩跑到远离灯光的地方下了水，那是我大学时代第一次也是唯一一次裸泳。结果不知道哪位好事的同学打了小报告，女书记老师不一会儿就追到海滩来了，大呼游泳的同学马上上岸。我们告诉她请她离开我们就上岸，可是她不信，坚持要看着我们上岸……

1986 年研究生毕业留校后，虽然搬出了集中班，住过立斋、8 号楼，还偶尔小住过气象站，看守校工会文化部存放在那里的一些固定资产，但无论“家”安在哪里，还是按捺不住常常回集中班看看，并不是 17 号楼的那三层过街楼有什么独特，而是那里住着一群经常跟我一起开心、让我最不愿离开的人。

清华大学文艺社团集中班留给我享用终生的财富是紧张有序又浪漫飞扬的生活态度和一群心心相印又志趣相投的好朋友。

被同学们称为“老干部”的自动化系 1977 级梅萌不仅是集中班的创始人，也是清华启迪集团的前身——清华科技园的创始人。因为他是从手风琴队转来合唱队的，聚会时我们常怂恿他表演自拉自唱，但是至今也没有欣赏到。印象中寡言少语的工物系 1980 级大提琴手陈浩，历经 8 年的清华深造和 10 年的科学院沉淀却在世纪交替的时候发明了一套独特的股市分析理论并且著书立说，是朋友圈里 20 年来电视上占屏时间最长的人，他在各种电视讲座和采访中的侃侃而谈让我对他又重新认识了一遍。首届集中班的新秀，来自内蒙古 1982 级的周旗钢被同学们称作“小蒋大为”。他漂亮的男高音有一种独特的华丽音色，即使后来担任了“有研硅股”的领军人物，也保持着饮酒高歌的优良传统。再后来加入集中班的 1984 级阎武同学在风华正茂的时候放弃了美国的安逸生活，回国加入了建设珠海横琴新区的行列。

每次跟同学或朋友聊起集中班，我最津津乐道的还是两位琴棋书画样样行的才子。一位是民乐队 1978 级二胡独奏胡杨，本来画工很好想上建筑系，但是由于检查出色盲只好就读于隔壁的土木系。他除了会五花八门的各种乐器，还独自作曲、编曲、演唱，是清华大学最早的校园民谣“前浪”之一，他的原创歌曲在学生时代就获得北京市大奖，被收录在公开发行的商业磁带里，1990 年出国前夕在主楼后厅举办了个人作品演唱会，现在还经常在酒吧一线捧着吉他跟着年龄比他儿子还小的青年人一起嗨，让你觉得在美国两年八个月拿到博士学位并轻松在两大汽车公司做职业经理人都是他的副业——副业就是虽然不那么喜欢但也不那么讨厌，关键还可以用来赚钱养家并支持赔钱的“主业”（爱好）的那个行当。

集中班部分 1978、1980 级同学在稻香湖踏青留影。左起前排：邱柯、单冶良、胡杨，后排：薛捷、胡宝成、刘渊、朱希龙、张美青、张国强、蒋铁兵、陈浩

另一位也是民乐队的，1980 级笛子独奏邱柯，如今被更多人知道的名字叫“股民老张”，因为他自己作词、作曲、配器、并演唱的一首歌曲《股民老张》火遍了大江南北。他多产的原创歌曲最令我欣赏的是特别接地气的歌词，不仅故事生动而且画面感十足。他不仅写词吟诗作赋，象棋围棋也是高手，还有一

手绝活是“吹树叶”，随手摘一片树叶就可以吹出美妙动听的乐曲来。

在清华的时候老师就说，学生在学校主要是学到学习方法而不是专业课，有时候想想，我在集中班的这些好朋友也许都是被老师们“误导”了，其实他们中间有可能成为大学所学专业的佼佼者，成为科学家，但结果是他们都是在非本专业的领域里大放异彩，活得有滋有味。

篇幅有限，我想用邱柯五年前为零字班毕业 30 周年创作的《学生时代》歌词作为本文的结尾，请打开网络上面的链接，听听集中班 1980 级刘渊同学的深情演唱。相信你只要是同时代的清华校友，都会随着那飘逸在音符上的歌词找回自己的故事，也许会像我一样：湿润双眼，会心微笑。

送走了漫长的夏季，那是个清凉的秋天；
拖着我大大的行李，挤进了清华园。
很高很高的树呀，在长长的大路两边；
很远很远的乡愁，在火车声里无眠。
有许多纯真的理想，是关于祖国和明天；
宿舍教室和食堂，是每天的三点一线。
……
挥手告别的日子，才知说再见多难；
青春飞扬的五载，时光是如此短暂。
当骊歌响起的时候，天空中弥漫着伤感；
当车轮转动的时候，你我都泪水涟涟。
隔断了红尘已 30 年，割不断血脉相连；
挡不住归心也似箭，我那学生时代的校园。

2020 年 10 月

作者简介

单冶良，1978—1986 年在无线电系获学士和硕士学位。在校期间曾作为团长带领清华男生合唱团参加北京市高校合唱比赛并获奖，作为男高音独唱演员多次随团到兄弟高校交流演出，并参加学生文艺社团暑期到江苏、福建和兰州等地为中学生的演出。留校工作两年后赴美国攻读博士学位，曾因工作关系常年往返于中美两地，现旅居美国旧金山湾区。

一路歌声，一生欢笑

■ 胡　杨（1978 级土木系）

在园子里生活学习工作了十一年，度过了人生中最为宝贵的年华。回头看看，我真的愿意再重复一遍。都说我们 60 后是最幸福的一代人，什么都赶上了趟，我觉得一点也不夸张。

歪打正着之白桦乐队

刚进清华，正好赶上学生文艺社团恢复，我就加入了学生民乐队，担任二胡首席，并在音乐室民乐教授王震寰的鼓励下担任民乐队指挥。1983 年，文艺社团集中班恢复，我又幸运地成为“文革”后第一批集中班成员。也正是集中班的恢复，才有了清华大学史上的第一支电声乐队的诞生。

大约是 1982 年或是 1983 年吧，民乐队搞了一个专场演出，其中有一个民乐轻音乐演奏，主要由我和大白鲨一起张罗编曲搞的。那个时候刚刚开始能够听到邓丽君的歌，非常喜欢，所以就扒带改编了两首，演出后很受同学们的欢迎。后来集中班成立后，我们马上想到的是组一个电声乐队。因为集中班的各位同学都有“大白”系列的外号，比如大白鲨、大白猪、大白狼、大白羊、大白耗子、大白菜等，所以我们决定启用“大白”乐队这个名字。排练了几次后，我们就计划在地下食堂开始我们的第一次专场，就是周末舞会。

白桦乐队清华西大饭厅舞会现场。左起：单冶良（无线电 78）、张国强（机械 80）、朱桐（精仪 81）、朱希龙（汽车 80）、胡杨（土木 78）、李国华（生物 84）

学生会文艺部的主管也是社团舞蹈队的姚坤同学，负责给我们发海报宣传。写海报时他觉得“大白”乐队名字太土，就自做主张的写上了“白桦”乐队的名字。清华史上第一支电声乐队“白桦”就这样诞生了。

这之后，白桦乐队在周末舞

会演出慢慢就成为了常态。只不过，地下食堂太小了，后来辗转九食堂、七食堂，最后落脚西大饭厅，场地总算够大啦。那个时候，海淀区只有两个每周都有现场乐队的周末舞会：一个是中关村的旱冰场；另一个就是清华的西大饭厅。但是我们的舞客多，因为票价便宜场子大，所以周边的潮男潮女们都来清华跳舞。让我们乐队的成员也成为学生中最早“发财”的。因为每个周末都有 5 元人民币的乐手收入，所以我们能够经常光顾大学生之家吃夜宵。

当时中关村旱冰场的乐队是科学院的，他们会很多老歌，水平也比我们高。为了与他们抗衡，我们只好走捷径，搞最新的歌曲，比如邓丽君的，张行的，罗文的，周峰的，陈琳的等等。我扒带的功夫就是那个时候练出来的。

刚刚开始时，我们是没有架子鼓的，就去清华音乐室的仓库里找来一些不用的鼓，拼凑了几个，再加上军乐队的小军鼓就算是个改装的架子鼓了。正规的电子琴也没有，但正好学生科协有自己组装的电子琴，我们称之为“拍打牌”电子琴。因为有时候电路接触不好，需要拍打一下才会出声。另外，还要备好一个手风琴，以防拍打不成的时候派上用场。

舞会的保安是请的学生武术队的同学。因为校外来的低素质青年及小地痞们经常来舞场争风吃醋，所以要有专业的保安。当时我们的经验就是，如果出现争吵或斗殴，乐队一定不能停止演唱演奏，不让争执双方得到关注，才能不把事情搞大。记得有一次演奏朱明瑛的《等到明年的这一天》，因为有人打架，乐队反复 N 次，被戏称等到后年了。

乐队有架子鼓、吉他、贝斯、键盘、夏威夷吉他、小号、长号、萨克斯。记得当时小号手正在追某校花，总是要下舞池去陪某校花跳舞，搞得我们乐队只好以别的乐器来替换。小号手还振振有词，“我们吹号的太辛苦，力气活，需要常常休息一下”。

白桦乐队清华西大饭厅周末舞会，单冶良、胡杨现场演唱《迟到》，图中键盘为学生科协自己研发安装的“拍打牌”电子琴，左一为客串鼓手陈鸿波（工物 79）

我们的鼓手单冶良是文艺社团的独唱演员，但是他打鼓的时候不能够同时唱歌，于是吉他手的机会到了。时不常的我开始了舞会现场唱歌。当时唱张行、周峰的歌比较多一些。记得有一次乐队中场休息放音乐时我去邀请班花跳舞，然后向她吹嘘刚才唱歌的是我，她不以为然地说：“哦，我还以为是个女歌手在唱。”好尴尬……

1985 年文艺社团去厦门、福州等地巡演。我们还实地考察了当地的商业舞场。厦门当时是跟深圳一个级别的特区，各方面比较开放先进一些，舞场也是。记得那是一个地下防空设施改装的舞场，装修非常专业，音响好，乐队也好。乐队刚刚开始，我们就迫不及待地上场翩翩起舞，只是发现当地人并没有起身进场的意思。等到两三首歌曲过后，当地舞客才缓缓入池。后来才知道，这是当地的规矩，前几首歌曲是供人欣赏的，不是给大家伴舞的。

键盘手李国华（电机 84）的加入，让我们乐队水平提升了一个台阶。后来，老帮菜离校了，键盘手李同学继续未竟事业，重组乐队，改名为威肯（Weekend）乐队，延续着青春的故事。

早期校园歌曲

1984 年中央电视台春节晚会，张明敏把流行唱法带进了大陆，也陆续带来了在台湾已经流行过的台湾校园歌曲。其实在园子里，在台湾校园歌曲打入大陆之前，我们就已经有自己的校园歌曲了。

第一届清华歌声演唱会是在 1982 年，清华主楼后厅。与后来的台湾校园歌曲和再后来的校园民谣不同，尽管都是学生们自己写的，这些歌曲基本上还是沿用老的方法，手风琴伴奏，由歌剧唱法或民族唱法的文艺社团合唱队业务骨干演唱。所以基本上写词是一个人，写曲是一个人，歌者是一个人，手风琴伴奏又是另外一个人。

1981 年成立了清华学生吉他社，黄晓辉（计算机 79）和牟文殊（自动化 77）是吉他社骨干。记得牟同学的土造电吉他是他自己弄的“法制器”，就是把木吉他的声音转换为电声的吉他效果器。我在 1983 年土木系结 8 班毕业告别演出时还借用了一下。据说第一届清华歌声演唱会上牟同学和白同学的原创作品主要是用吉他和尤克里里伴奏的。

当时在清华音乐室有几个教授，其中瞿至善教授是专门教作曲的。在学生文艺社团的旗号下，有一个作曲班，就是由瞿教授指导。第一届清华歌声演唱会也基本上就是作曲班的作业展示了。我因为不是作曲班的，没有参加第一届比赛，所以对那一次的细节不是太清楚。

据了解，作曲班的同学也不都是第一次接触作曲。其中有清华附中考进清华的丁滨、曾莹，他们以前在附中王玉田老师（著名儿童歌曲作者）的影响和指导下，初步接触了一些作曲的理论和实践。另外，1977 级的学生有一些从社会上来的，如白硕、老顾，上大学前曾经也在工厂、农村搞过一些歌曲创作。

尽管没有参加第一届清华歌声演唱会，我还是在第一时间吃了螃蟹。我是在民乐队王震寰教授的影响下开始作曲的。处女作写于1980年或1981年的暑假。暑假很漫长，我们班的同学都回家了，只有家在新疆的蒋平同学因回家距离太远而选择留守学校。蒋同学给我写了封信，其中有他的诗《秋吟》。这首《秋吟》就成为我的处女作。后来由合唱队“著名男杂音”本班陈康胜同学演唱，刘巍同学手风琴伴奏，参加了第二届清华歌声演唱会并获奖。记得这首《秋吟》曾经拿到瞿教授那儿请求斧正。教授曰，旋律优美，结构混乱。近四十年后，蒋同学找专业人士为此歌编曲，也得到类似的评价——这首歌拍子有点乱呀。

第二届清华歌声演唱会大概是1983年在大礼堂举行，基本上还是跟第一届同样的模式。我们班上去唱了一首小合唱《清华，清华》，记得开头是这样的词：清华清华，响亮的名字……因为不知道老校歌的存在，所以胆子挺大，就想写首校歌出来唱唱。同班同学陈晓明和陈康胜也作曲，其中陈康胜的《小船》一曲是他喝酒喝多了以后灵感大发，在酒馆开的发票反面写下的曲谱。

1983年清华学生文艺社团在江苏巡演。我们把贾海东作词，牟文殊作曲的《我们大学生活》搬上了舞台，由段新独唱，小乐队伴奏。这也是清华文艺社团第一次把吉他搬上了正式演出的舞台，由曲作者牟文殊弹奏。

1985年清华学生文艺社团在福建巡演，我也模仿张明敏的曲风写了一首《春的播种》，由单冶良演唱，小乐队伴奏。另外在从上海到厦门的船上，我们白桦乐队苦于无演出曲目，逼着8键盘手李国华写了一首器乐曲，成为他的处女作。

合唱队的民族唱法女声骨干王晓律也自己写歌。一首《校园春雨》由民乐队伴奏，配上王同学嗲嗲甜甜的声线，演出效果很不错。

1983年清华学生文艺社团江苏巡演节目《我们大学生活》，作词贾海东（力学77），作曲牟文殊（自动化77，左二），演唱段新（建筑81，右一），乐队成员：胡杨（左一）、夏为民（机械79，左三）、丁滨（无线电80，左四）、王江年（水利78，左五）、马杰（计算机81，右四）、赵庆清（无线电78，右三）、朱希龙（汽车80，右二）

当年白同学喜欢上了住X号楼的一位女生，常常抱着尤克里里在女生的窗户下面唱情歌。记得白同学作曲，贾海东（力学77）作词的一首《你带走了一片云》成为文艺社团男女对唱的保留曲目。很有意思的是，这首歌后来被称之为北大的校园民谣。

因为白同学后来考入北大读研究生，在徐小平的张罗下出版了一盒磁带，这首歌也被收入出版发行，换了个校徽。

那个年代，北京大学生文艺汇演总是在北京广播学院和清华之间争名次。记得有一年刘天礼作曲的《校园里有一排年轻的白杨》由北京广播学院演出并获奖。这首歌后来也被认为是北京早期校园歌曲代表作之一。

前校园民谣

1986 年 12 月 12 日，清华主楼后厅，第三届清华校园歌曲大赛成功主办。这次大赛与之前的两届“清华歌声”演唱会有很多的不同。第一，这个时候因为已经有台湾校园歌曲传入大陆，“校园歌曲”这个名词就直接被引用了，而之前的“清华歌声”被抛弃。“演唱会”也被改为“大赛”，紧跟当时流行的术语。第二，这一次打开了校门，请来多位著名的词曲作家当专家评委，如乔羽、谷建芬、王铭、王晓岭、王健等。第三，大多数的作品都是以唱作人的形式呈现出来，也就是说，大多数歌者就是词作者（或曲作者）。第四，大多数的唱法已经是流行唱法（当年称之为“通俗”唱法）。

其实说起这个第三届清华校园歌曲大赛，就不得不说一下在这之前主办的清华通俗歌曲大赛。通俗歌曲，因为张明敏 1984 年的到来而在大陆遍地开花，到 1986 年的时候，已经是通俗歌曲火的不行了，一些唱民族唱法和歌剧唱法的都恨不得改行去学唱通俗。而“威猛”乐队（WHAM！）现场音乐会、世界和平年的“We Are the World”电视直播，“让世界充满爱百名歌星演唱会”以及崔健的“一无所有”横空出世，都推动了通俗唱法的迅速流传。

然后大家还发现这个通俗唱法起点很低，五音全了，有点节奏感，似乎就可以唱歌了。嗓子不好的反而成为有沧桑感、有深度的标记。也就是说，是骡子是马，拉出来遛遛，没准你就是一歌星的料。

听过了多年的民族唱法和歌剧唱法之后，突然有自然而又不失美感的通俗唱法出现，大家都是一窝蜂地推崇。在清华也不例外。主楼后厅的清华大学第一届通俗歌曲大赛观众爆满，极受欢迎。其中土木系 81 级的吉他三重唱英文歌曲《巴比伦河》很好听，毫无悬念地获得比赛第一名。因为三位同学都姓肖，被称之为“肖三组合”。

然后就自然而然地有了第三届清华校园歌曲大赛的唱法转向。当时唱通俗唱法的有蒋铁兵、宋柯、罗宏、肖泓、何东、胡杨、黄之阳等，都不约而同地抱起吉他唱起了原创。《我把心儿融进琴声里》《一走了之》《母亲的油灯》《中秋》《相聚何必只明日》等歌曲都出现在这届比赛中。其中轻松愉快的《祝福你去远行》（胡杨词曲）获得了大赛第一名，《友谊列车》（宋柯词曲）第二名。

很有意思的一个小插曲。专家评委之一王健老师对我们的大赛评价很高，以至于赛后几天内王老师专程从城里来到清华“采风”，将部分歌谱歌词整整齐齐地抄了下来。那个年代没有复印机，只有靠手抄了。几个月后，由王健老师作词的《烛光中的妈妈》诞生，不知有多少灵感是从《母亲的油灯》中“采风”而获得。（《母亲的油灯》作词邱柯（机械80），作曲胡杨，1986年北京电视台首届BTV歌赛优秀歌曲奖。）

12月底正好有一个北京电视台的首届BTV歌赛，我和蒋铁兵作为清华的代表直接参加到了选拔赛中，并顺利通过初赛、复赛，进入决赛。

中央乐团的乐队现场伴奏，我和蒋同学唱了《我把心儿融进琴声里》和《母亲的油灯》，这是清华的校园原创歌曲第一次走出了校园，走进了社会，飘进了北京地区的大学生和中学生的耳朵中。记得1994年有一位北京籍的学弟跟我说，他把那场比赛的电视转播录了下来，一直保存着。当时我们是得了演唱第三名——作品优秀奖。

比赛期间，评委之一的谷建芬老师问蒋同学愿不愿意去谷建芬声乐培训班，被蒋同学一口回绝，托辞女朋友在美国，要去美国留学。当年谷建芬声乐培训班都收了些什么人？刘欢、那英、孙楠、毛阿敏……

由于参加比赛，认识了一些圈内人士。其中有中央乐团的乐手，同时也在帮唱片社物色新人，于是蒋铁兵和我就有了第一次进录音棚的机会。当时是中国电影音像出版社牵的头，把当年香港流行的一些歌翻唱一次，同时加入一首我写的半原创作品《问雁儿》。当年年轻人喜欢看琼瑶的小说，我为了讨好当时的女朋友，就把《雁儿在林梢》的这首诗给谱了曲，唱给同学们听，大家都还挺喜欢的。当时好像是给了50元人民币的稿费。

那盘盒带有王迪、王晓芳、田震、蒋同学和我。王迪抄刀编曲，北京最好的乐手和录音师制作，熬了几个夜就把盒带录制完成。《问雁儿》应该是校园原创歌曲里最早商业出版发行的歌曲了吧。那时是1987年春节前后，离校园民谣《同桌的你》传遍大街小巷还有两千五百多天。因为是琼瑶的词，后来邱柯同学又重新填了一版词，改为《问燕儿》。

马上又接到中国录音录像总公司吴海岗导演的邀请，参加中国星海杯歌赛，录唱了颂今的作品《童年的校园》、我和邱柯合作的作品《他们说》。在天津体育馆现场演唱，天津电视台直播，《中国青年报》头版头条报导了我们的演出。

记得我们当时是第三个出场。第一个胡月，第二个蔡国庆现场都唱跑调了。轮到我们业余的上台，吴导当场决定假唱对口型。果不其然，演唱会的第一个小高潮出现在我们的二重唱。尽管现场效果很好，还是被我同屋闫勇义同学（合唱队男中音，考入清华前在部队文工团专业唱歌）在看电视直播时一眼看穿，说我的口型对不上出来的声音。

后来蒋铁兵同学毕业去了四川，忙乎他的出国事宜了。我没有了玩伴，只好找低年级的宋柯（环境 83）、罗宏（力学 84）等一起玩。那个时期，不知为什么我们都喜欢重唱，好像一个人没法唱似的。我们参加了北京市牡丹杯吉他弹唱比赛并获奖，又在某次演唱会中登上了首都体育馆的大舞台。

1989 年底，我也要去美国读博士了。临走之前，于立山、袁剑雄等帮我主办了一次“胡杨《是路就走》告别清华校园原创歌曲演唱会”，请了李蔚、金得哲、周旗刚等演唱嘉宾，词作者邱柯、范波、张磊、黄潮等都到场支持并朗诵了部分歌词。那一晚唱了二十三首原创歌曲，在中国大陆的校园音乐也应该是历史上第一次吧，圆满地画了一个句号。

四年后，1994 年，《同桌的你》和校园民谣在神州大地流传开来，而胡杨博士此时在美国已经拖家带口地在讨生活了。

回头望望走过的路，有那么多的青春美好记忆，而那些古老的旋律则加深了这些记忆。在这个过程中交到的朋友，也是发自内心最真诚的那种。有这么一个爱好，真的挺好。直到现在，我还偶尔写写歌、唱唱曲、弹弹吉他。一路的歌声，一生的欢笑。

作者简介

胡杨，1978 年考入清华，获学士、硕士学位，留校工作。1989 年底赴美留学，1992 年在美国获博士学位，先后就职于福特汽车公司、克莱斯勒汽车公司及博郡汽车公司。

足球造就班级团队精神

■ 易维明（1979 级力学系）

我们 1979 级力 93 班 35 名同学中，有 33 名男生。足球成为班级体育特色是顺理成章的事情。最强的时候，我们班足球队可以挑战整个力学系其他班级组成的联队。

足球是个明显的团队运动项目，力 93 班以足球为体育特色，也因此造就了班级的强大团队精神。

我们班足球队，有金左脚罗力丰担纲中场灵魂，大将王强司职后腰，快球手贾宏担任左边锋，极似当时国足左边锋沈祥福，机灵鬼艾沂洪担任右边锋，也和国足右边锋古广明神似，硬汉李浩担纲中锋。怪脚时家增担任右后卫，智多星何星担任左后卫，李应华和易维明司职中后卫。稳定大门邓剑华，前腰路波。构成 433 阵型。

贾宏　　　　李浩（丁大江）　　　　艾沂洪

王强　　　　　　路波　　　　　　罗力丰

何星　　李应华　　　　易维明　　时家增

邓剑华

这一阵型前后呼应，有机联动，补位顶替，水乳交融。进攻的时候，路波突前与李浩在中路活动，两个人前后呼应。同时王强与罗力丰后排平行站位，给前锋提供支持。防守的时候，路波和王强同时后撤，路波与罗力丰前面平行站位拦截，王强站到中后卫李应华和我前面，做第一波防守。也就是进攻的时候，中场三人中路波在前，王强、罗力丰在后形成正三角；防守的时候，路波、罗力丰两人在前，王强一人在后，形成倒三角防守阵型。罗力丰不后退，在中线附近左右移动，调度球队；路波和王强前后跑动，策应进攻和防守。并且，王强和罗力丰左右脚位置互换，目的是他们回头拿球，可以侧转身用主脚直接传球到前锋脚下，节约体力，加快进攻速度，事半功倍。

当时，力 92 班的球队里方兴是明星，是灵魂。我们针对他的特点，只要他突前到前场，他们后场一定空虚，马上集体喊叫："方兴到前场了"，赶紧攻击他们后防。造成方兴赶紧撤回防守。这句呐喊也成为一时的佳话。

力91班足球好的有速度快的前锋杨磊和大门秦关。我们的战术就是避重就轻，曲线攻击，往往得逞。

足球运动使得我们班级形成了良好的锻炼身体的习惯，也逐渐将我们班同学团结在一起。我们班每逢有比赛，都是全班出动，不是场上比赛队员也是拉拉队员。我们因为有了足球这个共同爱好，平时交流顺畅，往往一呼百应，做事情很顺利。

我们在足球中获得了乐趣，也收获了有高度凝聚力的班集体。一直到现在，我们还时不时相约在足球场放肆一下，一场球踢下来，我们仿佛又回到当年。2019年是我们入学40周年，1979级足球爱好者搞了一个"79老炮约西操"活动，在西操场重温足球。人老了，提出的口号是："进攻基本靠走；防守基本靠吼；过人基本靠抖；能量基本靠酒。"五十多岁的人，也服老了。

当然，我们在清华不只学会了踢球。

在清华读书也学会了一种自豪和自信，相信自己有能力应对各种挑战。在清华，你能深切地体会到天外有天人外有人。能够进到清华的都是各地学习的尖子，但是到了这里你就不再是尖子生而是普通学生，同学们各有特色和优势，再也没有鹤立鸡群的感觉了；清华大学使你有了包容性，可以容忍和平和面对别人比你

2019年部分同学聚会与老师合影，后排左起：郑维杰、易维明、许建新、李浩、林邦初、曹京、武志和、李景明、何星、艾沂洪、罗立丰、杨炳奕；前排左起：张建、卫景彬老师、过增元老师、查为、张昕

好，比你强，也可以通过和强人的合作发展自己。

清华的学习是紧张的，清华的生活既是丰富多彩又是单调的。学习的紧张自不必说，生活的丰富多彩和单调咋说呢？这是从集体视角和个人视角来说的。集体的视角看清华，各种活动丰富多彩，各路名人纷至沓来，各级文化演出团体争相到学校展演，校园里热火朝天。单调是对个体而言，学校整体丰富多彩，个人自由选择加入。但是考虑到学业和健康，体育等业余活动也只能有限地选择，并且坚持下来，就是一种相对单调的生活了。

清华五年的学习生涯，是我从十五岁少年到二十岁青年的过渡期，世界观形成期，知识的积累期。给我的人生打下了不可磨灭的印记。这种印记伴我一路，给我勇气，给我自信，给我战胜困难的力量，是我人生路上的重要支撑。感谢清华，感恩培养我的老师们，感激一路陪伴的同学们，清华是我人生中亮丽的风景。

2020 年 9 月

作者简介

易维明，河北涿州人。1984 年本科毕业于清华大学工程力学系工程热物理专业；1994 年在北京农业工程大学获工学博士。1996 年晋升教授职称；2003 年聘任博士生导师。曾担任山东理工大学科学技术处处长、轻工与农业工程学院副院长、山东省清洁能源工程技术研究中心常务副主任、生物质利用技术研究所所长。2012 年 7 月，被聘为淄博市淄川区科技副区长（兼职）。2014 年起，任山东理工大学农业工程与食品科学学院院长 。2016 年 10 月，任山东理工大学副校长。

80 年代的社团小事

■ 邱　柯（1980 级机械系）

1980 年，俺拎着个大网兜，从外地来北京进了清华。入学没多久，就是新生演出，还有各种学生社团招生。想起我还会点乐器，就跑去民乐队碰运气。这一碰，就让我的人生轨迹不知多拐了几个弯，让我的大学生活，以及毕业后的经历，都增添了无数的色彩。

傲娇的民乐队

20 世纪 80 年代，大家都是穷人，区别在于，家长是大专毕业的 49 块 5 月薪，还是本科 56 块的工资。

在这种背景下，玩音乐的分两种，一种是爱好加天分自学成才的，属于野生型；另一种是家学渊源的，应该算科班专业型，可遇不可求。

在当时，咱们国家最深厚强大的文化传承，就是民乐了，不少从童子功练起的，家学传承，乐器玩得很专业，于是，民乐队几乎就是当时乐器水平的巅峰了。最厉害时请过国家级大指挥家彭修文帮着调教，人家都半真半捧地说我们让他意外惊喜了一下。

很不幸，我是野生型的。能混进这么厉害的一群人里，又是极幸运的。

小学三年级，老妈发工资后，下班忘了给我们哥儿俩一人买一根冰棍，于是就后来补了这个亏欠，给买了一支笛子。当时是 8 分钱一支，而冰棍是 5 分钱一根。

这玩意儿怎么吹？我去问我多才多艺无所不能的老爸，其实我应该问我那更有文艺底子的叔叔的，可惜当时他不在我们那城市。

老爸不会吹笛子，但是他看过别人吹笛子，于是摆了个姿势，后来犹豫了几秒钟之后，又有些不确定地把笛子换了一个方向，摆出个与刚才对称的姿势。最后坚定地说，对，就是这样！

于是，我就照着这个姿势，还买了一本 16 开的大册子《笛子吹奏法》，自己学会了吹笛子。功底自然无法与科班相比，但是咱热爱呀，而且，那时才小学三年级，每天只上半天课，大把的时间自己练习。

直到我看见了其他吹笛子的师兄，与我的持笛子方向是反着的，才对当年的老爸产生了怀疑。看到军乐队的同学吹长笛时，那种高大上的感觉飘上了九天了，但是竹笛左右方向都可以吹，长笛换方向却连门都没有。于是，就只能把自己焊死在民乐队了。

入队考试，不少人排队。有人给个谱子让照着唱，这个简单，简谱是在抄写红歌过程中无师自通的。然后是几小节古怪的拍子节奏，也顺利过关，最后是操练乐器，我吹了一段当时的流行歌，类似《洪湖水浪打浪》之类的，老师皱皱眉，问我是不是愿意改吹别的。于是，当天我抱着一个黑色的盒子回了宿舍，这是给我配置的新乐器，笙。也就是滥竽充数里的那个竽。民乐再强悍，家长们只教孩子拉二胡打扬琴弹琵琶，冷门配角的乐器还是缺人的。

只要能进民乐队，吹啥都行，后来还真的就又吹过好多，巴乌，洞箫，还吹过长笛，葫芦丝，埙，排箫也都玩过，甚至是树叶，餐厅的塑料桌布。以致于于立山把我向别人介绍时就是，带管的除了下水道都能吹响。

再后来，熬走了比我高几届的吹笛子的同学，我就顺理成章地改吹笛子了，又来了低几届的科班家传的吹笛子的，但那时，我还成功熬走了上一任队长陈鸿波，我就成了民乐队队长。不仅吹笛子的座位坐稳了，偶尔还能去管弦乐队客串一把长笛。我虽然是野生，但好歹是小学三年级开始学乐器，相对于进了大学才开始学乐器的，咱还是有点救场能力的。

我那一盒笛子，伴我在清华八年。去过天津、江苏、福建、兰州演出。小型的，怀柔团校党校之类的都没算。因为笛子作为乐器是体积最小的，所以携带方便，大家进风景区玩，比如山里，或是乘船游览刘家峡水库，以及团校到了怀柔水库边上，一般只有我带着乐器，并且敢于不分场合地吹起来。那玩意儿动静也大，在山里还有回音，天然的加了音效处理器。加之风景好心情也好，所以至今好多人都说我的笛声非常悠扬。

当时学校最厉害的歌星单冶良是唱民歌的，我们给他伴奏《拉网小调》《卖汤圆》《浪花里飞出欢乐的歌》等。我们抱上了一条最粗的腿。有了这条腿，我们甚至去过人民大会堂给一个宴会演出，多了许多的演出机会。

去各地演出

1981 年，去天津演出，我们还小，老大哥们当我们的面，都不好意思谈关于爱情的话题。但他们也教会了我一些新鲜的东西，比如吃狗不理包子，前三个别蘸醋。

到 1983 年去江苏演出，已经混迹社团好几年了，游玩的时候，一大群各个队的男生围在几个美女边上像蜜蜂围着花朵。我们打着扩大招生影响的旗号，向学校要了经费，去江苏几大城市演出，都是当地最好的中学。其实，我们是假期才能去的，人家中学也是放了假的。清华招生还需要宣传吗？最大的效果，是我们社团更有集体凝聚力了。

江苏那年发大水，还特别热，是闷极了的湿热。

我爱江苏，因为北方人对“江南”是充满文化崇拜感的。那些诗词歌赋及话本小说里写过的地方，竟然这辈子让我看到了，激动到要流泪。还有那里的吃食，同样是学生食堂，徐州一中的饭叫美食，相比之下清华食堂就几乎算是猪食了。我喜欢美食，但不喜欢闷热。

热死事小，内啥事大

江苏真热，热到每场演出到后面时，流的汗已经没咸味儿了。盐分流光了，身体还在遵从本能往外流汗。

那时的宿舍自然也没空调也没风扇。在镇江，一家大学的宿舍里，实在无法睡觉了，就拿着我的寝具——一张凉席和一条毛巾被，以及笛子盒枕头，跑到校内一个十字路的中央睡露天了。那里已经有四五个先到的兄弟在打着轻微的鼾声。

没废话，天当被地当炕，稍微凉快一点，很快就睡着了。

早晨醒来，我发现，自己已经被包围了。

我周围一大片凉席毛巾被和熟睡的团友。我觉得这很正常。

不正常的是，带队的老师发火了，说昨晚有几位女同学跑到外边睡觉，非常危险。一脸惶急的样子。我觉得很奇怪，女同学就该被热死吗？有这么多男同学保护，有什么危险呢？

多年以后才明白，老师的逻辑出发点与我们不同，用非常有文化的说法应该是，热死事小，失身事大吧。想想也确实挺危险的。

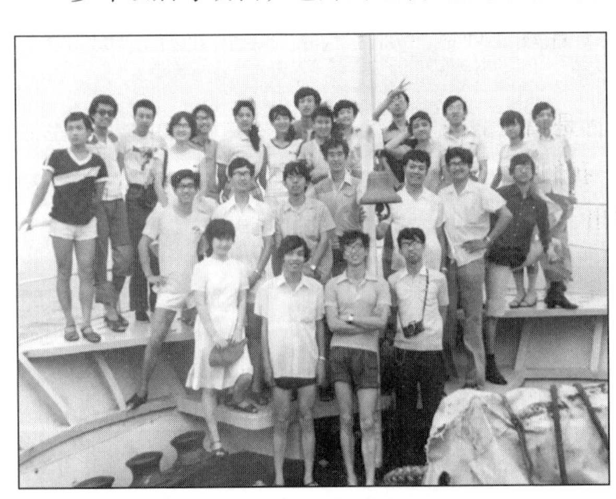

队员们在旅途中

出来睡的，都是女汉子，是男生的铁哥们儿！

1985 年演出最大的记忆，是每人发了一顶红色的帽子，到了上火车的时候，几十顶红帽子在熙熙攘攘的旅客人流中，像一群工蚁一样往返穿梭地搬运乐器，塞进拥挤不堪的客车车厢里。后来，化纤的红帽子出现在福建的好多地方，都是组团的，在厦大，在鼓浪屿景区，在石狮服装摊，在福州，在海轮上，在散团之后的旅游途中，在我们的每张合影照片上，在我们收藏物的箱子底。

那些社团的大神们

社团是大神云集的地方。学生中的偶像很多，最大的怕是单冶良了，任何时候，歌星都是受追捧的。更何况学生又不能拍电影成为影星。

这位老大哥的经历就是个传奇，他在上大学之前，当过几年汽车兵。人长得帅，歌也唱得很动听，还是老司机，据说能徒手修理在翻越大青山途中抛锚的大解放军用卡车。又帅又火，人还很亲切，我们给他伴奏，他与我的关系也处得很好。

一次，我们晚上有社团演出，晚饭时，在食堂听到几位师姐聊天，“今晚周末干啥呀？”“去听单冶良唱歌去呀。”“啊？今晚有单冶良唱歌呀？那我必须去。”“同去同去”……那是整个社团的演出好不好，这帮脑残粉，以为是单冶良的个人演唱会了。

其实他就唱两首歌。但是每次第一嗓子出来，那温润磁性的声音必然赢来一片掌声。为了让掌声能更持久更疯狂，他还要故意把第一句的长音拉得长长的直到快断气为止，我们伴奏的，都盯着他的嘴，看他啥时候气息用完要换气了，才往下演奏。乐队坐在他侧后方，能隔着后脑勺看见嘴也是难度极大的。那叫默契，配合得天衣无缝。

我的歌曲品鉴会最后一首《为了当年来到世上的这一天》，第一个男声就是他唱的，金嗓子，至今还人老歌不老。

另一位是胡杨，民乐队的乐器都比较难学，他是拉二胡的，但是他几乎能通玩除琵琶之外的所有乐器，是乐队的多面手。每次排练，如果哪个重要的声部没来，他都能顶上去，并且绝对能保证水准。这还不是他的能力底线，后来流行音乐出来了，他见猎心喜，又自学了架子鼓，电吉他，夏威夷吉他，以及自己写歌。再后来，他去了美国，还玩起了合成器，自己玩 MIDI 编曲，我的第一台合成器，就是他送的，现在还在我儿子的床底下收藏着呐。

如果你想找个能把大多数管乐器都吹响的人尊敬一下，你可以朝我看两眼；如果你想找个会十种以上乐器的来膜拜，那就非胡杨莫属了。这种人，跟乐器通灵了。

现在，年近耳顺的胡杨，还能在北上广深的大酒吧演唱自己的原创电子舞曲类歌曲作品，去年还搞了个人作品环球巡演。自己边弹吉他，边用脚踩着电脑控制器，一个人就是一个乐队，连唱带伴奏齐活儿了。

另一位，是我的本科同班同学，研究生同班同学，民乐队队友，社团集中班也是同班的张国强，外号大白鲨。因为他嘴大，在大家看过录像《大白鲨》后，都模仿咬电线，他的嘴张得最像，就得了这外号，一直沿用到今天。他的微信和头像都是这凶残的海洋动物。

起初是乐队缺个贝斯手，他小时候拉过几天京胡，天津海河边受过的文化熏陶，加上音乐的天分，学贝斯不算难事，我推荐到乐队，没练两天，就上岗了。第一次排练就震惊了全队。

然后他成了宝，管弦乐队也经常借用他，通俗歌曲那边也掺和着。

在厦门演出的时候，先集训练习节目，他是最苦的，演出频次多，练习就更多了，那贝斯不是电贝斯，是跟男生身高差不多的超级大号的大提琴那种弦贝斯，琴弦是牛筋的，像筷子那么粗，用手指拨的，每次都几乎就是拉满硬弓射了一箭的感觉。弹棉花的都需要用一个锤子砸那弦，但弹贝斯是直接用手。很快他就手指出血，包上手帕，血水把手帕都能湿透。

我们可以说，"我为社团出过汗"，他则能说，"我为社团流过血"。

他同样是与乐器通灵的。学吉他飞快，强大的乐理基础，加上器乐底子，很快就练到全校超一流的水准，我们都是他和胡杨带出来的半拉子弟子。吉他普及之后，到哪里玩都背着，随时都可以边唱边弹。很快他就成为每种组合群体中都最受欢迎的。

学吉他的第一障碍，不是乐理，而是手疼。按住吉他钢丝弦，手指头会很疼，甚至会流血，最后会有厚厚的茧子。这方面他有优势，他弹贝斯，茧子早就有了，而且很厚。开玩笑，那可是筷子粗的牛筋弦崩出来的。

学生圈里弹吉他的不少，还分了两个不同的流派，古典派和现代派。古典派弹尼龙弦的吉他，大家入门都是同一首曲子，《爱的罗曼丝》，又被戏称为爱的萝卜丝。之后第二首曲子划分级别，当然，第一首曲子的下半段转调那里就开始拉开距离了。我就弹不来下半段，但是上半段可以把人唬得一愣一愣的。

现代派是钢丝弦，主要是给唱歌的伴奏，能随心所欲给任何一首歌伴奏是种境界。入门第一首歌，则被默认为《乡间小路》。这是流行歌曲里的拍黄瓜，容易上手，清爽可口。

大白鲨人缘好，性情也爽朗，个子又高，面容清瘦，亲和力强，他不知不觉就成了一个吉他培训师，总有漂亮的女孩子找他学吉他，估计不漂亮的都被他"没时间"了。向他学吉他的，要喊他师傅。中午的集中班小宿舍，常常是他的舍友迫挤到别的房间去休息，那就是他的授课时间了。

他遇到最多的问题，就是：师傅，“do”在哪儿呀？

美女们一脸蒙圈的表情。这让他很无奈：“哪个都可以是‘do’，看你想弹哪个调儿了。”乐感与智商其实真的无关。

“你这徒弟太笨，出去会给师傅丢脸的。师傅我这招牌竖起来不容易，可不能砸了，看来不手把手教是不行了……”

这有点和健身教练混成了同一工种的感觉。

美女们磕磕绊绊出徒之后，就抱着吉他急吼吼地与她们心中帅气的男生切磋音乐去了。

到年底，许多班级年级的晚会上，往往会飘起吉他伴奏的《乡间小路》，有的还是男女对唱版的，一般长发飘飘的班花系花们抱着吉他上台时，都有热烈的掌声，至于下来时有没有掌声，我也记不清楚了。

……文艺社团大牛太多，一时说不过来了。

神奇的集中班

最后，学校把这些大牛们圈起来，圈养了。就是集中班。故事很多，单治良写过不少。

不同年级，不同系别，相互之间以爱好为纽带，没有学业竞争关系的同学集中在一起，与自己班级同学又不一样。火花更多，宛如拿菜刀砍高压电线。

印象最深的是，吃！

一次下雪，大家去圆明园玩，拍照雪景。忽然发现洁白的雪地上，出现了一行血迹，斑斑点点洒往灌木丛之后。我们立刻想到凶杀案，女尸……。

作为过马路扶老大娘都不怕的我们，立刻向灌木丛冲了过去，发现确实有一具尸体，不过不是美女，而是一只乌鸦，被谁的鸟枪打中了，飞到这里掉下来，已经冻硬了。

我们把这具乌鸦的遗体带回了集中班。

火葬！用电炉子给炖了。

加上寒假从大庆返校的张艳带来的家乡美食“雪雀儿”，搞成一桌著名的文化宴席：乌鸦与麻雀。这也是一部电影的名字。

大家为乌鸦如何料理操碎了心，先是清炖，发现汤并不鲜美，后来有人出主意改红烧了，加酱油和糖，仍然不理想，又把汤熬干了，叫收汁，再加水，再收汁，鸡一嘴鸭一嘴的争得不亦乐乎，最后忘了好不好吃，反正大家闹哄哄地把乌鸦吃掉了。谁也没吃出什么新冠之类的毛病，连拉肚子的都没有，乌鸦是否好吃不重要，重要的是大家都很开心，吃到了这辈子可能是唯一的一口，也是别人永远吃不到的——乌鸦肉。

吃的境界渐渐升华了。某次某缘由，在会议室聚餐，女生也过来了，人太多，小会议室根本坐不下。于是，从食堂打来的菜，自己拌的凉菜，照澜院买来的各种肉食切片的硬菜，堆上了几张拼起来的大桌子中间。

按照现在吃饭的惯例，应该有个大玻璃转盘，把不同的菜品转到自己面前再取食。

我们没有那个会转的大玻璃转盘。但是我们有文化，还学过哲学。

哲学故事里，有位能搬山的大师，当众演示搬山，半晌没搬过来，于是自己朝山走去。口中念念有词，山不来，我来。成为极其高深睿智富有禅意的名言。

我们的禅语是：菜不转，我转！

所有人，右手持饭勺，左手端杯子，里面或饮料或啤酒，大家前胸贴后背地排成了一条龙，就像春运前买票那样，一条长龙，确切说更像蜈蚣，头咬着自己的尾巴，每只朝向桌子那侧的爪子上都抓着一把勺子，排着队绕着桌子转圈，边走边吃喝。

宴会氛围空前高涨，大家还没喝酒就有了七八分醉意，其乐融融，嗨得不得了。

结果刚走了不到两圈，桌子上的食物被吃光光了。

快乐的记忆永远不会被吃光的。

没吃饱，笑饱了。

歌曲创作的启蒙教育

在社团，我不仅在乐队排练，因为是队长，还经常负责抄分谱。这是苦差事。

一首曲子，每个乐器的演奏分谱都是不一样的，要抄分谱，先参照总谱，也就是把所有乐器的谱子合写在一起的那个大谱子，把主旋律写在上边的一行，再把该种乐器的演奏谱写在主旋律的下边。不同的乐器，有负责出主旋律的，有伴奏的，有打节奏的，有中音区渲染氛围的，有作为低音打基础的。高中低音参差平衡着，音乐因为各种不同的配合，才丰富，有层次。

在这些苦哈哈的抄谱子过程中，我渐渐对给歌曲配伴奏有了感觉。

这与我学过的机械制图有异曲同工的地方，总谱就像机械的总装配图，各个零件都表现在上面了。分谱就像从总图上拆解下来的每个零件图。学工科的就是不缺机智。

后来，这些感觉，有了被系统整合的机会。音乐室一位教乐理的女老师，叫瞿至善吧，成立了一个短训班，是针对歌曲创作爱好者的，我们用中午睡午觉的时间，听她讲乐理，大三和弦，小三和弦，属 7 和弦，升降调性，转调……。这为我们后来学吉他配和弦，以及写歌，以及唱歌配和声，以及做歌曲的伴奏编曲配器，打下了极其重要的基础。对我来说，是受用终身的。

我们随便两个以上的同学唱歌，张嘴就是两个声部。一出和声立刻就能把业余菜鸟们死死镇住，尽管我的音色一直是非主流的。

那位值得尊敬的老师，开了那堂并没有学分的选修课，成为好多同学创作歌曲的原动力，也成就了清华学生圈写歌创作的文化氛围和传承。

出了学校后的歌曲创作

离校后，我有好多年，都在写歌，写走入社会后的生活。我拉着北京高校圈子里的学生，搞了一个协会，叫新大陆校园歌曲协会，成为校园民谣的前身。1991 年，我们在主楼后厅搞了一次演出，后厅几乎被挤爆了。后来协会组织起来的部分学生，出版了著名的校园民谣，高晓松也是那时出名的，卢庚戌也在其中。更多的人，虽然与音乐行业渐行渐远，但歌曲都是一生之爱。

毕业之后，留校的社团团友赵洪，支持我搞了一场个人作品专场，申请到了西阶教室，我那些小兄弟好多都来了，也有社团团友助阵，合唱队队长陈健鹏也帮我唱了歌。陈健鹏你可能不知道是谁，但是他队里的队员你一定知道，那就是大名鼎鼎的李健。给王菲写过歌的。

那次演出没有太大的轰动，轰动的标准是有三分之一站着的观众。但是在现场的同学没有退场的，也没有玩手机的，因为当时根本就没有手机这玩意，那东西当时叫大哥大，老贵了，一个要两万，还只能打电话和发短信。许多年之后，还有人在我的微博自媒体上给我留言，说看过我那次的演出，印象深刻。

多年后，我写了首股票的歌《股民老张》，在那个特殊的群体里一炮打响。借网络歌曲走红的契机，我出了盘专辑,《都市俚谣》，照样不温不火，从后来的音乐平台留言上看，确实普及率不高，但是听过这些歌的，都非常喜欢。

2019 年，胡杨搞了个人作品巡演，首站就是蒙民伟楼。很多老朋友都去现场观看，演出之后，也来刺激我，让我也搞一场。2020 年春节之前，我计划着校庆时也来一次，并且准备好了歌曲，以及哪些曲目分别由谁来唱，我想把更多老朋友拉进来一起玩，独乐乐不如众乐乐。也因为我的声带出了问题。

然后就是新冠疫情暴发了，现场版没能得逞。到了中秋前，偶然因素推动，这个演出神奇地搞了起来，做成了网络版的，大家反响居然还很好。因为第一次网络平台对国外同学信号都不好，大家觉得遗憾，于是又搞了北美版，后来扩大为海外版，再后来同年级的廖群找来了千人网络会议室，就改为全球版。我也厚着脸皮地当了把国际歌星。

其实，我就是民乐队一吹笛子的，我叫邱柯。2015 年零字班 30 年校庆那首歌《学生时代》，就是我写的。

字数超了，就写这么多吧，留些话题，大白鲨铁猫兔子耗子糊糊你们继续吧！我在这儿抛砖引玉，你们赶紧来狗尾续貂。

2020 年 10 月 20 日

作者简介

邱柯，清华大学机械系 1980 级本科、1985 级硕士。1980—1988 年，清华大学校民乐队管乐声部队员，曾任民乐队队长。校园歌曲创作爱好者，在校期间，曾与队友胡杨合作，创作多首校园歌曲，作词的《母亲的油灯》曾经获得北京电视台首届校园歌曲大赛第一名。毕业之后，曾经组织各校歌曲创作者成立新大陆校园歌曲协会。2003 年，创作了歌曲《股民老张》，受到业内的普遍推崇，成为中国股民的行业代言人。2005 年，出版个人作品专辑《都市俚谣》。2015 年 1980 级校友毕业 30 周年，曾经创作了歌曲《学生时代》，并引发后来的历届 30 周年年会的歌曲创作风潮。2020 年 10 月，在网上推出个人网络歌曲作品鉴赏会，受到校友普遍好评。

第 22 届学生会

——像阳光一样温暖我的大学第二集体

■ 李　军（1980 级自动化系）

我非常喜欢这个题目。因为我们进入清华本科学习时，大多十七八岁，不少人是第一次离开父母、离开家庭，离开从小生长的熟悉环境，既充满憧憬，也倍感惶惧。那时候，班集体就是我们“抱团取暖”、相互依靠、共同成长的营地，真的像阳光一样温暖。

不过，除了自仪 02 班这个北京市先进集体，像阳光一样温暖我的大学集体还有第 22 届学生会。学生会任期虽然只有短短一年，但工作强度和活动密度很大，迅速形成一个高度组织的团结集体。特别是主席副主席及相关部长副部长之间，因为经常一起组织各种活动、处理棘手问题，定期开例会、不定期“开夜车”，很快成为可以相互依靠的伙伴，大家经历了考验的“战斗友谊”持续至今。

在我的整个大学期间，担任学生干部一直是一件“欲罢不能”的事情，似乎无论怎么躲闪都回避不了。进入校学生会也是责任驱使而非主动争取。

记不清是大二末还是大三初的某一天晚上，宿舍快要熄灯了，我已经躺在紧邻门口的下铺上看书。这时一位“壮汉”推门进来找我，竟然是林炎志（后来曾任中共吉林省委副书记）。他坐到我床边，提起我平时爱读哪些书籍之类天马行空的话题。因为不愿影响其他同学休息，我俩漫无边际地简短交谈了几句之后，他匆匆便离开了。我 1980 年秋上大

清华大学第 22 届学生会委员合影

学，刚一入校就赶上轰轰烈烈的校学生会主席和海淀区人民代表竞选，最终林炎志当选第21届学生会主席并成为全国学联主席。因此，我当然知道他的鼎鼎大名，只是对其来意完全是“丈二和尚摸不着头脑”。不过谜底很快就揭晓了，原来他是在考察学生会干部候选人。结果就是我被系里安排参加校学生会选举，当选第22届学生会委员，并担任学生会副主席兼宣传部长。

当时，清华的学生会在架构上有作为执行机构的学生会委员会和作为监督机构的常设学生代表会（常代会），但通常大家口中的学生会是指由学生会主席带领的班子。第22届学生会的主席为工程力学系79级的宋军，现任中国科协党组成员、书记处书记；常代会主任为热能系79级的翟永平，现任亚洲开发银行首席能源官。学生会的主要干部，以79、80级即当时大三、大四同学为主，真是朝气蓬勃，意气风发，经过历练更是众星闪耀、贡献卓著。目前清华80级的四位院士中，贺克斌、岳清瑞、庄惟敏都是第22届学生会的会友。

我们那个时候的学生会，自主性很强

学生会班子上任后，校团委日常极少介入具体事务。即使是已经担任校团委副书记并兼任学生会秘书长的林炎志学长，除了偶尔的、私下的单独沟通，也几乎没有参加过学生会的工作会议。学生会的实际工作都是在宋军领导下独立开展，“自我教育、自我管理、自我服务”。80年代初是朝气蓬勃的时代。第22届学生会上任伊始就提出了“学生会要做改革促进派”的口号，积极参与学校改革，特别是在涉及同学学习、生活和全面发展的一些重要方面，发挥了有力的推动作用，极大地改善了自习教室管理、伙食服务质量及文娱活动组织等。

在我们遇到一些问题时，学校的领导和师长们，总是很平等地与学生会干部交流。一次，我们在工字厅和校领导商议某个话题时，张光斗先生（中国科学院院士，后又当选为中国工程院院士）恰巧经过，并感兴趣地坐下来参与。记得学生会体育部长在激烈辩论中竟然忘情地拍起老先生肩膀，可他并没有任何不悦，而是继续愉快、认真地投入争论。后来，在我们交棒给第23届学生会之前，因为修改《学生会章程》，又与团委任彦申（后来曾任中共江苏省委副书记）、陈仲璀等老师等因为共青团对学生会是“帮助”还是“指导”有过反复讨论，也从未遇到以势压人的情况，最后采用了“校团委指导帮助”的折中说法。

印象最深的是“3·5围困”。那时学生课业压力很大，文娱活动匮乏，外联部想办法搞来一些“内部”电影给同学们开阔视野、舒缓压力。1983年3月5日周六晚上，学生会在一教组织放映苏联长篇电影《围困》，有些同学下午4点就去占座，开演前更是人数爆满，结果挤坏了大门上的玻璃。教室管理人员很生气，决定取消放映，结果迅速被“围困”在放映室。同学们群情激昂，喧哗、跺脚，争辩、抗议，险状频发，经宋军等在场学生会干部苦劝数小时，方才得以平息。因为当天恰逢“学雷锋纪念日”，一教又是学校在当时经济条件下花巨资新改建的第一个电化教室，我们作为组织者，心理压力很大。

事后，副校长艾知生（后来曾任广电部长）专门请学生会正副主席去工字厅研讨。他听取了大家对事件的描述和分析后，不但没有责怪我们，反而敏锐地意识到了学业过重对学生身心健康和全面发展的不利影响。很快，学校正式出台政策，在学期进行中削减课时10%，以活跃学生文体活动。这一空前绝后的临时举措，给我很大震撼，也成为我后来身为教育工作者的信念，始终坚守教育绝不只是教学，要切实以学生全面发展为目标。

现在回想起来，正因为自主性强，学生会班子更要开动脑筋，独立地开展各项工作。在这一过程中，学生会干部思维比较活跃，工作更加积极，相互之间交流和协作也非常充分，使得这个集体享有了相对宽松的成长环境。

我们那个时候的学生会，自律性很强

当年，学生会集体中人际关系非常纯正、简单。记得那时由学生会组织的文娱活动如在大礼堂放映科技电影等，内部都会优待少量入场券。我担任宣传部长时，每次都在办公室门外张贴公示各组发放票数，绝不会私相授受。尽管我们现在都已年过半百，每年也会有几次团聚，但当年在学生会工作时，完全没有小圈子的概念，甚至从未一起喝过酒。除了上任时林炎志秘书长请我们半夜吃过一次锅贴作为工作餐，就是卸任后有过一次正副主席和部长参加的“散伙饭”。那已经是第22届学生会任期结束、完成换届后，大家才终于有机会聚餐，并在照相馆合影留念。尽管这也与当时的经济条件有关，但正如宋军所说，那时的学生会干部的确很纯粹。

学生会组织很多活动，干部都是二十岁上下的同学，热情有余、经验不足是在所难免的。偶尔会有纰漏，时常会被误解，甚至还会挨打。我在一教帮助维持录像放映秩序时，就曾因为查处假票、逃票而与社会青年（对非清华学生的称呼）动手打了起来。虽然我们这些“学生干部”都是因为乐于为同学服务才参加学生会工作的，但“任劳”不易，“任怨”更难，相互之间的慰藉与激励是重要的精神支撑。这些事情，亲身感受过了，公益心才经历考验，同理心也更加扎实。

我们还主动在学生会内部成立了临时党小组，不但借此对学生会主要干部中的党员提出更高的觉悟和榜样要求，而且帮助入党积极分子与他们的第一集体所在系、年级的支部建立联系，缓解后顾之忧。有一次我作为党小组长和俱乐部郑建伟在学生会办公室门外彻夜谈心，被蚊子咬了一身的包，第二天两人又都精神抖擞地投入具体工作之中。这些也对学生会树立正气、凝聚集体发挥了很好的作用。后来几个学生会干部入党，临时党支部也事先商量出正式意见，派代表去系里参加党员发展会，充分介绍申请人在学生会的思想和工作表现。

当然，学生会内部也不可能总是一团和气。做事越认真，压力就越大，总会有些性格、认识和方法上的碰撞。每当出现问题的时候，都是对领导力的考验。学生会主席作为这个第二集体的“班长”，胸怀和度量是最重要的。学生会主席要成为大家心目中的主心骨，不光要工作能力强，能带大家打胜仗，更要能团结人，善于通过沟通统一意志，发挥合力。记得我们当时私下还有个非常明确、也非常特殊的共识，“用人之短”。也就是说，学生会在达到工作效果的同时，还要在工作过程中锻炼、培养干部，所以有时会刻意把工作安排给不那么擅长的同学去做，例如让不太敢抛头露面的同学站到众人面前。现在回想起来，当年能这样做也算是颇具长远眼光。

至今我们见面时，大家还总会回忆起李兵带着秘书部在六号楼西门卖计算器，俱乐部办集邮展董冬睡在同方部展厅，学习部的自习教室调查和百科知识竞赛，外联部的科技电影卖票比发票上座率高，生活部的“伙委会”通过促成同学和食堂大师傅的理解与合作提高满意度，宣传部在图书馆下的剪报和在科学馆前的专栏负责人成为建筑学院先后两任院长，文艺部的文学社、文评社和《清华文苑》，体育部的各项大赛和女生部的巾帼英姿。虽然第22届学生会并肩的往事已经渐渐远去，很多细节要大家一起拼凑才能形成完整回忆，但这个集体一直活跃，并一如既往地关心母校、关心社会，大家相互之间的情谊更是历久弥深。

第22届学生会的任务在三十六年之前就已圆满完成，但这个大学期间的第二集体生命力很强。正如副主席兼女生部长王彦佳在我们第22届学生会离任时写下的：“我非常珍爱学生会这个临时的集体，特别是学生会委员会这个核心。在例会上，同学们对学生会工作畅所欲言，提出各种建议和意见，相互之间的思想交流也很敞开。”即使在今天，

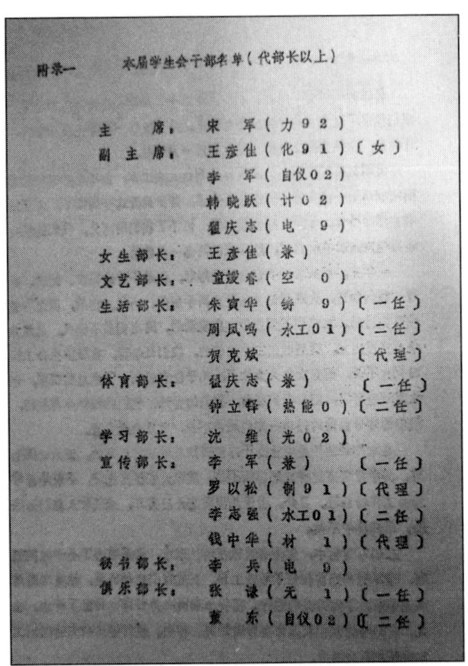

附录一　本届学生会干部名单（代部长以上）

职务	姓名	班级	备注
主　　席：	宋　军	（力92）	
副 主 席：	王彦佳	（化91）	（女）
	李　军	（自仪02）	
	韩晓跃	（计02）	
	翟庆志	（电　9）	
女生部长：	王彦佳	（兼）	
文艺部长：	童援春	（空　0）	
生活部长：	朱宾华	（铸　9）	（一任）
	周凤鸣	（水工01）	（二任）
	贺克斌		（代理）
体育部长：	翟庆志	（兼）	（一任）
	钟立铎	（热能0）	（二任）
学习部长：	沈　维	（光02）	
宣传部长：	李　军	（兼）	（一任）
	罗以松	（制91）	（代理）
	李志强	（水工01）	（二任）
	钱中华	（材　1）	（代理）
秘书部长：	李　兵	（电　9）	
俱乐部长：	张　谦	（无　1）	（一任）
	董　东	（自仪02）	（二任）

第22届学生会干部名单

我们为之自豪的这个集体还是像当年一样年轻、热情、开放，每次大家无论面聚还是网聚，都还是像当年一样真诚。

回顾在第22届学生会这个集体中共同成长的历程，大家都觉得当年那一段“群众组织”的工作对自己是很好的磨炼，在各种思潮和事件的冲撞和“三观”承受的挑战中，较快成熟起来，体会了在众说纷纭、众口难调情况下把握方向、依靠集体的重要性，也初步具备了承压和担当的能力，不会在面临复杂局面时轻易怯阵、失措。这种人生体验，是全面发展的珍稀营养，不是通常的业务实习可以给予的。

作为一个光荣的集体，我们不光时常聚会怀旧，也会持续互相砥砺，并一起为母校发展和学生培养竭尽微薄之力。除了宋军、王彦佳、柴建云、贺克斌、庄惟敏、朱文一、黄晓玲和我长期在学校工作，宋军和我还分别担任了校友总会常务理事和理事。我们还共同捐资在清华大学教育基金会设立了“第22届学生会基金”，作为留本基金用利息每年资助学生会为梁启超先生和梁思忠烈士扫墓，并举办与梁任公相关的清华传统传承活动，包括由紫苑学会举办的“梁启超纪念展”。在纪念清华学生会百年之际，第22届学生会还向学校档案馆捐赠了相关手稿、文件和文物。

学生会只占大学生活时间的很小部分，但这个跨院系跨专业的第二集体，对我们的全面成长影响很大，而且毫不夸张地说，这个影响会伴随我们一生，就像我们的大学第一集体——班集体一样。

2020年初春

作者简介

李军，清华大学研究员。主要从事网络安全、模式识别和图像处理领域的科研和教学工作。1985年、1988年分获清华大学自动化系学士、硕士学位。1992年赴美国自费留学，1997年毕业于新泽西州理工学院计算机系，获博士学位。

李军赴美留学前曾任清华大学自动化系系主任助理，在美期间担任过北加州湾区清华校友会会长。曾任EXAR、TeraLogic公司高级软件工程师。1999年在硅谷作为联合创始人建立ServGate公司。2003年回到清华大学任职后，曾任信息技术研究院院长、信息学院常务副院长、清华信息科学与技术国家实验室常务副主任等，现仍担任国内外多家公司的董事、顾问。

在那些青春灿烂的日子里

——记清华军乐队若干事

■ 郝佳良（1989 级自动化系）

要说在清华，啥时候感觉上最苦逼，我觉得是每次寒假轻松一个半月以后，刚刚从 375 公交车下来，重新踏进清华园的南大门，走进南北主干道的那一刹那。

突然间，整个世界都安静了，好像成府路的汽车喧闹在那一瞬间停止。呼吸着对我们哈尔滨人感受上还算是温暖的空气，然后就开始感觉压抑！头脑中感觉又回到周六晚上也要上自习的一个学期的悲惨生活中。清新的空气伴随着忐忑的心情，复杂的情绪中，那样的岁月里，军乐队，差不多是我们苦逼学习生活中唯一的亮色慰藉！

懵懂少年时候

学习的生活很是辛苦，因为班里的同学都是各省的大牛，而乐队的同学之间没有相互的学习竞争的关系，在一起合奏，也能演下一些大师们的曲子，都是合作，相互之间变得就比自己班里的同学反而更亲近很多。更因为各种集训（就是大家都封闭集中住在一起一段时间，一两周或者更久，天天从早到晚就是吹号，排练），整个乐队一起住过也都有好多次，而在一起就是演奏合作或者是玩耍，所以乐队成员间就变得更加亲近。

周乃森、穆礼弟、朱汉城三位老师陪伴军乐队成长

经历过的最大的一个活儿，是为了 80 年校庆的百人分列式，准备的过程纷繁复杂。为此整个乐队，都为了这个任务服务，甚至提前了一年多就开始准备。那大概也是朱老师最开始执棒清华军乐队头一个重大任务？也就是从百人分列式开启了后来朱老师、周先生、穆老师

三巨头共同陪伴军乐队成长的历史。

军乐队的生活实在太过丰富多彩，经常有郊游、演出、比赛的各项任务，没法一一尽数记录，这里只能尝试记录下百人分列式前后的若干亲历的片段或感受，做成记忆中的珍珠来收藏。

为了快速提高乐队演奏水平，我所在的 9 字班队伍（1989 级），在清华核研院的山沟沟里，就曾经第一次经历过冬天的“200 号”集训。1990 年初我们还是学员班，刚刚入学半年多，不管什么事情都只感受到新鲜。从水平上讲张朝阳博士、李冬松、李宇崇、傅志昱、方进，我们这些小短号才头一次能吹动古老骑兵最后的小号的号角，算是刚刚入门，但已经很有些成就感。跟现在特招比较多不同，我们那个年代生活条件太差，小的时候都没有机会摸过乐器，都是上了大学以后才开始学吹小号。这也就没有童子功，最主要是穷，没太多钱吃好吃的，所以就瘦，瘦就脸上没肉，脸上没肉就嘴劲很难上来，所以哪怕后来苦练好几年，表现力跟水平还是很不够，最后到了毕业也还是在队里滥竽充数打酱油的角色。

我的师傅是陆松涛，8 字班，他是北京孩子，特招的，以往在北京少年宫大概就是首席的号手，吹得真好，尤其是他胖！每次看到他脸上丰满的肌肉随便一绷，一个个高音就丰满亮丽的从他的号口里面尤有余力地轻松流淌出来，我的内心总是充满了羡慕和嫉妒。他当年尤其擅长在军乐队集中班挣点私房钱的小乐队里吹西班牙斗牛士，总是能在各个食堂举办的小舞会上，让台下的青年学子们热情疯狂起舞。

当初最大的一个梦想就是，等到以后我毕业也一定要吃胖了，脸上有肉以后，再重新拿起小号好好练一年，看看能不能 PK 师父当年的水平。当然那只能是一个太过美好的梦，不只是没时间，多年没有再拿起过号来，其实内心也知道，当年的童子功，那些双吐三吐、指法的技巧，自己瞎练估计是永远没机会的。跟师傅的关系其实一直都很好，我本科毕业那年暑假，还去投奔师傅当时已经远在深圳打工的地方，蒙师傅收留了一周多，才开始了后面的云南西藏的穷游之旅，大恩不言谢，我一直都记得。

当年“200 号”的集训，因为是在小山沟里，封闭得很好，大家吃住都在一起，集训当然就是很简单，吃饭睡觉加吹号，虽然住的条件不咋地，但是穷孩子们总有自己的娱乐方式。张宁、丁凤（学长学姐）带着我们一堆更低年级的孩子们晚上一起钻山沟，大晚上的在黑暗里讲鬼故事，时不时就会有一只不知哪里伸过来的手悄悄地拍你一下，换来一嗓子鬼哭狼嚎。

9 字班的军训

可能是前无古人，不知道后面有没有来者，因为特别的年份入学，9 字班的军训时间是很长的，足足有一个月之久。北大更狠，军训一年，据说那一年军训北大的新生没事干，都疯狂背英语，导致那届学生的出国比例特高。

闲话不表，1990 年的暑假，9 字班军训要一个月，而 1991 年要清华 80 年大庆，要排分列式，这样的时间怎能耽误。要说整个文艺社团的老师们能量也是蛮大的，愣是跟学校申请到了，9 字班的文艺社团的军训集中在一起，脱离原先所在的班集体，都在阳坊防化学院附近的一个部队里进行，这期间，故事一箩筐。

那个时候，我还是不抽烟的，虽然现在是戒了偶尔抽。印象很深刻，弦乐队的马文升是抽烟的，他在军训的时候算了一笔账，说假定抽一支烟平均减寿七分钟，假定一周抽两包烟，抽到七十岁，平均减寿了每人接近两年。然后他一下子从床上蹦了起来，基本上是喊道，赚了赚了，为了一个爱好，享受那么多年，才损了两年不到的寿命。现在想想，真的是少年不知愁滋味。

那期间，我们这一届的短号傅志昱，就在军训的操场边，哼出了那首极其著名的校园歌曲《梦中草原》的主旋律，后来他还写了其他不少校园歌曲。我们这届的校园歌手专门有一个演唱组，主唱是魏晨阳和卢庚戌，就叫梦中草原演唱组，在他们毕业演出的时候，唱了好多自创的歌曲。那个演唱组后来好像最终变成了大名鼎鼎的水木年华演唱组，这是我百度才知道的渊源，好像 0 字班的长号姚勇也在里面有点渊源。记得当初小傅中午在操场边上去想那些校园歌曲，借了把小提琴瞎拉的时候，因为是没睡午觉，还被我们班长批评过……他还是很有点才华跟傲气的家伙。

那时候，弦乐队还有一个小胖子，南方人，白白净净的叫程鹏，天太热在屋里搓澡，突然门打开了一条缝，一个脑袋伸进来，居然是连长！连长瞅了瞅，缩回去了脑袋关上了门，过了两秒钟，门又被打开，连长的脑袋又伸进来，说了句，“你咋那白哩”，带着点也许是河南话的口音？然后门又关上，连长离开。整个屋子里的八个兄弟沉默了大概两秒钟，然后哄天爆笑，这个标准段子成了我们那一届军训弟兄里面无法磨灭的印记，那个带着地方口音的五个字。

军训有一次紧急集合，下午吹响，而事先没有得到“小道消息”的通知。军乐队 9 字班的打击田兵，弦乐队的马文升，从二层铺着急跳下来，扭伤了脚。为了这事儿，我们还跟当时的教官争辩了一次，就是训练归训练，怎么能让这么金贵的学员受伤之类，后来他二人得以旁观后面的军训。当然了马文升不重，后面他其实早就好了，但就是偷懒，田兵似乎一直有点跛脚到大学毕业，这两个人现在都在美国。也因为这件事，社团后来把年龄大点的同样是军乐队小号的张朝阳博士也叫过来跟着队伍，加强队员的安全。还有白鸥学长也作为队委还算是带队老师？经常早上 10 点多，军训的我们都在操场上被狠狠操练的时候，白鸥胖胖的左右摇晃着从宿舍走出来去刷牙啥的洗漱，也是一道挺有反差的风景线，现在想想都很有趣味。

秦皇岛的集训

军训之后紧接着，我们军乐队的集体打包被拉到了秦皇岛进行夏季集训，就在秦皇岛海边的一个体校还是足球学校里，那是我平生第一次看到大海。

住的条件现在想是很艰苦，就在一个室内场馆里，地面上原地用蚊帐搭起很多的帐篷，大概好像几十个人一起，白天是把帐篷收了就当排练室，还是另有排练的场馆已经记不大清了。9 字班的小低音葛广，有一天蚊帐没拉严实，正好胳膊堵在了那条缝那里，早上起来的时候一看，胳膊上正好严丝合缝的那条缝的痕迹上，满满地全都是蚊子叮出来的包。他也是农村孩子，皮糙肉厚的也没啥在意。那个时候，不只是他，大概所有人都没有太觉得环境艰苦，而是觉得充满了趣味，虽然是每天依旧是排练再排练，再加一点队列。

队列的时候，仲霄学长的嗓门是很大的，他喊过几次，能板起脸来，有模有样的让队员们一下子就严肃对待，这对于整个乐队战斗力，正规化的养成，还是起到了很大的作用。在最后离开那个集训地的时候，在一个小会场里面，还为当地的群众进行过一次小型的分列式表演。虽然人数不多，大概也是我们统共两次正式表演中的第一次，作为夏训的成果。这距离 1991 年 4 月底的分列式表演，差不多还有 9 个月左右的时间。

到了秦皇岛，当然最后总得有一天是要放羊旅游一下的，山海关、老龙头，很多地方留下军乐队队员们的身影。后来还组织过一次军舰的参观以及海上的短途旅行，现在只能从照片上回想起当年军乐队的那些美女队员们。统一的短袖 T 恤衫也掩盖不了她们青春靓丽的身影，现在想起来都会不由自主的赞叹，当年的快乐似乎都是可以没缘由的，那个时候的朱老师也是很年轻帅气的。

1990 年夏，89 级部分队友秦皇岛集训后的军舰巡游，前排左起：唐华、王璞、姚晓菁、张军；后排左起：郝佳良、葛广、傅志昱、卿山、郭益民、童瑞成

百人分列式

这个表演的背后，凝聚了太久时间的努力，历时一年多的准备。场面热烈，感人肺腑，分列式取得了空前巨大的成功！

1991 年 4 月底，学校的 80 年校庆，朱老师在主席台上看完了整个的过程。事后跟我们说，当军乐队所有队员从场地中央，吹着歌唱祖国的高潮部分，猛地一转身，从背对到面向主席台观众席，并缓缓压上的时候，主席台观众席上的很多老学长们都热泪盈眶。他们都是祖国那个年代的建设者和见证者，是祖国走上繁荣富强的亲历者。我们的表演完美，算是高潮部分，应该激发了他们太多的情绪跟回忆。

从南戴河回来以后，集中班的队委们，据说是戴杰为主，陈凡、陈鹰兄弟俩、仲霄、李强这些人，策划了整个军乐队的分列式的行进方式，队形变换的走位。然后就是好像每周都有的排练，西操，还有现在蒙民伟楼那个地方，原来好像就是一片空场，都是我们排练的场地。为了能够整齐，队委们还在场地上做了些标记。但是因为清华的学生们都太忙了，就从来没有一次来齐过 100 人，唯一的一次就是校庆当日上去表演的那一场。平时缺人的时候，都是各个队委，临时补位到空缺里面，所以，我估计那些队委们，对大部分位置都是很熟悉的。

作为学生指挥的苟彤军学长，是玩棒的，在每周排练的时候，曾经设计过好些花活儿。印象里就如同曾经看到过一些土耳其还是啥国家的军队仪仗队的指挥，那棒子要的，不停地转，转着扔起来再转着接到啥的。所以每次排练的时候看着都很过瘾，不过实际最后表演的时候，为了稳定，简化了不少，就用了相对比较简单，最保险的一些动作，不过那也是，老帅了！

百人分列式下来以后，队员们的热情还没有完全发泄，怎么办，接着去大礼堂前面草坪上（那时候还允许上人），军乐队的帅哥美女们，一边吹奏，一边翩翩起舞，我的印象中，这好像是军乐队草坪音乐会的始发源头。

百人分列式是我参加过的印象最深刻的大活动，但对朱老师来说，这只是一个辉煌的开始，从这以后他们三巨头，带着军乐队，横扫了太多大学管乐比赛的第一。朱老师凭借他优秀的艺术功底，把军乐队的水平跟能力提升了很大的高度。

乐队的朋友们，历史跟现在

在百人分列式前后，因为当时的乐队没有那么大，好像学员班的也都有跟着上场。这带来了另外一个结果就是，乐队之间的人，除了一队二队学员班之类的区分，在分列式排练上，位置相互接近的人，因为一站好几个小时，变得就更加熟悉起来，好多人由此成为一生的朋友。

其中，离我最近的陈皓，是7字班的黑管首席，那之后延续了十几年的友情，至今都会偶尔有联络。受他的影响，念书时候后来自动化系的我还辅修了应用数学，一起上课的还有丁凤。陈皓后来也放弃了本来很好的建筑系的本科专业，研究生转学计算数学，现在在美国写金融软件。9字班计算机系的大萨克斯卿山，现在也在美国高通做软件，最近已经调回在深圳高通主持5G的开发工作了。

当初，我们上自习经常都是乐队的朋友们一起，陈皓、葛广、顾险峰之类的。后来本科阶段，跟计算机系的葛广、顾险峰我们还一起组织过一个软件小组，给联想软件打工编写教育软件，挣点小钱。后来葛广妈妈离异带着两个妹妹从农村老家投奔过来，到还在念书的葛广这里，曾经就在团委的乐队的排练室里晚上住过几天。最后我们的软件小组只有葛广由于艰苦的生活压力，坚持下来，毕业以后也是一路创业，曾经在软件的道路上走过很久。

9字班军乐队学习上比较出息，出了三个清华的学生十杰，其中唐华是大美女，经常后面有超过一个加强排的追求者，后来去美国读了MIT，再后来嫁给了经管学院同样去美国进修的廖理老师，现在在国内了。圆号计算机系的顾险峰，师从国际数学大师丘成桐教授，现在美国一个大学里当教授，还在做图像识别方面的研究。刘圣，现在是南方一个挺大企业的总经理了。

很多时候想想以往，看起来的历史，我们都曾经参与创造。那时候的朋友，乐队的比本科同班的同学还更亲近，因为一起经历了太多，也是艰苦学习中难得的亮色。

现在，我们都见证过太多历史时刻，由于清华的同学们，曾经的朋友们都在各行业内做出过些卓越的贡献，就好像都有些感同身受。虽然大家都天各一方，但是但凡有需要，仍然感觉依旧是心心相连。

铁打的营盘流水的兵，军乐队的大旗永不倒！

作者简介

郝佳良，1989级自动化系本科，经管学院硕士。多年服务于校办企业，曾任职于同方跟紫光体系。现跟同届蒋步星等校友合伙，从事工业大数据挖掘方面的支持服务，为国内发电、炼钢、炼化等重工业企业的安全优化，智能算法的应用提供技术支持。

追忆在清华大学“露天社”的日子

■ 李　石（1997 级化学系）

“我在露天的小屋里消磨了不少的时光，小屋有唯一的一扇东窗，近处是一片瘦瘦的垂柳，孩子般的纤弱，不时款摆着柔腰，似乎在诉说着某个凄美的故事；远处是澡堂的烟囱森然干霄，间或有几抹灰烟淡然飘逝，去追逐光阴纷扬的碎片：这些再熟悉不过了。”

这段文字是《露天报》第九任主编、物 72 班徐国强在 2000 年新世纪来临之际为纪念《露天报》创刊 7 周年而写下的。这篇纪念文章的标题是《天天天蓝》，当时露天社的社员们曾为其英文翻译应该是 day day day sunny，还是 day day day blue 争论不休。二十年后的今天，当我回想起在露天社度过的岁月，“sunny” 和 “blue” 都涌向心头，五味杂陈、难以言表。

露天社最初发端于影协，是影协下属的电影文化报社，而影协的第一任社长则是大名鼎鼎的胡钰。后来，露天报社从影协独立出来，继续着校园里的各种电影文化活动，还张罗着校园里唯一的一份电影文化报纸。清华园里流传着许多关于露天社的故事：搬小板凳看露天电影、社员通宵达旦排版露天报、电影明星做客露天沙龙、露天剧场一票难求、元旦通宵电影晚会媲美西大狂欢、露天社员原创剧本获奖……露天社，渐渐活成了清华园里的传奇。

露天社的同学们，前排左起：徐国强、李豹，后排右起：李石、罗怡

“露天电影”时常能见证莘莘学子的爱情，这是露天社成为传奇的一个重要原因。我加入露天社，是 S 君推荐我去的。一到露天社的小办公室，我就被社员们对电影和人文的热情感染了。大家聚在一起讨论“露天剧场”放什么电影，你一言我一语地争论电影的好坏、演

员的演技、电影延伸出的内涵和意蕴……定好片子后，大家就分头行动，一些同学写海报、一些同学贴海报、社长负责和大礼堂经理联系电影胶片，副社长负责收钱卖票……欢声笑语、井井有条。

露天社放映最多的是两种电影：爱情片和恐怖片，而这两类电影都是恋爱中的男生女生最爱看的。记得我刚进露天社时，有一次和S君一起看“露天剧场”放映的《甜蜜蜜》，黎明和张曼玉演绎的青涩恋情让我们极为感动，而邓丽君的歌声如天籁般甜美动听。在那之后，我就经常坐在S君的自行车后座上，哼着“甜蜜蜜”的曲调，想象着我们俩就像黎明和张曼玉一样相爱。

有一年的“女生节”，“露天剧场”放映的是张柏芝主演的《星愿》。那时，我已经是露天社的社长。我印象很深，在大家讨论的时候，一个大二的男生特别激烈地主张放《星愿》。虽然有社员不同意，我还是做主放了这个电影。后来，这个男生私下里感谢我，告诉我他们看了这部电影后，他向心上人表白成功了。后来，他的心上人也成为我的社员。那时，我第一次意识到电影的力量，好的电影能让人们感同身受，帮人们留住那些美好的瞬间。

“露天剧场”也放过好几次恐怖片，每次要放恐怖片社员们都特别激动。记得，有一次社员们决定放老版的《画皮》，有一个女生自告奋勇地要写海报。后来，我们看到她写的海报是：“惊悚恐怖片，让你彻夜无眠！”还专门用红色颜料滴上去，像血流下来一样。其实，老版的《画皮》一点儿也不恐怖，但校园里的男男女女都被海报忽悠了，成双成对地来看电影。

露天能成为传奇，还因为其开放的精神。“露天社”的英文是Open-air Association。露天社员们是这么解释OPEN这几个字母的：Original（开创）、Persevering（坚韧）、Enterprising（勤勉）、Natural（自然），这四种品质被社员们称为“露天精神”。

最能体现露天精神的要数露天社的特色活动“露天电影”。2001年的夏天，露天社举办了一次免费的露天观影活动。在东操外面的篮球场，巨大的银幕早早地树立起来。下午，天还没黑，露天社的社员们都来了，激动地等待着夜幕降临的时刻。夏日的傍晚，凉风徐徐、霞光微现，期盼已久的同学们三三两两地走来：搬来宿舍的凳子，吉拉着凉鞋，摇着折纸扇，悠闲自在。晚上7点钟，电影准时开始，放映的是周星驰的《大话西游》。那时，这部电影刚刚开始在国内高校流行。之前，《大话西游》票房惨淡，几乎注定了惨败的结局。但是，无厘头的幽默似乎恰恰是清华学子能懂。开始，这部电影悄然在水木清华BBS上成为热门话题。接着，校园里有更多同学开始关注这部影片；直到，电影中的各个细节都被同学们背得滚瓜烂熟，模仿得惟妙惟肖，甚至演绎出新的版本。那天，在放映过程中，同学们不断爆发出肆无忌惮的笑声、喊声、惋惜声……好一个自由浪漫的仲夏夜之梦！

露天社能成为传奇，还得益于一份同学们喜闻乐见的报纸。所谓“人文”不过是“人”和“文”的组合。围绕“人”，会发生千奇百怪的故事，这些故事在电影中不断上演；“文”则是观影者的思考，观点、心得、感想……通过不断地书写而得到交流。

让人备感骄傲的是，露天社的运行是自负盈亏的：收入来自“露天剧场”的盈利，这笔钱一方面要付租借电影胶片的租金，另一方面还要付每期《露天报》的印制费用。《露天报》是免费发放的，每期印数2000份，这是露天社最大的开销。有时候，露天社会入不敷出，社员们就想办法拉赞助。最后，印报纸的复印店同意每期报纸赞助露天社500块钱，条件是在报纸上给复印店印一条广告。

解决了资金问题，社员们就可以安心地编报纸了。露天社最初是以《露天报》为中心发展起来的电影文化社团。因此，露天社的每任主编在社里都享有很高的声誉。我在露天社时,《露天社》的主编是S君。S君会使用方正的报纸排版系统；在报纸付梓的前几天，S君总是在露天社的办公室里挑灯夜战；S君能写好长的文章，甚至在报纸上开专栏；……S君深得社员们景仰。当然，露天的所有社员都会给露天报投稿，这些稿件中有影评，有诗歌，有散文，甚至有小说。我自己就经常投稿，写过《甜蜜蜜》的观后感、题为《清华女生》的散文、还有许多诗歌。1999年年末，为迎接新世纪的到来，露天社出版了一期八个版面的报纸。报纸印出来，拿在手里厚厚的一沓。我站在七食堂门口，送到一个个素不相识的同学手中；那种沉甸甸的感动，让人至今难忘。也许，正是这种纯粹出于兴趣的执着，不计回报的付出，日复一日的坚持，延续了清华人文的脉动，让“人”和“文”延绵不绝、生生不息。

露天社之所以会有传奇色彩，还因为它的成立和发展与许多著名人物的名字联系在一起：胡钰，露天社的老祖宗，是清华的第一届的“十杰”之一;《露天报》创刊之初，清华校长的张孝文为报头题字，而清华的老书记胡显章曾两度为《露天报》题词；著名导演陈凯歌曾做客“露天沙龙”，与清华学子畅谈《霸王别姬》；著名学者张岂之、杨东平等也曾受露天社之邀，与清华学者交流电影文化；……露天社可谓名人辈出，叱咤风云。

露天社自成立以来，几乎年年都被评为清华“十佳社团”；2001年，鄙人不才还为露天社夺得了清华历史上唯一的“最佳女社长奖”。

露天社放电影，时常的盛况惊人，5块钱一张票，买票的人从大礼堂一直排队到二校门。

……

露天，清华人心中的传奇，一个极美的传奇。

露天，极美的一个词

露天，极美的一个词
那是蓝天，白云，绿色窗子和西红柿
正像流传已久的文字
而露天是一个房间
一个装满一屋子故事的房间
要知道，我时常独自在这里感受
夏日五点钟的阳光

如丝绸般的缘分
在阳光中翩翩而至
犹如一朵结着愁怨的丁香
让整个房间充满了神奇

多少年了
没有人能够知道
那些熟悉或陌生的人
谁曾陶醉于这丁香的神秘
曾在这里放飞了欢笑
又结了怎样的愁怨

没有人能够知道
那些不知寒暑的夜晚
有谁在这里静听风雨
指着星星说下誓言

没有人能够知道
那些激情澎湃或是缠绵悱恻的时刻
是谁曾轻轻抽泣

又是谁掀开了岁月的窗帘
泄漏春夏秋冬的秘密

当墨香四溢的文字间溜掉的
多少动人的故事
都成了往事
还是，没有人能够知道
这陶瓷茶杯里热气升腾的秘密

如果墙会说话
也许，她会保持沉默，在低眉含笑间

作者简介

李石，1997 年保送进入清华大学化学系。2001 年本科毕业后，因兴趣所致，转入清华大学哲学系攻读伦理学硕士学位。2004—2007 留学意大利，在罗马 LUISS 大学攻读政治哲学博士学位。2008—2009 年在北京大学哲学系外国哲学研究所做博士后研究。2009 年至今在中国人民大学国际关系学院政治学系任教。研究方向为西方政治哲学、西方政治思想史。

李石在清华求学七年，期间一直热心于学校的各类人文活动。1998—2000 年，李石参加学生电影社团“露天社”，并于 2000 年任社长；其间组织编辑清华校内极具影响力的学生人文刊物《露天报》，一月一期，印数 2000—4000 份，还在 2000 年获得清华大学学生社团“最佳女社长”称号。2001 年，李石创办了清华大学第一家学生新诗社“火石新诗社”，并定期出版社刊《火石诗歌》。其诗作《露天，一个极美的词》被收录在《清华大学百年校庆诗集（新诗卷）》中。

由共同存在发掘共同价值

——大学集体赋予我们的成长

■ 张博戎（2009 级航院）

入学十年有余，算起从母校毕业也将近五个年头，很多在学校里发生的故事都已陌生起来。恰逢 110 周年校庆“命题征文”，让我得以静下心来，再度思考大学集体赋予我的教育和成长。

我们中的大多数人，都是在初入学校的时候首次接触到了“集体”这一概念。小学时的班级就是一个很常见的集体：一起上课、一起生活、一起考试、一起评比。共同的活动把一群人在时空上绑定在一起，因为共同存在而有了集体的概念。但这一集体也许是不牢固的，一旦共同存在的时空基础破灭，那集体也很难持续存在。在国内现有的教育模式下，这一班集体形态普遍持续到了高中毕业。

进入大学以后，班级界限不再明晰，学习形式变得多元化，学生们的个性逐步发挥，“集体”的概念和我们对它的理解也随之变更。在大学中，我们所接触和加入的远远不止班级这一个单一的集体，还可能有宿舍、社团、学生会、实验室、文体代表队、社工兼职团体种种。每一个大学生，都面临过在不同的角色间反复切换的情境，时而找到真爱，又时而迷失自我。

走进工作岗位后逐步感触到，“集体”的概念却是由繁化简了。随着职业的稳定，工作圈和生活圈逐步收敛。绝大部分人们通常只能从事一个全职岗位，主要收入也是来自于一项工作的酬劳。我们开始逐渐厌倦穿插在不同的集体之间，反而更喜欢在一个自己能够被认同的地方停留下来，安安心心地做好一件事情。这个时候，将我们划归在集体中的主题词变成了“价值”或者称为“广义的利益”。我们规避那些没有收益的付出，也会干脆拒绝与价值不符的事物。赋予我们成长的集体慢慢消失，但也把成熟留了下来。

小时候的集体是单一的，因为共同存在而有了共同的语言和喜怒哀乐。长大以后的集体也是单一的，因为共同价值而有了共同的事业和追求目标。唯独处在中间的大学时光，我们很难给这时的集体下一个普适的定义。大学时光是一个人

张博戎（后排右一）在航院男足参加第 26 场马杯比赛后留影

成长最快、价值观和自主能力变化最剧烈的一段时间，昨天的自己和今天的自己去看同一件事，心态也许迥然不同。但可以总结出的一条规律是：我们通过大学的集体得到了成长，学会了从一个集体的“共同存在”中发掘“共同价值”，也完成了自己认知的进步。

拿亲身经历作为样本，有这么一串“有趣”的故事。大一入学还在军训时，院足球队队长走门串户发掘新人，学长们进来的时候我正在打电话，左耳朵听我妈唠叨，右耳朵就捕捉到了“足球队招新”这几个字。匆忙之间来不及说话，我就三步并作两步跑过来，冲着队长指了指衣服上的曼联队徽，意思是：“会踢球，想入队！”

航院男足是一个优秀且有趣的集体，老至教工和毕业多年的校友，少至我这种初出茅庐的新生，都能在训练和比赛时打成一片。第一个学期虽然没有打上主力，但是我心里已经开始认同这个集体。

转眼而来的大一下学期，是学校各社团统一招新的日子。对学生会工作没什么兴趣的我，本打算直接忽略这些活动。凑巧的是，院足球队长也是体协主席，当时招新缺人，跟我说了一句：“小伙儿，来体协干吧。”没有丝毫犹豫，我就这样“上车”了。

生活的一大妙趣在于，人们总是会在当初自己并不在意的事情上收获意想不到的成果，我也如是。加入院体协后，我发现自己好像还是很擅长组织体育比赛和各种活动，也能让同学们开心满意地参与其中，于是便在社工道路上大胆前行，从院体协到团委、再到校级部门和辅导员，收获了大学时光里数不清的多彩经历。以上种种，从某种程度上来说，都是拜最初的“入队”经历所致。

细细回想起来，这一个个集体赋予我的成长主要有两方面，第一是专门的技术和能力，它可以让我学到更多知识，掌握更多技巧；第二就是一种在集体中发掘价值的能力，这无关于所在是何样的集体，而是通用的成长能力——将个人追求和集体需求相结合，从集体活动中发掘个人价值，进而也通过个人提升促进集体进步。

多少年过去了，航院男足通知训练的方式从短信变成飞信，再从飞信变成微信，我们都还有一些老队员留在群里。有人会在每次比赛时刷文字直播，也有人工作后出资赞助着年轻的球队继续成长。我想，这是我们对集体的留恋，也是我们对这段时光和成长的认可。

在清华，有很多这样的集体，或大或小、或新或老。它们好像是一本本活生生的教科书，让每一个看过的人都能在里面发现不一样的世界。与上课不同的是，这些教科书没有老师来讲，只能通过自学体会。这些从“大学集体”书本上发出的光芒也好像太阳一样，始终就在那里，不曾熄灭，每当翻阅起来，都会给我们心底带来一阵经久不息的温暖。

作者简介

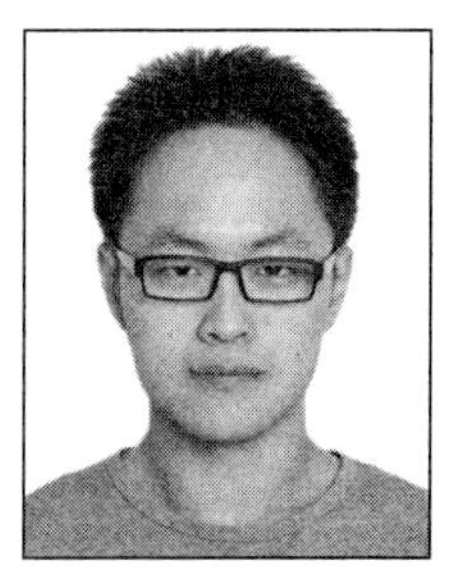

张博戎，航天航空学院2009级本科生、2013级硕士研究生。现工作于中国运载火箭技术研究院。

“清新时报”是永不磨灭的精神底色

■ 张 晔（2009级新闻学院）

2019年11月8日，是我最近一次回到清新时报社。那一天，我的单位人民日报社在未来媒体实验室组织了一场活动，“党报守夜人对话清华园——解码全彩印时代的人民日报”。我作为主讲人之一回到母校，而那一天，正好是记者节，也是清新时报十七岁生日。

在会场准备的间隙偷偷跑回了报社，窗外的爬山虎已经金黄，还是我们曾经一抬头就能望见的熟悉模样。墙上贴满了范敬宜院长、历任出版人和指导老师、以及不同年代清新报人的照片，犹如一段时光回廊，照见了十几年来共同奋斗过的我们。一个小姑娘正在认真打扫着房间，一聊起来，她说小朋友们都在忙着采访写稿和上课写作业，自己大四了，有空来收拾收拾；再一聊，她是当时在任的，清新时报社社长。

那一天我在朋友圈中感慨这是我的第十一个记者节，同行的领导老师非常疑惑。我笑着说因为我的新闻生涯是从“清新时报”开始算起的，而这绝非戏言。我和带我成长的师兄师姐、一起并肩的同学战友、我带过的师弟师妹，甚至是从未谋面江湖上只留传说的大前辈们，无论大家身在哪里、无论从事什么行业，就如同清华人用“几字班”作为认亲密码一样，“清新时报”就是我们永不磨灭的精神底色。

观 察 家

在清新时报的头版，报头上方印着五个小字——“校园观察家”。自2002年创办以来，这不仅是清新时报的办报宗旨，也是一代代清新报人的成长目标。

校园是我们的立足点。我们热爱这个园子和关心时代重要议题的方式，是以媒体人的视角去观察、去表达。做好这样的观察，离不开报社实事求是和调查研究的好传统，而实现表达的效果，更离不开一个开放包容、互相尊重的校园公共环境。

2011年5月初，一则“清华校园网络将改革收费方案”的传言引来诸多猜测。清新时报经多方求证，首次证实了这个消息。一石激起千层浪，指责学校“变相涨价”的多数同学，与通过测算认为改革合理的少数“技术派”持续争吵，一场学生维护自身权益的行动正在展开。

作为首发媒体，短短三四天，我们成立了一支报道组，整理舆论、还原讨论、跟踪问卷，采访学校部门、学生会权益部、学生中的“意见领袖”。相关部门沉默，核心事实必须锲而不舍地去突破，学生间“口水战”正酣，意见纷乱，我们只能平衡采访，用心辨别，一点点还原事件的本来面目。

努力并没有白费。几天后，学校专门为此召开了校领导接待日，邀请了反对最激烈的学生一起讨论。最终，当时的校领导为改革没有征求学生意见诚恳道歉，并暂停方案，宣布将在学生参与的基础上重新调研。在最新一期报纸中,《清华行动：补上程序公正这一课》《“新网费时代”的网络资源分配》登上头版头条、二条，报纸上架后迅速被拿空，赢来一片好评。此后，清新时报一直跟踪网费改革的进程，直到次年一月，符合多数同学预期的改革方案正式实施。而这次报道，也成就了学校、学生互谅合作的一段佳话。

值得一提的是，清新时报“观察家”的态度和建设性的努力也得到了学校领导的关注和赞赏。2012 年 4 月，陈吉宁校长上任不久就来到报社调研，不仅为报社的发展带来了强有力的支持，还与我们一起讨论关于科学传播的好点子、关于校园文化建设的好思路等等。此后，他习惯每期都阅读清新时报，看到学生反映热水不热了，就敦促物业中心去解决，看到学生科创的新尝试，就再加一把力多支持。他知道我们常年熬夜办报，后来特意准备了茶叶让我去拿分给大家，临近期末考试周我们已经完成了一学期出报计划，他在路上遇到我言语中还非常遗憾“最近都看不到清新时报了”。

真 媒 体

如果说“观察家”是对我们身为清新报人的业务要求，那么“真媒体”就是作为一个报社的理想了。在校园里拥有一个“仿真”的媒体环境，是一种怎样的体验呢?

2012 年，我作为一个总编辑的一周往往是这样度过的——周一，当期报纸出炉，下周各版的选题进度如何？周二，深度的初稿出来没？周三，半夜了终于改完定稿！周四，和执行总编在编辑室里审版改大样。周五，短信电话邮件轮换“轰炸”出版人，反复沟通只为求得一句世界上最美丽的话——“同意印刷”。周六，报纸发排付印。周日，编务会上评报、报选题……啊，新的一周又到了!

然而，别以为只有总编辑的日子是这样的!

编辑室的下午，无论你什么时候踏入都会有部门在开选题会、采前会、碰头会；正在排版的编辑可能正一边手指在键盘上飞舞，一边插嘴“这个可以……”；发行部的小朋友们默默走进来搬报纸……而到了晚上就更精彩了。编辑室里亮到深夜乃至清晨的灯光、保安趿拉着拖鞋来轰人的怨念和姑娘们“求求了再等一会儿”的撒娇、把流行神曲拿来当提神的“劳动号子”、下了“夜班”顶着黑眼圈沿着校河奔向北门外夜宵圣地饕餮的声声笑语……在清新报人的脑海里，日子常常不是以“校历第 × 周”计算，而是以“第 × 期报纸”来衡量的，它塑造了我们对时间刻度的认知，早已浸入日常生活的血脉机理，无法剥离。

当然，这些日常办报的经历只能算“随堂小测”，遇到重大活动报道的“大考”时，清新报人的“战斗”精神更能淋漓尽致地展现出来！

2012 年 4 月，新闻学院 10 周年院庆。《清新时报》以“跨越 10”为主题，推出一期院庆特刊，用大篇幅探讨了建院“十六字方针”，以理性反思和建设性的态度，来展现我们对新闻教育的思索。

特刊之重，险情环生。付印前一天下午我们才顺利专访到时任新闻出版总署署长、院长柳斌杰，我紧接着熬夜写稿一个通宵，第一次在编辑室迎来清晨的日出。当日晚上，八九位骨干再战一夜，终于在早晨六点多顺利发排印刷。拖着昏昏沉沉的脑袋，我们选择庆祝的方式，就是集体去吃了一顿清华久负盛名的早餐——清芬园包子。

然而，真正的战斗还没有开始。特刊付印后我只睡了一整个下午，就开始撰写直播院庆论坛和庆典的策划案。跟学院领导、合作媒体、清新骨干打了一圈电话确认各项细节后，一个六七人的“直播小组”迅速上线。

我们这个团队可能永远不会忘记那无比充实的两天。4 月 21 日上午，人人网公共主页、四个微博账号滚动直播院庆论坛，速记、编发快讯、发布图片。下午，拆分成几个小组同时直播分论坛，利用中午的短暂间隙我们还为第二天的晚会节目进行了彩排。4 月 22 日上午，直播院庆庆典，下午，筹备节目和晚会稿件，晚上，清新时报骨干一边奉献了晚会第一单元的首场表演，一边继续直播晚会……那两天学院名流荟萃、活动异彩纷呈，我却几乎想不起来见到了哪位“大咖”，有哪些有趣的故事，难怪后来看到留在学院庆典照片里的我们，都是一个个埋头打字的形象。

《清新时报》10 周年院庆特刊

论坛直播还有一个好玩的花絮。当日早上，我们坐的位置刚好与合作媒体的工作团队面对面，看着人家从桌布到电脑一水儿的鲜明 LOGO，我们觉得虽为校媒，但气势绝不能输人，马上回报社运回一摞报纸，剪下每期头版在桌前贴成了一排“门帘”，又把报头剪下来贴在自己的电脑上。“小米加步枪”，路过的学院老师连连笑我们“太认真了”，现在想起来也觉得真是少年意气，不过，这正是我们心里最朴素的所想——清新时报是一个“真媒体”，清新报人要做合格的媒体人。

何为“真媒体”之“真”？是要求之“真”，我们一直在用机构媒体的标准要求自己，既要笔下有事实之“真”，又要管理上的流程之“真”。记者与编辑的责任与义务、采访报道中的新闻伦理、刊发时机与报道效果等等，只有走入社会、真正从事新闻工作之后，才能更加体会到在清新时报塑造的新闻观，是那样坚实而有力，这里从来没有“过家家”的孩子，办报是一件严肃而庄重的大事。

“真媒体”之“真”，更重要的还在于方向之“真”。作为纸媒的清新时报，办报宗旨历多次改版始终如一，而进入“新媒体时代”后的清新时报，方向之“真”显得更为可贵。

2011年我们成立了网络中心，是现在清新时报新媒体中心的前身。在新媒体刚刚发力的那个年代，把发稿速度提起来，是当时的迫切任务。所以，我们以人人网公共主页、新浪微博为平台，开辟“早安头条”“晚安旧闻”“零点微评”等栏目，每日滚动，从未间断。那时候，我大年初一早上起床先要爬起来“审稿”，第一代小编，真的挺拼的！

后来，我们又摸索过开发自己的新闻App，最后稳定在微信公众平台为主阵地、报纸与新媒体同时发力的格局。站在今天的角度看，新媒体领域的竞争早已不是速度的竞争，而是注意力的竞争。所以，我们的朋友圈里永不会缺乏“犀利”的观点，不会缺乏情绪化的泛滥，甚至没有人愿意让核心事实“再飞一会儿”，因为每“反转”一次，又会产生新的关注，何乐而不为呢？

所以，尽管我没有亲历过“微信时代”的清新时报，但我一直欣赏着今天师弟师妹们的探索。策划不缺温情，但又带着清华人的冷静成熟；评论不缺观点，但不会为了说服而丧失论证的理智。疫情期间，还发出了“双黄连报道的三个问题”等分析文章，在喧嚣扰攘、沉迷在嘲与被嘲之间的舆论氛围中，先跳出来，再深一步。也许这样的文章不会点击率最高，也不会是“吸粉”的法门，但是这就是清新时报的样子，是校园媒体人的一种坚持。正确的方向，比现实的利益，更为珍贵。

清　新　人

十几年了，在这个报社里诞生过很多“金句”，比如“一见清新误终身”，比如“万物速朽，清新依旧”。没有人会特意考证这些话从哪一年开始流传是哪位小伙伴的版权，但每每我们重逢，或者遇到清新时报生日这样的“大日子”，总会一次又一次，收获相似的感叹。

因为我们都有着同样的经历。清新时报是新闻学院的本科生第二课堂，我们从入学教育时就来到这里，在报社的实践与在课堂的学习同时起步。第一次署名见报、第一篇深度报道、第一次排版、第一篇评论……无数个“第一次”烙印在这张报纸。我们加入这个报社时十八九岁，离开时也不过二十二三岁，正是生气勃勃、敢想敢拼的年纪。我们把培养大一实习记者的制度称为“清新幼儿园”，我们被师兄师姐们手把手带着采访，到后来又带着师弟师妹们攻克一个又一个难题。一篇篇改成花的稿子，一个个反复推翻的版面，曾经的“痛苦”经过风雨的洗礼，让我们变得更强大、更热爱、更无所畏惧。

清新报人永不磨灭的精神底色是什么？我想，它是一种追求真理、实事求是的坚持，这样的坚持，来自于那些年学校领导和学院老师对清新时报的保护和支持，来自于我们所受到的本科新闻教育，让我们坚定选择成为这样的人；它是一种吃苦耐劳、百折不挠的毅力，这样的毅力是从实践中一点一滴磨砺而来，给了我们如今从事新闻工作、面对更大风浪也不后退的底气；它是一种开放包容、与时俱进的格局，正如为我们题写报名、新闻学院首任院长范敬宜先生的期许，上大舞台，干大事业。

回到开头的那一天，就在我们主办的那场活动中，人民日报副总编辑方江山把一份人民日报创刊号赠送给了清新时报，祝福年轻的清新报人不忘初心、砥砺前行。我看着我的两个“本报”于此刻的缘分，犹如看着过去与未来在此刻交汇，这就是传承的力量！

2020 年 11 月 8 日，清新时报就十八岁了。十八岁在我们的世界里意味着“成年”，而这一年，它也正巧开始面临更大的挑战。我不知道作为学生媒体的清新时报前途和命运会如何，但是它的精神终将不朽。

希望现在和未来的清华园，希望我最亲爱的母校，能够记住“清新时报”这个名字。因为这不仅是我们大学生活中一个最珍贵的集体，更因为一代代从这里走出的“我们”，曾满怀真挚用心书写过：爱与坚持。

作者简介

张晔，2009—2013 年，新闻与传播学院本科，2013—2015 年，新闻与传播学院硕士研究生，本科四年期间在清新时报社深度报道部、新闻中心、总编室、人物版等部门工作，2012 年 4 月至 2013 年 5 月任清新时报社总编辑，2015 年毕业至今在人民日报社总编室工作。

生命之光

■ 钱　垠（2010 级法学院）

“话说，有没有人能帮忙排一个走秀之类的节目啊？”

那天晚上，清华次世代动漫社的 QQ 群里，这样一句来自社长的询问跃入了她的眼帘。她的心微微一颤。

她热爱音乐，从小便学习舞蹈、声乐，也经常参演节目；她也喜欢动漫，一来到清华便加入了动漫社。编排一个动漫主题的节目，对自己来说应该不是难事，她想。

“我……应该可以。”她敲下这行回复，心中微微忐忑。要知道，这之前，她还没在群里说过一句话，也没参加过一次活动，只是个社团的透明人罢了。

几天后，社长约她在女仆咖啡厅的活动现场见面。她至今还记得，那是一个暖洋洋的春日午后，阳光透过泊星地咖啡的玻璃窗洒在那杯酸奶上。一番讨论后，两人一拍即合。社长让还是新人的她全权负责这次社团节动漫社节目的编排。

之后社长招募了参演人员。她第一次结识了那么多来自其他学院的小伙伴：材料系的、美院的、数学系的、地学中心的……有学长、学姐，也有学弟、学妹。

兴奋、激动，她开始带领他们排练。她给节目取名为“舞梦秀”——那是她的舞台梦，她的二次元之梦，更是她的青春之梦。她对舞台的要求很高，可是大家水平参差，因此她有时会急躁。社长看到了，便单独留下她，劝慰她：“人家可是比你大那么多的学姐，她都这么配合你来调教了，你可要耐心一点啊。”

演出的那天，突降大雨。她为大家借了一兜伞，匆匆赶到大礼堂——果然，天气太差了，礼堂的观众很少。她感到冷冷的雨点滴在心上，不过，小伙伴们还是相互鼓励着，小心翼翼地维持着行头的完美，上了台。

一束光照亮了漆黑的舞台。伴随着跳动的音符，一个提灯的少女踮着脚走了出来……慢慢地、渐渐地，她坐在台下，看着小伙伴们在舞台上，将那个梦编织成型。最后，绚丽的舞台仿佛落英缤纷，全体演员在落英中舞动翩翩……

啊，那旋转着的光芒，多么梦幻，多么温暖，她在稀稀拉拉的观众中间闭上眼。当然，演出结束后，大家对她的感谢和赞美，更温暖。

之后，她和参与演出的小伙伴们成了朋友；直到快十年后的今天，他们仍保持联

2012 年清华社团嘉年华闭幕式次世代后台照，后排中为作者

络。下一个学期她在台湾交换，一回来社长就告诉她：我们要尝试办第一次社庆！

好，我来当艺术总监吧。她信心满满。

这次她不再只负责一个节目，而是负责了整场晚会的编排；不仅如此，还亲自参演了好几个节目。她还记得，最后她穿着金色的蓬蓬裙，站在全体演员中间发言。她望着台下没抢到座位只能坐地上的观众，感谢社长的知遇之恩，更感谢次世代的全体成员。蓬蓬裙是那么轻盈，沐浴在舞台灯光下，更显得璀璨。那一晚的璀璨，镌刻在她的记忆深处，永世不灭。

后来，她读研后，干脆创办了专攻动漫舞台演出的部门“歌舞剧部”。他们每周五在 C 楼排练；他们还去密室，去唱歌，去公园。从弗拉明戈到敦煌舞，他们专业的表演每年都给次世代的小伙伴带来耳目一新的体验。他们灵动的身姿也不再局限在次世代的社庆舞台上，还出现在清华 105 周年校庆游园的舞台上，出现在各个院系的学生节舞台上……

后来，她毕业了。2019 年，她为社庆录了祝福视频。不过，要是还能再上一回社庆舞台该多好，她想。舞台的灯光真的很热，很刺眼。但如果跟大家在一起，有人一起分担这份热，有人共同承受这份光，她便只觉得温暖，只觉得辉煌。

谢谢你，清华次世代动漫社，你是我的生命之光。

2020 年 10 月 28 日

作者简介

钱垠，2010—2014 年清华大学法学院本科生；2014—2017 年清华大学人文学院中文系硕士研究生。现任教于长沙市雅礼中学。